Het Instituut

www.boekerij.nl

Stephen King

# Het Instituut

BOEKERIJ

ISBN 978-90-225-8742-3
ISBN 978-94-023-1331-4 (e-book)
NUR 330

Oorspronkelijke titel: *The Institute*
Vertaling: Annemarie Lodewijk
Omslagontwerp: DPS Design & Prepress Studio, Amsterdam
Omslagbeeld: Will Staehle / Unusual Corporation
Zetwerk: ZetSpiegel, Best

*Voor mijn kleinzonen: Ethan, Aidan en Ryan*

Toen bad Simson tot de Here: ‘Almachtige Here, denk aan mij; geef mij nog eenmaal kracht, o, God, zodat ik wraak kan nemen op de Filistijnen voor het uitsteken van mijn ogen.’

Daarop greep Simson de beide middelste zuilen, waarop het gebouw rustte, met zijn rechterhand tegen de ene en met zijn linkerhand tegen de andere.

En Simson bad: ‘Laat mij met de Filistijnen sterven.’ Toen duwde hij uit alle macht tegen de zuilen en het gebouw stortte in, boven op de koningen en alle andere mensen. Zo doodde hij in zijn eigen sterven meer mensen dan tijdens zijn hele leven.

– RICHTEREN 16

Maar eenieder, die één dezer kleinen, die in Mij geloven, tot zonde verleidt… het zou beter voor hem zijn dat een molensteen om zijn hals was gehangen en hij verzwolgen was in de diepte der zee.

– MATTHEÜS 18

*Laugh about it, shout about it when you’ve got to choose; every way you look at it, you lose.*

– PAUL SIMON

# DE NACHTWAKER

# 1

Een half uur nadat Tim Jamiesons Delta-vlucht uit Tampa eigenlijk zou opstijgen om op weg te gaan naar de lichtjes en de hoge gebouwen van New York, stond het toestel nog steeds voor de gate. Toen een agent van Delta en een blonde vrouw met een beveiligingspasje om haar hals de cabine binnengingen klonk er een ontevreden geroezemoes van de opeengepakte passagiers in de economyclass, die de bui al zagen hangen.

'Mag ik even uw aandacht, alstublieft!' riep de man van Delta.

'Hoe lang gaat dit duren?' vroeg iemand. 'Wind er maar geen doekjes om.'

'Het oponthoud zal niet lang duren en de captain laat weten dat uw vlucht bij benadering op tijd zal landen. Maar er komt een federale agent aan boord, dus iemand zal zijn of haar stoel moeten afstaan.'

Er ging een collectief gekreun op en Tim zag dat verschillende mensen voor alle zekerheid hun mobieltjes tevoorschijn haalden. Situaties als deze hadden al vaker voor problemen gezorgd.

'Delta Air Lines is gemachtigd een gratis ticket naar New York aan te bieden met de eerstvolgende vlucht, die morgenochtend om 6.45 uur zal vertrekken.'

Er klonk opnieuw gekreun. Iemand zei: 'Schiet mij maar lek.'

De functionaris ging onverstoorbaar verder. 'U ontvangt een hotelvoucher voor vannacht, plus vierhonderd dollar. Geen verkeerde deal, mensen. Wie wil er gebruik van maken?'

Niemand. De blondine van de beveiliging zei niets, maar keek met allesziende maar op een of andere manier levenloze ogen rond door de volle economyclass-cabine.

'Achthonderd,' zei de Delta-man. 'Plus de hotelvoucher en het gratis ticket.'

'Die vent klinkt als een quizmaster,' bromde een man in de rij vóór Tim.

Nog steeds geen gegadigden.

'Veertienhonderd?'

Nog steeds niemand. Tim vond dit interessant, maar niet heel erg verrassend. En niet eens alleen omdat je voor een vlucht die om kwart voor zeven 's ochtends vertrok op een onchristelijke tijd je bed uit moest. Het overgrote deel van zijn medepassagiers in de economyclass bestond uit gezinnen die naar huis gingen na een bezoek aan verschillende attracties in Florida, stelletjes die te lang op het strand hadden gelegen en vadsige kerels met rooie, chagrijnige koppen die waarschijnlijk naar New York gingen voor zaken die aanzienlijk meer waard waren dan veertienhonderd ballen.

Achterin riep iemand: 'Doe er een Mustang cabrio en een reisje naar Aruba voor twee personen bij en je mag allebei onze stoelen hebben!' Er werd om zijn grapje gelachen, maar het klonk niet heel erg vriendelijk.

De man van Delta keek naar de blondine met het pasje, maar als hij op hulp van haar kant had gehoopt, kwam hij bedrogen uit. Ze bleef de passagiers bestuderen en het enige aan haar wat bewoog waren haar ogen. Hij zuchtte en zei: 'Zestienhonderd.'

Van het ene moment op het andere besloot Tim Jamieson dat hij uit dit toestel weg wilde en naar het noorden wilde gaan liften. Hoewel een dergelijk idee nooit eerder bij hem was opgekomen, zag hij zichzelf het opeens wel doen en heel duidelijk ook. Daar stond hij, op Highway 301, ergens midden in Hernando County, met zijn duim omhoog. Het was heet, de muggen zwermden om hem heen, op een billboard maakte een louche letselschadeadvocaat reclame voor zichzelf, uit een gettoblaster die op een blok beton voor een camper stond waar een man met ontbloot bovenlichaam zijn auto stond te wassen schalde keihard 'Take It on the Run' van REO Speedwagon en op een gegeven moment zou er wel een of andere boer langskomen en hem een lift geven in een pickuptruck met houten zijpanelen, een laadbak vol meloenen en een magnetische Jezus op het dashboard. Het mooiste zou wat hem betrof niet eens het contante geld in zijn zak zijn. Het mooiste zou zijn dat hij daar helemaal in zijn eentje zou staan, kilometers van dit sardineblik vol tegenstrijdige luchtjes van parfum, zweet en haarlak.

Maar het op één na mooiste zou zijn als hij de overheid nog wat meer zou kunnen ontfutselen.

Hij richtte zich op tot zijn volstrekt normale lengte (één achtenzeventig), duwde zijn bril wat hoger op zijn neus en stak zijn hand op. 'Maak er tweeduizend van, sir, plus mijn ticket terug in contanten, en die stoel is van u.'

# 2

De voucher bleek voor een sjofel hotel ergens vlak bij het einde van Tampa Internationals meest gebruikte startbaan. Tim viel in slaap met het geluid van vliegtuigen, werd wakker van meer van hetzelfde en ging naar beneden om een hardgekookt ei en twee rubberen pannenkoeken van het gratis ontbijtbuffet naar binnen te werken. Hoewel het ontbijt bepaald geen traktatie was, at Tim er toch stevig van en vervolgens ging hij terug naar zijn kamer om te wachten tot het negen uur was en de banken opengingen.

Hij inde zijn meevallertje zonder problemen, want de bank wist dat hij zou komen en de cheque was van tevoren goedgekeurd; hij was ook niet van plan geweest daar in het hotel op te gaan zitten wachten. Hij kreeg zijn tweeduizend dollar in briefjes van vijftig en twintig, stopte ze in zijn linkervoorzak, haalde zijn weekendtas op bij de beveiliging en nam een Uber om hem naar Ellenton te brengen. Daar betaalde hij de chauffeur, slenterde naar het dichtstbijzijnde bewegwijzeringsbord dat een weg in noordelijke richting aangaf en stak zijn duim op. Een kwartier later werd hij opgepikt door een oude kerel met een reclamepetje van Case-tractors. De laadbak van zijn pick-up had geen houten zijpanelen en er lagen geen meloenen in, maar verder klopte alles aardig met zijn visioen van de vorige avond.

'Waar gaat de reis naartoe, vriend?' vroeg de oude vent.

'Tja. New York, denk ik. Uiteindelijk.'

De oude kerel spuwde een lint van tabakssap uit het raampje. 'Waarom zou iemand die bij z'n volle verstand is daar in vredesnaam naartoe willen?'

'Ik zou het niet weten,' zei Tim, ook al wist hij het best. Een oude dienstmaat had hem verteld dat er in de Big Apple voldoende werk te vinden was in de particuliere beveiliging, ook bij bedrijven waar zijn ervaring hem beter van pas zou komen dan bij het gecompliceerde fiasco dat een eind had gemaakt aan zijn carrière als politieman in Florida. 'Ik hoop vanavond tot in Georgia te komen. Misschien dat het me daar beter bevalt.'

'Zo mag ik het horen,' zei de oude kerel. 'Georgia is zo slecht nog niet, zeker als je van perziken houdt. Zelf ga ik ervan aan de schijterij. Je vindt het toch niet erg als ik een muziekje opzet?'

'Helemaal niet.'

'Wees gewaarschuwd, ik zet hem wel hard. Ik ben een beetje aan de dove kant.'

'Ik ben al blij dat ik op weg ben.'

Het was Waylon Jennings in plaats van REO Speedwagon, maar dat vond Tim prima. Na Waylon kwamen Shooter Jennings en Marty Stuart. De twee mannen in de bemodderde Dodge Ram luisterden naar de muziek en keken hoe de snelweg voorbijgleed. Ruim honderdtien kilometer verder zette de oude kerel zijn wagen langs de kant, tikte even aan zijn Case-petje en wenste Tim nog een fijne dag.

Tim haalde Georgia die avond niet – hij sliep die nacht in weer zo'n sjofel motel naast een kraampje langs de kant van de weg waar je sinaasappelsap kon kopen – maar de volgende dag lukte het wel. In het stadje Brunswick (waar blijkbaar ooit een smakelijk stoofpotje met dezelfde naam was uitgevonden), nam hij twee weken werk aan in een recyclingfabriek, iets wat hij evenmin had gepland als het opgeven van zijn plek aan boord van die Delta-vlucht in Tampa. Het geld had hij niet nodig, maar Tim had het idee dat hij de tijd nodig had. Hij zat in een overgangsfase en zoiets had gewoon tijd nodig. Bovendien zaten er een bowlingbaan en een Denny's pal naast de fabriek. Een betere combinatie kon hij amper bedenken.

## 3

Met het loon van de recyclingfabriek en zijn meevaller van de luchtvaartmaatschappij stond Tim in Brunswick langs de I-95 naar het noorden en voelde zich behoorlijk vermogend voor iemand die een zwervend bestaan leidde. Hij stond er meer dan een uur in de zon en dacht er net aan om het maar op te geven en terug te gaan naar Denny's voor een glas koude, zoete thee toen er een Volvo stationcar voor hem stopte. Achterin lag het vol met kartonnen dozen. De bejaarde vrouw achter het stuur liet het raampje aan de passagierskant zakken en keek hem door een paar dikke brillenglazen aan. 'Heel groot bent u niet, maar zo te zien wel gespierd,' zei ze. 'Ik neem aan dat u geen verkrachter bent, of een gevaarlijke gek?'

'Nee, mevrouw,' zei Tim tegen haar, terwijl hij dacht: wat dacht je *dán* dat ik zou antwoorden?

'Natuurlijk zegt u dat. Moet u helemaal naar South Carolina? Als ik uw tas zo zie, denk ik van wel.'

Een auto week met hoge snelheid uit voor haar Volvo en reed luid claxonnerend de berm in. Ze schonk er geen aandacht aan en bleef Tim rustig aankijken.

'Ja, mevrouw. Ik wil helemaal naar New York.'

'Ik breng u tot South Carolina – niet tot heel ver in die achterlijke staat, maar een klein eindje – als u op uw beurt iets voor mij wilt doen. Zo kunnen we elkaar een beetje helpen, als u begrijpt wat ik bedoel.'

'Voor wat, hoort wat.'

'Nou, stap maar in dan.'

Tim deed wat ze zei. Haar naam was Marjorie Kellerman en ze beheerde de bibliotheek van Brunswick. Ze zat ook in iets wat de Southeastern Library Association heette. Die, zo vertelde ze, geen geld had 'omdat Trump en zijn handlangers alles hebben ingetrokken. Ze snappen net zo weinig van cultuur als een ezel van algebra.'

Ruim honderd kilometer noordelijker, nog steeds in Georgia, stopte ze bij een onooglijk klein bibliotheekje in het plaatsje Pooler. Tim laadde de dozen met boeken uit en bracht ze met een handkarretje naar binnen. Vervolgens reed hij een twaalftal dozen naar de Volvo. Die, vertelde Marjorie Kellerman hem, waren bestemd voor de openbare bibliotheek van Yemassee, zo'n vijfenzestig kilometer verder naar het noorden, voorbij de staatsgrens van South Carolina. Ze schoten goed op, maar even voorbij Hardeeville kwam daar een eind aan. Beide rijbanen stonden vol met auto's en vrachtwagens en achter hen sloten er al snel nog meer aan.

'O, hier heb ik toch zo'n hekel aan,' zei Marjorie, 'en dit gebeurt altijd in South Carolina, omdat ze er te gierig zijn om de snelweg te verbreden. Een eind verderop is een ongeluk gebeurd en als je dan maar twee rijbanen hebt, kan er niemand meer langs. Ik sta hier nog wel een halve dag. Meneer Jamieson, ik onthef u van uw taken. Als ik u was, zou ik dit voertuig verlaten, teruglopen naar de afrit naar Hardeeville en een nieuwe poging wagen op Highway 17.'

'En al die dozen met boeken dan?'

'O, ik vind wel een nieuwe sterke man om die uit te laden,' zei ze glimlachend. 'Toen ik u zo in de brandende zon zag staan besloot ik eerlijk gezegd zomaar om eens een risico te nemen.'

'Nou, als u het zeker weet.' De verkeersopstopping bezorgde hem een claustrofobisch gevoel. Eigenlijk net zoals hij zich achter in de economyclass van die Delta-vlucht had gevoeld. 'Want anders rij ik wel met u mee, hoor. Ik zit niet met dringende afspraken of zo.'

'Ik weet het zeker. Het was leuk u te ontmoeten, meneer Jamieson.'

'Insgelijks, mevrouw Kellerman.'

'Hebt u misschien hulp nodig op het gebied van geld? In dat geval kan ik wel tien dollar missen.'

Hij werd – en niet voor het eerst – geraakt en verrast door de heel gewone vriendelijkheid en vrijgevigheid van heel gewone mensen, in het bijzonder van mensen die zelf niet veel hadden. Amerika was nog steeds een fijn land, hoezeer sommigen (onder wie, zo nu en dan, hijzelf) ook het tegenovergestelde beweerden. 'Nee, dat is niet nodig. Maar bedankt voor het aanbod.'

Hij gaf haar een hand, stapte uit en liep langs de vluchtstrook van de I-95 terug naar de afrit Hardeeville. Toen zich niet direct een lift aandiende op de US-17 slenterde hij een paar kilometer naar de plek waar deze zich bij State Road 92 voegde. Hier wees een bord in de richting van het stadje DuPray. Inmiddels was het al laat in de middag en Tim besloot een motel te gaan zoeken waar hij de nacht kon doorbrengen. Het zou er ongetwijfeld weer eentje van de sjofele soort worden, maar de alternatieven – buiten slapen en opgevreten worden door muggen, of ergens in een boerenschuur – trokken hem zo mogelijk nog minder aan. En dus zette hij koers naar DuPray.

Kleine beslissingen kunnen grote gevolgen hebben.

## 4

Een uur later zat hij op een rotsblok aan de rand van de tweebaansweg te wachten tot een goederentrein waaraan geen einde leek te komen de weg was overgestoken. De trein reed met een eerbiedwaardige snelheid van vijftig kilometer per uur: open en gesloten wagons, autowagons (de meeste vol met wrakken in plaats van nieuwe auto's), tankwagons en stortwagens, volgeladen met God mocht weten wat voor smerige substanties die in geval van ontsporing de naaldwouden in de fik zouden steken of de bevolking van DuPray zouden teisteren met giftige of zelfs dodelijke dampen. In de achterste, oranje wagon zat een man in een overall zonder mouwen in een tuinstoel een pocketboekje te lezen en een sigaret te roken. Hij keek op van zijn boek en stak even zijn hand op naar Tim. Tim zwaaide terug.

Het stadje lag nog drieënhalve kilometer verder en lag om het punt heen waar de SR-92 (tegenwoordig Main Street) en twee andere straten elkaar kruisten. DuPray leek grotendeels ontsnapt te zijn aan de winkelketens die de grotere steden leken te hebben overgenomen; er was wel een Western Auto, maar die was gesloten en de etalages waren dichtgekalkt. Tim zag een supermarkt, een drogist, een zaak die zo te zien van alles en nog wat verkocht en een paar beautysalons. Verder was er een bioscoop met TE KOOP OF TE HUUR op de luifel, een zaak in autoaccessoires en -onderdelen die zichzelf heel chic de DuPray Speed Shop noemde en een restaurant dat Bev's Eatery heette. Er waren drie kerken, een methodistenkerk en twee merkloze, maar alle drie van het kom-tot-Jezus-type. Verspreid over de rij schuine parkeervakken langs deze zaken stonden hooguit twee dozijn auto's en landbouwvoertuigen. De trottoirs waren zo goed als verlaten.

Drie blokken verder, na alweer een kerk, kreeg hij het DuPray Motel in het oog. Nog een eindje verder, waar Main Street waarschijnlijk weer overging in de SR-92, zag hij nog een spoorwegovergang, een station en een rij metalen daken die lagen te schitteren in de zon. Achter die gebouwen begon het naaldwoud weer. Al met al kwam het Tim voor als een stadje uit een countrynummer, een van die nostalgische liedjes gezongen door Alan Jackson of George Strait. Het bord van het motel was oud en roestig, dus misschien was het wel net zo gesloten als de bioscoop, maar aangezien de middag op z'n eind liep en het waarschijnlijk de enige plek in dit stadje was waar hij de nacht kon doorbrengen, liep Tim er toch maar naartoe.

Halverwege, even voorbij het stadskantoor van DuPray, kwam hij een met klimop begroeid bakstenen gebouw tegen. Op het keurig gemaaide gazon stond een bord waaruit bleek dat dit het politiebureau van Fairlee County was. Tim dacht dat het wel een county van niks moest zijn, als dit stadje de hoofdplaats was.

Voor het gebouw stonden twee patrouillewagens geparkeerd. De ene was een betrekkelijk nieuwe sedan, de andere een oude, bemodderde 4Runner met een los zwaailicht op het dashboard. Tim keek naar de ingang – de bijna onbewuste blik van een zwerver met aardig wat contant geld in zijn zak – liep nog een paar stappen door en draaide zich toen om, om nog eens goed op de mededelingenborden aan weerszijden van de openslaande deuren te kijken en in het bijzonder naar een van die mededelingen. Waarschijnlijk had hij het niet goed gezien, maar hij wilde het toch even zeker weten.

Dat kon toch niet meer, vandaag de dag, dacht hij. Onmogelijk.

Toch wel. Naast een aanplakbiljet met de tekst ALS JE DACHT DAT MARIHUANA LEGAAL IS IN SOUTH CAROLINA, DAN HEB JE HET MIS, hing er eentje waarop alleen stond: NACHTWAKER GEZOCHT. VRAAG BINNEN.

Wauw, dacht hij. Over terug in de tijd gesproken.

Met zijn gedachten bij het raambiljet waarop om hulp werd gevraagd, draaide hij zich weer om naar het roestige motelbord. Juist op dat moment ging een van de deuren van het politiebureau open en kwam er een slungelig ogende agent naar buiten, die zijn pet op zijn rode haar zette. De late middagzon scheen op zijn badge. Hij keek naar Tims werkschoenen, zijn stoffige jeans en zijn blauwe spijkeroverhemd. Even bleef zijn blik op de tas rusten die over Tims schouder hing, maar toen keek hij hem aan. 'Kan ik u ergens mee helpen, meneer?'

Tim werd bevangen door dezelfde ingeving die hem er in het vliegtuig toe had gebracht om op te staan. 'Het zal wel niet, maar wie weet?'

## 5

De agent met het rode haar was *deputy* Taggart Faraday. Hij liep met Tim mee naar binnen, waar de bekende geuren van bleekwater en ammoniak vanuit het uit vier eenheden bestaande cellenblok het kantoor in kwamen drijven. Na Tim te hebben voorgesteld aan Veronica Gibson, de agente van middelbare leeftijd die vanmiddag bureaudienst had, vroeg Faraday Tim om zijn rijbewijs en minimaal één andere legitimatie. Wat Tim hem behalve zijn rijbewijs liet zien was zijn legitimatie van de Sarasota Police, waarbij hij geen enkele poging deed te verhullen dat deze al negen maanden verlopen was. Toch veranderde er iets in de houding van de agenten toen ze hem zagen.

'Je bent geen inwoner van Fairlee County,' zei Ronnie Gibson.

'Nee, dat klopt, maar dat zou ik kunnen worden als ik dat baantje kreeg.'

'Veel verdient het niet,' zei Faraday, 'en ik ga er trouwens niet over. Sheriff Ashworth is degene die mensen aanneemt en de laan uit stuurt.'

Ronnie Gibson zei: 'Onze laatste nachtwaker is ermee gestopt en naar Georgia verhuisd. Hij heeft ALS, die ziekte waaraan Lou Gehrig is overleden. Aardige man. Heeft het niet makkelijk. Maar hij heeft daar mensen die voor hem kunnen zorgen.'

'Het zijn altijd de goeien die zulke rotdingen overkomen,' zei Tag Faraday. 'Geef hem maar een formulier, Ronnie.' En tegen Tim: 'We zijn maar een kleine ploeg, meneer Jamieson, zeven man, van wie er twee parttime werken. Voor meer mensen is geen geld. Sheriff John is op dit moment aan het patrouilleren. Als hij om vijf uur, uiterlijk half zes nog niet terug is, is hij naar huis om te eten en komt hij pas morgenochtend terug.'

'Ik blijf hier sowieso overnachten. Als het motel tenminste open is.'

'O, Norbert heeft vast nog wel een paar kamers,' zei Ronnie Gibson. Ze wisselde een blik met de agent met het rode haar en ze schoten allebei in de lach.

'Ik neem aan dat het geen viersterrentent is.'

'Ik zeg niks,' zei Gibson, 'maar ik zou u wel aanraden de lakens even te controleren op van die kleine rode beestjes. Waarom bent u weggegaan bij de politie in Sarasota, meneer Jamieson? U lijkt me te jong om al met pensioen te zijn.'

'Dat is een kwestie die ik met jullie baas zal bespreken, als ik tenminste een gesprek met hem krijg.'

De twee agenten keken elkaar opnieuw aan, iets langer nu, en toen zei Tag Faraday: 'Geef die man een sollicitatieformulier, Ronnie. Leuk om even kennis te hebben gemaakt, sir. Welkom in DuPray. Zolang u zich netjes gedraagt, zullen we het prima met elkaar kunnen vinden.' Met die woorden liep hij weg, waarbij hij in het midden liet wat het alternatief was voor goed gedrag. Door het tralieraam zag Tim de 4Runner achteruitsteken en langzaam DuPrays korte hoofdstraat uitrijden.

Het formulier zat op een klembord. Tim ging op een van de drie stoelen tegen de muur links van hem zitten, zette zijn tas tussen zijn voeten en begon het in te vullen.

Nachtwaker, dacht hij. Hoe is het mogelijk.

## 6

Sheriff Ashworth – voor de meeste inwoners en ook voor zijn agenten Sheriff John, zo ontdekte Tim – was een trage man met een enorme buik. Hij had de hangwangen van een basset en een heleboel spierwit haar. Er zat een ketchupvlek op zijn uniformoverhemd. Hij droeg een Glock op zijn heup en een ring met een robijn aan zijn pink. Hij had een zwaar accent, had een vriendelijke ouwe-jongens-krentenbroodhouding, maar zijn ogen, diep in hun vlezige kassen, keken slim en onderzoekend. Hij had zó een typetje kunnen spelen in een van die zuidelijke clichéfilms, zoals *Walking Tall*, ware het niet dat hij zwart was. En nog iets opmerkelijks: aan de muur, naast het officiële portret van president Trump, hing een ingelijst diploma van de National Academy van de FBI in Quantico. Dat was iets wat je niet bij elkaar spaarde met zegeltjes plakken.

'Goed,' zei Sheriff John, achteroverleunend in zijn bureaustoel. 'Ik heb niet veel tijd. Marcella heeft er een hekel aan als ik laat ben voor het eten. Tenzij er iets ernstigs aan de hand is, natuurlijk.'

'Ik begrijp het.'

'Dus laten we meteen ter zake komen. Waarom bent u weggegaan bij de Sarasota PD en wat doet u hier? South Carolina is nou niet bepaald een drukbezochte staat, om van een stadje als DuPray maar helemaal niet te spreken.'

Ashworth zou vanavond vermoedelijk niet meteen naar Sarasota bellen, maar morgen zou hij dat zeker doen, dus het had geen zin de zaken mooier voor te stellen dan ze waren. Niet dat Tim dat wilde. Als hij het baantje als nachtwaker niet kreeg, zou hij de nacht in DuPray doorbrengen en morgenochtend zijn voortdurend onderbroken reis naar New York voortzetten, een reis waarvan hij nu begreep dat die een noodzakelijke lacune was tussen wat er vorig jaar op een dag was gebeurd in de Westfield Mall in Sarasota en wat er verder eventueel nog zou gebeuren. Afgezien daarvan was eerlijkheid de beste strategie, al was het alleen maar omdat leugens – vooral in een tijdperk waarin vrijwel alle informatie beschikbaar was voor iedereen met de beschikking over een toetsenbord en een wifiverbinding – de neiging hadden de leugenaar te blijven achtervolgen.

'Ik kon kiezen tussen ontslag nemen en ontslagen worden. Ik heb voor het eerste gekozen. Niemand was er blij mee, ikzelf nog wel het allerminst – ik hield van mijn baan en van de Gulf Coast – maar het was de beste oplossing. Op deze manier krijg ik tenminste nog wát geld – weliswaar geen volledig pensioen, maar beter dan niets. Ik deel het met mijn ex-vrouw.'

'Reden? En hou het simpel, zodat mijn eten niet koud wordt.'

'Ik kan kort zijn. Afgelopen november ging ik toen mijn dienst erop zat nog even naar de Westfield Mall om schoenen te kopen. Ik moest naar een bruiloft. Ik was dus nog in uniform, oké?'

'Oké.'

'Ik kwam net uit de Shoe Depot toen er een vrouw op me afrende die zei dat er bij de bioscoop een tiener met een pistool liep te zwaaien. Ik ging er dus als de wiedeweerga naartoe.'

'Met getrokken wapen?'

'Nee, sir, toen nog niet. De knul met het pistool was hooguit veertien en ik stelde vast dat hij niet dronken was en ook niet high. Er lag een andere jongen op de grond en hij schopte hem en hield hem onder schot.'

'Klinkt als dat geval destijds in Cleveland. Van die agent die een zwarte jongen neerschoot die met een luchtbuks liep te zwaaien.'

'Daar moest ik ook aan denken toen ik ernaartoe liep, maar de agent die Tamir Rice neerschoot was ervan overtuigd dat de jongen met een echt wapen liep te zwaaien. Ik wist bijna zeker dat het wapen dat ik zag niet echt was, maar helemaal zeker wist ik het niet. Misschien weet u wel waarom.'

Sheriff John Ashworth leek zijn avondeten helemaal te zijn vergeten. 'Omdat de verdachte het wapen op de jongen richtte die op de grond lag. Waarom zou je een nepwapen op iemand richten? Tenzij de jongen op de grond dat natuurlijk niet wist.'

'De verdachte zei later dat hij het wapen niet op de jongen gericht hield, maar ermee in zijn richting schudde. En dat hij zei: "Dit is van mij, klootzak, je blijft van mijn spullen af." Ik heb dat niet gezien. In mijn ogen leek het alsof hij het op de jongen richtte. Ik riep naar hem dat hij het wapen moest laten vallen en zijn handen in de lucht moest steken, maar óf hij hoorde me niet, óf hij negeerde me. Hij bleef die jongen trappen en onder schot houden. Of met zijn wapen schudden, als dat het was wat hij deed. In elk geval trok ik toen mijn wapen.' Hij zweeg even. 'Ik weet niet of het iets uitmaakt, maar het waren witte jongens.'

'Maakt wat mij betreft niks uit. Twee jongens hadden ruzie. De een lag op de grond en moest het ontgelden. De ander had een wapen in zijn hand waarvan niet vaststond of het echt was of nep. Hebt u hem neergeschoten? Ik mag toch hopen van niet.'

'Er is niemand neergeschoten. Maar... u weet zelf wel hoe mensen meteen samendrommen wanneer er ergens geknokt wordt, maar uit elkaar stuiven zodra er een wapen wordt getrokken?'

'Zeker. Als ze een beetje weten wat goed voor ze is, zetten ze het op een lopen.'

'Dat is wat er gebeurde, op een paar mensen na die toch achterbleven.'

'Degenen die het stonden te filmen met hun mobieltjes.'

Tim knikte. 'Een stuk of vier, vijf wannabe-Spielbergjes. Hoe dan ook, ik richtte mijn pistool op het plafond, met de bedoeling een waarschuwingsschot te lossen. Dat had ik misschien beter niet kunnen doen, maar op dat moment leek het me de juiste beslissing. De enige. In dat gedeelte van het winkelcentrum hangen lampen. De kogel raakte er eentje en het ding stortte regelrecht op het hoofd van een toeschouwer. De jongen met het pistool liet het wapen vallen en toen het de grond raakte wist ik meteen dat het nep was, want het stuiterde. Het bleek een plastic waterpistool te zijn dat eruitzag als een .45 pistool. De jongen die op de grond lag en trappen had gekregen, had wat blauwe plekken en een paar snijwonden, niets wat eruitzag alsof het gehecht moest worden, maar de toeschouwer was bewusteloos en bleef drie uur buiten bewustzijn. Hersenschudding. Volgens zijn advocaat lijdt hij nu aan geheugenverlies en barstende hoofdpijn.'

'Werd de politie aansprakelijk gesteld?'

'Ja. Het zal nog wel even duren, maar uiteindelijk zal hij er wel een vergoeding aan overhouden.'

Sheriff John dacht na. 'Als hij is blijven staan om de schermutseling te filmen, krijgt hij misschien niet zo veel, hoe erg die hoofdpijnen ook zijn. Ik neem aan dat u werd opgezadeld met onrechtmatig gebruik van een vuurwapen.'

Dat was inderdaad het geval en het zou fijn zijn, dacht Tim, als we het daarbij konden laten. Maar dat kon niet. Sheriff John mocht er dan uitzien als de zwarte uitvoering van Boss Hogg in *The Dukes of Hazzard*, hij was niet dom. Hij had duidelijk begrip voor Tims situatie – dat zou vrijwel elke politieman hebben – maar hij zou het verhaal toch natrekken. Hij kon de rest dus maar beter van Tim zelf horen.

'Voordat ik de schoenenwinkel binnenging, ben ik wat gaan drinken bij Beachcombers. De agenten die de jongen arresteerden roken het aan mijn adem en lieten me blazen. Ik blies nul punt zes, wat onder de wettelijke limiet blijft, maar toch niet best was, aangezien ik zojuist mijn vuurwapen had gebruikt en een man in het ziekenhuis had laten belanden.'

'Drinkt u normaal gesproken veel, meneer Jamieson?'

'In het half jaar of zo na mijn scheiding heb ik behoorlijk gedronken, maar dat is twee jaar geleden. Tegenwoordig niet meer.' Natuurlijk niet, alsof ik iets anders zou kunnen antwoorden, dacht hij.

'Uh-huh, uh-huh, eens even kijken of ik het allemaal goed heb begrepen.' De sheriff stak een dikke wijsvinger omhoog. 'U had geen dienst, dus als u op dat moment geen uniform had gedragen, was die vrouw nooit naar u toe komen rennen.'

'Waarschijnlijk niet, maar dan zou ik de herrie hebben gehoord en er toch op af zijn gegaan. Een politieman heeft altijd dienst. Dat weet u ook wel.'

'Uh-huh, uh-huh, maar had u dan ook uw dienstwapen bij u gehad?'

'Nee, dat zou dan achter slot en grendel in mijn wagen hebben gelegen.'

Voor dit punt stak Ashworth een tweede vinger op, waarna hij er een derde aan toevoegde. 'Die knul had een wapen in zijn hand dat naar alle waarschijnlijkheid nep was, maar dat ook echt had kunnen zijn. Dat kon u hoe dan ook niet zeker weten.'

'Klopt.'

Daar was vinger nummer vier. 'Uw waarschuwingsschot raakte een lamp, die daardoor niet alleen naar beneden viel, maar op het hoofd van een onschuldige omstander. Dat wil zeggen, als je zo'n klootzak die met een mobieltje staat te filmen een onschuldige omstander kunt noemen.'

En daar kwam de duim van de sheriff omhoog. 'En voordat dit voorval plaatsvond, had u toevallig twee alcoholische drankjes genuttigd.'

'Ja. In uniform nota bene.'

'Niet handig, nee, zeker niet handig aangepakt, maar ik vind het toch wel een ongelooflijk geval van pech.' Sheriff John trommelde met zijn vingers op de rand van zijn bureau. De robijnen pinkring zorgde daarbij telkens voor een zacht tikje. 'Ik vind uw verhaal te bizar om niet waar te zijn, maar ik denk dat ik toch uw vorige werkgever ga bellen om het na te trekken. Al was het alleen maar om het verhaal nog een keer te horen en me er opnieuw over te verbazen.'

Tim glimlachte. 'Ik werkte onder Bernadette DiPino. Zij is de hoofdcommissaris in Sarasota. En nu zou ik maar naar huis gaan om te eten, anders wordt uw vrouw boos.'

'Uh-huh, uh-huh, laat Marcy maar aan mij over.' De sheriff boog naar voren. Zijn ogen schitterden. 'Als ik u nu een blaastest zou laten doen, meneer Jamieson, wat zou u dan blazen?'

'Kom maar op, dan kunt u het zelf zien.'

'Laat ik dat maar niet doen. Ik geloof niet dat het nodig is.' Hij leunde naar achteren en zijn bureaustoel slaakte opnieuw een lijdzame zucht. 'Waarom zou u het baantje van nachtwaker willen hebben in zo'n klein klotestadje als dit? Het betaalt maar honderd dollar per week en hoewel er van zondag tot en met donderdag weinig zal gebeuren, kan het er op vrijdag- en zaterdagavonden behoorlijk wild aan toegaan. De stripclub in Penley is vorig jaar gesloten, maar er zitten verschillende danstenten en kroegen in de directe omgeving.'

'Mijn opa was nachtwaker in Hibbing, Minnesota. Het stadje waar Bob Dylan is opgegroeid? Dat was na zijn pensionering bij de State Police. Hij was de reden waarom ik als jongetje al bij de politie wilde. Ik zag dat bordje en dacht gewoon...' Tim haalde zijn schouders op. Wat hád hij gedacht? Min of meer hetzelfde als toen hij dat baantje bij de recyclefabriek had aangenomen. Helemaal niks eigenlijk. Hij bedacht dat hij er in feite, in elk geval mentaal, niet al te best voor stond.

'U treedt dus in uw grootvaders voetsporen, uh-huh.' Sheriff John vouwde zijn handen over zijn aanzienlijke buik en keek Tim aan – de heldere, onderzoekende ogen diep verscholen in hun vetkwabben. 'Dus als ik het goed begrijp hebt u uw carrière als politieman afgesloten? En bent u op zoek naar iets om uw tijd mee door te brengen? Vindt u zichzelf daar niet een beetje te jong voor?'

'Als politieman ben ik inderdaad met pensioen, ja. Dat is verleden tijd. Een vriend zei dat hij me wel een baan als beveiliger kon bezorgen in New York en ik had behoefte aan een andere omgeving. Misschien hoef ik daarvoor niet eens naar New York.' Waar hij eigenlijk behoefte aan had, dacht hij, was een mentale verandering. Misschien dat het baantje als nachtwaker daar niet voor kon zorgen, maar misschien ook wel.

'Gescheiden, zei u?'

'Ja.'

'Kinderen?'

'Nee. Zij wilde ze wel, maar ik niet. Ik vond dat ik daar nog niet aan toe was.'

Sheriff John keek naar Tims sollicitatieformulier. 'Hier staat dat u tweeënveertig bent. Als u er dan nog steeds niet aan toe bent is het in de meeste gevallen – waarschijnlijk niet allemaal...'

Zijn stem stierf weg en hij wachtte, als een echte politieman, tot Tim de stilte zou opvullen. Tim zei niets.

'Misschien dat u uiteindelijk wel op weg zult gaan naar New York, meneer Jamieson, maar op dit moment zwerft u nog een beetje rond. Klopt dat ongeveer?'

Tim dacht even na en moest dit toen beamen.

'Als ik u deze baan geef, hoe weet ik dan dat u het over twee weken of een maand niet opeens in uw hoofd haalt om nog wat verder te zwerven? DuPray is niet echt de meest interessante plek op aarde, of zelfs maar in South Carolina. Wat ik in feite wil weten, sir, is hoe ik zeker kan weten dat u betrouwbaar bent?'

'Ik blijf wel een tijdje. Als u tenminste vindt dat ik mijn werk goed doe. Zo niet, dan ontslaat u me. Mocht ik zelf weg willen, dan zal ik dat ruim van tevoren laten weten. Dat beloof ik.'

'De baan betaalt niet genoeg om van te kunnen leven.'

Tim haalde zijn schouders op. 'Zo nodig zoek ik er nog een baantje bij. U gaat me toch niet vertellen dat ik hier de enige zou zijn die twee banen nodig heeft om de eindjes aan elkaar te kunnen knopen? Bovendien heb ik wat geld apart gehouden voor de eerste kosten.'

Sheriff John bleef nog even zo zitten, dacht na en stond toen op. Dit deed hij met verrassende souplesse voor zo'n zware man. 'Kom morgenochtend maar langs, dan zullen we zien hoe we dit gaan aanpakken. Zo om een uurtje of tien.'

Zodat je voldoende tijd hebt om de politie in Sarasota te bellen, dacht Tim, en te controleren of mijn verhaal wel klopt. En te kijken of ik nog andere smetten op mijn blazoen heb.

Hij stond zelf ook op en stak zijn hand uit. Sheriff John had een fijne, stevige handdruk. 'Waar slaapt u vannacht, meneer Jamieson?'

'In dat motel een eindje verderop, als daar een kamer vrij is.'

'O, Norbert heeft vrije kamers zat,' zei de sheriff, 'en ik denk niet dat hij zal proberen u wat van zijn weed aan te smeren. Volgens mij ziet u er toch nog wel een beetje uit als een politieman. Als u geen problemen hebt met gefrituurd eten, dan is Bev hier in de straat tot zeven uur open. Ik ben zelf gek op de lever met uien.'

'Bedankt. En bedankt voor dit gesprek.'

'Geen dank. Interessant gesprek. En wanneer u incheckt bij het Du-

Pray, zeg dan maar tegen Norbert dat hij u van Sheriff John een goede kamer moet geven.'

'Dat zal ik doen.'

'Maar ik zou uw bed toch maar even op beestjes controleren voordat u erin stapt.'

Tim glimlachte. 'Dat advies heeft iemand anders me ook al gegeven.'

## 7

De avondmaaltijd bij Bev bestond uit een gepaneerde schnitzel, sperziebonen en een punt perziktaart toe. Niet slecht. Het tegenovergestelde gold voor de kamer die hij in het DuPray Motel had gekregen. Bij deze kamer vergeleken waren alle andere kamers waar Tim tijdens zijn zwerftocht naar het noorden had verbleven paleizen. De airco in het raam ratelde druk, maar deed weinig op het gebied van verkoeling. De roestige douchekop lekte en daar leek niets aan te doen. (Uiteindelijk legde hij er een handdoek onder om het tikkende geluid te dempen.) In de kap van het leeslampje naast het bed zaten meerdere brandgaten. Het enige schilderij in de kamer – een angstaanjagende voorstelling van een varend schip met een bemanning die geheel bestond uit grijnzende en mogelijk moorddadige zwarte mannen – hing scheef. Tim hing het recht, maar het zakte meteen weer scheef.

Buiten stond een tuinstoel. De zitting was doorgezakt en de poten waren net zo verroest als de kapotte douchekop, maar toen hij ging zitten zakte hij er niet doorheen. Hij strekte zijn benen voor zich uit, sloeg insecten weg en keek hoe de zon haar vurige oranje stralen door de bomen liet schijnen. De aanblik ervan stemde hem tegelijkertijd vrolijk en melancholiek. Om kwart over acht verscheen er opnieuw een goederentrein waar geen eind aan leek te komen. Hij kruiste de SR-92 en reed langs de pakhuizen aan de rand van de stad.

'Die verrekte Georgia Southern is altijd te laat.'

Tim keek om naar de eigenaar en tevens enige avondmedewerker van dit fraaie etablissement. Hij was graatmager. Om zijn bovenlichaam hing een vest met paisleymotief. Zijn kakibroek was te kort, zodat je goed zicht had op zijn witte sokken en oude Converse-sneakers. Zijn ietwat ratachtige gezicht werd omlijst door een heuse Beatlecoupe.

'Vertel,' zei Tim.

'Maakt niet uit,' zei Norbert, schouderophalend. 'De avondtrein rijdt altijd meteen door. De nachttrein doet dat bijna altijd, tenzij hij diesel moet afleveren, of vers fruit en groentes voor de supermarkt. Er is daarginds een kruispunt.' Ter illustratie kruiste hij zijn wijsvingers. 'Het ene spoor gaat naar Atlanta, Birmingham, Huntsville, zulk soort plaatsen. Het andere komt uit de richting van Jacksonville en gaat naar Charleston, Wilmington, Newport News en zulk soort plaatsen. De goederentreinen die hier stoppen doen dat meestal overdag. Denk je aan een baantje in de pakhuizen? Daar kunnen ze meestal wel wat mensen gebruiken, maar je moet er wel een sterke rug voor hebben. Niks voor mij.'

Tim keek naar hem. Norbert schuifelde wat met zijn sneakers over de grond. Hij grijnsde en schonk Tim daarmee een blik op zijn armoedzaaiersgebit. Hij had al zijn tanden nog, maar ze zagen eruit alsof dat niet lang meer zou duren.

'Waar staat je auto?'

Tim bleef hem aankijken.

'Ben je van de politie?'

'Op dit moment ben ik een man die zit te kijken naar de zon die ondergaat achter de bomen, en dat zou ik het liefst alleen doen.'

'Zeg maar niks meer, zeg maar niks meer,' zei Norbert en hij blies de aftocht, waarbij hij slechts één korte, taxerende blik over zijn schouder wierp.

Uiteindelijk was de goederentrein gepasseerd. De rode overweglichten doofden. De slagbomen gingen omhoog. De twee of drie auto's die hadden staan wachten startten en zetten zich in beweging. Tim zag de zon tijdens het ondergaan van oranje in rood veranderen – *Avondrood, mooi weer aan boord*, zou zijn opa de nachtwaker hebben gezegd. Hij zag de schaduwen van de dennen steeds langer worden boven de SR-92 en in elkaar overvloeien. Hij was er vrij zeker van dat hij de baan als nachtwaker niet zou krijgen, maar misschien was dat ook maar beter. DuPray voelde wel heel erg ver bij alles vandaan; het was niet eens een zijspoor, het was bijna helemáál geen spoor. Zonder die vier pakhuizen was het stadje er waarschijnlijk niet eens geweest. En waar dienden die dingen eigenlijk voor? Om er tv's in op te slaan uit een of andere noordelijke stad zoals Wilmington of Norfolk, zodat ze uiteindelijk verder konden worden vervoerd naar Atlanta of Marietta? Om dozen met computeronderdelen uit Atlanta in op te slaan zodat die uiteindelijk weer konden worden ingeladen en naar Wilmington of Norfolk of Jacksonville konden worden vervoerd? Om kunstmest of gevaarlijke chemicaliën in op te slaan, omdat er in dit deel van de Verenigde Staten geen wet bestond die dat verbood?

Hij ging naar binnen, draaide zijn deur op slot (zinloos, want de deur was zo dun dat je hem in één keer zou kunnen intrappen), kleedde zich uit tot op zijn ondergoed en ging op het bed liggen, dat weliswaar doorzakte, maar (voor zover hij dat althans had kunnen vaststellen) geen beestjes herbergde. Hij legde zijn handen achter zijn hoofd en keek naar het schilderij van de lachende zwarte bemanning van het fregat, of hoe je zo'n ding ook noemde. Waar gingen ze naartoe? Waren het piraten? Hem leken het piraten. Maar wat het ook waren, het kwam erop neer dat er in de eerstvolgende haven die ze aandeden moest worden geladen en gelost. Misschien gold dat wel voor alles. En iedereen. Kort geleden had hij zichzelf gelost van een Delta-vlucht met bestemming New York. Vervolgens had hij blikjes en flesjes in een sorteermachine geladen. Vandaag had hij voor een aardige mevrouw eerst boeken ingeladen en ergens anders weer uitgeladen. Hij was hier alleen maar omdat de I-95 afgeladen was geweest met auto's en vrachtwagens die stonden te wachten tot een bergingswagen de in puin gereden auto van een of andere pechvogel kwam wegtakelen. Waarschijnlijk nadat een ambulance de chauffeur had ingeladen en in het dichtstbijzijnde ziekenhuis weer had uitgeladen.

Maar een nachtwaker laadt niet in of uit, dacht Tim. Hij loopt rond en waakt. *Dat*, zou opa hebben gezegd, *is het mooie eraan.*

Hij viel in slaap, om rond middernacht, toen er weer een goederentrein voorbijdenderde, even wakker te worden. Hij ging naar het toilet en haalde voordat hij weer in bed stapte het scheef hangende schilderij van de muur en zette de bemanning van grijnzende zwarte mannen met de afbeelding naar de muur.

Hij kreeg de zenuwen van dat rotding.

## 8

Toen de volgende ochtend de telefoon in zijn kamer overging, zat Tim al weer gedoucht en wel in de tuinstoel te kijken hoe de schaduwen die bij zonsondergang de weg hadden verduisterd zich terugtrokken. Het was Sheriff John. Hij liet er geen gras over groeien.

'Ik dacht niet dat uw vorige baas zo vroeg al aanwezig zou zijn, Mr. Jamieson, dus heb ik u online opgezocht. Het lijkt erop dat u een paar dingen onvermeld hebt gelaten op uw sollicitatieformulier. In ons gesprek zijn ze al evenmin ter sprake gekomen. In 2017 hebt u een oorkonde ontvangen voor het redden van een leven en in 2018 was u Politieman van het Jaar van de Sarasota PD. Was u dat ontschoten?'

'Nee,' zei Tim. 'Die sollicitatie kwam zo onverwacht. Als ik meer tijd had gehad om na te denken, had ik die dingen wel vermeld.'

'Vertel eens over die alligator. Ik ben opgegroeid aan de rand van Little Pee Dee Swamp en ik ben gek op zulke verhalen.'

'Het is niet zo heel spannend, want het was niet zo'n grote alligator. En ik heb het leven van die knul niet gered, maar het is ergens wel een grappig verhaal.'

'Vertel op.'

'We kregen een melding van de Highlands, dat is een particuliere golfbaan. Ik was daar het dichtst in de buurt. Het jongetje zat in een boom bij een van de waterhindernissen. Hij was een jaar of elf, twaalf of zoiets en schreeuwde de longen uit zijn lijf. De alligator zat onder de boom.'

'Doet me denken aan dat kinderboek, *Sambo, het kleine zwarte jongetje*,' zei Sheriff John. 'Alleen waren het in dat verhaal tijgers in plaats van een alligator en als het zich afspeelde op een particuliere golfbaan, durf ik te wedden dat het jongetje in die boom niet zwart was.'

'Nee, en de alligator in kwestie lag een beetje te slapen. Het was er eentje van anderhalve meter. Hooguit één tachtig. Ik leende een ijzer vijf van de vader van het jochie – hij was ook degene die me heeft aanbevolen voor die oorkonde – en heb hem daar een paar klappen mee verkocht.'

'De alligator, neem ik aan, niet de vader.'

Tim lachte. 'Precies. De alligator verdween weer in het water, het jongetje klom uit de boom en dat was alles.' Hij zweeg even. 'Alleen verscheen ik toen opeens in het avondjournaal. Zwaaiend met een golfclub. De nieuwslezer zei nog dat ik een prima swing had. Ach ja, golfhumor.'

'Uh-huh, uh-huh, en hoe zat het met die Politieman van het Jaarverkiezing?'

‘Ach,’ zei Tim, ‘ik was altijd op tijd op mijn werk, meldde me nooit ziek, en ze moesten die titel toch aan íémand geven.’

Het bleef even stil aan de andere kant van de lijn. Toen zei Sheriff John: ‘Ik weet niet of je dat gepaste bescheidenheid noemt of een laag zelfbeeld, maar ik vind het sowieso een verkeerde houding. We kennen elkaar nog maar net, dus ik snap dat dat een gewaagde uitspraak is, maar ik ben iemand die zegt wat hij denkt. Nogal kort door de bocht, vinden sommige mensen. Onder wie mijn vrouw.’

Tim keek naar de weg, naar het spoor, naar de wegtrekkende schaduwen. Ook keek hij even naar de watertoren, die boven het stadje uittorende als een vijandelijke robot in een sciencefictionfilm. Hij vermoedde dat het weer een snikhete dag ging worden. En hij vermoedde nog iets. Hij kon deze baan krijgen of hem hier en nu kwijtraken. Alles hing af van wat hij nu ging zeggen. De vraag was alleen: wilde hij het echt, of was het gewoon een opwelling geweest, vanwege een familieverhaal over opa Tom?

‘Meneer Jamieson, bent u daar nog?’

‘Die onderscheiding heb ik verdiend. Hij had ook naar andere politiemannen kunnen gaan, ik heb met een paar goeie agenten gewerkt, maar ja, ik heb hem verdiend. Ik heb niet veel meegenomen toen ik uit Sarasota wegging – de rest wilde ik over laten komen wanneer ik iets gevonden had in New York, maar die oorkonde heb ik bij me. Hij zit in mijn plunjezak. Ik kan hem wel laten zien, als u dat wilt.’

‘Dat wil ik wel,’ zei Sheriff John, ‘maar niet omdat ik u niet geloof. Ik wil hem gewoon graag zien. U bent belachelijk overgekwalificeerd voor de functie van nachtwaker, maar als u de baan echt wilt hebben, begint u vanavond om elf uur. Van elf tot zes, dat zijn de werktijden.’

‘Ik wil de baan,’ zei Tim.

‘Dat is dan afgesproken.’

‘En dat was het dan?’

‘Ik ben ook iemand die op zijn intuïtie vertrouwt en bovendien neem ik een nachtwaker aan, geen bewakingsambtenaar voor geldtransporten, dus ja, dat was het dan. U hoeft niet meer langs te komen om tien uur. U kunt beter nog even slapen en om een uur of twaalf langskomen. Dan zal agent Gullickson alles uitleggen. Dat is zo gebeurd. Je hoeft er geen raketgeleerde voor te zijn, hoewel je hier op zaterdagavond, als de cafés sluiten, de nodige raketten door Main Street kunt zien scheren.’

‘Goed. Dank u wel.’

'We zullen zien hoe dankbaar u bent na uw eerste weekend. Nog één ding. U bent geen deputy sheriff en dus niet bevoegd om een vuurwapen te dragen. Als zich een situatie voordoet die u niet kunt behappen, of die u gevaarlijk acht, geeft u dat door aan het bureau. Is dat duidelijk?'

'Ja.'

'Dat is u geraden, meneer Jamieson. Als ik erachter kom dat u een pistool draagt, kunt u meteen inpakken.'

'Begrepen.'

'Ga nu dan nog even slapen. U staat op het punt een nachtwezen te worden.'

Zoals Graaf Dracula, dacht Tim. Hij verbrak de verbinding, hing het bordje NIET STOREN op de deur, trok het dunne, mistroostige gordijn voor het raam, zette de wekker op zijn mobieltje en ging weer slapen.

## 9

Deputy Wendy Gullickson, een van de parttimers van het bureau, was tien jaar jonger dan Ronnie Gibson en een spetter, zelfs met haar blonde haar zo strak naar achteren getrokken in een knot dat het pijn leek te doen. Tim deed geen poging haar te versieren; het was hem wel duidelijk dat de versierbarrières waren opgetrokken en op volle kracht werkten. Hij vroeg zich even af of ze misschien iemand anders in gedachten had gehad voor de baan van nachtwaker, misschien een broer of een vriendje.

Ze gaf hem een plattegrond van DuPrays niet veel om het lijf hebbende zakendistrict, een portofoon voor aan zijn riem en een rondeklok, ook voor aan zijn riem. Zonder batterijen, legde deputy Gullickson uit; hij moest hem aan het begin van elke dienst zelf opwinden.

'In 1946 was dit vast het nieuwste van het nieuwste,' zei Tim. 'Ik vind het eigenlijk wel cool. Retro.'

Ze lachte niet. 'Je klokt eerst in bij Fromie's Small Engines Sale and Service en daarna bij het station aan de westzijde van Main Street. Dat is ruim tweeënhalve kilometer heen en ook weer terug. Ed Whitlock liep tijdens elke dienst vier rondes.'

Wat neerkwam op bijna eenentwintig kilometer. 'Ik zal in elk geval geen Weight Watchers nodig hebben.'

Er kon nog steeds geen lachje af. 'Ronnie Gibson en ik zullen een rooster opstellen. Je krijgt twee nachten per week vrij, waarschijnlijk de maandag en de dinsdag. Na het weekend is het betrekkelijk rustig in de stad, maar het kan zijn dat we soms wat moeten schuiven. Als je tenminste van plan bent te blijven.'

Tim vouwde zijn handen in zijn schoot en keek haar met een schuin glimlachje aan. 'Hebt u soms een probleem met mij, deputy Gullickson? Als dat zo is, is dit het moment om het te zeggen.'

Haar lichte huid kon niet de blos verbergen die naar haar wangen steeg. Het maakte haar alleen maar knapper, maar hij veronderstelde dat ze er zelf niettemin een hekel aan had.

'Dat weet ik nog niet. De tijd zal het leren. Wij hebben hier een goed team. Klein maar fijn. We werken goed samen. Jij bent iemand die hier zomaar komt aanwaaien en een baan in de wacht sleept. Er worden vaak grapjes gemaakt over de nachtwaker en Ed deed daar nooit moeilijk over, maar het is belangrijk werk, vooral in een stad met zo'n klein politieteam als het onze.'

'Voorkomen is altijd beter dan genezen. Dat zei mijn opa altijd. Hij was nachtwaker, agent Gullickson. Daarom heb ik gesolliciteerd.'

Ze leek iets te ontdooien. 'Wat die rondeklok betreft, die is inderdaad archaïsch. Ik zou zeggen, wen er maar aan. Nachtwaker is een analoge baan in een digitale tijd. In DuPray althans.'

## 10

Tim kwam er al snel achter wat ze bedoelde. Hij was in feite een wijkagent uit de periode rond 1954, alleen dan zonder pistool of zelfs maar een wapenstok. Hij was niet bevoegd om arrestaties te verrichten. Een paar van de grotere bedrijven waren wel uitgerust met beveiligingsapparatuur, maar de meeste kleinere zaken beschikten niet over dergelijke technologie. Bij zaken als DuPray Mercantile en Oberg's Drug controleerde hij of de groene beveiligingslichten brandden en of er geen indringers waren. Bij de kleinere rammelde hij aan deurknoppen en deurklinken, gluurde door de ramen en klopte, geheel volgens de traditie, drie keer aan. Heel af en toe kwam er een reactie – een opgestoken hand of een paar woorden – maar meestal niet, en dat was prima. Hij zette een krijtstreep en liep verder. Op de terugtocht deed hij precies hetzelfde, alleen veegde hij nu onderweg de strepen weer uit. Het deed hem denken aan een oud Iers grapje: *Als jij er het eerst bent, Paddy, zet dan een krijtstreep op de deur. Als ik er het eerst ben, veeg ik hem wel uit.* Er leek geen echte reden te bestaan voor die strepen; het was gewoon een traditie die, via een lange lijn van nachtwakers, misschien nog wel stamde uit de periode van de Reconstructie, vlak na de Burgeroorlog.

Dankzij een van de parttimeagenten vond Tim een fatsoenlijk onderkomen. George Burkett vertelde hem dat zijn moeder een klein gemeubileerd appartementje boven haar garage had en dat eventueel wel voor een habbekrats aan hem wilde verhuren. 'Het heeft maar twee kamers, maar die zien er best goed uit. Mijn broer heeft er een paar jaar gewoond, voordat hij naar Florida verhuisde. Hij werkt in Orlando, voor dat attractiepark van Universal Studios. Verdient lekker.'

'Fijn om te horen.'

'Ja, alleen de prijzen daar in Florida... jemig, dat wil je gewoon niet weten. Maar als je het doet, Tim, moet ik je wel waarschuwen dat je 's avonds laat geen harde muziek kunt spelen. Ma houdt niet van muziek. Zelfs niet van Floyds banjo, waar hij fantastisch op kon spelen. Ze hadden er voortdurend mot om.'

'George, ik ben 's avonds bijna nooit thuis.'

Agent Burkett – halverwege de twintig, vriendelijk en vrolijk, niet al te zeer belast met een aangeboren intelligentie – fleurde meteen op. 'Natuurlijk, dat is waar ook. Maar goed, er zit een kleine airco in. Stelt niet veel voor, maar houdt de kamers koel genoeg om te kunnen slapen – dat vond Floyd tenminste. Lijkt het je wat?'

Het leek Tim zeker wat en hoewel de airco inderdaad niet veel voorstelde, stond er een lekker bed, was er een knusse woonkamer en lekte de douche niet. De keuken bestond uit een magnetron en een enkel kookplaatje, maar hij at toch bijna altijd bij Bev's Eatery, dus dat maakte niet uit. En de huur was zeventig dollar per week, dus veel goedkoper kon hij niet wonen. Volgens de beschrijving van George moest zijn moeder nogal een kenau zijn, maar mevrouw Burkett bleek een aardig oud mens met zo'n vet zuidelijk accent dat hij maar de helft verstond van wat ze zei. Soms legde ze een stuk maïsbrood of een plak in vetvrij papier verpakte cake voor zijn deur. Het was alsof hij een goede fee als hospita had.

Norbert Hollister, de moteleigenaar, had gelijk gehad over DuPray

Storage & Warehousing; ze hadden last van een chronisch personeelstekort en namen steeds nieuwe mensen aan. Het leek Tim logisch dat op plekken waar mensen met hun handen moesten werken en daarmee het laagste wettelijk toegestane uurloon (in South Carolina kwam dat neer op zeven dollar vijfentwintig per uur) verdienden, het personeelsverloop hoog was. Hij ging een praatje maken met de voorman, Val Jarrett, die hem wel voor drie uur per dag, vanaf acht uur 's ochtends, wilde aannemen. Op die manier had Tim de tijd om zich na zijn dienst als nachtwaker op te frissen en te eten. En zo kwam het dat hij, naast zijn nachtwerk, opnieuw aan de slag ging met laden en lossen.

Zo is het leven, hield hij zichzelf voor. Zo is het leven. Voorlopig.

## 11

Naarmate de tijd in het kleine zuidelijke stadje verstreek, verviel Tim Jamieson in een kalme routine. Hij was niet van plan de rest van zijn leven in DuPray te blijven, maar zag zich er nog wel tot de kerstdagen zitten (en misschien wel een piepklein kunstboompje neerzetten in zijn appartementje boven de garage), en misschien zelfs wel tot de volgende zomer. Het was geen culturele oase en hij snapte wel waarom de jeugd stond te trappelen om aan deze kleurloze saaiheid te ontsnappen, maar Tim genoot ervan. Hij wist dat dit op den duur zou veranderen, maar voorlopig was het prima.

Om zes uur 's avonds opstaan; eten bij Bev, soms alleen en soms met een van de agenten; dan zeven uur lang zijn nachtwakersrondes lopen; ontbijten bij Bev; tot elf uur een vorkheftruck bedienen bij DuPray Storage and Warehousing; lunchen met een broodje en cola of zoete thee in de schaduw van het treinstation; terug naar zijn appartement bij mevrouw Burkett; tot zes uur slapen. Op zijn vrije dagen sliep hij soms wel twaalf uur achtereen. Hij las juridische thrillers van John Grisham en de complete reeks van *Het lied van ijs en vuur*. Hij was een groot fan van Tyrion Lannister. Tim wist dat er een tv-serie bestond die was gebaseerd op de boeken van Martin, maar had geen behoefte die te zien; zijn fantasie voorzag hem van alle draken die hij nodig had.

Als politieman wist hij dat het nachtleven van Sarasota net zo veel van de zee-en-zon-dagen van die toeristenstad verschilde als Mr. Hyde van Dr. Jekyll. De nachtelijke kant was vaak weerzinwekkend en soms gevaarlijk en hoewel hij zich nooit had verlaagd tot het gebruiken van die verwerpelijke politieterm voor dode drugsverslaafden en mishandelde prostituees – NHI, *no humans involved*, oftewel geen menselijke slachtoffers – hadden tien jaar bij de politie hem cynisch gemaakt. Soms bracht hij die emoties mee naar huis (zeg maar vaak, dacht hij, om heel eerlijk te zijn), en ze waren deel gaan uitmaken van het bijtende zuur dat zijn huwelijk had aangevreten. Die emoties waren, veronderstelde hij, een van de redenen waarom hij nooit had opengestaan voor het krijgen van kinderen. Er gebeurden zo veel vreselijke dingen. Er kon zo veel misgaan. Een alligator op een golfbaan was nog wel het minst erge wat een mens kon overkomen.

Toen hij de baan van nachtwaker aannam had hij niet kunnen denken dat een gehucht van vierenvijftighonderd inwoners (die grotendeels buiten de bebouwde kom woonden) een nachtelijke kant kon hebben, maar die had DuPray wel degelijk en Tim kwam erachter dat die hem wel beviel. De mensen die hij aan de nachtkant tegenkwam waren in feite wat dit werk zo leuk maakte.

Zo had je mevrouw Goolsby. De meeste avonden zwaaiden ze even naar elkaar wanneer hij aan zijn eerste ronde begon en wisselden ze een zachte begroeting uit. Zij zat in haar schommelstoel op de veranda zachtjes heen en weer te schommelen en dronk uit een kopje waar net zo goed whisky als priklimonade of kamillethee in kon zitten. Soms zat ze er wanneer hij voor de tweede keer terugkwam nog steeds. Het was Frank Potter, een van de agenten met wie hij 's avonds wel eens bij Bev at, die hem vertelde dat mevrouw G. een jaar eerder haar man had verloren. Wendell Goolsby's grote truck was tijdens een sneeuwstorm in Wisconsin van een snelweg gegleden.

'Ze is nog niet eens vijftig, maar Wen en Addie waren toch al heel, heel lang getrouwd,' zei Frank. 'Ze trouwden toen ze nog geen van beiden oud genoeg waren om te stemmen of een alcoholisch drankje te mogen bestellen. Net als in dat nummer van Chuck Berry over een tienerbruiloft. Over het algemeen houden zulke huwelijken niet lang stand, maar het hunne wel.'

Ook leerde Tim Annie kennen, een dakloze vrouw die vaak op een luchtbed sliep in het steegje tussen het politiebureau en de supermarkt. Ze had ook een klein tentje op een grasveld achter het treinstation en wanneer het regende sliep ze daar.

'Haar volledige naam is Annie Ledoux,' zei Bill Wicklow toen Tim hem ernaar vroeg. Bill was de oudste van de agenten in DuPray, een parttimer die iedereen in de stad leek te kennen. 'Ze slaapt al jaren in dat straatje. Ze ligt daar liever dan in die tent.'

'Wat doet ze wanneer het weer omslaat?' vroeg Tim.

'Dan gaat ze naar Yemassee. Meestal brengt Ronnie Gibson haar. Ze zijn familie van elkaar, achternichten of zo. Ze hebben daar een daklozenopvang. Annie zegt dat ze er alleen gebruik van maakt als het echt niet anders kan, omdat er allemaal gekken zitten. Dan zeg ik altijd: "Kijk wie 't zegt, meid."'

Tim ging elke nacht even kijken of alles in orde was in het steegje waar zij haar schuilplek had en op een dag ging hij, grotendeels uit nieuwsgierigheid, na zijn werk in het pakhuis een kijkje nemen bij haar tent. Voor de tent stonden drie bamboe stokken met vlaggen eraan in de aarde: een *stars and stripes*, de vlag van de Verenigde Staten, een *stars and bars*, de officiële vlag van de Confederatie, en een vlag die Tim niet herkende.

'Dat is de vlag van Guyana,' zei ze toen hij ernaar vroeg. 'Gevonden in een vuilnisbak achter Zoney's. Mooi, hè?'

Ze zat in een met doorzichtig plastic bedekte leunstoel een sjaal te breien die er lang genoeg uitzag voor een van George R.R. Martins reuzen. Ze was best vriendelijk en toonde geen enkel teken van wat een van Tims oud-collega's in Sarasota het 'paranoïde daklozensyndroom' had genoemd, maar ze was een fan van nachtelijke praatprogramma's op de radio en in haar gesprekken sloeg ze soms opeens vreemde zijstraten in die te maken hadden met vliegende schotels, vreemde verschijningen en duivelse bezetenheid.

Toen hij haar op een avond weer eens aantrof op haar luchtbed in het steegje, waar ze naar haar radiootje lag te luisteren, vroeg hij haar waarom ze daar bleef terwijl ze een tent had die er pico bello uitzag. Annie – een jaar of zestig misschien, of tachtig – keek hem aan alsof hij niet goed bij zijn hoofd was. 'Hier ben ik dicht bij de politie en weet je wel wat er achter het station en die pakhuizen is, Mr. J.?'

'Bos, neem ik aan.'

'Bos en veenmoerassen. Kilometers en kilometers bomen en modder en kreupelhout, helemaal tot in Georgia. Er zitten daar niet alleen béésten, maar ook behoorlijk akelige mensen. Wanneer het zeikregent en ik in mijn tent moet blijven, houd ik mezelf altijd voor dat die zich in zo'n regenstorm wel verscholen houden, maar toch slaap ik dan niet lekker. Ik heb altijd een mes bij de hand, maar ik denk niet dat ik daar veel aan zal hebben tegen een of andere moerasrat die strak staat van de speed.'

Annie was graatmager en Tim begon, voordat hij inklokte voor zijn korte dienst van laden en lossen in het pakhuizencomplex, kleine lekkernijen van Bev voor haar mee te nemen. Soms was het een zakje pinda's of zoutjes, soms een chocoladekoek of kersenvlaai. Eén keer was het een potje Wickles-augurken, dat ze aanpakte en lachend van plezier tussen haar magere borsten klemde.

'Wickies! Ik kan me amper herinneren wanneer ik die voor het laatst heb gegeten! Waarom ben je zo aardig voor mij, Mr. J.?'

'Ik weet het niet,' zei Tim. 'Gewoon omdat ik je aardig vind, Annie. Mag ik er eentje proberen?'

Ze hield hem het potje voor. 'Tuurlijk. Je moet het trouwens ook voor me openmaken, want mijn handen doen pijn van de artrose.' Ze stak een hand uit om haar vingers te laten zien, die zo vergroeid waren dat ze eruitzagen als grillig gevormde takjes. 'Ik kan er nog mee breien en naaien, maar God mag weten hoe lang dat nog gaat duren.'

Hij draaide het potje open, trok een vies gezicht bij het ruiken van de sterke azijngeur en viste er een augurkje uit. Het ding droop van de azijn, maar het had wat hem betrof evengoed formaldehyde kunnen zijn.

'Geef op, geef op!'

Hij gaf haar het glazen potje en at de augurk op. 'Jezus, Annie, mijn hele mond trekt ervan samen!'

Ze lachte de paar tanden die ze nog had bloot. 'Ze zijn het lekkerst met brood en boter en een lekker koud colaatje. Of een biertje, maar die drink ik niet meer.'

'Wat zit je daar te breien? Is het een sjaal?'

'De Here zal niet aan ons verschijnen in Zijn eigen mantel,' zei Annie. 'Ga nu maar, Mr. J., en doe wat je moet doen. Kijk uit voor mannen in zwarte auto's. Daar heeft George Allman het steeds over op de radio. Je weet toch wel waar dié vandaan komen, hè?' Ze wierp hem een veelzeggende blik toe. Het kon zijn dat ze een grapje maakte. Of niet. Met Annie wist je dat nooit.

Een andere bewoner van DuPrays nachtzijde was Corbett Denton. Hij was de kapper en hier ter plaatse beter bekend als Drummer, vanwege een of andere streek die hij als tiener had uitgehaald, maar waarvan niemand het fijne leek te weten, alleen dat het had geresulteerd in een maand schorsing van de regionale middelbare school. Hij mocht dan in zijn jonge jaren een wilde jongen zijn geweest, die tijd lag ver achter hem. Drummer was nu ergens achter in de vijftig of voor in de zestig, was te zwaar, werd kaal en leed aan slapeloosheid. Wanneer hij niet kon slapen ging hij buiten voor zijn zaak zitten en keek uit over DuPrays verlaten hoofdstraat. Dat wil zeggen: verlaten op Tim na. Ze hadden het over van alles en nog wat, de bekende dingen – het weer, honkbal, de jaarlijkse Summer Sidewalk Sale van DuPray – maar op een avond zei Denton iets waar Tim van opkeek.

'Weet je, Jamieson, dit leven dat wij denken te leven is niet echt. Het is maar een schimmenspel en persoonlijk zal ik blij zijn wanneer het licht uitgaat. Alle schaduwen verdwijnen in het donker.'

Tim ging op de stoep zitten, onder de barbiersstok, waarvan de eindeloos draaiende spiraal was stilgezet voor de nacht. Hij zette zijn bril af, poetste de glazen op aan zijn overhemd en zette hem weer op. 'Mag ik vrijuit spreken?'

Drummer Denton schoot zijn sigaret in de goot, waar hij even navonkte. 'Ga je gang. Tussen middernacht en vier uur zou iedereen vrijuit moeten mogen spreken. Zo denk ik er in elk geval over.'

'Je klinkt als iemand die aan een depressie lijdt.'

Drummer begon te lachen. 'Je lijkt Sherlock Holmes wel.'

'Je zou eens bij Doc Roper langs moeten gaan. Er bestaan pillen waar je je beter van gaat voelen. Mijn ex slikt ze ook. Hoewel ze zich waarschijnlijk vooral beter is gaan voelen door mij te dumpen.' Hij lachte om te laten zien dat dit een grapje was, maar Drummer lachte niet terug, hij stond alleen op.

'Die pillen ken ik, Jamieson. Die werken net als drank en wiet en waarschijnlijk ook als de xtc die jongelui tegenwoordig gebruiken wanneer ze naar die "raveparty's" gaan, of hoe ze die ook noemen. Die dingen laten je eventjes geloven dat dit allemaal echt is. Dat het ertoe doet. Maar dat is het niet en dat doet het niet.'

'Ben je mal,' zei Tim zacht. 'Zo moet je toch niet denken.'

'Ik zou niet weten hoe ik anders moet denken,' zei de kapper en hij liep naar de trap die naar zijn appartement boven de kapperszaak voerde. Zijn tred was traag en sjokkend.

Tim keek hem bezorgd na. Drummer Denton leek hem zo iemand die op een regenachtige nacht opeens kon besluiten er een eind aan te maken. Misschien wel samen met zijn hond, als hij die had. Net als zo'n ouwe Egyptische farao. Hij overwoog het er met Sheriff John over te hebben, maar dacht toen aan Wendy Gullickson, die nog niet erg was ontdooid. Het laatste wat hij wilde was dat zij of de andere agenten zouden denken dat hij zich liep uit te sloven. Hij was geen politieman meer, hij was hier de nachtwaker maar. Hij kon het beter laten rusten.

Maar de gedachte aan Drummer Denton bleef toch aan hem knagen.

## 12

Eind juni zag hij tijdens zijn rondes twee jongens in westelijke richting door Main Street lopen met rugzakken op hun rug en broodtrommeltjes in hun handen. Ze zagen eruit alsof ze op weg waren naar school, ware het niet dat het twee uur 's nachts was. Deze nachtelijke wandelaars bleken de Bilson-tweeling te zijn. Ze waren boos op hun ouders, die ze niet naar de kermis in Dunning hadden willen brengen, omdat ze een slecht rapport hadden.

'We hadden bijna allemaal zessen en geen enkele onvoldoende,' zei Robert Bilson, 'en we zijn over. Wat is daar nou zo erg aan?'

'Het is niet eerlijk,' vulde Roland Bilson aan. 'We zorgen gewoon dat we morgenochtend als eersten bij de kermis staan en vragen om een baantje. We hebben gehoord dat ze altijd klusjes-van-alles kunnen gebruiken.'

Tim overwoog de jongen te vertellen dat de juiste term manusjes-van-alles was, maar besloot dat dit nu even niet van belang was. 'Jongens, ik wil geen roet in het eten gooien, maar hoe oud zijn jullie nu helemaal? Elf?'

'Twaalf!' riepen ze in koor.

'Goed, twaalf dan. En praat niet zo hard, want er liggen mensen te slapen. Niemand gaat jullie aannemen op die kermis. Wat ze gaan doen is jullie achter de tralies zetten, waar ze jullie zullen vasthouden met om het even welk excuus ze maar kunnen verzinnen, net zo lang tot jullie ouders jullie komen ophalen. Tot die tijd gaat iedereen die langsloopt zich aan jullie staan vergapen. Sommigen zullen zelfs pinda's of zwoerdjes naar jullie gooien.'

De Bilson-tweeling stond hem vol ontzetting (en misschien ook wel een beetje opluchting) aan te kijken.

'Ik zal jullie zeggen wat we nu gaan doen,' zei Tim. 'Jullie gaan nu onmiddellijk naar huis en ik blijf achter jullie lopen om ervoor te zorgen dat jullie niet opeens van gedachten veranderen. Zijn jullie door de deur naar buiten gegaan, of door het raam?'

'Raam,' zei Roland.

'Oké, dan gaan jullie zo ook weer naar binnen. Met een beetje geluk weten jullie ouders morgen niet eens dat jullie weg zijn geweest.'

Robert vroeg: 'Gaat u het ze niet vertellen?'

'Alleen als ik merk dat jullie dit nog eens proberen,' zei Tim. 'En dan vertel ik niet alleen wat jullie hebben gedaan, maar ook wat een brutale mond jullie tegen me hadden toen ik jullie betrapte.'

Roland riep verschrikt: 'We zijn helemaal niet brutaal geweest!'

'Dan lieg ik,' zei Tim. 'Daar ben ik heel goed in.'

Hij liep achter hen aan en keek toe terwijl Robert Bilson met zijn handen een opstapje maakte om Roland te helpen door het open raam naar binnen te klimmen. Vervolgens deed Tim voor Robert hetzelfde. Hij wachtte nog even om te zien of ergens een licht aanging en de bijnaweglopertjes op het punt stonden te worden betrapt, maar toen dit niet gebeurde hervatte hij zijn rondes.

## 13

Vrijdag- en zaterdagnacht waren er altijd meer mensen op de been, in elk geval tot middernacht of één uur 's nachts. Voornamelijk verliefde stelletjes. Daarna volgde er soms een invasie van wat Sheriff John de wegraketten noemde, jongens in opgevoerde auto's of trucks die, met z'n tweeën naast elkaar, met honderd, honderdtien kilometer per uur door DuPrays verlaten hoofdstraat raceten en mensen wakker maakten met het harde, maar wat mat klinkende gebrul van hun met glaswol opgevulde dempers. Af en toe ging een politieagent erachteraan en schreef een bekeuring uit (of rekende iemand in als hij te veel gedronken had), maar zelfs wanneer er in het weekend vier agenten dienst hadden in DuPray, kwamen arrestaties betrekkelijk zelden voor. Over het algemeen kwamen ze er gewoon mee weg.

Tim ging bij Annie langs. Ze zat voor haar tent pantoffels te breien. Artrose of niet, haar vingers bewogen als een bezetene. Hij vroeg of ze er iets voor voelde om twintig dollar te verdienen. Annie zei dat een beetje geld altijd van pas kwam, maar dat het ervan afhing wat ze ervoor moest doen. Hij vertelde het haar en ze begon te lachen.

'Dat doe ik graag, Mr. J. Maar alleen als je er nog een paar potten augurken bovenop doet.'

Annie, die kennelijk vond dat je zoiets groot moest aanpakken, maakte een spandoek voor hem van negen meter lang en meer dan twee meter breed. Tim bevestigde het aan een metalen cilinder die hij zelf maakte door in de werkplaats van Fromie's Small Engine Sales buizen aan elkaar te lassen. Nadat hij Sheriff John had uitgelegd wat hij wilde doen en toestemming kreeg om het te proberen, hingen Tim en Tag Faraday de cilinder aan een kabel boven de T-splitsing van Main Street. Ze maakten de ene kant van de kabel vast aan de voorgevel van Oberg's Drug en de andere kant aan de leegstaande bioscoop.

Op vrijdag- en zaterdagavonden, tegen de tijd dat de cafés dichtgingen, gaf Tim een ruk aan een touw, waardoor het spandoek afrolde als een rolgordijn. Aan weerszijden had Annie een ouderwetse flitscamera getekend. De tekst eronder luidde: VAART MINDEREN, STOMMELING! WIJ FOTOGRAFEREN JE KENTEKENPLAAT!

Niet dat ze dat echt deden natuurlijk (hoewel Tim wel kentekens noteerde als hij de kans kreeg ze te ontcijferen), maar Annies spandoek leek wel te werken. Het was niet perfect, maar wat in het leven was dat nu wel?

Begin juli vroeg Sheriff John Tim naar zijn kantoor te komen. Tim informeerde of hij iets verkeerds had gedaan.

'Integendeel,' zei Sheriff John. 'Je doet het prima. Dat idee met dat spandoek klonk mij krankzinnig in de oren, maar ik kan alleen maar zeggen dat jij gelijk had en ik niet. Ik zat trouwens ook nooit zo met die straatraces, of met de mensen die klaagden dat wij te lui waren om er een eind aan te maken. Want let wel, dat zijn dezelfde mensen die jaar in, jaar uit tegen een salarisverhoging voor politiebeambten stemmen. Wat ik erger vind is de puinhoop die wij altijd moeten opruimen wanneer een van die snelheidsduivels tegen een boom of een telefoonpaal knalt. Dood is al erg genoeg, maar degenen die nooit meer de oude worden na één avondje stompzinnig loltrappen... ik denk wel eens dat die nog slechter af zijn. Maar juni viel dit jaar mee. Meer dan dat zelfs. Misschien was het een uitzondering op de regel, maar dat denk ik niet. Volgens mij komt het door dat spandoek. Zeg maar tegen Annie dat ze er waarschijnlijk een paar levens mee heeft gered en dat ze, wanneer de nachten weer kouder worden, altijd in een van de cellen hierachter mag komen slapen.'

'Dat zal ik doen,' zei Tim. 'Zolang er potjes augurken op voorraad zijn, zal ze vaak genoeg langskomen.'

Sheriff John leunde naar achteren. Zijn stoel kreunde wanhopiger dan ooit. 'Toen ik zei dat je overgekwalificeerd was voor het baantje van nachtwaker, wist ik de helft nog niet. We zullen je missen wanneer je naar New York gaat.'

'Ik heb geen haast,' zei Tim.

## 14

De enige zaak in de stad die vierentwintig uur per dag openbleef was de Zoney's Go Mart, vlak bij het pakhuizencomplex. Behalve bier, limonade en chips verkocht Zoney's een merkloos soort benzine dat Go Juice werd genoemd. Twee knappe Somalische broers, Absimil en Gutaale Dobira, draaiden om en om een nachtdienst van middernacht tot acht uur 's ochtends. Op een snikhete nacht, half juli, terwijl Tim aan het krijten was aan de linkerzijde van Main Street, hoorde hij een knal uit de richting van Zoney's. Het was geen bijzonder harde knal, maar Tim herkende er onmiddellijk een pistoolschot in. De knal werd gevolgd door een kreet van hetzij pijn of woede en het geluid van brekend glas.

Tim begon te rennen. Zijn rondeklok bonkte tegen zijn bovenbeen en zijn hand tastte automatisch naar de kolf van een wapen dat er niet meer was. Hij zag dat er een auto bij de benzinepompen stond en toen hij dichterbij kwam, kwamen er twee jongemannen naar buiten gestormd, een van hen met een handvol van iets wat eruitzag als bankbiljetten. Tim liet zich op een knie zakken en keek ze na toen ze in de wagen sprongen en wegscheurden, met achterlating van wolkjes blauwe rook op het met olie en vet besmeurde asfalt.

Hij pakte zijn mobilofoon van zijn riem. 'Centrale, Tim hier. Wie zit daar, zeg eens wat.'

Het was Wendy Gullickson en ze klonk slaperig en vermoeid. 'Wat is er, Tim?'

'Een overval op Zoney's. Er is een schot gelost.'

Ze was meteen klaarwakker. 'Jezus, een overval? Ik kom zo sn...'

'Nee, luister. Twee verdachten, mannelijk, wit, tieners of twintigers. Kleine personenwagen. Wellicht een Chevrolet Cruze. De kleur kon ik niet zien onder die neonverlichting van het benzinestation, maar het was een nieuw model, kenteken uit North Carolina, begint met WTB-9, de laatste drie cijfers kon ik niet zien. Geef dat, voordat je ook maar íéts anders doet, door aan de patrouillewagens en de staatspolitie!'

'Wat...'

Hij drukte haar weg, hing de mobilofoon weer aan zijn riem en sprintte naar de Zoney's. De glazen voorkant van de toonbank was verbrijzeld en de kassa stond open. Een van de gebroeders Dobira lag op zijn zij in een steeds groter wordende plas bloed. Hij hapte naar adem en elke inademing eindigde in een fluittoon. Tim knielde bij hem neer. 'Ik moet u op uw rug draaien, meneer Dobira.'

'Niet doen... pijn...'

Dat wilde Tim wel geloven, maar hij moest de schade opnemen. De kogel was hoog aan de rechterkant van Dobira's blauwe Zoney's-kiel, die nu bruinachtig paars was van het bloed, binnengedrongen. Er liep ook bloed uit zijn mond en zijn sikje was ermee doordrenkt. Toen hij hoestte, besproeide hij Tims gezicht en brillenglazen met fijne druppeltjes.

Tim greep zijn mobilofoon er weer bij en hoorde tot zijn opluchting dat Gullickson nog op haar post was. 'Wendy, er moet een ambulance komen uit Dunning, zo snel mogelijk. Een van de gebroeders Dobira is neergeschoten en het ziet ernaar uit dat de kogel zijn long heeft geraakt.'

Ze bevestigde en begon vervolgens een vraag te stellen. Tim kapte haar weer af, liet zijn mobilofoon op de grond vallen en trok het T-shirt dat hij droeg uit. Hij drukte het tegen het gat in Dobira's borst. 'Kunt u dat even zo vasthouden, meneer Dobira?'

'Bijna... geen lucht.'

'Dat zal best. Hou vast. Dat helpt.'

Dobira drukte het verfrommelde T-shirt tegen zijn borst. Tim dacht niet dat hij het lang zou volhouden en de ambulance kon hij de eerste twintig minuten nog niet verwachten. Zelfs dat zou al een wonder zijn.

Supermarkten bij benzinestations hadden meestal veel snacks, maar weinig verbandartikelen op voorraad. Maar er was wel vaseline. Tim pakte een potje en griste uit een ander gangpad een pak Huggies mee, dat hij openscheurde terwijl hij terugrende naar de man op de vloer.

Hij haalde het T-shirt, dat inmiddels kletsnat was van het bloed, weg, trok voorzichtig de al net zo doorweekte blauwe kiel omhoog en begon het overhemd open te knopen dat Dobira eronder droeg.

'Nee, nee, nee,' jammerde Dobira. 'Pijn, niet aanraken, alstublieft!'

'Kan niet anders.' Tim hoorde een auto naderen. Het schijnsel van blauwe zwaailichten schitterde en glinsterde in de glasscherven op de grond. Hij keek niet om. 'Hou vol, meneer Dobira.'

Met zijn vingers schepte hij een klodder vaseline uit de pot en smeerde die op de wond. Dobira slaakte een kreet van pijn en keek Tim toen met grote ogen aan. 'Kan iets beter... ademen.'

'Dit is maar tijdelijk, maar als het ademen nu beter gaat, is uw long waarschijnlijk niet ingeklapt.' Of in elk geval niet helemaal, dacht Tim.

Sheriff John kwam binnen en knielde naast Tim neer. Hij droeg een pyjamajasje zo groot als een scheepszeil op zijn uniformbroek en zijn haar stond alle kanten op.

'U bent er snel bij,' zei Tim.

'Ik was al op. Ik kon niet slapen en ik stond net een boterham te smeren toen Wendy belde. Meneer, bent u Gutaale of Absimil?'

'Absimil, meneer.' Zijn ademhaling piepte nog steeds, maar zijn stem klonk krachtiger. Tim pakte een van de wegwerpluiers en drukte die, opgevouwen en wel, tegen de wond. 'Au, dat doet pijn.'

'Is de kogel dwars door hem heen gegaan, of zit hij er nog in?' vroeg Sheriff John.

'Dat weet ik niet en ik wil hem niet nog een keer omdraaien om te kijken. Hij is nu vrij stabiel, dus we kunnen beter op de ambulance wachten.'

Tims mobilofoon kraakte. Sheriff John viste hem voorzichtig tussen het gebroken glas uit. Het was Wendy. 'Tim? Bill Wicklow zag die knapen op Deep Meadow Road rijden en heeft ze aangehouden.'

'Met John, Wendy. Zeg tegen Bill dat hij voorzichtig moet zijn. Ze zijn gewapend.'

'We hebben ze al.' Ze mocht zo-even nog slaperig zijn geweest, nu was Wendy klaarwakker en ze klonk tevreden. 'Ze probeerden ervandoor te gaan en lieten hun wagen staan. Eentje heeft een gebroken arm en de ander zit met handboeien vast aan de koeienvangers op Bills wagen. De State Police komt eraan. Zeg maar tegen Tim dat hij gelijk had en dat het inderdaad een Cruze is. Hoe is het met Dobira?'

'Die redt het wel,' zei Sheriff John. Tim was daar nog niet zo zeker van, maar hij begreep dat de sheriff het niet alleen tegen deputy Gullickson had, maar ook tegen de gewonde man.

'Ik heb ze het geld uit de kassa gegeven,' zei Dobira. 'Dat wordt ons zo geleerd.' Toch klonk hij alsof hij zich geneerde. Héél erg geneerde.

'Dat hebt u goed gedaan,' zei Tim.

'Die met het pistool schoot me toch neer. En toen sloeg die ander het glas van de toonbank kapot. Zodat hij...' Hij hoestte weer.

'Rustig maar,' zei Sheriff John.

'... bij de loten kon komen. Van die krasloten. Die moeten we terug hebben. Tot ze verkocht zijn, zijn ze eigendom van...' hij hoestte zwakjes, 'van de staat South Carolina.'

Sheriff John zei: 'Rustig nu maar, meneer Dobira. U kunt beter uw krachten sparen en u geen zorgen maken om die rottige krasloten.'

Meneer Dobira sloot zijn ogen.

## 15

De volgende dag, terwijl Tim zijn lunch zat te eten op de veranda van het station, kwam Sheriff John aanrijden in zijn privéwagen. Hij kwam de veranda op en keek naar de doorgezakte zitting van de andere stoel die er stond. 'Denk je dat die me houdt?'

'Er is maar één manier om daarachter te komen,' zei Tim.

Sheriff John ging voorzichtig zitten. 'Volgens het ziekenhuis gaat Dobira het redden. Zijn broer – Gutaale – is bij hem en hij zegt dat hij die twee klootzakken eerder heeft gezien. Een paar keer zelfs.'

'Die zijn natuurlijk de kust komen verkennen.'

'Ongetwijfeld. Ik heb Tag Faraday naar het ziekenhuis gestuurd om de broers een verklaring af te nemen. Tag is de beste man die ik heb, maar dat hoef ik jou waarschijnlijk niet te vertellen.'

'Gibson en Burkett zijn ook best goed.'

Sheriff John zuchtte. 'Jawel, maar die zouden geen van beiden zo snel en doortastend hebben gehandeld als jij gisteravond. En die arme Wendy zou waarschijnlijk alleen maar met open mond hebben staan toekijken, als ze niet meteen van haar stokje was gegaan.'

'Ze is goed in de meldkamer,' zei Tim. 'Dat werk is haar op het lijf geschreven. Dat vind ik althans.'

'Uh-huh, uh-huh, en een kei in administratie – vorig jaar heeft ze alle dossiers gereorganiseerd en op USB-sticks gezet – maar in de buitendienst heb je geen zak aan haar. Maar ze vindt het fijn om deel uit te maken van het team. Hoe zou jíj het vinden om bij het team te komen, Tim?'

'Ik dacht dat je je geen salaris voor een extra agent kon veroorloven. Is er opeens meer geld beschikbaar gekomen?'

'Was het maar waar. Maar Bill Wicklow houdt er eind dit jaar mee op. Ik had zo gedacht dat jullie misschien van werk konden ruilen. Dat hij nachtwaker wordt en dat jij een uniform aantrekt en weer een dienstwapen gaat dragen. Ik heb het al aan Bill gevraagd. Hij zegt dat hij best een tijdje nachtwaker wil zijn.'

'Mag ik erover nadenken?'

'Ik zou niet weten waarom niet.' Sheriff John stond op. 'Eind van het jaar is pas over vijf maanden. Maar we zouden je er graag bij hebben.'

'Geldt dat ook voor deputy Gullickson?'

Sheriff John grinnikte. 'Wendy heb je niet zo gauw voor je gewonnen, maar gisteravond ben je een heel eind gekomen.'

'Echt waar? En als ik haar mee uit zou vragen voor een etentje, wat denk je dat ze dan zou zeggen?'

'Ik denk dat ze ja zou zeggen, zolang je haar maar niet mee zou nemen naar Bev. Een knappe meid als zij zal op z'n minst de Roundup in Dunning verwachten. Of misschien die Mexicaanse tent in Hardeeville.'

'Bedankt voor de tip.'

'Graag gedaan. En denk eens na over die baan.'

'Zal ik doen.'

Hij dacht erover na. En dat deed hij nog steeds toen later die zomer op een snikhete nacht de hel losbrak.

# EEN SLIM JOCHIE

# 1

Op een mooie ochtend in Minneapolis, in april van dat jaar – het zou nog maanden duren voordat Tim Jamieson in DuPray zou belanden – werden Herbert en Eileen Ellis het kantoor binnengeloodst van Jim Greer, een van de drie studiebegeleiders op de Broderick School voor Bijzondere Kinderen.

'Er zijn toch geen problemen met Luke, wel?' vroeg Eileen toen ze zaten. 'Als dat zo is, heeft hij er niets over gezegd.'

'Nee hoor,' zei Greer. Hij was een dertiger met dunner wordend bruin haar en een professorachtig gezicht. Hij droeg een poloshirt met de knoopjes open en jeans met een vouw erin. 'Luister, jullie weten hoe het hier gaat. Hoe het hier moet gaan, gezien de geestelijke vermogens van onze leerlingen. Ze worden beoordeeld, maar níét in cijfers. Dat kan niet. We hebben hier tienjarigen met een lichte vorm van autisme die wiskunde doen op middelbareschoolniveau, maar nog lezen op het niveau van de derde klas. We hebben hier kinderen die vier talen vloeiend spreken, maar moeite hebben met het vermenigvuldigen van breuken. We geven les in alle vakken en negentig procent van onze leerlingen is hier intern – dat moet wel, want ze komen uit alle uithoeken van de Verenigde Staten en een tiental zelfs uit het buitenland – maar we concentreren ons vooral op hun bijzondere talenten, wat die ook mogen zijn. Dat wil zeggen dat wij niets hebben aan het traditionele systeem, waarin kinderen vanaf de kleuterschool doorstromen tot de laatste klas van de lagere school.'

'Dat begrijpen we,' zei Herb, 'en we weten dat Luke een slim kind is. Daarom is hij hier.' Wat hij er niet bij zei (omdat Greer dat vast wel wist) was dat ze het astronomisch hoge schoolgeld nooit zelf hadden kunnen betalen. Herb was voorman in een dozenfabriek en Eileen gaf les op een basisschool. Luke was een van de weinige leerlingen op Broderick die gewoon thuis woonden en een van de zéér weinige met een beurs.

'Slim? Zo zou ik het niet willen noemen.'

Greer keek neer op een opengeslagen map op zijn verder maagdelijke bureau en opeens had Eileen een voorgevoel: óf hij zou hun vragen hun zoon van school te halen, óf zijn beurs werd ingetrokken – waardoor hij wel van school zou móéten. Het schoolgeld op Brod bedroeg om en nabij de veertigduizend dollar per jaar, ongeveer evenveel als het collegegeld voor Harvard. Greer ging hun vertellen dat alles op een vergissing berustte en dat Luke niet zo intelligent was als ze allemaal hadden gedacht. Hij was een doodgewoon kind dat ver boven zijn niveau las en alles leek te onthouden. Eileen wist uit eigen ervaring dat een fotografisch geheugen beslist niet ongewoon was bij jonge kinderen; ergens tussen de tien en vijftien procent van alle normale kinderen beschikte over het vermogen om vrijwel alles te onthouden, alleen verdween dit talent over het algemeen wanneer kinderen pubers werden en Luke begon die fase nu te naderen.

Greer lachte. 'Laat ik meteen ter zake komen. Wij zijn er trots op dat wij hier lesgeven aan bijzondere kinderen, maar een leerling zoals Luke hebben we op Broderick nog nooit gehad. Een van onze emeritus hoogleraren – de heer Flint, die inmiddels in de tachtig is – heeft het op zich genomen Luke een aantal individuele colleges te geven over de geschiedenis van de Balkanstaten, een gecompliceerd onderwerp, dat echter wel een helder licht werpt op de huidige geopolitieke situatie. Dat zegt Flint althans. Na de eerste week kwam hij naar me toe en zei dat zijn ervaring met jullie zoon iets weg had van wat de Joodse schriftgeleerden moeten hebben ervaren toen Jezus hun niet alleen de les las, maar hen vervolgens ook terechtwees door te zeggen dat ze niet onrein werden door wat ze in hun mond stopten, maar door wat eruit kwam.'

'Ik kan het even niet volgen,' zei Herb.

'Net als Billy Flint. Daar gaat het nu juist om.' Greer boog zich naar voren. 'Luister goed. Luke heeft in één enkele week het materiaal van twee hele semesters extreem moeilijke postuniversitaire stof verwerkt en een groot deel van de conclusies getrokken die Flint pas ter sprake had willen brengen wanneer de historische basis was gelegd. Wat betreft sommige van die conclusies kwam Luke, op bijzonder overtuigende wijze, met het argument dat ze "eerder op conventionele wijsheid stoelen dan op oorspronkelijke ideeën". Hoewel hij volgens Flint wel steeds heel beleefd bleef. Bijna verontschuldigend.'

'Ik weet niet goed wat ik hierop moet zeggen,' zei Herb. 'Luke praat thuis niet veel over wat hij op school doet. Hij zegt dat wij het toch niet zouden begrijpen.'

'En dat klopt wel zo'n beetje,' zei Eileen. 'Ik heb ooit wel eens iets geweten over het binomium van Newton, maar dat is erg lang geleden.'

Herb zei: 'Wanneer Luke thuiskomt is hij net als andere kinderen.

Zodra hij zijn huiswerk af heeft en klaar is met zijn taakjes in huis zet hij de Xbox aan of gaat hij wat basketballen op de oprit, met zijn vriendje Rolf. Hij kijkt nog steeds naar *SpongeBob*.' Hij dacht even na en voegde er toen aan toe: 'Maar meestal wel met een boek op schoot.'

Ja, dacht Eileen. Op dit moment was hij bezig in *Principles of Sociology*. Daarvoor las hij William James. Daarvoor het *Het grote boek van de Anonieme Alcoholisten* en dáárvoor het complete werk van Cormac McCarthy. Hij las zoals koeien grazen die vrij in de wei kunnen lopen en daar steeds de plekken opzoeken waar het gras het groenst is. Het was iets wat haar man liever negeerde, omdat het vreemde ervan hem angst aanjoeg. Haar joeg het ook angst aan, wat waarschijnlijk een van de redenen was waarom ze niets wist van Lukes colleges over de geschiedenis van de Balkan. Hij had haar niets verteld omdat ze er niet naar had gevraagd.

'Wij hebben hier hoogbegaafde kinderen,' zei Greer. 'Ik durf wel te zeggen dat meer dan vijftig procent van onze leerlingen tot die categorie behoort. Maar zij zijn beperkt. Luke is anders, want bij Luke is het allesomvattend. Bij hem is het niet één ding, maar álles. Ik denk niet dat hij ooit professioneel honkbal of basketbal zal spelen...'

'Als hij op mijn kant van de familie lijkt, wordt hij niet lang genoeg om basketballer te worden.' Herb lachte. 'Tenzij hij een nieuwe Spud Webb blijkt te zijn.'

'Stil nou,' zei Eileen.

'Maar hij speelt wel met veel enthousiasme,' ging Greer verder. 'Hij vindt het leuk en beschouwt het niet als zonde van zijn tijd. Hij is geen kluns op het sportveld. Hij kan prima opschieten met zijn klasgenoten. Hij is op geen enkele manier introvert of emotioneel disfunctioneel. Luke is een typische, redelijk coole Amerikaanse knul die T-shirtjes met de namen van rockbands draagt en zijn pet achterstevoren opzet. Misschien dat hij op een gewone school niet zo cool zou zijn – hij zou er misschien gek worden van de dagelijkse sleur – maar ik denk dat hij het zelfs daar prima zou redden; hij zou gewoon zijn eigen gang gaan.' Hij voegde er haastig aan toe: 'Niet dat ik jullie zou willen adviseren dat uit te proberen.'

'Nee, we zijn heel blij dat hij hier zit,' zei Eileen. 'Heel erg blij. En we weten dat hij een fijne knul is. We zijn stapelgek op hem.'

'En hij op jullie. Ik heb verschillende gesprekken met Luke gehad en daar is hij heel duidelijk over. Een kind dat zo briljant is als hij kom je uiterst zelden tegen. Maar een kind dat zo goed aangepast is, zo goed in zijn vel zit en niet alleen oog heeft voor de wereld in zijn hoofd, maar ook voor de buitenwereld – is nog zeldzamer.'

'Maar als er niets aan de hand is, wat doen wij hier dan?' vroeg Herb. 'Niet dat ik er iets op tegen heb mijn kind te horen ophemelen, dat niet. En trouwens, met een potje basketballen win ik nog steeds van hem, hoewel hij een aardige *hookshot* in huis heeft.'

Greer leunde naar achteren. De glimlach verdween. 'Wij hebben jullie gevraagd hier te komen omdat we het einde naderen van wat wij voor Luke kunnen betekenen, en dat weet hij zelf ook. Hij heeft aangegeven belangstelling te hebben voor een nogal unieke studie. Hij wil graag bouwkunde studeren aan het Massachusetts Institute of Technology in Cambridge en Engels aan Emerson, aan de andere kant van de rivier, in Boston.'

'Wat?' vroeg Eileen. 'Tegelijkertijd?'

'Ja.'

'En de SAT's dan?' Eileen kon even niets anders bedenken om te zeggen.

'De toelatingstoetsen maakt hij volgende maand, in mei. Op de North Community High School. Zijn resultaten zullen iedereen versteld doen staan.'

Dan moet ik hem brood meegeven, dacht ze. Ze had gehoord dat het eten in de kantine van North Comm niet te pruimen was.

Na een ogenblik stomverbaasd te hebben gezwegen, zei Herb: 'Meneer Greer, onze zoon is twaalf. Hij is vorige maand net twaalf geworden. Hij mag dan het naadje van de kous weten over Servië, maar de eerstkomende drie jaar kan hij nog niet eens een snorretje kweken. Jullie... Dit...'

'Ik begrijp hoe jullie je moeten voelen en ik zou hier nooit over begonnen zijn als mijn collega's van studiebegeleiding en de rest van de docenten niet dachten dat hij het op intellectueel, sociaal en emotioneel gebied aan zal kunnen. En ja, op beide universiteiten.'

Eileen zei: 'Ik stuur geen twaalfjarig joch het halve land door om tussen studenten te gaan wonen die oud genoeg zijn om te mogen drinken en in cafés te komen. Als hij daar bij familie kon wonen, zou het misschien nog anders zijn, maar...'

Greer knikte met haar woorden mee. 'Ik begrijp het en ik ben het er helemaal mee eens. Luke weet dat hij er nog niet aan toe is om zelfstandig te wonen, ook niet in een omgeving waarin er toezicht op hem wordt gehouden. Daar is hij heel helder in. Aan de andere kant wordt hij ook gefrustreerd en ongelukkig van zijn huidige situatie, omdat hij zo ontzettend graag wil leren. Hij hongert naar kennis. Ik heb geen idee wat hij allemaal voor geweldigs in zijn hoofd heeft zitten – dat weet niemand en waarschijnlijk kwam die oude Flint er het dichtst bij in de buurt toen hij het had over Jezus die de schriftgeleerden de les las – maar wanneer ik me er een voorstelling van probeer te maken, denk ik aan een enorme, glimmende machine die nog maar op twee procent van zijn capaciteit draait. Hooguit vijf procent. Maar omdat dit een ménselijke machine is heeft hij… honger.'

'Gefrustreerd en ongelukkig?' zei Herb. 'Huh? Die kant van hem zien wij niet.'

Ik wel, dacht Eileen. Niet altijd, maar soms. Ja. Wanneer de borden kletteren of de deuren uit zichzelf dichtvallen.

Ze dacht aan Greers enorme, glimmende machine. Een machine die groot genoeg was om drie of zelfs vier gebouwen ter grootte van pakhuizen te vullen en die zich bezighield met… Met wat eigenlijk? Met het maken van kartonnen bekertjes of het uitstansen van aluminium fastfoodschaaltjes? Meer niet. Ze waren hem meer verschuldigd, maar waren ze hem dít verschuldigd?

'En de Universiteit van Minnesota?' vroeg ze. 'Of Concordia, in St. Paul? Als hij daarnaartoe zou gaan, zou hij thuis kunnen wonen.'

Greer zuchtte. 'Dan zou je net zo goed kunnen overwegen hem van Broderick te halen en hem op een gewone middelbare school te doen. We hebben het hier over een jongen voor wie het zinloos is een IQ-score te bepalen. Hij weet welke kant hij op wil. Hij weet wat hij nodig heeft.'

'Ik zou niet weten wat wij eraan kunnen doen,' zei Eileen. 'Misschien dat hij beurzen kan krijgen voor die universiteiten, maar wij werken hier. En we zijn verre van rijk.'

'Dan moeten we het daar eens over hebben,' zei Greer.

## 2

Toen Herb en Eileen die middag teruggingen naar de school, stond Luke voor de ophaalplek een beetje lol te trappen met vier andere kinderen, twee jongens en twee meisjes. Ze stonden te lachen en vrolijk te kletsen. Eileen vond dat ze eruitzagen als doodgewone kinderen, de meisjes in rokjes en leggings, met net ontluikende borstjes, Luke en zijn vriend Rolf in oversized ribfluwelen broeken – dit jaar helemaal in voor jongens – en T-shirts. Op dat van Rolf stond: BIER IS VOOR BEGINNELINGEN. Zijn cello zat in een gewatteerde hoes en hij leek eromheen te paaldansen terwijl hij een heel verhaal hield over het een of ander, wellicht het voorjaarsbal of anders de stelling van Pythagoras.

Luke zag zijn ouders, nam even de tijd om met Rolf een boks uit te wisselen, pakte zijn rugzak en dook op de achterbank van Eileens 4Runner. 'Jullie zijn er allebei,' zei hij. 'Te gek. Waaraan heb ik deze buitengewone eer te danken?'

'Wil je echt naar school in Boston?' vroeg Herb.

Luke keek niet op van de vraag; lachend stak hij twee vuisten in de lucht. 'Já! Mag het?'

Alsof hij vraagt of hij op vrijdagavond naar Rolf mag, dacht Eileen verwonderd. Ze dacht aan de manier waarop Greer zich had uitgedrukt over wat hun zoon had. Hij had het 'allesomvattend' genoemd en dat was het perfecte woord. Luke was een genie dat op een of andere manier niet verwrongen was geraakt door zijn eigen uitzonderlijk grote intellect; hij zat er absoluut niet mee om op zijn skateboard te springen en met zijn uitzonderlijke brein volslagen roekeloos een steil trottoir af te racen.

'Laten we ergens een hapje eten en het erover hebben,' zei ze.

'Rocket Pizza!' riep Luke uit. 'Wat vinden jullie daarvan? Als jij tenminste je maagtabletjes hebt geslikt, pap. Heb je ze ingenomen?'

'O, geloof me, na dat gesprek vandaag heb ik die wel ingenomen, ja.'

## 3

Ze namen een grote pizza peperoni, waarvan Luke de helft in z'n eentje verorberde, samen met drie grote glazen cola, zodat zijn ouders zich niet alleen verbaasden over het brein van hun kind, maar ook over zijn spijsverteringssysteem en zijn blaas. Luke vertelde dat hij het er eerst met meneer Greer over had gehad omdat 'ik jullie niet aan het schrikken wilde maken. Het was gewoon een verkennend gesprek.'

'Een balletje opgooien om te zien wat er gebeurde,' zei Herb.

'Precies. Een knuppel in het hoenderhok gooien om te kijken hoe hard de kippen rennen. Kijken hoe een koe een haas vangt en...'

'Zo is het wel genoeg. Hij heeft ons uitgelegd dat we misschien met je mee zouden kunnen.'

'Dat zal wel moeten,' zei Luke ernstig. 'Ik ben te jong om het al zonder mijn verheven en aanbeden mater en pater te kunnen stellen. Daar komt bij...' Hij keek hen over de restanten van de pizza aan. 'Ik zou niet kunnen werken. Ik zou jullie veel te erg missen.'

Eileen verbood haar ogen om te tranen, maar dat deden ze natuurlijk toch. Herb reikte haar een servetje aan. Ze zei: 'Meneer Greer... eh... legde ons een scenario voor, zo zou je het wel kunnen noemen... waarin wij mogelijk zouden kunnen... nou ja...'

'Verkassen,' vulde Luke aan. 'Wie wil dit laatste stuk?'

'Ga je gang,' zei Herb. 'En dat je maar niet overlijdt voordat je de kans hebt gekregen dat krankzinnige toelatingsexamen te doen.'

'Een universitair huishouden,' zei Luke lachend. 'Hij heeft het zeker met jullie over rijke afgestudeerden gehad?'

Eileen legde het servetje neer. 'Jezus, Lukey, heb jij met je studiebegeleider de financiële situatie van je ouders besproken? Wie zijn nu eigenlijk de volwassenen in dit gesprek? Ik begin een beetje in de war te raken.'

'Rustig maar, *mamacita*, het is gewoon niet meer dan logisch. Hoewel ik toch eerst aan het dotatiefonds heb gedacht. Broderick heeft een enorm fonds, waaruit ze zonder een centje pijn jullie verhuizing zouden kunnen betalen, maar dat zou de raad van bestuur nooit goedkeuren, ook al zou het een logische stap zijn.'

'Is dat zo?' vroeg Herb.

'O, ja.' Luke kauwde enthousiast, slikte zijn hap pizza door en slurpte van zijn cola. 'Ik ben een investering. Een aandeel met gunstig groeipotentieel. Dollars binnenharken door een paar stuivers te investeren, weet je wel? Zo werkt dat in Amerika. Tot zover zal de raad van bestuur het nog wel snappen, maar ze zitten vast in hun cognitieve kader.'

'In hun cognitieve kader,' zei zijn vader.

'Ja, je weet wel. Een kader dat het resultaat is van de voorouderlijke dialectiek. Misschien is het zelfs een kwestie van tribaal denken, hoewel het een beetje lachwekkend is om te denken aan een stam van bestuursleden. Ze zullen redeneren: "Als we dit voor hem doen, moeten we straks misschien voor een ander kind hetzelfde doen." Dat is het kader. Zo is het, zeg maar, overgedragen.'

'Traditionele wijsheid,' zei Eileen.

'Precies, mam. De raad van bestuur zal het doorgeven aan de rijke alumni, degenen die bakken met geld hebben verdiend door buiten de kaders te denken maar niettemin nog liefde koesteren voor het oude Broderick. Meneer Greer zal daarin het voortouw nemen. Dat hoop ik althans. De afspraak zal zijn dat zij mij nu helpen en dat ik later, wanneer ik rijk en beroemd ben, de school zal helpen. Niet dat ik zo nodig rijk of beroemd hoef te worden, ik ben echt een jongen uit een middenklassegezin, maar het kan zijn dat ik toch rijk word, omdat het nu eenmaal zo werkt. Dan gaan we er natuurlijk wel van uit dat ik niet een of andere akelige ziekte oploop of omkom bij een terreuractie of zoiets.'

'Zeg geen dingen waarmee je onheil over jezelf afroept.' Eileen maakte een kruisteken terwijl ze naar de rommelige tafel keek.

'Bijgeloof, mam,' zei Luke toegeeflijk.

'Doe mij nou maar een plezier. En veeg je mond af. Pizzasaus. Het lijkt wel of je tandvlees bloedt.'

Hij veegde zijn mond af.

Herb zei: 'Volgens meneer Greer zijn er inderdaad geïnteresseerde partijen die wellicht bereid zijn de verhuizing te financieren en óns zestien maanden lang te financieren.'

'Heeft hij ook verteld dat diezelfde mensen je misschien aan een nieuwe baan kunnen helpen?' Lukes ogen schitterden. 'Een betere baan? Een van de alumni van deze school is namelijk Douglas Finkel. Hij is eigenaar van American Paper Products en dat is natuurlijk echt iets voor jou. Helemaal jouw ding. Jouw pakkie-an...'

'Finkels naam is inderdaad even gevallen,' zei Herb. 'Maar alleen zijdelings.'

'En...' Luke richtte zich met een enthousiaste blik tot zijn moeder. 'Boston zit momenteel te springen om docenten. Het startsalaris voor iemand met jouw ervaring kan oplopen tot vijfenzestigduizend.'

'Jongen, hoe weet je dat allemaal?' vroeg Herb.

Luke haalde zijn schouders op. 'Ik begin altijd met Wikipedia. Vervolgens ga ik alle bronnen na die in de artikelen op Wikipedia worden genoemd. Het is in wezen gewoon een kwestie van je omgeving bijhouden. Mijn omgeving is de Broderick School. Ik kende alle bestuursleden; de alumni met het grote geld moest ik opzoeken.'

Eileen stak een hand uit, pakte het restant van de laatste pizzapunt uit de hand van haar zoon en legde het terug op de aluminium schaal, bij de stukken pizzakorst die daar al lagen. 'Lukey, stel dat dit tot de mogelijkheden zou behoren, zou je dan je vrienden niet gaan missen?'

Zijn gezicht betrok. 'Jawel. Vooral Rolf. En Maya ook. Officieel mogen we nog geen meisjes uitnodigen voor het voorjaarsbal, maar officieus is zij mijn date. Dus, jazeker. Maar.'

Ze wachtten. Hun zoon, altijd verbaal en vaak breedsprakig, leek nu naar woorden te moeten zoeken. Hij begon, zweeg, begon weer en stopte opnieuw. 'Ik weet niet hoe ik het moet zeggen. Ik weet niet of ik het wel kán zeggen.'

'Probeer het,' zei Herb. 'We zullen in de toekomst nog genoeg belangrijke gesprekken hebben, maar tot nu toe is dit wel de allerbelangrijkste. Dus probeer het maar.'

Voor in het restaurant kwam, zoals dat hier elk uur gebeurde, Richie Rocket binnen en begon te dansen op 'Mambo No. 5'. Eileen keek toe terwijl de in een zilveren ruimtepak gestoken gestalte met zijn gehandschoende handen naar de dichtstbijzijnde tafeltjes wenkte. Een paar kleine kinderen kwamen naar hem toe en dansten lachend op de muziek terwijl hun ouders toekeken, foto's maakten en applaudisseerden. Nog niet zo lang geleden – vijf korte jaren – was Luke een van die kinderen geweest. Nu zaten ze onmogelijke veranderingen te bespreken. Ze had geen idee hoe een stel als zij tweeën, doodgewone mensen met doodgewone ambities en verwachtingen, een kind zoals hij hadden kunnen voortbrengen en soms wenste ze dat het anders was gelopen. Soms haatte ze de rol waarin ze gedwongen waren, maar Luke haatte ze nooit en dat zou ze ook nooit gaan doen. Hij was haar grote schat, haar enige kind.

'Luke?' zei Herb. Zijn stem klonk heel zacht. 'Jongen?'

'Het gaat om wat daarna komt.' Luke tilde zijn hoofd op en keek hen aan, met een schittering in zijn ogen die zijn ouders maar zelden zagen. Hij verborg die schittering voor hen omdat hij wist dat die hen veel meer angst aanjoeg dan een paar rammelende borden. 'Snappen jullie het dan niet? Het gaat om wat daarna komt. Ik wil daarnaartoe... en leren... en dan verder. Die scholen zijn net zoiets als Broderick. Ze zijn niet het doel, alleen maar opstapjes náár het doel.'

'Welk doel, lieverd?' vroeg Eileen.

'Dat weet ik niet. Er is zo veel wat ik wil leren en begrijpen. Er zit iets in mijn hoofd... wat zoekt en grijpt... en soms is het tevreden, maar meestal niet. Ik voel me soms zo klein... zo ongelooflijk dom...'

'Lieverd, nee. Als jij iets niet bent, dan is het dom.' Ze wilde zijn hand pakken, maar hij trok hem weg en schudde zijn hoofd. De dunne metalen pizzaschaal stond te trillen op de tafel. De stukjes korst schoven heen en weer.

'Er is een afgrond, oké? Daar droom ik soms over. Hij is zo diep dat er geen eind aan komt en ligt vol met alles wat ik niet weet. Ik weet ook niet hoe een afgrond vol kan zijn – het is een oxymoron – maar toch is het zo. Hij geeft me het gevoel dat ik klein en dom ben. Maar er loopt een brug overheen en daar wil ik op lopen. Ik wil in het midden gaan staan en mijn handen opheffen...'

Ze zagen, gefascineerd en ook een beetje bang, hoe Luke zijn handen langs de zijkanten van zijn smalle, gespannen gezicht bracht. De pizzaschaal stond nu niet meer zachtjes te trillen, maar te schudden. Net zoals de borden dat soms deden in de kasten.

'... en dan komen al die dingen vanuit het donker omhoog zweven. Dat weet ik zeker.'

De pizzaschaal gleed over de tafel en kletterde op de grond. Herb en Eileen hadden er amper erg in. Zulke dingen gebeurden wel vaker wanneer Luke van streek was. Niet heel vaak, maar soms. Ze waren eraan gewend.

'Ik snap het.'

'Lul niet,' zei Eileen. 'Wij snappen het geen van beiden. Maar je moet de hele procedure maar in gang zetten. Leg de toelatingstoets af. Intussen kun je altijd nog van gedachten veranderen. En als je niet van gedachten verandert, als je het echt wilt...' Ze keek Herb aan, die knikte. 'Dan zullen wij proberen het mogelijk te maken.'

Luke grijnsde en raapte de pizzaschaal op. Hij keek naar Richie Rocket. 'Toen ik klein was ging ik ook altijd met hem dansen.'

'Ja,' zei Eileen. Ze had het servetje weer nodig. 'Dat klopt.'

'Je weet toch wat ze zeggen over afgronden, hè?' vroeg Herb.

Luke schudde zijn hoofd, hetzij omdat het een van de zeldzame dingen was die hij niet wist, of omdat hij zijn vaders clou niet wilde bederven.

'Als je in de afgrond kijkt, kijkt de afgrond terug.'

'Zeg dat wel,' zei Luke. 'Hé, zullen we een toetje nemen?'

## 4

Inclusief het opstel duurde de SAT-toets vier uur, maar gelukkig was er halverwege een pauze. Luke zat op een bankje in de hal van de school de boterhammen te eten die zijn moeder hem had meegegeven en wilde dat hij een boek had. Hij had *Naakte lunch* meegenomen, maar dat was, samen met zijn mobieltje en die van alle anderen, in beslag genomen door een surveillant die Luke had verteld dat hij het later weer zou terugkrijgen. De man had er ook nog doorheen gebladerd, misschien op zoek naar vieze plaatjes of naar een paar spiekbriefjes.

Terwijl hij zijn dierenkoekjes zat op te knabbelen merkte hij opeens dat er een paar jongelui om hem heen stonden. Grote jongens en meisjes, die al in de hoogste klassen van de middelbare school zaten.

'Jochie,' vroeg een van hen, 'wat heb jij hier in vredesnaam te zoeken?'

'Ik leg de toets af. Net als jullie.'

Ze dachten even na. Een van de meisjes zei: 'Ben je een genie of zo? Net als in een film?'

'Nee,' zei Luke met een glimlach, 'maar ik heb vannacht wel in de Holiday Inn Express geslapen.'

Ze moesten lachen, wat goed was. Een van de jongens stak zijn handpalm op en Luke gaf hem een high five. 'Waar ga je naartoe? Welke school?'

'Naar MIT, als ik word toegelaten,' zei Luke. Wat een beetje onzin was, want hij had al een voorlopige toelating voor beide opleidingen van zijn keuze op zak, op voorwaarde dat hij het er vandaag goed van afbracht. En dat was niet echt een probleem. Tot dusverre was de toets een makkie geweest. Wat hij veel intimiderender vond waren de jongelui om hem heen. In het najaar zou hij in klassen vol met dit soort jongelui zitten, jongens en meisjes die veel ouder waren dan hij en ongeveer twee keer zo groot en die zouden natuurlijk allemaal naar hem kijken. Hij had het hier met meneer Greer over gehad en gezegd dat ze hem waarschijnlijk allemaal als een freak zouden zien.

'Het enige wat ertoe doet is hoe jij je voelt,' zei meneer Greer. 'Probeer daar maar aan te denken. En als je behoefte hebt aan begeleiding – gewoon iemand met wie je over je gevoelens kunt praten – zorg dan in godsnaam dat je die krijgt. En je kunt mij altijd sms'en.'

Een van de meisjes – knap en roodharig – vroeg hem of hij het antwoord had gevonden op de hotelvraag in het rekengedeelte.

'Die over Aaron?' vroeg Luke. 'Ja, die had ik volgens mij wel.'

'Wat was volgens jou het juiste antwoord, weet je dat nog?'

De vraag was geweest hoeveel een of andere gast die Aaron heette voor een x-aantal nachten voor zijn motelkamer moest betalen als die kamer 99,95 dollar per nacht kostte, plus 8 procent btw, plus een bijkomend éénmalig bedrag van 5 dollar en natuurlijk wist Luke het nog. Het was een beetje een instinker vanwege de hoeveel-factor. Het antwoord was geen getal, maar een vergelijking.

'Het antwoord was B. Kijk maar.' Hij pakte zijn pen en schreef op zijn papieren broodzakje: 1.08(99.95x)+5.

'Weet je dat zeker? Ik had A.' Ze bukte zich, pakte Lukes zakje – hij ving een vleug op van haar luchtje, seringen, verrukkelijk – en schreef: (99.95+0.08x)+5.

'Uitstekende vergelijking,' zei Luke, 'maar zo proberen de lui die deze toetsen maken je dus te naaien.' Hij tikte op haar som. 'In de jouwe is maar een verblijf van één nacht verwerkt. En bovendien zit de btw er niet bij.'

Ze kreunde.

'Wat maakt het uit, joh,' zei Luke. 'Je hebt de rest vast goed.'

'Misschien zit jij wel verkeerd en heeft zij gelijk,' zei een van de jongens. Het was degene die Luke een high five had gegeven.

Zij schudde haar hoofd. 'Die knul heeft gelijk. Ik ben die fucking btw vergeten. Ik kan ook niks.'

Ze liep met gebogen hoofd weg en Luke keek haar na. Een van de jongens liep haar achterna en sloeg een arm om haar middel. Luke benijdde hem.

Een van de anderen, een lange, knappe jongen met een hippe bril, kwam naast Luke zitten. 'Is het raar?' vroeg hij. 'Om jou te zijn, bedoel ik?'

Luke dacht even na. 'Soms wel. Meestal is het gewoon, je weet wel, zoals het is.'

Een van de surveillanten luidde een handbel. 'We gaan weer, jongens.'

Luke stond toch wel een beetje opgelucht op en gooide zijn broodzakje in een afvalbak bij de deur naar de sportzaal. Hij wierp een laatste blik op het mooie meisje met het rode haar en toen hij naar binnen liep schoof de afvalbak tien centimeter naar links.

## 5

De tweede helft van de toets was net zo makkelijk als de eerste en hij had het idee dat hij het opstel wel aardig maakte. Hij hield het in elk geval kort. Bij het verlaten van de school zag hij het mooie meisje met het rode haar in haar eentje op een bankje zitten huilen. Luke vroeg zich af of ze de toets had verknald en zo ja, hoe erg – gewoon niet-naar-de-eerste-universiteit-van-je-keuze-kunnen-erg, of alleen-maar-naar-een-beroepsopleiding-kunnen-erg. Hij vroeg zich af hoe het was om een brein te hebben dat niet alle antwoorden leek te kennen. Hij vroeg zich af of hij naar haar toe moest gaan om te proberen haar te troosten. Hij vroeg zich af of ze zich zou láten troosten door een jochie dat in wezen nog maar een ukkie was, of dat ze zou zeggen dat hij moest ophoepelen. Hij dacht ook nog even aan de manier waarop de afvalbak had bewogen – dat was echt raar. De gedachte kwam bij hem op (met de kracht van een openbaring) dat het leven in feite één lange SAT-toets was, waarin je in plaats van uit vier of vijf steeds uit tientallen antwoorden moest kiezen. Waaronder rotantwoorden als 'soms' en 'misschien wel, misschien niet'.

Zijn moeder zwaaide. Hij zwaaide terug en rende naar de auto. Toen hij erin zat en zijn gordel had vastgemaakt, vroeg ze hoe hij dacht dat hij het had gemaakt.

'Ik had alles goed,' zei Luke. Hij schonk haar zijn zonnigste lach, maar moest nog steeds aan het meisje met het rode haar denken. Dat ze had gehuild was erg, maar de manier waarop ze haar hoofd had laten hangen toen hij haar op haar fout had gewezen – als een verwelkte bloem – was op een of andere manier nog erger geweest.

Hij zei tegen zichzelf dat hij er niet meer aan moest denken, maar zo werkte dat natuurlijk niet. Doe je best om niet aan een ijsbeer te denken, had Fjodor Dostojevski eens gezegd, en je zult zien dat het verdomde beest voortdurend in je gedachten opduikt.

'Mam?'

'Ja?'

'Vind jij herinneringen een zegen of een vloek?'

Ze hoefde er niet over na te denken; God mocht weten wat zíj zich herinnerde. 'Allebei, lieverd.'

## 6

Ergens in juni, om twee uur 's nachts, terwijl Tim Jamieson als nachtwaker zijn ronde liep in DuPrays hoofdstraat, reed een zwarte SUV Wildersmoot Drive in, in een van de buitenwijken aan de noordkant van Minneapolis. Het was een idiote naam voor een straat; Luke en zijn vriend Rolf noemden het Wildersmooch Drive, deels omdat het de naam nog idioter maakte en deels omdat ze er allebei naar verlangden een meisje te *smoochen*, te kussen, te zoenen, en hevig ook.

In de SUV zaten een man en twee vrouwen. Hij was Denny; zij waren Michelle en Robin. Denny reed. Halverwege de bochtige, stille straat zette hij zijn lichten uit, reed uit naar de stoep en zette de motor af. 'Je weet toch zeker dat dit geen TP is? Want ik heb mijn aluhoedje niet bij me.'

'Haha,' zei Robin, met een volkomen effen gezicht. Zij zat achterin.

'Hij is gewoon een doorsnee-TK,' zei Michelle. 'Niets om je over op te winden. Laten we aan de slag gaan.'

Denny opende de console tussen de twee voorste autostoelen en haalde er een mobieltje uit dat eruitzag als een overblijfsel uit de jaren negentig: een lomp, rechthoekig ding met een korte, dikke antenne. Hij gaf het toestel aan Michelle. Terwijl zij een nummer intoetste, opende hij de dubbele bodem van de console en haalde er dunne latexhandschoenen uit, twee Glocks model 37 en een spuitbus die volgens het etiket luchtverfrisser bevatte. Hij reikte Robin, op de achterbank, een van de pistolen aan, hield er zelf ook een en gaf de spuitbus aan Michelle.

'Daar gaan we dan, team Robijnrood,' zei hij terwijl hij zijn handschoenen aantrok. 'Go team, go!'

'Doe niet zo kinderachtig,' zei Michelle. En vervolgens, in de telefoon, die ze tussen haar wang en haar schouder geklemd hield zodat ze haar eigen handschoenen kon aantrekken: 'Symonds, hoor je me?'

'Ik hoor je,' antwoordde Symonds.

'Dit is Robijnrood. We zijn er. Ga je gang en schakel alles uit.'

Ze luisterde naar Jerry Symonds, aan de andere kant van de lijn. In het huis van de familie Ellis, waar Luke en zijn ouders lagen te slapen, gingen de lichtjes op de alarminstallatie in de hal en de keuken uit. Michelle kreeg te horen dat het was geregeld en stak haar duim op naar de andere leden van het team. 'Oké. We kunnen.'

Robin zwaaide de werktas, die eruitzag als een middelgrote damestas, over haar schouder. Er ging binnen geen licht aan toen ze uit de SUV, voorzien van een kenteken van de Minnesota State Patrol, stapten. Ze liepen achter elkaar aan tussen de woning van de familie Ellis en die van de Destins (waar Rolf eveneens lag te slapen en misschien wel lag te dromen van hevige zoentaferelen) en gingen via de keuken naar binnen, Robin als eerste, omdat zij de sleutel had.

Bij het fornuis bleven ze even staan. Robin haalde twee compacte geluiddempers en drie setjes lichtgewicht brillen met elastische hoofdbanden uit de tas. De brillen gaven hun gezichten een insectachtige aanblik, maar zorgden er wel voor dat ze de donkere keuken goed konden zien. Denny en Robin schroefden de geluiddempers op hun wapens. Michelle liep voor hen uit via de zitkamer de hal in en vervolgens de trap op.

Boven liepen ze langzaam maar redelijk zelfverzekerd door de gang. Er lag een loper die hun voetstappen dempte. Voor de eerste dichte deur bleven Denny en Robin staan. Michelle liep verder naar de tweede. Ze keek om naar haar partners en klemde de spuitbus onder haar arm zodat ze twee handen kon opsteken, met gespreide vingers: *Geef me tien tellen.* Robin knikte en stak haar duim op.

Michelle deed de deur open en liep Lukes slaapkamer binnen. De scharnieren piepten zachtjes. De gestalte in het bed (het enige wat je zag was een plukje haar) bewoog even, maar lag toen weer stil. Om twee uur 's nachts had de jongen half in coma moeten liggen, in het diepste deel van zijn slaap, maar dat was duidelijk niet het geval. Misschien sliepen geniale kinderen niet zo vast als gewone, wie weet? Michelle Robertson wist het in elk geval niet. Aan de muur hingen twee posters, die dankzij haar bril allebei zichtbaar waren alsof het klaarlichte dag was. Op de ene stond een skateboarder, met gebogen knieën en polsen en de armen gespreid. De andere was een afbeelding van de Ramones, een punkgroep waar Michelle lang geleden, op de middelbare school, naar had geluisterd. Ze dacht dat ze inmiddels allemaal dood waren, afgereisd naar de eeuwige hall of fame.

Ze liep de kamer door en begon in gedachten te tellen: vier… vijf…

Bij zes raakte ze met haar heup het bureau van de jongen. Er stond een soort trofee op en die viel om. Het geluid was niet heel hard, maar de jongen draaide zich op zijn rug en deed zijn ogen open. 'Mam?'

'Ja hoor,' zei Michelle. 'Ik vind alles best.'

Ze zag het begin van schrik in zijn ogen en ze zag hem zijn mond opendoen om nog iets te zeggen. Ze hield haar adem in en gebruikte de spuitbus, op zo'n vijf centimeter van zijn gezicht. Hij was meteen buiten westen. Zo ging het altijd en wanneer ze zes of acht uur later wakker werden was er nooit sprake van een kater. Leve de chemische industrie, dacht Michelle en telde zeven… acht… negen.

Op de tiende tel gingen Denny en Robin de kamer van Herb en Eileen binnen. Het eerste wat ze zagen was een probleem: de vrouw lag niet in bed. De deur naar de badkamer stond open en wierp een trapezium van licht op de vloer. Het licht was te fel voor de brillen. Ze deden ze af en lieten ze op de grond vallen. In de kamer lag een glimmend gewreven parketvloer en de dubbele tik was duidelijk hoorbaar.

'Herb?' Zacht, vanuit de badkamer. 'Heb je je waterglas omgestoten?'

Robin liep naar het bed, trok haar Glock, die ze tussen haar broekband op haar rug had geschoven. Intussen liep Denny naar de badkamerdeur, zonder een poging te doen om zijn voetstappen te verdoezelen. Daar was het te laat voor. Hij ging naast de deur staan, met zijn pistool geheven, naast zijn gezicht.

In het kussen aan de kant van de vrouw was de afdruk van haar hoofd nog te zien. Robin drukte het op het gezicht van de man en vuurde er een kogel in af. De Glock maakte een zacht, kuchend geluid, meer niet, en de schotresten lieten een kleine bruine vlek achter op het kussen.

Eileen kwam de badkamer uit. Ze keek bezorgd. 'Herb? Is alles in…'

Ze zag Denny. Hij greep haar bij de keel, zette de Glock tegen haar slaap en haalde de trekker over. Er klonk weer zo'n zacht, kuchend geluid. Ze gleed op de grond.

Intussen lagen Herb Ellis' voeten doelloos te schoppen, zodat de deken waar hij en zijn vrouw onder hadden liggen slapen opbolde. Robin schoot nog twee keer in het kussen. Het tweede schot klonk eerder als een blaf dan een kuch en het derde zelfs nog harder.

Denny haalde het kussen weg. 'Heb jij *The Godfather* soms wat te vaak gezien of zo? Jezus, Robin, zijn halve hoofd is weg. Wat kan een begrafenisondernemer daar nog van maken?'

'De klus is geklaard, dat is het belangrijkste.' Eigenlijk vond ze het niet fijn om ze te zien wanneer ze schoot, de manier waarop het licht bij ze uitging.

'Niet zo kinderachtig, meisje. Dat derde schot was hard. Kom op.'

Ze raapten de brillen op en gingen naar de kamer van de jongen. Denny tilde Luke op – geen probleem, het kind woog niet veel meer dan veertig kilo – en gaf de vrouwen met een beweging van zijn kin een teken dat ze voor hem uit moesten lopen. Ze vertrokken zoals ze gekomen waren, via de keuken. In het naastgelegen huis brandde geen licht (zelfs dat derde schot was niet zo hard geweest) en de enige geluiden die ze hoorden waren die van de krekels en ergens in de verte, misschien wel helemaal in St. Paul, een sirene.

Michelle liep voorop, tussen de twee huizen door, keek de straat in en wenkte de anderen. Dit was het enige gedeelte waar Denny Williams een hekel aan had. Als iemand die niet kon slapen nu naar buiten keek en om twee uur 's nachts drie mensen over het gazon van de buren zag lopen, zou dat er verdacht uitzien. Als een van hen iets droeg wat eruitzag als een lichaam, zou dat heel erg verdacht zijn.

Maar Wildersmoot Drive – genoemd naar een of andere allang vergeten regionale hotemetoot – was in diepe slaap verzonken. Robin opende het achterportier van de SUV, aan de kant van het trottoir, stapte in en stak haar armen uit. Denny legde de jongen in haar armen en zij trok Luke tegen zich aan. Zijn hoofd rolde tegen haar schouder. Ze zocht naar de autogordel.

'Getver, hij kwijlt.'

'Ja, dat doen bewusteloze mensen,' zei Michelle en ze sloot het portier. Zelf stapte ze voor in, aan de passagierskant, en Denny ging weer achter het stuur. Terwijl Denny langzaam wegreed van het huis van de familie Ellis borg Michelle de wapens en de spuitbus weer weg. Bij het naderen van de eerste kruising zette Denny de koplampen weer aan.

'Bel maar,' zei hij.

Michelle toetste hetzelfde nummer in. 'Hier Robijnrood. We hebben het pakketje, Jerry. Over vijfentwintig minuten zijn we op het vliegveld. Zet alles maar weer aan.'

In de woning van de familie Ellis trad het alarmsysteem weer in werking. Wanneer de politie uiteindelijk zou arriveren, zouden ze twee doden aantreffen en één verdwenen kind, dat de meest voor de hand liggende verdachte zou zijn. Hij scheen immers briljant te zijn en dat waren toch altijd degenen die een beetje gek waren? Een beetje onberekenbaar? Wanneer ze hem vonden zouden ze het hem wel vragen en hem vinden was slechts een kwestie van tijd. Kinderen konden wel weglopen, maar zelfs de meest briljante konden zich niet verborgen houden.

Niet erg lang.

# 7

Bij het wakker worden herinnerde Luke zich een droom die hij had gehad – niet echt een nachtmerrie, maar beslist een niet-zo-fijne. Het ging over een of andere vreemde vrouw die zich over zijn bed had gebogen. Haar blonde haar had langs haar gezicht gehangen. *Ja hoor, ik vind alles best*, had ze gezegd. Als zo'n griet in een van die pornofilmpjes die hij en Rolf soms keken.

Hij kwam overeind, keek om zich heen, en het eerste wat bij hem opkwam was dat dit ook weer een droom was. Het was zijn kamer – hetzelfde blauwe behang, dezelfde posters, hetzelfde bureau met zijn Little League-beker erop – maar waar was het raam? Zijn raam dat uitkeek op Rolfs huis was weg.

Hij kneep zijn ogen stijf dicht en sperde ze vervolgens weer open. Niks veranderd; de raamloze kamer was nog steeds raamloos. Hij overwoog zichzelf te knijpen, maar dat was zo'n cliché. In plaats daarvan tikte hij met zijn vingers tegen zijn wang. Alles bleef zoals het was.

Luke stapte uit bed. Zijn kleren lagen op de stoel, waar zijn moeder ze gisteravond had neergelegd – ondergoed, sokken en T-shirt op de zitting, spijkerbroek opgevouwen over de rugleuning. Hij kleedde zich langzaam aan, kijkend naar waar het raam hoorde te zijn, en ging toen zitten om zijn sneakers aan te trekken. Zijn initialen stonden op de zijkanten, LE, en dat klopte, maar het middelste horizontale streepje van de E was te lang, hij wist het zeker.

Hij draaide ze om, op zoek naar straatvuil, en zag niets. Nu wist hij het helemaal zeker. Dit waren niet zijn schoenen. De veters klopten ook niet. Die waren te schoon. Toch zaten ze hem als gegoten.

Hij liep naar de muur en legde zijn hand ertegenaan. Hij drukte en probeerde het raam te voelen dat onder het behang moest zitten. Er was geen raam.

Hij vroeg zich af of hij misschien gek was geworden, doorgedraaid, als een kind in zo'n enge, door M. Night Shyamalan geschreven en geregisseerde film. Was het niet zo dat hoogbegaafde kinderen gevoelig waren voor zenuwinstortingen? Maar hij was niet gek. Hij was geestelijk nog net zo normaal als toen hij gisteravond was gaan slapen. In een film zou het gek geworden kind dénken dat het geestelijk in orde was – die draai zou Shyamalan eraan geven – maar volgens de boeken over psychologie die Luke had gelezen wisten de meeste gekken dat ze gek waren. Hij was niet gek.

Toen hij klein was (vijf in plaats van twaalf), had hij een periode gehad met een enorme verzamelwoede van politieke buttons. Zijn vader had hem graag geholpen bij het uitbreiden van zijn verzameling, want de meeste buttons waren spotgoedkoop op eBay. Om redenen die hij niet kon uitleggen en zelf ook niet snapte, had hij een speciale voorliefde gehad voor de buttons van presidentskandidaten die hadden verloren. De verzamelwoede was uiteindelijk verdwenen en de meeste buttons lagen waarschijnlijk ergens op de kruipzolder of in de kelder, maar ééntje had hij bewaard als een soort geluksbutton. Er stond een blauw vliegtuig op, omringd door de woorden VLEUGELS VOOR WILLKIE. Wendell Willkie had het in 1940 in de strijd om het presidentschap opgenomen tegen Franklin Roosevelt, maar had zwaar verloren en in slechts tien staten gewonnen, met een totaal van tweeëntachtig kiesmannen.

Luke had de button in zijn Little League-trofee gestopt. Hij stak zijn hand in de beker, maar er zat niks in.

Vervolgens ging hij naar de poster met Tony Hawk op zijn Birdhouse-skateboard. Die zag er oké uit, maar was het niet. Het kleine scheurtje aan de linkerkant was verdwenen.

Niet zijn sneakers, niet zijn poster, Willkie-button weg.

Niet zijn kamer.

Er begon iets te trillen in zijn borst en hij haalde een paar keer diep adem om te proberen het te laten ophouden. Hij liep naar de deur en pakte de knop, ervan overtuigd dat hij opgesloten zat.

Dat zat hij niet, maar de gang achter de deur leek helemaal niet op de gang in het huis waar hij al zijn twaalf jaren had gewoond. In plaats van de houten lambrisering zag hij betonblokken die in een industriële kleur groen waren geschilderd. Tegenover de deur hing een poster waarop drie kinderen van Lukes leeftijd stonden afgebeeld die door een weide met hoog gras renden. Een van de kinderen sprong hoog in de lucht. Ze waren óf niet goed bij hun hoofd óf uitzinnig vrolijk. De tekst aan de onderkant leek op het laatste te wijzen. ALWEER ZO'N VERRUKKELIJKE DAG, stond er.

Luke liep de gang op. Rechts van hem eindigde de gang in een paar openslaande deuren zoals je die in openbare gebouwen ziet, met duwstangen. Links van hem, een meter of drie voor zo'n zelfde paar deuren, zat een meisje op de grond. Ze droeg een broek met wijd uitlopende pijpen en een bloesje met pofmouwen. Ze was zwart. En hoewel ze ongeveer van Lukes leeftijd leek te zijn, leek ze een sigaret te roken.

## 8

Mevrouw Sigsby zat achter haar bureau en keek op haar computer. Ze droeg een op maat gemaakt zakelijk kostuum van Diane von Furstenberg, dat niet kon verhullen hoe extreem mager ze was. Haar grijze haar was perfect gekapt. Naast haar stond dokter Hendricks. Goedemorgen, Vogelverschrikker, dacht hij, hoewel hij dat nooit zou zeggen.

'Zo,' zei mevrouw Sigsby, 'daar is hij dan. Onze nieuweling. Lucas Ellis. Heeft nota bene zonder het te weten voor de eerste en enige keer in zijn leven in een Gulfstream gevlogen. Schijnt nogal een wonderkind te zijn.'

'Dat zal hij niet lang meer zijn,' zei dokter Hendricks en hij lachte, waarbij hij eerst in- en daarna uitademde, een soort ezelgebalk. Zijn kenmerkende lach, zijn vooruitstekende voortanden en uitzonderlijke lengte – hij was ruim twee meter – hadden hem onder de laboranten zijn bijnaam bezorgd: Donkey Kong.

Ze draaide zich om en keek hem strak aan. 'Dit zijn onze protegés. Goedkope grapjes worden niet op prijs gesteld, Dan.'

'Sorry.' Het liefst had hij eraan toegevoegd: *Maar wie denk je nou eigenlijk voor de gek te houden, Siggers?*

Zoiets zeggen zou onverstandig zijn en in feite was het natuurlijk een retorische vraag. Hij wist dat ze niemand voor de gek hield en zichzelf al helemaal niet. Siggers had wel iets van die onbekende nazisukkel die het een geweldig idee had gevonden om ARBEIT MACHT FREI boven de ingang van Auschwitz te zetten.

Mevrouw Sigsby hield het intakeformulier van de nieuwe jongen omhoog. In de rechterbovenhoek had Hendricks een ronde roze sticker geplakt. 'Leer je eigenlijk wel iets van je roze stickers, Dan?'

'Je weet dat we ervan leren. Je hebt de resultaten gezien.'

'Ja, maar ook iets van bewezen waarde?'

Voordat de arts kon antwoorden, stak Rosalind haar hoofd om een hoekje van de deur. 'Ik heb papierwerk voor u, mevrouw Sigsby. Er komen er nog vijf binnen. Ik weet dat ze op uw spreadsheet stonden, maar ze liggen voor op schema.'

Mevrouw Sigsby keek tevreden. 'Alle vijf vandaag! Kennelijk doen we hier iets correct.'

Hendricks (alias Donkey Kong) dacht: je kon het niet over je lippen krijgen om gewoon 'goed' te zeggen, hè?

'Vandaag nog maar twee,' zei Rosalind. 'Vanavond, om precies te zijn. Van team Smaragd. Morgen drie, van Opaal. Vier zijn TK. Eentje is TP en dat is echt een goede vangst. 93 nanogram BDNF.'

'Dat is Avery Dixon, als ik het goed heb?' zei mevrouw Sigsby. 'Uit Salt Lake City?'

'Uit Orem,' verbeterde Rosalind.

'Een mormoon uit Orem.' Dokter Hendricks liet zijn balkende lach weer horen.

Dat is inderdaad een goede vangst, dacht mevrouw Sigsby. Geen roze sticker op Dixons formulier. Daar is hij te waardevol voor. Minimale injecties, geen risico op attaques, geen bijna-verdrinkingservaringen. Niet met een BDNF van meer dan 90.

'Uitstekend nieuws. Werkelijk uitstekend. Leg de dossiers maar op mijn bureau. Heb je ze ook op de mail gezet?'

'Natuurlijk.' Rosalind glimlachte. De hele wereld e-mailde tegenwoordig, maar ze wisten allebei dat mevrouw Sigsby papier verkoos boven pixels; daar was ze ouderwets in. 'Ik breng ze zo snel mogelijk.'

'Koffie graag, en ook zo snel mogelijk.'

Mevrouw Sigsby wendde zich tot dokter Hendricks. Zo lang van stuk, en toch heeft hij nog een buik, dacht ze. Als arts zou hij toch moeten weten hoe gevaarlijk dat is, vooral voor een man met zijn lengte, voor wie het vaatstelsel sowieso al harder moet werken. Maar niemand zo goed in het negeren van de medische realiteit als een medicus.

Noch mevrouw Sigsby, noch Hendricks was TP, maar op dit moment dachten ze allebei hetzelfde: hoeveel gemakkelijker dit allemaal zou zijn als er sprake was geweest van wederzijdse sympathie in plaats van weerzin.

Zodra ze de ruimte weer voor zichzelf hadden leunde mevrouw Sigsby naar achteren om op te kijken naar de arts die boven haar uittorende. 'Ik ben het met je eens dat het intellect van de jongeheer Ellis niet van belang is voor ons werk in het Instituut. Hij had evengoed een IQ van 75 kunnen hebben. Maar het is wel de reden waarom we hem wat eerder hebben opgenomen. Hij was al aangenomen op niet één maar twee topopleidingen – MIT en Emerson.'

Hendricks knipperde met zijn ogen. 'Op z'n twaalfde?'

'Zeker. De moord op zijn ouders en zijn verdwijning zullen wel nieuws zijn, maar buiten de Twin Cities geen groot nieuws, ook al zal het nog wel een paar weken rondgonzen op het internet. Het zou veel groter nieuws zijn geworden als hij in Boston op academisch niveau al van zich had laten horen alvorens uit het zicht te verdwijnen. Jongelui zoals hij komen nogal eens in het journaal terecht, vooral bij de spectaculaire onderwerpen. En wat zeg ik altijd, dokter?'

'Dat in onze branche geen nieuws goed nieuws is.'

'Precies. In een volmaakte wereld hadden we deze laten lopen. We krijgen toch onze portie TK's wel.' Ze tikte op het roze cirkeltje op het intakeformulier. 'Hieruit blijkt dat zijn BDNF niet eens zo hoog is. Het is maar...'

Ze hoefde haar zin niet af te maken. Bepaalde producten begonnen zeldzaam te worden. Olifantenslagtanden. Tijgervachten. Neushoornhoorns. Zeldzame metalen. Zelfs olie. Tegenwoordig kon je deze bijzondere kinderen, wier buitengewone eigenschappen niets te maken hadden met hun IQ, aan dat rijtje toevoegen. Deze week kwamen er, inclusief de Dixon-jongen, vijf bij. Een prima resultaat, maar twee jaar geleden waren het er misschien wel dertig geweest.

'O, kijk,' zei mevrouw Sigsby. Op het scherm van haar computer liep hun nieuwste aanwinst naar de oudste bewoner van Voorkant. 'Hij gaat kennismaken met die bijdehante Benson. Zij zal hem wel van alles op de hoogte brengen. Op haar manier.'

'Nog altijd in Voorkant,' zei Hendricks. 'We kunnen haar verdorie wel aanstellen als officiële begroeter.'

Mevrouw Sigsby schonk hem haar ijzigste glimlach. 'Beter zij dan jij, Doc.'

Hendricks keek omlaag en overwoog te zeggen: *Hiervandaan kan ik goed zien hoe dun je haar begint te worden, Siggers. Heeft allemaal te maken met je lichte, maar langdurige anorexia. Je hoofdhuid is zo roze als de ogen van een albinokonijn.*

Er was zo veel wat hij tegen haar zou willen zeggen, tegen die tietloze taalnazi, de directeur van het Instituut, maar hij deed het nooit. Dat zou onverstandig zijn geweest.

# 9

In de gang van betonblokken waren nog veel meer deuren en hingen nog meer posters. Het meisje zat onder een afbeelding van een zwarte jongen en een wit meisje met hun voorhoofden tegen elkaar en een stompzinnige lach op hun gezicht. Het onderschrift luidde: IK KIES ERVOOR BLIJ TE ZIJN!

'Vind je die leuk?' zei het zwarte meisje. Bij nader inzien bleek de peuk die in haar mondhoek bungelde een snoepsigaret te zijn. 'Ik zou het liever veranderen in IK KIES ERVOOR VRIJ TE ZIJN, maar dan heb je kans dat ze mijn pen afpakken. Soms zien ze wel wat door de vingers, maar soms ook niet. Het probleem is dat je nooit van tevoren weet welke kant het op gaat.'

'Waar ben ik?' vroeg Luke. 'Wat is dit voor gebouw?' Hij moest bijna huilen. Hij vermoedde dat het door het gevoel van desoriëntatie kwam.

'Welkom in het Instituut.'

'Zijn we nog in Minneapolis?'

Ze lachte. 'Niet echt, nee. En ook niet in Kansas, Toto. We zijn in Maine. Diep in de bushbush. Dat beweert Maureen althans.'

'In Maine?' Hij schudde zijn hoofd, alsof hij een klap tegen zijn slaap had gekregen. 'Weet je dat zeker?'

'Yep. Je ziet behoorlijk bleek om de neus. Je kunt beter gaan zitten, voordat je straks omvalt.'

Met één hand tegen de muur steunend, omdat zijn benen niet wilden buigen, ging hij zitten. Het leek meer op in elkaar zakken. 'Ik was thuis. Ik was thuis en toen werd ik hier wakker. In een kamer die op mijn kamer lijkt, maar het niet is.'

'Ik weet het. Dat is schrikken, hè?' Ze stak haar hand in haar broekzak en haalde er een doosje uit. Er stond een plaatje op van een cowboy die met een lasso zwaaide. ROUND-UP SNOEPSIGARETTEN, stond erop. LEKKER ROKEN, NET ALS PAPA! 'Wil je er eentje? Van een beetje suiker knap je misschien wel op. Mij helpt het altijd.'

Luke nam het doosje aan en opende het dekseltje. Er zaten nog zes sigaretten in, allemaal met een rode punt die waarschijnlijk de gloeiende askegel moest voorstellen. Hij nam er een uit, stak hem tussen zijn lippen en beet hem doormidden. De zoete smaak drong in zijn mond.

'Doe dat nooit met een echte sigaret,' zei ze. 'Die smaak zou je niet half zo goed bevallen.'

'Ik wist niet dat ze dit soort dingen nog verkochten.'

'Precies dezelfde zeker niet. Lekker roken, net als papa? Wat dacht je zelf? Zal wel antiek zijn. Maar ze hebben echt rare dingen in de kantine. Ook échte sigaretten, serieus. Alle merken, Lucky Strikes en Chesterfields en Camels, net als in die oude films op de klassiekefilmzender TCM. Ik zou het best eens willen proberen, maar man, je hebt er zo veel muntjes voor nodig.'

'Echte sigaretten? Dus niet voor kinderen, bedoel je?'

'Er wonen hier alleen maar kinderen. Niet dat er op dit moment veel in Voorkant zitten. Maureen zegt dat er misschien nog meer komen. Ik weet niet waar zij haar informatie vandaan haalt, maar meestal klopt het wel.'

'Sigaretten voor kinderen? Wat is dit? Pleziereiland?' Zo plezierig voelde hij zich op dit moment anders niet.

Ze schoot in de lach. 'Net als in *Pinokkio*! Dat is een goeie!' Ze stak haar hand op. Luke gaf haar een high five en voelde zich iets beter, ook al wist hij niet waarom.

'Hoe heet je? Ik kan je moeilijk bleekneus blijven noemen. Dat klinkt zo discriminerend.'

'Luke Ellis. En jij?'

'Kalisha Benson.' Ze stak een vinger in de lucht. 'Luister goed, Luke. Je mag me Kalisha noemen, of je mag me Sha noemen. Zo lang je me maar geen Kanjer noemt.'

'Waarom niet?' Hij deed nog steeds zijn best om zich te oriënteren, maar het lukte nog steeds niet. In de verste verte niet. Hij at de andere helft van zijn sigaret op, de helft met de zogenaamde gloeiende askegel.

'Omdat Hendricks en zijn collega-sukkels je zo noemen wanneer ze je de injecties geven voor hun testjes. "Ik ga nu een naald in je arm prikken en dat doet pijn, maar werk even mee, kanjer. Ik ga een keeluitstrijkje maken en daar ga je van kokhalzen als een fucking gek, maar werk even mee, kanjer. We gaan je nu in de waterbak dompelen, dus hou gewoon je adem in en werk even mee, kanjer." Dáárom mag je me niet zo noemen.'

Luke luisterde amper naar wat ze vertelde over testjes, hoewel dat later wel zou komen. Hij was nog bij dat 'fucking'. Hij had het door veel jongens horen zeggen (hij en Rolf zeiden het zelf vaak wanneer ze samen waren) en ook door het mooie meisje met het rode haar dat waarschijnlijk haar SAT had verknald, maar nog nooit door een meisje van zijn eigen leeftijd. Hij nam aan dat dit betekende dat hij een beschermd leventje had geleid.

Ze legde een hand op zijn knie, wat hem even een huivering bezorgde, en keek hem ernstig aan. 'Maar ik raad je aan om altijd mee te werken, hoe klote het ook is en wat ze ook in je keel of in je reet steken. Met de waterbak heb ik zelf geen ervaring, die ken ik alleen van horen zeggen, maar ik weet wel dat je zolang ze je blijven testen, in Voorkant blijft. Ik weet niet wat er in Achterkant gebeurt en dat wil ik ook niet weten. Het enige wat ik van Achterkant weet is dat kinderen er wel naartoe gaan, maar nooit meer terugkomen. Hier zien we ze in elk geval nooit terug.'

Hij keek achterom, de gang in. Er hingen een heleboel motiverende posters en hij zag ook een heleboel deuren, zowel links als rechts een stuk of acht. 'Hoeveel kinderen zijn er hier?'

'Vijf, met jou en mij meegerekend. Voorkant zit nooit vol, maar op dit moment lijkt het wel een spookstad. Het is een komen en gaan van kinderen.'

'En wat...'

Op dat moment ging een van de openslaande deuren aan het eind van de gang open en verscheen er een vrouw in een bruine jurk, met haar rug naar hen toe. Ze hield de deur met haar kont tegen terwijl ze met iets stond te worstelen. Kalisha sprong overeind. 'Hé, Maureen, hé, vriendin, wacht even, dan helpen wij je.'

Aangezien ze het over 'wij' had in plaats van over 'ik', stond Luke op en liep achter Kalisha aan. Toen hij dichterbij kwam zag hij dat de bruine jurk in werkelijkheid een soort uniform was, zoiets als een kamermeisje zou dragen in een chic hotel – nou ja, medium chic, want er zaten geen ruches aan of zo. Ze probeerde een wasmand over de metalen drempel te trekken tussen deze gang en de grote ruimte erachter, die eruitzag als een soort zitkamer – er stonden tafels en stoelen en er waren ramen die fel zonlicht binnenlieten. Ook stond er een tv met de afmetingen van een bioscoopscherm. Kalisha opende de andere deur om meer ruimte te maken. Luke pakte de wasmand (DANDUX, stond er op de zijkant) en hielp de vrouw die naar binnen te trekken in wat hij inmiddels begon te beschouwen als de gang met de slaapkamers. De mand zat vol lakens en handdoeken.

'Bedankt, jongen,' zei ze. Ze was best oud, met behoorlijk wat grijs in haar haar, en ze zag er moe uit. Op het naamplaatje op de welving van haar linkerborst stond: MAUREEN. Ze nam hem van top tot teen op. 'Jij bent nieuw. Jij bent toch Luke?'

'Luke Ellis. Hoe weet je dat?'

'Staat op mijn dagrooster.' Ze trok een opgevouwen vel papier half uit haar rokzak en schoof het meteen weer terug.

Luke stak haar zijn hand toe, zoals hem dat was geleerd. 'Leuk om kennis te maken.'

Maureen gaf hem een hand. Ze leek best aardig, dus hij vond het inderdaad wel leuk om kennis te maken. Maar hij vond het niet leuk om hier te zijn; hij was bang en maakte zich zorgen, niet alleen om zichzelf, maar ook om zijn ouders. Ze moesten inmiddels hebben gemerkt dat hij weg was. Hij dacht niet dat ze snel zouden geloven dat hij was weggelopen, maar welke conclusie konden ze anders trekken wanneer ze zagen dat hij niet in zijn slaapkamer was? Straks zou de politie hem gaan zoeken, als ze dat al niet deden, maar als Kalisha gelijk had, zouden ze hem hier heel ver vandaan zoeken.

Maureens hand voelde warm en droog. 'Ik ben Maureen Alvorson. Huishoudster en manusje-van-alles. Ik houd je kamer voor je op orde.'

'En waag het niet haar veel extra werk te bezorgen,' zei Kalisha met een onheilspellende blik.

Maureen glimlachte. 'Je bent een schat, Kalisha. Zo te zien is dit niet zo'n rommelig type, zoals Nicky. Dat is net Pig-Pen, van *Peanuts*. Is hij in zijn kamer? Ik zie hem niet buiten op de speelplaats met George en Iris.'

'Je kent Nicky,' zei Kalisha. 'Als die voor één uur 's middags uit zijn bed komt, vindt hij dat hij vroeg is opgestaan.'

'Dan doe ik alleen de andere kamers, maar de dokters willen hem om één uur zien. Als hij dan nog niet op is, komen ze hem wakker maken. Leuk met je kennis te hebben gemaakt, Luke.' En daar ging ze weer. Nu duwde ze haar mand, in plaats van hem te trekken.

'Kom,' zei Kalisha, terwijl ze Lukes hand pakte. Ongerust om zijn ouders of niet, er trok toch weer een huivering door hem heen.

Ze trok hem mee naar het zitgedeelte. Hier wilde hij wel even rondkijken, vooral bij de automaten (echte sigaretten, zou dat echt waar zijn?), maar zodra de deur achter hen dichtviel kwam Kalisha voor hem staan. Ze keek heel serieus, bijna boos. 'Ik weet niet hoe lang je hier zult blijven – ik weet niet eens hoe lang ik hier zelf nog zal zijn – maar zolang je hier bent, ben je aardig tegen Maureen, begrepen? Er lopen hier genoeg gemene klootzakken rond, maar daar hoort zij niet bij. Zij is *aardig*. En ze heeft problemen.'

'Wat voor problemen?' Hij vroeg het voornamelijk uit beleefdheid. Hij keek uit het raam, naar wat de speelplaats moest zijn. Er waren twee kinderen buiten, een jongen en een meisje, misschien van zijn eigen leeftijd, of iets ouder.

'Ten eerste vermoedt ze dat ze ziek is, maar ze wil niet naar de dokter, omdat ze het zich niet kan veroorloven om ziek te zijn. Ze verdient ongeveer veertigduizend per jaar en ze heeft pakweg twee keer zo veel aan onbetaalde rekeningen liggen. Misschien wel meer. Haar man heeft het allemaal uitgegeven en is er toen vandoor gegaan. En het loopt almaar op, snap je? De rente.'

'Woekerrente noemt mijn vader dat. Volgens pap zijn creditcardmaatschappijen in wezen allemaal afzetters. En als je kijkt naar de rente op rente die ze berekenen heeft hij wat dat betreft wel een...'

'Wat heeft hij wat dat betreft? Een punt?'

'Ja.' Hij wendde zijn blik af van de kinderen buiten – vermoedelijk George en Iris – en richtte zich tot Kalisha. 'Heeft ze dat allemaal aan jou verteld? Aan een kind? Dan moet jij wel een kei zijn op het gebied van interpersoonlijke relaties.'

Kalisha keek verbaasd en begon toen te lachen. Het was een schaterlach, met haar handen op haar heupen en haar hoofd in haar nek. Ze leek opeens meer een vrouw dan een meisje. 'Intrapersoonlijke relaties! Jij bent niet bepaald op je mondje gevallen, Lukey!'

'Inter, niet intra,' zei hij. 'Tenzij je, zeg maar, met een hele groep bent. Om ze adviezen te geven over kredietverstrekking, of zoiets.' Hij zweeg even. 'Dat is, eh, een grapje.' En nog een flauw grapje ook. Echt een grapje van een nerd.

Ze nam hem nog eens aandachtig van top tot teen op, wat hem weer zo'n onaangename huivering bezorgde. 'Hoe slim ben jij eigenlijk?'

Hij haalde een tikje gegeneerd zijn schouders op. Normaal gesproken schepte hij niet op – het was de slechtste manier die je kon bedenken om vrienden te maken en mensen te beïnvloeden – maar hij was ontredderd, in de war, ongerust en (hij kon het net zo goed toegeven) doodsbang. Het werd steeds lastiger om deze ervaring niet onder te brengen onder de noemer ontvoering. Hij was een kind dat had liggen slapen en, als het waar was wat Kalisha zei, duizenden kilometers van huis wakker was geworden. Zouden zijn ouders hem zomaar hebben meegegeven, zonder te protesteren of zelfs voor hem te vechten? Hoogstonwaarschijnlijk. Wat er ook met hem was gebeurd, hij hoopte dat ze hadden liggen slapen toen het gebeurde.

'Verrekte slim, denk ik zo. Ben je TP of TK? Ik gok op TK.'

'Ik weet niet waar je het over hebt.'

Alleen wist hij dat misschien toch wel. Hij dacht aan de manier waarop de borden soms stonden te rammelen in de kast, hoe zijn slaapkamerdeur soms uit zichzelf open- of dichtging en hoe die schaal had staan wiebelen bij Rocket Plaza. En ook hoe de vuilnisbak die dag van de SAT's uit zichzelf was verschoven.

'TP is telepathie. TK is...'

'Telekinese.'

Ze lachte en wees naar hem met haar wijsvinger. 'Jij bent echt een slimmerik. Precies, telekinese. Je bent altijd het een of het ander. Het schijnt dat niemand het allebei is – dat zeggen de laboranten althans. Ik ben een TP.' Ze zei het laatste met enige trots in haar stem.

'Jij leest gedachten,' zei Luke. 'Tuurlijk, elke dag zeker, en op zondag twee keer.'

'Hoe denk je dat ik die dingen over Maureen weet? Ze zou het niet in haar hoofd halen de mensen hier over haar problemen te vertellen, zo is ze niet. En ik ken de details ook niet, alleen de grote lijnen.' Ze dacht even na. 'Er is ook iets met een baby. Wat wel raar is. Ik heb haar wel eens gevraagd of ze kinderen had en toen zei ze van niet.'

Kalisha haalde haar schouders op. 'Ik kan het al van jongs af aan – dan weer wel en dan weer niet, niet altijd – maar het maakt me nog geen superheld. Als ik dat was, zou ik hier gauw weg zijn.'

'Meen je dit nou allemaal?'

'Ja, en dit is je eerste test. De eerste van vele. Ik neem een getal in gedachten tussen de één en de vijftig. Welk getal is het?'

'Geen idee.'

'Echt niet? Doe je niet net alsof?'

'Absoluut niet.' Hij liep naar de deur aan de andere kant van de ruimte. Buiten liep de jongen wat ballen in een basketbalring te gooien en maakte het meisje sprongen op een trampoline – niks bijzonders, ze kwam telkens zittend neer en maakte af en toe een draai. Ze leken er geen van beiden veel lol in te hebben; ze zagen eruit alsof ze het alleen maar deden omdat ze niks anders te doen hadden. 'Zijn dat George en Iris?'

'Yep.' Ze kwam bij hem staan. 'George Iles en Iris Stanhope. Allebei

TK. TP's zijn zeldzamer. Zijn ook raardere types. Hé, slimmerik, is dat eigenlijk een woord, of moet ik gekker zeggen?'

'Kan allebei, maar ik zou voor gekker gaan. Raarder klinkt alsof je een buitenboordmotor probeert te starten.'

Ze dacht even na, begon toen te lachen en wees weer naar hem met haar vinger. 'Dat is een goeie.'

'Kunnen we naar buiten?'

'Natuurlijk. De deur van de speelplaats is nooit op slot. Niet dat je lang buiten zal willen blijven. De muggen zijn nogal agressief hier in het binnenland. In het medicijnkastje in je badkamer staat Deet. Dat moet je gebruiken en dan bedoel ik dat je je echt van top tot teen moet insmeren. Maureen zegt dat het muggenprobleem minder wordt wanneer de eitjes van de libellen uitkomen, maar voorlopig heb ik nog geen libelle gezien.'

'Zijn het aardige kinderen?'

'George en Iris? Ja hoor, best wel. Ik bedoel, we zijn geen dikke vrienden of zo. Ik ken George nog maar net een week. Iris is hier... ehhh... tien dagen geleden aangekomen, denk ik. Om en nabij. Na mij is Nick hier het langst. Nick Wilholm. Reken in Voorkant maar niet op hechte vriendschappen, slimmerik. Zoals ik al zei, het is hier een komen en gaan.'

'Hoe lang ben jij hier al, Kalisha?'

'Bijna een maand. Ik ben een oudgediende.'

'Ga jij me dan vertellen wat hier gaande is?' Hij knikte naar de kinderen buiten. 'Of doen zij dat?'

'We kunnen je vertellen wat we weten, en wat de verzorgers en de laboranten ons vertellen, maar ik heb het idee dat het voornamelijk leugens zijn. Zo denkt George er ook over. Iris daarentegen...' Kalisha lachte. 'Dat is net agent Mulder in *The X-Files*. Zij wil erin geloven.'

'Waarin geloven?'

De blik die ze hem schonk – verstandig en triest tegelijk – liet haar opnieuw meer op een volwassene lijken dan op een kind. 'Dat dit alleen maar een kleine omleiding is op de grote snelweg van het leven, en dat alles uiteindelijk op z'n pootjes terecht zal komen, net als in *Scooby-Doo*.'

'Waar zijn jouw ouders? Hoe ben jij hier gekomen?'

De volwassen blik verdween. 'Daar wil ik het nu niet over hebben.'

'Oké.' Misschien wilde hij dat zelf liever ook niet. Nog niet tenminste.

'En wanneer je Nicky ontmoet, schrik dan niet als hij een hele tirade begint. Dat is zijn manier van stoom afblazen en sommige van zijn tirades zijn...' Ze dacht even na. 'Amusant.'

'Als jij het zegt. Zou je me een plezier willen doen?'

'Tuurlijk, als dat kan.'

'Noem me geen slimmerik meer. Mijn naam is Luke. Noem me dus ook zo, oké?'

'Dat gaat me wel lukken.'

Hij stak zijn hand uit naar de deur, maar zij legde haar hand op zijn pols.

'Nog één ding voordat we naar buiten gaan. Draai je eens om, Luke.'

Hij deed wat ze vroeg. Ze was twee, drie centimeter langer dan hij. Hij begreep pas dat ze hem ging zoenen toen ze het deed, vol op zijn mond. Ze stak zelfs een paar tellen haar tong tussen zijn lippen en dat bezorgde hem niet zozeer een huivering, maar een regelrechte schok, alsof hij een vinger in een stopcontact stak. Zijn eerste echte kus, en niet zomaar een. Rolf, dacht hij (voor zover hij meteen erna tot denken in staat was), zou zó jaloers zijn.

Ze trok met een tevreden blik haar hoofd weg. 'Het is geen ware liefde of zo, dat je dat niet denkt. Ik weet niet eens of ik je er wel een plezier mee doe, maar het zou kunnen. Ik heb de eerste week dat ik hier was in quarantaine gezeten.'

Ze wees naar een poster aan de muur naast de snoepautomaat. Er stond een jongen op afgebeeld die in een stoel zat en vrolijk naar een heel stel gekleurde stippen op een witte muur wees. Een glimlachende dokter (witte jas, stethoscoop om zijn nek) stond naast hem, met een hand op de schouder van de jongen. Boven de afbeelding stond: PRIKKEN VOOR STIPPEN! En eronder: HOE EERDER JE ZE ZIET, HOE EERDER JE WEER THUIS BENT!

'Wat betekent dat in vredesnaam?'

'Dat doet er nu even niet toe. Mijn ouders waren overtuigd antivaxers en twee dagen nadat ik in Voorkant belandde kreeg ik waterpokken. Hoesten, hoge koorts, grote vuurrode vlekken, de hele mikmak. Ik denk dat ik het nu wel heb gehad, aangezien ik weer uit bed ben en ze me weer testen, maar het kan zijn dat ik nog een beetje besmettelijk ben. Als je geluk hebt, krijg je het ook en kun je een paar weken sapjes drinken en tv-kijken in plaats van steeds maar weer die naalden en MRI's.

Het meisje zag hen en zwaaide. Kalisha zwaaide terug en duwde voordat Luke nog iets kon zeggen de deur open. 'Kom op. Kijk niet zo suf en kom kennismaken met de Fockers.'

# PRIKKEN VOOR STIPPEN

# 1

Buiten de deur van de kantine van het Instituut en de tv- en recreatieruimte sloeg Kalisha een arm om Lukes schouders en trok hem dichter naar zich toe. Hij dacht – hoopte, eigenlijk – dat ze hem weer wilde zoenen, maar in plaats daarvan fluisterde ze iets in zijn oor. Haar lippen kriebelden tegen zijn huid en bezorgden hem kippenvel. 'Praat over alles wat je wilt, maar zeg alleen niks over Maureen, oké? We denken dat ze maar af en toe meeluisteren, maar we kunnen beter voorzichtig zijn. Ik wil haar geen problemen bezorgen.'

Maureen, oké, de mevrouw die de boel schoonhield, maar wie waren 'ze'? Luke had zich nog nooit zo verloren gevoeld, zelfs niet toen hij als vierjarige vijftien eindeloze minuten lang zijn moeder kwijt was geweest in het winkelcentrum.

Intussen, precies zoals Kalisha al had voorspeld, vonden de muggen hem. Kleine zwarte beestjes die in wolken om zijn hoofd cirkelden.

Het grootste deel van de speelplaats was bedekt met fijn grind. Het basketbalgedeelte, waar de jongen die George heette nog steeds balletjes stond te gooien, had een gladde vloer en de trampoline was omgeven door iets sponzigs om de val te breken als iemand verkeerd sprong en eraf stuiterde. Er was een *shuffleboard*-baan, een badmintonveld, een touwenparcours en een aantal kleurige cilinders waarvan kleine kinderen een tunnel konden maken – ook al waren hier geen kinderen die zo klein waren dat ze er iets aan hadden. Ook waren er schommels, wipwaps en een glijbaan. Aan een langwerpige groene kast, geflankeerd door picknicktafels, hingen bordjes met SPELLETJES EN MATERIALEN en GRAAG TERUGLEGGEN WAT JE HEBT GEBRUIKT.

De speelplaats werd omringd door een metalen afrastering van minstens drie meter hoog en Luke zag op twee van de hoeken camera's omlaag turen. Ze waren stoffig, alsof ze al een tijdje niet waren schoongemaakt. Achter het hekwerk was niets anders dan bos, voornamelijk bestaand uit dennen. Gezien de dikte van de stammen schatte Luke hun ouderdom op ruwweg tachtig jaar. De formule – die hij toen hij een jaar of tien was op een zaterdagmiddag in *Trees of North America* had gelezen – was vrij eenvoudig. Je had er geen jaarringen voor nodig. Je hoefde alleen de omtrek van een van de bomen te schatten, die vervolgens te delen door pi om de diameter te berekenen en die vervolgens te vermenigvuldigen met de gemiddelde groeifactor van Noord-Amerikaanse dennen, die 4,5 was. Makkelijk zat dus, net als de conclusie die eruit volgde: in deze bossen waren al lange tijd geen bomen meer omgehakt, misschien wel een paar generaties lang. Dus wat het Instituut ook mocht zijn, het bevond zich midden in een oerbos, en dus ergens midden in de wildernis. Wat het speelterrein zelf betrof was zijn eerste gedachte dat als er ergens ter wereld een gevangenisluchtplaats bestond voor kinderen tussen de zes en de zestien, die er exact zo moest uitzien.

Het meisje – Iris – stuiterde met wapperende paardenstaart twee keer op de trampoline en nam toen een laatste sprong over de rand, waarna ze met haar benen een eindje uit elkaar en met gebogen knieën op de verende ondergrond landde. 'Sha! Wie heb je daar bij je?'

'Dit is Luke Ellis,' zei Kalisha. 'Vanmorgen net aangekomen.'

'Hoi, Luke.' Iris kwam naar hen toe en stak haar hand uit. Ze was een mager meisje, een stukje langer dan Kalisha. Ze had een vriendelijk, knap gezichtje en haar wangen en voorhoofd glommen van wat naar Luke aannam een combinatie was van zweet en muggenspul. 'Iris Stanhope.'

Luke gaf haar een hand, zich ervan bewust dat de muggen – *minges*, werden ze in Minnesota genoemd, hij had geen idee hoe ze hier heetten – aan hem waren begonnen. 'Niet blij om hier te zijn, maar wel om kennis met jou te maken.'

'Ik kom uit Abilene, Texas. En jij?'

'Uit Minneapolis. Dat is in...'

'Ik weet waar Minneapolis is,' zei Iris. 'Land van de tienduizend meren of iets dergelijks.'

'George!' riep Kalisha. 'Waar zijn je manieren, jongeman? Kom eens gauw hier!'

'Ik kom eraan, even wachten. Dit is belangrijk.' George liep zorgvuldig over de vrijeworplijn aan de rand van het asfalt, klemde de basketbal tegen zijn borst en begon met een diepe, gespannen stem te praten. 'Oké, mensen, na zeven zwaarbevochten wedstrijden komt het uiteindelijk op het volgende neer: na een dubbele verlenging liggen de Wizards één punt achter op de Celtics en George Iles, vers van de bank, heeft een kans om deze match vanaf de vrijeworplijn te beslissen. Als hij één punt scoort, staan de Wizards weer gelijk. Maakt hij er twee, dan schrijft hij geschiedenis, zal zijn foto waarschijnlijk in de Basketball Hall of Fame komen te hangen en wint hij misschien wel een Tesla cabrio…'

'Die zou dan toch speciaal voor je gemaakt moeten worden,' zei Luke. 'Tesla maakt geen cabrio's, nog niet althans.'

George luisterde niet naar hem. 'Niemand had verwacht dat Iles hier ooit zou staan, Iles zelf al helemaal niet. Het is doodstil geworden in de Capital One Arena…'

'En dan laat er iemand een scheet!' riep Iris. Ze stak haar tong tussen haar lippen en blies, lang en trompetterend. 'Een echte superscheet! En stinken dat hij doet!'

'Iles haalt diep adem… hij laat de bal twee keer stuiteren, zijn handelsmerk…'

'George is niet alleen een kletsmajoor, maar heeft ook een bijzonder levendige fantasie,' zei Iris tegen Luke. 'Je raakt eraan gewend.'

George keek in hun richting. 'Iles werpt een boze blik naar een eenzame Celtics-fan die hem staat uit te jouwen… Het is een meisje dat er niet alleen oliedom uitziet, maar ook verbijsterend lelijk…'

Iris maakte nog een keer het geluid van een scheet.

'Iles stelt zich op voor de basket… Iles schiet…'

Naast.

'Jezus, George,' zei Kalisha, 'wat een beroerd schot. Zorg dat je gelijk komt of verlies, dan kunnen we tenminste praten. Deze gast heeft geen idee wat hem is overkomen.'

'Alsof wij dat wel weten,' zei Iris.

George zakte door zijn knieën en schoot. De bal rolde over de rand… dacht nog even na… en viel eraf.

'De Celtics hebben gewonnen, de Celtics hebben gewonnen!' gilde Iris. Ze maakte een cheerleadersprong en schudde met onzichtbare pompons. 'En kom nu hallo zeggen tegen de nieuwe jongen.'

George kwam naar hen toe, terwijl hij met zijn handen wapperde om de insecten te verjagen. Hij was klein en dik en Luke vermoedde dat zijn fantasie de enige plek was waar hij ooit professioneel basketbal zou spelen. Zijn ogen hadden een kleur blauw die Luke aan de films met Paul Newman en Steve McQueen deed denken waar Rolf en hij zo graag naar keken op TCM. Toen hij eraan dacht hoe ze samen altijd voor de tv hingen en popcorn aten, voelde hij zich misselijk worden.

'Hé, gast. Hoe heet je?'

'Luke Ellis.'

'Ik ben George Iles, maar dat had je waarschijnlijk al van de meisjes gehoord. Ze zien mij als een god.'

Kalisha greep naar haar hoofd alsof het pijn deed. Iris stak haar middelvinger naar hem op.

'Een liefdesgod.'

'Maar dan wel Adonis, niet Cupido,' zei Luke, die er plezier in begon te krijgen. Of dat althans probeerde. 'Adonis is de god van verlangen en schoonheid.'

'Als jij het zegt. Hoe vind je het hier tot nu toe? Klotezooi, hè?'

'Wat ís het? Kalisha noemt 't het Instituut, maar wat houdt dat in?'

'Je kunt het ook Mevrouw Sigsby's Tehuis voor Rebelse, Paranormaal Begaafde Kinderen noemen,' zei Iris en ze spuwde op de grond.

Dit was erger dan halverwege een film de bioscoop binnenkomen; dit was meer alsof je halverwege het derde seizoen voor het eerst naar een aflevering van een serie zat te kijken, zo eentje met een ingewikkelde plot.

'Wie is mevrouw Sigsby?'

'De opperbitch,' zei George. 'Je krijgt haar nog wel te zien en ik raad je aan haar niet tegen te spreken. Daar houdt ze helemaal niet van.'

'Ben je TP of TK?' vroeg Iris.

'TK, denk ik.' Eigenlijk was het veel meer dan een veronderstelling. 'Soms beginnen dingen in mijn buurt te bewegen en aangezien ik niet in klopgeesten geloof, doe ik dat waarschijnlijk zelf. Maar dat kan nooit genoeg zijn om...' Zijn stem stierf weg. Dat kan nooit genoeg zijn om mij hier terecht te laten komen, dacht hij eigenlijk. Maar hij was hier.

'TK-positief?' vroeg George. Hij liep naar een van de picknicktafels. Luke liep achter hem aan, op de voet gevolgd door de twee meisjes. Hij kon de vermoedelijke leeftijd berekenen van het woud dat hen omringde, hij kende de namen van honderd verschillende bacteriën, hij kon deze kinderen alles vertellen over Hemingway, Faulkner of Voltaire, maar hij had nog nooit het gevoel gehad zo in het luchtledige te tasten als nu.

'Ik heb geen flauw idee wat dat betekent.'

Kalisha zei: 'Posjes – zo noemen ze kinderen zoals George en ik. De laboranten en de verzorgers en de artsen. Wij worden niet geacht dat te weten...

'Maar we weten het toch,' maakte Iris haar zin af. 'Het is wat je noemt een publiek geheim. TK- en TP-positieven kunnen het wanneer ze willen, of in elk geval meestal. De rest kan dat niet. Bij mij bewegen dingen alleen wanneer ik kwaad ben, of heel erg blij, of geschrokken. Dan is het dus onwillekeurig, net als niezen. Ik ben gewoon. Gewone TK's en TP's noemen ze rozetten.'

'Waarom?' vroeg Luke.

'Omdat er als je een gewone bent een kleine roze sticker op de paperassen in je dossier zit. Wij mogen eigenlijk niet zien wat er in onze dossiers staat, maar ik heb het mijne een keer ingekeken. Soms zijn ze een beetje nonchalant.'

'Je mag wel uitkijken, anders zijn ze straks nog nonchalant met jou,' zei Kalisha.

Iris zei: 'Rozetten krijgen meer testjes en meer prikken. Ik heb een keer de bak gekregen. Dat was klote, maar niet héél erg.'

'Wat is de...'

George gaf Luke niet de kans zijn vraag af te maken. 'Ik ben TK-pos, dus geen roze stippen in mijn dossier. Nul rozetten voor deze jongen.'

'Heb jij je dossier ook gezien?' vroeg Luke.

'Niet nodig. Ik ben fantastisch. Kijk maar.'

Er was geen swamiachtige concentratie, de jongen stond daar gewoon, maar toch gebeurde er iets heel bijzonders. (Dat wil zeggen: Luke vond het bijzonder; de meisjes leken geen van beiden erg onder de indruk.) De wolk van muggen die om Georges hoofd cirkelde schoot naar achteren en vormde een soort komeetstaart, alsof een harde windvlaag ze had weggeblazen. Alleen stond er geen wind.

'Zie je?' zei hij. 'TK-pos in actie. Alleen duurt het niet zo lang.'

Dat klopte. De muggen waren al weer terug. Ze cirkelden om hem heen en werden alleen op afstand gehouden door het muggenspul waarmee hij zich had ingesmeerd.

'Dat tweede schot op de basket,' zei Luke. 'Had je dat erin kunnen laten gaan?'

George schudde spijtig zijn hoofd.

'Ik wou dat ze eens een echt sterke TK-pos binnenhaalden,' zei Iris. Haar opwinding over 'de nieuwe' was al weer gezakt. Ze maakte een vermoeide, angstige indruk en leek ouder dan ze in werkelijkheid was. Luke schatte haar op een jaar of vijftien. 'Eentje die ons hier verdomme kon wegteleporteren.' Ze ging op een van de picknickbankjes zitten en sloeg een hand voor haar ogen.

Kalisha ging bij haar zitten en sloeg een arm om haar schouders. 'Stil maar, joh, het komt wel goed.'

'Nee, dat komt het niet. Moet je kijken, ik lijk wel een speldenkussen!' Iris liet haar armen zien. Op de linkerarm zaten twee pleisters en op de rechter drie. Toen wreef ze even snel in haar ogen en toverde weer een vastberaden blik op haar gezicht. 'En, nieuwe jongen – kan jij dingen bewust verplaatsen?'

Luke had nog nooit met anderen gesproken over de gedachte dat de geest krachtiger kon zijn dan materie en die dus ook kon beïnvloeden – ook wel psychokinese genoemd – alleen met zijn ouders. Volgens zijn moeder zouden mensen ervan schrikken als ze het wisten. Zijn vader zei dat het zijn minst belangrijke eigenschap was. Luke was het met beiden eens, maar deze kinderen schrokken er niet van en hier was het wel degelijk belangrijk. Dat was wel duidelijk.

'Nee. Ik kan niet eens met mijn oren wiebelen.'

Ze lachten en Luke ontspande. Hij was op een vreemde, enge plek, maar deze kinderen leken in elk geval wel oké.

'Af en toe beginnen er wat dingen te bewegen, dat is alles. Borden, of bestek. Soms valt een deur uit zichzelf dicht. Het is een paar keer gebeurd dat mijn bureaulamp opeens aanging. Het is nooit iets groots. Shit, ik wist zelfs niet helemaal zeker of het wel door mij kwam. Ik dacht eerder aan tochtvlagen… of aardtrillingen…'

Ze keken hem allemaal aan met begrip in hun ogen.

'Oké,' zei hij. 'Ik wist het wel. Mijn ouders ook. Maar het is nooit als iets ontzettend bijzonders beschouwd.'

Misschien was dat wel gebeurd als hij niet ook nog eens griezelig intelligent was geweest en niet als twaalfjarige op niet één, maar twee universiteiten was aangenomen. Stel dat een kind van zeven een virtuoos op de piano was. Zou het dan nog iemand iets kunnen schelen als datzelfde kind ook een paar eenvoudige kaarttrucjes kende? Of met zijn oren kon wiebelen? Maar dat was iets wat hij niet tegen George, Iris en Kalisha kon zeggen. Dat zou opschepperig klinken.

'Je hebt gelijk, het is ook niks bijzonders!' zei Kalisha hartstochtelijk. 'Dat is nou juist het rottige! We zijn verdomme de x-Men niet, of andere superhelden!'

'Zijn we gekidnapt?' Hij hoopte dat ze in de lach zouden schieten. Hij hoopte dat een van hen zou zeggen: *Natuurlijk niet*.

'Ja, duh,' zei George.

‘Omdat jij een paar tellen lang muggen op afstand kan houden? Omdat…’ Hij dacht aan de schaal die in de Rocket Pizza van tafel was gevallen. ‘Omdat ik heel af en toe een kamer binnenkom en de deur uit zichzelf achter me dichtvalt?’

‘Tja,’ zei George, ‘als ze mensen om hun knappe gezicht van straat plukten, zouden Iris en Sha hier niet zijn.’

‘Stomme oen,’ zei Kalisha.

George glimlachte. ‘Een uitermate smaakvolle reactie. Van hetzelfde niveau als “Lik m’n reet”.’

‘Soms kan ik echt niet wachten tot jij naar Achterkant gaat,’ zei Iris. ‘God zal me wel voor die gedachte straffen, maar…’

‘Wacht,’ zei Luke. ‘Wacht nou eens even en begin bij het begin.’

‘Dit ís het begin, vriend,’ zei een stem achter hen. ‘Helaas is het waarschijnlijk ook meteen het einde.’

## 2

Luke schatte de jongen op een jaar of zestien, maar kwam er later achter dat hij twee jaar jonger was. Nicky Wilholm was lang, had blauwe ogen en een woeste bos haar dat zwarter dan zwart was en schreeuwde om een dubbele dosis shampoo. Hij droeg een kreukelig overhemd op een kreukelige korte broek, een paar afgezakte witte sportsokken en vuile sneakers. Luke herinnerde zich dat Maureen had gezegd dat hij op Pig-Pen leek, uit de *Peanuts*-strips.

De anderen stonden met voorzichtig respect naar hem te kijken en dat begreep Luke onmiddellijk. Kalisha, Iris en George vonden het net zo vervelend om hier te zijn als Luke zelf, maar deden hun best om positief te blijven; met uitzondering van het zwakke moment van Iris hadden ze een ietwat malle we-moeten-er-het-beste-van-zien-te-maken-uitstraling. Bij deze knaap lag dat anders. Nicky leek nu niet kwaad, maar je kon goed zien dat hij dat nog maar heel kort geleden wel was geweest. Hij had een nog niet helemaal genezen snee in zijn gezwollen onderlip, het vervagende restant van een blauw oog en een verse beurse plek op zijn ene wang.

Een herrieschopper dus. Zo kende Luke er nog wel een paar, zelfs op de Broderick School. Hij en Rolf bleven altijd bij ze uit de buurt, maar als dit inderdaad, zoals Luke begon te vermoeden, een gevangenis was, zou het onmogelijk zijn bij Nicky Wilholm uit de buurt te blijven. Maar de andere drie leken niet bang voor hem te zijn en dat was een goed teken. Nicky maakte zich wellicht kwaad om de onbekende bedoeling achter de nietszeggende naam van het Instituut, maar in het bijzijn van zijn vrienden leek hij met name temperamentvol. Gefocust. Niettemin wezen die plekken op zijn gezicht op onaangename mogelijkheden, vooral als hij niet van nature een vechtersbaas was. Stel dat een volwassene er verantwoordelijk voor was. Een docent die zoiets deed, niet alleen op Brod, maar vrijwel overal, zou worden ontslagen, waarschijnlijk een proces aan zijn broek krijgen en misschien wel worden gearresteerd.

Hij dacht aan de woorden van Kalisha: *En ook niet in Kansas, Toto.*

'Ik ben Luke Ellis.' Hij stak zijn hand uit, niet helemaal zeker wat hij kon verwachten.

Nicky negeerde zijn hand en opende de groene materiaalkast. 'Kun je schaken, Ellis? Die andere drie bakken er niks van. Donna Gibson gaf in elk geval nog een béétje tegenspel, maar zij is drie dagen geleden naar Achterkant gegaan.'

'Die zien we nooit meer terug,' zei George op droevige toon.

'Ik kan het wel, maar ik heb er nu geen zin in. Ik wil weten waar ik ben en wat hier gaande is.'

Nicky pakte een schaakbord en een doos met schaakstukken uit de kast. Snel zette hij de stukken op, waarbij hij door het haar dat voor zijn ogen was gevallen heen gluurde, in plaats van het uit zijn gezicht te strijken. 'Je bent in het Instituut. Ergens in de wildernis van Maine. Niet in een stad of dorp, maar op een plek die alleen maar wat coördinaten op de kaart heeft. TR-110. Dat heeft Sha van een paar lui opgevangen. Net als Donna en Pete Littlejohn. Dat is ook een TP die naar Achterkant is gegaan.'

'Het lijkt alsof Petey al eeuwen weg is, maar het is pas sinds vorige week,' zei Kalisha somber. 'Weet je nog, al die puistjes? En dat zijn bril steeds van zijn neus gleed?'

Nicky schonk geen aandacht aan haar. 'De oppassers doen geen pogingen het te verbergen of te ontkennen. Waarom zouden ze ook, wanneer ze dag in, dag uit met TP-kinderen werken? En over alles wat ze echt geheim willen houden maken ze zich niet druk, want zelfs Sha kan niet ver de diepte in en zij is best goed.'

'Ik scoor bijna altijd negentig procent met de Rhine-kaarten,' zei

Kalisha. Ze zei het niet opschepperig, maar alsof ze een feit vaststelde. 'En ik zou je de naam van je oma kunnen vertellen als je die helemaal vooraan in je gedachten zet, want verder dan daar kan ik niet komen.'

Mijn oma heet Rebecca, dacht Luke.

'Rebecca,' zei Kalisha. Bij het zien van Lukes verbaasde blik begon ze zo hard te giechelen dat ze even op het kind leek dat ze nog niet zo lang geleden was geweest.

'Jij speelt met wit,' zei Nicky. 'Ik speel altijd met zwart.'

'Nick is de schurk in ons midden,' zei George.

'En daar doet hij reuze zijn best voor,' zei Kalisha. 'Het gaat vanzelf, hij kan er gewoon niks aan doen. Zijn kamer is een puinhoop, ook zo'n daad van kinderlijke opstandigheid, en het enige wat hij ermee bereikt is dat Maureen er meer werk aan heeft.'

Nicky richtte zich met een effen gezicht tot het zwarte meisje. 'Als Maureen werkelijk de heilige was voor wie jij haar aanziet, zou ze er wel voor zorgen dat we hieruit kwamen. Of alarm slaan op het dichtstbijzijnde politiebureau.'

Kalisha schudde haar hoofd. 'Denk nou eens na. Als je hier werkt, maak je er toch deel van uit? Of je nou goed bent of slecht.'

'Gemeen of aardig,' voegde George eraan toe. Hij keek somber.

'Trouwens, het dichtstbijzijnde politiebureau is hier waarschijnlijk mijlenver vandaan en zal wel worden bemand door een stelletje bloedhonden en boerenpummels,' zei Iris. 'Maar aangezien jij jezelf blijkbaar hebt benoemd tot Hoofd Uitlegger, Nick, waarom vertel je deze jongen dan niet wat hier precies aan de hand is? Jezus, weet je soms niet meer hoe bizar het was om hier wakker te worden in wat eruitziet als je eigen kamer?'

Nick leunde naar achteren en sloeg zijn armen over elkaar. Luke zag toevallig hoe Kalisha naar hem keek en dacht dat als ze Nicky ooit zou kussen, ze dat niet alleen zou doen om een gevalletje waterpokken over te brengen.

'Oké, Ellis, ik zal je vertellen wat wij weten. Of wat we denken te weten. Het is geen lang verhaal. Dames, schroom niet om een duit in het zakje te doen. George, als je weer zo'n lulkoekaanval voelt opkomen, hou dan alsjeblieft je bek.'

'Je wordt bedankt. En ik heb je nog wel een ritje in mijn Porsche laten maken.'

'Kalisha is hier het langst,' zei Nicky. 'Vanwege de waterpokken. Hoeveel kinderen heb je inmiddels gezien, Sha?'

Ze dacht even na. 'Vijfentwintig, denk ik. Misschien een paar meer.'

Nicky knikte. 'Ze – we – komen overal vandaan. Sha komt uit Ohio, Iris uit Texas, George komt uit Kontgat...'

'Ik kom uit Billings,' zei George. 'Een hoogst fatsoenlijke stad in Montana.'

'Eerst merken ze ons alsof we godverdomme trekvogels zijn, of bizons.' Nicky streek zijn haar naar achteren en trok zijn oorlel naar voren om een glanzend metalen cirkeltje te laten zien. 'Ze onderzoeken ons, ze testen ons, ze geven ons injecties, en vervolgens onderzoeken ze ons nog een keer en voeren nog meer tests uit. Rozetten krijgen meer prikken en meer tests.'

'Ik heb de bak gekregen,' zei Iris nogmaals.

'Jij blij,' zei Nicky. 'Als we pos zijn, laten ze ons domme dierenkunstjes doen. Zelf ben ik toevallig TK-pos, maar George de kletskous daar is er veel beter in dan ik. En we hebben hier een jongen gehad, ik kan even niet meer op zijn naam komen, die nog beter was dan George.'

'Bobby Washington,' zei Kalisha. 'Klein zwart ventje van een jaar of negen. Hij kon zó je bord van tafel schuiven. Hij is nu... wat denk je, Nicky, twee weken weg?'

'Iets korter. Twee weken geleden was ik hier nog niet.'

'Op een dag zat hij 's avonds nog bij ons aan tafel,' zei Kalisha, 'en de volgende dag was hij naar Achterkant. *Poef!* In één keer weg. Ik zal de volgende wel zijn. Volgens mij zijn ze wel zo'n beetje klaar met al hun tests.'

'Dat geldt ook voor mij,' zei Nicky somber. 'Ze zullen waarschijnlijk blij zijn dat ze dan van me af zijn.'

'Laat dat waarschijnlijk maar zitten,' zei George.

'Ze geven ons injecties,' zei Iris. 'Sommige doen pijn, sommige niet, van sommige merk je iets, van sommige niet. Ik heb een keer koorts gehad na zo'n prik en een barstende koppijn. Ik dacht al dat ik net als Sha waterpokken had, maar na een dag was het over. Ze blijven je net zo lang prikken tot je de stippen ziet en het gonzen hoort.'

'Jij bent er goed van afgekomen,' zei Kalisha tegen haar. 'Een paar andere kinderen... Ik herinner me ene Morty... Zijn achternaam weet ik niet meer...'

'De neuspeuteraar,' zei Iris. 'Dat ventje dat veel met Bobby Washington omging. Ik weet Morty's achternaam ook niet meer. Hij is twee dagen nadat ik hier ben gekomen naar Achterkant gegaan.'

'Of niet natuurlijk,' zei Kalisha. 'Hij was hier nog niet zo lang en na een van die prikken kreeg hij allemaal vlekken. Dat vertelde hij me in de kantine. Hij zei dat zijn hart nog steeds als een bezetene tekeerging. Het zou best kunnen dat hij heel erg ziek is geworden.' Ze zweeg even. 'Misschien is hij zelfs wel dood.'

George keek haar met grote ogen van verbazing aan. 'Cynisme en puberale angst zijn tot daaraan toe, maar ga me alsjeblieft niet vertellen dat je dat werkelijk gelooft.'

'Nou ja, ik geloof het natuurlijk liever niet,' zei Kalisha.

'Koppen dicht, allebei,' zei Nicky. Hij boog zich naar voren over het schaakbord en keek Luke strak aan. 'Ze kidnappen ons, ja. Omdat we paranormale krachten bezitten, ja. Hoe ze ons vinden? Geen idee. Maar het moet een enorme operatie zijn, want dit is een groot complex. Het is een fucking dorp. Ze hebben dokters, laboranten, lui die zich verzorgers noemen... het is een soort klein ziekenhuis midden in de wildernis.'

'En beveiliging,' zei Kalisha.

'O ja. De vent die daarover gaat is een grote kale klootzak. Stackhouse heet hij.'

'Dit is te gek voor woorden,' zei Luke. 'In Amerika?'

'We zijn hier niet in Amerika, dit is het Koninkrijk van het Instituut. Wanneer we gaan eten in de cafetaria, Ellis, moet je maar eens uit de ramen kijken. Dan zie je nog veel meer bomen, maar als je heel goed kijkt, zie je ook nog een ander gebouw. Groene betonblokken, net als dit gebouw. Valt niet zo op tussen de bomen, denk ik. Hoe dan ook, dat is Achterkant. Waar de kinderen naartoe gaan wanneer ze alle tests en injecties achter de rug hebben.'

'Wat gebeurt daar?'

Het was Kalisha die antwoord gaf. 'Dat weten we niet.'

Het lag op het puntje van Lukes tong om te vragen of Maureen het wist, maar hij dacht aan wat Kalisha in zijn oor had gefluisterd: *We denken dat ze maar af en toe meeluisteren, maar we kunnen beter voorzichtig zijn.*

'We weten wat ze ons vertellen,' zei Iris. 'Ze zeggen...'

'Ze zeggen dat alles hélemaal GOED KOMT!'

Nicky schreeuwde het zo hard en zo onverwacht dat Luke in elkaar kromp en bijna van de picknickbank viel. De donkerharige jongen stond op en keek omhoog in de stoffige lens van een van de camera's. Luke herinnerde zich nog iets wat Kalisha had gezegd: *Wanneer je Nicky ontmoet, schrik dan niet als hij een hele tirade begint. Dat is zijn manier van stoom afblazen.*

'Het lijken wel missionarissen die Jezus proberen te verkopen aan een stel Indianen die super... super...'

'Naïef zijn?' probeerde Luke.

'Precies! Dát!' Nicky keek nog steeds omhoog in de camera. 'Indianen die zo naïef zijn dat ze álles geloven. Die geloven dat als ze hun land afstaan in ruil voor een handvol kralen en een paar fucking van vlooien vergeven dekens, ze in de hemel zullen komen en al hun dode familieleden zullen terugzien en voor eeuwig gelukkig zullen zijn! Dat zijn wij, een stel Indianen die naïef genoeg zijn om alles te geloven wat mooi klinkt, wat klinkt als een mooi en happy... fucking... end!'

Toen draaide hij zich naar hen om, met wapperende haren, een vurige blik in zijn ogen en gebalde vuisten. Luke zag half genezen wondjes op zijn knokkels. Hij betwijfelde of Nicky net zo veel klappen terug had kunnen geven als hij er had gekregen – hij was per slot van rekening nog maar een kind – maar zo te zien had hij in elk geval iemand íéts gegeven.

'Denk je soms dat Bobby Washington eraan twijfelde dat zijn beproevingen achter de rug waren toen ze hem naar Achterkant brachten? Of Pete Littlejohn? Jezus christus, als hun hersenen buskruit waren, hadden die twee hun neus nog niet kunnen snuiten.'

Hij richtte zich weer tot de vuile camera's boven hun hoofd. Dat hij niets anders had om zijn woede op te ventileren maakte het een tikkeltje lachwekkend, maar toch had Luke bewondering voor hem. Hij had de situatie niet geaccepteerd. 'Luister goed! Jullie kunnen me helemaal verrot slaan en jullie kunnen me naar Achterkant brengen, maar ik zal me met hand en tand blijven verzetten! Nick Wilholm laat zich niet omkopen met kralen en dekens!'

Zwaar hijgend ging hij weer zitten. Toen lachte hij en Luke zag de kuiltjes in zijn wangen, zijn witte tanden en vriendelijke oogopslag. De verbeten, weerbarstige jongen van zo-even was verdwenen, alsof hij er nooit was geweest. Luke voelde zich niet aangetrokken tot jongens, maar bij het zien van die lach kon hij zich voorstellen waarom Kalisha en Iris naar Nicky keken alsof hij de leadzanger was van een boyband.

'Ik zou beter aan hun kant kunnen staan in plaats van hier opgesloten te zitten als een kip in een hok. Ik zou deze handel beter runnen dan Sigsby en Hendricks en de andere dokters. Ik heb overtuiging.'

'Dat heb je zeker,' zei Luke, 'maar ik heb niet helemaal begrepen wat je precies bedoelde.'

'Ja, je dwaalde een beetje af, Nicky,' zei George.

Nicky sloeg zijn armen weer over elkaar. 'Voordat ik je inmaak met schaken, nieuweling, zal ik de situatie even voor je samenvatten. Ze brengen ons hier. Ze testen ons. Ze spuiten ons vol met God mag weten wat en doen nog meer tests. Sommige kinderen krijgen de waterbak, alle kinderen krijgen die rare ogentest die je het gevoel geeft dat je flauw gaat vallen. We hebben kamers die er hetzelfde uitzien als onze kamers thuis, wat waarschijnlijk bedoeld is als... ik weet niet, kalmerend voor onze kwetsbare emoties.'

'Psychologische acclimatisatie,' zei Luke. 'Dat lijkt me heel goed mogelijk.'

'De cafetaria heeft prima eten. We bestellen zelfs van een menukaart, ook al is die vrij beperkt. De kamerdeuren zitten niet op slot, dus als je niet kunt slapen kun je daar gewoon naartoe lopen en een nachtelijke snack halen. Ze zetten koekjes, noten, appels en meer van die dingen klaar. Of je kunt naar de kantine. De automaten daar werken met muntjes, die ik niet heb, want alleen gehoorzame jongetjes en meisjes krijgen muntjes en ik ben geen gehoorzaam jongetje. Wat ik met zo'n braaf padvindertje zou willen doen is hem laten vallen op zijn kleine...'

'Hé, je hebt het tegen ons,' zei Kalisha op scherpe toon. 'Hou op met die onzin.'

'Begrepen.' Nick keek haar weer aan met die overrompelende lach en richtte zich toen weer tot Luke. 'Je wordt voortdurend aangemoedigd om braaf te zijn en muntjes te verdienen. In de kantine kun je echt alle mogelijke tussendoortjes en limonade krijgen.'

'Cracker Jacks,' zei George dromerig. 'Chocoladecakejes.'

'Er zijn ook sigaretten, mixdrankjes en het echte werk.'

Iris zei: 'Er hangt een bordje met DRINK VERSTANDIG, DRINK MET MATE. Hoe hilarisch is dat, als kinderen van een jaar of tien maar op een knopje hoeven drukken voor wijn en bier?'

'Dat meen je niet,' zei Luke, maar Kalisha en George zaten te knikken.

'Je kunt er een beetje tipsy van worden, maar je kunt je niet echt helemaal klem zuipen,' zei Nicky. 'Daar heeft niemand genoeg muntjes voor.'

'Klopt,' zei Kalisha, 'maar er zijn wel kinderen die zo lang mogelijk tipsy proberen te blijven.'

'Probleemdrinkers, bedoel je? Tien- en elfjarige probleemdrinkers?' Luke kon het nog altijd niet geloven. 'Dat kun je niet menen.'

'Jawel. Er zijn kinderen die alles doen wat er van hen wordt verlangd, alleen om elke dag uit de drankdispenser te kunnen tappen. Ik ben hier nog niet lang genoeg om er, zeg maar, een studie van te hebben gemaakt, maar je hoort verhalen van kinderen die hier eerder waren dan wij.'

'En waar we er ook genoeg van hebben,' zei Iris, 'zijn kinderen die aardig op weg zijn een sigarettenverslaving te ontwikkelen.'

Het was belachelijk, maar Luke nam aan dat het in zekere zin ook wel logisch was. Hij dacht aan de Romeinse satiricus Juvenalis, die had gezegd dat als je de mensen maar brood en spelen gaf, ze tevreden zouden zijn en geen problemen zouden geven. Hij veronderstelde dat hetzelfde wel eens zou kunnen gelden voor drank en sigaretten, vooral als je ze aanbood aan bange, ongelukkige kinderen die opgesloten zaten. 'Worden de tests daar dan niet door beïnvloed?'

'Aangezien we niet weten wat de tests inhouden, hebben we daar geen idee van,' zei George. 'Het enige wat ze van je lijken te willen is dat je de stippen ziet en het gonzen hoort.'

'Wat voor stippen? Welk gonzen?'

'Daar kom je nog wel achter. En dat is op zich nog niet zo erg. Het vervelendste is hoe je zover komt. Ik haat naalden.'

Nicky zei: 'Ongeveer drie weken. Zo lang blijven de meeste kinderen in Voorkant. Dat denkt Sha tenminste en zij is hier het langst. Daarna gaan we naar Achterkant. En daarna – zo wordt het ons althans voorgespiegeld – krijgen we nog een laatste gesprek en worden onze herinneringen aan deze plek op een of andere manier gewist.' Hij stak zijn handen in de lucht, de vingers gespreid. 'En daarna, kinders, gaan we naar de hemel! Helemaal schoon, met hooguit een verslaving van een pakje per dag! Halleluja!'

'Hij bedoelt dat we dan teruggaan naar onze ouders,' zei Iris zacht.

'Waar we met open armen zullen worden verwelkomd,' zei Nicky. 'Niemand die vragen stelt, gewoon welkom thuis en laten we met z'n allen cheeseburgers gaan eten om het te vieren. Klinkt dat je realistisch in de oren, Ellis?'

Dat deed het niet.

'Maar onze ouders leven toch nog wel?' Luke wist niet hoe dit voor de anderen klonk, maar in zijn eigen oren klonk zijn stem heel nietig.

Niemand antwoordde. Ze keken hem alleen maar aan. En eigenlijk was dat antwoord genoeg.

## 3

Er werd aangeklopt op de deur van mevrouw Sigsby's kantoor. Zonder haar blik van haar computermonitor af te wenden vroeg ze de bezoeker binnen te komen. De man die binnenkwam was bijna net zo lang als dokter Hendricks, maar tien jaar jonger en veel beter in vorm – breedgeschouderd en goed gespierd. Zijn schedel was gladgeschoren en glansde. Hij droeg jeans en een blauw werkoverhemd, met opgerolde mouwen, zodat je zijn bewonderenswaardige biceps goed kon zien. Op zijn ene heup droeg hij een foedraal waaruit een korte metalen stang stak.

'Team Robijnrood is hier, als je ze soms wilt spreken over operatie Ellis.'

'Zijn daar dringende of bijzondere redenen voor, Trevor?'

'Nee, niet echt, en als ik stoor kan ik later wel terugkomen.'

'Dat is niet nodig, maar geef me een ogenblikje. Onze bewoners geven de nieuwe jongen net wat achtergrondinformatie. Kom maar kijken. De combinatie van verzinsels en observatie is best amusant. Het lijkt wel iets uit *Heer der vliegen*.'

Trevor Stackhouse liep om het bureau heen. Hij zag Wilholm – een lastiger kereltje kon je je nauwelijks voorstellen – aan één kant van een schaakbord zitten waarop de stukken klaarstonden voor het spel. De nieuweling zat tegenover hem. De meisjes stonden erbij en hadden, zoals gewoonlijk, vrijwel uitsluitend aandacht voor Wilholm – knap, stuurs, rebels, een moderne James Dean. Hij zou binnenkort weg zijn; Stackhouse kon niet wachten tot Hendricks hem zou uitschrijven.

'Hoeveel mensen denken jullie dat hier werken?' vroeg de nieuwe jongen.

Iris en Kalisha (ook wel bekend als het Waterpokkengrietje) keken elkaar aan. Het was Iris die antwoordde. 'Vijftig? Minstens. Je hebt de dokters... de laboranten en de verzorgers... het cafetariapersoneel... eh...'

'Twee of drie conciërges,' zei Wilholm, 'en het huishoudelijk personeel. Op dit moment alleen Maureen, omdat we maar met ons vijven zijn, maar wanneer er meer kinderen zijn komen daar mensen bij. Misschien komen die wel van Achterkant, dat weet ik niet.'

'Als er zo veel mensen werken, hoe kunnen ze dit hele gebeuren dan geheimhouden?' vroeg Ellis. 'Waar parkeren ze bij voorbeeld hun auto's?'

'Interessant,' zei Stackhouse. 'Ik geloof niet dat die vraag al eens eerder door iemand is gesteld.'

Mevrouw Sigsby knikte. 'Deze is echt heel slim en kennelijk heeft hij zijn wijsheid niet alleen uit boeken. Stil. Ik wil dit horen.'

'... moeten blijven,' zei Luke. 'Snappen jullie wat ik bedoel? Net als soldaten die voor een bepaalde tijd worden uitgezonden. Dat zou betekenen dat dit een overheidsinstelling is. Net als die zogenaamde *black sites*, waar ze terroristen vasthouden om ze te ondervragen.'

'Waarbij ze gebruikmaken van de aloude zak-over-het-hoofd-watertherapie,' zei Wilholm. 'Ik heb nog nooit gehoord dat ze die op de kinderen hier toepassen, maar ik zie ze er best voor aan.'

'Ze hebben de bak,' zei Iris. 'Dat is hun watertherapie. Ze zetten een kap op je hoofd en houden je onder water en maken aantekeningen. Het is eigenlijk beter dan de injecties.' Ze zweeg even. 'Dat was het althans voor mij.'

'Het personeel zal wel in groepen worden gewisseld,' zei Luke. Mevrouw Sigsby had het idee dat hij het meer tegen zichzelf zei dan tegen de anderen. Dat doet hij waarschijnlijk vaak, dacht ze. 'Dat is de enige manier waarop het zou kunnen werken.'

Stackhouse knikte. 'Goed denkwerk. Verdomd goed. Hoe oud is hij, twaalf?'

'Lees je dossier, Trevor.' Ze drukte een toets op haar computer in en daar verscheen haar screensaver: een foto van haar tweelingdochters in hun dubbele wandelwagen, jaren voordat ze borsten, een brutale mond en foute vriendjes kregen. En, in Judy's geval, een zware drugsverslaving. 'Is er al een nabespreking geweest met Robijnrood?'

'Ik heb ze persoonlijk gesproken. En wanneer de politie de pc van dat jochie gaat bekijken, zullen ze zien dat hij verhalen heeft bekeken over kinderen die hun ouders vermoorden. Niet veel, één of twee maar.'

'Met andere woorden: standaardprocedure.'

'Inderdaad. Iets wat niet kapot is moet je niet repareren.' Stackhouse schonk haar bijna net zo'n charmant lachje als Wilholm wanneer die zijn ziel en zaligheid erin legde. Maar net niet helemaal. Nicky was een echte ladykiller. Voorlopig nog wel tenminste. 'Wil je het team zelf spreken, of alleen het verslag inzien? Denny Williams schrijft het, dus het zou vrij leesbaar moeten zijn.'

'Als alles soepel is verlopen, alleen het verslag. Ik vraag Rosalind er wel naar.'

'Prima. Hoe zit het met Alvorson? Heb je daar nog iets van gehoord?'

'Je bedoelt of Wilholm en Kalisha al van bil zijn geweest?' Sigsby trok een wenkbrauw op. 'Is dat relevant voor jouw beveiligingswerk, Trevor?'

'Het zal me een rotzorg zijn of die twee het met elkaar doen. Sterker nog, ik hoop voor ze dat ze hun gang gaan en hun maagdelijkheid verliezen, als ze die tenminste nog hebben, nu ze de kans nog hebben. Maar af en toe vangt Alvorson dingen op die relevant zijn voor mijn werk. Zoals haar gesprek met die kleine Washington.'

Maureen Alvorson, de huishoudster die de jonge bewoners van het Instituut aardig leek te vinden en met ze te doen leek te hebben, was in werkelijkheid een verklikker. (Gezien de kleine beetjes prietpraat die ze doorgaf vond mevrouw Sigsby 'spion' een wat al te grootse term.) Noch Kalisha, noch een van de andere TP's had iets door, omdat Maureen er ontzettend goed in was haar bijverdienste ver onder de radar te houden.

Wat haar vooral zo waardevol maakte was het zorgvuldig gecultiveerde idee dat bepaalde delen van het Instituut – de hoek aan de zuidkant van de cafetaria en een klein gedeelte vlak bij de snackautomaten in de kantine, om er maar een paar te noemen – dode zones waren voor de audiobewaking. Dat waren de plekken waar Alvorson de kinderen hun geheimen ontfutselde. Het waren voornamelijk onbenulligheden, maar soms zat er opeens een goudklompje tussen. De kleine Washington bijvoorbeeld, die Maureen had toevertrouwd dat hij overwoog zelfmoord te plegen.

'De laatste tijd niet,' zei Sigsby. 'Ik laat het je meteen weten als ze met iets komt waar jij mogelijk iets aan kunt hebben, Trevor.'

'Oké. Het was maar een vraag.'

'Ik begrijp het. En ga nu maar, ik heb nog veel te doen.'

# 4

'Verdomme,' zei Nicky, terwijl hij weer op het bankje ging zitten. Eindelijk streek hij het haar uit zijn ogen. 'Straks gaat de bel en ik moet na de lunch nog een oogtest doen en naar de witte muur kijken. Laat eens zien wat je in huis hebt, Ellis. Doe een zet.'

Luke had nog nooit zo weinig zin gehad in een potje schaak. Hij had nog wel duizend andere vragen – vooral over prikken voor stippen – maar misschien was dit niet het juiste moment. Je kon tenslotte ook te veel informatie krijgen. Hij verplaatste zijn koning twee velden. Nicky deed een zet. Luke beantwoordde die met zijn loper en bedreigde nu Nicky's pion. Na een korte aarzeling verplaatste Nicky zijn dame vier diagonale velden en dat gaf de doorslag. Luke zette zijn eigen dame, wachtte tot Nicky weer een zet deed, hoewel die er niet meer toe deed, en schoof zijn dame toen gezellig naast Nicky's koning.

Nicky keek fronsend naar het bord. 'Schaakmat? In vier zetten? Meen je dat nou?'

Luke haalde zijn schouders op. 'Het heet herdersmat en het werkt alleen als je met wit speelt. De volgende keer zie je het aankomen en kun je terugslaan. Het beste is om je damepion twee velden naar voren te zetten of je koningpion één naar voren.'

'Als ik dat doe, kun je dan nog steeds van me winnen?'

'Misschien.' Het diplomatieke antwoord. Het echte was: *Natuurlijk.*

'Godsamme.' Nicky zat nog steeds naar het bord te kijken. 'Dat is fucking gaaf. Van wie heb je dit geleerd?'

'Ik heb er een paar boeken over gelezen.'

Nicky keek op, leek Luke voor het allereerst echt te zien, en stelde de vraag die Kalisha eerder ook al had gesteld. 'Hoe slim bén jij eigenlijk?'

'Slim genoeg om jou te verslaan,' zei Iris, zodat Luke geen antwoord meer hoefde te geven.

Op dat moment klonken er twee zachte, klingelende tonen: de bel.

'Laten we gaan lunchen,' zei Kalisha. 'Ik sterf van de honger. Kom, Luke. De verliezer moet het spel opbergen.'

Nicky vormde een pistool met zijn vingers, richtte het op haar en zei geluidloos *pang pang*, maar hij deed het wel met een glimlach. Luke stond op en liep achter de meisjes aan. Bij de deur naar de ontspanningsruimte had George hem ingehaald en hij greep zijn arm. Uit zijn boeken over sociologie (en ook uit zijn persoonlijke ervaring) wist Luke dat kinderen in een groep de neiging hadden in bepaalde makkelijk herkenbare vakjes te passen. Als Nicky Wilholm de rebel van deze groep was, dan was George Iles de clown van het stel. Alleen keek hij op dit moment bloedserieus. Hij praatte zacht en snel.

'Nick is cool. Ik mag hem graag en de meisjes zijn dol op hem. Jij vindt hem waarschijnlijk ook aardig en dat is prima, maar beschouw hem niet als rolmodel. Hij weigert te accepteren dat we hier vastzitten, maar dat is wel degelijk het geval, dus verspil geen energie aan een bij voorbaat verloren strijd. De stippen bijvoorbeeld. Wanneer je ze ziet, zeg dat dan. Zie je ze niet, zeg dat dan ook. Niet liegen. Dat weten ze.'

Nicky voegde zich bij hen. 'Waar heb je het over, Georgie-boy?'

'Hij wilde weten waar de kindertjes vandaan komen,' zei Luke. 'Ik heb gezegd dat hij dat maar aan jou moest vragen.'

'O, jezus, nóg een fucking komediant. Daar hadden we nou echt behoefte aan.' Nicky greep Luke bij zijn hals en deed alsof hij hem wurgde. Luke hoopte maar dat dit een teken van affectie was. Misschien zelfs van respect. 'Kom, laten we gaan eten.'

## 5

Wat zijn nieuwe vrienden de kantine noemden was een gedeelte van de ontspanningsruimte, tegenover de grote tv. Luke had de snackautomaten wel even van dichtbij willen bekijken, maar de anderen liepen snel door en hij kreeg er niet de kans voor. Wat hij wel zag was het bord waarover Iris het had gehad, met de tekst DRINK VERSTANDIG, DRINK MET MATE. Dus misschien hadden ze hem toch niet in de maling genomen over de drank.

Dit is niet Pleziereiland, dacht hij. Dit is Wonderland. Er is midden in de nacht iemand mijn kamer binnengekomen die me in het konijnenhol heeft geduwd.

De cafetaria was niet zo groot als die van de Broderick School, maar het scheelde niet veel. Het feit dat zij vijven de enige eters waren deed hem nog groter lijken. De meeste tafels boden plaats aan vier personen, maar in het midden stonden een paar grotere. Een daarvan was gedekt voor vijf personen.

Een vrouw in een roze jasje en bijpassende roze broek kwam naar hen toe en schonk hun waterglazen vol. Net als Maureen droeg ze een naamplaatje. Op dat van haar stond: NORMA. 'Hoe is het vandaag met mijn schatjes?' vroeg ze.

'O, prima hoor,' zei George vrolijk. 'En hoe is het met jou?'

'Uitstekend.'

'Je hebt zeker niet toevallig een verlaat-de-gevangenis-zonder-betalen-kaart bij je?'

Norma gaf hem een mechanisch lachje en verdween door de klapdeur die waarschijnlijk naar de keuken leidde.

'Waarom zou ik nog moeite doen?' zei George. 'Ik verspil hier mijn beste grappen.'

Hij pakte het stapeltje menukaarten dat midden op de tafel lag en deelde ze uit. Bovenaan stond de datum van vandaag. Daaronder stond: VOORGERECHTEN (kippenvleugeltjes of tomatensoep), HOOFDGERECHTEN (bisonburger of Amerikaanse tjaptjoi), en DESSERTS (appeltaart of iets wat 'magische custardcake' heette). Verder stonden er een stuk of zes frisdranken op vermeld.

'Je kunt ook melk krijgen, maar dat zetten ze niet op de kaart,' zei Kalisha. 'De meeste kinderen willen het toch niet, of hooguit 's ochtends, bij hun muesli.'

'Is het eten echt goed?' vroeg Luke. Het prozaïsche karakter van de vraag – alsof ze in een of ander all-inclusive resort zaten – bracht het onwerkelijke, ontwrichte gevoel weer terug.

'Ja,' zei Iris. 'Af en toe worden we gewogen. Ik ben twee kilo aangekomen.'

'Ze mesten ons vet,' zei Nicky. 'Net zoals Hans en Grietje.'

'Elke vrijdagavond en zondagmiddag is er een lopend buffet,' zei Kalisha. 'Dan kun je zo veel eten als je wilt.'

'Net als fucking Hans en Grietje,' zei Nicky nogmaals. Hij draaide zich half om en keek omhoog naar de camera in de hoek. 'Kom maar terug, Norma. Ik denk dat we eruit zijn.'

Ze kwam meteen, wat Lukes onwerkelijke gevoel alleen maar versterkte. Maar toen zijn vleugeltjes en tjaptjoi voor hem werden neergezet, at hij met smaak. Hij was op een plek die hij niet kende, hij was bang om zichzelf, maar ook voor wat er misschien met zijn ouders was gebeurd, maar hij was ook twaalf.

Een jongen in de groei.

# 6

Ze moesten hebben meegekeken, wie ze ook waren, want Luke had zijn laatste hapje custardcake amper doorgeslikt toen er opeens een vrouw in weer zo'n roze nep-uniform naast hem stond. GLADYS, stond er op haar naamplaatje. 'Luke? Ga je met me mee?'

Hij keek naar de vier anderen. Kalisha en Iris vermeden zijn blik. Nicky, weer met zijn armen over elkaar geslagen voor zijn borst en een flauw glimlachje op zijn gezicht, keek naar Gladys. 'Kom een andere keer nog eens terug, schatje. Na Kerstmis of zo. Dan kan ik je samen met de boom aftuigen.'

Ze schonk geen aandacht aan hem. 'Luke? Alsjeblieft?'

George was de enige die hem recht in de ogen keek en de blik op zijn gezicht deed Luke denken aan wat hij had gezegd voordat ze naar binnen gingen: *Verspil geen energie aan een bij voorbaat verloren strijd.* Hij stond op. 'Tot straks dan, mensen. Neem ik aan.'

Kalisha vormde met haar mond enkele geluidloze woorden: *Prikken voor stippen.*

Gladys was klein en knap, maar voor hetzelfde geld had ze een zwarte band en kon ze hem zó over haar schouder gooien als hij lastig deed. En zelfs al had ze die niet, 'ze' keken mee en hij twijfelde er niet aan dat er meteen versterkingen zouden worden gestuurd. En dan was er nog iets en dat was heel sterk. Hij was opgevoed om beleefd te zijn en te luisteren naar mensen die ouder waren dan hij. Zelfs in deze situatie waren dat gewoontes die je niet zomaar vergat.

Gladys liep voor hem uit langs de lange rij ramen waarover Nicky het had gehad. Luke keek naar buiten en inderdaad, daar stond nog een gebouw. Hij kon het maar net zien door de bomen die het afschermden, maar het stond er echt. Achterkant.

Voordat hij de cafetaria uit liep keek hij nog even om, hopend op een geruststellende blik – een opgestoken hand, zelfs een glimlachje van Kalisha zou al volstaan. Er werden geen handen opgestoken en niemand lachte. Ze keken op dezelfde manier naar hem als op het speelterrein, toen hij had gevraagd of hun ouders nog wel leefden. Het kon zijn dat ze dat niet wisten, niet zeker in elk geval, maar ze wisten wel waar hij nu naartoe ging. Wat het ook was, zij hadden het al doorstaan.

# 7

'Goh, wat een mooie dag, hè?' zei Gladys terwijl ze hem door de gang van betonblokken en langs zijn kamer leidde. De gang liep verder door naar een andere vleugel – nog meer deuren, nog meer kamers – maar ze gingen linksaf, een aanbouw in die eruitzag als een hal met liften.

Luke, die normaal gesproken best goed was in nietszeggende praatjes, zei niets. Hij had het sterke vermoeden dat Nicky in deze situatie hetzelfde zou doen.

'Maar de muggen... ooh!' Ze wuifde lachend onzichtbare insecten weg. 'Je moet je goed insmeren met muggenspul, minstens tot juli.'

'Wanneer de libelleneitjes uitkomen.'

'Ja! Precies!' Ze liet een melodieus lachje horen.

'Waar gaan we naartoe?'

'Dat zie je vanzelf.' Ze liet haar wenkbrauwen een paar keer op en neer gaan, alsof ze wilde zeggen: *Het is een verrassing*.

De liftdeuren gleden open. Twee mannen, in blauwe overhemden en broeken, stapten uit. De een was JOE, de ander HADAD. Ze hadden allebei een iPad bij zich.

'Ha, jongens,' zei Gladys opgewekt.

'Hé, meisje,' zei Hadad. 'Hoe gaat het?'

'Prima,' antwoordde ze met haar hoge stemmetje.

'En jij, Luke?' vroeg Joe. 'Al een beetje gewend?'

Luke zei niets.

'Gaan we stommetje spelen?' vroeg Hadad lachend. 'Nu mag dat nog. Later misschien niet meer. Luister goed, Luke – als jij aardig bent tegen ons, zijn wij ook aardig voor jou.'

'Wie goed doet, goed ontmoet,' voegde Joe eraan toe. 'Wijze woorden. Zien we elkaar straks nog, Gladys?'

'Reken maar. Ik heb nog een drankje van je tegoed.'

'Als jij het zegt.'

De mannen vervolgden hun weg en Gladys liep met Luke de lift in. Er waren geen nummers en geen knoppen. Ze zei: 'B,' haalde een pasje uit haar broekzak en wuifde ermee voor een sensor. De deuren gleden dicht. De lift ging naar beneden, maar niet ver.

'B,' zong een zachte vrouwenstem boven hun hoofd. 'Dit is B.'

Gladys zwaaide weer met haar pasje. De deuren gingen open en voor hen lag een brede hal, verlicht door transparante plafondpanelen. Het zachte muziekje dat klonk was wat Luke betrof echte supermarktmuziek. Er liepen wat mensen rond. Sommigen duwden karretjes voort met apparatuur erop en één van hen droeg een draadmandje waar misschien wel bloedmonsters in zaten. Op de deuren stonden nummers, allemaal met de letter B ervoor.

*Een enorme operatie*, had Nicky gezegd. *Een groot complex.* Dat moest wel kloppen, want als er ondergronds een niveau B was, dan leek het logisch dat er ook een niveau C was. Misschien zelfs wel een D en E. Je zou denken dat het bijna wel een overheidsinstelling moest zijn, dacht Luke, maar hoe slagen ze erin zo'n grote operatie geheim te houden? Het is niet alleen illegaal en ongrondwettelijk, er worden nota bene kinderen voor gekidnapt.

Ze passeerden een openstaande deur en toen hij naar binnen keek zag Luke een soort koffieruimte. Er stonden tafels en snackautomaten (maar zonder een bordje DRINK VERSTANDIG, DRINK MET MATE). Aan een van de tafels zaten drie mensen, een man en twee vrouwen. Ze droegen gewone kleren, jeans en overhemden, en dronken koffie. Een van de vrouwen, de blonde, kwam hem vaag bekend voor. Eerst wist hij niet waarom, maar toen dacht hij aan een stem die zei: *Ja hoor. Ik vind alles best.* Het was het laatste wat hij zich herinnerde voordat hij hier wakker was geworden.

'Jij.' Hij wees naar haar. 'Jij was het.'

De vrouw zei niets en haar gezicht zei al evenmin iets. Maar ze keek hem aan. Ze keek nog steeds toen Gladys de deur dichtdeed.

'Zij was het,' zei Luke. 'Ik weet het zeker.'

'We zijn er bijna,' zei Gladys. 'Het duurt niet lang en daarna mag je terug naar je kamer. Je zult dan wel moe zijn. De eerste dagen kunnen erg vermoeiend zijn.'

'Heb je me wel gehoord? Zij was degene die in mijn kamer was. Ze heeft iets in mijn gezicht gespoten.'

Geen antwoord, alleen weer dat glimlachje. Iedere keer wanneer ze zo glimlachte vond Luke het een beetje enger.

Ze kwamen bij een deur waar B31 op stond. 'Als je je gedraagt krijg je vijf muntjes,' zei ze. Ze stak haar hand in haar andere zak en haalde er een handvol metalen schijfjes uit die op kwartjes leken, maar dan met aan beide kanten een driehoek erop. 'Zie je wel? Ik heb ze bij me.'

Ze klopte met een knokkel op de deur. De in het blauw geklede man die opendeed was TONY. Hij was lang en blond en als zijn ene oog niet een beetje scheel was geweest, had je hem ook knap kunnen noemen. Luke vond dat hij eruitzag als een schurk in een James Bond-film, misschien de aardige skileraar die uiteindelijk een huurmoordenaar bleek te zijn.

'Hé, schone dame.' Hij kuste Gladys op haar wang. 'Je hebt Luke meegebracht. Hoi, Luke.' Hij stak zijn hand uit. Luke dacht aan Nicky Wilholm en schudde hem niet. Tony lachte alsof hij het een geweldige grap vond. 'Kom erin, kom erin.'

Kennelijk gold de uitnodiging alleen voor hem. Gladys gaf hem een zacht duwtje tegen zijn schouder en deed de deur achter hem dicht. Luke schrok van wat hij in het midden van de kamer zag staan. Het leek op een tandartsstoel. Alleen had hij er nog nooit een gezien met riemen aan de armleuningen.

'Ga zitten, gozer,' zei Tony. Geen kanjer, dacht Luke, maar het scheelde niet veel.

Tony liep naar een werkbank, trok een la open en rommelde er wat in. Hij floot erbij. Toen hij zich weer omdraaide, had hij iets in zijn hand wat op een kleine soldeerbout leek. Het leek hem te verbazen dat Luke nog bij de deur stond. Tony grijnsde. 'Ga zitten, zei ik toch?'

'Wat ga je daarmee doen? Ga je me tatoeëren?' Hij dacht aan Joden die nummers op hun arm getatoeëerd kregen wanneer ze de kampen in Auschwitz en Bergen-Belsen binnengingen. Het zou een volkomen belachelijke gedachte moeten zijn, maar…

Tony keek verbaasd en begon toen te lachen. 'Jeetje, nee. Ik schiet alleen een chip in je oorlelletje. Net zoiets als wanneer je een gaatje in je oorlel krijgt voor een oorbel. Het stelt niks voor en al onze gasten krijgen er een.'

'Ik ben geen gast,' zei Luke, terwijl hij naar achteren deinsde. 'Ik ben een gevangene. En jij schiet helemaal niks in mijn oor.'

'Jawel hoor,' zei Tony, nog steeds lachend. Hij zag er nog steeds uit als de man die kleine kinderen hielp om van de beginnerspiste te skiën, om meteen daarna een poging te doen met een giftige pijl James Bond te vermoorden. 'Luister, het is maar een klein prikje. Dus doe ons allebei een lol. Ga in die stoel zitten, dan is het in zeven tellen gebeurd. Wanneer je hier klaar bent krijg je van Gladys een handvol muntjes. Als je moeilijk gaat doen krijg je die chip evengoed, maar geen muntjes. Wat zeg je ervan?'

'Ik ga niet in die stoel zitten.' Luke bibberde over zijn hele lijf, maar zijn stem klonk nog vastberaden genoeg.

Tony zuchtte. Hij legde het chipapparaatje zorgvuldig op de werkbank, liep naar de plek waar Luke stond en zette zijn handen op zijn heupen. Hij keek nu ernstig, bijna treurig. 'Weet je het zeker?'

'Ja.'

Zijn oren tuitten al van de klap met de vlakke hand voordat hij in de gaten had dat Tony's rechterhand niet meer op zijn heup rustte. Luke wankelde een stap achteruit en staarde de grote man met grote, verbijsterde ogen aan. Zijn vader had hem op zijn vierde of vijfde ooit een (niet erg hard) pak slaag gegeven voor het spelen met lucifers, maar hij was nog nooit in zijn gezicht geslagen. Zijn wang gloeide en hij kon nog steeds niet geloven dat dit echt was gebeurd.

'Dat deed veel meer pijn dan zo'n prikje in je oorlel,' zei Tony. De lach was verdwenen. 'Wil je er nog een? Ik doe het met alle liefde, hoor. Jullie kinderen denken dat de hele wereld van jullie is. Man, man, man.'

Opeens zag Luke dat Tony een kleine blauwe plek op zijn kin had en een klein wondje links op zijn kaak. Hij dacht aan de verse blauwe plek op Nicky Wilholms gezicht. Hij wilde dat hij het lef had om hetzelfde te doen, maar dat had hij niet. Eerlijk gezegd wist hij niet eens hoe hij moest vechten. Als hij het probeerde, zou Tony hem waarschijnlijk alle hoeken van de kamer laten zien.

'Ben je er al klaar voor om in de stoel te gaan zitten?'

Luke ging in de stoel zitten.

'Ga je je gedragen, of moet ik de riemen gebruiken?'

'Ik zal me gedragen.'

Hij deed het en Tony had gelijk. Het prikje in zijn oorlel was minder erg dan de klap, mogelijk omdat hij wist dat het ging gebeuren, of misschien omdat het als een medische ingreep voelde in plaats van als een aanval. Toen het gebeurd was liep Tony naar een autoclaaf om een injectienaald te pakken. 'Tweede ronde, kanjer.'

'Wat zit daarin?' vroeg Luke.

'Gaat je geen sikkepit aan.'

'Wel als ik het in mijn lijf krijg.'

Tony zuchtte. 'Riemen of geen riemen? Aan jou de keus.'

Hij dacht aan George die zei: *Verspil geen energie aan een bij voorbaat verloren strijd.* 'Geen riemen.'

'Grote jongen. Eén klein prikje en klaar.'

Het was meer dan een klein prikje. Niet ondraaglijk pijnlijk, maar toch een behoorlijk lelijke prik. Lukes arm begon te gloeien, helemaal tot aan zijn pols, alsof hij alleen daar koorts had, en toen voelde hij opeens weer normaal.

Tony plakte er een pleister op en draaide de stoel zo dat hij tegen een witte muur aan keek. 'Doe je ogen dicht.'

Luke deed ze dicht.

'Hoor je iets?'

'Zoals?'

'Hou op met vragen stellen en beantwoord de mijne. Hoor je iets?'

'Hou dan je mond en laat me luisteren.'

Tony zweeg. Luke luisterde.

'Er liep iemand voorbij op de gang. En er lachte iemand. Volgens mij was het Gladys.'

'Verder niks?'

'Nee.'

'Oké, je doet het prima. Nu wil ik dat je tot twintig telt en je ogen weer opendoet.'

Luke telde en deed ze open.

'Wat zie je?'

'De muur.'

'Verder niks?'

Luke dacht dat Tony het over de stippen moest hebben. *Wanneer je ze ziet, zeg dat dan. Zie je ze niet, zeg dat dan ook. Niet liegen. Dat weten ze.*

'Verder niks.'

'Zeker weten?'

'Ja.'

Tony gaf hem een klap op zijn rug en Luke schrok zich een hoedje. 'Oké, kanjer, we zijn klaar. Ik zal je wat ijs geven voor dat oor. Nog een fijne dag verder.'

## 8

Gladys stond al te wachten toen Tony hem uitgeleide deed uit kamer B31. Ze lachte haar opgewekte, professionele gastvrouwenlach. 'Hoe ging het, Luke?'

Tony antwoordde voor hem. 'Hij heeft het prima gedaan. Goeie knul.'

'Dat is onze specialiteit,' zong Gladys bijna. 'Nog een fijne dag, Tony.'

'Jij ook, Glad.'

Ze bracht Luke terug naar de lift en kletste onderweg honderduit. Hij had geen idee waar ze het over had. Zijn arm deed maar een klein beetje pijn, maar hij hield het koude kompres tegen zijn oor, dat klopte. De klap was het allerergste geweest. Om meerdere redenen.

Gladys begeleidde hem naar zijn kamer. Ze liepen door de industrieel groene gang, langs de poster waar Kalisha onder had gezeten, langs de poster met ALWEER ZO'N VERRUKKELIJKE DAG, tot ze uiteindelijk bij de kamer kwamen die op zijn eigen kamer leek maar het niet was.

'Vrije tijd!' riep ze, alsof ze een waardevolle prijs weggaf. En op dit moment voelde het vooruitzicht om even alleen te zijn wel een beetje als een prijs. 'Hij heeft je een prik gegeven, hè?'

'Ja.'

'Als je arm pijn gaat doen, of als je duizelig wordt, moet je het mij of een van de andere verzorgers vertellen, oké?'

'Oké.'

Hij deed de deur open, maar voordat hij naar binnen kon gaan, greep Gladys hem bij zijn schouder en draaide hem om. Ze lachte nog steeds haar gastvrouwenglimlach, maar haar sterke vingers drukten hard in zijn vlees. Niet zo hard dat het pijn deed, maar hard genoeg om hem te laten merken dat ze hem wel pijn kon doen. 'Geen muntjes, ben ik bang. Tony hoefde me niets te vertellen. Die plek op je wang vertelt me alles wat ik weten moet.'

Luke wilde zeggen: *Ik hoef die rotmuntjes van je helemaal niet*, maar hij hield zijn mond. Hij was niet bang voor nog een klap; hij was bang dat het geluid van zijn eigen stem – zwak, onvast, onthutst, de stem van een zesjarige – ervoor zou zorgen dat hij voor haar ogen instortte.

'Laat mij je een goede raad geven,' zei ze. Nu lachte ze niet meer. 'Je moet goed beseffen dat je hier bent om te dienen, Luke. Dat houdt in dat je snel volwassen moet worden. En dat je realistisch moet zijn. Er gaan hier dingen met je gebeuren. Sommige van die dingen zijn niet zo leuk. Je kunt zo sportief zijn eraan mee te werken en muntjes te krijgen, of je kunt dat niet doen en niks krijgen. Die dingen gaan toch wel gebeuren, dus wat kun je het beste doen? Dat zou geen moeilijke keus voor je moeten zijn.'

Luke zei niets. Toch kwam haar glimlach weer terug, de gastvrouwenglimlach waarmee ze zei: *O, ja, natuurlijk, meneer, ik zal u nu meteen naar uw tafeltje brengen.*

'Voor het einde van de zomer ben je weer thuis en zal het lijken alsof dit allemaal nooit is gebeurd. Als je je er dan nog iets van herinnert, zal het een droom lijken. Maar hoewel het dat niet is, kun je er toch wel een prettig verblijf van maken?' Ze ontspande haar greep en gaf hem een zacht duwtje. 'Het lijkt me een goed idee als je nu wat gaat rusten. Ga lekker even liggen. Heb je de stippen gezien?'

'Nee.'

'Dat komt nog wel.'

Ze deed heel zachtjes de deur achter hem dicht. Luke liep als een slaapwandelaar naar het bed dat niet zijn bed was. Hij ging liggen, met zijn hoofd op het kussen dat niet zijn kussen was, en staarde naar de kale muur waar geen raam in zat. Stippen, wat dat ook waren, zag hij er ook niet op. Hij dacht: ik wil mijn moeder. O god, ik wil zo graag naar mijn moeder.

Bij die gedachte brak hij. Hij liet het koude kompres vallen, sloeg zijn handen voor zijn ogen en begon te huilen. Keken ze naar hem? Luisterden ze naar zijn gesnik? Het zou hem een zorg zijn. Hij kon zich er niet meer druk om maken. Hij huilde nog steeds toen hij in slaap viel.

## 9

Toen hij wakker werd voelde hij zich beter – verfrist, op een of andere manier. Hij zag dat er twee nieuwe dingen naar zijn kamer waren gebracht terwijl hij had zitten lunchen en vervolgens kennis had gemaakt met zijn fijne nieuwe vrienden Gladys en Tony. Er stond een laptop op het bureau. Het was een Mac, net als de zijne, maar dan een ouder model. De andere toevoeging was een klein tv'tje op een tafeltje in de hoek.

Hij ging eerst naar de computer, startte hem op en werd overvallen door een diep gevoel van heimwee bij het horen van het vertrouwde Macintosh-geluidje. In plaats van het verzoek om een wachtwoord kreeg hij een blauw scherm met deze mededeling: TOON CAMERA – 1 MUNT OM TE OPENEN. Luke ramde een paar keer op de entertoets, hoewel hij wist dat het niets zou uithalen.

'Klereding!'

Toen, hoe afschuwelijk en surrealistisch dit alles ook was, moest hij lachen. Een bittere, korte lach, maar wel oprecht. Had hij een bepaald gevoel van superioriteit – misschien zelfs minachting – gevoeld bij de gedachte aan kinderen die zich uitsloofden voor muntjes zodat ze licht alcoholische drankjes en sigaretten konden kopen? Jazeker had hij dat gevoeld. Had hij gedacht: dat zou ik nooit doen? Jazeker had hij dat gedacht. Wanneer Luke aan drinkende en rokende kinderen dacht (wat zelden gebeurde, want hij had belangrijkere zaken aan zijn hoofd), dacht hij in de eerste plaats aan gothic losers die naar Panterra luisterden en scheve duivelshoorns op hun spijkerjacks tekenden, losers die zo dom waren dat ze het als een rebelse daad zagen om zich te hullen in ketenen van verslaving. Hij kon zich niet voorstellen dat hij die dingen ooit zelf zou doen, maar hier zat hij nu toch maar mooi naar een leeg blauw laptopscherm te kijken en op de entertoets te rammen als een rat die in een Skinner-box steeds weer op een hendeltje drukt voor een lekker hapje of een paar korreltjes cocaïne.

Hij klapte de laptop dicht en pakte de afstandsbediening die op de televisie lag. Eigenlijk verwachtte hij opnieuw een blauw scherm plus een mededeling dat hij een of meerdere muntjes nodig had om het apparaat aan te zetten, maar in plaats daarvan kreeg hij Steve Harvey te zien die David Hasselhoff interviewde over zijn bucketlist. Het publiek moest erg lachen om Hasselhoffs grappige antwoorden.

Toen hij de tv-gidstoets op de afstandsbediening indrukte kreeg hij een menu te zien dat veel leek op wat hij thuis gewend was, maar net als bij de kamer en de laptop, was het toch niet helemaal hetzelfde. Hij kon kiezen uit een ruime selectie aan speelfilms en sportprogramma's, maar nieuws- en actualiteitenprogramma's ontbraken. Luke zette de tv uit, legde de afstandsbediening er weer bovenop en keek om zich heen.

Behalve de deur die naar de gang leidde waren er nog twee deuren. Achter de ene zat een kast. Er lagen spijkerbroeken, T-shirts (er was geen poging gedaan exacte kopieën te zoeken van de kleren die hij thuis had, wat in zekere zin een opluchting was), een paar overhemden, twee paar sneakers en een paar sloffen. Geen stevige schoenen.

De andere deur gaf toegang tot een kleine, brandschone badkamer. Er stonden een paar tandenborstels, nog in hun verpakking, op de wastafel, naast een nieuwe tube tandpasta. In het goedgevulde medicijnkastje vond hij mondwater, een flesje kinderparacetamol, waar nog maar vier pilletjes in zaten, deodorant, een spuitbus Deet tegen de muggen, pleisters en nog wat andere dingen, sommige nuttiger dan andere. Het enige wat ook maar in de verste verte gevaarlijk leek was een nagelknippertje.

Hij zwiepte het deurtje van het medicijnkastje dicht en bekeek zichzelf in de spiegel. Zijn haar stond alle kanten op en hij had donkere kringen (aftrekkringen, zou Rolf ze hebben genoemd) onder zijn ogen. Hij zag er tegelijkertijd ouder en jonger uit, wat heel gek was. Hij bekeek zijn gevoelige rechteroorlelletje en zag dat er zo'n piepklein rond, metalen dingetje in de ietwat rood geworden huid zat. Hij twijfelde er niet aan dat ergens op niveau B – of C, of D – een computertechnicus werkte die alles kon volgen wat hij deed. Die dat misschien wel op dit moment zat te doen. Lucas David Ellis, die van plan was geweest zich in te schrijven bij MIT én Emerson, was gereduceerd tot een knipperend stipje op een computerscherm.

Luke ging weer terug naar zijn kamer (dé kamer, zei hij tegen zichzelf, het is dé kamer, niet míjn kamer), keek om zich heen en besefte opeens iets ontstellends. Geen boeken. Niet één. Dat was net zo erg als geen computer. Misschien nog wel erger. Hij liep naar de ladekast en trok een voor een de laden open, in de hoop op z'n minst een Bijbel aan te treffen, of een Boek van Mormon, zoals die wel eens in hotelkamers lagen. Het enige wat hij aantrof waren keurige stapeltjes ondergoed en sokken.

Wat bleef er dan nog over? Steve Harvey die David Hasselhoff interviewde? Herhalingen van *America's Funniest Home Videos*?

Nee. Echt niet.

Hij liep de kamer uit met het idee dat Kalisha of een van de andere kinderen misschien in de buurt waren. In plaats daarvan vond hij Maureen Alvorson, die langzaam haar Dandux-wasmand door de gang duwde. Hij zat boordevol opgevouwen lakens en handdoeken. Ze zag er nog vermoeider uit dan eerst en klonk buiten adem.

'Hallo, mevrouw Alvorson. Zal ik die voor u duwen?'

'Dat zou heel aardig van je zijn,' zei ze met een glimlach. 'We krijgen er vijf nieuwe gasten bij, vanavond twee en morgen drie, en ik moet hun kamers nog in orde brengen. Die kant op.' Ze wees in de tegenovergestelde richting van de ontspanningsruimte en de speelplaats.

Hij duwde de mand langzaam voort, omdat zij langzaam liep. 'U weet zeker niet hoe ik een muntje kan verdienen, mevrouw Alvorson?

Ik heb er een nodig om de computer op mijn kamer te kunnen openen.'

'Kun je een bed opmaken, als ik erbij sta en je aanwijzingen geef?'

'Natuurlijk. Ik maak thuis altijd mijn eigen bed op.'

'Met ziekenhuishoeken?'

'Eh... dat niet.'

'Geeft niet, dat laat ik je dan wel zien. Als je vijf bedden voor me opmaakt, krijg je drie muntjes van me. Meer heb ik niet in mijn zak. Ze houden me kort.'

'Met drie zou ik heel blij zijn.'

'Goed dan, en laat dat mevrouw Alvorson maar zitten. Noem me maar Maureen, of gewoon Mo. Net als de andere kinderen.'

'Dat gaat me wel lukken,' zei Luke.

Ze liepen langs de uitbouw waar de liften waren de gang in die daarachter lag. Hier hingen ook weer motiverende posters aan de muren. Ook stond er een ijsmachine, net als in een motelgang, waarvoor je geen muntjes nodig leek te hebben. Voorbij de ijsmachine legde Maureen een hand op Lukes arm. Hij hield op met duwen en keek haar vragend aan.

Ze praatte heel zacht, bijna fluisterend. 'Ik zie dat ze je hebben gechipt, maar je hebt geen muntjes gekregen.'

'Eh...'

'Je kunt gewoon praten, als je het maar zachtjes doet. In Voorkant heb je een stuk of zes plekken waar hun verdomde microfoons niet kunnen komen, dode zones, en ik ken ze allemaal. Dit is er eentje, vlak naast deze ijsmachine.'

'Oké...'

'Wie heeft je chip ingedaan en je die plek op je gezicht bezorgd? Was het Tony?'

Lukes ogen begonnen te prikken en hij was bang dat zijn stem hem zou verraden, of het hier nu veilig was of niet. Hij knikte alleen maar.

'Hij is een gemene,' zei Maureen. 'Zeke is er ook zo een. En Gladys, ook al lacht ze veel. Er lopen hier genoeg mensen rond die het leuk vinden om met kinderen te sollen, maar dat zijn wel drie van de ergste.'

'Tony heeft me geslagen,' fluisterde Luke. 'Heel hard.'

Ze woelde met een hand door zijn haar. Het was iets wat vrouwen vaak bij baby's en kleine kinderen deden, maar Luke vond het niet erg. Het was een vriendelijk gebaar en op dit moment betekende dat heel veel voor hem. Op dit moment betekende dat alles.

'Doe wat hij zegt,' zei Maureen. 'Ga niet met hem in discussie, dat is de beste raad die ik je kan geven. Er zijn hier mensen met wie je dat wel kunt doen, zelfs met mevrouw Sigsby, ook al zal je er weinig mee bereiken, maar Tony en Zeke zijn twee valse types. En Gladys ook. Ze kunnen je pijn doen.'

Ze wilde verder de gang in lopen, maar Luke greep de mouw van haar bruine uniform en trok haar terug naar de veilige plek. 'Volgens mij heeft Nicky Tony geslagen,' fluisterde hij. 'Hij had een wondje op zijn gezicht en een beurse plek bij zijn oog.'

Maureen lachte en hij zag haar tanden, die al veel te lang geen tandarts hadden gezien. 'Goed van Nick. Tony heeft het hem waarschijnlijk dubbel en dwars betaald gezet, maar toch... goed. Kom. Met jouw hulp hebben we die kamers in een oogwenk gedaan.'

In de eerste kamer hingen posters van Tommy Zoetzuur en Zuko – figuren uit tekenfilms op Nickelodeon – aan de muren. Op het bureau stond een heel legertje G.I. Joe-actiefiguren. Luke herkende er meteen een aantal, aangezien zijn eigen G.I. Joe-fase nog niet zo heel lang achter hem lag. Op het behang stonden vrolijke clowntjes met ballonnen.

'Krijg nou wat,' zei Luke. 'Dit is de kamer van een klein kind.'

Ze keek Luke aan met een geamuseerde blik, alsof ze zeggen wilde: *Alsof jij zo oud bent als Methusalem.* 'Dat klopt. Hij heet Avery Dixon en volgens mijn werkrooster is hij nog maar tien. Laten we aan de slag gaan. Ik wil wedden dat ik jou maar één keer hoef voor te doen hoe je een ziekenhuishoekje maakt. Je lijkt me een jongen die dingen snel oppikt.'

## 10

Eenmaal terug in zijn kamer hield Luke een van zijn munten voor de camera van de laptop. Het voelde een beetje stom om dat te doen, maar de camera opende meteen en het eerste wat hij te zien kreeg was een blauw scherm met de tekst WELKOM TERUG, DONNA! Luke fronste en glimlachte toen. Voor zijn komst was deze computer dus op enig moment eigendom geweest van (of uitgeleend aan) iemand die Donna heette. Het welkomstscherm was nog niet aangepast. Iemand had een fout gemaakt. Een klein foutje weliswaar, maar waar er eentje werd gemaakt werden er misschien wel meer gemaakt.

De welkomsttekst verdween en er verscheen een standaarddesktopafbeelding: een verlaten strand onder een ochtendhemel. De informatiebalk onder aan het scherm leek op die van zijn computer thuis, met één in het oog springend (maar inmiddels niet al te verrassend) verschil: geen klein e-mail-postzegeltje. Maar er stonden wel icoontjes op van twee internetproviders. Dit verraste hem, maar het was een aangename verrassing. Hij opende Firefox en typte: *AOL log-in*. Het blauwe scherm kwam terug, deze keer met een pulserende rode cirkel in het midden. Een zachte computerstem zei: 'Het spijt me, Dave, ik ben bang dat ik dat niet kan doen.'

Even dacht Luke dat het weer een foutje was – eerst Donna, nu Dave – maar toen realiseerde hij zich dat het de stem was van HAL 9000 uit *2001: A Space Odyssey*. Geen uitglijder, maar computerhumor, en onder deze omstandigheden zo grappig als een rubberen kruk.

Toen hij *Herbert Ellis* googelde, kreeg hij nogmaals HAL. Luke dacht even na en googelde toen het Orpheum Theater aan Hennepin Avenue, niet omdat hij van plan was daar een voorstelling te bezoeken (of, naar het zich liet aanzien, waar dan ook, in de nabije toekomst), maar omdat hij wilde weten tot welke informatie hij dan wel toegang had. Er moest toch in elk geval iets zijn, want waarom gaven ze hem anders deze verbinding?

Het Orf, zoals zijn ouders het theater noemden, leek een van de sites te zijn die waren goedgekeurd voor 'gasten' van het Instituut. Hij kwam te weten dat *Hamilton* terugkwam ('Op veler verzoek!') en dat volgende maand Patton Oswalt zou optreden ('U lacht zich een breuk!'). Hij probeerde de Broderick School te googelen en kwam zonder problemen op hun website. Hij probeerde meneer Greer, zijn studiebegeleider, en kreeg HAL. Hij begon begrip te krijgen voor de frustratie van Dr. Dave Bowman, in de film.

Hij wilde al gaan afsluiten, maar bedacht zich toen en typte *Maine staatspolitie* in het zoekveld. Zijn vinger aarzelde boven de entertoets, drukte hem bijna in, maar trok zich toch terug. Hij zou weer HAL's betekenisloze verontschuldiging krijgen, maar Luke betwijfelde of het daarbij zou blijven. Waarschijnlijk zou er op een van de lagere niveaus een alarm afgaan. Niet eens waarschijnlijk, maar zeker. *Ze* vergaten dan misschien de naam van een kind op het welkomstscherm van een computer te veranderen, maar ze zouden echt geen alarmprogramma over het hoofd zien als een van de kinderen in het Instituut de autoriteiten probeerde te waarschuwen. Ze zouden hem straffen. Waarschijnlijk zwaarder dan met een klap in zijn gezicht. De computer die van ene Donna was geweest was nutteloos.

Luke leunde naar achteren en sloeg zijn armen over elkaar voor zijn smalle borst. Hij dacht aan Maureen en hoe lief zij door zijn haren had gewoeld. Het was maar een klein, achteloos, vriendelijk gebaar, maar het had (samen met de muntjes) iets van de scherpe randjes van Tony's klap weggenomen. Had Kalisha gezegd dat de vrouw veertigduizend dollar schuld had? Nee, eerder twee keer zo veel.

Deels vanwege de vriendelijke manier waarop Maureen hem had behandeld en deels om iets te doen te hebben, googelde Luke: *Ik zit diep in de schulden help mij alstublieft.* De computer verschafte hem onmiddellijk toegang tot alle mogelijke informatie over het onderwerp, waaronder een aantal bedrijven die beweerden die irritante schulden als sneeuw voor de zon te kunnen laten verdwijnen; het enige wat de wanhopige debiteur hoefde te doen was één telefoontje plegen. Luke betwijfelde het, maar hij veronderstelde dat sommige mensen het wel zouden geloven – het was immers dezelfde manier waarop ze zich in de nesten hadden gewerkt.

Maar Maureen Alvorson behoorde, in elk geval volgens Kalisha, niet tot die categorie mensen. Ze zei dat Maureens man de schulden zo hoog had laten oplopen voordat hij ervandoor was gegaan. Misschien was dat waar en misschien ook niet, maar er moesten hoe dan ook oplossingen bestaan voor het probleem. Er waren altijd oplossingen; bij leren ging het erom die te vinden. Misschien was de computer toch niet zo nutteloos.

Luke ging naar de bronnen die er het betrouwbaarst uitzagen en zat al gauw diep in de onderwerpen schuld en het aflossen van schuld. Hij raakte bevangen door de oude honger om te weten. Om iets nieuws te leren. Om de belangrijkste punten eruit te pikken en te doorgronden. Zoals altijd leidde elk stukje informatie naar drie (of zes, of twaalf) nieuwe stukjes en uiteindelijk begon er een samenhangend beeld naar voren te komen. Een soort landkaart. Het meest interessante concept – de spil waar alle andere om draaiden – was simpel maar onthutsend (in elk geval voor Luke). Schuld was handel. Het werd gekocht en verkocht en op een bepaald moment was het het middelpunt geworden van niet alleen de Amerikaanse economie, maar van die van de hele wereld. Terwijl het niet eens echt bestond. Het was niet iets concreets zoals olie of goud of diamanten; het was slechts een idee. Een toezegging om te betalen.

Toen een piepje op zijn computer aangaf dat hij een berichtje kreeg, schudde hij zijn hoofd als een jongen die ontwaakt uit een levendige droom. Volgens de tijdsaanduiding op de computer was het bijna vijf uur 's middags. Hij klikte op het tekstballonicoontje aan de onderkant van het scherm en las:

Mevr. Sigsby: *Hallo, Luke, ik ben de baas van deze tent en ik wil je graag spreken.*

Hij dacht even na en begon toen te typen.

Luke: *Heb ik een keus?*

Het antwoord kwam onmiddellijk:

Mevr. Sigsby: *Nee.* ☺

'Steek die smiley maar mooi in je...'

Er werd op de deur geklopt. In de verwachting Gladys te zullen zien ging hij opendoen, maar deze keer was het Hadad, een van de mannen uit de lift.

'Heb je zin in een wandelingetje, grote jongen?'

Luke zuchtte. 'Ogenblikje. Dan moet ik even mijn sneakers aantrekken.'

'Okidoki.'

Hadad begeleidde hem naar een deur voorbij de lift en gebruikte een sleutelkaart om hem te openen. Samen liepen ze, terwijl ze steeds de muggen van zich af sloegen, het kleine eindje naar het administratiegebouw.

## 11

Mevrouw Sigsby deed Luke aan de oudste zus van zijn vader denken. Net als tante Rhoda was deze vrouw mager, zonder noemenswaardige heupen of borsten. Alleen had tante Rhoda lachrimpeltjes om haar mond en een warme oogopslag. Ze was een knuffelaar. Luke had niet het idee dat er knuffels te verwachten waren van de vrouw die naast haar bureau stond in een paarsachtig gekleurd kostuum met bijpassende hoge hakken. Misschien konden er wel eens glimlachjes af, maar die waren waarschijnlijk zo zeldzaam als briefjes van drie dollar. In mevrouw Sigsby's ogen zag hij alleen zorgvuldige afweging en verder niets. Helemaal niets.

'Bedankt, Hadad, je kunt wel gaan.'

De verzorger – Luke veronderstelde dat Hadad dat was – knikte respectvol en verliet het kantoor.

'Laten we beginnen met iets overduidelijks. We zijn alleen. Met elke nieuwe intake breng ik kort na aankomst ongeveer tien minuten door. Het is wel gebeurd dat ze zo in de war en kwaad waren dat ze probeerden mij aan te vallen. Ik neem hun dat niet kwalijk. Waarom zou ik in vredesnaam? Onze oudste intakes zijn zestien en de gemiddelde leeftijd is elf jaar en zes maanden. Kinderen dus, en kinderen hebben zelfs onder de gunstigste omstandigheden weinig controle over hun impulsen. Ik beschouw dergelijk agressief gedrag als een leermoment… en ik leer ze dan een les. Zal ik jou ook een les moeten leren, Luke?'

'Niet daarover,' zei hij, terwijl hij zich afvroeg of Nicky een van degenen was die een poging hadden gedaan deze kleine, slanke vrouw te grazen te nemen. Misschien zou hij het hem later eens vragen.

'Mooi zo. Ga zitten.'

Luke nam plaats in de stoel die voor haar bureau stond, leunde naar voren en klemde zijn handen stijf tussen zijn knieën. Mevrouw Sigsby ging tegenover hem zitten. De blik in haar ogen was die van een schooldirectrice die absoluut geen flauwekul accepteerde. Die hard zou optreden tegen flauwekul. Luke had nog nooit een genadeloze volwassene ontmoet, maar dacht dat hij er nu toch een voor zich had zitten. Het was een beangstigende gedachte en zijn eerste opwelling was deze af te doen als belachelijk. Deze opwelling drukte hij de kop in. Hij kon er maar beter van uitgaan dat hij gewoon een beschermd leven had geleid. Het was beter – veiliger – ervan uit te gaan dat zij was wat hij dacht dat ze was, tenzij en totdat ze het tegendeel bewees. Dit was een ellendige situatie; dat stond vast. Zichzelf voor de gek houden zou wel eens de grootste vergissing kunnen zijn die hij kon maken.

'Je hebt vrienden gemaakt, Luke. Dat is goed, een goed begin. Gedurende je verblijf in Voorkant zul je nog andere kinderen leren kennen. Twee van hen, een jongen die Avery Dixon heet en een meisje met de naam Helen Simms, zijn zojuist gearriveerd. Ze slapen nu, maar je zult al snel kennis met hen kunnen maken, met Helen misschien al voordat om tien uur het licht uitgaat. Avery zal waarschijnlijk de hele nacht doorslapen. Hij is nog vrij jong en zal wel uit zijn doen zijn wanneer hij wakker wordt. Ik hoop dat jij hem onder je hoede wilt nemen, net zoals Kalisha, George en Iris dat ongetwijfeld zullen doen. Misschien zelfs Nick, hoewel je nooit precies weet hoe Nick zal reageren. Volgens mij weet Nick dat zelf niet eens. Door Avery te helpen aan zijn nieuwe situatie te wennen kun je muntjes verdienen, die, zoals je inmiddels weet, hier in het Instituut als het belangrijkste betaalmiddel gelden. Je moet dat helemaal zelf weten, maar wij kijken wel mee.'

Dat weet ik, dacht Luke. En luisteren doen jullie ook. Behalve op de paar plekken waar dat niet kan. Als Maureen daar tenminste gelijk in heeft.

'Van je vrienden heb je al bepaalde informatie gekregen, waarvan een deel juist is en een ander deel helemaal nergens op slaat, dus luister goed.' Ze boog zich naar voren, legde haar handen plat op haar bureau en keek hem strak aan. 'Let je op, Luke? Want ik vertel je dit maar één keer.'

'Ja.'

'Ja wat?' snauwde ze hem toe, terwijl haar gezicht onveranderd kalm bleef.

'Ik luister. En let op.'

'Uitstekend. Je zult een bepaalde tijd in Voorkant doorbrengen. Dat kan tien dagen zijn, maar ook twee weken; het kan zelfs een maand zijn, maar niet veel van onze rekruten blijven zo lang.'

'Rekruten? Wilt u soms zeggen dat ik ben ingelijfd?'

Ze knikte kort. 'Dat is precies wat ik wil zeggen. Er is een oorlog gaande en jullie zijn opgeroepen om jullie land te dienen.'

'Waarom? Omdat ik heel af en toe een glas of een boek kan laten bewegen zonder het aan te raken? Dat slaat toch nerg…'

'Kop dicht!'

Bijna net zo geschrokken als door Tony's klap, deed Luke wat ze zei.

'Wanneer ik aan het woord ben, luister je. Je valt me niet in de rede. Is dat duidelijk?'

Luke, die zijn stem niet vertrouwde, knikte alleen maar.

'Dit is geen wapenwedloop, maar een geestelijke wedloop, en als wij die verliezen, zullen de gevolgen meer dan desastreus zijn; ze zullen onvoorstelbaar zijn. Je mag dan pas twaalf zijn, maar je bent een soldaat in een nog niet openlijk erkende oorlog. Datzelfde geldt voor Kalisha en de anderen. Ben je daar blij mee? Natuurlijk niet. Dat zijn dienstplichtige rekruten nooit en soms moet hun dan worden geleerd dat het niet opvolgen van orders consequenties heeft. Ik geloof dat jij wat dat betreft al een lesje hebt gekregen. Als je net zo slim bent als in je dossier staat, heb je er misschien niet nog een nodig. Maar als we je toch nog een lesje moeten leren, dan doen we dat. Je bent hier niet thuis. Je bent hier niet op je school. Je krijgt hier dus niet gewoon extra corvee, je wordt niet naar de kamer van de directeur gestuurd en je hoeft ook niet na te blijven; hier word je gestraft! Begrepen?'

'Ja.' Muntjes voor gehoorzame jongens en meisjes en voor de stoute kinderen een oorvijg. Of erger. Het principe was ijzingwekkend maar simpel.

'Je krijgt een aantal injecties. Je ondergaat een aantal tests. Je fysieke en geestelijke toestand worden in de gaten gehouden. Uiteindelijk zul je doorstromen naar wat wij Achterkant noemen en daar zal je bepaalde taken moeten uitvoeren. De duur van je verblijf in Achterkant kan oplopen tot zes maanden, maar de gemiddelde duur van actieve dienst is slechts zes weken. Daarna worden je herinneringen gewist en word je teruggestuurd naar je ouders.'

'Leven die nog? Zijn mijn ouders nog in leven?'

Haar lach klonk verrassend vrolijk. 'Natuurlijk leven ze nog. We zijn geen moordenaars, Luke.'

'Dan wil ik ze spreken. Als u me met mijn ouders laat spreken, doe ik daarna alles wat u wilt.' De woorden waren eruit voordat hij besefte wat een overhaaste belofte dit was.

'Nee, Luke. Je hebt het nog steeds niet helemaal begrepen.' Ze leunde achterover en legde haar handen weer plat op haar bureau. 'Dit is geen onderhandeling. Jij doet alles wat wij willen, zonder voorbehoud. Geloof me nu maar en bespaar jezelf een heleboel pijn. Gedurende je verblijf in het Instituut heb je geen contact met de buitenwereld, en dus ook niet met je ouders. Je doet alles wat wij zeggen. Je houdt je aan alle regels. Maar enkele uitzonderingen daargelaten, zul je merken dat je de opdrachten niet zwaar en de regels niet bezwaarlijk zult vinden. Voor je het weet is het achter de rug en wanneer je hier weggaat, wanneer je op een goede dag opeens weer wakker wordt in je eigen kamer, is dit allemaal niet gebeurd. Het jammere – dat vind ik althans – is dat je niet eens meer zult weten dat je het enorme voorrecht hebt genoten je land te mogen dienen.'

'Ik snap gewoon niet hoe het kan,' zei Luke. Hij sprak meer tegen zichzelf dan tegen haar, zoals hij altijd deed wanneer iets – een natuurkundig vraagstuk, een schilderij van Manet, de gevolgen op de korte en de lange termijn van schulden – zijn aandacht volledig opslokte. 'Er zijn zo veel mensen die mij kennen. De school... de collega's van mijn ouders... mijn vrienden... Jullie kunnen toch onmogelijk al hun herinneringen wissen.'

Ze lachte niet, maar glimlachte. 'Ik denk dat je versteld zou staan van wat wij allemaal kunnen. En nu zijn we klaar.' Ze stond op, liep om haar bureau heen en stak hem haar hand toe. 'Het was me een genoegen kennis met je te maken.'

Luke stond ook op, maar pakte niet haar hand.

'Geef me een hand, Luke.'

Ergens wilde hij het wel, oude gewoontes zijn nu eenmaal moeilijk af te leren, maar hij hield zijn hand bij zich.

'Geef me een hand of je zult er spijt van krijgen. Ik zeg het niet nog een keer.'

Hij keek haar in de ogen en zag dat ze het absoluut meende. Hij gaf haar een hand. Ze hield hem even vast. Hoewel ze niet kneep, kon hij voelen dat ze een sterke hand had. Haar donkerblauwe ogen keken in de zijne. 'Misschien kom ik je af en toe nog tegen op het terrein, maar hopelijk is dit je laatste bezoekje aan mijn kantoor. Als je hier nog eens wordt ontboden, zal ons gesprek minder aangenaam verlopen. Heb je dat begrepen?'

'Ja.'

'Mooi zo. Ik weet dat alles nu heel donker lijkt, maar als je doet wat je gezegd wordt gaat straks, wanneer je naar huis gaat, de zon weer voor je schijnen. Geloof me. Ga nu maar.'

Hij verliet het kantoor en voelde zich weer als een jongen in een droom, of in het konijnenhol van Alice. Hadad stond met mevrouw Sigsby's secretaresse of assistente of wat ze ook mocht zijn te kletsen en wachtte op hem. 'Ik breng je terug naar je kamer. Vlak naast me blijven, oké? Niet naar de bomen rennen.'

Ze gingen naar buiten en liepen in de richting van het woongebouw, toen Luke opeens overvallen werd door een golf van duizeligheid en bleef staan. 'Wacht even,' zei hij. 'Ik moet even blijven staan.' Hij boog voorover en greep zijn knieën. Een ogenblik lang zweefden er allemaal gekleurde lichtvlekken voor zijn ogen.

'Ga je flauwvallen?' vroeg Hadad. 'Wat denk je?'

'Nee, maar geef me nog een paar tellen.'

'Tuurlijk. Je hebt een prik gehad, hè?'

'Ja.'

Hadad knikte. 'Bij sommige kinderen werkt dat zo. Vertraagde reactie.'

Luke verwachtte dat hem zou worden gevraagd of hij vlekken of stippen zag, maar Hadad wachtte rustig af, floot wat tussen zijn tanden en sloeg naar de rondzwermende steekmuggen.

Luke dacht aan mevrouw Sigsby's kille ogen en haar botte weigering hem te vertellen hoe een plek als deze in vredesnaam kon bestaan zonder enige vorm van... Wat zou de juiste term zijn? Buitengewone uitlevering, misschien. Het was alsof ze hem uitdaagde één en één bij elkaar op te tellen.

*Als je doet wat je gezegd wordt gaat straks de zon weer voor je schijnen. Geloof me.*

Hij was pas twaalf, en begreep dat zijn levenservaring beperkt was, maar één ding wist hij heel zeker: wanneer mensen 'geloof me' zeiden, dan logen ze meestal dat ze barstten.

'Gaat het weer een beetje? Klaar om verder te gaan, m'n jongen?'

'Ja.' Luke richtte zich op. 'Maar ik ben niet jouw jongen.'

Hadad grijnsde, zijn gouden tand schitterde. 'Voorlopig ben je dat wel. Je bent een zoon van het Instituut, Luke. Dus hou je kalm en wen er maar aan.'

## 12

Toen ze weer in het woongebouw waren liet Hadad de lift komen, zei: '*See you later, alligator*,' en stapte in. Luke liep terug naar zijn kamer en zag Nicky Wilholm naast de ijsmachine op de grond zitten, waar hij een choco-pindareep zat te eten. Boven hem hing een poster met daarop twee getekende eekhoorns met elk een tekstballonnetje. In het linkerballonnetje stond: *Leef met een lach!* en in het andere: *Geniet en pluk de dag!* Luke stond er peinzend naar te kijken.

'Hoe zou jij het noemen om een poster met die tekst juist hier op te hangen?' vroeg Nicky. 'Ironisch, sarcastisch, of bullshit?'

'Alle drie.' Luke ging naast hem zitten.

Nicky hield hem de koekverpakking voor. 'Wil jij de andere?'

Die wilde Luke wel. Hij bedankte Nicky, scheurde de kreukelige wikkel van het snoep en at de reep in drie snelle happen op.

Nicky keek geamuseerd toe. 'Jij hebt zeker je eerste prik gehad? Die bezorgen je een enorme behoefte aan suiker. Het kan zijn dat je vanavond niet veel trek hebt, maar het toetje sla je niet over. Dat garandeer ik je. Heb je al stippen gezien?'

'Nee.' Toen dacht hij eraan hoe hij voorovergebogen en met zijn handen op zijn knieën had staan wachten tot de duizeligheid wegtrok. 'Misschien. Wat zijn het eigenlijk?'

'De laboranten noemen het de Stasi-lichten. Ze maken deel uit van de voorbereiding. Ik heb nog maar een paar prikken gehad en bijna geen rare tests omdat ik TK-pos ben. Net als George. Sha is TP-pos. Als je doorsnee bent krijg je er meer.' Hij dacht even na. 'Nou ja, niemand van ons is doorsnee, anders waren we hier niet, maar je snapt wat ik bedoel.'

'Proberen ze je gave te verbeteren?'

Nicky haalde zijn schouders op.

'Waar bereiden ze ons op voor?'

'Op wat er in Achterkant gebeurt, wat dat ook mag zijn. Hoe ging het bij de opperbitch? Heeft ze je de preek gegeven over het dienen van je vaderland?'

'Ze zei dat ik ben opgeroepen als rekruut. Ik voel me eerder geronseld. Want vroeger, in de zeventiende en achttiende eeuw, wanneer kapiteins mensen nodig hadden om hun schepen te bemannen...'

'Ik weet wat ronselen is, Lukey. Ik heb ook op school gezeten. En je hebt gelijk.' Hij stond op. 'Kom, laten we naar de speelplaats gaan, dan kun je me weer een lesje schaken geven.'

'Ik denk dat ik liever even ga liggen.'

'Je ziet inderdaad een beetje pips. Maar die reep heeft wel geholpen, hè? Dat kun je niet ontkennen.'

'Zeker. Wat heb je gedaan om aan een muntje te komen?'

'Niks. Maureen stopte me er eentje toe voordat ze naar huis ging. Kalisha heeft gelijk over haar.' Nicky zei het bijna met tegenzin. 'Als er één goed mens rondloopt in dit strontpaleis, is zij het.'

Ze stonden inmiddels voor Lukes deur. Nicky hield een vuist omhoog en Luke stootte de zijne ertegenaan. 'Ik zie je wanneer de bel gaat, pik. Hou je taai.'

# MAUREEN EN AVERY

# 1

Luke viel in een slaap vol onaangename, fragmentarische dromen en werd daar pas uit wakker toen de bel voor het eten ging. Hij was blij hem te horen. Nicky had geen gelijk gekregen: hij had wel degelijk trek en had niet alleen zin in eten, maar ook in gezelschap. Toch ging hij eerst nog even langs de kantine om te kijken of de anderen hem niet in de maling hadden genomen. Dat was niet het geval. Naast de snackautomaat stond een volledig gevulde vintage sigarettenautomaat. In het verlichte vlak aan de bovenkant zag je een man en een vrouw in feestelijke kleding die op een balkon stonden te lachen en te roken. Hiernaast stond een automaat die op munten werkte en die gevuld was met alcoholische drank in miniflesjes – wat sommige van de kinderen op Broderick ook wel 'vliegtuigborrels' noemden. Een pakje sigaretten kostte acht muntjes; een klein flesje Leroux-bramenbrandy vijf. Aan de andere kant van de ruimte stond een vuurrode Coca-Cola-koeler.

Opeens werd hij van achteren door een paar handen vastgegrepen en opgetild. Luke slaakte een kreet van schrik en Nicky lachte in zijn oor.

'Als je in je broek hebt gepiest ben je een mietje!'

'Zet me neer!'

In plaats daarvan zwaaide Nicky hem heen en weer. 'Wie doet het in z'n broekie? Poekie-doekie-Lukey!'

Hij zette Luke neer, draaide hem om, stak zijn handen in de lucht en begon wild te dansen op de muzak die uit de speakers aan het plafond kwam. Achter hem stonden Kalisha en Iris toe te kijken met identieke ach-jongens-ze-weten-niet-beter-blikken. 'Wil je vechten, Lukey? Poekie-doekie-Lukey?'

'Steek je kop in m'n reet en stik er maar in,' zei Luke en hij schoot in de lach. De beste omschrijving van Nicky, of hij nu in een goede bui was of in een slechte, was: een en al leven.

'Goeie,' zei George, terwijl hij zich tussen de twee meisjes wrong. 'Die ga ik onthouden.'

'Als je maar niet vergeet dat ik hem heb bedacht,' zei Luke.

Nicky stopte met dansen. 'Ik verga van de honger, mensen. Kom, laten we gaan eten.'

Luke tilde de deksel van de Coca-Cola-koeler. 'Ik neem aan dat frisdranken gratis zijn en dat je alleen hoeft te betalen voor drank, peuken en tussendoortjes.'

'Klopt als een bus,' zei Kalisha.

'En, eh...' Hij wees naar de snackautomaat. De meeste lekkernijen waren verkrijgbaar voor één munt, maar waar hij nu naar wees kostte zes muntjes. 'Is dat...'

'Wil je weten of Hi Boy Brownies datgene zijn wat jij denkt dat ze zijn?' vroeg Iris. 'Ik heb er zelf nog nooit een geprobeerd, maar ik ben er vrij zeker van dat ze dat inderdaad zijn.'

'Zeker weten,' zei George. 'Ik kreeg er wel een kick van, maar ook uitslag. Ik ben er allergisch voor. Kom, dan gaan we eten.'

Ze gingen weer aan dezelfde tafel zitten. NORMA had plaatsgemaakt voor SHERRY. Luke bestelde gefrituurde champignons, gehakt en salade en iets wat de dubieuze naam 'vanilla cream brulay' had gekregen. Er werkten vast wel slimme mensen in dit angstaanjagende Wonderland – mevrouw Sigsby was in elk geval bepaald niet op haar achterhoofd gevallen – maar degene die de menu's schreef was misschien niet al te snugger. Of was hij nu een intellectuele snob?

Luke besloot dat hij er niet mee kon zitten.

Ze praatten een beetje over hun scholen voordat ze uit hun normale leventjes waren weggerukt – gewone scholen, voor zover Luke kon beoordelen, geen speciale voor hoogbegaafde kinderen – en over hun favoriete televisieprogramma's en films. Dat ging goed totdat Iris met haar hand een van haar sproetige wangen afveegde en Luke zag dat ze huilde. Niet heel erg, een beetje, maar ja, het waren wel echte tranen.

'Ik heb vandaag geen prikken gehad, maar wel zo'n rottige konttemp,' zei ze. Toen ze Lukes verbaasde blik zag, lachte ze en rolde er nog een traan over haar wang. 'Ze nemen onze temperatuur rectaal op.'

De anderen knikten. 'Geen idee waarom,' zei George, 'maar het is zo vernederend.'

'En het is negentiende-eeuws,' zei Kalisha. 'Ze zullen er wel hun redenen voor hebben, maar...' Ze haalde haar schouders op.

'Wie heeft er zin in koffie?' vroeg Nick. 'Ik haal het wel als jullie...'

'Hoi.'

Het kwam vanuit de deuropening. Toen ze zich omdraaiden zagen ze een meisje staan in een spijkerbroek en een mouwloos topje. Haar haar was aan één kant groen en aan de andere blauwachtig paars. Ondanks dit stoere uiterlijk zag ze eruit als een klein meisje uit een sprookje, verdwaald in een bos. Luke schatte dat ze ongeveer even oud was als hij.

'Waar ben ik? Heeft een van jullie een idee waar we zijn?'

'Kom maar hier, Zonnestraaltje,' zei Nicky en hij toonde haar zijn oogverblindende glimlach. 'Trek een stoel bij en eet een hapje mee.'

'Ik heb geen honger,' zei de nieuweling. 'Er is maar één ding dat ik hoef te weten. Wie moet ik pijpen om hier weg te komen?'

Zo verliep hun eerste ontmoeting met Helen Simms.

## 2

Na het eten gingen ze naar buiten, naar de speelplaats (Luke vergat niet zich royaal in te smeren met muggenspul), en brachten Helen op de hoogte. Ze bleek een TK te zijn en net als George en Nicky een pos. Dit bewees ze door een paar schaakstukken van het bord te schuiven terwijl Nicky ze opstelde.

'Niet zomaar pos, maar héél erg pos,' zei George. 'Laat mij dat eens proberen.' Hij slaagde erin een pion om te gooien en liet de zwarte koning een beetje wiebelen op zijn voetstuk, maar dat was alles. Hij leunde naar achteren en blies zijn wangen bol. 'Oké, Helen, jij hebt gewonnen.'

'Volgens mij zijn we allemaal verliezers. Zo denk ik erover.'

Luke vroeg haar of ze zich zorgen maakte over haar ouders.

'Niet echt. Mijn vader is alcoholist. Mijn moeder is van hem gescheiden toen ik zes was en vervolgens met – wat denk je? – een andere alcoholist getrouwd. Ze moet hebben gedacht: dan kan ik net zo goed mee gaan doen, want zij is inmiddels ook aan de drank. Maar ik mis mijn broer. Er zal hem toch niets zijn overkomen?'

'Tuurlijk niet,' zei Iris, zonder veel overtuiging, waarna ze naar de trampoline slenterde en begon te springen. Luke zou misselijk zijn geworden als hij dat zo vlak na het eten had gedaan, maar Iris had niet veel gegeten.

'Even kijken of ik het goed heb begrepen,' zei Helen. 'Jullie weten niet waarom we hier zijn, alleen dat het misschien iets te maken heeft met paranormale gaven waarmee je niet eens door de auditie van *America's Got Talent* zou komen.'

'We zouden er niet eens mee in de kinderversie komen,' zei George.

'Ze testen ons tot we stippen zien, maar jullie weten niet waarom.'

'Klopt,' zei Kalisha.

'Dan brengen ze ons naar een ander gebouw, Achterkant, maar jullie weten niet wat daar verder gebeurt.'

'Inderdaad,' zei Nicky. 'Kun je schaken, of alleen stukken omgooien?'

Ze negeerde hem. 'En wanneer ze ons niet meer nodig hebben, wordt op een scifi-achtige manier ons geheugen gewist en leven we nog lang en gelukkig.'

'Dat is inderdaad het verhaal,' zei Luke.

Ze dacht even na en zei toen: 'Klinkt als de hel.'

'Tja,' zei Kalisha, 'ik denk dat God ons daarom alcoholische drankjes en Hi Boy Brownies heeft gegeven.'

Luke had er genoeg van. Nog even en hij ging weer huilen; hij voelde het aankomen als een onweersbui. Het mocht dan oké zijn voor Iris, die immers een meisje was, om te huilen waar iedereen bij was, maar hij had zelf toch een bepaald idee (hoogstwaarschijnlijk achterhaald, maar niettemin erg sterk) over hoe jongens zich behoorden te gedragen. Om kort te zijn: zoals Nicky.

Hij ging terug naar zijn kamer, deed de deur dicht en ging op zijn bed liggen met een arm over zijn ogen. Opeens, zonder enige aanleiding, moest hij denken aan Richie Rocket in zijn zilveren ruimtepak, net zo enthousiast dansend als Nicky Wilholm dat voor het eten had gedaan, en hoe de kleine kinderen met hem mee hadden gedanst, lachend en meezingend op 'Mambo No. 5'. Alsof er niets fout kon gaan, alsof hun leven altijd een en al onschuldig plezier zou zijn.

De tranen kwamen, omdat hij bang was en boos, maar vooral omdat hij zo'n heimwee had. Hij had nooit begrepen wat dat woord betekende, maar nu wist hij het. Dit was geen vakantiekamp en ook geen schoolreisje. Dit was een nachtmerrie en het enige wat hij wilde was dat er een einde aan kwam. Hij wilde wakker worden. En omdat dat niet kon, viel hij in slaap terwijl zijn smalle borstkas nog nahikte van een paar laatste snikken.

## 3

Nog meer akelige dromen.

Hij schrok wakker uit een droom waarin een hond zonder kop hem achterna had gezeten over Wildersmoot Drive. Eén verrukkelijk ogenblik lang dacht hij dat alles een droom was geweest en dat hij terug was in zijn echte kamer. Toen keek hij naar de pyjama die niet zijn pyjama was en naar de plek op de muur waar een raam hoorde te zitten. Hij ging naar de wc en startte vervolgens, omdat hij geen slaap meer had, de laptop op. Hij dacht dat hij misschien weer een muntje nodig zou hebben om hem aan de praat te krijgen, maar dat was niet zo. Misschien was het een cyclus van vierentwintig uur, of – met een beetje geluk – achtenveertig. Volgens de informatie in het balkje aan de bovenkant van het scherm was het kwart over drie in de ochtend. Nog een hele tijd dus voordat het licht werd. Dat kreeg je ervan als je eerst een middagdutje deed en vervolgens 's avonds al zo vroeg ging slapen.

Hij overwoog op YouTube te gaan en wat oude tekenfilmpjes te kijken, dingen zoals *Popeye*, waarvan hij en Rolf altijd over de grond rolden van het lachen terwijl ze kreten riepen als: 'Wáár is m'n spinazie?' Maar hij had zo'n idee dat het heimweegevoel daardoor tien keer zo erg zou terugkomen. Wat bleef er dan over? Terug naar bed, waar hij wakker zou liggen tot het licht werd? Door de verlaten gangen lopen dwalen? Naar de speelplaats? Dat zou kunnen, want Kalisha had gezegd dat de deur nooit op slot zat, maar het zou er nu veel te griezelig zijn.

'Waarom ga je dan niet eens goed nadenken, sufkop?'

Hij zei het zachtjes, maar schrok toch van het geluid en wilde zelfs al zijn hand optillen om voor zijn mond te houden. Hij stond op en liep wat door de kamer. Zijn blote voeten maakten een kletsend geluid op de vloer en zijn pyjamabroek wapperde om zijn benen. Het was een goede vraag. Waarom dacht hij niet na? Dat was immers waar hij zo goed in was? Lucas Ellis, de slimmerik. Het kindgenie. Gek op *Popeye the Sailor Man*, gek op *Call of Duty*, gek op basketballen in de achtertuin, maar heeft ook een redelijke beheersing van het geschreven Frans, ook al heeft hij nog steeds ondertitels nodig wanneer hij op Netflix Franse films kijkt, omdat ze allemaal zo snel praten en een krankzinnig idioom hebben. *Boire comme un trou*, bijvoorbeeld. Waarom drinken als een gat, wanneer drinken als een vis toch veel logischer zou zijn? Hij kan een heel schoolbord vullen met wiskundige formules, hij kan achter elkaar alle elementen in het periodiek systeem opdreunen, hij kan helemaal tot aan die van George Washington alle vicepresidenten van Amerika opnoemen, hij kan je een redelijke uitleg geven waarom het buiten de film nooit mogelijk zal zijn de snelheid van het licht te evenaren.

Dus waarom zit hij hier dan medelijden met zichzelf te hebben?

*Wat kan ik anders?*

Luke besloot dit als een echte vraag op te vatten, in plaats van als een uiting van wanhoop. Ontsnappen was waarschijnlijk onmogelijk, maar kon hij misschien wel iets te weten komen?

Hij probeerde *The New York Times* te googelen en keek er niet van op HAL 9000 te krijgen; geen actualiteiten voor kinderen in het Instituut. De vraag was nu: kon hij dat verbod omzeilen? Een achterdeurtje? Misschien.

We zullen zien, dacht hij. We zullen zien. Hij opende Firefox en typte: *#!cloakofGriffin!#*.

Griffin was H.G. Wells' onzichtbare man en deze site, die Luke ongeveer een jaar eerder had ontdekt, was een manier om ouderlijke controle te omzeilen – het was niet meteen het darkweb, maar het kwam erbij in de buurt. Luke had het wel eens gebruikt, niet omdat hij op de schoolcomputers pornosites wilde bezoeken (hoewel hij en Rolf dat wel een paar keer hadden gedaan), of onthoofdingen door IS wilde bekijken, maar gewoon omdat het een cool en simpel concept was en hij wilde uitzoeken hoe het werkte. Thuis en op school had het gewerkt, maar zou het hier ook lukken? Er was maar één manier om daarachter te komen, dus gaf hij een klap op de entertoets.

De wifi van het Instituut had er een tijdje voor nodig – het was heel traag – en bracht hem, net toen Luke begon te denken dat het een verloren zaak was, naar Griffin. Boven aan het scherm stond Wells' onzichtbare man, met zijn in verband gewikkelde hoofd en zijn stoere grote bril. Eronder stond een vraag die meteen een uitnodiging was: WELKE TAAL WIL JE VERTALEN? Het was een lange lijst, van Afrikaans tot en met Zweeds. Het mooie van de site was dat het niet uitmaakte welke taal je koos; het belangrijkste was wat er in de zoekgeschiedenis kwam te staan. Vroeger was er op Google een geheime gang onder de ouderlijke controle geweest, maar de wijzen van Google Inc. in Mountain View hadden die doorgang afgesloten. Vandaar de Cloak of Griffin.

Luke koos willekeurig voor Duits en kreeg: WACHTWOORD INVOEREN. Zich beroepend op wat zijn vader vaak zijn griezelige geheugen noemde, typte Luke: *#x49ger194GbL4*. De computer moest weer even nadenken en antwoordde toen: WACHTWOORD GEACCEPTEERD.

Hij typte *New York Times* in en drukte op enter. Deze keer dacht de computer nog langer na, maar uiteindelijk verscheen de *Times* op het scherm. De editie van vandaag, en in het Engels, maar vanaf dit moment zou de zoekgeschiedenis van de computer niets anders vermelden dan een reeks Duitse woorden en Engelse vertalingen. Misschien een kleine overwinning, misschien een grote. Dat kon Luke nu even niet schelen. Het was een overwinning en dat was genoeg.

Hoe snel zouden degenen die hem gevangenhielden doorkrijgen wat hij aan het doen was? De zoekgeschiedenis van de computer camoufleren zou niets uitrichten als ze in staat waren live mee te kijken. Dan zouden ze de krant zien en hem afsluiten. Dus laat de *Times* met zijn koppen over Trump en Noord-Korea maar zitten; voordat ze hem konden betrappen moest hij de *Star Tribune* opzoeken en kijken of er iets in stond over zijn ouders. Maar voordat hij dat kon doen begon het gegil in de gang.

'*Help! Help! Help! Alsjeblieft, help me!* HELP ME, *IK WEET NIET WAAR IK BEN!*'

## 4

De giller was een kleine jongen in een *Star Wars*-pyjama. Hij stond op deuren te bonken met een paar kleine vuistjes die razendsnel op en neer gingen. Tien? Avery Dixon leek een jaar of zes, hooguit zeven. Het kruis en één broekspijp van zijn pyjamabroek waren nat en plakten aan zijn lijf.

'*Help me,* IK WIL NAAR HUIS!'

Luke keek om zich heen, in de verwachting dat er iemand – misschien wel meerdere personen – kwam aanrennen, maar de gang bleef verlaten. Later zou hij beseffen dat een kind dat gilde dat het naar huis wilde in het Instituut de gewoonste zaak van de wereld was. Maar op dit moment wilde Luke alleen maar dat het kind zijn mond hield. Hij was helemaal overstuur en dat maakte Luke ook overstuur.

Hij liep naar hem toe, hurkte bij hem neer en pakte het jongetje bij zijn schouders. 'Hé, jochie, rustig maar.'

Het jochie in kwestie staarde Luke met opengesperde ogen aan, maar Luke wist niet zeker of het kind hem wel zag. Zijn haar was klam van het zweet en piekte alle kanten op. Zijn gezicht was nat van de tranen en op zijn bovenlip glom vers snot.

'Waar is mama? Waar is papa?'

Alleen zei hij geen 'papa', maar 'papaaaaa', als de sirene van een luchtalarm. Het jongetje begon met zijn voeten te stampen en beukte met zijn vuisten op Lukes schouders. Luke liet hem los, stond op en deed een stap naar achteren, en keek in stomme verbazing toe toen het ventje zich op de grond liet vallen en wild om zich heen begon te slaan en te schoppen.

Tegenover de poster met de tekst ALWEER ZO'N VERRUKKELIJKE DAG ging een deur open en kwam Kalisha tevoorschijn. Ze droeg een *tie-dye*-shirt en een veel te grote basketbalbroek. Ze kwam naar Luke toe en stond met haar handen op haar zo goed als afwezige heupen op de nieuwkomer neer te kijken. Toen keek ze Luke aan. 'Ik heb wel eens eerder driftbuien gezien, maar deze slaat alles.'

Er ging een andere deur open en daar was Helen Simms, gekleed – min of meer – in wat volgens Luke een babydoll heette. Zij had wel heupen, plus nog wat andere interessante accessoires.

'Stop je ogen terug in hun kassen, Lukey,' zei Kalisha, 'en help me eens een handje. Dat jong gaat zo tekeer in mijn hoofd dat hij me straks nog migraine bezorgt.' Ze knielde, stak haar armen uit naar de kleine wildeman – wiens woorden waren veranderd in onverstaanbaar gejammer – en deinsde achteruit toen een van zijn vuisten haar onderarm raakte. 'Jezus, help eens even mee. Pak zijn handen.'

Luke ging ook op zijn knieën zitten, deed een voorzichtige poging de handen van het nieuwe jongetje te grijpen, deinsde terug, maar besloot toen dat hij niet wilde overkomen als een watje voor de net gearriveerde roze droom. Hij greep het jongetje bij zijn ellebogen en drukte zijn armen tegen de zijkanten van zijn borst. Hij voelde het hart van het jochie zeker drie keer zo snel als normaal bonzen.

Kalisha boog zich over hem heen, nam zijn gezicht tussen haar handen en keek hem in de ogen. Het kind hield op met schreeuwen. Nu klonk alleen nog het geluid van zijn snelle ademhaling. Hij keek met een gefascineerde blik naar Kalisha op en opeens begreep Luke wat ze had bedoeld toen ze zei dat de jongen zo tekeerging in haar hoofd.

'Hij is TP, hè? Net als jij.'

Kalisha knikte. 'Alleen is hij veel sterker dan ik en trouwens ook dan alle andere TP's die ik hier voorbij heb zien komen. Kom, dan brengen we hem naar mijn kamer.'

'Mag ik ook mee?' vroeg Helen.

'Dat moet je zelf weten, meisje,' zei Kalisha. 'Maar ik denk dat Lukey hier het uitzicht wel kan waarderen.'

Helen kreeg een kleur. 'Misschien trek ik eerst even iets anders aan.'

'Doe wat je niet laten kunt,' zei Kalisha. Aan de jongen vroeg ze: 'Hoe heet je?'

'Avery.' Zijn stem klonk hees van het huilen en gillen. 'Avery Dixon.'

'Ik ben Kalisha. Als je wilt mag je me ook Sha noemen.'

'Zolang je haar maar geen kanjer noemt,' zei Luke.

## 5

Kalisha's kamer was meisjesachtiger dan Luke, gezien haar stoere praatjes, had verwacht. Er lag een roze sprei op het bed en er lagen kussens met strikjes en kwikjes. Op het bureau stond een ingelijste foto van Martin Luther King.

Ze zag Luke ernaar kijken en lachte. 'Ze proberen alles hetzelfde te laten lijken als thuis, maar ik denk dat iemand de foto die ik daar op mijn bureau had staan een beetje te ver vond gaan, dus hebben ze die veranderd.'

'Wie hoort er dan eigenlijk in te zitten?'

'Eldridge Cleaver. Wel eens van gehoord?'

'Jazeker. De schrijver van *Soul on Ice*. Dat wil ik graag eens lezen, maar ik ben er nog niet aan toegekomen.'

Ze trok haar wenkbrauwen op. 'Man, echt doodzonde dat jij hier zit.'

Avery, nog wat nasniffend, maakte aanstalten om op haar bed te klimmen, maar zij trok hem zacht maar vastberaden terug.

'O nee, niet met die natte broek.' Ze deed alsof ze hem omlaag wilde trekken en Avery hield meteen zijn handen voor zijn kruis en zette een stap naar achteren.

Kalisha keek Luke aan en haalde haar schouders op. Hij deed hetzelfde en hurkte voor Avery neer. 'In welke kamer zit je?'

Avery schudde alleen maar zijn hoofd.

'Heb je de deur open laten staan?'

Nu knikte het ventje.

'Dan zal ik wat droge kleren voor je halen,' zei Luke. 'Blijf jij maar hier bij Kalisha, oké?'

Geen hoofdbewegingen dit keer. De jongen keek hem alleen maar aan, totaal uitgeput en in de war, maar hij had zijn imitatie van een luchtalarm in elk geval gestaakt.

'Ga maar,' zei Kalisha. 'Ik denk dat ik hem wel kan kalmeren.'

Op dat moment verscheen Helen in de deuropening. Ze had een spijkerbroek aangetrokken en stond een vest dicht te knopen. 'Gaat het al wat beter met hem?'

'Een beetje,' zei Luke. Hij zag een patroon van druppels lopen in de richting waarin hij met Maureen had gelopen om de lakens te verschonen.

'Die twee andere jongens zijn nergens te bekennen,' zei Helen. 'Die slapen zeker heel erg vast.'

'Inderdaad,' zei Kalisha. 'Ga jij maar met Luke mee, groentje. Avery en ik hebben hier even een onderonsje.'

## 6

'Het joch heet Avery Dixon,' zei Luke toen hij en Helen Simms voor de open deur stonden van een kamer net voorbij de ijsmachine, die zachtjes voor zich uit stond te rammelen. 'Hij is tien, maar dat zou je niet zeggen, vind je ook niet?'

Ze keek hem met grote ogen aan. 'Ben jij soms toch TP?'

'Nee.' Hij keek naar de poster van Tommy Zoetzuur en de G.I. Joe's op het bureau. 'Ik ben hier al geweest met Maureen. Dat is een van de huishoudelijke hulpen. Ik heb haar geholpen het bed te verschonen. De rest van de kamer was al helemaal voor hem in gereedheid gebracht.'

Helen trok een gezicht. 'O, ben je er zó een – het lievelingetje van de juf.'

Luke dacht aan Tony die hem in zijn gezicht sloeg en vroeg zich af of Helen straks dezelfde behandeling zou krijgen. 'Nee, maar Maureen is anders dan sommige anderen. Als je aardig bent voor haar, is ze dat ook voor jou.'

'Hoe lang ben jij hier al, Luke?'

'Ik ben hier vlak voor jou gekomen.'

'Hoe weet je dan wie aardig is en wie niet?'

'Het enige wat ik wil zeggen is dat Maureen oké is. Help me eens om wat kleren uit te zoeken.'

Helen griste een lange broek en wat ondergoed uit de ladekast (en vergat daarbij niet meteen even in de andere laden te snuffelen), en even later liepen ze terug naar Kalisha's kamer. Onderweg vroeg Helen aan Luke of hij al een paar van de tests had ondergaan waarover George haar had verteld. Hij zei van niet, maar liet haar wel de chip in zijn oor zien.

'Verzet je niet. Toen ik dat deed ben ik geslagen.'

Ze bleef staan. 'Dat meen je niet!'

Hij draaide zijn hoofd om haar zijn wang te tonen, waarop twee van Tony's vingers vage blauwe plekken hadden achtergelaten.

'Ik laat me door niemand slaan!' zei Helen.

'Dat is een theorie die je beter niet kunt uitproberen.'

Ze zwiepte haar tweekleurige haar op haar rug. 'Ik heb al gaatjes in mijn oren, dus ik maak me niet druk.'

Kalisha zat op haar bed. Avery zat naast haar, met zijn kont op een opgevouwen handdoek. Ze streelde zijn klamme haar. Hij keek dromerig naar haar op, alsof ze prinses Tiana was. Helen gooide Luke de kleren toe. Hij zag dat niet aankomen en liet de onderbroek, eentje met afbeeldingen van Spider-Man in allerlei stoere poses, op de grond vallen.

'Ik hoef dat kind z'n kleine pikkie niet te zien. Ik ga weer naar bed. Misschien word ik dan wel wakker in mijn kamer, mijn échte kamer, en blijkt dit allemaal een droom te zijn geweest.'

'Ik wens je veel succes,' zei Kalisha.

Helen liep weg. Toen Luke Avery's ondergoed opraapte ving hij nog net een glimp op van haar wiegende heupen in de verschoten jeans.

'Lekker, hè?' Kalisha's stem klonk effen.

Luke bracht haar de kleren en voelde dat hij een kleur kreeg. 'Best wel, maar op persoonlijk vlak laat ze wel het een en ander te wensen over.'

Hij dacht dat ze daarom zou moeten lachen – hij vond dat Kalisha leuk lachte – maar ze keek treurig. 'Alle pit wordt hier uit haar geslagen. Nog even en ze krimpt elke keer als ze een vent in een blauw jasje ziet angstig in elkaar. Net als wij allemaal. Avery, je moet deze kleren aantrekken. Lukey en ik draaien ons wel even om.'

Ze voegden de daad bij het woord en keken door Kalisha's openstaande deur naar de poster die beweerde dat het hier zo heerlijk was. Achter hen klonk gesnuf en het geritsel van kleren. Ten slotte zei Avery: 'Ik ben aangekleed. Jullie mogen je weer omdraaien.'

Ze deden het. Kalisha zei: 'Breng je natte pyjama maar naar de badkamer en hang hem over de rand van het bad.'

Hij deed het zonder morren en kwam toen teruggesloft. 'Ik heb het gedaan, Sha.' De razernij was uit zijn stem verdwenen. Hij klonk moe en timide.

'Goed zo. Nu mag je op het bed. Ga maar liggen.'

Kalisha ging bij hem zitten, trok Avery's voeten op haar schoot en klopte naast zich op het bed. Luke ging zitten en vroeg aan Avery of het al wat beter met hem ging.

'Ik denk het.'

'Je wéét het,' zei Kalisha en ze begon het haar van de kleine jongen weer te strelen. Luke had het gevoel – misschien ten onrechte, misschien niet – dat er een heleboel gaande was tussen die twee. Van binnenuit dan.

'Toe maar,' zei Kalisha. 'Vertel hem je mopje als het dan werkelijk moet en ga dan verdomme slapen.'

'Je zei een lelijk woord.'

'Daar heb je wel gelijk in. Vertel hem je mop.'

Avery keek Luke aan. 'Goed dan. Waarom krijgt een oen nooit een hersenschudding?'

Luke zei meteen: 'Ik geef het op.'

'Wat je niet hebt, kun je ook niet schudden. Snap je 'm?'

'Ja hoor. Wat is het toppunt van flauwheid?'

'Een eitje zonder zout?'

'Nee, deze mop. En nu slapen.'

Avery wilde nog iets zeggen – misschien was hem nog een mop te binnen geschoten – maar Kalisha legde hem het zwijgen op. Ze bleef zijn haar strelen. Haar lippen bewogen. Avery's oogleden werden zwaar. Ze vielen langzaam dicht, gingen langzaam weer open en weer dicht en gingen nog langzamer open. Daarna bleven ze dicht.

'Deed jij nou iets?' vroeg Luke.

'Ik zong een slaapliedje voor hem dat mijn moeder altijd voor mij zong.' Haar stem was niet meer dan een fluistering, maar de verwondering en het plezier erin vielen niet te ontkennen. 'Ik kan nooit wijs houden, maar wanneer ik het in gedachten overbreng, lijkt de melodie er niet toe te doen.'

'Hij lijkt me niet al te intelligent,' zei Luke.

Ze bleef hem even aankijken, een blik die hem een vurige blos bezorgde, net als toen ze hem naar Helens benen had zien kijken en daar iets van had gezegd. 'Voor jou lijkt de hele wereld waarschijnlijk niet al te intelligent.'

'Nee, zo ben ik niet,' protesteerde Luke. 'Ik wilde alleen zeggen...'

'Rustig maar, ik snap heus wel wat je wilde zeggen, maar het ontbreekt hem niet echt aan hersens. Als je TP zo sterk is als dat van hem is dat niet zo fijn. Wanneer je niet weet wat mensen denken, moet je heel vroeg beginnen met... eh...'

'Het oppikken van aanwijzingen?'

'Ja, dat bedoel ik. Gewone mensen moeten zien te overleven door het kijken naar gezichten en niet alleen te luisteren naar wat een ander zegt, maar ook naar de toon waarop het wordt gezegd. Het is net zoiets als tanden krijgen, waarmee je op iets taais kunt kauwen. Dit arme ventje lijkt op Stampertje in die Disney-film. Hij heeft wel tanden, maar hij kan er hooguit gras mee kauwen. Snap je een beetje wat ik bedoel?'

Luke zei dat hij het snapte.

Kalisha zuchtte. 'Het Instituut is een slechte plek voor een Stampertje, maar misschien maakt dat niet uit, omdat we uiteindelijk toch allemaal naar Achterkant gaan.'

'Hoeveel TP heeft hij – vergeleken, laten we zeggen, met jou?'

'Ontzettend veel meer. Ze hebben een bepaalde waarde die ze meten – BDNF. Dat heb ik eens op de laptop van dokter Hendricks zien staan en volgens mij is het iets heel belangrijks, misschien wel het belangrijkst van alles. Jij bent hier het Brein, weet jij wat het is?'

Luke wist het niet, maar nam zich voor het uit te zoeken. Als ze hem tenminste zijn computer niet afpakten.

'Wat het ook is, dat van dit jochie moet torenhoog zijn. Ik heb met hem gepraat! Het was echte telepathie!'

'Maar je hebt toch zeker wel meer mensen met TP meegemaakt, ook al komt het minder voor dan TK. Misschien niet in de buitenwereld, maar hier toch zeker wel?'

'Je begrijpt het niet en misschien kan dat ook wel niet. Dat is net zoiets als naar een stereo luisteren met het geluid heel zacht, of horen hoe mensen buiten op de patio met elkaar praten terwijl jij in de keuken bent en de vaatwasser aan staat. Soms is er helemaal niets en valt er niets op te pikken. Maar dit was het echte werk, net als in een sciencefictionfilm. Wanneer ik hier weg ben, moet jij voor hem zorgen, Luke. Hij is een fucking Stampertje, en het is geen wonder dat hij jonger lijkt dan hij is. Hij heeft tot nu toe een luizenleventje gehad.'

Het enige wat Luke hoorde was: *Wanneer ik hier weg ben.* 'Je... Heeft iemand er iets over gezegd dat je naar Achterkant gaat? Maureen misschien?'

'Dat hoeft niemand tegen me te zeggen. Ik heb gisteren niet één van die klotetests gehad. En ook geen prikken. Dat zegt al genoeg. Nick gaat ook. George en Iris blijven misschien nog wel wat langer.'

Ze greep zacht met haar hand in Lukes nek en bezorgde hem daarmee weer zo'n huivering. 'Ik doe nu even alsof ik je zus ben, Luke, je zielsverwant, dus luister goed. Als de manier waarop ze met haar heupen wiegt het enige is wat je aantrekt in dat punkrockgrietje, laat het daar dan bij. Het is niet goed om een te nauwe band te krijgen met mensen hier. Het nekt je wanneer ze weer weggaan en dat gaan ze allemaal. Maar voor dit jochie hier moet je echt zo lang mogelijk zorgen. Wanneer ik eraan denk dat Tony of Zeke of dat rotwijf Winona Avery zou slaan, moet ik al huilen.'

'Ik zal mijn best doen,' zei Luke, 'maar ik hoop dat je nog heel lang blijft. Ik zou je erg missen.'

'Bedankt, maar dat is nou precies wat ik bedoel.'

Ze bleven een tijdje zwijgend naast elkaar zitten. Luke veronderstelde dat hij straks echt moest vertrekken, maar hij wilde nog niet weg. Hij was er nog niet aan toe om weer alleen te zijn.

'Ik denk dat ik Maureen kan helpen.' Hij sprak heel zacht, bijna zonder zijn lippen te bewegen. 'Met die creditcardschulden. Maar dan moet ik haar wel spreken.'

Ze zette grote ogen op en glimlachte toen. 'Echt? Dat zou te gek zijn.' Nu bracht ze haar lippen bij zijn oor, wat hem een nieuwe huivering bezorgde. Hij durfde niet naar zijn armen te kijken, uit angst dat hij kippenvel had gekregen. 'Wacht er niet te lang mee. Over een paar dagen begint haar vrije week.' Nu legde ze haar hand, *o god*, hoog op zijn been, een plek waar Lukes moeder zich tegenwoordig niet eens meer waagde. 'Daarna werkt ze eerst nog drie weken ergens anders. Dan zie je haar misschien af en toe in de gang, of in de koffiekamer, maar meer niet. Ze praat daar niet eens over op plekken waar het veilig is om te praten, dus moet het wel Achterkant zijn.'

Ze haalde haar lippen weg bij zijn oor en trok haar hand van zijn bovenbeen. Luke hoopte hartgrondig dat ze nog meer geheimen te vertellen had.

'Ga nu maar naar je kamer,' zei ze en de kleine twinkeling in haar ogen deed hem vermoeden dat ze zich niet geheel onbewust was van het effect dat ze op hem had gehad. 'En probeer nog een beetje te slapen.'

## 7

Hij ontwaakte uit een diepe, droomloze slaap omdat er hard op zijn deur werd geklopt. Hij schoot overeind en keek verwilderd om zich heen, zich afvragend of hij zich had verslapen op een schooldag.

De deur ging open en een lachend gezicht keek naar binnen. Het was Gladys, de vrouw die hem had meegenomen om te worden gechipt. De vrouw die hem had verteld dat hij hier was om te dienen. 'Kiekeboe!' zei ze met een hoog stemmetje. 'Wakker worden! Je hebt het ontbijt gemist, maar ik heb jus d'orange voor je meegenomen. Dat kun je onderweg opdrinken. Het is versgeperst!'

Luke zag dat het groene lampje op zijn nieuwe laptop brandde. Het scherm was donker, maar als Gladys binnenkwam en een van de toetsen indrukte om te controleren waar hij naar had zitten kijken (hij zag haar er wel voor aan), zou ze H.G. Wells' onzichtbare man zien met zijn ingezwachtelde hoofd en zijn donkere bril. Ze zou niet weten wat het betekende en misschien denken dat het een sciencefiction- of mysterysite was, maar ze moest vast verslagen schrijven. En die gingen dan waarschijnlijk naar iemand met een hogere functie. Iemand die werd betaald om nieuwsgierig te zijn.

'Kun je me even de tijd geven om een broek aan te trekken?'

'Een halve minuut. Laat dit sapje niet warm worden.' Ze schonk hem een olijke glimlach en trok de deur achter zich dicht.

Luke sprong uit bed, trok zijn jeans aan, pakte een T-shirt en wekte de laptop om te kijken hoe laat het was. Tot zijn verbazing zag hij dat het negen uur was. Zo lang sliep hij nóóit. Even vroeg hij zich af of ze misschien iets in zijn eten hadden gedaan, maar als dat zo was, was hij niet midden in de nacht wakker geworden.

Het is de shock, dacht hij. Ik ben nog steeds bezig deze hele toestand te verwerken – het tot me door te laten dringen.

Hij schakelde de computer uit, hoewel hij ook wel wist dat elke poging om Mr. Griffin te verbergen helemaal niets betekende als ze zijn zoekopdrachten bijhielden. En als ze meekeken op zijn computer, wisten ze inmiddels al dat hij een manier had gevonden om toegang te krijgen tot *The New York Times*. Maar als je op die manier begon te denken, had natuurlijk niets meer zin. Dat was waarschijnlijk precies hoe de handlangers van Sigsby graag wilden dat hij dacht – hij en alle andere kinderen die hier gevangen werden gehouden.

Als ze het wisten, hadden ze de computer al weggehaald, zei hij tegen zichzelf. En als ze mee hadden gekeken, zouden ze toch weten dat de verkeerde naam op het welkomstscherm staat?

Dat leek logisch, maar misschien hielden ze hem alleen maar aan het lijntje. Dat was paranoïde, maar de hele situatie was paranoïde.

Toen Gladys de deur weer opendeed, zat hij op het bed zijn sneakers aan te trekken. 'Goed gedaan!' riep ze uit, alsof Luke een kind van drie was dat er zojuist voor het allereerst in was geslaagd zichzelf aan te kleden. Luke begon een steeds grotere hekel aan haar te krijgen, maar toen ze hem het glas sap gaf, klokte hij het achter elkaar naar binnen.

## 8

Toen ze ditmaal met haar pasje zwaaide, verzocht ze de lift hen naar niveau C te brengen. 'Goh, wat een mooie dag!' riep ze uit toen de lift begon af te dalen. Dit leek haar standaardopening te zijn voor een gesprek.

Luke keek naar haar handen. 'Ik zie dat je een trouwring draagt. Heb je kinderen, Gladys?'

Haar lach werd behoedzaam. 'Dat is iets wat alleen mij aangaat.'

'Ik vroeg me alleen af hoe jij het zou vinden als ze jouw kinderen zouden opsluiten in iets als dit hier.'

'C,' zei de zachte vrouwenstem. 'Dit is C.'

Gladys glimlachte niet langer toen ze hem naar buiten begeleidde, waarbij ze zijn arm net iets steviger omklemde dan absoluut noodzakelijk.

'En ik vroeg me af hoe je met jezelf kunt leven. Maar dat is zeker wel een erg persoonlijke vraag?'

'Genoeg, Luke. Ik heb sap voor je meegebracht. Dat had ik niet hoeven doen.'

'En wat zou je tegen je kinderen zeggen, als iemand erachter kwam wat hier gaande is? Als het, zeg maar, op het nieuws zou komen. Hoe zou je dat dan uitleggen?'

Ze versnelde haar tred, sleepte hem bijna achter zich aan, maar hij zag geen woede op haar gezicht. Als dat zo was geweest, had hij in elk geval de dubieuze genoegdoening gekregen dat hij tot haar was doorgedrongen. Maar nee. Hij zag geen enkele uitdrukking. Het was een poppengezicht.

Voor C17 bleven ze staan. Binnen stonden de kasten vol met medische en computerapparatuur. Er stond een zachte stoel, een soort bioscoopstoel, en daarachter, boven op een stalen voetstuk, stond iets wat eruitzag als een projector. Er zaten in elk geval geen riemen aan de armleuningen van de stoel.

Ze werden opgewacht door een laborant – ZEKE, volgens het naamplaatje op zijn blauwe jasje. Luke kende de naam. Maureen had gezegd dat hij een van de gemeneriken was.

'Hoi, Luke,' zei Zeke. 'Voel je je een beetje kalm?'

Luke wist niet goed wat hij hierop moest antwoorden en haalde zijn schouders op.

'Niet van plan om moeilijk te gaan doen? Dat bedoelde ik eigenlijk, kanjer.'

'Nee. Ik ga niet moeilijk doen.'

'Fijn om te horen.'

Zeke maakte een flesje met daarin een blauwe vloeistof open. Even kreeg Luke de scherpe lucht van alcohol in zijn neus. Vervolgens haalde Zeke een thermometer tevoorschijn van zeker dertig centimeter lang. Hij zou toch niet...

'Broek omlaag en buig je over die stoel, Luke. Met je onderarmen op de zitting.'

'Toch niet met...'

*Toch niet met Gladys erbij*, wilde hij zeggen, maar de deur van C17 was al dicht. Gladys was weg. Misschien uit respect voor mijn eerbaarheid, dacht Luke, maar waarschijnlijk omdat ze genoeg had van mijn gezeik. Wat hem wel zou hebben opgevrolijkt, ware het niet dat hij nog steeds die glazen staaf zag die, dat kon haast niet anders, op het punt stond tot nu toe onverkende dieptes van zijn anatomie te gaan verkennen. Het ding zag eruit als een soort thermometer die een dierenarts gebruikte om de temperatuur van een paard op te nemen.

'Niet met wat?' Zeke zwaaide de thermometer heen en weer als een majorettestokje. 'Niet met dit ding? Sorry, kanjer, het zal wel moeten. Orders van hogerhand, snap je.'

'Is een koortspleister niet veel gemakkelijker?' zei Luke. 'Die koop je bij de apotheek, volgens mij voor nog geen anderhalve dollar. Nog minder zelfs met je voordeelpa...'

'Bewaar je bijdehante opmerkingen maar voor je vrienden. Broek omlaag en buig je over die stoel, anders doe ik het voor je. En dat ga je niet leuk vinden.'

Luke liep langzaam naar de stoel, knoopte zijn broek open, liet hem zakken en boog voorover.

'Ja hoor, dáár hebben we die vollemaan!' Zeke stond voor hem. Hij had de thermometer in zijn ene hand en een pot vaseline in de andere. Hij doopte de thermometer in de pot en haalde hem er weer uit. Er bungelde een klodder gel aan de punt. Luke vond het net de clou van een gore mop. 'Zie je? Glijmiddel genoeg, dus je voelt er niks van. Ontspan je billen en denk er maar aan dat zolang je niet *allebei* mijn handen kunt voelen, de maagdelijkheid van je achterste intact blijft.'

Hij kwam achter Luke staan, die voorovergebogen stond, met zijn onderarmen op de zitting van de stoel en zijn kont naar achteren. Hij kon zijn zweet ruiken, sterk en zurig. Hij probeerde eraan te denken dat hij niet het eerste kind was dat deze behandeling onderging in het Instituut. Het hielp een beetje... maar eigenlijk niet zo heel erg veel. De kamer stond vol met uiterst geavanceerde apparatuur en deze man ging zijn temperatuur opnemen op de meest ouderwetse manier die je je kon voorstellen. Waarom?

Om me te breken, dacht Luke. Om me goed te laten begrijpen dat ik een proefkonijn ben, en met proefkonijnen kun je alles doen wat je wilt om aan je gegevens te komen. En misschien hebben ze niet eens belang bij dit stukje informatie. Misschien is het gewoon een manier om te zeggen: *Als we dit in je reet kunnen steken, wat kunnen we er dan nog meer in steken?* Antwoord: *Alles wat we willen.*

'De spanning is om te snijden, hè?' zei Zeke achter hem en de gore klootzak stond er bijna bij te lachen.

## 9

Na de vernedering van de thermometer, die erg lang duurde, nam Zeke zijn bloeddruk op, zette een zuurstofmeter op zijn vinger en noteerde zijn lengte en gewicht. Hij keek in Lukes keel en neus. Neuriënd noteerde hij alle resultaten. Inmiddels was Gladys weer binnengekomen. Ze dronk koffie uit een beker met madeliefjes erop en lachte haar nepglimlach.

'Tijd voor een prik, Lukey-boy,' zei Zeke. 'Je toch gaat niet moeilijk doen?'

Luke schudde zijn hoofd. Het enige wat hij nu wilde was teruggaan naar zijn kamer en de vaseline uit zijn bilspleet vegen. Hij had niets om zich voor te schamen, maar toch voelde hij zich beschaamd. Vernederd.

Zeke gaf hem een injectie. Deze keer werd het niet warm. Deze keer deed het alleen een beetje pijn, maar die was snel weer over.

Zeke keek op zijn horloge en zijn lippen bewogen terwijl hij de seconden aftelde. Luke deed hetzelfde, alleen zonder zijn lippen te bewegen. Hij was bij dertig toen Zeke zijn arm liet zakken. 'Misselijk?'

Luke schudde zijn hoofd.

'Metaalsmaak in je mond?'

Het enige wat Luke proefde was de nasmaak van de jus d'orange. 'Nee.'

'Oké, prima. Kijk nu eens naar de muur. Zie je stippen? Of misschien lijken ze groter, als een soort cirkels.'

Luke schudde zijn hoofd.

'Je zegt toch wel de waarheid, kanjer, ja toch?'

'Ja. Geen stippen. Geen cirkels.'

Zeke keek een paar tellen in zijn ogen (Luke wilde hem eigenlijk vragen of hij daar stippen in zag, maar hield zich in). Toen richtte hij zich op, veegde omstandig zijn handpalmen af en richtte zich tot Gladys. 'Ga je gang, neem hem maar mee. Dokter Evans wil hem vanmiddag zien voor het ooggebeuren.' Hij wees naar het ding dat op een projector leek. 'Om vier uur.'

Luke overwoog te vragen wat het ooggebeuren was, maar eigenlijk kon het hem niet schelen. Hij had honger, daar leek geen verandering in te komen, wat ze ook met hem deden (tot nu toe tenminste), maar wat hij nog liever wilde dan eten was zich wassen. Hij voelde zich – het was een ouderwets woord, maar het omschreef precies hoe het voelde – bezoedeld.

'Nou, dat viel toch best mee, of niet soms?' vroeg Gladys in de lift naar boven. 'Het gaat eigenlijk nergens over.' Luke wilde haar vragen of ze dat ook had gevonden als het haar kont was geweest. Misschien dat Nicky het zou hebben gezegd, maar hij was Nicky niet.

Ze keek hem aan met de nepglimlach, waaraan hij een steeds grotere hekel begon te krijgen. 'Je leert je al goed te gedragen en dat is fantastisch. Hier heb je een muntje. Wat zeg ik, neem er maar twee. Ik ben vandaag in een gulle bui.'

Hij nam ze aan.

Later, toen hij met gebogen hoofd onder de douche stond en het water door zijn haar liet stromen, huilde hij nog even. Hij had minstens één ding gemeen met Helen; hij wenste dat dit alles een droom was. Hij zou er alles voor over hebben gehad, misschien zelfs zijn ziel, als hij wakker kon worden in een bundel zonneschijn die als een extra sprei over zijn bed viel en kon genieten van de geur van gebakken spek die van beneden kwam. Uiteindelijk waren zijn tranen op en begon hij iets anders te voelen dan verdriet en verlies – iets harders. Een soort massieve ondergrond, die hij nooit eerder had gevoeld. Het was een opluchting te weten dat die er was.

Dit was geen droom, het gebeurde echt en het leek niet langer genoeg om hier weg te komen. Dat harde gevoel wilde meer. Het wilde het hele zooitje kidnappers en kinderfolteraars ontmaskeren, van mevrouw Sigsby tot aan Gladys met haar plastic lachjes en Zeke met zijn glibberige rectale thermometer. Hij wilde het Instituut boven hun hoofden laten instorten, zoals Simson de tempel van Dagon had laten instorten op de Filistijnen. Hij wist best dat dit niets anders was dan de wraakzuchtige, machteloze fantasie van een twaalfjarig kind, maar toch wilde hij het en als er een manier bestond om het voor elkaar te krijgen, zou hij het doen ook.

Zoals zijn vader vaak zei, het was goed om doelen te hebben. Die konden je door moeilijke tijden heen helpen.

## 10

Tegen de tijd dat hij bij de cafetaria was, was er niemand, alleen een conciërge (FRED, stond er op zijn naamplaatje), die de vloer liep te dweilen. Het was nog te vroeg voor de lunch, maar er stond wel een schaal met fruit – sinaasappels, appels, druiven en een paar bananen – op een tafel. Luke pakte een appel, liep naar de snackautomaten en gebruikte een van zijn muntjes om een zak popcorn te kopen. Een superontbijt, dacht hij. Mam zou een beroerte krijgen.

Hij nam alles mee naar de ontspanningsruimte en keek door het raam naar de speelplaats. Daar zaten George en Iris aan een van de picknicktafels een potje te dammen. Avery maakte vrij voorzichtige sprongen op de trampoline. Nicky en Helen waren nergens te bekennen.

'Dat is wel de ranzigste combinatie die ik ooit heb gezien,' zei Kalisha.

Hij schrok op en er viel wat popcorn uit het zakje op de grond. 'Jezus, ik schrik me rot.'

'Sorry.' Ze hurkte, raapte een paar van de stukjes popcorn van de grond en mikte ze in haar mond.

'Van de grond?' vroeg Luke. 'Zoiets dóé je toch niet?'

'Vijfsecondenregel.'

'Volgens de National Health Service – dat is in Engeland – is de vijfsecondenregel een mythe. Volstrekte bullshit.'

'Wil het feit dat je een genie bent zeggen dat je je tot doel hebt gesteld iedereen alle illusies te ontnemen?'

'Nee, ik zeg alleen...'

Ze lachte en stond op. 'Ik plaag je maar wat, Luke. Het Waterpokkengrietje plaagt je een beetje. Alles oké?'

'Ja.'

'Heb je de rectale behandeling gekregen?'

'Ja, maar laten we het daar niet over hebben.'

'Begrepen. Zullen we een potje *cribbage* spelen tot we gaan lunchen? Als je de spelregels niet kent, kan ik ze je wel leren.'

'Ik weet wel hoe je het speelt, maar ik heb er geen zin in. Ik denk dat ik nog even naar mijn kamer ga.'

'Je situatie overdenken?'

'Zoiets. Tot straks bij de lunch.'

'Wanneer de bel gaat,' zei ze. 'Afgesproken. Kop op, kleine held, en geef me de vijf.'

Ze hield haar hand omhoog en Luke zag iets tussen haar duim en wijsvinger uitsteken. Hij drukte zijn witte handpalm tegen haar bruine en het opgevouwen papiertje ging van haar hand over in de zijne.

'Ik zie je straks.' Ze liep naar de speelplaats.

Terug in zijn kamer ging Luke op zijn bed liggen, draaide zich met zijn gezicht naar de muur en vouwde het vierkante stukje papier open. Kalisha's handschrift was heel klein en netjes.

*Ga z.s.m. met Maureen praten bij de ijsmachine naast Avery's kamer. Spoel dit door.*

Hij verfrommelde het papiertje, ging naar de badkamer en liet terwijl hij zijn broek liet zakken het briefje in de wc-pot vallen. Het voelde belachelijk om dit te doen, als een kind dat spionnetje speelde; tegelijkertijd voelde het totaal niet belachelijk. Hij had dolgraag willen geloven dat er in *la maison du chier* niemand meekeek, maar eigenlijk geloofde hij het niet.

De ijsmachine. Waar Maureen gisteren met hem had gepraat. Dat was wel interessant. Volgens Kalisha waren er in Voorkant verschillende plekken waar de audiobewaking slecht of helemaal niet werkte, maar Maureen leek een voorkeur te hebben voor die ene plek. Misschien omdat daar geen camerabewaking was. Misschien omdat ze zich daar het veiligst voelde, mogelijk omdat de ijsmachine zo veel herrie maakte. En misschien had hij te weinig informatie om te kunnen oordelen.

Voordat hij naar Maureen ging wilde hij nog even de *Star Tribune* inkijken en hij ging voor zijn computer zitten. Hij was zelfs al bij Mr. Griffin, maar daar stopte hij. Wilde hij het écht weten? Wilde hij erachter komen dat deze rotzakken, deze monsters, hadden gelogen en dat zijn ouders dood waren? Om dat nu in de *Trib* te gaan opzoeken was net zoiets als iemand die al zijn spaargeld op één enkele draai van het roulettewiel zette.

Niet nu, besloot hij. Misschien wanneer hij de vernedering van de thermometer wat verder achter zich had gelaten, maar nu niet. Als dat betekende dat hij een lafbek was, dan was dat maar zo. Hij zette de computer uit en liep naar de andere vleugel. Maureen was niet in de buurt van de ijsmachine, maar haar waskarretje stond halverwege wat Luke inmiddels beschouwde als Avery's gang en hij hoorde haar iets zingen over regendruppels, heel veel regendruppels. Hij ging op het geluid van haar stem af en trof haar aan terwijl ze een bed stond te verschonen in een kamer die vol hing met posters van worstelaars, brede spierbundels in spandexbroekjes. Ze zagen er stuk voor stuk uit alsof ze voor hun lol op spijkers kauwden.

'Ha, Maureen, hoe is 't?'

'Prima,' zei ze. 'Beetje last van mijn rug, maar daar heb ik mijn pijnstillers voor.'

'Kan ik je ergens mee helpen?'

'Dank je, maar dit is de laatste kamer en ik ben bijna klaar. Twee meisjes, één jongen. Worden binnenkort verwacht. Dit is de kamer van de jongen.' Ze wees lachend naar de posters. 'Alsof je dat niet kunt zien.'

'Ik wilde eigenlijk wat ijs halen, maar er staat geen ijsemmer in mijn kamer.'

'Er staat een hele stapel in een hoekje naast de vuilnisbak.' Ze richtte zich op, drukte haar handen tegen haar onderrug en vertrok haar gezicht. Luke hoorde haar ruggengraat kraken. 'Oeh, dat is beter. Ik zal het je laten zien.'

'Alleen als je tijd hebt, hoor.'

'Het is een kleine moeite. Kom maar mee. Je mag mijn kar duwen, als je wilt.'

Terwijl ze door de gang liepen dacht Luke aan zijn onderzoek naar Maureens probleem. Eén vreselijke statistiek was wel heel opvallend: Amerikanen stonden voor meer dan twaalf biljoen dollar in de schuld. Geld dat was uitgegeven zonder dat het eerst was verdiend. Een tegenstelling waar alleen een accountant blij mee kon zijn. Hoewel een groot deel van die schuld te maken had met hypotheken op huizen en bedrijven, was een aanzienlijk deel te herleiden naar die kleine plastic rechthoekjes die iedereen in zijn portemonnee en portefeuille had zitten: de oxycodon van de Amerikaanse consument.

Maureen opende een klein kastje rechts van de ijsmachine. 'Wil je er zelf een pakken, zodat ik niet hoef te bukken? Een of ander onnadenkend type heeft verdorie alle emmers helemaal naar achteren geschoven.'

Luke reikte in het kastje. Terwijl hij dit deed, zei hij op zachte toon: 'Kalisha heeft me verteld over je probleem met die creditcards. Ik denk dat ik daar een oplossing voor weet, maar veel hangt af van je verklaring van woonplaats.'

'Mijn verklaring van...'

'In welke staat woon je?'

'Ik...' Ze wierp een snelle, heimelijke blik om zich heen. 'Wij mogen geen persoonlijke informatie geven aan de bewoners. Als iemand erachter zou komen, ben ik mijn baan kwijt. Meer dan mijn baan. Kan ik je vertrouwen, Luke?'

'Ik zeg niks.'

'Ik woon in Vermont. Burlington. Daar ga ik naartoe wanneer ik mijn vrije week heb.' Door hem dit te vertellen leek er iets in haar los te komen en hoewel ze zacht bleef praten, stroomden de woorden er nu uit. 'Het eerste wat ik doe wanneer ik klaar ben met werken is een hele serie telefoontjes van schuldeisers van mijn mobieltje wissen. En wanneer ik thuis ben, doe ik hetzelfde met de berichtjes op het antwoordapparaat op dat toestel. Je weet wel, de vaste telefoon. Wanneer het antwoordapparaat vol is laten ze brieven – waarschuwingen, dreigementen – achter in de brievenbus. Of ze schuiven ze onder de deur door. Mijn auto, die mag de deurwaarder wat mij betreft komen halen, dat is een aftands wrak, maar nu hebben ze het al over mijn huis! Het is afbetaald, en bepaald niet dankzij hem. Ik heb de hypotheek afbetaald met mijn welkomstbonus toen ik hier kwam werken. Dat is de reden waarom ik hier kwam werken, maar ze gaan er toch beslag op leggen en dan is het eigen vermogen ook weg.'

Op haar bleke wangen was een blos verschenen. Luke had geen idee of het van schaamte was of van woede. 'En wanneer ze het huis eenmaal hebben, willen ze natuurlijk ook het geld hebben dat ik opzij heb gezet en dat is niet voor mij! Het is niet voor mij, maar ze nemen het toch af. Dat zeggen ze.'

'Heeft hij zo veel schulden gemaakt?' Luke wist niet wat hij hoorde. Die vent moest een enorm gat in zijn hand hebben gehad.

'Já!'

'Ssst.' Hij hield het plastic emmertje in zijn ene hand en opende met de andere hand de ijsmachine. 'Vermont is prima. Dat is een staat die geen gemeenschap van goederen kent.'

'Wat wil dat zeggen?'

Iets waarvan ze liever niet hebben dat jij het weet, dacht Luke. Er is zo veel waarvan ze niet willen dat je het weet. Als ze je eenmaal beethebben, laten ze je niet meer los. Hij pakte de plastic schep aan de binnenkant van de deur van de ijsmachine en deed alsof hij er brokken ijs mee afbrak. 'De creditcards die hij gebruikte, stonden die op zijn naam of op de jouwe?'

'Op zijn naam natuurlijk, maar ze komen toch naar mij, omdat we officieel nog steeds getrouwd zijn en de rekeningnummers hetzelfde zijn!'

Luke begon de plastic ijsemmer vol te scheppen... heel langzaam. 'Ze zeggen dat ze dat kunnen en dat klinkt heel plausibel, maar het kan helemaal niet. Wettelijk kan het niet. In Vermont niet en in de meeste andere staten ook niet. Als hij zíjn creditcards gebruikte en zíjn handtekening staat op de bonnen, dan is het zíjn schuld.'

'Ze zeggen dat het onze gezamenlijke schuld is!'

'Ze liegen,' zei Luke grimmig. 'En die telefoontjes waarover je het had – krijg je die wel eens na acht uur 's avonds?'

Haar stem werd een felle fluistering. 'Wat dacht je? Ze bellen wel eens om middernacht! "Betaal nu of de bank neemt je volgende week je huis af! Dan zitten er opeens andere sloten op je deur en staan al je meubels in de voortuin!"'

Luke had over zulke dingen gelezen en nog wel ergere ook. Schuldeisers die dreigden bejaarde ouders uit hun verzorgingstehuizen te zetten. Die dreigden schulden te verhalen op jong volwassen kinderen die nog niet eens een vast inkomen hadden. Alles om hun percentage van de poen te krijgen. 'Het is goed dat je niet veel thuis bent en dat de meeste van die telefoontjes naar je voicemail gaan. Mag je hier je mobieltje niet gebruiken?'

'Nee! God, nee! Dat ligt achter slot en grendel in mijn auto, in... nou ja, niet hier dus. Ik heb een keer mijn nummer veranderd, maar ze hadden het nieuwe nummer zo te pakken. Hoe kan dat?'

Makkelijk zat, dacht Luke. 'Je moet die gesprekken niet wissen. Bewaar ze liever. Het tijdstip waarop is gebeld wordt geregistreerd en het is incassobureaus verboden om hun cliënten – want zo noemen ze mensen zoals jij, cliënten – na acht uur 's avonds te bellen.'

Hij gooide de emmer leeg en begon hem nog een keer te vullen, nog langzamer. Maureen stond met een blik vol verbazing en ontluikende hoop naar hem te kijken, maar Luke had het niet eens in de gaten. Hij zat helemaal in het probleem en volgde de lijnen terug naar het centrale punt waar ze konden worden doorgeknipt.

'Je hebt een advocaat nodig. Ga vooral niet naar zo'n kantoor dat veel reclame maakt voor zichzelf en waar ze alleen maar snel geld willen verdienen, die plukken je helemaal kaal en laten je vervolgens in je sop gaarkoken. Daar krijg je je kredietwaardigheid nooit mee terug. Je moet een betrouwbare advocaat uit Vermont hebben die zich heeft gespecialiseerd in schuldverlichting, alles weet van de Fair Debt Collection Practices Act en een pesthekel heeft aan die uitbuiters. Ik ga het voor je uitzoeken en dan krijg je een naam van me.'

'Kan jij dat?'

'Ik denk het wel.' Als ze hem zijn computer tenminste niet afpakten.

'De advocaat moet uitzoeken wat de belangrijkste incassobureaus zijn die achter het geld aan zitten. Die je bang maken en je midden in de nacht opbellen. Banken en creditcardmaatschappijen vertellen niet graag de namen van de tussenpersonen die ze gebruiken, maar zolang de Fair Debt Act, de wet die ervoor moet zorgen dat incassopraktijken op een eerlijke manier worden uitgevoerd, niet wordt herroepen – en er zijn in Washington machtige mensen die dat proberen – kan een goede advocaat ze daartoe dwingen. De mensen die jou bellen gaan voortdurend buiten hun boekje. Het is gewoon tuig van de richel.'

Net als het tuig dat hier werkt, dacht Luke.

'Tuig van de…'

'Laat maar.' Dit duurde veel te lang. 'Een goede schuldverlichtingsadvocaat stapt met de opnames op jouw antwoordapparaat naar de banken en vertelt ze dat ze twee dingen kunnen doen: de schulden kwijtschelden of de zaak voor de rechter laten komen en worden aangeklaagd wegens onwettige praktijken. Banken gaan niet graag naar de rechter, waar mensen erachter kunnen komen dat ze figuren inhuren die nog net niet bereid zijn iemands benen te breken, zoals in een Scorsese-film.'

'Dus jij denkt dat ik niet hoef te betalen?' Het leek Maureen te duizelen.

Hij keek haar recht in haar vermoeide, veel te bleke gezicht. 'Heb jíj iets verkeerd gedaan?'

Ze schudde haar hoofd. 'Maar het is zo véél. Hij heeft zijn eigen huis in Albany ingericht, heeft stereo-installaties en computers en flatscreens gekocht, hij heeft een vriendinnetje voor wie hij van alles koopt, hij gaat graag naar casino's en zo gaat het nu al jaren. En ik, stom en naïef als ik ben, kreeg het pas door toen het te laat was.'

'Het is niet te laat, dat probeer ik je nou juist…'

'Hoi, Luke.'

Luke schrok, keek om en zag Avery Dixon staan. 'Hoi, hoe vond je de trampoline?'

'Leuk. Maar daarna saai. Raad eens? Ik heb een prik gehad en ik heb niet eens gehuild.'

'Goed van je.'

'Zullen we tot de lunch tv gaan kijken in de ontspanningsruimte? Ze hebben Nickelodeon,' zei Iris. '*SpongeBob* en *Rusty Rivets* en *Huize Herrie*.'

'Nu niet,' zei Luke, 'maar ga vooral lekker kijken.'

Avery bleef nog even naar hen staan kijken en liep toen verder de gang in.

Toen hij weg was, wendde Luke zich weer tot Maureen. 'Het is niet te laat, dat probeer ik je nou juist duidelijk te maken. Maar je moet snel handelen. Kom morgen weer hiernaartoe, dan heb ik een naam voor je. Iemand die goed is. Die vaker met dit bijltje heeft gehakt. Ik beloof het je.'

'Dit... m'n jongen, dit is te mooi om waar te zijn.'

Hij vond het fijn als ze hem 'm'n jongen' noemde. Het bezorgde hem een warm gevoel. Raar misschien, maar toch was het zo.

'Maar dat is het niet. Wat zij jou proberen aan te doen is te erg om waar te zijn. En nu moet ik echt weg. Het is bijna tijd voor de lunch.'

'Ik zal dit niet vergeten.' Ze gaf een zacht kneepje in zijn hand. 'Als je kunt...'

Aan het eind van de gang gingen de deuren open. Opeens was Luke ervan overtuigd dat een paar van de verzorgers, een paar van die gemene – Tony en Zeke misschien – hem kwamen halen. Ze zouden hem ergens naartoe brengen om hem te ondervragen over waar hij en Maureen het over hadden gehad en als hij dat niet meteen wilde vertellen, zouden ze net zo lang 'verbeterde verhoortechnieken' op hem toepassen tot hij alles eruit zou gooien. Hij zou goed in de problemen zitten, maar Maureen misschien nog wel erger.

'Rustig maar, Luke,' zei ze. 'Het zijn alleen de nieuwe bewoners maar.'

Drie in het roze geklede verzorgers kwamen door de deuren naar binnen. Ze trokken een rijtje brancards achter zich aan. Op de twee eerste lagen slapende meisjes, allebei blond. Op de derde lag een beer van een roodharige jongen. Dat moest de worstelfan zijn. Ze waren alle drie diep in slaap. Toen ze dichterbij waren, zei Luke: 'Allemachtig, volgens mij zijn die meisjes een tweeling! Ze lijken sprekend op elkaar.'

'Dat klopt. Ze heten Gerda en Greta. En ga nu maar gauw iets eten, dan ga ik de mannen helpen de nieuwelingen te installeren.'

## 11

Avery zat in een van de makkelijke stoelen. Zijn benen bungelden boven de grond en hij at een worstje terwijl hij zat te kijken wat er allemaal gebeurde in het plaatsje Bikinibroek. 'Ik heb twee muntjes gekregen omdat ik niet hoefde te huilen toen ik mijn prik kreeg.'

'Fijn zo.'

'Jij mag de andere wel hebben, als je wilt.'

'Nee, dank je. Bewaar het maar voor later.'

'Oké. *SpongeBob* is leuk, maar ik wou toch dat ik naar huis kon.' Avery jammerde of snikte niet, maar er druppelden toch tranen uit zijn ooghoeken.

'Ja, ik ook. Schuif eens op.'

Avery schoof op en Luke ging naast hem zitten. Het was krap, maar dat gaf niet. Luke sloeg een arm om Avery's schouders en trok hem even tegen zich aan. Avery reageerde door zijn hoofd op Lukes schouder te leggen. Het gebaar raakte hem op een manier die hij niet goed kon verklaren en hij voelde zich opeens zelf ook een beetje huilerig.

'Raad eens, Maureen heeft een kind,' zei Avery.

'O ja? Zou je denken?'

'Zeker weten. Eerst was hij klein, maar nu is hij al groot. Nog groter dan Nicky.'

'Uh-huh, oké.'

'Het is een geheim.' Avery bleef strak naar het scherm kijken, waar Patrick ruziemaakte met Meneer Krabs. 'Ze spaart geld voor hem.'

'Echt waar? En hoe weet jij dat?'

Avery keek hem aan. 'Dat weet ik gewoon. Zoals ik ook weet dat jouw beste vriend Rolf heet en dat jullie op Wildersmooch Drive woonden.'

Luke keek hem met open mond aan. 'Jezus, Avery.'

'Wat ben ik goed, hè?'

En ook al biggelden er nog steeds tranen over Avery's wangen, toch grinnikte hij.

## 12

Na de lunch stelde George een potje badminton voor, met drie tegen drie: hij, Nicky en Helen tegen Luke, Kalisha en Iris. George zei dat Lukes team bij wijze van bonus zelfs Avery erbij mocht nemen.

'Dat is geen bonus, maar een blok aan ons been,' zei Helen en ze wuifde een wolk muggen weg die haar omringde.

'Wat bedoel je daarmee?' vroeg Avery.

'Als je dat wilt weten, moet je mijn gedachten maar lezen. En trouwens, badminton is voor watjes die niet kunnen tennissen.'

'Wat ben jíj vrolijk vandaag,' zei Kalisha.

Helen, op weg naar de picknicktafels en de materiaalkast, stak zonder achterom te kijken haar middelvinger op boven haar schouder. En liet hem ook nog een paar keer op en neer gaan. Iris zei dat Nicky en George wel tegen Luke en Kalisha konden spelen; dan zou zij, Iris, scheidsrechter zijn. Avery bood aan haar te helpen. Toen iedereen het hiermee eens was, begon het spel. De stand was 10-10 toen de deur naar de ontspanningsruimte openknalde en de nieuwe jongen naar buiten kwam. Hij slaagde er net niet helemaal in om in een rechte lijn te lopen. Hij maakte een wat versufte indruk door het verdovende middel dat nog in zijn systeem zat. Hij maakte ook een pissige indruk. Luke schatte hem op één meter tachtig en misschien een jaar of zestien. Hij zeulde van voren een aanzienlijke buik mee – een eetpens die wanneer hij volwassen was heel goed kon uitgroeien tot een bierbuik – maar zijn zonverbrande armen waren gespierd en hij had een stel nek- en schouderspieren om u tegen te zeggen, misschien omdat hij met gewichten trainde. Zijn wangen zaten vol sproeten en acne. Zijn ogen zagen er rood en geïrriteerd uit. Zijn rode haar stond in warrige slaapplukken rechtovereind. Ze bleven allemaal even staan om naar hem te kijken.

Fluisterend zonder haar lippen te bewegen, als een gedetineerde op de luchtplaats van een gevangenis, zei Kalisha: 'Daar hebben we de Hulk.'

Bij de trampoline bleef de nieuwe jongen staan om de anderen op te nemen. Hij sprak langzaam, in korte uitbarstingen, alsof hij dacht dat degenen die hij toesprak inboorlingen waren die nauwelijks Engels spraken. Hij had een zuidelijk accent. 'Wat... is dit... verdomme?'

Avery draafde naar hem toe. 'Dit is het Instituut. Hoi, ik ben Avery. Hoe heet j...'

De nieuwe jongen zette de muis van zijn hand tegen Avery's kin en duwde. Hij deed het niet eens hard, bijna zonder erbij na te denken, maar Avery viel languit op een van de kussens die om de trampoline heen lagen en keek vanuit die positie met een uitdrukking van verschrikte verbazing naar de nieuwe jongen op. Deze had geen oog voor hem, of voor de badmintonners, of voor Iris, of voor Helen, die net een spel kaarten had geschud voor een potje patiencen. Hij leek tegen zichzelf te praten.

'Wat… is dit… verdomme?' Hij sloeg geïrriteerd naar de muggen. Net als Luke bij zijn eerste bezoekje aan het speelterrein had de nieuwe zich niet ingesmeerd met muggenspul. De muggen zwermden niet gewoon om hem heen, ze landden op hem en proefden zijn zweet.

'Hé man,' zei Nicky. 'Je had Avery niet omver moeten gooien. Hij wilde alleen maar aardig zijn.'

Eindelijk leek de nieuwe ergens aandacht voor te hebben. Hij richtte zich tot Nick. 'Wie… ben jij… verdomme?'

'Nick Wilholm. Help Avery eens overeind.'

'Wát?'

Nick bleef geduldig. 'Jij hebt hem omvergegooid, dus nu moet je hem ook weer overeind helpen.'

'Ik doe het wel,' zei Kalisha en ze haastte zich naar de trampoline. Toen ze zich bukte om Avery's arm te pakken, gaf de nieuwe haar ook een duw. Ze viel naast het verende gedeelte en belandde languit op het grind, wat haar een schaafwond op haar knie bezorgde.

Nicky liet zijn badmintonracket vallen en liep naar de nieuwe toe. Hij zette zijn handen op zijn heupen. 'Nu kun je ze allebei overeind helpen. Ik wil best geloven dat je flink in de war bent, maar dat is geen excuus.'

'En als ik het niet doe?'

Nicky glimlachte. 'Dan sla ik je verrot, dikke.'

Vanaf de picknicktafel keek Helen Simms belangstellend toe. George besloot blijkbaar een veiliger plek op te zoeken. Hij slenterde naar de deur van de ontspanningsruimte, en liep met een grote boog om de nieuwe heen.

'Laat hem toch als hij zo nodig een eikel wil zijn,' zei Kalisha tegen Nicky. 'Met ons is niks aan de hand, hè, Avery?' Ze hielp hem overeind en begon achteruit te lopen.

'Nee hoor,' zei Avery, maar er liepen toch weer tranen over zijn bolle wangetjes.

'Wie noemde je daar een eikel, trut?'

'Dat moet jij wel zijn, aangezien jij hier de enige eikel bent.' Nicky zette nog een stap in de richting van de nieuwe. Luke keek gefascineerd naar het contrast tussen de twee. De nieuwe was een voorhamer; Nicky was een lemmet. 'Je zult je excuses moeten aanbieden.'

'Val dood met je excuses. Ik heb geen idee waar ik hier ben, maar ik weet wel dat ik hier niet blijf. En nou oprotten.'

'Jij gaat helemaal nergens naartoe,' zei Nicky. 'Jij blijft hier nog een hele tijd, net als wij allemaal.' Hij lachte zonder zijn tanden te laten zien.

'Hou nu op, jullie,' zei Kalisha. Ze had een arm om Avery's schouders geslagen en Luke hoefde geen gedachten te kunnen lezen om te weten wat ze dacht, omdat hij precies hetzelfde dacht. De nieuwe was zeker dertig kilo zwaarder dan Nicky, misschien wel vijfendertig, en ook al zat bij de nieuwe een groot deel van die kilo's in zijn pens, die armen waren stootblokken.

'Ik waarschuw je nog één keer,' zei de nieuwe. 'Uit de weg of ik sla je neer.'

George leek opeens van gedachten veranderd te zijn en liep niet meer naar binnen, maar terug naar de nieuwe, die hij niet van achteren benaderde, maar van opzij. Het was Helen die hem van achteren benaderde, niet heel snel, maar met dat lichte wiegen van haar heupen dat Luke zo bewonderde. Er lag een flauw glimlachje om haar mond.

George keek geconcentreerd, met zijn lippen op elkaar geklemd en een frons in zijn voorhoofd. De muggen die om beide jongens heen hadden gezwermd kwamen opeens bij elkaar en wierpen zich op het gezicht van de nieuwe alsof een onzichtbare adem of windvlaag ze ernaartoe blies. Hij bracht een hand naar zijn ogen en sloeg naar de insecten. Vlak achter hem liet Helen zich op haar knieën vallen en Nicky gaf de roodharige jongen een zet. De nieuwe viel op de grond, half op het grind en half op het asfalt.

Helen sprong overeind en liep met arrogante pasjes weg. Lachend wees ze naar hem. 'Daar lig je dan, klootzak, lekker voor je!'

Met een brul van woede wilde de nieuwe overeind krabbelen. Voordat hij dit echter voor elkaar kon krijgen, stapte Nick naar voren en trapte hem tegen zijn bovenbeen. Keihard. De nieuwe gilde het uit, greep zijn been en trok zijn knieën naar zijn borst.

'Jezus, hou op!' riep Iris. 'Hebben we soms nog niet genoeg problemen?'

De oude Luke was het misschien met haar eens geweest; de nieuwe Luke – de Instituut-Luke – niet. 'Hij is zelf begonnen. En misschien had hij het wel nodig.'

'Ik krijg jullie nog wel!' jammerde de nieuwe. 'Stelletje vieze, gore, vuile vechters!' Zijn gezicht had een alarmerend paarsrode kleur gekregen. Luke vroeg zich serieus af of een zestienjarige met overgewicht al een beroerte kon krijgen en merkte – vreselijk maar waar – dat het hem geen barst kon schelen.

Nicky liet zich op één knie zakken. 'Jij krijgt helemaal niks. En nu moet je eens even goed naar me luisteren, dikke. Wij zijn niet je probleem. Zij zijn je probleem.'

Luke keek om en zag drie verzorgers schouder aan schouder voor de deur naar de ontspanningsruimte staan: Joe, Hadad en Gladys. Hadad keek niet vriendelijk meer en Gladys' plastic glimlach was verdwenen. Alle drie hadden ze een zwart apparaatje waar draden uit staken in hun hand. Ze kwamen zich er nog niet mee bemoeien, maar ze waren er wel klaar voor. Want de proefdieren mogen elkaar geen pijn gaan doen, dacht Luke. Dat kan natuurlijk niet. Daar zijn proefdieren te waardevol voor.

Nicky zei: 'Help me eens met deze klootzak, Luke.'

Luke greep een van de armen van de nieuwe en legde die om zijn nek. Nick deed hetzelfde met de andere arm. De huid van de jongen voelde warm aan en plakkerig van het zweet. Hij hield zijn tanden op elkaar geklemd en haalde sissend adem. Samen hesen Luke en Nicky hem overeind.

'Nicky?' riep Joe. 'Is alles oké? Is het gedonder voorbij?'

'Helemaal.'

'Dat is jullie geraden,' zei Hadad. Hij en Gladys gingen weer naar binnen. Joe bleef staan, nog steeds met het zwarte apparaatje in zijn handen.

'Er is niks aan de hand,' zei Kalisha. 'Het was niet echt gedonder, hooguit een klein...'

'Meningsverschil,' zei Helen.

'Hij bedoelde er niets mee,' zei Iris, 'hij was gewoon een beetje van slag.' Er klonk oprecht mededogen in haar stem, waardoor Luke zich een beetje schaamde omdat hij zo blij was geweest toen Nicky de nieuwe tegen zijn been had getrapt.

'Ik moet kotsen,' kondigde de nieuwe aan.

'Als je het maar niet op de trampoline doet,' zei Nicky. 'Dat ding wordt gebruikt. Kom op, Luke, help eens om hem naar het hek te krijgen.'

De nieuwe begon kokkende geluiden te maken en zijn omvangrijke buik deinde op en neer. Luke en Nicky sleepten hem naar de afrastering tussen de speelplaats en het bos. Ze waren er net op tijd. De nieuwe legde zijn gezicht tegen de ruitvormige openingen van het gaashekwerk en spuugde er de laatste restanten van wat hij daarbuiten, toen hij nog een vrije jongen was geweest in plaats van de nieuwe jongen, had gegeten dwars doorheen.

'Getver,' zei Helen. 'Volgens mij heeft hij maïspuree gegeten, hoe smerig is dat?'

'Gaat het weer?' vroeg Nicky.

De nieuwe knikte.

'Klaar?'

De nieuwe schudde zijn hoofd en kotste nog een keertje, maar nu minder krachtig. 'Ik denk...' Hij schraapte zijn keel en de viezigheid vloog in het rond.

'Jezus,' zei Nicky, terwijl hij zijn wang afveegde. 'Kan ik daar een handdoekje bij krijgen?'

'Ik denk dat ik flauw ga vallen.'

'Echt niet,' zei Luke. Hij kon dat weliswaar niet weten, maar het leek hem beter om positief te blijven. 'Kom hier maar in de schaduw zitten.'

Ze brachten hem naar de picknicktafel. Kalisha ging naast hem zitten en zei dat hij zijn hoofd moest buigen. Hij deed het zonder te protesteren.

'Hoe heet je?' vroeg Nicky.

'Harry Cross.' Al zijn vechtlust was verdwenen. Hij klonk moe en gedwee. 'Ik kom uit Selma. Dat ligt in Alabama. Ik weet niet hoe ik hier ben gekomen of wat er allemaal gebeurt. Ik weet helemaal niks.'

'Wij kunnen je wel het een en ander vertellen,' zei Luke, 'maar dan moet het wel afgelopen zijn met die onzin. We moeten wel met elkaar kunnen opschieten. Het is hier al rot genoeg zonder dat we elkaar de tent uit vechten.'

'En je moet sorry zeggen tegen Avery,' zei George. Hij had opeens niets meer van de clown van het stel. 'Dat is het begin van goed met elkaar kunnen opschieten.'

'Hoeft niet,' zei Avery. 'Hij heeft me geen pijn gedaan.'

Kalisha lette niet op wat hij zei. 'Bied hem je excuses aan.'

Harry Cross keek op. Hij veegde met een hand over zijn rood aangelopen, onaantrekkelijke gezicht. 'Sorry dat ik je omver heb gegooid, maatje.' Hij keek om zich heen naar de anderen. 'Zo goed?'

'Half goed.' Luke wees naar Kalisha. 'Tegen haar ook.'

Harry slaakte een diepe zucht. 'Sorry, hoe je ook mag heten.'

'Ik heet Kalisha. Zodra we op ietwat vriendschappelijker voet staan, wat ik op dit moment nog niet zie gebeuren, mag je me ook Sha noemen.'

'Zolang je haar maar geen kanjer noemt,' zei Luke. George begon te lachen en gaf hem een klap op zijn rug.

'Mij best,' mompelde Harry. Hij veegde nog iets van zijn kin.

Nicky zei: 'Zullen we, nu alle opwinding achter de rug is, dat verrekte potje badminton dan maar eens afmaken?'

'Hallo, meisjes,' zei Iris. 'Kom maar, hoor.'

Luke keek om. Joe was weg. Waar hij net had gestaan stonden nu twee kleine blonde meisjes. Ze hielden elkaars hand vast en hadden identieke uitdrukkingen van half verdoofde doodsangst op hun gezichtjes. Alles aan hen was identiek, behalve hun T-shirts, een groen en een rood. Luke dacht aan Dr. Seuss: Ding Een en Ding Twee.

'Kom maar,' zei Kalisha. 'Jullie hoeven niet bang te zijn. De ellende is achter de rug.'

Was het maar waar, dacht Luke.

## 13

Om kwart voor vier die middag zat Luke in zijn kamer meer te lezen over advocaten in Vermont die zich specialiseerden in de Fair Debt Collection Practices Act. Tot dusverre had niemand hem gevraagd waarom hij zo veel belangstelling had voor dit specifieke onderwerp. Ook had niemand hem gevraagd naar H.G. Wells' onzichtbare man. Luke dacht dat hij wel een soort test kon bedenken om erachter te komen of ze hem in de gaten hielden – manieren googelen om zelfmoord te plegen zou waarschijnlijk wel werken – maar kwam tot de slotsom dat dat juist oliedom zou zijn. Waarom slapende honden wakker maken? En aangezien het in de praktijk niet zo veel uitmaakte, was het waarschijnlijk beter het niet te weten.

Er werd bij hem aangeklopt en de deur ging al open voordat hij 'binnen' kon zeggen. Het was een verzorger. Ze was lang, had donker haar, en volgens het naamplaatje op haar roze jasje heette ze PRISCILLA.

'Het "ooggebeuren" zeker?' vroeg Luke, terwijl hij de laptop uitzette.

'Inderdaad. Kom maar mee.' Geen glimlach, geen opgeruimde babbel. Na Gladys vond Luke dit eigenlijk wel verfrissend.

Ze liepen naar de lift en daalden af naar niveau C.

'Hoe diep kunnen we hier eigenlijk?' vroeg Luke.

Priscilla wierp een korte blik op hem. 'Gaat je niks aan.'

'Ik probeerde alleen maar een praa...'

'Niet doen. Hou gewoon je mond.'

Luke hield zijn mond.

In de inmiddels bekende kamer C17 had Zeke plaatsgemaakt voor een laborant op wiens naamplaatje de naam BRANDON stond. Verder waren er twee mannen in nette pakken aanwezig, een met een iPad en een met een klembord. Ze droegen geen naamplaatjes, dus Luke vermoedde dat het artsen waren. De een was buitengewoon lang, met een pens waarbij die van Harry Cross in het niet viel. Hij deed een stap naar voren en stak zijn hand uit.

'Hallo, Luke. Ik ben dokter Hendricks, hoofd Medische Operaties.'

Luke keek alleen maar naar de uitgestoken hand en voelde geen enkele behoefte hem te schudden. Hij leerde hier allerlei nieuw gedrag. Op een nogal verschrikkelijke manier was het eigenlijk heel interessant.

Dokter Hendricks liet een eigenaardig, balkend lachje horen, half uitgeademd en half ingeademd. 'Ook goed, hoor, ik vind het prima. Dit is dokter Evans, die aan het hoofd staat van Oogheelkundige Operaties.' Hij deed weer dat gekke adem-in-adem-uit-lachje, waaruit Luke opmaakte dat 'Oogheelkundige Operaties' een soort artsenhumor was.

Dokter Evans, een kleine man met een pietluttig snorretje, lachte er niet om. Er kon niet eens een glimlachje af. Ook maakte hij geen aanstalten Luke de hand te schudden. 'Dus jij bent een van onze nieuwe rekruten. Welkom. Ga maar zitten.'

Luke deed wat er werd gezegd. In de stoel zitten was in elk geval beter dan eroverheen moeten buigen met zijn blote kont naar achteren. Daar kwam bij dat hij wel dacht te weten wat dit was. Zijn ogen waren al eens eerder gecontroleerd. In films droeg het sullige kindgenie altijd een bril met dikke glazen, maar Lukes ogen waren tot nu toe altijd uitstekend geweest. Hij voelde zich redelijk op zijn gemak, totdat Hendricks op hem afkwam met een injectienaald. Toen hij dat zag, zonk de moed hem in de schoenen.

'Maak je geen zorgen, gewoon weer een klein prikje.' Hendricks lachte weer en toonde daarbij zijn vooruitstekende tanden. 'De ene prik na de andere, net als in het leger.'

'Ja, omdat ik een rekruut ben,' zei Luke.

'Inderdaad. Dat klopt helemaal. Stil blijven zitten.'

Luke onderging de injectie zonder tegen te stribbelen. Hij voelde geen plotselinge warmte, maar er gebeurde wel iets anders. Iets naars. Op het moment dat Priscilla zich over hem heen boog om een pleister op zijn arm te plakken, kreeg hij het gevoel dat hij ging stikken. 'Ik kan niet...' *Slikken,* wilde hij zeggen, maar het lukte niet. Zijn keel zat dicht.

'Niks aan de hand,' zei dokter Hendricks. 'Het gaat zo weer over.' Dat klonk goed, maar de andere dokter kwam naar hem toe met een buisje, dat hij kennelijk in Lukes keel wilde duwen als dat nodig mocht blijken. Hendricks legde een hand op zijn schouder. 'Geef hem even de tijd.'

Luke keek hen wanhopig aan. Het speeksel droop langs zijn kin en hij wist zeker dat dit de laatste gezichten waren die hij ooit zou zien – en opeens ging zijn keel weer open. Hij nam een grote hap lucht.

'Wat zei ik je?' zei Hendricks. 'Niks aan de hand. Jim, je hoeft niet te intuberen.'

'Wat... Wat hebben jullie met me gedaan?'

'Niks. Er is niets aan de hand.'

Dokter Evans overhandigde het plastic buisje aan Brandon en nam dokter Hendricks' plaats in. Hij scheen met een lampje in Lukes ogen, haalde toen een kleine liniaal tevoorschijn en mat de afstand ertussen. 'Geen bril of contactlenzen?'

'Ik wil weten wat dat was! Ik kon niet ademen! Ik kon niet slikken!'

'Je mankeert niets,' zei Evans. 'Je slikt prima. Kleur wordt alweer normaal. Maar draag je nou wel of geen bril of contactlenzen?'

'Geen,' zei Luke.

'Mooi. Goed zo. Kijk eens recht vooruit.'

Luke keek naar de muur. Het gevoel dat hij niet meer wist hoe hij adem moest halen was verdwenen. Brandon trok een wit scherm naar beneden en dimde de lichten.

'Recht voor je uit blijven kijken,' zei dokter Evans. 'Als je één keer wegkijkt, geeft Brandon je een klap. Bij de tweede keer dient hij je een schok toe – een laag voltage, maar erg pijnlijk. Heb je dat begrepen?'

'Ja.' Hij slikte. Dat ging goed. Zijn keel voelde normaal, maar zijn hart maakte nog steeds overuren. 'Is de American Medical Association hier wel van op de hoogte?'

'Jij moet je kop houden,' zei Brandon.

*Kop houden* schijnt hier een standaarduitdrukking te zijn, dacht Luke. Hij hield zichzelf voor dat hij het ergste achter de rug had en dat er nu alleen nog een ogentest kwam. Andere kinderen hadden dit ook doorstaan en er niets aan overgehouden, maar hij bleef slikken, om zich ervan te verzekeren dat hij het echt nog kon. Nu gingen ze de letterkaart projecteren, die hij dan zou oplezen, en dan was het voorbij.

'Voor je uit kijken,' zei Evans, op bijna zangerige toon. 'Ogen op het scherm en nergens anders.'

Plotseling klonk er muziek – violen die iets klassieks speelden. Dat moet zeker een kalmerende uitwerking hebben, veronderstelde Luke.

'Priss, zet de projector aan,' zei Evans.

In plaats van een letterkaart verscheen er in het midden van het scherm een blauwe stip, die licht pulseerde, alsof hij een hartslag had. Onder de blauwe stip verscheen een rode, die hem aan HAL deed denken – 'Het spijt me, Dave.' Vervolgens kwam er een groene stip. De rode en de groene stip pulseerden in hetzelfde ritme als de blauwe en vervolgens begonnen ze opeens alle drie aan en uit te knipperen. Er verschenen nog meer stippen, eerst een voor een, daarna telkens met z'n tweeën en uiteindelijk met tientallen tegelijk. Al gauw werd het hele scherm gevuld met honderden aan en uit flitsende gekleurde stippen.

'Kijk naar het scherm,' zong Evans. 'Het scheeeeerm. Nergens anders naar.'

'Dus als ik ze zelf niet zie, projecteren jullie ze gewoon? Zo is het wel erg makkelijk om aan resultaten te komen. Dat is toch niet...'

'Kop houden.' Ditmaal was het Priscilla.

Nu begonnen de stippen rond te tollen. Ze zaten elkaar als gekken achterna, sommige leken te kronkelen, andere kwamen samen en weer andere vormden cirkels die omhoog en omlaag zweefden en elkaar kruisten. De violen speelden steeds sneller en de licht klassieke melodie veranderde in een soort feestmuziek. De stippen bewogen nu niet alleen maar, ze vormden een soort op hol geslagen Times Square-achtig elektronisch billboard waarvan het complete elektrische circuit was doorgebrand. Luke begon het gevoel te krijgen dat hij zélf op hol sloeg. Hij dacht aan Harry Cross die dwars door het gaashek had staan kotsen en wist dat hij hetzelfde zou gaan doen als hij naar die krankzinnig rondtollende gekleurde stippen bleef kijken en hij wilde niet overgeven, want dan zou het in zijn schoot terechtkomen, dan...

Brandon gaf hem een keiharde klap in zijn gezicht. Het klonk alsof er vlakbij en tegelijkertijd heel ver weg een kleine voetzoeker afging. 'Naar het scherm kijken, kanjer.'

Er stroomde iets warms over zijn bovenlip. Die rotzak heeft niet alleen mijn wang geraakt, maar ook mijn neus, dacht Luke, maar het leek niet belangrijk. Die ronddraaiende stippen drongen zijn hoofd, zijn hersenen binnen als encefalitis of meningitis. Iets met -itis in elk geval.

'Oké, Priss, zet maar uit,' zei Evans, maar ze had hem waarschijnlijk niet gehoord, want de stippen gingen niet weg. Ze bloeiden open en krompen weer in, elke bloem groter dan de vorige; *woesj* open en *zip* in, *woesj* en *zip*. Ze werden driedimensionaal, kwamen van het scherm, stormden op hem af, weken weer terug, kwamen naar voren, weken weer...

Hij dacht dat Brandon iets zei over Priscilla, maar dat gebeurde waarschijnlijk in zijn hoofd, of niet? Hoorde hij nu echt iemand gillen? En zo ja, was het dan mogelijk dat hij dat zelf was?

'Goed zo, Luke, heel goed, je doet het prima.' De stem van Evans, gonzend, van heel ver weg. Van ergens hoog in de stratosfeer. Misschien wel vanaf de achterkant van de maan.

Nog meer gekleurde stippen. Ze tolden nu niet meer alleen op het scherm, maar ook op de muren, over het plafond, overal om hem heen, binnen in hem. In de laatste paar seconden voordat hij het bewustzijn verloor, kwam de gedachte bij Luke op dat ze zijn brein verdróngen. Hij zag zijn handen omhooggaan tussen de oplichtende stippen, hij zag ze over zijn huid dansen en heen en weer schieten en merkte opeens dat hij wild heen en weer zat te schudden in de stoel.

Hij probeerde te zeggen: *Ik heb een epileptische aanval, jullie vermoorden me*, maar het enige wat er uit zijn mond kwam was een akelig gorgelend geluid. Toen waren de stippen verdwenen en viel hij uit de stoel, de duisternis in, en dat was een opluchting. O god, wat een opluchting.

## 14

Ze brachten hem weer bij door hem in zijn gezicht te slaan. Het waren geen harde klappen, zoals de klap die hem een bloedneus had bezorgd (als dat echt was gebeurd), maar het waren ook geen liefkozingen. Toen hij zijn ogen opendeed lag hij op de grond. In een andere kamer. Priscilla zat op één knie naast hem. Zij was degene die hem sloeg. Brandon en de twee artsen stonden toe te kijken. Hendricks had zijn iPad nog in zijn hand en Evans zijn klembord.

'Hij is wakker,' zei Priscilla. 'Kun je opstaan, Luke?'

Luke wist niet of hij dat kon. Een jaar of vier, vijf geleden had hij een keelontsteking gehad, die gepaard was gegaan met hoge koorts. Hij voelde zich nu zoals hij zich toen had gevoeld, alsof de helft van hem uit zijn lichaam was ontsnapt en was opgestegen in de atmosfeer. Hij had een gore smaak in zijn mond en de plek waar hij die laatste injectie had gekregen jeukte als een gek. Hij voelde nog steeds hoe zijn keel dicht was gaan zitten en hoe afschuwelijk dat was geweest.

Brandon gaf Luke niet de kans om te proberen zelf op te staan, maar greep hem bij zijn arm en sleurde hem overeind. Luke stond te wankelen.

'Hoe heet je?' vroeg Hendricks.

'Luke... Lucas... Ellis.' Het leek alsof de woorden niet uit zijn mond kwamen, maar uit die losgekoppelde helft van hem die boven zijn hoofd zweefde. Hij was moe. Zijn gezicht bonsde van de vele klappen en zijn neus deed pijn. Hij tilde een hand op (die langzaam omhoogdreef, alsof hij in het water lag), wreef over de huid boven zijn lip en keek zonder verbazing naar de schilfers geronnen bloed aan zijn vinger. 'Hoe lang ben ik buiten westen geweest?'

'Zet hem op een stoel,' zei Hendricks.

Brandon pakte zijn ene arm en Priscilla de andere. Ze leidden hem naar een stoel (een gewone keukenstoel, zonder riemen, godzijdank). De stoel stond voor een tafel. Evans zat aan de andere kant van de tafel op een andere keukenstoel. Er lag een stapeltje kaarten voor hem. Ze waren zo groot als een pocketboek en hadden een effen blauwe achterkant.

'Ik wil terug naar mijn kamer.' Lukes stem leek nog steeds niet uit zijn mond te komen, maar leek al iets dichterbij. Misschien. 'Ik wil liggen. Ik ben misselijk.'

'Je duizeligheid trekt wel weg,' zei Hendricks, 'hoewel het misschien verstandig is het avondeten over te slaan. Nu wil ik dat je goed naar dokter Evans luistert. We hebben een testje voor je. Zodra je daarmee klaar bent mag je terug naar je kamer om... eh... bij te komen.'

Evans pakte de eerste kaart van de stapel en bekeek hem. 'Wat is dit?'

'Een kaart,' zei Luke.

'Bewaar je grapjes maar voor je YouTube-kanaal,' zei Priscilla en ze gaf hem een klap in zijn gezicht. Het was een veel hardere klap dan die waarmee ze hem bij zijn positieven had gebracht.

Lukes oor begon te suizen, maar hij voelde zich wel wat helderder in zijn hoofd. Toen hij Priscilla aankeek zag hij geen aarzeling. Geen spijt. Nul empathie. Niks. Luke realiseerde zich dat hij voor haar geen kind was. Ze had in haar hoofd een soort cruciale scheiding aangebracht. Hij was een proefpersoon. Die moest je laten doen wat je wilde en deed hij dat niet, dan gebruikte je wat psychologen negatieve bekrachtiging noemden. En wanneer de tests waren uitgevoerd? Dan ging je naar de koffiekamer voor een kop koffie met een gevulde koek en praatte je wat over je kinderen (die wel echte kinderen waren) of mopperde je over politiek, sport, wat dan ook.

Maar had hij dat niet al geweten? Eigenlijk wel, alleen was er een groot verschil tussen iets weten en de waarheid ervan keihard op je wang voelen. Luke zag een tijd aankomen – en dat zou niet lang meer duren – dat hij elke keer wanneer iemand hem een vlakke hand toonde, ook al was het maar om hem de hand te schudden of een high five te geven, angstig ineen zou krimpen.

Evans legde de kaart zorgvuldig neer en pakte een volgende van de stapel. 'En deze, Luke?'

'Ik weet het niet! Hoe moet ik nou weten wat...'

Priscilla gaf hem nog een klap. Het suizen werd nu harder en Luke begon te huilen. Hij kon er niets aan doen. Hij had gedacht dat het Instituut een nachtmerrie was, maar dit was pas echt een nachtmerrie: dat hij half uit zijn lichaam was en dat hem werd gevraagd wat er op kaarten stond die hij niet kon zien en dat hij werd geslagen wanneer hij zei dat hij het niet wist.

'Probeer het, Luke,' zei Hendricks in het oor dat niet suisde.

'Ik wil naar mijn kamer. Ik ben moe. En misselijk.'

Evans legde de tweede kaart weg en pakte een derde. 'Wat is dit?'

'Jullie vergissen je. Ik ben TK, niet TP. Misschien dat Kalisha jullie kan vertellen wat er op die kaarten staat en ik weet zeker dat Avery het zou kunnen, maar ik ben niet TP!'

Evans pakte een vierde kaart. 'Wat is het? Van nu af aan geen klappen meer. Vertel het me, of Brandon geeft je een schok met zijn stroomstok en dat doet pijn. Je zult er waarschijnlijk geen epileptische aanval van krijgen, maar ik sluit het niet uit, dus zeg op, Luke, wat is het?'

'De Brooklyn Bridge!' riep hij. 'De Eiffeltoren! Brad Pitt in een smoking, een schijtende hond, een raceauto, ik weet het niet!'

Hij wachtte op de stroomstok – een soort taser, veronderstelde hij. Misschien zou hij knetteren, of misschien maakte hij een zoemend geluid. Misschien maakte hij helemaal geen geluid en zou hij meteen schokkend en kwijlend op de grond vallen. In plaats daarvan legde Evans de kaart neer en wuifde Brandon weg.

Luke voelde geen opluchting. Hij dacht: ik wou dat ik dood was. Dood en weg van dit alles.

'Priscilla,' zei Hendricks. 'Breng Luke terug naar zijn kamer.'

'Ja, dokter. Bran, help me even hem naar de lift te brengen.'

Tegen de tijd dat ze er stonden, had Luke het gevoel dat alles weer op z'n plek begon te vallen en zijn hersenen het weer deden. Hadden ze de projector echt uitgezet? Terwijl hij daarna toch echt nog steeds de stippen zag?

'Jullie hebben je vergist.' Lukes mond en keel waren kurkdroog. 'Ik ben niet wat jullie een TP noemen. Dat weten jullie toch wel?'

'Het zal wel,' zei Priscilla onverschillig. Toen ze zich met een echte glimlach tot Brandon wendde werd ze opeens een heel ander persoon. 'We zien elkaar straks toch nog?'

Brandon grijnsde. 'Reken maar.' Hij draaide zich om naar Luke, balde plotseling een vuist en maakte een stompbeweging naar Lukes gezicht. Hij stopte een paar centimeter voor zijn neus, maar Luke kromp ineen en slaakte een kreet. Brandon moest er hard om lachen en Priscilla schonk hem een toegeeflijk glimlachje.

'De ballen, Luke,' zei Brandon en met branieachtige tred beende hij de gang van niveau C weer in, terwijl de holster met de stroomstok tegen zijn heup bonkte.

Weer terug in de grote gang – waarvan Luke inmiddels had begrepen dat het de bewonersvleugel moest zijn – stonden de kleine meisjes, Gerda en Greta, met grote angstogen te kijken. Ze stonden hand in hand en klemden een paar poppen tegen zich aan die net zo identiek waren als zijzelf. Ze deden Luke denken aan een tweeling in een of andere oude horrorfilm.

Priscilla begeleidde hem naar zijn deur en liep vervolgens zonder nog iets te zeggen weg. Luke ging naar binnen, zag dat er niemand langs was geweest om zijn laptop mee te nemen en liet zich zonder zelfs maar zijn schoenen uit te trekken op zijn bed vallen. Daar sliep hij vervolgens vijf uur aan één stuk door.

## 15

Mevrouw Sigsby zat al te wachten toen dokter Hendricks, alias Donkey Kong, de kleine privésuite die aan haar kantoor grensde binnenkwam. Hij overhandigde haar een dossier. 'Ik weet dat u een fan bent van papier, dus alstublieft. Veel succes ermee.'

Ze sloeg het dossier niet open. 'Succes of niet, Dan, dit zijn jouw tests, jouw secundaire experimenten, en ze lijken niets op te leveren.'

Er verscheen een koppige trek op zijn gezicht. 'Agnes Jordan. William Gortsen. Veena Patel. En nog een paar andere namen die me nu even ontschoten zijn. Donna nog iets. Met hen hebben we allemaal goede resultaten behaald.'

Ze zuchtte en verschikte iets aan haar dunne haar. Hendricks vond dat Siggers een vogelkop had: een scherpe neus in plaats van een snavel, maar dezelfde gretige kleine oogjes. Een vogelkop met het brein van een bureaucraat. Een hopeloze combinatie. 'En tientallen rozetten waarmee je helemaal geen resultaten hebt behaald.'

'Dat is misschien wel zo, maar denk nou eens na,' zei hij, omdat wat hij eigenlijk wilde zeggen – *Hoe kun je zo ongelooflijk stom zijn?* – hem flink in de problemen zou brengen. 'Als telepathie en telekinese aan elkaar gerelateerd zijn, waar mijn experimenten op lijken te wijzen, zijn er wellicht nog andere paranormale capaciteiten latent aanwezig en liggen die gewoon te wachten tot ze worden ontdekt. Het is heel goed mogelijk dat wat deze kinderen kunnen, zelfs de meest getalenteerden, nog maar het topje van de ijsberg is. Stel dat paranormaal genezen tot de mogelijkheden behoort. Stel dat een glioblastoom, de soort hersentumor waaraan John McCain is overleden, genezen kon worden door de kracht van gedachten. Stel dat die capaciteiten konden worden ingezet om het leven te verlengen tot zeg maar honderdvijftig jaar, of misschien zelfs langer. Waar we hen voor gebruiken hoeft geen einde te betekenen; voor hetzelfde geld is het pas het begin!'

'Dit heb ik allemaal al eerder gehoord,' zei mevrouw Sigsby. 'En gelezen in wat jij zo graag je intentieverklaring noemt.'

Maar je begrijpt het niet, dacht hij. En Stackhouse ook niet. Evans wel, min of meer, maar zelfs hij ziet de enorme mogelijkheden niet. 'Niet dat Luke Ellis of Iris Stanhope zo ontzettend waardevol is.' Hij maakte een *pfff*-geluid, en wuifde met zijn hand.

'Genoeg, Dan. Heeft Luke Ellis verschijnselen van TP vertoond of niet?'

'Nee, maar hij bleef wel de lichten zien toen de projector was uitgezet en wij denken dat dat een indicatie is. Een sterke indicatie. Vervolgens kreeg hij jammer genoeg een epileptische aanval, maar dat komt vaker voor, zoals u weet.'

Ze zuchtte. 'Ik heb er geen bezwaar tegen dat je je testen met de Stasilichten voortzet, Dan, maar je moet alles wel in het juiste perspectief blijven zien. Ons hoofddoel is de bewoners voor te bereiden op Achterkant. Dat is het belangrijkste, onze voornaamste doelstelling. Mogelijke neveneffecten zijn van ondergeschikt belang. De directie is niet geïnteresseerd in het paranormale equivalent van Rogaine.'

Hendricks kromp ineen alsof ze hem een klap had gegeven. 'Een medicijn tegen hoge bloeddruk dat tevens tot haargroei bleek te leiden op de schedels van kale stedelingen is natuurlijk niet van hetzelfde kaliber als een behandelmethode die de koers van de hele mensheid kan veranderen!'

'Misschien niet en als jouw tests wat vaker tot resultaten hadden geleid zou ik – en de mensen die onze salarissen betalen – misschien ook wel enthousiaster zijn geweest. Maar het enige wat je nu hebt zijn een paar willekeurige succesjes.'

Hij deed zijn mond open om te protesteren, maar klapte hem weer dicht toen ze hem haar strengste blik toewierp.

'Voorlopig kun je doorgaan met de testjes en daar zou ik maar blij mee zijn, gezien het feit dat we daardoor al een aantal kinderen hebben verloren.'

'Ach, dat waren maar rozetten,' zei hij en hij maakte weer dat geringschattende *pfff*-geluidje.

'Je doet nu wel net alsof er van die kinderen dertien in een dozijn gaan. Vroeger was dat misschien zo, maar nu niet meer, Dan. Nu niet meer. In de tussentijd heb ik hier een dossier voor je.'

Het was een rood dossier. Op de voorkant stond één woord gestempeld: OVERPLAATSING.

# 16

Toen Luke die middag de ontspanningsruimte binnenliep zat Kalisha op de grond, tegen een van de grote ramen geleund, uit te kijken over het speelterrein. Ze nam kleine slokjes uit een van de kleine flesjes alcohol die je uit de snackautomaat kon halen.

‘Drink jij dat spul?’ vroeg hij, terwijl hij naast haar ging zitten. Op de speelplaats stonden Helen en Avery op de trampoline. Zo te zien leerde ze hem een koprol naar voren te maken. Nog even en het was donker en ze zouden naar binnen moeten. Hoewel de speelplaats nooit dichtging was er geen verlichting, wat het niet uitnodigend maakte om er ’s avonds te komen.

‘Voor het eerst. Ik heb al mijn muntjes opgebruikt. Het is behoorlijk vies. Wil je een slokje?’ Ze hield hem het flesje voor, waar een drankje in bleek te zitten dat Twisted Tea heette.

‘Nee, dank je. Sha, waarom heb je me niet verteld dat die lichttest zo erg was?’

‘Noem me liever Kalisha. Jij bent de enige die dat doet en dat vind ik fijn.’ Ze praatte een heel klein beetje met dubbele tong. Ze kon niet meer dan een paar milliliter van de alcoholhoudende thee hebben gedronken, maar ze was er natuurlijk niet aan gewend.

‘Ook goed. Kalisha. Waarom heb je me dat niet verteld?’

Ze haalde haar schouders op. ‘Ze laten je naar dansende gekleurde lichtjes kijken tot je een beetje duizelig wordt. Wat is daar zo erg aan?’

‘Echt waar? Was dat voor jou het enige?’

‘Ja. Hoezo? Hoe ging het dan bij jou?’

‘Eerst gaven ze me een prik en daar kreeg ik een reactie op. Mijn keel zat helemaal dicht. Ik dacht echt even dat ik doodging.’

‘Wat raar. Ik kreeg van tevoren ook een prik, maar er gebeurde niets. Dat klinkt inderdaad vervelend. Dat spijt me voor je, Lukey.’

‘Dat was nog maar het begin. Terwijl ik naar de lichten zat te kijken raakte ik buiten bewustzijn. Ik denk dat ik een epileptische aanval kreeg.’ Hij had ook een beetje in zijn broek geplast, maar dat was informatie die hij liever voor zich hield. ‘Toen ik bijkwam…’ Hij zweeg even, om kalm te worden. Hij wilde niet huilen in het bijzijn van dit mooie meisje met haar mooie bruine ogen en glanzende zwarte haar. ‘Toen ik bijkwam werd ik geslagen.’

Ze schoot overeind. 'Wát zeg je?'

Hij knikte. 'Een van de dokters... Evans, ken je die?'

'Die ene met dat kleine snorretje.' Ze trok haar neus op en nam nog een slokje.

'Ja, die. Hij had een stapeltje kaarten en probeerde mij te laten zeggen wat erop stond. Het waren Rhine-kaarten. Dat kan bijna niet anders. Jij hebt het er nog over gehad, weet je nog?'

'Jazeker. Dat hebben ze bij mij wel tien keer geprobeerd. Wel twintig keer. Maar niet na de lichten. Nadat ik die test had gedaan brachten ze me meteen terug naar mijn kamer.' Ze nam nog een klein slokje. 'Misschien waren ze in de war en dachten ze dat jij TP was in plaats van TK.'

'Dat dacht ik aanvankelijk ook en dat zei ik ook, maar ze bleven me slaan. Alsof ze dachten dat ik de boel in de maling nam.'

'Het moet niet gekker worden.'

'Volgens mij deden ze het omdat ik niet ben wat jullie een pos noemen. Ik ben maar heel gewoon. Gewone kinderen zoals ik noemen ze rozetten.'

'Ja. Klopt.'

'En de andere kinderen. Denk je dat iets als dit ook met de anderen gebeurd is?'

'Nooit naar gevraagd. Weet je zeker dat je geen slokje wilt?'

Luke pakte het flesje aan en nam een slok, voornamelijk om te voorkomen dat zij niet alles zou opdrinken. Hij schatte in dat ze genoeg had gedronken. Het was net zo smerig als hij had verwacht. Hij gaf haar het flesje terug.

'Wil je niet weten waarom ik hier zit te drinken?'

'Nou, waarom?'

'Iris. Ter herinnering aan haar. Ze is net als jij, niks bijzonders, alleen een beetje TK. Ze zijn haar een uur geleden komen halen. En zoals George het zou zeggen: die zien we nooit meer terug.'

Ze begon te huilen. Luke sloeg zijn armen om haar heen. Hij wist niet wat hij anders moest doen. Ze liet hem begaan en legde haar hoofd op zijn schouder.

## 17

Die avond ging hij weer naar de Mr. Griffin-site, typte het webadres van de *Star Tribune* in en bleef daar bijna drie minuten naar zitten staren alvorens zich te bedenken zonder op enter te drukken. Lafaard, dacht hij. Ik ben een lafaard. Als ze dood zijn hoor ik dat te willen weten. Alleen wist hij niet hoe hij dat bericht onder ogen zou kunnen zien zonder totaal in te storten. En trouwens, wat had hij eraan?

In plaats daarvan typte hij *Vermont incassoadvocaten* in. Hij had zich hier al in verdiept, maar het leek hem wel een goed idee om het nog eens extra te checken. Bovendien ging de tijd dan wat sneller.

Twintig minuten later sloot hij af en hij zat net te overwegen een wandelingetje te gaan maken om te kijken wie hij tegenkwam (het liefst Kalisha, als zij haar roes niet lag uit te slapen), toen de gekleurde stippen terugkwamen. Ze draaiden voor zijn ogen en de wereld begon zich terug te trekken. Begon wég te trekken, als een trein die het station verliet terwijl hij vanaf het perron stond toe te kijken.

Hij legde zijn hoofd op de gesloten laptop, haalde diep en langzaam adem en zei tegen zichzelf dat hij moest volhouden, moest volhouden, gewoon moest volhouden, en dat het vanzelf over zou gaan. Hij stond zichzelf niet toe zich af te vragen wat er zou gebeuren als het niet overging. Gelukkig kon hij nog slikken. Slikken ging goed en uiteindelijk verdween inderdaad het gevoel dat hij van zichzelf begon weg te drijven in een heelal vol kolkende lichten. Hij had geen idee hoe lang het duurde, misschien maar een paar minuten, maar het voelde veel langer.

Hij liep naar de badkamer, poetste zijn tanden en keek intussen in de spiegel. Het was mogelijk dat ze het wisten van de stippen, het was zelfs waarschijnlijk dat ze het wisten van de stippen, maar dat andere wisten ze niet. Hij had geen idee wat er op die eerste kaart had gestaan, of op de derde, maar op de tweede had een jongen op een fiets gestaan en op de vierde een klein hondje met een bal in zijn bek. Zwart hondje, rode bal. Kennelijk was hij dus toch TP.

Of hij was het geworden.

Hij spoelde zijn mond, deed het licht uit, kleedde zich in het donker uit en ging op zijn bed liggen. Die lichten hadden hem veranderd. Ze wisten dat dat kon gebeuren, maar ze wisten het niet zeker. Hij wist niet hoe hij daar zo van overtuigd kon zijn, maar…

Hij was een proefpersoon en misschien waren ze dat allemaal, maar inferieure TP's en TK's – rozetten – kregen extra tests. Waarom? Omdat ze minder waardevol waren? Makkelijker te vervangen als het misging? Hij kon het niet zeker weten, maar het leek Luke wel waarschijnlijk. De dokters dachten dat het experiment met de kaarten was mislukt. Dat was goed. Dit waren slechte mensen en dingen geheimhouden voor slechte mensen moest wel goed zijn, toch? Maar hij had het idee dat de lichten misschien nog een ander doel hadden dan het versterken van de capaciteiten van de rozetten, omdat sterkere TP's en TK's, zoals Kalisha en George, ze ook kregen. Wat kon dat andere doel zijn?

Hij wist het niet. Hij wist alleen dat de stippen weg waren en dat Iris weg was en dat de stippen misschien terug zouden komen, maar Iris niet. Iris was naar Achterkant en ze zouden haar niet meer terugzien.

## 18

De volgende ochtend zaten er negen kinderen aan het ontbijt, maar nu Iris er niet meer was, werd er weinig gesproken en niet gelachen. George Iles vertelde geen moppen. Helen Simms ontbeet met snoepsigaretten. Harry Cross schepte een enorme berg roereieren op zijn bord en werkte die (met gebakken spek en frietjes) zonder van zijn bord op te kijken naar binnen. De kleine meisjes, Greta en Gerda Wilcox, aten niets, totdat Gladys, een en al zonnige glimlach, binnenkwam en hen overhaalde een paar hapjes te nemen. Haar aandacht leek de tweeling wat op te vrolijken. Ze lachten zelfs een beetje. Luke overwoog de meisjes straks even apart te nemen om ze te waarschuwen die glimlach niet te vertrouwen, maar dan zouden ze bang worden en wat schoten ze daarmee op?

*Wat schiet je ermee op?* was een soort mantra geworden, ook al snapte hij best dat het niet goed was om zo te denken, omdat het een stap was op de weg naar acceptatie van het feit dat hij hier was. En dat wilde hij niet, dat wilde hij absoluut niet, maar het was nu eenmaal de realiteit. Als de kleine G'tjes zich goed voelden bij de aandacht van de grote G, dan was dat misschien wel goed, maar wanneer hij eraan dacht dat die meisjes de rectale thermometer zouden krijgen… en de lichten…

'Wat is er met jou aan de hand?' vroeg Nicky. 'Je kijkt alsof je een hap van een citroen hebt genomen.'

'Niks. Ik dacht aan Iris.'

'Die is verleden tijd, man.'

Luke keek hem aan. 'Dat is wel erg hardvochtig.'

Nicky haalde zijn schouders op. 'Dat is de waarheid wel vaker. Heb je zin om te basketballen? Wie het vaakst kan scoren?'

'Nee.'

'Toe nou, je krijgt zelfs een voorsprong van me.'

'Nu even niet.'

'Bang om te verliezen?' Nicky zei het zonder rancune.

Luke schudde zijn hoofd. 'Nee, maar dan ga ik me zo rot voelen. Ik speelde het vroeger altijd met mijn vader.' Hij hoorde dat hij 'vroeger' zei en vond het verschrikkelijk.

'Oké, dat snap ik wel.' Hij keek Luke aan met een uitdrukking die Luke bijna onverdraaglijk vond, vooral van Nicky Wilholm. 'Hoor eens, man...'

'Wat?'

Nicky zuchtte. 'Nou, mocht je van gedachten veranderen, dan weet je waar ik uithang.'

Luke verliet de cafetaria en slenterde zijn gang in – de ALWEER ZO'N VERRUKKELIJKE DAG-gang – en daarna de volgende gang, die hij in gedachten de IJsmachinegang noemde. Maureen was nergens te bekennen, dus liep hij verder. Hij passeerde nog meer motiverende posters en nog meer kamers, aan elke kant negen. Alle deuren stonden open en hij zag onopgemaakte bedden en kale muren. Zo zagen de kamers eruit als wat ze werkelijk waren: gevangeniscellen voor kinderen. Hij kwam langs de liften en liep langs nog meer kamers. Een aantal conclusies leek onontkoombaar. Eén daarvan was dat het Instituut ooit veel meer 'bewoners' had gehad. Tenzij de lui die het hier voor het zeggen hadden wat al te optimistisch waren geweest.

Ten slotte kwam Luke bij een andere ontspanningsruimte, waar de conciërge die Fred heette met behulp van een boenmachine met grote, lusteloze bewegingen de vloer liep schoon te maken. Er stonden hier ook snack- en frisdrankautomaten, maar deze waren leeg en stonden niet aan. Buiten was geen speelplaats, alleen een terrein met grind, hoge draadstalen hekken eromheen en daarachter een paar bankjes (waarschijnlijk voor stafleden die hun pauze buiten wilden doorbrengen) en het lage groene administratiegebouw, zo'n zeventig meter verderop. Het domein van mevrouw Sigsby, die hem had verteld dat hij hier was om zijn land te dienen.

'Wat doe je hier?' vroeg Fred de conciërge.

'Ik loop een beetje rond,' zei Luke. 'Om de bezienswaardigheden te bekijken.'

'Er zijn geen bezienswaardigheden. Ga terug naar waar je vandaan komt. Ga met de andere kinderen spelen.'

'En als ik daar geen zin in heb?' Het klonk eerder zielig dan opstandig en Luke wilde dat hij zijn mond had gehouden.

Fred droeg op zijn ene heup een walkietalkie en aan de andere een stroomstok. Hij bracht zijn hand naar die laatste. 'Ga terug. Ik zeg het niet nog een keer.'

'Oké. Nog een fijne dag, Fred.'

'Rot op met je fijne dag.' De boenmachine werd weer gestart.

Luke wandelde terug, zich verwonderend over hoe snel al zijn tot dusver onbetwiste veronderstellingen over volwassenen – om te beginnen dat ze jou aardig behandelden als jij hen aardig behandelde – werden ontkracht. Hij probeerde in het voorbijgaan niet in al die lege kamers te kijken. Hij vond ze griezelig. Hoeveel kinderen hadden er gewoond? Wat gebeurde er met ze wanneer ze naar Achterkant gingen? En waar waren ze nu? Thuis?

'Fuck, écht niet,' mompelde hij en hij wenste dat zijn moeder nu bij hem was om hem dat woord te horen gebruiken en hem er een standje voor te geven. Dat hij zijn vader miste was al erg. Dat hij zijn moeder moest missen deed zo mogelijk nog meer pijn.

Toen hij weer bij de IJsmachinegang was, zag hij dat Maureens wasmand voor Avery's kamer stond. Hij stak zijn hoofd om een hoekje en ze keek hem lachend aan terwijl ze de dekens van Avery's bed straktrok. 'Alles in orde, Luke?'

Een stomme vraag, maar hij wist dat ze het goed bedoelde; hóé hij dat wist had mogelijk iets te maken met die lichtshow van gisteren. Maureen leek vandaag nog bleker dan anders en de lijnen om haar mond dieper, dacht Luke. Deze vrouw is niet in orde.

'Ja hoor, met jou ook?'

'Jazeker.' Ze loog. Het voelde niet als een vermoeden of een ingeving; het voelde als een vaststaand feit. 'Alleen heeft deze – Avery – vannacht in zijn bed geplast.' Ze zuchtte. 'Hij is de eerste niet en hij zal ook niet de laatste zijn. Gelukkig is het niet door de matrasbeschermer gelekt. Nou, ik wens je een fijne dag, Luke.' Ze keek hem aan met een hoopvolle blik in haar ogen. Alleen waren het niet haar ogen die hoopvol waren, maar wat erachter school. Hij dacht opnieuw: ze hebben me veranderd. Ik weet niet hoe en ik weet niet in hoeverre, maar ja, ze hebben me veranderd. Er is iets nieuws aan me toegevoegd. Hij was heel blij dat hij had gelogen over de kaarten. En heel erg blij dat ze zijn leugen hadden geloofd. Vooralsnog tenminste.

Hij wilde al doorlopen, maar draaide zich toen om. 'Ik denk dat ik nog maar wat ijs ga halen. Ze hebben me gisteren flink geslagen en mijn gezicht doet pijn.'

'Doe dat, mijn jongen, doe dat.'

Dat 'mijn jongen' gaf hem weer een warm gevoel. Hij wilde bijna glimlachen.

Hij haalde de emmer die nog in zijn kamer stond, goot het ijswater in de wasbak in de badkamer en nam het emmertje mee naar de ijsmachine. Maureen was daar al. Ze stond voorovergebogen, met haar achterwerk tegen de muur van betonblokken en haar handen op haar schenen, vlak boven haar enkels. Luke haastte zich naar haar toe, maar ze wuifde hem weg. 'Even mijn rug strekken, om de kronkels eruit te halen.'

Luke opende het deurtje van de ijsmachine en pakte de schep. Hij kon haar geen briefje toestoppen zoals Kalisha dat bij hem had gedaan, want hij had wel een laptop, maar geen pen en papier. Niet eens een potloodstompje. Dat was misschien maar beter ook. Briefjes waren hier gevaarlijk.

'Leah Fink, in Burlington,' fluisterde hij terwijl hij ijs schepte. 'Rudolph Davis, in Montpelier. Allebei vijf sterren op Legal Eagle. Dat is een consumentenwebsite. Kun je die namen onthouden?'

'Leah Fink, Rudolph Davis. Je bent een engel, Luke.'

Luke wist dat hij het hierbij zou moeten laten, maar hij was nieuwsgierig. Hij was altijd nieuwsgierig geweest. Dus in plaats van weg te gaan, beukte hij op het ijs alsof hij het wilde breken. Niet dat dat nodig was, maar het klonk lekker hard. 'Avery zei dat het geld dat je hebt gespaard voor een kind is. Ik weet dat het me niets aangaat...'

'Die kleine Dixon is een van de gedachtelezers, hè? Dan moet hij wel een heel sterke zijn, bedplasser of niet. Geen roze stickertje op zijn intakeformulier.'

'Ja, hij is goed.' Luke bleef aan de gang met de ijsschep.

'Nou, hij heeft gelijk. Het was een kerkadoptie, meteen na de geboorte van mijn zoontje. Ik wilde hem houden, maar de pastoor en mijn moeder wisten me om te praten. De rotzak met wie ik trouwde wilde geen kinderen, dus ik heb mijn enige kind weggegeven. Wil je dit werkelijk horen, Luke?'

'Ja.' Hij wilde het echt weten, maar te lang praten was misschien niet zo'n goed idee. Ze mochten hier dan niet kunnen meeluisteren, maar ze konden wel kijken.

'Toen ik zo'n last van mijn rug kreeg, kwam de gedachte bij me op dat ik wilde weten wat er van hem was geworden en dat heb ik uitgezocht. De staat zegt dat ze niet mogen vertellen waar de baby's naartoe gaan, maar de adoptiearchieven van de kerk gaan helemaal terug tot 1950 en ik heb de hand weten te leggen op het computerwachtwoord. De pastoor bewaart het in de pastorie, gewoon onder het toetsenbord. Mijn zoon woont een paar steden bij mij vandaan in Vermont. Hij zit in de laatste klas van de middelbare school. Hij wil graag studeren. Daar ben ik ook achter gekomen. Mijn zoon wil naar de universiteit. Daar is het geld voor, niet om de schulden van die vuile klootzak af te betalen.' Ze veegde haar ogen af met haar mouw, een snel en bijna heimelijk gebaar.

Hij deed de ijskist dicht en richtte zich op. 'Wees voorzichtig met die rug, Maureen.'

'Dat zal ik doen.'

Maar wat als het kanker was? Want dat dacht ze zelf dat het was, hij wist het zeker.

Toen hij zich omdraaide legde ze een hand op zijn schouder en boog zich naar hem toe. Ze stonk uit haar mond. Het was de adem van iemand die ziek was. 'Hij hoeft nooit te weten waar het geld vandaan is gekomen, mijn zoon. Maar ik wil wel dat hij het krijgt. En Luke? Doe wat ze zeggen. Doe álles wat ze zeggen.' Ze aarzelde. 'En als je met iemand ergens over wilt praten… doe het dan hier.'

'Ik dacht dat er nog meer plekken waren waar…'

'Doe het hier,' zei ze nogmaals en ze rolde haar mand weg in de richting waaruit ze was gekomen.

## 19

Toen hij terugkwam op de speelplaats zag Luke tot zijn verrassing dat Nicky aan het basketballen was met Harry Cross. Ze lachten, maakten schijnbewegingen en probeerden elkaar te passeren alsof ze al sinds de kleuterschool bevriend waren. Helen zat met Avery aan de picknicktafel oorlogje te spelen met twee spellen kaarten. Luke ging naast haar zitten en vroeg wie er aan het winnen was.

'Dat weten we nog niet,' zei Helen. 'Bij het vorige potje heeft Avery me ingemaakt, maar nu spant het erom.'

‘Ze vindt het eigenlijk doodsaai, maar ze doet net of ze het leuk vindt,’ zei Avery. ‘Ja toch, Helen?’

‘Dat klopt, kleine gedachtelezer. Dat klopt als een bus. En hierna gaan we verder met *slapjack* en dan kijk je niet meer zo blij, want daar ben ik heel goed in.’

Luke keek om zich heen en werd opeens overvallen door een gevoel van onrust. Het verscheen als een legertje spookachtige stippen voor zijn ogen en was ook meteen weer verdwenen. ‘Waar is Kalisha? Ze hebben haar toch niet…’

‘Nee, nee, ze hebben haar niet meegenomen. Ze is even gaan douchen.’

‘Luke vindt haar leuk,’ meldde Avery. ‘Hij vindt haar heel erg leuk.’

‘Avery?’

‘Ja, Helen?’

‘Over sommige dingen kun je het beter niet hebben.’

‘Waarom?’

‘Waarom, waarom, waarom zijn de bananen krom?’ Plotseling wendde ze haar blik af. Ze ging met een hand door haar tweekleurige haar, misschien wel om haar trillende mondhoeken te verbergen. Als dat haar bedoeling was, mislukte het jammerlijk.

‘Wat is er met je?’ vroeg Luke.

‘Waarom vraag je dat niet aan de kleine gedachtelezer? Die ziet alles en weet alles.’

‘Ze hebben een thermometer in haar kont gestoken,’ zei Avery.

‘O,’ zei Luke.

‘Inderdaad,’ zei Helen. ‘Hoe fucking pijnlijk is dat?’

‘Gruwelijk,’ zei Luke.

‘Maar ook heerlijk en verrukkelijk,’ zei Helen en ze schoten allebei in de lach. Helen lachte met tranen in haar ogen, maar lachen was lachen en het hier te kunnen doen was heel waardevol.

‘Ik snap er niks van,’ zei Avery. ‘Hoe kan het nou heerlijk en verrukkelijk zijn om een thermometer in je kont gestoken te krijgen?’

‘Het is heerlijk als je hem aflikt wanneer hij eruit komt,’ zei Luke en toen schaterden ze het alle drie uit.

Helen sloeg zo hard met haar vlakke hand op de tafel dat de kaarten in het rond vlogen. ‘O god, ik pies in mijn broek, gatverdamme, niet kijken!’ Ze rende weg en liep bijna George omver, die net naar buiten kwam terwijl hij een choco-pindakoek liep te eten.

'Wat is er met haar?' vroeg George.

'In haar broek gepiest,' antwoordde Avery. 'Ik heb vannacht in mijn bed geplast, dus ik begrijp hoe ze zich voelt.'

'Fijn dat je ons dat even vertelt,' zei Luke lachend. 'Ga nu maar basketballen met Nicky en de nieuwe.'

'Ben je gek geworden? Die zijn veel te groot en Harry heeft me al eens op de grond gegooid.'

'Ga dan trampoline springen.'

'Saai.'

'Doe het toch maar. Ik wil even met George praten.'

'Over de lichten? Welke lichten?'

Dit knulletje, dacht Luke, was gewoon griezelig. 'Ga springen, Avery. Laat me eens een paar koprollen voorover zien.'

'En probeer je nek niet te breken,' zei George. 'Maar als je het toch doet, zal ik op je begrafenis "You Are So Beautiful" zingen.'

Avery keek George een ogenblik strak aan en zei toen: 'Maar je hebt de pest aan dat nummer.'

'Ja. Ja, dat klopt. Dat noemen ze nou satire. Of ironie. Die twee dingen haal ik altijd door elkaar. Ga nou maar. Stop een boterham in je schoen en smeer 'm.'

Ze keken hem na toen hij naar de trampoline slofte.

'Dat jochie is tien en op dat extrasensorische gedoe na gedraagt hij zich als een zesjarige,' zei George. 'Dat is toch gestoord?'

'Dat kun je wel zeggen. Hoe oud ben jij, George?'

'Dertien,' antwoordde hij somber. 'Maar de laatste tijd voel ik me honderd. Hoor eens, Luke, ze beweren dat alles goed is met onze ouders. Geloof jij dat?'

Het was een precaire vraag. Uiteindelijk zei Luke: 'Niet... echt.'

'Als je het zeker zou kunnen weten, zou je dat dan willen?'

'Ik weet het niet.'

'Ik niet. Ik heb al genoeg op m'n bordje. Als ik zou horen dat ze... je weet wel... zou ik kapotgaan. Maar onwillekeurig denk ik er toch steeds aan. De hele dag eigenlijk.'

Ik zou het voor je kunnen uitzoeken, dacht Luke. Voor ons allebei. Hij leunde bijna naar voren om het in Georges oor te fluisteren. Toen dacht hij eraan dat George had gezegd dat hij al genoeg op zijn bordje had. 'Hoor eens, die ogentest – heb jij die ook gehad?'

'Jazeker. Die krijgt iedereen. Net zoals iedereen de thermometer in z'n reet krijgt en de EEG en de ECG en de MRI en de XYZ en het bloedonderzoek en het onderzoek naar de reflexen en al die andere fantastische dingen die je nog te wachten staan, Lukey.'

Luke dacht eraan George te vragen of hij stippen was blijven zien nadat de projector was uitgezet, maar besloot het toch niet te doen. 'Heb jij een epileptische aanval gehad? Ik wel namelijk.'

'Nee. Ik moest aan een tafel gaan zitten en toen deed die dokter, die eikel met dat snorretje, een paar kaarttrucjes.'

'Je bedoelt dat hij je vroeg wat erop stond.'

'Ja, dat bedoel ik. Ik dacht dat het Rhine-kaarten waren, dat kon bijna niet anders. Daar ben ik een paar jaar voordat ik in dit lieflijke hellegat belandde een keer mee getest. Dat was nadat mijn ouders erachter kwamen dat ik soms echt dingen kon verplaatsen door er alleen maar naar te kijken. Toen ze eenmaal geloofden dat ik niet alleen maar net alsof deed om ze bang te maken, of als een van mijn kleine grapjes, wilden ze weten wat er verder nog mis was met me, dus namen ze me mee naar Princeton, waar ze onderzoek doen naar anomalieën.'

'Anomalieën... meen je dat nou?'

'Ja. Klinkt wetenschappelijker dan onderzoek naar paranormale verschijnselen, denk ik. Het maakt nota bene deel uit van de technische faculteit op Princeton. Alsof ze het proberen te verbergen, en misschien doen ze dat ook wel. Een paar studenten namen me de test met de Rhine-kaarten af, maar ik was er totaal niet bij met mijn hoofd. Ik kon die dag niet eens veel dingen laten bewegen of zo. Soms gaat dat zo.' Hij haalde zijn schouders op. 'Ze dachten waarschijnlijk dat ik de kluit belazerde, wat ik prima vond. Ik bedoel, als ik een goeie dag heb kan ik een stapel blokken omgooien door er alleen maar aan te denken, maar dat maakt me nog geen Superman en ik krijg er ook geen meiden door. Waar of niet?'

Als iemand wiens grootste truc het was een pizzaschaal zonder hem aan te raken van een restauranttafel te gooien, was Luke het helemaal met hem eens. 'Heb je ook klappen gekregen?'

'Eentje, en dat was een flinke lel,' zei George. 'Omdat ik een grapje probeerde te maken. Die bitch van een Priscilla deelde hem uit.'

'Die ken ik. Dat is inderdaad een bitch.'

Een woord waaraan zijn moeder een nog grotere hekel had dan aan 'fuck', en door het te gebruiken voelde Luke het gemis weer.

'En je wist niet wat er op de kaarten stond.'

George keek hem verwonderd aan. 'Ik ben TK, niet TP. Net als jij. Hoe had ik dat moeten weten?'

'Nee, natuurlijk niet.'

'Omdat ik op Princeton die test met de Rhine-kaarten al eens had gehad, gokte ik maar wat. Een kruis, een ster, golvende lijnen. Priscilla zei dat ik moest ophouden met liegen, dus toen Evans de volgende bekeek, zei ik dat het een foto was van Priscilla's tieten. Toen kreeg ik dus die mep. Daarna mocht ik terug naar mijn kamer. Eerlijk gezegd leek het ze allemaal niet zo te interesseren. Het leek alsof ze het meer voor de vorm deden.'

'Misschien verwachtten ze er niets van,' zei Luke. 'Misschien was je een controlepersoon.'

George begon te lachen. 'Man, er valt hier geen ene fuck te controleren. Waar heb je het over?'

'Niks. Laat maar. Zijn ze daarna nog teruggekomen? De lichten, bedoel ik? De gekleurde stippen?'

'Nee.' George keek hem verbaasd aan. 'Bij jou wel?'

'Nee.' Luke was opeens blij dat Avery hier niet was en kon alleen maar hopen dat de interne ontvanger van het jochie een klein bereik had. 'Alleen... ik kreeg wel een epileptische aanval... dat dacht ik althans... en ik was wel bang dat ze terug zouden komen.'

'Ik snap gewoon niet wat de bedoeling van dit alles is,' zei George, somberder dan ooit. 'Dit moet haast wel een overheidsgebouw zijn, maar... mijn moeder heeft een keer een boek gekocht, hè? Niet lang voordat ze met me naar Princeton gingen. *Paranormale verhalen en bedrog*, heette het. Toen zij het uit had heb ik het gelezen. Er stond een hoofdstuk in over overheidsexperimenten op het gebied van de dingen die wij kunnen. In de jaren vijftig heeft de CIA er een aantal uitgevoerd. Op het gebied van telepathie, telekinese, helderziendheid en zelfs levitatie en teleportatie. Er werd gebruikgemaakt van lsd. Er kwam wel het een en ander uit, maar dat stelde niet veel voor.' Hij boog zich naar voren en keek met zijn blauwe ogen in Lukes groene. 'En dat is precies wat je van ons kunt zeggen, man – wij stellen niets voor. Wat verwachten ze nou van ons, dat we de wereldheerschappij voor de Verenigde Staten gaan veroveren door doosjes te verplaatsen – en dan alleen nog als ze leeg zijn – of door de pagina's van een boek om te slaan?'

'Ze zouden Avery naar Rusland kunnen sturen,' zei Luke. 'Dan kan hij doorgeven waar Poetin mee ontbijt en of hij boxers draagt of sportslips.'

Daar kon George wel om lachen.

'Nog even over onze ouders...' begon Luke, maar op dat moment kwam Kalisha naar buiten rennen om te vragen wie er zin had in een partijtje trefbal.

Dat hadden ze allemaal wel.

## 20

Voor Luke waren er die dag geen tests, alleen van zijn eigen innerlijke kracht, en daar zakte hij weer voor. Hij ging tot twee keer toe terug naar de site van de *Star Tribune* en beide keren krabbelde hij terug, hoewel hij de tweede keer heel even zijn blik over een kop liet gaan, iets over een vent die met een vrachtwagen over een heel stel mensen heen was gereden om te bewijzen hoe gelovig hij was. Dat was afschuwelijk, maar er gebeurde dus nog wel van alles buiten het Instituut. De buitenwereld was er nog en hierbinnen was in elk geval één ding veranderd: op het welkomstscherm van de laptop stond nu zijn naam vermeld, in plaats van die van de verdwenen Donna.

Vroeg of laat zou hij toch echt op zoek moeten gaan naar informatie over zijn ouders. Dat wist hij best en hij begreep opeens heel goed wat de betekenis was van het oude gezegde dat geen nieuws goed nieuws is.

De volgende dag werd hij weer naar beneden gebracht, naar niveau C, waar een laborant, Carlos genaamd, hem drie buisjes bloed afnam, hem een prik gaf (geen reactie) en hem vervolgens een toilethokje in stuurde om in een potje te plassen. Daarna begeleidden Carlos en Winona, een boos kijkende verzorgster, hem naar niveau D. Winona had de reputatie een gemeen kreng te zijn en Luke deed geen enkele poging een gesprek met haar aan te knopen. Ze brachten hem naar een grote ruimte met daarin een MRI-scanner die een flinke duit moest hebben gekost.

*Dit moet haast wel een overheidsgebouw zijn*, had George gezegd. Als dat zo was, wat zou de gewone belastingbetaler dan vinden van de manier waarop er met hun geld werd omgesprongen? In een land waar mensen al over Big Brother begonnen te piepen als hun onbenullige regels werden opgelegd zoals het dragen van een helm op een motor of een vergunning om een verborgen wapen te dragen, luidde het antwoord waarschijnlijk dat ze er niet blij mee zouden zijn.

Er stond al een nieuwe laborant klaar, maar voordat hij en Carlos Luke in de scanner konden schuiven kwam dokter Evans opeens binnenrennen. Hij controleerde de plek op zijn arm waar hij de laatste injectie had gekregen en verklaarde hem 'zo fris als een hoentje'. Wat dat ook mocht betekenen. Hij vroeg of Luke nog epileptische aanvallen of duizelingen had gehad.

'Nee.'

'En de gekleurde lichten? Zijn die nog teruggekomen? Misschien tijdens het sporten of terwijl je op je laptop zat te kijken, of tijdens de stoelgang? Dat betekent...'

'Ik weet wat dat betekent. Nee.'

'Niet liegen, Luke.'

'Ik lieg niet.' Hij vroeg zich af of de MRI veranderingen in zijn hersenactiviteit kon waarnemen en daarmee kon bewijzen dat hij loog.

'Oké, mooi zo.' Niks mooi zo, dacht Luke. Je bent teleurgesteld. En dat vind ik fijn.

Evans krabbelde iets op zijn klembord. 'Ga zo door, dame en heren, ga zo door!' Waarna hij zich weer weghaastte, als een wit konijn dat laat is voor een heel belangrijke afspraak.

De MRI-laborant – DAVE, stond er op zijn naamplaatje – vroeg Luke of hij last had van claustrofobie. 'Je weet vast ook wel wat dát betekent.'

'Nee, daar heb ik geen last van,' zei Luke. 'De enige fobie die ik heb is voor opgesloten zitten.'

Dave was een ernstig kijkende man van middelbare leeftijd, brildragend en vrijwel kaal. Hij zag eruit als een accountant. Maar zo had Adolf Eichmann er ook uitgezien. 'Maar als je... claustrofobisch bent... ik bedoel... dan kan ik je een valiumpje geven. Dat mag.'

'Dat hoeft niet.'

'Ik zou er toch maar eentje nemen,' zei Carlos. 'Je ligt er straks al met al een hele tijd in en zo'n pilletje maakt het een wat aangenamer ervaring. Misschien val je zelfs in slaap, hoewel het best lawaaiig is. Je hoort een heleboel gebonk.'

Dat wist Luke. Hij had nog nooit in een MRI-scanner gelegen, maar had heel veel ziekenhuisseries gezien. 'Toch maar niet.'

Maar na de lunch (die Gladys kwam brengen) nam hij de valium toch, deels uit nieuwsgierigheid en deels uit verveling. Hij had toen al drie sessies in de MRI gehad en volgens Dave moest hij er nog drie doen. Luke nam niet de moeite te vragen waar ze hem op testten, waar ze naar zochten, of wat ze hoopten te vinden. Dan zou hij toch iets te horen krijgen als: *Gaat je niks aan.* Hij wist niet eens of ze het zelf eigenlijk wel wisten.

De valium gaf hem een zweverig, dromerig gevoel en tijdens de laatste sessie in de scanner viel hij, ondanks het harde, bonkende geluid dat het apparaat produceerde wanneer het de beelden maakte, in een lichte slaap. Tegen de tijd dat Winona binnenkwam om hem terug te brengen naar het woongedeelte was de valium uitgewerkt en voelde hij zich alleen nog maar lichtelijk versuft.

Ze stak een hand in haar zak en haalde er een handvol muntjes uit. Toen ze die aan hem gaf, viel er een op de grond en rolde weg.

'Raap op, onhandige klungel.'

Hij raapte het op.

'Je hebt een lange dag achter de rug,' zei ze, en ze glimlachte zowaar. 'Waarom haal je niet lekker wat te drinken? Even bijkomen. Relaxen. Ik raad je de Harveys Bristol Cream-sherry aan.'

Ze was van middelbare leeftijd, oud genoeg om een kind van Lukes leeftijd te hebben. Misschien wel twee. Zou ze die hetzelfde hebben aangeraden? Jeetje, je hebt een drukke dag gehad op school, waarom ga je niet even lekker zitten met een glaasje sherry, voordat je aan je huiswerk begint? Hij dacht eraan dat tegen haar te zeggen. Ze kon hem hooguit een draai om zijn oren geven, maar…

'Wat schiet ik ermee op?'

'Huh?' Ze keek hem fronsend aan. 'Wat schiet je wáármee op?'

'Laat maar zitten. Laat maar zitten, Winnie.' Hij wilde geen Harveys Bristol Cream-sherry, of wijnen met namen als Twisted Tea, of zelfs Stump Jump Grenache.

'Jij moet eens leren je brutale mond te houden, Luke.'

'Ik zal eraan werken.'

Hij stak de munten in zijn zak. Hij dacht dat het er negen waren. Hij zou er drie aan Avery geven en aan de tweeling ook elk drie. Genoeg voor wat lekkers, niet genoeg voor die andere troep. Het enige waaraan hij op dit moment zelf behoefte had was een stevige portie proteïnen en koolhydraten. Het maakte hem niet uit wat er vanavond op het menu stond, zolang het maar veel was.

# 21

De volgende ochtend namen Joe en Hadad hem weer mee naar niveau c, waar hem werd opgedragen een bariumoplossing te drinken. Tony stond erbij met zijn stroomstok, klaar om een schok uit te delen als Luke het ergens niet mee eens was. Toen hij het tot de laatste druppel had opgedronken, werd hij naar een ruimte ter grootte van een toilethokje gebracht, waar röntgenfoto's van hem werden gemaakt. Dit verliep allemaal zonder problemen, maar toen hij het hokje uit kwam, klapte hij opeens dubbel van de maagkrampen.

'Je kotst hier niet op de vloer, hoor,' zei Tony. 'Als je moet spugen, doe je het maar in de gootsteen in de hoek.'

Te laat. Lukes halfverteerde ontbijt kwam naar boven in de vorm van een bariumbrij.

'O, shit. Je ruimt het zelf op en wanneer je klaar bent, wil ik dat de vloer zo schoon is dat ik ervan kan eten.'

'Ik doe het wel,' zei Hadad.

'Om de dooie dood niet.' Tony keek hem niet aan en verhief ook niet zijn stem, maar Hadad kromp toch ineen. 'Je kunt de emmer en de zwabber pakken, maar de rest is Lukes werk.'

Hadad haalde de schoonmaakspullen. Luke slaagde erin de emmer te vullen uit de kraan in de hoek van de ruimte, maar hij had nog steeds maagkrampen en zijn armen trilden zo erg dat hij de emmer daarna niet kon neerzetten zonder dat het sop over de rand zou klotsen. Joe zette de emmer voor hem op de grond en fluisterde in Lukes oor: 'Hou vol, knul.'

'Geef hem die zwabber nou maar,' zei Tony en Luke begreep – op die nieuwe manier waarop hij dingen tegenwoordig begreep – dat die ouwe Tony hiervan genoot.

Luke dweilde en spoelde. Tony controleerde zijn werk, noemde het onacceptabel en zei dat hij het moest overdoen. Zijn maag was inmiddels gekalmeerd en ditmaal kon hij de emmer zelf optillen en neerzetten. Hadad en Joe waren gaan zitten en bespraken de kansen van de Yankees en de San Diego Padres, blijkbaar hun favoriete teams. Toen ze terugliepen naar de lift gaf Hadad hem een klap op zijn rug en zei: 'Goed gedaan, Luke. Heb jij wat munten voor hem, Joey? Ik ben blut.'

Joe gaf hem er vier.

'Waar zijn al die tests voor?' vroeg Luke.

'Voor van alles,' zei Hadad. 'Zit er maar niet over in.'

Dat was, dacht Luke, misschien wel het allerstomste advies dat hij ooit had gekregen. 'Kom ik hier ooit nog uit?'

'Absoluut,' zei Joe. 'Alleen zul je je er niets van kunnen herinneren.'

Hij loog. Ook deze keer was het geen kwestie van gedachten lezen, of in elk geval niet zoals Luke zich dat altijd had voorgesteld – in gedachten woorden horen (of zien, zoals bij ondertiteling op tv); het was een kwestie van weten, zo onmiskenbaar als zwaartekracht of de irrationaliteit van de vierkantswortel van twee.

'Hoeveel tests moet ik nog doen?'

'O, we houden je nog wel even bezig,' zei Joe.

'Maar kots nooit op een vloer waar Tony Fizzale over moet lopen,' zei Hadad en hij schoot hartelijk in de lach.

## 22

Toen Luke zijn kamer binnenkwam liep een nieuwe huishoudster de vloer te stofzuigen. Deze vrouw – JOLENE, volgens haar naamplaatje – was mollig en ergens in de twintig.

'Waar is Maureen?' vroeg Luke, hoewel hij dat heel goed wist. Dit was Maureens vrije week en wanneer ze terugkwam, was dat de eerste tijd misschien niet in dit gedeelte van het Instituut. Hij hoopte dat ze in Vermont was om alle ellende van die weggelopen echtgenoot uit te zoeken, maar hij zou haar missen… hoewel hij haar misschien wel terugzag in Achterkant wanneer hij aan de beurt was om daarnaartoe te gaan.

'Mo-Mo is ergens aan het filmen met Johnny Depp,' zei Jolene. 'Een van die piratenfilms waar alle kinderen zo dol op zijn. Zij speelt de doodskop op de vlag.' Ze lachte en zei toen: 'Kun je niet gewoon weggaan terwijl ik hier bezig ben?'

'Ik wil graag even gaan liggen. Ik voel me niet zo lekker.'

'O, wèh-wèh-wèh,' zei Jolene. 'Jullie zijn gewoon een stel verwende nesten. Iemand om je kamer schoon te houden, iemand die voor je kookt, je eigen tv… denk je dat ik een tv op mijn kamer had toen ik klein was? Of mijn eigen badkamer? Ik had drie zusjes en twee broers en we moesten erom vechten.'

'We mogen ook bariumpap drinken en het daarna weer uitkotsen. Zou je dat ook eens willen proberen?'

Ik begin elke dag meer als Nicky te klinken, dacht Luke, en hé, wat is daar mis mee? Het is juist goed om positieve rolmodellen te hebben.

Jolene draaide zich naar hem om en zwaaide met de stofzuigerstang. 'Wil je soms weten hoe het voelt om hier een klap mee op je kop te krijgen?'

Luke liep weg. Hij slenterde langzaam door de gangen van het woongedeelte en moest tot twee keer toe blijven staan en even tegen de muur leunen omdat hij weer krampen kreeg. Ze kwamen in elk geval wel minder vaak en ze waren ook minder hevig. Vlak voordat hij de verlaten ontspanningsruimte met uitzicht op het administratiegebouw bereikte, liep hij een van de lege kamers binnen, ging op het matras liggen en viel in slaap.

Voor het eerst werd hij wakker zonder de verwachting uit zijn slaapkamerraam te kunnen kijken en Rolf Destins huis daar te zien staan.

Wat Luke betrof was dit een stap in precies de verkeerde richting.

## 23

De volgende ochtend kreeg hij een prik, werd aangesloten op hart- en bloeddrukmonitors en moest vervolgens op een loopband rennen, terwijl Carlos en Dave de schermen in de gaten hielden. Ze voerden de loopband op tot Luke volkomen buiten adem was en ervanaf dreigde te vallen. De resultaten werden weergegeven op het kleine schermpje en net voordat Carlos de snelheid terugbracht, zag Luke dat hij een hartslag van 170 had.

Terwijl hij een glaasje jus d'orange dronk en weer wat op adem kwam, kwam er een grote, kale vent binnen die met zijn armen over elkaar tegen een muur geleund ging staan. Hij droeg een bruin pak dat er duur uitzag en een wit overhemd zonder stropdas. Met zijn donkere ogen nam hij Luke van top tot teen op, van zijn rode, bezwete gezicht tot zijn nieuwe sneakers. Hij zei: 'Ik heb me laten vertellen dat jij tekenen vertoont van een traag aanpassingsvermogen, jongeman. Het kan zijn dat Nick Wilholm daar iets mee te maken heeft. Hij is niet iemand die je moet willen evenaren. Je weet toch wel wat dat woord betekent? Evenaren?'

'Ja.'

'Hij is brutaal en onaardig tegen mannen en vrouwen die alleen maar hun werk proberen te doen.'

Luke zei niets. Dat was altijd het veiligst.

'Probeer die houding niet te imiteren. Dat zou ik je willen aanraden. Ten stelligste willen aanraden. En ook om je communicatie met het bedienend personeel tot een minimum te beperken.'

Hier schrok Luke even van, tot hij zich realiseerde dat de kale vent het niet over Maureen had, maar over Fred, de conciërge. Luke wist het heel zeker, terwijl hij Fred toch maar één keer gesproken had en Maureen meerdere keren.

'Verder wil ik niet dat je nog in de ontspanningsruimte en de lege kamers in de westvleugel komt. Als je wilt slapen, doe je dat in je eigen kamer. Maak je verblijf hier zo aangenaam mogelijk.'

'Er is hier helemaal niets aangenaam,' zei Luke.

'Je hebt natuurlijk recht op je eigen mening. Je hebt vast wel eens gehoord wat ze daarover zeggen: het zijn net kontgaten, iedereen heeft er een. Maar volgens mij ben jij slim genoeg om te weten dat er een groot verschil is tussen niets aangenaams en iets onaangenaams. Onthoud dat goed.'

Hij ging weg.

'Stackhouse,' zei Carlos. 'Hoofd Beveiliging van het Instituut. Niet iemand om tegen de haren in te strijken.'

Dave kwam op hem af met een naald. 'Ik heb nog wat bloed nodig. Dit is zo gepiept. Even meewerken, hè, kanjer?'

## 24

Na de loopband en die laatste bloedafname volgden er een paar dagen zonder tests, voor Luke althans. Hij kreeg nog wel een paar injecties – waarvan eentje zijn arm een uur lang verschrikkelijk liet jeuken – maar dat was alles. De tweeling begon een beetje te wennen, vooral nadat Harry Cross vriendschap met ze sloot. Hij was TK en pochte dat hij van alles kon verplaatsen, maar volgens Avery was dat allemaal grootspraak. 'Hij heeft er nog minder van dan jij, Luke.'

Luke rolde met zijn ogen. 'Wees vooral niet té diplomatiek, Avery, rustig aan.'

'Wat betekent dat, diplomatiek?'

'Gebruik een muntje en zoek het maar op op je computer.'

'Het spijt me, Dave, dat kan ik niet doen,' zei Avery in een verrassend goede imitatie van HAL 9000's zacht onheilspellende stem, en hij begon te grinniken.

Harry was goed voor Greta en Gerda, dat viel niet te ontkennen. Altijd wanneer hij ze zag verscheen er een brede, dwaze grijns op zijn gezicht. Dan hurkte hij neer, spreidde zijn armen en renden zij op hem af.

'Hij zal toch niet aan ze zitten, hè?' vroeg Nicky op een ochtend op het speelterrein, terwijl Harry naar de twee G's stond te kijken, die op de trampoline sprongen.

'Ieuww! Getver,' zei Helen. 'Jij hebt te veel films gezien.'

'Nee hoor.' Avery at een chocololly en had daar een bruin snorretje van gekregen. 'Hij wil ze niet...' Hij stopte de lolly in zijn mond, zette zijn kleine handjes in zijn onderrug en maakte stotende bewegingen met zijn heupen. Wat Luke betrof liet het perfect zien waarom telepathie helemaal niet goed was voor een mens. Je wist veel te jong al veel te veel.

'Ieuww!' zei Helen weer en ze sloeg een hand voor haar ogen. 'Laat me niet wensen dat ik blind was, Ave.'

'Hij had cockerspaniëls,' zei Avery. 'Thuis. Die meisjes zijn voor hem een soort, je weet wel, er is een woord voor.'

'Substituut,' zei Luke.

'Precies, dat bedoel ik.'

'Ik weet niet hoe Harry met zijn honden was,' zei Nicky tegen Luke toen ze later die dag zaten te lunchen, 'maar die meisjes hebben hem helemaal ingepakt. Alsof iemand ze een nieuwe pop heeft gegeven. Eentje met rood haar en een vette pens. Moet je nou zien.'

De tweeling zat aan weerszijden van Harry en voerde hem stukjes gehaktbrood van hun bordjes.

'Ik vind het wel schattig,' zei Kalisha.

Nicky glimlachte naar haar – de glimlach die zijn hele gezicht deed oplichten (sinds vandaag inclusief een blauw oog dat een van de stafleden hem had bezorgd). 'Echt iets voor jou, Sha.'

Ze glimlachte terug en even voelde Luke een steek van jaloezie. Dat sloeg nergens op, gezien de omstandigheden... maar toch was het zo.

# 25

De volgende dag brachten Priscilla en Hadad Luke weer naar beneden, naar niveau E ditmaal, waar hij nog niet eerder was geweest. Daar werd hij aangesloten op een infuus waarvan hij volgens Priscilla wat rustiger zou worden, maar in plaats daarvan raakte hij volkomen van de wereld. Toen hij weer bijkwam, rillend en naakt, zaten zijn buik, zijn rechterbeen en zijn rechterzij in het verband. Een andere dokter – RICHARDSON, volgens het naamplaatje op haar witte jas – stond over hem heen gebogen. 'Hoe voel je je, Luke?'

'Wat hebben jullie met me gedaan?' Hij probeerde het te schreeuwen, maar slaagde er niet in meer geluid voort te brengen dan een verstikt gebrom. Ze hadden ook iets in zijn keel gestopt. Waarschijnlijk een of ander beademingsslangetje. Opeens, een beetje laat, hield hij zijn handen voor zijn kruis.

'We hebben alleen wat monsters genomen.' Dokter Richardson trok haar operatiekapje met paisleymotief van haar hoofd en er viel een massa donker haar op haar schouders. 'We hebben geen nier bij je weggehaald om op de zwarte markt te verkopen, als je daar soms bang voor bent. Je krijgt misschien wat pijn, vooral tussen je ribben, maar dat gaat wel over. Slik intussen deze maar.' Ze gaf hem een bruin flesje zonder etiket, met een paar pillen erin.

Ze ging weg. Zeke kwam binnen met zijn kleren. 'Kleed je maar aan zodra je denkt dat het je zal lukken zonder om te vallen.' Zeke, attent als altijd, gooide de kleren op de grond.

Uiteindelijk lukte het Luke ze op te rapen en zich aan te kleden. Priscilla – deze keer met Gladys – bracht hem terug naar het woongedeelte. Het was licht geweest toen ze hem naar beneden brachten, maar nu was het donker. Misschien was het zelfs al heel laat, hij had geen idee, zijn tijdsbesef was helemaal in de war.

'Kun je zelf naar je kamer lopen?' vroeg Gladys. Geen brede lach; misschien draaide die geen nachtdiensten.

'Ja hoor.'

'Ga dan maar. Neem zo'n pil. Het is oxycodon. Ze helpen tegen de pijn en je gaat je er ook lekker door voelen. Een extraatje. Morgen ben je weer helemaal het ventje.'

Hij liep de gang in, stak zijn hand uit naar de deurknop van zijn kamer, maar bleef toen staan. Hij hoorde iemand huilen. Het geluid kwam uit de buurt van die stomme ALWEER ZO'N VERRUKKELIJKE DAG-poster en dat betekende dat het waarschijnlijk uit Kalisha's kamer kwam. Hij dacht even na. Hij wilde niet weten waarom ze huilde, want hij voelde zich op dit moment niet in staat iemand te troosten. Aan de andere kant ging het wel om háár, dus liep hij er toch maar naartoe en klopte zachtjes op de deur. Er gebeurde niets, dus draaide hij de knop om en stak zijn hoofd naar binnen. 'Kalisha?'

Ze lag op haar rug, met één hand over haar ogen. 'Ga weg, Luke. Ik wil niet dat je me zo ziet.'

Bijna deed hij wat ze vroeg, maar het was niet wat ze wilde. In plaats van weg te gaan, liep hij naar binnen en ging bij haar zitten. 'Wat is er?'

Maar ook dat wist hij. Alleen niet de details.

## 26

De kinderen waren buiten geweest, op de speelplaats – allemaal, behalve Luke, die buiten kennis op niveau E lag, terwijl dokter Richardson haar monsters bij hem afnam. Vanuit de ontspanningsruimte kwamen er twee mannen naar buiten. Ze droegen rode kleding in plaats van de roze en blauwe die de verzorgers en laboranten in Voorkant droegen en er zaten geen naamplaatjes op hun hemden. De drie oudgedienden – Kalisha, Nicky en George – wisten wat dat betekende.

'Ik was ervan overtuigd dat ze voor mij kwamen,' zei Kalisha tegen Luke. 'Ik zit hier al het langst en ik heb al een dag of tien geen tests gehad, terwijl ik de waterpokken toch al achter de rug heb. Ze hebben me zelfs geen bloed afgenomen en je weet hoe graag die fucking vampiers dat doen. Maar ze kwamen voor Nicky. Nicky!'

Haar stem brak toen ze het zei en dat stemde Luke verdrietig, want hij was behoorlijk gek op Kalisha, maar het verbaasde hem niet. Nick Wilholm had de knappe, rebelse mannelijke hoofdrol kunnen vertolken in een van die dystopische tienerfilms. Overal waar hij verscheen had Helen zich naar hem toe gekeerd als een kompasnaald naar het magnetische noorden; Iris had hetzelfde gedaan en zelfs de kleine G's hadden hem met open mond en een glinstering in hun ogen nagekeken wanneer hij voorbijkwam. Maar Kalisha kende hem het langst, zij waren de veteranen van het Instituut en ongeveer even oud. Als stel waren zij op z'n minst een mogelijkheid.

'Hij heeft gevochten,' zei Kalisha. 'Hij heeft keihard gevochten.' Ze kwam zo plotseling overeind dat ze Luke bijna van het bed stootte. Ze ontblootte haar tanden en klemde haar vuisten boven haar kleine boezem tegen haar borst. 'Ík had met ze moeten vechten! Dat hadden we allemaal moeten doen!'

'Maar daar ging het allemaal te snel voor, hè?'

'Hij sloeg een van hen heel hoog, tegen zijn keel – en toen gaf de ander hem een stroomstoot op zijn heup. Ik denk dat zijn been toen gevoelloos werd, maar om niet te vallen hield hij zich vast aan een van de touwen van het touwenparcours en hij gaf die rotzak met zijn goede been een trap voordat hij zijn stroomstok nog een keer kon gebruiken.'

'Hij schopte hem uit zijn hand,' zei Luke. Hij zag het voor zich, maar had het beter niet kunnen zeggen. Het suggereerde iets waarvan hij niet wilde dat zij het wist, maar Kalisha leek er geen erg in te hebben.

'Precies. Maar toen gaf die andere, die hij tegen zijn keel had geslagen, Nicky een stroomstoot in zijn zij en dat klereding stond waarschijnlijk op de hoogste stand, want ik hoorde het knetteren, terwijl ik helemaal bij de shuffleboard-baan stond. Nicky viel en ze bogen zich over hem heen en gaven hem nog een paar stoten en toen schoot hij overeind, terwijl hij bewusteloos op de grond lag schoot hij overeind, en toen rende Helen eropaf en riep: "Jullie vermoorden hem, jullie vermoorden hem," en toen trapte een van de twee haar tegen haar bovenbeen en riep lachend: "*Hai*," als een of andere stompzinnige karategek, en toen viel zij huilend op de grond en daarna tilden ze Nicky op en droegen hem weg. Maar voordat ze door de deuren naar binnen konden gaan...'

Ze zweeg. Luke wachtte. Hij wist wat er ging komen. Het was een van zijn nieuwe ingevingen die meer waren dan ingevingen, maar hij moest haar het laten vertellen. Omdat ze niet mocht weten wat hij nu was. Niemand mocht dat weten.

'Hij kwam een beetje bij.' De tranen rolden over haar wangen. 'Genoeg om ons te zien. Hij lachte en hij zwaaide. Hij zwááide. Zo dapper was hij.'

'Ja,' zei Luke. Hij hoorde haar 'was' zeggen en niet 'is'. En dacht: die zien we nooit meer terug.

Ze greep zijn nek en trok zijn gezicht zo onverwacht en zo hard naar het hare dat hun voorhoofden tegen elkaar bonkten. 'Zeg dat niet!'

'Sorry.' Hij vroeg zich af wat ze nog meer in zijn gedachten had gezien. Niet zo veel, hoopte hij. Hij hoopte dat ze te overstuur was geraakt door de kerels in de rode hemden die Nicky hadden meegenomen naar Achterkant. Het volgende dat ze zei stelde hem wat dat betrof gerust.

'Hebben ze monsters afgenomen? Ja, hè? Ik zie verband.'

'Ja.'

'Die bitch met het zwarte haar zeker? Richardson. Hoeveel?'

'Drie. Een uit mijn arm, een uit mijn maag en een tussen mijn ribben. Die doet het meeste pijn.'

Ze knikte. 'Bij mij hebben ze er een uit mijn tiet genomen, net als een biopt. Dat deed echt pijn. Maar wat nu als ze er niet iets uit halen? Wat als ze er iets ín stoppen? Ze zeggen wel dat ze monsters nemen, maar ze liegen over alles!'

'Nog meer zendertjes, bedoel je? Waarom zouden ze dat doen? We hebben deze immers?' Hij voelde aan de chip in zijn oorlel. Die deed geen pijn meer; hij hoorde nu gewoon bij hem.

'Ik weet het niet,' zei ze verdrietig.

Luke stak een hand in zijn zak en haalde het flesje met de pillen eruit. 'Ze hebben me deze gegeven. Misschien moet je er maar eentje nemen. Dan word je misschien wat kalmer en kun je beter slapen.'

'Oxy's?'

Hij knikte.

Ze stak haar hand uit naar het flesje, maar trok hem weer terug. 'Het probleem is dat ik er niet eentje wil, ik wil er zelfs geen twee. Ik wil ze allemaal. Maar ik denk dat ik moet voelen wat ik voel. Dat lijkt me het beste, denk je ook niet?'

'Ik weet het niet,' zei Luke en dat was de waarheid. Dit waren geen kleinigheden en hoe slim hij ook was, hij was pas twaalf.

'Ga weg, Luke. Ik moet vanavond in m'n eentje verdrietig zijn.'

'Oké.'

'Morgen voel ik me wel weer beter. En als ik de volgende ben die ze komen halen...'

'Dat gaat niet gebeuren.' Hij wist best dat het een domme opmerking was. Superstom. Ze was aan de beurt. Ze had allang aan de beurt moeten zijn.

'Áls het gebeurt, wees dan een vriend voor Avery. Hij heeft een vriend nodig.' Ze keek hem strak aan. 'En jij ook.'

'Oké.'

Ze deed een poging tot een glimlach. 'Je bent een snoes. Kom hier.' Hij boog zich over haar heen en ze kuste hem, eerst op de wang en toen op zijn mondhoek. Haar lippen waren zoutig. Dat kon Luke niet schelen.

Toen hij de deur opendeed zei ze: 'Ze hadden mij mee moeten nemen. Of George. Niet Nicky. Hij was degene die nooit toegaf aan hun bullshit. Degene die nooit opgaf.' Ze verhief haar stem. 'Zijn jullie daar? Luisteren jullie mee? Ik hoop het, want ik haat jullie en ik wil dat jullie dat weten. IK HAAT JULLIE!'

Ze viel weer terug op het bed en begon te snikken. Luke overwoog nog even om weer naar haar toe te gaan, maar deed het niet. Hij had haar zo goed mogelijk getroost en hij had zelf ook pijn, niet alleen omdat het hem verdriet deed dat Nicky weg was, maar ook gewoon op de plekken waar dokter Richardson hem had geprikt. Het maakte niet uit of de vrouw met het donkere haar weefselmonsters had genomen, of iets in zijn lichaam had achtergelaten (zendertjes sloegen nergens op, maar hij veronderstelde dat het ook een of ander experimenteel enzym of vaccin kon zijn), want geen enkele van hun tests en injecties leek ergens op te slaan. Hij dacht weer aan de concentratiekampen en de gruwelijke, onzinnige experimenten die daar waren uitgevoerd. Mensen bevriezen, verbranden, of ze allerlei ziektes geven.

Hij ging terug naar zijn kamer, overwoog één of zelfs twee van die oxypillen te nemen, maar deed het toch niet.

Vervolgens overwoog hij Mr. Griffin te gebruiken om naar de *Star Tribune* te gaan, en deed dat ook niet.

Hij dacht aan Nicky, de hartenbreker van alle meisjes. Nicky, die als eerste Harry Cross op zijn nummer had gezet en vervolgens vriendschap met hem had gesloten, wat veel moediger was dan hem in elkaar slaan. Nicky, die zich tegen hun tests had verzet en met de mannen van Achterkant had gevochten toen die hem kwamen halen. Nicky, die nooit opgaf.

## 27

De volgende dag brachten Joe en Hadad Luke en George naar C11, waar ze een poosje alleen werden gelaten. Toen de twee verzorgers terugkwamen, nu allebei met een beker koffie, hadden ze Zeke bij zich. Zijn ogen waren roodomrand en hij zag eruit alsof hij een kater had.

Hij zette beide jongens een rubber elektrodekap op en trok de bandjes onder hun kin strak aan. Nadat Zeke de gegevens had uitgelezen, gingen de jongens om beurten in een rijsimulator. Dokter Evans kwam binnen met zijn trouwe klembord en maakte aantekeningen terwijl Zeke allerlei getallen riep die misschien (of misschien ook niet) te maken hadden met reactietijd. Luke reed door verschillende stopsignalen en veroorzaakte een behoorlijk bloedbad voordat hij het onder de knie kreeg, maar daarna was het eigenlijk best een leuke test – voor het eerst in het Instituut.

Na afloop voegde dokter Richardson zich bij dokter Evans. Vandaag droeg ze een driedelig mantelpakje en hoge hakken. Ze zag eruit alsof ze naar een belangrijke zakelijke bijeenkomst ging. 'Hoe gaat het vandaag met de pijn, Luke, op een schaal van één tot tien?'

'Een twee. En op een schaal van één tot tien is mijn verlangen om te maken dat ik hier wegkom een elf.'

Ze grinnikte alsof hij een grapje maakte, nam afscheid van dokter Evans (die ze Jim noemde) en verliet de kamer.

'Wie heeft er nou gewonnen?' vroeg George aan dokter Evans.

Hij glimlachte toegeeflijk. 'Zo'n soort test is het niet, George.'

'Oké, maar wie heeft er gewonnen?'

'Toen jullie eenmaal aan de simulator gewend waren, waren jullie allebei behoorlijk snel en dat verwachten we ook van TK's. Dat was het voor vandaag, jongens. Fijn, hè? Joe, wil jij de jongeheren alsjeblieft weer naar boven brengen?'

Onderweg naar de lift zei George: 'Ik geloof dat ik zes voetgangers overhoop heb gereden voordat ik het doorhad. Hoeveel heb jij er overreden?'

'Drie maar, maar ik ben op een schoolbus in gereden. Daar zijn misschien ook wel slachtoffers gevallen.'

'Gaaf! Ik heb die hele bus niet gezien.' De lift kwam en ze stapten alle vier in. 'Eigenlijk heb ik zeven voetgangers geraakt. De laatste was expres. Ik deed net of het Zeke was.'

Joe en Hadad keken elkaar aan en begonnen te lachen. Luke voelde daardoor opeens toch een heel klein beetje sympathie voor hen. Hij wilde het niet, maar het ging vanzelf.

Toen de twee verzorgers weer in de lift stapten, vermoedelijk op weg naar de koffiekamer op niveau C, zei Luke: 'Na de stippen hebben ze je ondervraagd over de kaarten. Een telepathietest.'

'Klopt, dat heb ik je verteld.'

'Hebben ze jou ooit op TK getest? Hebben ze je wel eens gevraagd een lamp aan te doen of een rij dominostenen om te gooien of iets dergelijks?'

George krabde op zijn hoofd. 'Nu je het zegt, nee. Maar waarom zouden ze ook, wanneer ze toch al weten dat ik zulke dingen kan? Als ik een goede dag heb tenminste. Hebben ze jou daar wel op getest?'

'Nee. En ik snap wat je bedoelt, maar het is toch vreemd dat ze er geen belangstelling voor lijken te hebben om de grenzen van wat wij kunnen te testen.'

'Het is allemaal onbegrijpelijk, Lukey-Loe. Alleen al het feit dat we hier zijn. Laten we maar wat gaan bikken.'

De meeste kinderen zaten te lunchen in de cafetaria, maar Kalisha en Avery waren op de speelplaats. Ze zaten op het grind, met hun rug tegen het metalen hekwerk, en keken elkaar aan. Luke zei tegen George dat hij maar vast moest gaan eten en ging naar buiten. Het knappe zwarte meisje en het kleine witte ventje zaten niet te praten… en toch deden ze dat. Dat wist Luke, maar wat hij niet wist was waar het gesprek over ging.

Hij dacht opeens terug aan de SAT-toets en het meisje dat hem een vraag had gesteld over een rekensom over een gast die Aaron heette en hoeveel hij moest betalen voor een hotelkamer. Het leek in een heel ander leven te zijn gebeurd, maar Luke herinnerde zich heel duidelijk dat hij zich niet had kunnen voorstellen hoe een som die voor hem zó simpel was voor haar zo moeilijk kon zijn. Nu begreep hij dat. Wat er daar bij het hek gaande was tussen Kalisha en Avery ging boven zijn pet.

Kalisha keek om en zwaaide naar hem. 'Ik spreek jou zo, Luke. Ga maar vast eten.'

'Oké,' zei hij, maar hij zag haar niet meer bij de lunch, want die sloeg ze over. Toen hij later, na een stevig middagdutje (hij was uiteindelijk overstag gegaan en had toch een pijnstiller genomen), de gang in was gelopen naar de ontspanningsruimte en de speelplaats stopte hij voor haar deur, die openstond. De roze sprei en de kussens met de strikjes en kwikjes waren verdwenen. Net als de ingelijste foto van Martin Luther King. Luke bleef even zo staan, met grote ogen en een hand voor zijn mond, en probeerde het tot zich te laten doordringen.

Als ze had gevochten, net als Nicky, dacht Luke dat hij ondanks de pil wel wakker was geworden van het lawaai. Het enige alternatief, dat ze gewillig was meegegaan, was minder goed verteerbaar maar – moest hij toegeven – wel waarschijnlijker. Hoe dan ook, het meisje dat hem twee keer had gekust was weg.

Hij ging terug naar zijn kamer en begroef zijn gezicht in zijn kussen.

## 28

Die avond hield Luke een van zijn muntjes voor de laptopcamera om hem tot leven te wekken en ging naar Mr. Griffin. Dat dit nog steeds mogelijk was stemde hem hoopvol. De klootzakken die dit oord runden wisten misschien alles over zijn achterdeurtje, maar wat zou het voor zin hebben? Dit bracht hem tot een gunstige conclusie, dat vond hij zelf althans: de handlangers van Sigsby zouden hem er uiteindelijk misschien op betrappen dat hij af en toe een kijkje nam in de buitenwereld, eigenlijk was dat zelfs waarschijnlijk, maar tot nu toe was dat nog niet gebeurd. Ze keken niet mee op zijn computer. Ze zijn in sommige opzichten een beetje slordig, dacht hij. Misschien wel in een heleboel opzichten, en waarom ook niet? Ze hebben niet te maken met krijgsgevangenen, maar met een stel bange, verwarde kinderen.

Via de Mr. Griffin-site verschafte hij zich toegang tot de *Star Tribune*. Het belangrijkste voorpaginanieuws had te maken met het aanhoudende conflict inzake de gezondheidszorg, dat nu al jaren aan de gang was. De bekende angst voor wat hij na de voorpagina zou aantreffen maakte zich van hem meester en hij keerde bijna terug naar zijn startscherm. Dan kon hij zijn recente zoekgeschiedenis wissen, afsluiten en naar bed gaan. Misschien nog een pilletje nemen. Wat niet weet, wat niet deert, luidde een gezegde, en had hij vandaag al niet voldoende narigheid meegemaakt?

Toen dacht hij aan Nick. Zou Nicky Wilholm zijn teruggekrabbeld als hij op de hoogte was geweest van het bestaan van een achterdeur als Mr. Griffin? Waarschijnlijk niet, vrijwel zeker niet, alleen was hij niet zo moedig als Nicky.

Hij dacht aan Winona, die hem dat handjevol muntjes had gegeven en hoe zij hem, toen hij er eentje had laten vallen, een onhandige sukkel had genoemd en had gezegd dat hij het moest oprapen. Dat had hij zonder enige vorm van protest gedaan. Nicky zou dat nooit hebben gedaan. Luke kon hem bijna horen zeggen: *Doe het lekker zelf, Winnie*, waarna hij de klap die erop was gevolgd zou hebben geïncasseerd. Misschien zou hij zelfs hebben teruggeslagen.

Maar zo was Luke Ellis niet. Luke Ellis was in wezen een brave jongen, die deed wat hem werd verteld, of het nu om klusjes thuis ging of naar muziekles gaan op school. Hij had de schurft aan die verrekte trompet van hem, elke derde noot was hartstikke vals, maar hij hield vol omdat meneer Greer zei dat hij, buiten zaalsporten, aan minimaal één buitenschoolse activiteit moest deelnemen. Luke Ellis was de jongen die er alles aan deed om sociaal te zijn zodat mensen vooral niet zouden denken dat hij niet alleen een bolleboos was, maar ook een zonderling type. Hij hield zich nauwgezet aan alle vormen van gewenste sociale interactie en boog zich vervolgens weer over zijn boeken. Want er bestond een afgrond en boeken bevatten magische bezweringen om naar boven te halen wat daarin verborgen was: alle grote mysteries. Voor Luke deden die mysteries ertoe. Ooit, in de toekomst, ging hij misschien zelf wel boeken schrijven.

De enige toekomst hier was Achterkant. Hier gaf *Wat schiet je ermee op?* de essentie weer van het bestaan.

'Krijg de tering,' fluisterde hij en hij ging naar het stadskatern van de *Star Tribune*. Zijn hartslag bonsde in zijn oren en klopte in de kleine wondjes, die al begonnen te genezen, onder het verband.

Hij hoefde niet lang te zoeken; zodra hij zijn eigen klassenfoto van afgelopen jaar zag staan wist hij genoeg. De kopzin was niet meer nodig, maar hij las hem toch: ZOEKTOCHT NAAR VERMISTE ZOON VAN VERMOORD ECHTPAAR UIT FALCON HEIGHTS GAAT ONVERMINDERD DOOR.

De gekleurde lichten kwamen terug, kolkend en pulserend. Luke tuurde ertussendoor, zette de laptop uit, kwam van zijn stoel op benen die niet aanvoelden als zijn benen en was in twee bevende stappen bij zijn bed. Daar lag hij in het zachte schijnsel van het leeslampje naar het plafond te staren. Op een gegeven moment begonnen die ellendige popartstippen eindelijk te vervagen.

*Vermoord echtpaar uit Falcon Heights.*

Hij voelde zich alsof zich midden in zijn geest een valluik had geopend waarvan hij het bestaan nog niet had geweten en slechts één gedachte – duidelijk, hard en sterk – voorkwam dat hij erdoor viel: misschien keken ze toe. Hij dacht niet dat ze op de hoogte waren van de Mr. Griffin-site en het feit dat hij die kon gebruiken om zich toegang te verschaffen tot de buitenwereld. Hij dacht ook niet dat ze wisten dat de lichten een fundamentele verandering in zijn brein teweeg hadden gebracht; ze dachten dat het experiment was mislukt. Tot nu toe tenminste. Dat waren de dingen die hij had en ze konden best wel eens waardevol blijken te zijn.

De handlangers van Sigsby waren niet almachtig. Het bewijs daarvoor was het feit dat hij nog steeds toegang had tot Mr. Griffin. Van de bewoners verwachtten ze hooguit een soort primaire opstandigheid en zodra die er met behulp van dreigementen, klappen en stroomstoten uit was geramd konden ze af en toen zelfs even alleen worden gelaten, net zoals Joe en Hadad hem en George in C11 alleen hadden gelaten terwijl ze koffie waren gaan halen.

*Vermoord.*

Dat woord stond op het valluik en het zou heel makkelijk zijn erin te vallen. Vanaf het allereerste begin was Luke er bijna zeker van geweest dat ze logen, maar dat 'bijna' had het valluik gesloten gehouden. Het bood nog wat ruimte voor hoop. Die vette kop maakte daar een einde aan. En aangezien ze dood waren – vermoord – wie zou de meest waarschijnlijke verdachte zijn? De VERMISTE ZOON natuurlijk. De politie die onderzoek deed naar het misdrijf wist inmiddels ongetwijfeld dat hij een bijzonder kind was, een genie, en was van genieën niet algemeen bekend dat ze breekbaar waren? Geneigd om te ontsporen?

Kalisha had haar opstandigheid uitgeschreeuwd, maar dat zou Luke niet doen, hoe graag hij het ook wilde. In zijn hart kon hij schreeuwen zo veel hij wilde, maar niet hardop. Hij wist niet of hij iets aan zijn geheimen zou hebben, maar hij wist wel dat er scheurtjes zaten in de muren van wat George Iles zo terecht dit hellegat had genoemd. Als hij zijn geheimen – en zijn vermeende superieure intelligentie – als een koevoet kon gebruiken, kon hij een van die scheurtjes misschien groter maken. Hij wist niet of ontsnapping mogelijk was, maar als hij een manier kon vinden om hier weg te komen, zou ontsnappen slechts de eerste stap zijn naar een hoger doel.

Alles boven hun hoofden laten instorten, dacht hij. Zoals Simson de tempel had laten instorten nadat Delila hem ertoe had verleid zijn haar te laten knippen. Laten instorten en verpletteren. Verpletteren zal ik ze, allemaal.

Op een gegeven moment viel hij in een rusteloze slaap. Hij droomde dat hij thuis was en dat zijn vader en moeder nog leefden. Het was een fijne droom. Zijn vader zei dat hij niet mocht vergeten de vuilnisbakken buiten te zetten. Zijn moeder bakte pannenkoeken en Luke overgoot de zijne met bramensiroop. Zijn vader at er eentje met pindakaas terwijl hij intussen naar het ochtendjournaal keek op CBS – Gayle King en Norah O'Donnell, die heel sexy was – en ging toen naar zijn werk, nadat hij eerst Luke een zoen op zijn wang had gegeven en Eileen een op haar mond. Een fijne droom. Rolfs moeder zou de jongens naar school brengen en toen ze voor de deur stond en toeterde, pakte Luke zijn rugzak en rende naar de deur. 'Hé, vergeet je lunchgeld niet!' riep zijn moeder en ze gaf het aan hem, alleen was het geen geld, het waren muntjes, en op dat moment werd hij wakker en besefte hij dat er iemand in zijn kamer was.

## 29

Luke kon niet zien wie het was, want op een gegeven moment moest hij zijn leeslampje hebben uitgedaan, ook al kon hij zich dat niet herinneren. Hij hoorde een zacht geschuifel van voeten in de buurt van zijn bureau en het eerste wat hij dacht was dat het een van de verzorgers was die zijn laptop kwam weghalen, omdat ze hem al die tijd al in de gaten hadden gehouden en hij zo dom was geweest te geloven dat het niet zo was. Superstom.

Hij voelde de woede als vergif door zijn lichaam stromen. Hij sprong zo ongeveer uit bed, klaar om degene die zijn kamer was binnengedrongen het hoofd te bieden. De indringer kon slaan, stompen of zijn stroomstok gebruiken zo veel hij wilde, Luke zou toch minstens een paar stevige klappen uitdelen. Misschien zouden ze de werkelijke reden van zijn agressie niet begrijpen, maar dat gaf niet; als Luke dat zelf maar wist.

Alleen was het geen volwassene. Hij sprong boven op een klein lichaam, dat dan ook languit op de grond viel.

'Au, Luke, niet doen! Je doet me pijn!'

Avery Dixon.

Luke stak zijn armen uit, trok hem overeind en leidde hem naar het bed, waar hij de lamp aandeed. Avery keek doodsbang.

'Jezus, wat doe jij hier?'

'Ik werd wakker en toen was ik bang. Ik kan niet naar Sha, want ze hebben haar meegenomen. Daarom kwam ik naar jou. Mag ik hier blijven? Alsjeblieft?'

Alles wat hij zei was waar, alleen was het niet de hele waarheid. Dat wist Luke met een zekerheid waarbij de andere 'zekerheden' die hij had gehad vaag en twijfelachtig leken af te steken. Avery was namelijk een sterke TP, veel sterker dan Kalisha, en op dit moment was Avery aan het... nou ja, aan het zenden.

'Je mag blijven.' Maar toen Avery aanstalten maakte om in bed te kruipen zei hij: 'Nee, nee, eerst ga je nog even naar de wc. Er wordt niet in mijn bed geplast.'

Avery protesteerde niet en even later hoorde Luke een plas in de pot spetteren. Een grote plas. Toen Avery terugkwam deed Luke het licht uit. Avery kroop tegen hem aan. Het was fijn om niet alleen te zijn. Heerlijk zelfs.

Avery fluisterde in zijn oor: 'Ik vind het heel erg van je pappie en mammie, Luke.'

Luke kon even geen woord uitbrengen. Vervolgens fluisterde hij terug: 'Zaten jij en Kalisha gisteren op de speelplaats over mij te praten?'

'Ja. Zij zei dat ik naar jou toe moest gaan. Ze zei dat ze je brieven zou sturen en dat ik de postbode mocht zijn. Als je denkt dat het veilig is, mag je het wel tegen George en Helen vertellen.'

Maar dat zou hij niet doen, want hier was niets veilig. Zelfs denken was niet veilig. In gedachten liep hij na wat hij had gezegd toen Kalisha hem vertelde over Nicky's gevecht met de rode verzorgers van Achterkant: *Hij schopte hem uit zijn hand.* Daarmee bedoelde hij een van de stroomstokken. Ze had Luke niet gevraagd hoe hij dat kon weten, omdat ze dat zo goed als zeker zelf al wist. Had hij nou echt gedacht zijn nieuwe TP-gave voor haar verborgen te kunnen houden? Misschien voor de anderen, maar niet voor Kalisha. En ook niet voor Avery.

'Kijk!' fluisterde Avery.

Luke zag niets, want de lamp was uit en zonder raam om omgevingslicht van buiten binnen te laten was het pikdonker in de kamer, maar hij keek toch en meende Kalisha te zien.

'Is alles goed met haar?' fluisterde Luke.

'Ja. Nog wel.'

'Is Nicky daar ook? Gaat het goed met hem?'

'Ja,' fluisterde Avery. 'Iris ook. Alleen heeft zij steeds hoofdpijn. Andere kinderen hebben daar ook last van. Sha denkt dat dat door de films komt. En de stippen.'

'Welke films?'

'Dat weet ik niet. Sha heeft nog geen film gezien, maar Nicky wel. En Iris ook. Kalisha zegt dat ze denkt dat er nog meer kinderen zijn – misschien in de achterkant van Achterkant – maar op de plek waar ze nu zijn, zijn het er maar een paar. Jimmy en Len. En Donna.'

Ik heb Donna's computer, dacht Luke. Die heb ik van haar geërfd.

'Bobby Washington was er eerst ook, maar die is nu weg. Iris heeft Kalisha verteld dat zij hem heeft gezien.'

'Die kinderen ken ik niet.'

'Kalisha zegt dat Donna een paar dagen voor jouw komst naar Achterkant is gegaan. Daarom heb jij haar computer gekregen.'

'Jij bent echt luguber,' zei Luke.

Avery, die waarschijnlijk best wist wat luguber was, negeerde zijn opmerking. 'Ze krijgen prikken die pijn doen. Prikken en stippen, stippen en prikken. Sha zegt dat ze denkt dat er nare dingen gebeuren in Achterkant. Ze zegt dat jij er misschien iets aan kunt doen. Ze zegt...'

Hij maakte zijn zin niet af en dat was ook niet nodig. Luke zag een kort, maar verblindend scherp beeld voor zich dat Kalisha hem waarschijnlijk toezond via Avery Dixon: een kanarie in een kooitje. Opeens ging het deurtje open en de kanarie vloog eruit.

'Ze zegt dat jij de enige bent die slim genoeg is.'

'Ik zal doen wat ik kan,' zei Luke. 'Wat heeft ze je nog meer verteld?'

Op zijn vraag kwam geen antwoord meer. Avery was in slaap gevallen.

# ONTSNAPPING

# 1

Er gingen drie weken voorbij.

Luke at. Hij sliep, werd wakker, at weer. Hij kende al snel het hele menu uit zijn hoofd en deed met de andere kinderen mee wanneer er sarcastisch werd geapplaudisseerd omdat er iets op was veranderd. Op sommige dagen kreeg hij tests. Op sommige dagen kreeg hij prikken. Op sommige dagen allebei. Op sommige dagen niks. Van een paar prikken werd hij ziek. Van de meeste niet. Zijn keel ging nooit meer dichtzitten, en daar was hij blij om. Hij hing rond op het speelterrein. Hij keek tv en ging Oprah, Ellen, Dr. Phil en Judge Judy als zijn vrienden zien. Hij bekeek YouTube-filmpjes van katten die zichzelf in de spiegel bekeken en van honden die frisbees vingen. Soms keek hij in z'n eentje, soms met een paar van de andere kinderen. Wanneer Harry naar zijn kamer kwam, kwam de tweeling altijd mee, en dan wilden ze tekenfilms kijken. Wanneer Luke naar Harry's kamer ging was de tweeling daar bijna altijd ook. Harry gaf niet om tekenfilms. Harry hield van worstelen, filmpjes over kooigevechten en kettingbotsingen bij stockcar-races. Het eerste wat hij meestal tegen Luke zei was: 'Dit moet je even zien.' De tweeling was bezeten van kleuren en de verzorgers voorzagen ze van eindeloze stapels kleurboeken. Meestal bleven ze binnen de lijntjes, maar op een dag deden ze dat niet. Ze zaten steeds te lachen en Luke maakte eruit op dat ze of dronken of high waren. Toen hij Harry ernaar vroeg, zei hij dat ze het hadden willen proberen. Hij had het fatsoen om beschaamd te kijken en toen ze moesten overgeven (allebei tegelijk, zoals ze alles deden) had hij het fatsoen om nog beschaamder te kijken. En hij ruimde de smeerboel op. Op een dag deed Helen een driedubbele salto op de trampoline, maakte lachend een buiging, barstte vervolgens in tranen uit en weigerde zich te laten troosten. Toen Luke het toch probeerde, sloeg ze met haar kleine vuisten op hem in, *bonk-bonk-bonk-bonk.* Een tijdlang maakte Luke iedereen in met schaken en toen dat ging vervelen probeerde hij manieren te vinden om te verliezen, wat nog verrassend moeilijk bleek te zijn.

Zelfs wanneer hij wakker was voelde het alsof hij sliep. Hij voelde zijn IQ achteruitgaan. Hij kon het echt voelen, als water dat uit een waterkoeler stroomt omdat iemand het kraantje open heeft laten staan.

Hij hield de tijd van deze vreemde zomer bij met de datumaanduiding op zijn computer. Behalve voor YouTube-filmpjes gebruikte hij zijn laptop – met één belangrijke uitzondering – alleen om met George en Helen te chatten wanneer die op hun kamers waren. Hij was nooit degene die zulke gesprekken begon en hield ze zo kort mogelijk.

*Wat is er verdomme met jou?* schreef Helen een keer.

*Niks*, schreef hij terug.

*Waarom zitten wij nog in Voorkant?* schreef George. *Niet dat je mij hoort klagen, hoor.*

*Geen idee*, schreef Luke en hij meldde zich af.

Hij ontdekte dat het niet moeilijk was zijn verdriet verborgen te houden voor de verzorgers, de laboranten en de artsen; ze waren het gewend depressieve kinderen te zien. Toch dacht hij zelfs in zijn diepste ellende soms aan het heldere beeld dat hij via Avery had gezien: een kanarie die wegvloog uit zijn kooitje.

In de wakende slaap van zijn verdriet drongen af en toe schitterende stukjes van herinneringen door, altijd onverwacht: zijn vader die hem natspoot met de tuinslang; zijn vader die met zijn rug naar de basket een punt probeerde te scoren en Luke die hem onderuithaalde toen dat lukte, waarna ze samen lachend in het gras vielen; zijn moeder die op zijn twaalfde verjaardag binnenkwam met een reusachtige cupcake vol brandende kaarsjes; zijn moeder die hem een knuffel gaf en zei: *Wat word je al groot*; zijn vader en moeder die in de keuken als gekken stonden te dansen op Rihanna's 'Pon de Replay'. Mooie herinneringen die staken als brandnetels.

Wanneer hij niet aan het vermoorde echtpaar uit Falcon Heights dacht – of over hen droomde – dacht Luke aan de kooi waarin hij gevangenzat en de vrije vogel die hij weer wilde zijn. Dat waren de enige keren waarop zijn geest in staat leek zich net als vroeger scherp te focussen. Hij zag dingen die zijn overtuiging leken te bevestigen dat het Instituut opereerde in een soort glijvlucht, zoals een raket waarvan de motoren worden uitgeschakeld zodra de ontsnappingssnelheid is bereikt. De bewakingsverlichting aan de plafonds in de gangen bijvoorbeeld. Bijna al die lampen waren vuil, alsof ze al heel lang niet waren schoongemaakt, en dan vooral in de verlaten westelijke vleugel op de woonverdieping. De camera's in de lampen werkten vermoedelijk nog wel, maar de beelden die ze maakten zouden in het gunstigste geval wazig zijn. Toch leek het erop dat Fred en zijn collega-conciërges –

Mort, Connie, Jawed – van bovenaf geen opdracht kregen ze schoon te maken en dat wilde zeggen dat het degene die werd geacht de gangen te controleren geen moer kon schelen dat de beelden wat onscherp waren geworden.

Luke gedroeg zich zo onopvallend mogelijk en deed zonder morren wat hem werd opgedragen, maar wanneer hij niet lag te pitten in zijn kamer keek hij goed om zich heen en was hij een en al oor. Het meeste van wat hij hoorde was nutteloos, maar hij luisterde toch. Hij luisterde en sloeg het op. Roddels, bijvoorbeeld. Dat dokter Evans altijd achter dokter Richardson aan zat en gesprekjes met haar probeerde aan te knopen. Hij rende voortdurend zijn pik achterna (een uitdrukking van verzorger Norma) en zag intussen niet dat Felicia Richardson niets van hem moest hebben, al was hij de laatste man op aarde geweest. Dat Joe en twee andere verzorgers, Chad en Gary, de muntjes die ze niet weggaven soms gebruikten om in de kantine in de oostelijke ontspanningszaal allerlei mixdrankjes uit de automaat te halen. Af en toe hadden ze het over hun gezinnen, of over drinken in een café dat Outlaw Country heette en waar bandjes speelden. 'Als je dat tenminste muziek wilt noemen,' hoorde Luke Sherry, een van de verzorgsters, eens tegen Gladys met de Neplach zeggen. Het bewuste café, bij de mannelijke laboranten en verzorgers beter bekend als De Kut, stond in een plaatsje dat Dennison River Bend heette. Het lukte Luke niet erachter te komen hoe ver dat plaatsje hiervandaan was, maar hij dacht dat het hooguit veertig, vijfenveertig kilometer kon zijn, omdat ze er allemaal heen gingen wanneer ze vrij hadden.

Luke sloeg ook alle namen op die hij hoorde. Dokter Evans was James, dokter Hendricks was Dan, Tony was Fizzale, Gladys was Hickson, Zeke was Ionidis. Als hij hier ooit wegkwam, als deze kanarie ooit uit zijn kooitje wist te ontsnappen, hoopte hij een mooie lijst te hebben voor wanneer hij voor de rechtbank tegen deze klootzakken ging getuigen. Hij besefte dat dit misschien maar een fantasietje was, maar het hield hem op de been.

Nu hij zo'n gehoorzaam jongetje was, werd hij soms heel even alleen gelaten op niveau c, altijd met de waarschuwing te blijven zitten waar hij zat. Dan knikte hij, gaf de laborant even de tijd om te vertrekken naar wat het ook was wat hij of zij ging doen en ging vervolgens zelf ook op pad. Op de lagere niveaus hingen genoeg camera's, die allemaal netjes onderhouden en schoon waren, maar er ging nooit een alarm af en er kwamen geen met stroomstokken zwaaiende verzorgers aangestormd. Tot twee keer toe werd hij tijdens zo'n wandeling betrapt en teruggebracht. Eén keer kwam het hem op een uitbrander te staan en één keer op een oppervlakkige tik in zijn nek.

Op een van deze omzwervingen (hij probeerde er altijd verveeld en doelloos uit te zien, als een kind dat de tijd door moet komen tot de volgende test of tot hij weer terug mag naar zijn kamer), vond hij een schat. In de MRI-ruimte, die die dag niet werd gebruikt, zag hij, half verscholen onder een computermonitor, een van de pasjes liggen die ze gebruikten om de lift te bedienen. Hij liep langs de tafel, pakte het pasje en liet het, terwijl hij in de lege MRI-scanner gluurde, in zijn zak glijden. Toen hij de kamer uit liep verwachtte hij bijna dat het pasje 'Houd de dief' zou gaan roepen (net als de magische harp die Jaap, die van de bonenstaak, van de reus stal), maar er gebeurde niets, niet op dat moment en later ook niet. Hielden ze die pasjes niet scherp in de gaten? Kennelijk niet. Of misschien was het ding wel verlopen en net zo nutteloos als een hotelsleutelkaart wanneer de gast voor wie hij was gecodeerd weer uitcheckte.

Maar toen Luke het liftpasje de volgende dag probeerde, ontdekte hij tot zijn grote vreugde dat het werkte. Toen dokter Richardson hem een dag later betrapte toen hij op niveau D in de ruimte stond te gluren waar de dompelbak stond, verwachtte hij een afstraffing – misschien wel een schok met de stroomstok die ze onder de witte jas droeg die ze meestal aanhad, of misschien een aframmeling door Tony of Zeke. In plaats daarvan stopte ze hem een muntje toe, waarvoor hij haar bedankte.

'Die heb ik nog niet gehad,' zei Luke, op de bak wijzend. 'Is het heel akelig?'

'Nee, het is juist leuk,' zei ze en Luke schonk haar een brede grijns, alsof hij haar lulverhaal werkelijk geloofde. 'Maar wat doe jij hier eigenlijk?'

'Ik ben meegekomen met een van de verzorgers. Ik weet niet wie het was. Ik denk dat hij zijn naamplaatje was vergeten.'

'Gelukkig maar,' zei ze. 'Als je zijn naam had geweten, had ik het moeten melden en dan had hij in de penarie gezeten. Om maar niet te spreken van de hele papierwinkel die bij zoiets komt kijken.' Ze rolde met haar ogen en Luke keek haar aan met een blik die zei: *Ik voel met je mee.* Ze bracht hem terug naar de lift, vroeg waar hij moest zijn en hij antwoordde dat hij naar niveau B moest. Ze ging samen met hem naar boven, informeerde hoe het met zijn pijn was, en hij vertelde haar dat die helemaal over was.

Het pasje bracht hem ook naar niveau E, waar een heleboel technische troep stond, maar toen hij verder probeerde af te dalen – want je kón nog lager, hij had mensen over niveau F en G horen praten – vertelde Juffrouw Liftstem hem op vriendelijke toon dat hij geen toegang had tot die verdiepingen. Hij vond het wel best. Al doende leert men.

In Voorkant werden geen papieren tests afgenomen, maar wel een heleboel EEG's. Soms deed dokter Evans een paar kinderen tegelijk, maar niet altijd. Eén keer, toen Luke alleen werd getest, verkrampte het gezicht van dokter Evans plotseling, legde hij een hand op zijn buik en zei dat hij zo terug was. Hij zei tegen Luke dat hij nergens aan mocht komen en rende de kamer uit. Om een drol te draaien, veronderstelde Luke.

Hij bekeek de computerschermen, liet zijn vingers over een paar van de toetsenborden glijden, overwoog er een beetje mee te rotzooien, besloot dat dit een slecht idee was en liep in plaats daarvan naar de deur. Toen hij de gang in keek ging net de lift open en kwam die grote, kale vent naar buiten, weer in hetzelfde dure bruine pak. Of misschien was het een ander exemplaar; voor hetzelfde geld bezat Stackhouse een kast vol dure bruine pakken. Hij had een stapeltje papieren in zijn hand. Terwijl hij de gang in liep bladerde hij ze door en Luke ging snel weer naar binnen. In C4, de ruimte met de EEG- en ECG-apparatuur, bevond zich een kleine nis met planken vol allerhande voorraden. Daar ging Luke naar binnen, zonder te weten of het een doodgewoon voorgevoel was dat hem vertelde dat hij zich moest verstoppen, of een van zijn nieuwe TP-ingevingen, of ouderwetse paranoia. Hoe dan ook, hij was net op tijd. Stackhouse stak zijn hoofd naar binnen, keek rond en vertrok weer. Luke wachtte nog even om er zeker van te zijn dat hij niet terugkwam en ging toen weer op zijn plek bij het EEG-apparaat zitten.

Een paar minuten later kwam dokter Evans binnengerend. Zijn witte laboratoriumjas wapperde achter hem aan. Zijn gezicht was rood aangelopen. Hij keek Luke met grote ogen aan en greep hem bij zijn shirtje. 'Wat zei Stackhouse toen hij zag dat je hier alleen was? Zeg op!'

'Hij zei niets, want hij heeft me niet gezien. Ik keek even uit de deur om te zien of u er al aan kwam en toen meneer Stackhouse uit de lift kwam, ben ik daar gaan zitten.' Hij wees naar de nis en keek vervolgens met grote, onschuldige ogen naar dokter Evans op. 'Ik wilde u niet in moeilijkheden brengen.'

'Brave jongen,' zei Evans en hij gaf hem een klap op zijn rug. 'Ik moest even een sanitaire stop maken en ik wist zeker dat ik jou kon vertrouwen. Zullen we dan nu die test maar eens even doen? Dan kun je daarna naar boven om met je vriendjes te spelen.'

Voordat hij Yolanda, een andere verzorger (achternaam: Freeman), riep om hem terug te brengen naar niveau A gaf Evans Luke een stuk of twaalf muntjes en nog een stevige klap op zijn rug. 'Dit is ons kleine geheimpje, hè?'

'Zeker weten,' zei Luke.

Hij denkt volgens mij echt dat ik hem aardig vind, dacht Luke verwonderd. Dat is toch niet te geloven? Wacht maar tot ik dat tegen George vertel.

## 2

Alleen gebeurde dat nooit. Die avond zaten er twee nieuwe kinderen aan tafel en ontbrak een van de oudgedienden. George was meegenomen, misschien wel terwijl Luke zich had zitten verstoppen voor Stackhouse.

'Hij is nu bij de anderen,' fluisterde Avery die avond toen hij bij Luke in bed lag. 'Sha zegt dat hij huilt, omdat hij bang is. Ze heeft hem verteld dat dat normaal is en dat ze allemaal bang zijn.'

## 3

Tijdens zijn omzwervingen bleef Luke een paar keer voor de ontspanningsruimte op niveau C staan, waar interessante en verhelderende gesprekken werden gevoerd. De ruimte werd gebruikt door het personeel, maar ook door groepen van buiten die soms arriveerden met reistassen zonder bagagelabel van een vliegtuigmaatschappij eraan. Wanneer ze Luke zagen – terwijl hij stond te drinken bij een waterfonteintje, of net deed alsof hij een poster over hygiëne stond te lezen – keken de meesten dwars door hem heen, alsof hij bij het meubilair hoorde. Mensen die deel uitmaakten van deze groepen hadden iets hards over zich en Luke raakte er steeds meer van overtuigd dat zij de jager-verzamelaars van het Instituut waren. Dat leek logisch, aangezien er nu veel meer kinderen in de westelijke vleugel zaten. Op een dag hoorde Luke Joe tegen Hadad – die twee waren dikke vrienden – zeggen dat het Instituut wel iets weg had van het kustplaatsje in Long Island waar hij was opgegroeid. 'Soms is het hoogtij en soms is het laag.'

'De laatste tijd is het wel heel vaak laag,' antwoordde Hadad en misschien klopte dat wel, maar in de loop van de maand juli begon het getijde toch behoorlijk te stijgen.

Soms bestonden de groepen van buiten uit trio's en soms waren het kwartetten. Luke associeerde ze met militairen, misschien omdat alle mannen kort haar hadden en de vrouwen hun haar in een strak naar achteren getrokken knot droegen. Hij hoorde een verzorger een van de groepen Smaragdgroen noemen. Een laborant noemde een andere groep Robijnrood. Die laatste groep was een trio, twee vrouwen en een man. Hij wist dat Robijnrood de groep was die naar Minneapolis was gekomen om zijn ouders te vermoorden en hem te ontvoeren. Hij probeerde achter hun namen te komen en luisterde niet alleen met zijn oren, maar ook met zijn geest. Hij kwam er slechts één te weten: de vrouw die in zijn laatste nacht in Falcon Heights iets in zijn gezicht had gespoten heette Michelle. Toen ze hem in de gang over de waterfontein gebogen zag staan gleed haar blik eerst over hem heen… maar kwam toen toch nog even terug.

Michelle.

Nog een naam om te onthouden.

Het duurde niet lang voordat Luke de bevestiging kreeg van zijn theorie dat dit de mensen waren die de taak hadden nieuwe TP's en TK's binnen te brengen. De Smaragdgroene groep zat in de koffiekamer en toen Luke op de gang voor de twaalfde keer de poster over hygiëne stond te lezen, hoorde hij een van de Smaragdgroene mannen zeggen dat hij weer weg moest om 'er nog snel eentje op te pikken' in Michigan. De volgende dag voegde een verbouwereerd veertienjarig meisje, Frieda Brown genaamd, zich bij hun groeiende westvleugelgroep.

'Ik hoor hier niet te zijn,' zei ze tegen Luke. 'Er is een vergissing gemaakt.'

'Was het maar waar,' antwoordde Luke, waarna hij haar vertelde hoe ze aan muntjes kon komen. Hij wist niet of ze het allemaal begreep, maar uiteindelijk zou ze het wel doorkrijgen. Net als iedereen.

## 4

Niemand leek ermee te zitten dat Avery bijna elke nacht in Lukes kamer sliep. Hij was de postbode en hij bezorgde Luke brieven van Kalisha in Achterkant, epistels die niet via de posterijen maar via telepathie binnenkwamen. De moord op zijn ouders was nog te kort geleden en te pijnlijk voor Luke om zich door die brieven uit zijn halve droomtoestand te laten wekken, maar het nieuws dat ze bevatten was niettemin verontrustend. Er werden hem ook zaken duidelijker, ook al was het een duidelijkheid die Luke liever niet had willen krijgen. In Voorkant werden kinderen getest en gestraft wanneer ze zich misdroegen; in Achterkant werden ze aan het werk gezet. Gebruikt. En, daar leek het tenminste op, beetje bij beetje kapotgemaakt.

De films veroorzaakten hoofdpijnen en na elke film hielden die langer aan en werden ze erger. Toen George er aankwam mankeerde hij nog niets. Hij was alleen bang, zei Kalisha, maar na vier, vijf dagen blootstelling aan de stippen en de films en de pijnlijke prikken begon hij ook hoofdpijn te krijgen.

De films werden vertoond in een klein bioscoopzaaltje met zachte, comfortabele stoelen. Ze begonnen met oude tekenfilmpjes – soms Road Runner, soms Bugs Bunny, soms Goofy en Mickey. Na dit opwarmertje begon de echte voorstelling. Kalisha dacht dat het korte films waren, van hooguit een half uur, maar dat was moeilijk te bepalen, omdat ze tijdens de film duizelig was en na afloop hoofdpijn had. Net als de anderen.

De eerste keer dat ze in de filmzaal kwam hadden de kinderen twee films achter elkaar te zien gekregen. De ster van de eerste was een man met dunner wordend rood haar. Hij droeg een zwart pak en reed in een glanzende zwarte wagen. Avery probeerde Luke die auto te laten zien, maar Luke kreeg slechts een vaag beeld door, wellicht omdat dat het enige was wat Kalisha kon zenden. Niettemin had hij het idee dat het een limousine of een Lincoln Town Car moest zijn, omdat Avery zei dat de passagiers van de roodharige man altijd achterin zaten. Ook hield de man de deuren voor de passagiers open wanneer ze in- en uitstapten. Meestal had hij dezelfde passagiers, voornamelijk oude witte mannen, maar één was een jongere man met een litteken op zijn wang.

'Sha zegt dat hij vaste klanten heeft,' fluisterde Avery toen hij en Luke samen in bed lagen. 'Ze zegt dat het in Washington D.C. is, omdat de man langs het Capitool en het Witte Huis rijdt, en soms ziet ze die grote stenen naald.'

'Het Washington Monument.'

'Ja, dat.'

Tegen het einde van de film ruilde de roodharige man het zwarte pak in voor gewone kleren. Ze zagen hem op een paard rijden, een klein meisje op een schommel duwen en daarna met het kleine meisje een ijsje eten op een bankje in het park. Daarna verscheen dokter Hendricks op het scherm, met een nog niet aangestoken sterretje in zijn hand.

De tweede film ging over een man in wat Kalisha een Arabische hoofddoek noemde, waarmee ze waarschijnlijk een kaffiya bedoelde. Eerst liep hij in een straat, daarna zat hij op het terras van een café, waar hij thee of koffie uit een glas dronk, daarna hield hij een toespraak en daarna zwierde hij een klein jongetje aan zijn handen in het rond. En hij was een keer op tv. De film eindigde met dokter Hendricks die het niet aangestoken sterretje omhooghield.

De volgende ochtend kregen Sha en de anderen een tekenfilm van Sylvester en Tweety te zien, gevolgd door vijftien of twintig minuten van de roodharige autobestuurder. Daarna kregen ze een lunch in de cafetaria van Achterkant, waar je gratis sigaretten kon krijgen. Die middag was het eerst Porky Pig, gevolgd door de Arabier. Elke film eindigde met dokter Hendricks en het sterretje dat niet brandde. Die avond kregen ze prikken die pijn deden en een verse dosis flitslichten. Vervolgens gingen ze terug naar de filmzaal, waar ze twintig minuten op elkaar knallende auto's te zien kregen. Na elke crash verscheen dokter Hendricks op het scherm, met het sterretje.

Luke, overmand door verdriet maar niet achterlijk, begon het te begrijpen. Het was idioot, maar niet idioter dan af en toe weten wat er in de hoofden van andere mensen omging. Ook verklaarde het heel veel.

'Kalisha zegt dat ze denkt dat ze is flauwgevallen en dat ze terwijl die auto-ongelukken aan de gang waren een droom heeft gehad,' fluisterde Avery in Lukes oor. 'Alleen weet ze niet zeker of het een droom was. Ze zegt dat de kinderen – zij, Nicky, Iris, Donna, Len, en nog een paar – met hun armen om elkaar heen en hun hoofden dicht bij elkaar in die stippen stonden. Ze zegt dat dokter Hendricks er ook was en deze keer stak hij het sterretje aan en dat was heel eng. Maar zolang ze bij elkaar bleven en elkaar vasthielden, deden hun hoofden geen pijn meer. Maar ze zegt dat het misschien toch wel een droom was, want ze werd wakker in haar kamer. De kamers in Achterkant zijn anders dan de onze. Ze gaan 's nachts op slot.' Avery zweeg even. 'Ik wil hier vanavond niet meer over praten, Luke.'

'Prima. Ga maar slapen.'

Dat deed Avery, maar Luke lag nog heel lang wakker.

De volgende dag gebruikte hij zijn laptop eindelijk voor iets anders dan kijken wat voor dag het was, met Helen chatten, of naar de animatieserie *BoJack Horseman* kijken. Hij ging naar Mr. Griffin en via Mr. Griffin naar *The New York Times*, die hem vertelde dat hij tien gratis artikelen kon lezen voordat hij op een betaalmuur zou stuiten. Luke wist niet precies waar hij naar op zoek was, maar wist zeker dat hij het zou herkennen als hij het zag. En dat gebeurde. Een kop op de voorpagina van de krant van 15 juli luidde: AFGEVAARDIGDE BERKOWITZ BEZWIJKT AAN VERWONDINGEN.

In plaats van het artikel te lezen, ging Luke naar de dag ervoor. Hier luidde de kop: PRESIDENTSKANDIDAAT MARK BERKOWITZ ZWAAR GEWOND BIJ AUTO-ONGELUK. Er stond een foto bij. Berkowitz, een afgevaardigde uit Ohio, had zwart haar en een litteken op zijn wang van een verwonding die hij had opgelopen in Afghanistan. Luke las het verhaal snel door. Er stond dat de bestuurder van de Lincoln Town Car waarmee Berkowitz op weg was naar een ontmoeting met buitenlandse hoogwaardigheidsbekleders uit Polen en voormalig Joegoslavië, de macht over het stuur had verloren, waarna de wagen een betonnen brugpijler had geraakt. De chauffeur was op slag dood geweest; anonieme bronnen binnen het MedStar Hospital beschreven Berkowitz' verwondingen als 'bijzonder ernstig'. Het artikel vermeldde niet of de chauffeur rood haar had gehad, maar Luke wist dat hij dat had gehad en hij was er ook vrij zeker van dat een man in een of ander Arabisch land zeer binnenkort ging sterven, als dat al niet was gebeurd. Of misschien stond hij op het punt een belangrijk persoon te vermoorden.

Lukes groeiende zekerheid dat hij en de andere kinderen werden klaargestoomd om te worden ingezet als paranormale drones – ja, zelfs de argeloze Avery Dixon, die nog geen vlieg kwaad zou doen – begon Luke wakker te schudden, maar uiteindelijk was het horrorverhaal met

Harry Cross ervoor nodig om hem helemaal uit zijn slaap van verdriet te halen.

## 5

De volgende avond zaten er een stuk of veertien, vijftien kinderen in de cafetaria voor het avondeten. Sommigen kletsten, sommigen lachten, sommige van de nieuwelingen huilden of schreeuwden. In zekere zin, dacht Luke, was het in het Instituut net alsof je in zo'n ouderwets krankzinnigengesticht was, waar de gekken alleen werden vastgehouden, maar nooit werden genezen.

Harry was er nog niet; bij de lunch was hij er ook al niet geweest. Luke had niet zo veel met de grote lummel, maar bij maaltijden was hij moeilijk over het hoofd te zien, omdat Gerda en Greta altijd bij hem zaten. Dan zaten ze, één links en één rechts van hem, in hun identieke kleren met stralende ogen naar hem op te kijken en te luisteren terwijl hij maar doorwauwelde over autoraces, worstelen, zijn favoriete series en het leven in Selma. Als iemand hem vroeg nu eens even zijn mond te houden, wierpen de kleine G's dodelijke blikken in de richting van degene die hem onderbrak.

Vanavond zaten de G's samen aan tafel en daar leken ze niet blij mee te zijn. Ze hadden echter wel een plekje voor Harry vrijgehouden en toen hij langzaam aan kwam lopen, met zijn schommelende buik en een roodverbrande kop, renden ze enthousiast op hem af. Vreemd genoeg leek hij nauwelijks oog voor hen te hebben. Hij had een afwezige blik in zijn ogen en ze leken niet samen te werken op de manier zoals ogen dat horen te doen. Zijn kin glom van het kwijl en er zat een natte plek op het kruis van zijn broek. Gesprekken verstomden. De laatst aangekomenen keken verbaasd en vol afschuw toe; degenen die hier al lang genoeg waren om een serie tests te hebben gehad wierpen elkaar verontruste blikken toe.

Luke en Helen keken elkaar aan. 'Komt wel goed,' zei ze. 'Voor sommige kinderen is het gewoon erger dan voor...'

Avery zat naast haar. Hij nam een van haar handen tussen de zijne. Hij sprak met griezelige kalmte. 'Hij is niet in orde. Het komt nooit meer goed met hem.'

Harry slaakte een kreet, zakte op zijn knieën en viel toen voorover, plat op zijn gezicht. Bloed uit zijn neus en zijn lippen spoot op het linoleum. Eerst begon hij te schokken en vervolgens te stuiptrekken. Zijn benen schoten omhoog en strekten zich weer in een Y-vorm en zijn armen maaiden heen en weer. Hij begon een grommend geluid te maken – niet als een dier, maar als een motor die vanuit een lage versnelling te snel wordt opgevoerd. Hij keerde zich op zijn rug, nog steeds grommend, terwijl er bloederig schuim tussen zijn brabbelende lippen vandaan spoot. Zijn mond maakte kauwende bewegingen.

De kleine G's zetten het op een gillen. Terwijl Gladys vanuit de gang aan kwam rennen en Norma van achter de warmhoudtafel, knielde een van de tweelingzusjes bij Harry neer en probeerde hem te omhelzen. Zijn grote rechterhand kwam omhoog, haalde uit en suisde terug. Hij raakte haar met zo veel kracht tegen de zijkant van haar hoofd dat ze achteruit vloog. Ze knalde met een harde dreun met haar hoofd tegen de muur. Haar tweelingzusje rende gillend naar haar toe.

De cafetaria was in rep en roer. Luke en Helen bleven zitten, Helen met haar arm om Avery's schouders (meer om zichzelf te kalmeren dan de kleine jongen, leek het wel, want Avery leek onaangedaan), maar veel van de andere kinderen verzamelden zich rond de stuiptrekkende jongen. Gladys duwde een paar van hen aan de kant en snauwde: 'Uit de weg, stelletje idioten!' Vanavond geen neplachjes van de grote G.

Inmiddels verscheen er nog meer personeel: Joe en Hadad, Chad, Carlos, een stel die Luke niet kende, onder wie eentje die zijn gewone kleding nog aanhad en dus net moest zijn binnengekomen. Harry's lichaam stuiterde schokkend op en neer, alsof de vloer onder stroom stond. Chad en Carlos hielden zijn armen vast. Hadad gaf hem een stroomstoot op zijn *plexus solaris* en toen dat geen einde maakte aan het schokken raakte Joe hem in zijn nek. Dwars door het rumoer van door elkaar pratende stemmen was het geknetter van de stroomstok duidelijk hoorbaar. Harry verslapte. Onder zijn halfgesloten oogleden puilden zijn ogen uit. Schuim borrelde uit zijn mondhoeken. De punt van zijn tong hing uit zijn mond.

'Hij is in orde, we hebben de situatie onder controle!' bulderde Hadad. 'Ga maar terug naar jullie tafels! Er is niets met hem aan de hand.'

De kinderen trokken zich terug, zwijgend nu, maar bleven kijken. Luke boog zich naar Helen en zei zacht: 'Volgens mij ademt hij niet meer.'

'Dat kan wel zo zijn,' zei Helen, 'maar moet je die daar zien.' Ze wees naar het ene tweelingzusje dat tegen de muur was gesmeten. Luke zag dat de ogen van het meisje glazig waren en dat haar hoofd scheef op haar nek leek te staan. Er liep bloed over haar ene wang en het droop op de schouder van haar jurkje.

'Word wakker!' riep haar zusje en ze begon haar door elkaar te schudden. Een storm van bestek vloog van de tafels; kinderen en verzorgers doken weg. 'Word wakker, Harry wilde je geen pijn doen, word wakker, WORD WAKKER!'

'Wie is wie?' vroeg Luke aan Helen, maar het was Avery die antwoordde, met diezelfde griezelig kalme stem.

'De schreeuwlelijk die met bestek smijt is Gerda. De dode is Greta.'

'Ze is niet dood,' zei Helen geschokt. 'Ze kán niet dood zijn.'

Messen, vorken en lepels vlogen naar het plafond (dat zou ik nooit kunnen, dacht Luke) en vielen kletterend neer.

'Toch is ze dood,' zei Avery op nuchtere toon. 'Net als Harry.' Hij stond op, met zijn ene hand in die van Helen en de andere in die van Luke. 'Ik vond Harry aardig, ook al heeft hij me op de grond gegooid. Ik heb geen trek meer.' Hij keek van de een naar de ander. 'En jullie ook niet.'

Met z'n drieën verlieten ze ongemerkt de zaal, waarbij ze met een grote boog om het gillende meisje en haar dode zusje heen liepen. Dokter Evans kwam de lift uit en liep met grote passen naar binnen. Hij zag er gejaagd en ontstemd uit. Hij zat waarschijnlijk net te eten, dacht Luke.

Achter hem riep Carlos: 'Er is niets aan de hand, jongens en meisjes! Ga zitten en eet je bord leeg, iedereen is in orde.'

'Het komt door de stippen. Daarom is hij dood,' zei Avery. 'Dokter Hendricks en dokter Evans hadden hem nooit naar de stippen moeten laten kijken, ook al was hij een rozet. Misschien was zijn BDNF nog te hoog. Of misschien was het iets anders, een allergie of zo.'

'Wat is BDNF?' vroeg Helen.

'Weet ik niet. Ik weet alleen dat kinderen met een heel hoog BDNF de grote prikken pas mogen krijgen wanneer ze in Achterkant zijn.'

'Weet jij het?' vroeg Helen aan Luke.

Luke schudde zijn hoofd. Kalisha had het er een keer over gehad en op een paar van zijn omzwervingen had hij de afkorting horen noemen. Hij had toen overwogen BDNF een keer te googelen, maar was bang geweest dat het een alarm in werking zou zetten.

‘Jij hebt ze toch nog niet gehad?’ vroeg Luke aan Avery. ‘De grote prikken? De speciale tests?’

‘Nee, maar dat gaat nog wel gebeuren. In Achterkant.’ Hij keek Luke ernstig aan. ‘Dokter Evans noemt de stippen de Stasi-lichten. Hij kan in de problemen raken door wat hij met Harry heeft gedaan. Ik hoop het maar. Ik ben doodsbang voor de lichten. En de grote prikken. De sterke prikken.’

‘Ik ook,’ zei Helen. ‘De prikken die ik heb gehad waren al erg genoeg.’

Luke dacht eraan om Helen en Avery te vertellen over de prik die zijn keel had dichtgeknepen, of de twee prikken waarvan hij had moeten overgeven (en bij elke kokhalsbeweging die rottige stippen weer zag), maar vergeleken met wat er zojuist met Harry was gebeurd leek het allemaal niet zo veel voor te stellen.

‘Uit de weg jullie,’ zei Joe.

Ze stonden met hun rug tegen de muur, vlak bij de poster met de tekst IK KIES ERVOOR BLIJ TE ZIJN. Joe en Hadad liepen voor hen langs met het lichaam van Harry Cross. Carlos droeg het kleine meisje met de gebroken nek. Haar hoofd bungelde heen en weer over zijn arm en haar haren hingen slap omlaag. Luke, Helen en Avery keken hen na tot ze in de lift stapten en Luke vroeg zich af of het mortuarium op niveau D was of op F.

‘Ze zag eruit als een pop,’ hoorde Luke zichzelf zeggen. ‘Ze zag eruit als haar eigen pop.’

Avery, wiens griezelige, profetische kalmte in feite pure shock was geweest, begon te huilen.

‘Ik ga naar mijn kamer,’ zei Helen. Ze gaf Luke een klopje op zijn schouder en kuste Avery op zijn wang. ‘Ik zie jullie morgen.’

Alleen gebeurde dat niet. Die nacht kwamen de rode verzorgers haar halen en ze zagen haar niet meer terug.

## 6

Avery ging plassen, poetste zijn tanden, trok de pyjama aan die tegenwoordig in Lukes kamer lag en stapte in Lukes bed. Luke deed zijn eigen badkamerroutine, stapte bij Avery in bed en knipte het licht uit. Hij legde zijn voorhoofd tegen dat van Avery en fluisterde: ‘Ik moet hier weg.’

*Hoe?*

Het woord werd niet gesproken, maar lichtte heel even op in zijn hoofd en vervaagde toen weer. Luke werd al iets beter in het opvangen van deze gedachten, maar hij kon het alleen als hij dicht bij Avery was en soms lukte het dan ook niet eens. De stippen – wat Avery de Stasilichten noemde – hadden hem wel wát TP bezorgd, maar niet veel. Zoals ook zijn TK nooit heel veel was geweest. Zijn IQ mocht dan torenhoog zijn, in termen van paranormale vermogens was hij een stomkop. Ik zou wel wat meer kunnen gebruiken, dacht hij en hij moest aan iets denken wat zijn grootvader vroeger zei: *Wens in je ene hand, schijt in de andere, moet je zien welke het eerst vol is.*

'Ik weet het niet,' zei Luke. Wat hij wel wist was dat hij hier al heel lang was – langer dan Helen, en zij was weg. Ze zouden hem nu wel gauw komen halen.

## 7

Midden in de nacht schudde Avery Luke wakker uit een droom over Greta Wilcox – Greta die tegen de muur lag met haar hoofd helemaal verkeerd op haar nek. Hij vond het niet erg om uit deze droom te worden gewekt. Avery was dicht tegen hem aan gekropen, een en al knieën en puntige ellebogen, en rilde als een hond tijdens een onweersbui. Luke knipte de lamp op het nachtkastje aan. Avery's ogen waren nat van de tranen.

'Wat is er?' vroeg Luke. 'Naar gedroomd?'

'Nee. Zij hebben me wakker gemaakt.'

'Wie?' Luke keek om zich heen, maar de kamer was leeg en de deur was dicht.

'Sha. En Iris.'

'Kun je Iris dan ook horen? Net als Kalisha?' Dit was nieuw voor hem.

'Eerst niet, maar… ze kregen de films en daarna de stippen en daarna het sterretje en toen kwam die groepsknuffel met hun hoofden bij elkaar, dat heb ik je allemaal verteld…'

'Ja.'

'Meestal gaat het daarna beter en blijft de hoofdpijn een poosje weg, maar die van Iris kwam na de groepsknuffel meteen weer terug en het werd zo erg dat ze begon te gillen en niet meer ophield.' Avery's anders zo zachte piepstemmetje werd luider en trilde op een manier waar Luke het helemaal koud van kreeg. 'Mijn hoofd, mijn hoofd barst uit elkaar, o, mijn arme hoofd, laat het ophouden, laat het alsjeblieft oph...'

Luke schudde Avery ruw door elkaar. 'Niet zo hard. Misschien luisteren ze mee.'

Avery haalde een paar keer diep adem. 'Ik wou dat je mij in je hoofd kon horen, net als Sha. Dan zou ik je alles kunnen vertellen. Ik vind het moeilijk om het hardop te vertellen.'

'Probeer het.'

'Sha en Nicky probeerden haar te kalmeren, maar dat lukte niet. Ze probeerde Sha te krabben en Nicky te slaan. Toen kwam dokter Hendricks – hij was nog in pyjama – en hij riep de rode mannen erbij. Die wilden Iris meenemen.'

'Naar de achterkant van Achterkant?'

'Ik denk het. Maar toen ging het opeens beter met haar.'

'Misschien hebben ze haar een pijnstiller gegeven. Of een kalmerend middel.'

'Ik denk het niet. Ik denk dat ze gewoon beter werd. Misschien heeft Kalisha haar geholpen?'

'Dat moet je niet aan mij vragen,' zei Luke. 'Hoe moet ik dat weten?'

Maar Avery luisterde niet. 'Er is een manier om te helpen, misschien. Een manier om ze...' Zijn stem stierf weg. Luke dacht dat hij weer in slaap viel. Toen verroerde Avery zich en zei: 'Er is daar iets heel ergs.'

'Alles is daar erg,' zei Luke. 'De films, de prikken, de stippen... allemaal even erg.'

'Ja, maar het is iets anders. Iets veel ergers. Iets... Ik weet niet...'

Luke legde zijn voorhoofd tegen dat van Avery en luisterde zo ingespannen als hij kon. Wat hij opving was het geluid van een vliegtuig dat hoog boven hun hoofden overvloog. 'Een geluid? Een soort ronkend geluid?'

'Ja, maar niet van een vliegtuig. Het klinkt meer als een bijenkorf. Ik denk dat het afkomstig is van de achterkant van Achterkant.'

Avery ging wat verliggen in bed. In het licht van de lamp leek hij niet langer een kind; eerder een bezorgde oude man. 'De hoofdpijnen worden steeds erger en duren steeds langer omdat ze niet ophouden ze naar de stippen te laten kijken... je weet wel, de lichten... en ze stoppen niet met de prikken en ze houden niet op ze naar de films te laten kijken.'

'En het sterretje,' zei Luke. 'Daar moeten ze naar kijken, want dat is de trigger die het proces in gang zet.'

'Wat bedoel je?'

'Niks. Ga maar slapen.'

'Ik denk niet dat ik kan slapen.'

'Probeer het toch maar.'

Luke sloeg zijn armen om Avery heen en keek naar het plafond. Hij dacht aan een bluesachtig oud liedje dat zijn moeder wel eens voor hem zong: *I was yours from the start, you took my heart. You got the best, so what the hell, come on, baby, take the rest.*

Luke begon er steeds meer van overtuigd te raken dat dat nu net de reden was waarom ze hier waren. Hier in Voorkant werden ze veranderd in wapens, om in Achterkant te worden gebruikt tot ze helemaal op waren. Daarna gingen ze naar de achterkant van Achterkant, waar ze zich bij het gonzen voegden... wat dát ook mocht zijn.

Zulke dingen gebeuren niet echt, zei hij tegen zichzelf. Alleen zeiden mensen ook altijd dat dingen zoals het Instituut niet echt gebeurden, niet in Amerika in elk geval, want als dat zo was, zou het snel bekend worden omdat je tegenwoordig niets meer geheim kon houden; iedereen kletste. En toch was hij hier. Waren zíj hier. De gedachte aan Harry Cross die schuimbekkend lag te stuiptrekken in de cafetaria was afschuwelijk, de aanblik van dat onschuldige kleine meisje met haar hoofd helemaal scheef op haar nek en haar glazige ogen die niets meer zagen was nog erger, maar niets wat hij kon bedenken was zo afschuwelijk als geesten die onophoudelijk werden bestookt, tot ze ten slotte deel gingen uitmaken van een bijenkorf. Volgens Avery was dat vanavond bijna met Iris gebeurd en binnen niet al te lange tijd zou het gaan gebeuren met hartenbreker Nicky en met George met zijn gevatte opmerkingen.

En met Kalisha.

Uiteindelijk viel Luke in slaap. Toen hij wakker werd was het ontbijt allang voorbij en lag hij alleen in bed. Luke rende de gang op en stormde Avery's kamer binnen, ervan overtuigd wat hij daar zou aantreffen, maar Avery's posters hingen nog aan de muren en zijn G.I. Joe's stonden nog op zijn bureau, vanochtend in aanvalslinie.

Luke slaakte een zucht van verlichting en kromp ineen toen hij een klap tegen zijn achterhoofd kreeg. Toen hij zich omdraaide zag hij Winona (achternaam: Briggs). 'Kleed je aan, jongeman. Voor mannen in onderbroek heb ik alleen belangstelling als ze minstens tweeëntwintig zijn en flink gespierd. Dat ben jij geen van beide.'

Ze bleef staan wachten tot hij wegging. Luke gaf haar een middelvinger (goed, hij hield hem heimelijk tegen zijn borst en stak hem niet echt omhoog, maar het gaf hem toch een goed gevoel) en ging naar zijn kamer om zich aan te kleden. Een eindje verderop in de gang, waar die overging in de volgende, zag hij een Dandux-wasmand. Hij had natuurlijk ook van Jolene kunnen zijn of van een van de andere huishoudsters die hier tegenwoordig rondliepen vanwege de plotselinge toevloed van 'bewoners', maar hij wist dat het die van Maureen was. Hij voelde het. Ze was terug.

## 8

Toen hij haar een kwartiertje later zag, dacht Luke: deze vrouw is zieker dan ooit.

Ze was de kamer van de tweeling aan het leeghalen. Ze haalde de posters van Disney-prinsen en -prinsessen van de muren en legde ze voorzichtig in een kartonnen doos. De bedden van de kleine G's waren al afgehaald en het beddengoed zat in Maureens mand, bij de andere vuile was die ze al had verzameld.

'Waar is Gerda?' vroeg Luke. Hij vroeg zich ook af waar Greta en Harry waren, om niet te spreken van eventuele anderen die het leven hadden gelaten als gevolg van hun bullshitexperimenten. Was er in dit hellegat misschien ergens een crematorium? Misschien helemaal beneden, op niveau F? Als dat zo was, moest het ultrageavanceerde luchtfilters hebben, anders zou hij de rook van brandende kinderen hebben geroken.

'Als je mij geen vragen stelt, zal ik niet tegen je liegen. En nu wegwezen, jongeman, je hebt vast wel wat anders te doen.' Haar stem klonk streng en ongeïnteresseerd, maar dat was allemaal voor de show. Zelfs laagwaardige telepathie had haar nut.

Luke pakte een appel uit de fruitschaal in de cafetaria en haalde een pakje Round-Ups (LEKKER ROKEN, NET ALS PAPA) uit een van de snackautomaten. De snoepsigaretten maakten dat hij Kalisha miste, maar tegelijkertijd voelde hij zich wat dichter bij haar. Hij wierp een snelle blik naar buiten, waar een stuk of acht of tien kinderen op de speelplaats gebruikmaakten van de toestellen – volle bak, vergeleken met toen Luke hier zelf net was. Avery zat op een van de zachte kussens die om de trampoline heen lagen met zijn hoofd op zijn borst en zijn ogen dicht, te slapen. Luke keek er niet van op. De kleine dondersteen had een zware nacht achter de rug.

Opeens kreeg hij een stomp tegen zijn schouder, hard, maar niet op een onvriendelijke manier. Toen Luke omkeek zag hij Stevie Whipple – een van de nieuwe kinderen. 'Man, wat was dat erg gisteravond,' zei Stevie. 'Je weet wel, met die grote rooie en dat kleine meisje.'

'Vertel mij wat.'

'En toen kwamen vanochtend ook nog die lui in die rode pakken dat punkrockgrietje halen om haar mee te nemen naar Achterkant.'

Luke keek Stevie aan met een blik vol stille ontzetting. 'Helen?'

'Ja, die. Het is hier echt kut,' zei Stevie, uitkijkend over het speelterrein. 'Ik wou dat ik, weet ik veel, schoenen met straalaandrijving had. Dan was ik hier in een vloek en een zucht verdwenen.'

'Schoenen met straalaandrijving en een bom,' zei Luke.

'Huh?'

'Eerst dat hele klotecomplex de lucht in en dán wegvliegen.'

Stevie dacht even na, zijn vollemaansgezicht verslapte even, maar toen begon hij te lachen. 'Dat is een goeie. Ja, platgooien en dan als de sodemieter wegwezen. Hé, heb jij toevallig nog een muntje over? Ik krijg rond deze tijd altijd trek en ik heb niet zo veel met appels. Ik ben meer van de Twix. Of Funyuns. Funyuns zijn lekker.'

Luke, die heel veel muntjes had gekregen voor zijn voorbeeldige gedrag, gaf Stevie Whipple er drie en wenste hem er veel plezier mee.

## 9

Terwijl hij terugdacht aan zijn eerste ontmoeting met Kalisha, en misschien wel om die gebeurtenis te herdenken, ging Luke naar binnen, ging naast de ijsmachine zitten en stak een van de snoepsigaretten in zijn mond. Hij was net aan zijn tweede begonnen toen Maureen langskwam met haar wasmand op wieltjes, die nu vol zat met schone lakens en kussenslopen.

'Hoe is het met je rug?' vroeg Luke.

'Erger dan ooit.'

'Bah, wat ellendig.'

'Ik heb mijn pillen. Die helpen wel.' Ze bukte zich en bracht haar handen naar haar onderbenen, zodat haar gezicht vlak naast dat van Luke was.

Hij fluisterde. 'Ze hebben mijn vrienden Kalisha, Nicky en George meegenomen. En vandaag Helen.' Bijna al zijn vrienden waren weg. En wie was nu opeens de oudgediende van het Instituut? Ja hoor, niemand anders dan Luke Ellis.

'Ik weet het.' Zij fluisterde ook. 'Ik ben in Achterkant geweest. We kunnen elkaar niet op deze manier blijven spreken, Luke, dan krijgen ze argwaan.'

Hier zat ergens wel wat in, maar het had ook iets eigenaardigs. Net als Joe en Hadad maakte Maureen zo vaak een praatje met de kinderen en deelde ze muntjes uit wanneer ze die had. En er waren toch ook die andere plekken, de dode zones, waar de audiobewaking niet werkte? Dat had Kalisha in elk geval gedacht.

Maureen kwam overeind, zette haar handen tegen haar onderrug en rekte zich uit. Met haar normale stem zei ze: 'Ben je van plan om hier de hele dag te blijven zitten?'

Luke zoog de snoepsigaret die nog aan zijn onderlip bungelde naar binnen, kauwde hem fijn en stond op.

'Wacht, hier heb je een muntje.' Ze haalde er eentje uit de zak van haar rok en gaf het aan hem. 'Haal er maar wat lekkers voor.'

Luke slenterde terug naar zijn kamer en ging languit op bed liggen. Hij rolde zich op zijn zij en maakte het stijf opgevouwen papiertje open dat zij hem samen met het muntje had toegestopt. Maureens handschrift was beverig en ouderwets, maar dat waren niet de enige redenen waarom het moeilijk te lezen was. De letters waren zo klein. Ze had het hele velletje volgeschreven, van links naar rechts, van boven naar beneden, en ook een deel van de achterkant. Het deed Luke denken aan iets wat meneer Sirois eens had verteld bij Engels, over Ernest Hemingways beste korte verhalen: 'Het zijn wonderen van comprimering.' Datzelfde gold voor dit epistel. Hoe vaak had ze het overgeschreven om te komen tot deze essentie, geschreven op één klein velletje papier? Hij bewonderde haar bondigheid en begon al lezende te begrijpen wat Maureen had gedaan. Wat ze was.

*Luke, <u>vernietig dit Briefje zodra je het hebt gelezen</u>. Het lijkt wel of God jou naar mij toe heeft gestuurd om boete te doen voor een deel* *van mijn Zonden. Ik heb Leah Fink in Burlington gesproken. Alles wat jij zei was Waar en met mijn schulden komt alles goed. Met mij niet, want mijn rugpijn is wat ik vreesde.* MAAR *nu mijn gespaarde $$$ veilig zijn, kon ik het opnemen. Er is een manier om het bij mijn Zoon te krijgen, zodat hij kan studeren. Hij zal nooit weten dat het van mij komt & zo wil ik het ook. Ik heb zo veel aan jou te danken!! Luke, je moet hier weg. Nog even en je moet naar Achterkant. Je bent 'roze' en wanneer het testen stopt, heb je misschien nog maar 3 dagen. Ik wil je iets geven en veel Belangrijks vertellen maar weet niet hoe, alleen IJsmachine is veilig & daar zijn we Te Vaak geweest. Voor mij geeft het niet, maar jij mag je Enige Kans niet verliezen. Had ik maar niet gedaan wat ik heb gedaan en dit Oord nooit gezien. Ik dacht aan het kind dat ik ooit opgaf maar dat is geen Excuus. Te laat nu. Ik wou dat we niet bij IJsmachine hoefden te praten, maar misschien toch maar riskeren.* VERNIETIG *dit briefje Luke en* DOE VOORZICHTIG. *Voor mij geeft het niet, ik heb niet lang meer te leven, maar denk aan jezelf.* BEDANKT VOOR JE HULP. *Maureen A.*

Dus Maureen was een verklikker, die naar kinderen luisterde op plekken waarvan zij beweerde dat ze veilig waren, waarna ze meteen naar Sigsby (of Stackhouse) rende met kleine stukjes informatie die haar waren ingefluisterd. Misschien was zij niet de enige en deden de twee vriendelijke verzorgers, Joe en Hadad, hetzelfde. In juni zou Luke haar dat nog verschrikkelijk kwalijk hebben genomen, maar inmiddels was het juli en was hij veel ouder.

Hij ging naar de badkamer en liet terwijl hij zijn broek liet zakken Maureens briefje in de wc-pot vallen, zoals hij dat ook met dat van Kalisha had gedaan. Dat leek wel honderd jaar geleden.

## 10

Die middag nam Stevie Whipple het initiatief voor een potje trefbal. De meeste kinderen deden mee, maar Luke niet. Hij haalde het schaakbord (ter nagedachtenis aan Nicky) uit de spellenkast en speelde de partij na die door velen als de beste ooit werd beschouwd, Jakov Estrin tegen Hans Berliner, Kopenhagen 1965. Tweeënveertig zetten, een klassieker. Hij ging heen en weer, wit-zwart, zwart-wit, wit-zwart, en liet zijn geheugen het werk doen terwijl het grootste deel van zijn gedachten bij Maureens briefje was.

Hij vond het een vervelende gedachte dat Maureen had lopen verklikken, maar had begrip voor haar beweegredenen. Er waren hier nog meer mensen met in elk geval wat restjes fatsoen, maar door hier te werken raakte je je moreel bewustzijn kwijt. Ze waren verdoemd, of ze dat nu wisten of niet. Maureen misschien ook. Het enige wat er nu nog toe deed was of ze echt een manier voor hem wist om hier weg te komen. Het leek erop dat ze hem daarvoor informatie moest toespelen zonder de argwaan te wekken van mevrouw Sigsby of die kerel Stackhouse (voornaam: Trevor). Verder was er natuurlijk de vraag of zij werkelijk te vertrouwen was. Luke dacht van wel. Niet alleen omdat hij haar had geholpen toen ze hulp nodig had, maar ook omdat het briefje iets wanhopigs had, alsof het van een vrouw kwam die had besloten alles op één kaart te zetten. Trouwens, hij had geen keus.

Avery was een van degenen die geraakt moesten worden met de bal en opeens kreeg hij die midden in zijn gezicht gegooid. Hij plofte neer en begon te huilen. Stevie Whipple hielp hem overeind en bekeek zijn neus. 'Geen bloed, niks aan de hand. Waarom ga je niet even bij Luke zitten?'

'Zodat ik niet meer meedoe, bedoel je,' zei Avery, nog nasniffend. 'Hoeft niet, hoor. Ik kan best...'

'Avery!' riep Luke. Hij hield een handvol muntjes omhoog. 'Heb je zin in wat crackers met pindakaas en een cola?'

Avery rende meteen naar hem toe. De dreun in zijn gezicht was al vergeten. 'Ja hoor!'

Ze liepen de kantine binnen. Avery gooide een muntje in de gleuf van de snackautomaat en toen hij zich bukte om het doosje uit de lade te pakken, boog Luke zich over hem heen en fluisterde in zijn oor: 'Wil je me helpen hier weg te komen?'

Avery hield hem de crackers voor. 'Jij ook eentje?' In Lukes hoofd lichtte een woord op, dat ook meteen weer vervaagde: *Hoe?*

'Ik hoef er maar eentje, neem jij de rest maar,' zei Luke en hij zond vier woorden terug: *Vertel ik je vanavond.*

Twee gesprekken tegelijk, één hardop en één tussen hun gedachten. En zo zou het met Maureen ook gaan.

Hoopte hij.

# 11

De volgende dag, na de lunch, brachten Gladys en Hadad Luke naar de dompelbak. Daar lieten ze hem achter bij Zeke en Dave.

Zeke Ionidis zei: 'Hier voeren we tests uit, maar het is ook de plek waar we stoute jongens en meisjes onderdompelen die de waarheid niet vertellen. Vertel jij de waarheid, Luke?'

'Ja,' zei Luke.

'Heb jij de telep?'

'De wát?' Hij wist heel goed wat Zeke de Freak bedoelde.

'De telep. De TP. Heb je die?'

'Nee. Ik ben TK, weet je nog? Lepeltjes verplaatsen en zo?' Hij probeerde te lachen. 'Maar ik kan ze niet verbuigen. Ik heb het wel geprobeerd.'

Zeke schudde zijn hoofd. 'Als je TK bent en je ziet de stippen, dan heb je telep. Als je TP bent en je ziet de stippen, dan kun je lepeltjes verplaatsen. Zo werkt het.'

Jij hebt geen idee hoe het werkt, dacht Luke. Dat hebben jullie geen van allen. Hij herinnerde zich dat iemand – misschien Kalisha, of anders George – hem had verteld dat ze het zouden weten als hij loog over de stippen. Misschien was dat waar, misschien konden ze dat zien op de EEG, maar wisten ze dit ook? Echt niet. Zeke blufte.

'Ik heb de stippen inderdaad een paar keer gezien, maar ik kan geen gedachten lezen.'

'Hendricks en Evans denken dat je dat wel kunt,' zei Dave.

'Ik kan het echt niet.' Hij keek hen met zijn meest oprechte blik aan.

'Dan gaan we er nu achter komen of dat waar is,' zei Dave. 'Kleed je maar uit, kanjer.'

Aangezien hij geen keus had, trok Luke zijn kleren uit en stapte in de bak. Die was ongeveer één meter twintig diep en tweeënhalve meter breed. Het water voelde koel en lekker aan; tot zover viel het mee.

'Ik denk aan een dier,' zei Zeke. 'Welk dier is het?'

Het was een kat. Luke kreeg geen beeld door, alleen het woord, zo groot en duidelijk als een bierreclame voor het raam van een kroeg.

'Weet ik niet.'

'Oké, kanjer, als je het dan werkelijk zo wilt spelen. Haal diep adem, ga onder water en tel tot vijftien. Telkens met een o-ki-do ertussen. Eén o-ki-do, twee o-ki-do, drie o-ki-do, op die manier.'

Luke deed het. Toen hij boven water kwam, vroeg Dave (achternaam tot dusverre onbekend) welk dier híj in gedachten had. Het woord dat hij doorkreeg was KANGOEROE.

'Dat weet ik niet. Ik zei toch al: ik ben TK, niet TP. En niet eens TK-pos.'

'Ga maar weer onder,' zei Zeke. 'Dertig tellen, steeds met een o-ki-do ertussen. Ik hou de tijd bij, kanjer.'

De derde onderdompeling duurde vijfenveertig seconden, de vierde een volle minuut. Na elke keer kreeg hij een vraag. Van dieren gingen ze over op de namen van verschillende verzorgers: Gladys, Norma, Pete, Priscilla.

'Ik kan het niet!' riep Luke, terwijl hij water uit zijn ogen wreef. 'Snappen jullie dat nou nóg niet?'

'Wat ik snap is dat we nu voor één en een kwart minuut gaan,' zei Zeke. 'En denk tijdens het tellen maar eens goed na hoe lang je dit wilt gaan volhouden. Je hebt het helemaal zelf in de hand, kanjer.'

Toen hij tot zevenenzestig had geteld probeerde Luke boven te komen. Zeke greep zijn hoofd en duwde hem weer onder. Na één minuut vijftien kwam hij happend naar lucht en met bonzend hart boven water.

'Aan welke sportploeg denk ik?' vroeg Dave en in gedachten zag Luke een helder verlichte neonreclame met VIKINGS.

'Dat weet ik niet!'

'Gelul,' zei Zeke. 'We gaan voor één minuut dertig.'

'Nee,' zei Luke, terugplenzend naar het midden van de bak. Hij deed zijn best om niet in paniek te raken. 'Dat kan ik niet.'

Zeke rolde met zijn ogen. 'Niet zo kinderachtig, hoor. Schelpenvissers kunnen wel negen minuten onder water blijven. Het enige wat ik van je vraag is negentig seconden. Tenzij je je ome Dave hier vertelt wat zijn favoriete sportploeg is.'

'Ten eerste is hij mijn oom niet en ten tweede kan ik hem dat niet vertellen. Laat me eruit.' En uit pure onmacht: 'Alsjeblieft.'

Zeke haalde zijn stroomstok tevoorschijn en zette het ding omstandig op de hoogste stand. 'Wil je dat ik deze in het water steek? Als ik dat doe ga je dansen als Michael Jackson. En kom nu hier.'

Luke had geen keus en waadde naar de rand van de dompelbak. *Het is juist leuk*, had Richardson gezegd.

'Laatste kans,' zei Zeke. 'Waar denkt hij aan?'

Vikings, de Minnesota Vikings, uit mijn eigen stad.

'Dat weet ik niet.'

'Oké Luke,' zei Zeke, met een spijtige klank in zijn stem. 'Klaar voor onder water.'

'Wacht, geef hem nog een paar tellen om zich voor te bereiden,' zei Dave. Hij keek ongerust en dat verontrustte Luke. 'Vul je longen met lucht, Luke. En probeer rustig te blijven. Wanneer je lichaam in de alarmstand staat, verbruikt het meer zuurstof.'

Luke ademde een stuk of zes keer diep in en uit en ging kopje-onder. Zekes hand ging mee onder water en greep zijn haar. Rustig blijven, rustig blijven, dacht Luke. En ook: vuile klootzak, Zeke, vuile klootzak, smerige sadist die je bent.

Hij haalde de negentig seconden en kwam snakkend naar adem boven. Dave droogde zijn gezicht af met een handdoek. 'Laat dit ophouden,' mompelde hij in Lukes oor. 'Vertel me nu maar gewoon wat ik denk. Deze keer is het een filmster.'

MATT DAMON, zei de neonreclame in Daves hoofd nu.

'Ik weet het niet.' Luke begon te huilen en de tranen rolden over zijn natte gezicht.

Zeke zei: 'Oké, dan gaan we verder met één minuut vijfenveertig. Honderdvijf lange seconden, en vergeet de o-ki-do's ertussen niet. We maken hier nog wel een schelpenvisser van je.'

Luke ademde weer meerdere keren diep in en uit en ging kopje-onder. Tegen de tijd dat hij in gedachten tot honderd had geteld, wist hij zeker dat hij zijn mond open zou doen en water zou inademen. Dan zouden ze hem uit het water hijsen, bij kennis brengen en het nog een keer doen. Ze zouden net zo lang door blijven gaan tot hij ze vertelde wat ze wilden horen of verdronk.

Eindelijk werd de hand van zijn hoofd gehaald. Hoestend en proestend schoot hij omhoog. Ze gaven hem even de tijd om bij te komen en toen zei Zeke: 'Laat die dieren en sportploegen en weet ik veel verder maar zitten. Zeg het maar gewoon. Zeg: "Ik ben een telep, ik ben TP," dan houdt het op.'

'Oké! Oké, ik ben een telep!'

'Geweldig!' riep Zeke uit. 'We boeken vooruitgang! Welk getal heb ik in gedachten?'

Volgens de neonreclame was het 17.

'Zes,' zei Luke.

Zeke maakte het geluid van een zoemer in een tv-quiz. ‘Sorry, het was zeventien. Twee minuten deze keer.’

‘Nee! Dat kan ik niet! Alsjeblieft!’

Dave zei zacht: ‘Laatste keer, Luke.’

Zeke gaf zijn collega zo’n harde beuk met zijn schouder dat hij bijna omviel. ‘Vertel hem geen dingen die je misschien niet waar kunt maken.’ Hij richtte zich weer tot Luke. ‘Ik geef je een halve minuut om je longen optimaal te vullen en dan ga je onder. Olympische duikploeg, kanjer.’

Aangezien hij geen keus had, begon Luke zo snel mogelijk in- en uit te ademen, maar lang voordat hij in gedachten zelf tot dertig had geteld, zette Zeke een hand op zijn hoofd en duwde hem onder.

Luke opende zijn ogen en staarde naar de witte zijkant van de bak. Op verschillende plekken zaten er krassen in de verf, misschien wel door de nagels van andere kinderen die waren onderworpen aan deze marteling die uitsluitend bestemd was voor rozetten. En waarom? Dat was wel duidelijk. Omdat Hendricks en Evans dachten dat paranormale vermogens konden worden vergroot en omdat rozetten vervangbaar waren.

Vergroten, vervangen, dacht hij. Vergroten, vervangen. Rustig, rustig, rustig.

En ook al deed hij nog zo zijn best om een zentoestand te bereiken, toch eisten zijn longen uiteindelijk meer lucht. Zijn zentoestand, die om te beginnen al niet zo zen was geweest, stortte in toen hij bedacht dat hij als hij dit overleefde twee minuut vijftien onder zou moeten blijven en daarna twee minuut dertig en daarna…

Hij begon wild te spartelen. Zeke hield hem onder. Hij zette zich schrap met zijn voeten en duwde, slaagde er bijna in om boven te komen, maar Zeke haalde zijn andere hand erbij en duwde hem weer omlaag. De stippen kwamen terug, ze flitsten voor zijn ogen, schoten op hem af, trokken zich terug en kwamen weer op hem af. Ze begonnen als een dolgedraaide carrousel om hem heen te tollen. Luke dacht: de Stasi-lichten. Ik ga verdrinken terwijl ik naar de…

Zeke hees hem aan zijn haren omhoog. Zijn witte jasje was doorweekt. Hij keek Luke strak aan. ‘Ik ga je weer onderduwen, Luke. En nog een keer en nog een keer. Ik duw je net zo lang onder tot je verdrinkt en dan reanimeren we je en laten je weer verdrinken en dan reanimeren we je weer. Laatste kans: welk getal heb ik in gedachten?’

'Dat...' Luke gaf water op. '... weet ik niet!'

De strakke blik bleef misschien nog vijf tellen op hem gevestigd. Luke keek terug, ook al stroomden de tranen uit zijn ogen. Toen zei Zeke: 'Krijg toch de pest. Dave, droog hem af en stuur hem terug. Ik kan die kleine kuttenkop niet meer zien.'

Hij liep weg en sloeg de deur met een klap achter zich dicht.

Luke kwam uit het water, wankelde en viel bijna. Dave hield hem overeind en gaf hem een handdoek. Luke droogde zich af en trok zo snel mogelijk zijn kleren aan. Hij wilde weg van deze man, van deze plek, maar ook al voelde hij zich halfdood, hij bleef toch nieuwsgierig. 'Waarom is dit zo belangrijk? Waarom is het zo belangrijk terwijl het niet eens is waarvoor we hier zijn?'

'Hoe kan jij nou weten waarvoor jullie hier zijn?' vroeg Dave.

'Omdat ik niet gek ben, daarom.'

'Als ik jou was zou ik mijn mond maar houden, Luke,' zei Dave. 'Ik mag jou, maar dat betekent niet dat ik zin heb om naar die grote mond van je te luisteren.'

'Waar die stippen ook voor mogen zijn, het heeft niks te maken met uitzoeken of ik niet alleen TK, maar ook TP ben. Waar zijn jullie hier nou eigenlijk mee bezig? Weet je zelf wel...'

Dave gaf hem een klap, een flinke opdoffer die Luke op de grond deed belanden. De waterplassen op de tegelvloer doorweekten het zitvlak van zijn spijkerbroek. 'Ik ben hier niet om jouw vragen te beantwoorden.' Hij boog zich over Luke heen. 'Wij weten echt wel wat we doen, wijsneus! Wij weten precies wat we doen!' En terwijl hij Luke overeind trok: 'Vorig jaar hadden we hier een knul die het drieënhalve minuut uithield. Hij was een enorme lastpost, maar hij had wel ballen!'

## 12

Avery kwam bezorgd zijn kamer binnen, maar Luke stuurde hem weg, hij wilde even alleen zijn.

'Het was zeker heel erg, hè?' vroeg Avery. 'De waterbak. Dat vind ik echt rot voor je, Luke.'

'Dank je. Ga nu maar weg. We spreken elkaar later nog.'

'Oké.'

Avery ging weg en trok de deur achter zich dicht. Luke lag op zijn rug en deed zijn best om niet terug te denken aan die eindeloos durende minuten in de bak, maar deed het toch. Hij bleef verwachten dat de lichten zouden terugkeren, dat ze door zijn gezichtsveld zouden schieten, rondjes zouden draaien en duizelingwekkende draaikolken zouden vormen. Toen dit niet gebeurde, begon hij te kalmeren. Eén gedachte overheerste alle andere, zelfs zijn angst dat de stippen zouden terugkomen... en ditmaal zouden blijven.

Weg. Ik moet hier weg. En als dat niet lukt, moet ik doodgaan voordat ze me naar Achterkant kunnen brengen en me daar net zo lang gebruiken tot ze me hebben opgebruikt.

## 13

Nu de maand juni ten einde was waren ook de meeste insecten verdwenen, dus hadden dokter Hendricks en Zeke Ionidis afgesproken voor het administratiegebouw, waar in de schaduw van een eik een bankje stond. Naast het bankje stond een vlaggenmast, waaraan de stars and stripes in een licht zomerbriesje hing te wapperen. Dokter Hendricks had Lukes dossier op zijn schoot.

'Je weet het zeker?' zei hij tegen Zeke.

'Honderd procent. Ik heb die kleine rotzak vijf of zes keer ondergeduwd, telkens vijftien seconden langer, precies zoals u had gezegd. Als hij gedachten kon lezen, had hij dat zeker gedaan, daar kunt u vergif op innemen. Zoiets zou een Navy SEAL niet eens volhouden, laat staan een joch dat amper oud genoeg is om meer dan zes haren op zijn ballen te hebben.'

Hendricks leek nog even te willen aandringen, maar zuchtte toen en schudde zijn hoofd. 'Goed dan. Daar kan ik wel mee leven. We hebben op dit moment voldoende rozetten en er zijn er nog meer in aantocht. We boffen maar met zo'n overvloed. Maar het blijft een teleurstelling. Ik had hoge verwachtingen van die jongen.'

Hij sloeg het dossier met het kleine roze stipje in de rechterbovenhoek open. Hij haalde een pen uit zijn zak en trok een diagonale streep over de eerste pagina. 'Hij is in elk geval gezond. Evans heeft hem goedgekeurd. Dat gestoorde grietje – Benson – heeft hem niet besmet met haar waterpokken.'

'Was hij daar niet tegen ingeënt?' vroeg Zeke.

'Jawel, maar ze heeft heel erg haar best gedaan om speeksel met hem uit te wisselen. En ze was er zelf behoorlijk ziek van geweest. Kon het risico niet nemen. Nee, nee. Voorkomen is beter dan genezen.'

'Dus wanneer gaat hij naar Achterkant?'

Hendricks glimlachte flauwtjes. 'Je kunt niet wachten om van hem verlost te zijn, hè?'

'Eerlijk gezegd niet, nee,' zei Zeke. 'Dat Benson-grietje heeft hem dan niet aangestoken met haar waterpokken, Wilholm heeft dat wel gedaan met zijn *fuck you*-virus.'

'Hij gaat zodra ik groen licht krijg van Heckle en Jeckle.'

Zeke deed alsof hij rilde. 'Die twee. *Brrr*. Griezels.'

Hendricks gaf geen blijk van een mening over de Achterkant-artsen. 'Dus je weet zeker dat hij wat telepathie betreft totaal geen sjoege geeft?'

Zeke gaf hem een schouderklopje. 'Absoluut, Doc. Daar kunt u vergif op innemen.'

## 14

Terwijl Hendricks en Zeke zijn toekomst bespraken, was Luke op weg naar de lunch. De dompelbak was een verschrikking geweest, maar hij had er wel een ongelooflijke honger van gekregen. Toen Stevie Whipple hem vroeg waar hij was geweest en wat er met hem aan de hand was, schudde Luke zijn hoofd. Hij wilde niet over de waterbak praten. Nu niet en nooit niet. Hij veronderstelde dat het net zoiets was als vechten in een oorlog. Je werd opgeroepen, je ging, maar je wilde naderhand niet praten over wat je had gezien of wat je had meegemaakt.

Na zich tegoed te hebben gedaan aan de fettuccine met kaassaus deed hij een dutje, en toen hij wakker werd voelde hij zich nauwelijks beter. Hij ging op zoek naar Maureen en vond haar in de voorheen verlaten oostvleugel. Het zag ernaar uit dat het Instituut al gauw meer gasten zou krijgen. Hij liep naar haar toe en vroeg of hij haar kon helpen. 'Want ik zou het niet erg vinden wat muntjes te verdienen,' zei hij.

'Nee, dat is niet nodig.' Luke vond dat ze er elk uur ouder begon uit te zien. Haar gezicht was lijkbleek. Hij vroeg zich af hoe lang het zou duren voordat het iemand zou opvallen en ze van haar taken zou worden ontheven. Hij dacht er liever niet aan wat er dan met haar zou gebeuren. Bestond er een pensioenregeling voor huishoudsters die tevens als verklikker werkten voor het Instituut? Hij betwijfelde het.

Haar wasmand was half gevuld met schoon linnengoed en hij liet zijn eigen briefje erin vallen. Hij had het geschreven op een notitieblaadje dat hij uit de voorraadkast in C4 had gepikt, samen met een goedkope balpen die hij onder zijn matras had verstopt. Op de buitenkant van de pen stond: DENNISON RIVER BEND ONROEREND GOED. Maureen zag het opgevouwen velletje, legde er een kussensloop bovenop en gaf een knikje. Luke liep door.

Die avond in bed lag hij nog een hele tijd tegen Avery te fluisteren voordat hij het jongetje eindelijk liet slapen. Er waren twee scenario's, vertelde hij Avery, dat kon niet anders. Hij dacht dat Avery het snapte. Of misschien was 'hoopte' het juiste woord.

Luke lag nog heel lang wakker. Hij luisterde naar Avery's lichte gesnurk en peinsde over ontsnappen. Het idee leek tegelijkertijd absurd en heel goed mogelijk. Je had die stoffige bewakingslampen en alle keren dat hij in zijn eentje had kunnen ronddwalen en kleine stukjes en beetjes informatie had kunnen verzamelen. Je had de zogenaamde dode zones waarvan Sigsby en haar handlangers op de hoogte waren, en die ene echte waar zij (dat hoopte hij althans) niet van afwisten. Uiteindelijk was het een vrij eenvoudige optelsom. Hij moest het proberen. Het alternatief was de Stasi-lichten, de films, de hoofdpijn, het sterretje dat iets triggerde. En als allerlaatste, het gonzen.

*Wanneer het testen stopt, heb je misschien nog maar 3 dagen.*

## 15

De volgende middag ging Trevor Stackhouse naar het kantoor van mevrouw Sigsby. Ze zat over een opengeslagen dossier gebogen, las en maakte aantekeningen. Zonder op te kijken stak ze één vinger op. Hij liep naar haar raam, dat uitkeek op de oostvleugel van wat ze het woongebouw noemden, alsof het Instituut een universiteitscampus was, een universiteit die toevallig diep in de bossen van noordelijk Maine stond. Hij zag een paar kinderen bij de snoep- en frisdrankautomaten, die net waren bijgevuld. Er was in die ontspanningsruimte geen tabak of alcohol verkrijgbaar, al sinds 2005 niet meer. De oostvleugel was over het algemeen niet zo druk, of helemaal niet bewoond en wanneer er wel bewoners waren, konden ze sigaretten en mixdrankjes uit de automaten aan de andere kant van het gebouw halen. Sommigen probeerden het alleen maar een keertje, maar een verrassend aantal – meestal degenen met de zwaarste depressie en doodsbang door de plotselinge rampzalige wending van hun levens – raakte heel snel verslaafd. Dat waren degenen die de minste problemen gaven, omdat ze niet alleen graag muntjes wilden hebben, ze hadden ze nódig. Karl Marx had godsdienst 'opium voor het volk' genoemd, maar Stackhouse was een andere mening toegedaan. Hij vond dat Lucky Strikes en Boone's Farm (een licht alcoholisch drankje waar vooral de vrouwelijke gasten dol op waren) het ook prima deden.

'Goed,' zei mevrouw Sigsby terwijl ze haar dossier dichtsloeg. 'Je hebt mijn volledige aandacht, Trevor.'

'Morgen komen er weer vier binnen van team Opaal,' zei Stackhouse. Hij hield zijn handen op zijn rug en zijn voeten een eindje uit elkaar. Als een kapitein op de voorplecht van zijn schip, dacht mevrouw Sigsby. Hij droeg een van zijn kenmerkende bruine pakken, die haar totaal ongeschikt leken voor hartje zomer, maar die hij ongetwijfeld als onderdeel van zijn imago beschouwde. 'Zo veel hebben we er sinds 2008 niet meer aan boord gehad.'

Hij keerde het uitzicht, dat eigenlijk niet zo interessant was, de rug toe. Soms – vaak zelfs – was hij al die kinderen zó zat. Hij snapte niet hoe leraren het uithielden, en al helemaal zonder de vrijheid om de brutaaltjes een draai om de oren te geven en de meest opstandigen, zoals de inmiddels vertrokken Nicholas Wilholm, zo nu en dan een schok toe te dienen.

Mevrouw Sigsby zei: 'Er is een tijd geweest – lang voordat jij en ik hier waren – dat hier meer dan honderd kinderen zaten. Er was zelfs een wachtlijst.'

'Oké, er is dus een wachtlijst geweest. Goed om te weten. Maar waarom heb je me hier laten komen? Team Opaal is ter plekke en er zit ten minste één lastig geval tussen. Ik vlieg er vanavond naartoe. Het kind bevindt zich in een zorgvuldig gecontroleerde omgeving.'

'Een ontwenningskliniek, bedoel je.'

'Exact.' Hoogfunctionerende TK's leken betrekkelijk goed mee te kunnen binnen de maatschappij, maar hoogfunctionerende TP's hadden problemen en grepen vaak naar drank of drugs. Zo temperden ze de stortvloed aan indrukken, veronderstelde Stackhouse. 'Maar ze is het waard. Niet van hetzelfde niveau als Dixon – dat is echt een krachtpatser – maar het scheelt niet veel. Dus vertel me wat je dwarszit, zodat ik weer verder kan met mijn werk.'

'Er zit me niets dwars, ik wil alleen even bijpraten. En blijf niet zo achter me staan, daar krijg ik de rillingen van. Pak een stoel.'

Terwijl hij de bezoekersstoel van de andere kant van haar bureau pakte, opende mevrouw Sigsby een videobestand op haar desktop en speelde het af. De beelden toonden de snackautomaten voor de cafetaria. Het beeld was wazig, bibberde om de tien tellen en werd af en toe onderbroken door statische ruis. Gedurende een van die momenten zette mevrouw Sigsby het beeld stil.

'Het eerste wat ik je wil laten zien,' zei ze, op die droge, docerende toon waaraan hij zo'n hekel had gekregen, 'is de kwaliteit van deze video. Die is volstrekt onacceptabel. Hetzelfde geldt voor tenminste de helft van alle bewakingscamera's. De camera in dat kleine rotsupermarktje in de Bend is nog beter dan de meeste die wij hier hebben hangen.' Ze had het over het winkeltje in Dennison River Bend, wist Stackhouse, en ze had gelijk.

'Ik zal het doorgeven, maar we weten allebei dat de infrastructuur van dit complex abominabel is. De laatste totale renovatie was veertig jaar geleden, toen alles in dit land nog heel anders was. Veel losser. Op dit moment hebben we maar twee IT-jongens, van wie er één met verlof is. De computerapparatuur is verouderd, net als de generatoren. Dat wéét je allemaal.'

Dat wist mevrouw Sigsby inderdaad. Niet dat het hun ontbrak aan middelen; het lag aan het feit dat het niet lukte om hulp van buitenaf te krijgen. In feite een uitzichtloze situatie. Het Instituut moest hermetisch gesloten blijven en in dit tijdperk van social media en hackers werd dat steeds moeilijker. Het minste of geringste gerucht over wat ze hier deden zou al het einde betekenen. Voor het ongelooflijk belangrijke werk dat ze hier deden, ja, maar ook voor de staf. Dit maakte het moeilijk om personeel aan te nemen en om voorraden in te slaan en reparatiewerkzaamheden waren een nachtmerrie.

'Die storing wordt veroorzaakt door keukenapparatuur,' zei hij. 'Mixers, afvalvermalers, de magnetrons. Daar kan ik misschien wel iets aan laten doen.'

'Misschien kun je dan meteen iets laten doen aan de glazen behuizing waar de camera's achter zitten. Hoeft helemaal niet iets technisch te zijn. Ik geloof dat ze het "afstoffen" noemen. We hebben immers conciërges.'

Stackhouse keek op zijn horloge.

'Goed, Trevor. Ik snap de hint.' Ze startte de video weer. Daar verscheen Maureen Alvorson met haar wasmand. Er liepen twee bewoners met haar mee: Luke Ellis en Avery Dixon, de uitzonderlijke TP-pos die tegenwoordig bijna elke nacht bij Ellis sliep. De beelden mochten dan ondermaats zijn, het geluid was prima.

'Hier kunnen we praten,' zei Maureen tegen de jongens. 'Er is wel een microfoon, maar die werkt al jaren niet meer. Gewoon veel lachen, zodat iemand die de beelden bekijkt zal denken dat jullie me proberen te paaien voor muntjes. Wat zit jullie dwars? En hou het kort.'

Het bleef even stil. De kleine jongen krabde aan zijn armen, kneep in zijn neus en keek toen Luke aan. Dus Dixon was alleen een meeloper. Dit ging van Ellis uit. Daar keek Stackhouse niet van op; Ellis was de slimmerik. De schaker.

'Nou,' zei Luke, 'het gaat om wat er laatst in de cafetaria is gebeurd. Met Harry en de kleine G's. Dat zit ons dwars.'

Maureen zuchtte en zette haar mand neer. 'Ik heb het gehoord. Dat was heel vervelend, maar voor zover ik weet gaat het goed met ze.'

'Echt waar? Met alle drie?'

Maureen zweeg even. Avery keek angstig naar haar op. Hij krabde nog steeds aan zijn armen, kneep in zijn neus en zag eruit alsof hij nodig moest plassen. Ten slotte zei ze: 'Misschien op dit moment even niet, of niet helemaal. Ik heb dokter Evans horen zeggen dat ze naar de ziekenboeg in Achterkant zijn gebracht. Die is heel goed.'

'Wat hebben ze daar nog...'

'Ssst.' Ze stak een hand omhoog naar Luke en keek om zich heen. Het beeld werd onscherp, maar het geluid bleef duidelijk. 'Geen vragen over Achterkant. Daar kan ik niet over praten. Ik kan alleen zeggen dat het er fijn is, fijner dan in Voorkant, en dat alle jongens en meisjes nadat ze daar een poosje hebben doorgebracht weer naar huis gaan.'

Toen het beeld scherper werd had zij haar armen om hen heen geslagen. Ze hield ze dicht tegen zich aan. 'Kijk nou toch,' zei Stackhouse bewonderend. 'Moeder de Gans. Ze is echt goed.'

'Stil,' zei mevrouw Sigsby.

Luke vroeg aan Maureen of ze echt zéker wist dat Harry en Greta nog leefden. 'Want het leek alsof ze... nou ja... dood waren.'

'Ja, dat zeggen alle kinderen,' zei Avery en hij gaf een rukje aan zijn neus. 'Harry lag eerst helemaal te stuiptrekken en toen hield hij op met ademen. Greta's hoofd lag scheef en zat raar op haar nek.'

Maureen haastte zich niet; Stackhouse kon zien dat ze haar woorden zorgvuldig koos. Hij dacht dat ze best een goede geheim agente had kunnen zijn. Intussen keken de beide jongens verwachtingsvol naar haar op.

Uiteindelijk zei ze: 'Ik was er natuurlijk niet bij en ik snap dat het eng is geweest, maar ik denk toch echt dat het er veel erger uitzag dan het in werkelijkheid was.' Ze zweeg weer, maar nadat Avery nog een geruststellend kneepje in zijn neus had gegeven, ging ze verder. 'Als Harry Cross een epileptische aanval had – en ik zeg áls – krijgt hij nu de juiste medicatie. En wat Greta betreft: ik liep pas langs de koffiekamer en toen hoorde ik dokter Evans tegen dokter Hendricks zeggen dat zij haar nek heeft verrekt. Ik denk dat ze haar een halskraag geven. Haar zusje zal wel bij haar zijn. Om haar te troosten, snap je.'

'Oké,' zei Luke, met een opgeluchte klank in zijn stem. 'Als je het zeker weet.'

'Meer zekerheid kan ik je niet geven, Luke. Er wordt hier veel gelogen, maar zelf heb ik als kind geleerd dat je niet mag liegen en al helemaal niet tegen kinderen. Meer kan ik je dus niet vertellen. Maar waarom is het zo belangrijk? Alleen omdat jullie ongerust zijn over jullie vrienden, of is er nog iets?'

Luke keek Avery aan, die nu echt een harde ruk aan zijn neus gaf, en toen knikte.

Stackhouse rolde met zijn ogen. 'Jezus christus, jongen, als je in je neus wilt pulken, doe dat dan gewoon. Ik word gek van dit voorspel.'

Mevrouw Sigsby zette de video weer even stil. 'Het is een gebaar waarmee hij zichzelf kalmeert en beter dan steeds naar zijn zaakje grijpen. Ik heb de nodige kruisgrijpers meegemaakt, zowel jongens als meisjes. Stil, nu komt het interessante gedeelte.'

'Als ik je iets vertel, beloof je dan het niet door te vertellen?' vroeg Luke.

Ze dacht even na terwijl Avery zijn arme neus bleef molesteren. Toen knikte ze.

Luke dempte zijn stem. Mevrouw Sigsby zette het geluid wat harder.

'Sommige kinderen hebben het over een hongerstaking. Dat ze niets meer gaan eten voordat we zeker weten dat alles goed is met Harry en de kleine G's.'

Maureen begon zelf ook zachter te praten. 'Welke kinderen?'

'Dat weet ik niet precies,' zei Luke. 'Een paar van de nieuwelingen.'

'Zeg maar tegen ze dat dat een heel slecht idee zou zijn. Jij bent een slimme jongen, Luke, heel erg slim, en ik weet zeker dat je de betekenis van het woord "represailles" kent. Leg het straks maar uit aan Avery.' Ze keek het jongste ventje strak aan. Hij maakte zich los van haar arm en hield beschermend een hand voor zijn neus, alsof hij bang was dat zij van plan was hem te pakken en misschien wel van zijn gezicht te trekken. 'Nu moet ik weer verder. Ik wil niet dat jullie in de problemen raken en dat wil ik zelf ook niet. Als iemand jullie vraagt waar we het over hebben gehad...'

'Dan zeggen we dat we karweitjes voor je wilden doen om muntjes te verdienen,' zei Avery. 'Begrepen.'

'Mooi zo.' Ze keek omhoog naar de camera, wilde al weglopen, maar draaide zich toch weer om. 'Binnenkort kunnen jullie hier weg en terug naar huis. Wees tot die tijd verstandig en doe geen gekke dingen.'

Ze pakte een stofdoek, haalde die even door de uitneemlade van de drankautomaat, tilde haar mand op en liep door. Luke en Avery bleven nog heel even staan en liepen toen ook weg. Mevrouw Sigsby zette de video uit.

'Hongerstaking,' zei Stackhouse met een glimlach. 'Dat is een nieuwe.'

'Inderdaad,' zei mevrouw Sigsby.

'Een angstaanjagende gedachte.' Zijn glimlach veranderde in een brede grijns. Siggers zou dat vast niet goedkeuren, maar hij kon er niets aan doen.

Tot zijn verbazing begon ze te lachen. Wanneer had hij haar dat voor het laatst horen doen? Misschien wel nooit. 'Het heeft wel iets grappigs. Kinderen in de groei zouden waarschijnlijk de slechtste hongerstakers ter wereld zijn. Dat zijn vreetmachines. Maar je hebt gelijk, het is wel iets heel nieuws onder de zon. Wie van de nieuwelingen heeft dit bedacht, denk je?'

'Ach, kom nou. Niemand. We hebben hier maar één kind dat slim genoeg is om zelfs maar te weten wat een hongerstaking is en hij zit hier al bijna een maand.'

'Je hebt gelijk,' zei ze. 'En ik zal blij zijn als hij weg is uit Voorkant. Wilholm was een lastpost, maar hij kwam tenminste openlijk voor zijn woede uit. Ellis daarentegen... die is stiekem. Ik hou niet van stiekeme kinderen.'

'Wanneer gaat hij weg?'

'Zondag of maandag, als Hallas en James in Achterkant het ermee eens zijn. En dat komt wel goed. Nog tweeënzeventig uurtjes. Hendricks is zo goed als klaar met hem.'

'Mooi. Ga je dat idee van die hongerstaking nog aanpakken, of laat je het erbij zitten? Ik zou willen voorstellen het erbij te laten zitten. Dan sterft het vanzelf een natuurlijke dood.'

'Ik denk dat ik er toch iets mee ga doen. Zoals je al zei hebben we momenteel veel bewoners en het lijkt me een goed idee om ze tenminste één keer gezamenlijk toe te spreken.'

'Als je dat doet, heeft Ellis waarschijnlijk meteen door dat Alvorson een verklikker is.' Gezien het IQ van de jongen was er niets waarschijnlijks aan.

'Maakt niet uit. Over een paar dagen is hij toch weg en dat neusknijpende vriendje van hem gaat hem dan snel achterna. Maar nog even over die bewakingscamera's...'

'Voordat ik vanavond wegga zal ik een memo schrijven voor Andy Fellowes en zodra ik terug ben behandelen we het met voorrang.' Hij leunde naar voren, de handen gevouwen, en keek met zijn bruine ogen recht in haar staalgrijze. 'En in de tussentijd: niet zo zwaar op de hand. Zo bezorg je jezelf nog een maagzweer. Bedenk op z'n minst één keer per dag dat we hier te maken hebben met kinderen, geen snoeiharde criminelen.'

Mevrouw Sigsby zei niets, want ze wist dat hij gelijk had. Zelfs Luke Ellis, hoe slim hij ook was, was maar een kind en wanneer hij eenmaal een poosje in Achterkant had gezeten, zou hij nog steeds een kind zijn, alleen helemaal niet slim meer.

## 16

Toen mevrouw Sigsby die avond de cafetaria binnenliep, slank en kaarsrecht, in een dieprood pakje, grijze blouse en een enkel snoer parels, hoefde ze niet met een lepel tegen een glas te tikken om de aandacht te vragen. Iedereen hield onmiddellijk op met praten. Laboranten en verzorgers verdrongen zich in de deuropening naar de ontspanningsruimte van de westvleugel. Zelfs het keukenpersoneel kwam tevoorschijn en verzamelde zich achter de saladebar.

'Zoals de meesten van jullie wel weten,' zei mevrouw Sigsby op een prettige, goed verstaanbare toon, 'heeft er twee avonden geleden hier in de cafetaria een ongelukkig voorval plaatsgevonden. Er doen geruchten de ronde dat bij dat voorval twee kinderen om het leven zijn gekomen. Dit is absoluut niet waar. Er worden hier in het Instituut geen kinderen vermoord.'

Ze keek naar haar publiek. De kinderen zaten haar met grote ogen aan te kijken en vergaten te eten.

'Voor het geval sommigen van jullie het druk hadden met je fruitcocktail en niet hebben opgelet, zal ik dat laatste nog eens herhalen: wij vermoorden geen kinderen.' Ze wachtte even om dit tot iedereen te laten doordringen. 'Jullie hebben er niet om gevraagd om hier te zijn. Dat begrijpen wij allemaal, maar we verontschuldigen ons er niet voor. Jullie zijn hier niet om alleen jullie eigen land te dienen, maar de hele wereld. Wanneer jullie dienst erop zit, krijgen jullie geen medailles. Geen feestelijke parades om jullie te eren. Jullie zullen je niet bewust zijn van onze innige dankbaarheid, want voordat jullie vertrekken zullen jullie herinneringen aan het Instituut worden geëlimineerd. Uitgewist, voor diegenen onder jullie die dat woord niet kennen.' Haar ogen vonden heel even die van Luke en leken te zeggen: *Maar jij kent het natuurlijk wel.* 'Weet alsjeblieft dat we jullie desondanks uiterst dankbaar zijn. Gedurende jullie tijd hier zullen jullie aan tests worden onderworpen en sommige van die tests kunnen zwaar zijn, maar jullie zullen het overleven en terugkeren bij jullie families. Wij hebben nog nooit een kind verloren.'

Ze zweeg weer, in afwachting van reacties of tegenwerpingen. Van Wilholm had ze die kunnen verwachten, maar Wilholm was er niet meer. Ellis deed niets, omdat rechtstreekse reacties niets voor hem waren. Als schaker gaf hij de voorkeur aan achterbakse manoeuvres boven de rechtstreekse aanval. Hij zou er niet veel aan hebben.

'Harold Cross kreeg een korte epileptische aanval ten gevolge van een gezichtsvermogen- en gezichtsscherptetest die sommigen van jullie, diegenen die de test al hebben gehad, "de stippen" of "de lichten" noemen. Hierbij gaf hij geheel per ongeluk Greta die hem – heel bewonderenswaardig, vinden we vast allemaal – probeerde te helpen, een klap. Zij liep daarbij een ernstig verrekte nek op, maar is op dit moment herstellende. Haar zusje is bij haar. De Wilcox-tweeling en Harold worden volgende week naar huis gestuurd en ik weet zeker dat wij hen allemaal het allerbeste wensen.'

Haar ogen zochten opnieuw Luke, die aan een tafel tegen een muur aan de andere kant van de ruimte zat. Zijn kleine vriend was bij hem. Dixons mond hing open, maar dit keer liet hij in elk geval zijn neus met rust.

'Als iemand tegenspreekt wat ik jullie zojuist heb verteld, kunnen jullie ervan op aan dat die persoon liegt en zijn leugens dienen onmiddellijk te worden gemeld bij een van de verzorgers of laboranten. Is dat begrepen?'

Stilte, zonder zelfs maar een nerveus lachje om die te verbreken.

'Als dat begrepen is, wil ik graag dat jullie zeggen: "Ja, mevrouw Sigsby."'

'Ja, mevrouw Sigsby,' zeiden de kinderen.

Ze glimlachte flauwtjes. 'Volgens mij kunnen jullie dat wel beter.'

'Ja, mevrouw Sigsby!'

'En nu alsof jullie het echt menen.'

'JA, MEVROUW SIGSBY!' Deze keer deden zelfs het keukenpersoneel, de laboranten en de verzorgers mee.

'Goed zo.' Mevrouw Sigsby glimlachte. 'Er gaat toch maar niets boven zo'n positieve kreet om de longen en de geest eens goed door te blazen, nietwaar? Eten jullie nu maar weer verder.' Ze richtte zich tot de keukenstaf in hun witte jassen. 'En een extra toetje voor het slapengaan, als Kok Doug tenminste voor cake en ijs kan zorgen?'

Kok Doug vormde met zijn duim en wijsvinger een cirkeltje. Iemand begon te klappen. Anderen volgden dit voorbeeld. Terwijl mevrouw Sigsby de zaal verliet knikte ze naar links en naar rechts om het applaus in ontvangst te nemen. Ze liep met opgeheven hoofd en haar handen zwaaiden met kleine, precieze beweginkjes heen en weer. Om haar mond lag een flauw glimlachje, wat Luke betitelde als een Mona Lisalachje. De witjassen gingen uiteen om haar te laten passeren.

Nog steeds applaudisserend boog Avery zich naar Luke toe en fluisterde: 'Álles wat ze zei was gelogen.'

Luke gaf een bijna onzichtbaar knikje.

'Dat kutwijf!' zei Avery.

Luke gaf nog een keer zo'n klein knikje en zond een korte mentale boodschap: *Blijf klappen.*

Dat deed Avery.

## 17

Die avond lagen Luke en Avery naast elkaar in Lukes bed terwijl in het Instituut alles tot stilstand kwam en iedereen zich opmaakte voor een nieuwe nacht.

Avery fluisterde en vertelde hem alles wat Maureen hem had verteld, elke keer dat hij zijn hand naar zijn neus had gebracht ten teken dat ze kon zenden. Luke was bang geweest dat Maureen het briefje dat hij in haar wasmand had laten vallen niet zou begrijpen (een klein onbewust vooroordeel misschien, gebaseerd op het bruine huishoudsterschort dat ze droeg, daar moest hij toch eens iets aan doen), maar ze had het uitstekend begrepen en had Avery het hele stappenplan doorgegeven. Luke vond dat Avery wel iets subtieler te werk had mogen gaan met de signalen, maar het leek allemaal goed te zijn gegaan. Dat hoopte hij althans. En als dat zo was, was Lukes enige vraag of de allereerste stap echt kon werken. Het was bijna te simpel voor woorden.

De twee jongen lagen op hun rug in de duisternis te staren. Luke liep net voor de tiende – of misschien wel de vijftiende – keer alle stappen na, toen Avery zijn hoofd binnendrong met drie woorden die oplichtten als een rode neonreclame, vervolgens weer vervaagden, maar wel een nabeeld achterlieten.

*Ja, mevrouw Sigsby.*

Luke gaf hem een por.

Avery grinnikte.

Een paar tellen later kwamen de woorden opnieuw, nog feller deze keer.

*Ja, mevrouw Sigsby!*

Luke gaf hem weer een por, maar hij glimlachte erbij en dat wist Avery, ook al was het donker. De glimlach lag niet alleen op zijn gezicht, maar ook in zijn hoofd en Luke vond dat hij er recht op had. Misschien ging het hem niet lukken uit het Instituut te ontsnappen – hij moest toegeven dat zijn kansen niet gunstig waren – maar vandaag was een goede dag geweest. Hoop was zo'n fijn woord, zo iets fijns om te voelen.

*JA, MEVROUW SIGSBY, KUTWIJF!*

'Hou op, of ik ga je kietelen,' mompelde Luke.

'Maar het werkte wel, of niet soms?' fluisterde Avery. 'Het werkte echt. Denk je echt dat je…'

'Ik weet het niet. Ik weet alleen dat ik het ga proberen. Hou nu je mond en ga slapen.'

'Ik wou dat je me mee kon nemen. Dat wou ik zó graag.'

'Ik ook,' zei Luke en hij meende het. Het zou Avery niet meevallen om hier alleen te zijn. Hij was op sociaal gebied beter aangepast dan de kleine G's of Stevie Whipple, maar de titel Persoonlijkheid van het Jaar zou hij nooit in de wacht slepen.

'Wil je wanneer je terugkomt dan wel ongeveer duizend politieagenten meenemen?' fluisterde Avery. 'En een beetje snel graag, voordat ze me naar Achterkant brengen. En zodat we Sha nog kunnen redden.'

'Ik ga mijn best doen,' beloofde Luke. 'En hou nu op met dat geschreeuw in mijn hoofd. De grap is er nu wel af.'

'Ik wou dat je meer TP had. En dat het je geen pijn deed om te zenden. Als dat zo was zouden we beter kunnen praten.'

'Als telt niet. Ik zeg het nog één keer: ga slapen.'

Toen Avery sliep begon Luke zelf ook in te dommelen. Maureens eerste stap rammelde net zo hard als de ijsmachine waar ze elkaar soms spraken, maar hij moest toegeven dat het wel klopte met alles wat hij tot nu toe zelf had waargenomen: stoffige camerabehuizingen, plinten waar jaren geleden de verf al vanaf was gesprongen en die nooit waren bijgewerkt, een liftpasje dat iemand, heel slordig, ergens had laten liggen. Hij dacht er weer aan hoe deze plek net een raket was die, hoewel de motoren waren uitgeschakeld, zich nog steeds voortbewoog, maar nu in een horizontale zweefvlucht.

## 18

De volgende dag begeleidde Winona hem naar niveau C, waar hij even snel werd nagekeken: bloeddruk, hartslag, temperatuur, zuurstofgehalte. Toen Luke informeerde wat er ging gebeuren, keek Dave op zijn klembord, schonk hem een zonnige grijns – alsof hij hem nooit tegen de grond had geslagen – en zei dat er niets op het programma stond.

'Je hebt een vrije dag, Luke. Geniet ervan.' Hij stak een hand op, met de palm naar voren.

Luke grijnsde terug en gaf hem een high five, maar intussen dacht hij aan Maureens briefje: *Wanneer het testen stopt, heb je misschien nog maar 3 dagen.*

'En morgen?' vroeg hij toen ze terugliepen naar de lift.

'Dat zien we morgen wel weer,' zei Dave. 'Zo doen we dat.'

Dat was misschien zo voor mensen die geen andere opties meer hadden, maar niet meer voor Luke. Hij wilde extra tijd om Maureens plan nog eens door te nemen – of voor zich uit te schuiven, om eerlijk te zijn – maar hij was bang dat hij niet veel tijd meer had.

Het spelen van trefbal was op het speelterrein van het Instituut een dagelijkse bezigheid geworden, een ritueel bijna, en bijna iedereen deed er altijd wel even aan mee. Luke stapte in de kring en rende zo'n tien minuten samen met de rest rond voordat hij zich liet raken. In plaats van zich bij de werpers te voegen, liep hij over het asfalten *half court*, langs Frieda Brown, die een beetje troosteloos ballen in de basket stond te werpen. Luke dacht dat ze nog steeds geen idee had waar ze was. Hij kon dat wel begrijpen. Hij ging op het gravel zitten, met zijn rug tegen de afrastering. Hij liet zijn handen zakken en liet ze een beetje doelloos langs zijn zijden heen en weer glijden, terwijl hij intussen naar het partijtje trefbal keek.

'Doe je mee?' vroeg Frieda.

'Straks misschien,' zei Luke. Hij reikte achteloos met één hand achter zich, tastte naar de onderkant van het hek en voelde dat Maureen gelijk had; op de plek waar de grond een beetje inzakte zat een opening. De ingezakte bodem was misschien veroorzaakt door smeltende sneeuw in het voorjaar. Het was maar een centimeter of vijf, maar het zat er wel degelijk. Niemand had de moeite genomen om het op te vullen. Lukes hand lag met de palm naar boven tegen de blootliggende onderkant van het hek en de uiteindes van het gaas prikten in zijn hand. Hij wiebelde heel even met zijn vingers in de vrije lucht buiten het Instituut, stond toen op, klopte het stof van zijn kont en vroeg aan Frieda of ze anders zin had om een potje te basketballen. Ze schonk hem een gretige lach die zei: *Ja! Ja, natuurlijk! Laten we vrienden zijn!*

Hij vond het eigenlijk wel een beetje zielig.

## 19

De volgende dag had Luke ook geen tests en nam niemand zelfs maar de moeite naar zijn vitale functies te kijken. Hij hielp Connie, een van de conciërges, twee matrassen vanuit de lift naar een paar kamers in de oostvleugel te sjouwen, kreeg maar één rottige munt voor de moeite (alle conciërges waren gierig met muntjes) en toen hij terugliep naar zijn kamer kwam hij Maureen tegen, die bij de ijsmachine stond en water dronk uit het flesje dat ze daar altijd in de koeling had staan. Hij vroeg of hij haar misschien kon helpen.

'Nee, dat hoeft niet.' Toen, op zachtere toon: 'Hendricks en Zeke stonden buiten bij de vlaggenmast te praten. Ik zag ze staan. Hebben ze je getest?'

'Nee. Al twee dagen niet.'

'Dat dacht ik al. Het is nu vrijdag. Misschien heb je nog tot zaterdag of zondag, maar ik zou het risico niet nemen.' De mengeling van bezorgdheid en mededogen op haar afgetobde gezicht maakte hem doodsbang.

*Vanavond.*

Hij sprak het woord niet hardop uit, maar geluidloos, met een hand langs de zijkant van zijn gezicht, terwijl hij onder zijn oog krabde. Zij knikte.

'Maureen... weten ze dat je...' Het lukte hem niet zijn vraag af te maken, maar dat was ook niet nodig.

'Ze denken dat het ischias is.' Haar stem was nauwelijks meer dan een fluistering. 'Misschien dat Hendricks een vermoeden heeft, maar het zal hem een zorg zijn. Zo denken ze er allemaal over, zolang ik maar kan blijven werken. Ga nu maar, Luke. Ik doe je kamer wel terwijl jij gaat lunchen. Kijk onder je matras wanneer je naar bed gaat. Veel succes.' Ze aarzelde. 'Ik wilde dat ik je een knuffel kon geven, jongen van me.'

Luke voelde dat de tranen in zijn ogen sprongen. Hij haastte zich weg voordat zij ze zou zien.

Hij at een stevige lunch, hoewel hij eigenlijk niet zo'n trek had. Bij het avondeten zou hij hetzelfde doen. Hij had het gevoel dat hij alle brandstof nodig had die hij binnen kon krijgen.

Die avond kregen hij en Avery aan tafel gezelschap van Frieda, die zich nu helemaal op Luke richtte. Na het eten gingen ze naar het speelterrein. Luke sloeg een uitnodiging om nog wat met het meisje te basketballen af en zei dat hij een poosje naar Avery op de trampoline ging kijken.

Terwijl hij keek hoe Avery op en neer sprong en wat lusteloze zit- en buiksprongen uitvoerde, lichtte er in Lukes hoofd weer een van die neonrode woorden op.

*Vanavond?*

Luke schudde zijn hoofd. 'Maar ik wil wel dat je in je eigen kamer gaat slapen. Ik wil nu wel eens acht uur kunnen doorslapen.'

Avery liet zich van de trampoline glijden en keek Luke ernstig aan. 'Je moet me geen dingen vertellen die niet waar zijn omdat je denkt dat iemand me dan verdrietig zal zien kijken en zich zal afvragen waarom. Ik hoef niet verdrietig te kijken.' En hij trok zijn lippen in een hopeloze nepgrijns.

*Oké. Als je mijn kans maar niet verkloot, Avery.*

*Kom me halen als dat kan. Alsjeblieft.*

*Zal ik doen.*

De stippen kwamen terug en brachten een levendige herinnering aan de dompelbak met zich mee. Luke vermoedde dat het door de inspanning kwam die het hem kostte om heel bewust gedachten te zenden.

Avery bleef hem nog even staan aankijken en rende toen naar de basket. 'Zullen we een potje, Frieda?'

Ze keek glimlachend op hem neer. 'Als je maar weet dat ik je ongelooflijk inmaak, jochie.'

'Dat zullen we nog wel eens zien.'

Ze speelden terwijl het langzaam begon te schemeren. Luke stak de speelplaats over en keek nog één keer om toen Avery – door Harry Cross ooit Lukes 'kleine vrolijke vriendje' genoemd – een hoekschot probeerde en hopeloos miste. Hij dacht dat Avery die avond nog wel even naar zijn kamer zou komen om zijn tandenborstel te halen, maar dat gebeurde niet.

## 20

Luke speelde een paar potjes Slap Dash en 100 Balls op zijn laptop, poetste toen zijn tanden, kleedde zich uit tot op zijn onderbroek en stapte in bed. Hij deed het licht uit en voelde onder zijn matras. Hij zou zich in zijn vingers hebben gesneden aan het mes dat Maureen voor hem had neergelegd (in tegenstelling tot de plastic mesjes uit de cafetaria voelde dit als een schilmesje met een echt lemmet) als zij het niet in een washandje had gewikkeld. Er lag ook nog iets anders, iets wat hij meteen herkende aan de vorm. God wist dat hij er voldoende had gebruikt voordat hij hier kwam. Een USB-stick. Hij leunde in het donker over de rand van het bed en stopte beide voorwerpen in de zak van zijn spijkerbroek.

Toen begon het wachten. Een tijdlang renden er kinderen door de gang, misschien speelden ze tikkertje, of misschien liepen ze gewoon wat te dollen. Dit gebeurde tegenwoordig elke avond nu er meer kinderen waren. Er werd gejoeld en gelachen, gevolgd door overdreven vermaningen om stil te zijn, gevolgd door nog meer gelach. Ze bliezen stoom af. Bliezen angst af. Een van de luidruchtigste joelers van vanavond was Stevie Whipple en Luke concludeerde dat hij aan de wijn of de mixdrankjes had gezeten. Er waren geen strenge volwassenen die tot stilte maanden; degenen die hier de leiding hadden voelden zich niet genoodzaakt regels op te leggen en af te dwingen over hoeveel lawaai ze mochten maken en hoe laat ze naar bed moesten.

Uiteindelijk werd het rustig in Lukes gedeelte van de woonverdieping. Nu hoorde hij alleen het geluid van zijn eigen gestaag kloppende hart en het kraken van zijn hersenen toen hij nog een laatste keer Maureens lijstje doorliep.

Zodra je buiten bent terug naar de trampoline, dacht hij. Gebruik zo nodig het mes. Dan een flauwe bocht naar rechts.

*Als* hij buiten kwam.

Hij merkte tot zijn opluchting dat hij tachtig procent vastberaden was en maar twintig procent bang. Zelfs die geringe hoeveelheid sloeg nergens op, maar Luke veronderstelde dat het heel natuurlijk was. Wat er achter die vastberadenheid zat – wat hij absoluut zeker wist – was heel eenvoudig: dit was zijn kans, de enige die hij zou krijgen, en hij was van plan die te benutten.

Toen het naar zijn gevoel een half uur stil was op de gang stapte Luke uit bed en pakte de plastic ijsemmer die boven op zijn tv stond. Hij had een verhaal bedacht voor degenen die toekeken – als er op dit tijdstip nog iemand op de monitors zat te kijken, in plaats van in een of ander bewakingskamertje beneden een potje te patiencen.

Het verhaal ging over een kind dat vroeg naar bed gaat, dan om de een of andere reden wakker wordt, misschien omdat hij moet plassen, of omdat hij naar heeft gedroomd. Hoe dan ook, het kind slaapt nog half en loopt in zijn ondergoed de gang op. Camera's in stoffige glazen behuizingen kijken toe terwijl hij naar de ijsmachine loopt om zijn emmertje te vullen. En wanneer hij vervolgens terugloopt en niet alleen een emmer ijs maar ook de ijsschep bij zich heeft, nemen ze aan dat het kind te slaperig is om te beseffen dat hij die nog in zijn hand heeft. Die ziet hij dan morgenochtend wel op zijn bureau liggen of in de badkamer en dan zal hij zich afvragen hoe het ding daar terecht is gekomen.

Weer terug in zijn kamer deed Luke wat ijs in een glas, vulde het in de badkamer met water en dronk het half leeg. Lekker. Zijn mond en keel waren kurkdroog. Hij liet de schep op het waterreservoir van het toilet liggen en ging weer naar bed. Daar lag hij te draaien en te woelen en in zichzelf te mompelen. Misschien miste het kind in zijn verhaal zijn kleine vrolijke vriendje wel. Misschien kon hij daarom niet slapen. En misschien keek of luisterde er niemand mee, maar misschien ook wel, en daar moest hij dus van uitgaan.

Uiteindelijk deed hij het licht weer aan en kleedde zich aan. Hij ging de badkamer binnen, waar geen videobewaking was (waar waarschíjnlijk geen videobewaking was) en stak de schep in de voorkant van zijn broek, waarna hij zijn T-shirt eroverheen trok. Als er toch videobewaking was, en als er iemand meekeek, was hij er sowieso al bij. Het enige wat hij kon doen was verdergaan met het volgende stuk van zijn verhaal.

Hij liep de kamer uit en de hal in, naar de ontspanningsruimte. Daar lagen Stevie Whipple en een andere jongen, een van de nieuwelingen, op de grond te slapen. Om hen heen lagen een stuk of zes flesjes Fireball, allemaal leeg. Die kleine flesjes kaneelwhisky vertegenwoordigden een heleboel muntjes. Wanneer Stevie en zijn nieuwe vriend wakker werden, zouden ze allebei een kater hebben en platzak zijn.

Luke stapte over Stevie heen en ging de cafetaria binnen. Alleen de saladebar was felverlicht, zodat de ruimte er donker en een beetje griezelig uitzag. Hij griste een appel van de altijd gevulde fruitschaal en terwijl hij terug slenterde nam hij er een hap van, hopend dat er niemand keek, maar dat als dat wel zo was, ze de pantomime die hij opvoerde zouden begrijpen en geloven. Het kind wordt wakker. Het kind haalt ijs uit de ijsmachine en drinkt een lekker glas koud water, maar daarvan wordt hij wakkerder dan ooit, dus gaat hij maar naar de cafetaria om iets te eten te halen. Dan denkt het kind: hé, ik kan best even naar buiten gaan en een frisse neus halen op de speelplaats. Hij zou niet de eerste zijn die dat deed; Kalisha had gezegd dat zij en Iris meerdere keren naar buiten waren gegaan om naar de sterren te kijken – die waren hier uitzonderlijk helder, omdat er geen omgevingslicht was dat ze aan het zicht onttrok. En soms, had ze gezegd, gebruikten kinderen het speelterrein ’s nachts ook wel om een beetje te vrijen. Hij hoopte maar dat er vannacht niemand de sterrenhemel zat te bewonderen of zat te vozen.

Er was niemand en aangezien er geen maan stond, was het betrekkelijk donker. De verschillende speeltoestellen wierpen hoekige schaduwen. Zonder een paar vriendjes als gezelschap, hadden kleine kinderen de neiging bang te zijn in het donker. Grotere kinderen trouwens ook, hoewel de meeste dat nooit zouden toegeven.

Luke slenterde over het speelterrein, wachtend tot een van de minder bekende nachtelijke verzorgers voor hem zou opdoemen en hem zou vragen wat hij hier deed met die ijsschep onder zijn shirt. Hij dacht toch zeker niet te kunnen ontsnappen, hè? Want dan moest hij wel knettergek zijn.

'Knettergek,' mompelde Luke en hij ging met zijn rug tegen het gaashek zitten. 'Dat ben ik ten voeten uit, hartstikke knetter.'

Hij wachtte om te zien of er iemand zou komen opdagen. Er kwam niemand. Het enige geluid was dat van de krekels en het gekras van een uil. Er was wel een camera, maar zou er echt iemand de beelden in de gaten houden? Er was beveiliging, dat wist hij, maar dat was slordige beveiliging. Dat wist hij ook. En hij ging er nu achter komen hóé slordig precies.

Hij tilde zijn shirt op en haalde de schep uit zijn broek. Toen hij zich een voorstelling had gemaakt van dit gedeelte, had hij achter zijn rug zitten scheppen, met zijn rechterhand, en had hij op het moment dat zijn arm moe begon te worden de schep overgepakt in zijn linkerhand. In werkelijkheid werkte dit niet zo goed. Hij schraapte steeds met de schep tegen de onderkant van het gaashek, wat een geluid maakte dat heel hard klonk in de stilte, en bovendien kon hij niet zien of hij opschoot.

Dit is gekkenwerk, dacht hij.

Hij zette zijn zorgen om de camera van zich af, ging op zijn knieën zitten en begon onder het hek te graven, waarbij hij het grind links en rechts naast zich gooide. De tijd leek zich uit te rekken. Hij had het gevoel dat er uren verstreken. Begon iemand in die bewakingsruimte die hij nooit had gezien (maar die hij zich levendig kon voorstellen) zich al af te vragen waarom dat joch dat niet kon slapen nog steeds niet terug was van de speelplaats? Zou hij of zij iemand sturen om te kijken waar hij bleef? En stel nu eens dat die camera nachtzicht heeft, Lukey. Wat dan?

Hij groef. Hij voelde zijn gezicht nat worden van het zweet en de insecten die nachtdienst hadden begonnen dat in de gaten te krijgen.

Hij groef. Hij rook zijn oksels. Zijn hart ging tekeer. Hij voelde dat er iemand achter hem stond, maar toen hij omkeek zag hij alleen de basketbalpaal afgetekend tegen de sterren.

Inmiddels had hij een langwerpige sleuf onder het hek gegraven. Ondiep, maar hij was al mager geweest toen hij in het Instituut kwam en sindsdien was hij nog meer afgevallen. Misschien…

Maar toen hij ging liggen en eronderdoor probeerde te schuiven, hield het hek hem tegen. Het kwam niet eens in de buurt.

Ga weer naar binnen. Ga weer naar binnen en kruip in je bed voordat ze je vinden en je iets vreselijks aandoen omdat je hebt geprobeerd hier weg te komen.

Maar dat was geen optie, dat was lafheid. En hij wist al dat ze hem iets vreselijks wilden aandoen: de films, de hoofdpijn, de Stasi-lichten… en ten slotte het gonzen.

Hij groef hijgend verder, heen en weer, links en rechts. Langzaam werd de opening tussen de onderkant van het hek en de grond dieper. Stom van ze om de bodem aan beide kanten van het hek niet te plaveien. Stom van ze om het gaas niet onder stroom te zetten, ook al was het maar een beetje. Maar dat hadden ze niet gedaan en nu was hij hier bezig.

Hij ging weer liggen, probeerde er nogmaals onderdoor te kruipen, en werd opnieuw tegengehouden door de onderkant van het hek. Maar hij was er nu dichtbij. Luke ging weer op zijn knieën zitten en groef verder, groef sneller, links en rechts, heen en weer. Er klonk een knakkend geluid toen het handvat van de ijsschep het eindelijk begaf. Luke gooide het handvat terzijde, groef door en voelde de rand van de schep in zijn handpalmen snijden. Toen hij even ophield om ze te bekijken zag hij dat ze bloedden.

Deze keer ging het lukken. Dat moest gewoon.

Maar het paste… net… niet.

Dus ging hij weer met de schep aan de slag. Links en rechts, van de ene kant naar de andere. Het bloed droop langs zijn vingers, zijn haar plakte aan zijn bezwete voorhoofd en de muskieten gonsden in zijn oren. Hij legde de schep neer, ging liggen en probeerde weer onder het hek door te schuiven. De uitstekende punten rukten aan zijn shirt, prikten in zijn huid en trokken bloedende krassen in zijn schouderbladen. Hij zette door.

Halverwege zat hij vast. Hij staarde naar het grond en zag het stof in kleine wolkjes opstuiven onder zijn hijgende neusgaten. Hij moest terug om nog dieper te graven – misschien maar een heel klein beetje. Maar toen hij probeerde terug te schuiven naar het speelterrein, merkte hij dat ook dat niet meer lukte. Hij zat niet gewoon vast, hij zat gevangen. Hij zou hier morgenochtend wanneer de zon opkwam nog steeds liggen, als een rat in de val, onder dit godverdomde klotehek.

Opeens begonnen de stippen weer terug te komen, rode, groene en paarse, uit de bodem van de omgewoelde aarde die zich maar een paar centimeter onder zijn ogen bevond. Ze schoten op hem af, vielen uiteen, vormden weer één geheel, tolden en wervelden. Een gevoel van claustrofobie verkrampte zijn hart, verkrampte zijn hoofd. Zijn handen bonkten en tintelden.

Luke stak zijn handen uit, zette zijn vingers in de aarde en trok met alle kracht die hij in zich had. Een ogenblik lang vulden de stippen niet alleen zijn gezichtsveld, maar zijn gehele brein; hij verdwaalde in hun licht. Plotseling leek de onderkant van het hek een beetje omhoog te komen. Misschien verbeeldde hij het zich, maar hij dacht van niet. Hij hoorde het kraken.

Misschien ben ik nu dankzij de prikken en de dompelbak wel TK-pos, dacht hij. Net als George.

Hij besloot dat het niet belangrijk was. Het enige wat belangrijk was, was dat hij weer verder kon.

De stippen trokken weg. Als de onderkant van het hek werkelijk omhoog was gekomen, kwam hij nu weer naar beneden. Metalen punten trokken nu geen krassen in zijn schouderladen, maar in zijn billen en bovenbenen. Even was er een angstig moment toen hij weer klem kwam te zitten en het hek hem gretig vastgreep, alsof het hem niet los wilde laten, maar toen hij zijn hoofd omdraaide en zijn wang op de stenige grond legde, zag hij een struik. Misschien kon hij erbij. Hij rekte zich uit, haalde het net niet, probeerde het nog een keer en slaagde erin de struik te grijpen. Hij trok. De struik begon los te komen, maar voordat hij helemaal uit de grond kon komen, kon hij zich weer bewegen. Hij draaide met zijn heupen en duwde zich vooruit met zijn voeten. Een uitstekende punt van het hek gaf hem nog een afscheidskus in de vorm van een gemene kras over zijn ene kuit en toen kronkelde hij door naar de andere kant van het hek.

Hij was eruit.

Luke ging trillend op zijn knieën zitten en wierp een verwilderde blik over zijn schouder, ervan overtuigd dat alle lichten zouden aangaan – niet alleen in de ontspanningsruimte, maar ook in de gangen en de cafetaria, en dat hij in dat schijnsel rennende figuren zou zien: verzorgers met hun stroomstokken in de aanslag en op de hoogste stand.

Niemand te zien.

Hij krabbelde overeind en zette het blindelings op een rennen. In zijn paniek vergat hij helemaal de vitale volgende stap – oriëntatie. Alvorens bij zinnen te komen zou hij regelrecht het bos in zijn gerend en daar zijn verdwaald als hij plotseling geen verzengende pijn in zijn linkerhiel had gevoeld omdat hij op een scherpe steen stapte en besefte dat hij bij die laatste wanhopige beweging onder het hek een van zijn sneakers was kwijtgeraakt.

Luke keerde terug naar het hek, bukte, pakte de schoen en trok hem aan. Zijn rug en billen deden pijn, maar die laatste snee in zijn kuit was dieper geweest en brandde als de hel. Zijn hartslag vertraagde en hij begon weer helder na te denken. *Wanneer je eruit bent, loop je tot je ter hoogte van de trampoline bent,* had Avery gezegd, toen hij Maureens tweede stap naar hem doorzond. *Ga er met je rug naartoe staan en zet één middelgrote stap naar rechts. Die richting moet je hebben. Je hoeft maar zo'n anderhalve kilometer te lopen en je hoeft niet eens een volmaakt rechte lijn aan te houden, want waar je naartoe gaat is behoorlijk groot, maar doe je best.* Toen ze later die avond in bed lagen, had Avery gezegd dat Luke zich misschien wel door de sterren kon laten leiden. Zelf wist hij niets van zulke dingen af.

Goed dan. Tijd om te gaan. Maar eerst was er nog iets wat hij moest doen.

Hij bracht zijn hand naar zijn rechteroor en voelde het kleine rondje dat daar onder de huid zat. Hij herinnerde zich dat iemand – Iris misschien, of Helen – had gezegd dat het implantaat haar geen pijn had gedaan omdat ze ook al gaatjes in haar oren had. Alleen kon je oorknopjes er voorzichtig uitdraaien, dat had Luke zijn moeder wel eens zien doen. Dit ding zat vast.

Alstublieft, God, laat me het mes niet hoeven gebruiken.

Luke vermande zich, wurmde zijn nagels onder het opstaande randje van het zendertje, en trok. Zijn oorlel rekte uit en het deed pijn, behoorlijk pijn zelfs, maar de zender bleef op zijn plek. Hij liet los, haalde twee keer diep adem (wat herinneringen terugbracht aan de dompelbak) en trok nog een keer. Harder. De pijn was nu nog erger, maar de chip bleef zitten waar hij zat en intussen verstreek de tijd. In de woonvleugel, die er vanuit deze nieuwe gezichtshoek vreemd uitzag, was alles donker en stil, maar hoe lang zou dat nog duren?

Hij overwoog om nog een keer te trekken, maar daarmee zou hij alleen het onvermijdelijke maar uitstellen. Maureen had het geweten; daarom had ze hem het schilmesje meegegeven. Hij haalde het uit zijn zak (voorzichtig, zodat de USB-stick er niet uit viel) en hield het in het karige licht van de sterren vlak voor zijn ogen. Hij voelde met zijn duim wat de scherpe kant was, reikte toen met zijn linkerhand voor zich langs om zijn rechteroorlel te pakken en rekte die zo ver mogelijk uit, wat niet heel ver was.

Hij aarzelde en nam even de tijd om goed tot zich door te laten dringen dat hij echt aan de vrije kant van het hek stond. De uil kraste weer, een slaperig geluid. Hij zag vuurvliegjes door de lucht schieten en realiseerde zich zelfs op dit krankzinnige moment hoe mooi ze waren.

Doe het snel, zei hij tegen zichzelf. Doe gewoon net of je een stukje biefstuk afsnijdt. En niet schreeuwen, ook al doet het nog zo'n pijn. Je mag niet schreeuwen.

Luke hield de punt van het mes tegen de bovenkant van zijn oorlel en bleef even zo staan. Een paar seconden die wel een paar eeuwen leken. Toen liet hij het mes zakken.

*Ik kan het niet.*

*Het moet.*

*Ik kan het niet.*

*O god, het moet.*

Hij zette nogmaals de scherpe kant van het mes tegen het zachte, weerloze vlees en haalde het in één keer naar zich toe, voordat hij de tijd kreeg om meer te doen dan bidden dat het scherp genoeg was om het klusje in één keer te klaren.

Het mes wás scherp, maar op het laatste moment liet zijn moed hem een beetje in de steek, zodat de oorlel er niet helemaal af was, maar nog aan een draadje kraakbeen bungelde. Eerst voelde hij geen pijn, alleen de warmte van bloed dat langs de zijkant van zijn nek stroomde. Toen kwam de pijn. Het leek wel of een wesp zo groot als een bierflesje hem had gestoken en zijn gif in hem had gespoten. Luke ademde diep en sissend in, greep zijn bungelende oorlelletje en trok het los als het vel van een kippenpootje. Hij boog zich eroverheen. Hij wist dat hij het verrekte ding had, maar moest het toch met eigen ogen zien. Hij moest het zeker weten. Het zat er.

Luke overtuigde zich ervan dat hij op gelijke hoogte stond met de trampoline. Hij ging er met zijn rug naartoe staan en zette toen een stap – een middelgrote, hoopte hij – naar rechts. Voor hem strekten de donkere wouden van noordelijk Maine zich God mocht weten hoeveel kilometers uit. Toen hij omhoogkeek zag hij de Grote Beer, waarvan één hoekster recht voor hem uit wees. Volg die maar, zei hij tegen zichzelf. Meer hoef je niet te doen. Je hoeft echt niet tot morgenochtend door te lopen. Ze heeft Avery verteld dat het ongeveer anderhalve kilometer is en dan kun je door met de volgende stap. Let niet op de pijn in je schouderbladen, de nog ergere pijn in je kuit en de allerergste pijn in je Van Gogh-oor. Let niet op het trillen van je armen en benen. Gewoon doorlopen. Maar eerst...

Hij haalde zijn vuist omhoog en naar achteren en smeet het stukje vlees waar het zendertje nog steeds in zat over het hek. Hij hoorde (of verbeeldde zich) het zachte tikje dat het maakte toen het op het asfalt van het armzalige basketbalveldje viel. Laat ze het daar maar vinden.

Hij begon te lopen, met zijn blik op de hemel gericht en die ene enkele ster.

## 21

Luke kon zich er nog geen dertig seconden door laten leiden. Zodra hij tussen de bomen was, was de ster verdwenen. Hij bleef staan. Achter hem was het Instituut nog ten dele zichtbaar tussen de eerste verstrengelde takken van het woud.

Anderhalve kilometer maar, hield hij zichzelf voor, en je vindt het zelfs als je een beetje uit de koers raakt, want ze heeft Avery verteld dat het groot is. Of in elk geval behoorlijk groot. Dus loop langzaam. Je bent rechtshandig, wat betekent dat je rechterkant dominant is, dus hou daar rekening mee, maar niet te veel, anders krijg je een te grote afwijking naar links. En tel je stappen. Anderhalve kilometer zou zo ongeveer tussen de tweeduizend en vijfentwintighonderd stappen moeten zijn. Om en nabij natuurlijk, afhankelijk van het terrein. En kijk uit dat je geen tak in je oog krijgt. Je hebt al genoeg gaten in je lijf.

Luke begon te lopen. Gelukkig hoefde hij zich niet door struikgewas te worstelen; dit waren oude bomen, die aan de bovenkant voor heel veel schaduw zorgden en op de bodem voor een dikke laag struikgewasontmoedigende naalden. Telkens wanneer hij om een van de oude bomen (waarschijnlijk waren het dennen, maar hoe kon je dat in het donker zeker weten?) heen moest, probeerde hij zich opnieuw te oriënteren en zijn weg te vervolgen in een rechte lijn die inmiddels – dat moest hij toegeven – grotendeels hypothetisch was. Het was alsof je je een weg moest banen door een enorme ruimte vol nauwelijks zichtbare obstakels.

Links van hem maakte iets een grommend geluid en rende toen weg, waarbij een tak brak en andere kraakten. Luke de stadsjongen verstijfde. Was dat een hert? Jezus, wat als het een beer was? Een hert sloeg wel op de vlucht, maar een beer had misschien wel trek in een nachtelijke snack. Misschien kwam hij op dit moment wel op hem af, aangetrokken door de geur van bloed. God wist dat Lukes nek en de rechterschouder van zijn shirt ermee doorweekt waren.

Toen was het geluid verdwenen en hoorde hij alleen nog krekels en af en toe het gekras van die ene uil. Op het moment dat hij de wat-het-ook-was hoorde, was hij bij achthonderd stappen. Nu begon hij weer te lopen, met zijn handen voor zich uit als een blinde, en telde de stappen in gedachten af. Duizend... twaalfhonderd... hier staat een boom, een joekel van een boom, de laagste takken ver boven mijn hoofd, te hoog om te zien, eromheen... veertienhonderd... vijftienhon...

Hij struikelde over een omgevallen boomstam en viel languit op de grond. Iets, een afgebroken tak of zo, stak in zijn linkerbovenbeen en hij gromde van de pijn. Hij bleef even op de zachte ondergrond liggen om op adem te komen en verlangde – de ultieme, dodelijke absurditeit – naar zijn kamer in het Instituut. Een kamer waar voor alles een vaste plek was en waar ook echt alles op een vaste plek stond, zonder dieren van onbestemde omvang die door het bos stormden. Een veilige plek.

'Ja, maar niet heus,' fluisterde hij. Hij stond op en wreef over de nieuwe scheur in zijn jeans en de nieuwe wond in de huid eronder. Ze hebben tenminste geen honden, dacht hij, denkend aan de een of andere oude zwart-witfilm waarin een stel aan elkaar vastgeketende gevangenen een sprintje trok naar de vrijheid met een hele roedel jankende bloedhonden achter zich aan. En dan zaten die lui ook nog eens in een moeras. Met alligators.

*Zie je wel, Lukey?* hoorde hij Kalisha zeggen. *Het valt best mee. Gewoon doorlopen. In een rechte lijn. Of in elk geval zo recht mogelijk.*

Bij tweeduizend stappen begon Luke uit te kijken naar lichten die tussen de bomen door moesten schijnen. *Er zijn altijd wel wat lichten*, had Maureen tegen Avery gezegd, *maar het gele is het felst.* Bij vijfentwintighonderd begon hij nerveus te worden. Bij vijfendertighonderd wist hij bijna zeker dat hij uit koers was geraakt en niet zo'n beetje ook.

Het komt door die boomstam waar ik over struikelde, dacht hij. Die verdomde boom. Bij het opstaan moet het fout zijn gegaan. Voor hetzelfde geld ben ik op weg naar Canada. Als die lui van het Instituut me niet vinden, ga ik dood in deze bossen.

Maar aangezien teruggaan geen optie was (al had hij het gewild, hij had dezelfde route toch niet meer kunnen terugvinden) bleef Luke lopen, met zijn handen voor zich uit wuivend, op zoek naar takken die zouden proberen hem op nieuwe plekken te verwonden. Zijn oor klopte.

Hij telde zijn stappen niet meer, maar hij moest rond de vijfduizend zitten – ruim twee kilometer – toen hij een flauwe, geeloranje gloed tussen de bomen door zag schijnen. In eerste instantie zag Luke het aan voor een hallucinatie of een van de stippen, die wel snel gezelschap zou krijgen van hele zwermen. De volgende tien, twaalf stappen maakten een eind aan die zorgen. Het geeloranje licht werd helderder en had gezelschap gekregen van nog twee lichtjes, die veel vager waren. Dat moest elektrisch licht zijn. Hij vermoedde dat het felste licht een natriumlamp was, zoals ze die op grote parkeerterreinen hadden. Toen Rolfs vader hem en Rolf 's avonds een keer had meegenomen naar een film in het AMC Southdale, had hij de jongens verteld dat zulke lampen bedoeld waren om berovingen en auto-inbraken tegen te gaan.

Luke voelde de neiging om er meteen op af te stormen, maar hield zich in. Het laatste wat hij nu wilde was weer over een omgevallen boomstam struikelen of in een kuil stappen en zijn been breken. Er waren nu meer lichten, maar hij hield zijn blik strak op de eerste gevestigd. Van de Grote Beer had hij niet lang profijt gehad, maar dit was een nieuwe leidende ster, een betere. Tien minuten nadat hij het licht voor het eerst had gezien, bereikte Luke de rand van het bos. Na zo'n vijftig meter open terrein stond opnieuw een gaashek. Dit hek had prikkeldraad aan de bovenkant en er stonden lantaarnpalen, ruwweg om de tien meter. *Met bewegingssensoren*, had Maureen tegen Avery gezegd. *Zeg tegen Luke dat hij er niet te dichtbij komt.* Dat hoefde ze hem niet te vertellen.

Aan de andere kant van het hek stonden kleine huizen. Héél kleine huizen. *Zo klein dat je er amper je kont kunt keren*, zou Lukes vader hebben gezegd. Ze konden hooguit drie kamers hebben, maar waarschijnlijk waren het er maar twee. Ze waren allemaal hetzelfde. Avery zei dat Maureen dit het dorp noemde, maar Luke vond het er meer uitzien als een kazerne. De huizen stonden in blokken van vier, met een grasveldje in het midden van elk blok. In een paar van de huizen brandde licht, waarschijnlijk lampjes die mensen 's nachts in de badkamer lieten branden om niet ergens over te struikelen als ze eruit moesten om naar het toilet te gaan.

Er was één straat, die eindigde voor een groter gebouw. Aan weerszijden van dit gebouw bevond zich een klein parkeerterrein dat helemaal vol stond met personenwagens en pick-ups. Een stuk of dertig, veertig, schatte Luke. Hij herinnerde zich dat hij zich had afgevraagd waar het personeel van het Instituut hun auto's parkeerde. Nu wist hij het, hoewel het nog steeds een mysterie was op welke manier er voedselvoorraden werden geleverd. De natriumlamp stond op een paal voor het grotere gebouw en scheen neer op twee benzinepompen. Luke dacht dat het een winkel moest zijn. Een soort militaire bevoorradingsbasis, maar dan voor het Instituut.

Nu begreep hij sommige dingen wat beter. Het personeel kreeg wel vrije dagen – Maureen had een week gehad om terug te gaan naar Vermont – maar meestal bleven ze hier en wanneer ze geen dienst hadden woonden ze in die gekke kleine huisjes. Misschien werden de roosters wel zo aangepast dat ze de accommodatie konden delen. Wanneer ze afleiding wilden, sprongen ze in hun eigen auto en reden naar de dichtstbijzijnde plaats, in dit geval dus Dennison River Bend.

De lokale bevolking was natuurlijk nieuwsgierig naar wat die mannen en vrouwen uitspookten in het bos en er werden ongetwijfeld vragen gesteld, dus moest er een soort dekmantel zijn bedacht om de mensen tevreden te stellen. Luke had geen flauw idee welk verhaal ze hadden verzonnen (en dat kon hem op dit moment ook geen moer schelen), maar het moest wel behoorlijk goed zijn als het al jaren standhield.

*Loop langs het hek en kijk uit naar een sjaal.*

Luke begon te lopen, met het hek en het dorp links van hem en de rand van het bos rechts. Hij moest zich opnieuw inhouden om niet sneller te lopen, vooral omdat hij nu iets beter kon zien. Ze hadden maar weinig tijd gehad met Maureen. Dat kon niet anders, deels omdat hun overleg argwaan had kunnen wekken en deels omdat Luke bang was dat de overdreven manier waarop Avery telkens naar zijn neus had gegrepen hen zou verraden. Het resultaat was dat hij nu geen idee had waar die sjaal kon zijn en bang was dat hij hem over het hoofd zou zien.

Het bleek geen probleem te zijn. Maureen had hem vastgeknoopt aan de laaghangende tak van een hoge den, vlak voor de plek waar de omheining een bocht naar links maakte, weg van het bos. Luke maakte de sjaal los en knoopte hem om zijn middel. Hij wilde zo'n duidelijke markering niet achterlaten voor degenen die straks achter hem aan zouden komen. Hij vroeg zich af hoe lang het zou duren voordat mevrouw Sigsby en Stackhouse zijn verdwijning zouden ontdekken en zich zouden realiseren wie hem had helpen ontsnappen. Vermoedelijk niet lang.

Vertel ze alles, Maureen, dacht hij. Laat je niet martelen. Want als je probeert je mond te houden zullen ze dat zeker doen en je bent te oud en te ziek voor de dompelbak.

Inmiddels had hij het felle licht bij het gebouw dat misschien wel de bedrijfswinkel was ver achter zich gelaten en Luke moest goed om zich heen kijken om het oude pad te vinden dat terug het bos in voerde, een pad dat misschien een generatie geleden wel was gebruikt door houthakkers van een papierfabriek. Het begin van het pad ging verscholen achter een aantal dichte bosbessenstruiken en ondanks het gevoel dat hij zich moest haasten, bleef hij lang genoeg staan om twee handenvol bessen te plukken en op te eten. Ze waren verrukkelijk zoet. Ze smaakten naar... buiten.

Toen hij het oude pad eenmaal had gevonden was het makkelijk te volgen, zelfs in het donker. Het midden van het pad was dichtbegroeid en een dubbel spoor van onkruid gaf aan waar ooit wielen hadden gereden. Er lagen afgevallen takken om overheen te stappen (of te struikelen), maar het was onmogelijk om dieper het bos in te dwalen.

Hij deed weer een poging om stappen te tellen, slaagde er tot vierduizend aardig in het bij te houden, en gaf het toen op. Af en toe liep het pad wat omhoog, maar verder liep het voornamelijk naar beneden. Een paar keer stuitte hij op bergen dood hout en takken, en één keer op struikgewas dat zó dicht was dat hij bang was dat het oude pad daar ophield, maar toen hij erdoorheen was, vond hij het terug en kon hij zijn weg vervolgen. Hij had geen idee hoeveel tijd er was verstreken. Het kon een uur zijn, maar waarschijnlijk waren het er eerder twee. Het enige wat hij zeker wist was dat het nog nacht was en ook al was het hierbuiten in het donker best eng, vooral voor een stadskind, hij hoopte dat het nog heel, heel lang donker zou blijven. Maar dat was ijdele hoop. In deze tijd van het jaar begon het om vier uur al weer een heel klein beetje licht te worden.

Hij bereikte de top van een hellinkje en bleef even staan om uit te rusten. Dat deed hij staand. Hij dacht niet echt dat hij in slaap zou vallen als hij ging zitten, maar de gedachte dat het misschien toch zou gebeuren maakte hem bang. De adrenaline die hem de kracht had gegeven eerst onder het hek door te kruipen en vervolgens dwars door het bos het dorp te bereiken was nu helemaal verdwenen. De wonden op zijn rug, zijn been, en aan zijn oor bloedden niet meer, maar al die plekken klopten en prikten wel. Zijn oor was verreweg het pijnlijkst. Hij voelde er voorzichtig aan, maar trok zijn vingers meteen weer terug en siste tussen opeengeklemde kaken van de pijn. Maar niet voordat hij op die plek een ruw bobbeltje geronnen bloed had gevoeld.

Ik heb mezelf verminkt, dacht hij. Die oorlel groeit nooit meer aan.

'Die rotzakken hebben me ertoe gedwongen,' fluisterde hij. 'Ze hebben me gedwongen.'

Omdat hij niet durfde te gaan zitten boog hij voorover en greep zijn knieën, een houding waarin hij Maureen heel vaak had zien staan. Het hielp niet tegen de wonden die het hek over zijn rug had getrokken, zijn zere kont, of zijn verminkte oorlel, maar het ontspande zijn vermoeide spieren een beetje. Hij rechtte zijn rug, klaar om verder te gaan, en bleef toen staan. Ergens in de verte hoorde hij een vaag geluid. Een soort geruis, alsof de wind door de bomen waaide, alleen voelde hij niet eens een zacht briesje op het kleine heuveltje waar hij stond.

Laat het geen hallucinatie zijn, dacht hij. Laat het echt zijn.

Na nog eens vijfhonderd stappen – deze keer telde Luke ze – wist Luke dat het geluid echt werd veroorzaakt door stromend water. Het pad werd breder en steiler en ten slotte zelfs zo steil dat hij zijwaarts moest lopen en zich aan boomtakken moest vasthouden om niet op zijn gat te vallen. Toen de bomen aan weerszijden van het pad verdwenen bleef hij staan. Hier waren niet alleen bomen omgehakt, maar waren de boomstronken ook uitgegraven en verwijderd, zodat er een open plek was ontstaan die nu helemaal overwoekerd was door struiken. Achter deze open plek, een eind lager, stroomde een breed lint van zwarte zijde, zo glad dat het licht van de sterren erin werd weerspiegeld. Hij zag die houthakkers van lang geleden helemaal voor zich – mannen die misschien al voor de Tweede Wereldoorlog in deze noordelijke wouden hadden gewerkt – en hoe zij oude Ford- of International Harvester-houthakkerstrucks hadden gebruikt om hun hout helemaal naar dit punt te brengen, misschien zelfs met paarden. Deze open plek was hun keerlus geweest. Hier hadden zij hun vezelhout gelost en de stammen omlaag laten rollen naar de Dennison River, waar ze hun tocht over water naar de verschillende zuidelijker gelegen fabrieksstadjes zouden voortzetten.

Luke maakte de afdaling langs deze laatste helling op benen die pijn deden en trilden. De laatste zestig meter was het steilste stuk tot nu toe. Door al die boomstammen die hier lang geleden langs waren gekomen was het pad tot op de rotsbodem uitgesleten. Hij ging zitten en liet zich naar beneden glijden, greep zich vast aan struiken om zijn vaart wat te minderen en kwam uiteindelijk met een enorme klap tot stilstand op een rotsachtige zandbank, ruim een meter boven het water. En hier, precies zoals Maureen had beloofd, piepte de voorsteven van een gare oude roeiboot onder een groen, met dennennaalden bedekt dekzeil uit. De boot was vastgelegd aan een verweerde boomstronk.

Hoe had Maureen van deze plek geweten? Had iemand haar erover verteld? Dat leek niet zeker genoeg, niet wanneer het leven van een jongen misschien van die gammele oude boot afhing. Misschien had ze hem voordat ze ziek werd zelf een keer gevonden tijdens een wandeling. Of misschien waren zij en een paar anderen – een paar van de vrouwen die in de cafetaria werkten en met wie ze wel goed leek te kunnen opschieten – hier vanuit hun quasi-militaire dorp wel eens naartoe gekomen om te picknicken: sandwiches en cola of een flesje wijn. Het deed er niet toe. De boot lag er.

Luke liet zich in het water zakken, dat tot aan zijn schenen kwam. Hij bukte zich en schepte een paar handenvol in zijn mond. Het rivierwater was koud en smaakte nog zoeter dan de bosbessen. Toen zijn dorst was gelest probeerde hij het touw los te maken waarmee de boot aan de boomstronk was gebonden, maar het waren ingewikkelde knopen en de tijd tikte door. Uiteindelijk gebruikte hij het schilmesje om door het touw heen te zagen en daardoor begon zijn rechterhand weer te bloeden. Veel erger was echter dat de boot onmiddellijk begon weg te drijven.

Hij sprong erachteraan, greep de voorkant van de boot en sleepte hem terug. Nu bloedden zijn handpalmen allebei. Hij probeerde het dekzeil eraf te trekken, maar zodra hij de voorsteven losliet, begon de stroming de boot weer mee te trekken. Hij verwenste zichzelf dat hij het dekzeil er niet eerst af had gehaald. Er was niet genoeg grond om de boot aan land te trekken en ten slotte deed hij het enige wat hij nog kon doen: hij werkte zijn bovenlichaam over de rand en onder het dekzeil met zijn vissige geur van stokoud canvas en trok zich naar voren aan het splinterige bankje tot hij er helemaal in lag. Hij kwam in een plas water terecht en boven op iets langs en hoekigs. Inmiddels werd de boot door de lichte stroming, met de achtersteven naar voren, stroomafwaarts getrokken.

Ik beleef een echt avontuur, dacht Luke. Ja, voor mij is dit echt een behoorlijk avontuur.

Hij kwam overeind onder het dekzeil. Het bolde om hem heen en verspreidde een nog sterkere stank. Hij duwde en sloeg er met zijn bloedende handen net zo lang tegenaan tot het overboord zakte. Het bleef eerst nog een poosje naast de roeiboot drijven, maar toen begon het te zinken. Het hoekige ding waar hij bovenop was beland bleek een peddel te zijn. In tegenstelling tot de boot zelf leek de peddel betrekkelijk nieuw. Maureen had de sjaal aan de boom geknoopt; had ze de peddel ook voor hem achtergelaten? Hij wist niet of ze in haar huidige toestand wel in staat was het oude houthakkerspad af te lopen, laat staan dat ze de afdaling langs die laatste steile helling had kunnen maken. Als ze dat écht had gedaan, verdiende ze op z'n minst dat er een heldendicht aan haar werd opgedragen. En dat allemaal alleen maar omdat hij wat dingen voor haar had opgezocht op internet, dingen die ze zelf ook best had kunnen vinden als ze niet zo ziek was geweest? Hij wist niet wat hij ervan moest vinden, laat staan dat hij het kon begrijpen. Hij wist alleen dat de peddel hier lag en dat hij hem moest gebruiken, moe of niet moe, bloedende handen of geen bloedende handen.

Hij kon er in elk geval wel mee omgaan. Hij was een stadsjongen, maar Minnesota was het land van de tienduizend meren en met zijn opa van vaderskant (die zichzelf graag 'een ouwe visser uit Mankato' noemde) was hij heel vaak wezen vissen. Hij ging op het middelste bankje zitten en gebruikte de peddel eerst om ervoor te zorgen dat de voorkant van de boot stroomafwaarts wees. Toen dat was gelukt peddelde hij naar het midden van de rivier, die op dit punt ongeveer tachtig meter breed was, en trok de peddel vervolgens aan boord. Hij trok zijn sneakers uit en wilde ze op het korte achterste bankje zetten om te drogen. Opeens zag hij dat er in verbleekte zwarte verf iets op stond en toen hij zich ernaartoe boog kon hij de letters lezen: SS POKEY. Grappig. Luke leunde naar achteren, keek steunend op zijn ellebogen omhoog naar de krankzinnige hoeveelheid sterren en probeerde zichzelf ervan te overtuigen dat dit geen droom was – dat hij echt was ontsnapt.

Van ergens links achter hem klonk de korte, dubbele toeter van een elektrische claxon. Toen hij zich omdraaide zag hij tussen de bomen door de flikkering van één enkele felle koplamp, toen kwam die ter hoogte van zijn boot, om hem vervolgens te passeren. Hij kon de locomotief of de trein die erachter zat niet zien, er stonden te veel bomen in de weg, maar hij hoorde het denderen van de containerwagons en het blèrende gejank van stalen wielen over stalen rails. Dat was wat voor hem uiteindelijk de doorslag gaf. Dit was geen ongelooflijk gedetailleerde fantasie die zich afspeelde in zijn hoofd terwijl hij in zijn bed in de westvleugel lag te slapen. Daarginds reed een echte trein, hoogstwaarschijnlijk op weg naar Dennison River Bend. En dit was een echte boot waarin hij zuidwaarts dreef op deze trage, prachtige rivier. Dat waren echte sterren daar boven zijn hoofd. De handlangers van Sigsby zouden hem achterna komen, natuurlijk, maar…

'Ik ga niet naar Achterkant. Nooit.'

Hij stak een hand over de rand van de SS Pokey, spreidde zijn vingers en zag vier piepkleine golfjes heel snel achter hem in de duisternis verdwijnen. Hij had dit eerder gedaan, in zijn opa's kleine aluminium vissersbootje met het pruttelende tweetaktmotortje, heel vaak zelfs, maar nog nooit – zelfs niet als vierjarige voor wie alles nog nieuw en verbazingwekkend was – was hij zo overweldigd geweest door de aanblik van die kortstondige rimpelingen. Plotseling werd hem, met de kracht van een openbaring, duidelijk dat je gevangen moest hebben gezeten om echt te kunnen begrijpen wat vrijheid was.

'Ik ga nog eerder dood dan dat ik me weer terug laat brengen.'

Hij begreep dat dit echt waar was en dat het daarop uit kon draaien, maar hij begreep ook dat het zover nog niet was. Luke Ellis hief zijn gewonde en druipende handen op naar de nacht, voelde de vrije lucht erlangs stromen en begon te huilen.

## 22

Hij dommelde weg op het middelste bankje, met zijn kin op zijn borst, zijn handen bungelend tussen zijn benen en zijn blote voeten in het plasje water op de bodem van de boot, en had misschien nog steeds geslapen terwijl de Pokey hem langs de volgende stop op zijn onwaarschijnlijke pelgrimstocht voerde, als er niet weer een trein had getoeterd, deze keer niet vanaf de oever van de rivier, maar een eind verderop en hoog boven hem. Het klonk ook veel harder – geen eenzame toeter, maar een dwingend *whaaa*, waarvan Luke zo plotseling wakker schrok dat hij bijna achterover op de bodem van de boot viel. In een instinctief beschermend gebaar hief hij zijn handen en meteen besefte hij hoe pathetisch dit eruit moest zien. De claxon zweeg en maakte plaats voor metaalachtig geknerp en een enorm hol gerommel. Luke greep de zijkanten van de boot waar die versmalde in de richting van de boeg en keek met een verwilderde blik recht vooruit, ervan overtuigd dat hij zou worden overvaren.

Het was nog geen ochtend, maar de hemel begon al iets lichter te worden en er verscheen een soort glans op de rivier, die nu veel breder was. Ongeveer vierhonderd meter stroomafwaarts minderde een goederentrein vaart om een pijlerbrug over te steken. Luke zag goederenwagons met opschriften als NEW ENGLAND LAND EXPRESS en MASSACHUSETTS RED, een paar autowagens, een paar tankwagons, een van Canadian CleanGas en een van Virginia Util-x. Hij voer onder de brug door en stak een hand uit naar de roetdeeltjes die omlaag zweefden. Er plonsden aan weerskanten van zijn bootje wat stukjes van het een of ander in het water.

Luke greep de peddel en begon naar de rechteroever te roeien, waar hij nu een paar troosteloos ogende gebouwen met dichtgetimmerde ramen zag staan en een roestige kraan die eruitzag alsof hij al heel lang niet meer werd gebruikt.

De oever lag vol met papierafval, oude banden en lege blikjes. De trein waar hij onderdoor was gevaren was nu ook aan deze kant. Hij was nog steeds, met een hoop gepiep en gebonk, vaart aan het minderen. Vic Destin, de vader van zijn vriendje Rolf, zei dat er nog nooit een vorm van vervoer was geweest die zo vies en lawaaiig was als vervoer per spoor. Hij zei dit eerder op genoeglijke toon dan vol afkeer, wat de jongens niet verbaasde. Meneer Destin was een enorme liefhebber van treinen.

Luke had bijna het einde van Maureens stappenplan bereikt en keek nu uit naar een trap. Met rode treden. *Niet echt rood*, had Avery gezegd. *Niet meer. Ze zegt dat ze tegenwoordig eerder roze zijn.* En toen Luke ze ongeveer vijf minuten na het passeren van de pijlerbrug opeens zag, bleken ze zelfs dat niet meer te zijn. Hoewel er op de stootborden nog wat restanten rozerood te zien was, waren de treden zelf inmiddels grotendeels grijs. Ze voerden van het water naar de bovenkant van de dijk, zo'n vijfenveertig meter hoger. Hij peddelde ernaartoe en de kiel van zijn kleine scheepje liep vast op een trede die net onder het wateroppervlak lag.

Luke klom langzaam uit de boot. Hij voelde zich zo stijf en stram als een oude man. Hij overwoog de ss Pokey vast te leggen – er was aan beide zijden van de trap genoeg roest van de palen geschuurd om te kunnen zien dat anderen, waarschijnlijk vissers, dat ook hadden gedaan – maar het restant van het touw dat nog aan de boeg zat leek daar te kort voor.

Hij liet de boot los, keek hoe hij weg begon te drijven op de lichte stroming en zag toen opeens dat zijn sneakers, met zijn sokken erin, nog op het bankje in de achtersteven stonden. Hij liet zich op zijn knieën vallen op de overspoelde trede en slaagde er nog net op tijd in de roeiboot vast te grijpen. Hij trok hem hand over hand naar zich toe tot hij zijn schoeisel kon pakken. Toen fluisterde hij: 'Bedankt, Pokey', en liet hij hem los.

Hij klom een paar treden en ging toen zitten om zijn schoenen aan te trekken. Ze waren aardig opgedroogd, maar nu was hij zelf helemaal doorweekt. Lachen deed pijn aan zijn gewonde rug, maar hij deed het toch. Hij beklom de trap die ooit rood was geweest en bleef af en toe even staan om zijn benen wat rust te gunnen. Maureens sjaal – in het ochtendlicht kon hij nu zien dat het een paarse was – raakte los. Hij dacht eraan hem achter te laten, maar knoopte hem toch weer stijf om zijn middel. Hij kon zich niet voorstellen dat ze hem zo ver konden volgen, maar de stad was wel een logische bestemming en hij wilde geen aanwijzingen achterlaten die ze konden vinden, ook al was het stomtoevallig. Bovendien voelde de sjaal nu belangrijk. Hij voelde als een... Hij zocht naar een woord dat enigszins in de buurt kwam. Gelukssjaal was niet het goede woord – talisman. Omdat hij van haar was en zij had hem gered.

Tegen de tijd dat hij boven was, stond de zon groot en rood boven de horizon en wierp een felle gloed op een wirwar aan treinsporen. De goederentrein waar hij onderdoor was gevaren stond nu stil op het rangeerterrein van Dennison River Bend. Terwijl de locomotief langzaam wegrolde, reed een felgele rangeerloc naar de achterkant van de trein, om hem straks weer in beweging te brengen en hem naar de rangeerheuvel te duwen, waar treinen werden gesplitst en opnieuw werden samengesteld.

De kleine details van goederentransport waren hem niet bijgebracht op de Broderick School, waar de faculteit alleen belangstelling had voor meer esoterische onderwerpen als hogere wiskunde, klimatologie en twintigste-eeuwse Engelse dichters; treinlessen had hij gekregen van Vic Destin, door en door hartstochtelijke treinengek en trotse bezitter van een uitgebreide Lionel-modelspoorbaan in zijn hobbykelder. Luke en Rolf hadden daar als zijn trouwe fans heel wat uurtjes doorgebracht. Rolf hield ervan de modeltreinen te laten rijden; de informatie over echte treinen kon hem niet veel schelen. Luke vond het allebei leuk. Als Vic Destin postzegelverzamelaar was geweest, zou Luke zijn inspanningen op het gebied van de filatelie met evenveel belangstelling hebben gevolgd. Zo zat hij nu eenmaal in elkaar. Hij vermoedde dat mensen hem daardoor soms een beetje eng vonden (hij had Alicia Destin in elk geval wel eens naar hem zien kijken met een blik die daarop leek te wijzen), maar op dit moment was hij alleen maar dankbaar voor meneer Destins enthousiaste lessen.

Maureen daarentegen wist zo goed als niets over treinen, alleen dat Dennison River Bend een treinstation had en dat treinen die daar langskwamen naar heel veel verschillende plekken reden. Maar welke plekken dat waren, wist ze niet.

'Ze denkt dat je, als het je lukt om daar te komen, misschien wel op een goederentrein kunt springen,' had Avery gezegd.

Nou, het was hem dus gelukt om hier te komen. Maar of hij daadwerkelijk op een goederentrein kon springen was nog maar de vraag. Hij had het wel eens zien doen in films, en nog met gemak ook, maar de meeste films waren je reinste onzin. Misschien was het beter om naar het stadscentrum te gaan, of wat daar hier in dit noordelijke gehucht voor moest doorgaan. Het politiebureau zoeken, als dat er was, en zo niet, de staatspolitie bellen. Maar waarmee? Hij had geen mobieltje en telefooncellen behoorden tot een uitstervende soort. En als hij er eentje vond, wat moest hij dan in de muntgleuf stoppen? Een van zijn muntjes van het Instituut? Hij veronderstelde dat hij gratis het alarmnummer 911 kon bellen, maar was dat een verstandige zet? Iets zei hem van niet.

Hij bleef staan waar hij stond, terwijl het om hem heen veel te snel naar zijn zin licht werd, en frunnikte nerveus aan de sjaal om zijn middel. Er zaten nadelen aan om zo dicht bij het Instituut naar de politie te gaan of ze te bellen, dat zag hij zelfs in zijn huidige toestand van angst en uitputting. De politie zou er snel achter komen dat zijn ouders dood waren, vermoord, en dat hij de meest voor de hand liggende verdachte was. Een ander nadeel was Dennison River Bend zelf. Steden konden alleen bestaan als er geld binnenkwam, geld was van levensbelang, en waar kwam het geld van Dennison River Bend vandaan? Niet van dit rangeerterrein, dat waarschijnlijk grotendeels geautomatiseerd was. Niet van die troosteloos ogende gebouwen die hij had gezien. Dat waren ooit misschien fabrieken geweest, maar nu niet meer. Aan de andere kant was er ergens in een van de onafhankelijke gehuchten een of andere instelling gevestigd ('iets van overheidswege', zei de lokale bevolking waarschijnlijk, terwijl ze elkaar bij de kapper of op het dorpsplein met wijze blikken toeknikten) en de mensen die daar werkten hadden geld. Mannen en vrouwen die naar de stad kwamen en niet alleen voor een bezoekje aan de Outlaw Country op avonden dat er een of andere gave band speelde. Ze brachten dollars mee. En misschien droeg het Instituut wel bij aan het algemeen welzijn in dit stadje. Misschien hadden ze een buurthuis gefinancierd, of een sportveld, of droegen ze bij aan het onderhoud van de wegen. Alles wat die dollars in gevaar bracht zou met scepsis en afkeuring worden bekeken. Misschien ontvingen gemeenteambtenaren wel regelmatig smeergeld om ervoor te zorgen dat het Instituut niet de aandacht trok van de verkeerde mensen. Was dat een paranoïde gedachte? Misschien. Misschien ook niet.

Luke stond te trappelen om mevrouw Sigsby en haar handlangers te ontmaskeren, maar op dit moment leek het hem het beste en het veiligste om zo snel mogelijk zo ver mogelijk bij het Instituut vandaan te komen.

De rangeerloc was bezig om een stel goederenwagons omhoog te duwen langs wat de spoorwegmensen de heuvel noemden. Op de veranda van het keurige kleine kantoortje van het emplacement stonden twee schommelstoelen. In een daarvan zat een man in een spijkerbroek en knalrode rubberlaarzen een krant te lezen en koffie te drinken. Toen de machinist van de locomotief toeterde legde de man zijn krantje weg, liep het trapje af en bleef even staan om omhoog te kijken en zijn hand op te steken naar een glazen hokje op stalen stelten. Een man die erin zat zwaaide terug. Dat moest de rangeerdienstleider zijn en de man in de rode laarzen de ontkoppelrangeerder.

Rolfs vader beklaagde zich altijd over de zieltogende toestand van het Amerikaanse vervoer per spoor en nu zag Luke wat hij bedoelde. Er liepen sporen in alle richtingen, maar zo te zien waren er momenteel maar vier of vijf in gebruik. De andere waren roestig en er groeide onkruid tussen. Op sommige van deze sporen stonden zowel gesloten als platte, open wagons, die Luke gebruikte om ongezien dichter bij het kantoortje te komen. Aan een spijker in een van de steunpalen van de veranda zag hij een klembord hangen. Als dat het rooster voor vandaag was, wilde hij het lezen.

Hij hurkte achter een verlaten wagon die vlak achter de toren stond en keek onder de wagon door terwijl de ontkoppelrangeerder naar het heuvelspoor liep. De net aangekomen goederentrein stond nu boven aan de heuvel en zou alle aandacht van de dienstleider opeisen. Als iemand Luke zag, zou hij waarschijnlijk denken dat Luke gewoon een jochie was dat, net als meneer Destin, helemaal gek van treinen was. Alleen kwamen de meeste kinderen niet om half zes 's ochtends naar treinen kijken, hoe gek ze er ook van waren. En dan vooral kinderen die kletsnat waren van rivierwater en rondliepen met een ernstig verminkt oor.

Hij had geen keus. Hij moest zien wat er op dat klembord stond.

Meneer Roodlaars kwam naar voren toen de voorste wagon in de rij langzaam langs kwam rijden en trok de pen eruit die hem met de volgende verbond. De wagon – STATE OF MAINE PRODUCTS, stond er in rood-wit-blauwe letters op de zijkant – rolde geholpen door de zwaartekracht de heuvel af, waarbij de snelheid werd gecontroleerd door radargestuurde railremmen. De dienstleider van de heuveltoren gaf een ruk aan een hendel en STATE OF MAINE PRODUCTS rolde spoor 4 op.

Luke liep om de wagon heen en slenterde met zijn handen in zijn zakken naar het kantoortje. Hij durfde pas weer door te ademen toen hij zich onder de toren bevond, waar de dienstleider hem niet meer kon zien. Trouwens, dacht Luke, als hij zijn werk goed doet, heeft hij alleen maar oog voor de klus waar hij mee bezig is en voor niets anders.

De volgende wagon, een tankwagon, werd naar spoor 3 geleid, net als twee autolaadwagens. Ze botsten en stootten en slingerden. Vic Destins modeltreinen maakten niet veel geluid, maar hier was het een compleet gekkenhuis vol herrie. Luke vermoedde dat huizen binnen een straal van anderhalve kilometer hier dagelijks wel drie of vier keer flink last van hadden. Misschien wennen ze eraan, dacht hij. Hij kon het zich bijna niet voorstellen, tot hij aan de kinderen dacht en zoals die hun dagelijks leven in het Instituut leidden – uitgebreide maaltijden eten, mixdrankjes drinken, af en toe een sigaretje roken, een beetje dollen op de speelplaats en 's nachts met hun malle hoofd joelend en gillend door de gangen rennen. Luke nam aan dat je overal aan kon wennen. Wat een verschrikkelijke gedachte.

Hij bereikte de veranda van het kantoortje, nog steeds buiten het zicht van de man in de rangeerpost, en de ontkoppelrangeerder stond met zijn rug naar hem toe. Luke verwachtte niet dat hij zich zou omdraaien. *Als je bij dat werk je hoofd er niet bij houdt, ben je zó een hand kwijt*, had meneer Destin eens tegen de jongens gezegd.

Op de computeruitdraai op het klembord stond niet veel; in de kolommen voor de sporen 2 en 5 stonden maar twee woorden: NIETS INGEPLAND. Voor spoor 1 stond er een vracht naar New Brunswick, Canada, gepland, om 17.00 uur – daar had hij niets aan. Op spoor 4 vertrok er een naar Burlington en Montreal, om 14.30 uur. Beter, maar nog niet goed genoeg; als hij hier om 14.30 uur nog niet weg was, zat hij vrijwel zeker in de problemen. Spoor 3, waar de ontkoppelrangeerder nu de New England Land Express-wagon over het hoogste punt van de heuvel leidde, zag er gunstig uit. De eindtijd voor trein 4297 – het tijdstip waarna de stationschef (in elk geval in theorie) geen vracht meer zou aannemen – was 9.00 uur en volgens de planning zou de 97 om 10.00 uur uit Dennison River Bend vertrekken met als bestemming Portland/ME, Portsmouth/NH en Sturbridge/MA. Die laatste plaats lag hier misschien wel vijfhonderd kilometer vandaan.

Luke liep terug naar de verlaten goederenwagon en keek toe terwijl de wagons van de heuvel af bleven komen en dan verschillende sporen op reden, sommige voor treinen die dezelfde dag weer zouden vertrekken, andere zouden gewoon op verschillende zijsporen blijven staan tot ze nodig waren.

De ontkoppelrangeerder was klaar met zijn werk en klom op de treeplank van de rangeerloc om met de machinist te praten. De dienstleider uit de rangeerpost kwam er ook bij staan. Er werd gelachen. Luke kon het duidelijk horen in de stille ochtendlucht en vond het een prettig geluid. Hij had in de koffiekamer op niveau C ook genoeg volwassenen horen lachen, maar dat had hem altijd onheilspellend in de oren geklonken, als het gelach van orks in een verhaal van Tolkien. Dit gelach kwam van mannen die nooit een stel kinderen hadden opgesloten, of onder water hadden gehouden in een dompelbak. Het gelach van mannen die geen speciale tasers bij zich hadden die ze stroomstokken noemden.

De machinist reikte de twee anderen een zak aan. De ontkoppelrangeerder pakte hem aan en stapte van de treeplank. Terwijl de locomotief langzaam van de heuvel reed, pakten de ontkoppelrangeerder en de dienstleider elk een donut uit de zak. Grote, met poedersuiker bestrooide donuts, waarschijnlijk gevuld met jam. Lukes maag knorde.

De twee mannen gingen in de schommelstoelen op de veranda zitten en aten hun donuts. Intussen richtte Luke zijn aandacht op de wagons die stonden te wachten op spoor 3. In totaal waren het er twaalf en de helft daarvan bestond uit gesloten wagons. Waarschijnlijk niet genoeg om een trein naar Massachusetts te laten rijden, maar misschien kwamen er nog andere bij van de sorteersporen, waar er nog meer dan vijftig stonden te wachten.

Intussen kwam er een enorme vrachtwagen, een zestienwieler, het rangeerterrein op rijden en hobbelde over een aantal sporen naar de goederenwagon met het opschrift STATE OF MAINE PRODUCTS. Hij werd gevolgd door een bestelwagen. Uit de bestelwagen stapten een paar mannen, die vaten uit de treinwagon begonnen over te laden in de vrachtwagencombinatie. Luke hoorde ze Spaans met elkaar praten en slaagde erin een paar woorden te verstaan. Toen een van de vaten omkiepte rolden er aardappelen uit. Er werd vrolijk om gelachen en er ontstond een kort aardappelgevecht. Luke keek verlangend toe.

De dienstleider en de ontkoppelrangeerder keken vanuit hun schommelstoelen naar het aardappelgevecht en gingen toen naar binnen. De vrachtwagen vertrok, nu volgeladen met verse piepers bestemd voor

McDonald's of Burger King, en de bestelwagen reed ook weg. Het emplacement was nu verlaten, maar dat zou niet lang duren; er werd vast nog wel meer geladen en gelost en misschien was de machinist van de rangeerloc inmiddels al bezig meer wagons toe te voegen aan de trein die om 10.00 uur zou vertrekken.

Luke besloot het erop te wagen. Hij stapte al achter de verlaten goederenwagon vandaan, maar sprong snel terug toen hij de machinist van de rangeerloc de heuvel op zag komen, met een telefoon tegen zijn oor. Hij bleef even staan en Luke was al bang dat hij hem had gezien, maar blijkbaar maakte de man alleen zijn gesprek af. Hij stopte zijn mobieltje in de borstzak van zijn overall en liep zonder zelfs maar opzij te kijken langs de wagon waarachter Luke verscholen zat. Hij liep de veranda op en ging het kantoortje binnen.

Luke aarzelde niet en deze keer slenterde hij niet, maar rende hij de heuvel af, zonder acht te slaan op de pijn in zijn rug en zijn vermoeide benen, en sprong over sporen en railremmen en om snelheidssensoren heen. Tussen de wagons die stonden te wachten op de Portland-Portsmouth-Sturbridge-rit stond een rode wagon met SOUTHWAY EXPRESS op de zijkant, hoewel de woorden nauwelijks leesbaar waren onder alle graffiti die er in de loop der jaren overheen was gekalkt. Hij was vies, onopvallend, zonder toeters en bellen, maar er was één ding dat Luke aantrok: de schuifdeur was niet helemaal dicht. De opening was, heel misschien, net groot genoeg voor een magere, wanhopige jongen om tussendoor te glippen.

Luke greep een roestig handvat en hees zich omhoog. De opening was inderdaad groot genoeg. Nog groter zelfs dan die hij onder het gaashek van het Instituut had gegraven. Dat leek heel erg lang geleden, in een ander leven bijna. De rand van de deur schuurde langs zijn toch al pijnlijke rug en billen en er begonnen weer wonden te bloeden, maar toen was hij binnen. De wagon was ongeveer voor driekwart gevuld en hoewel hij er aan de buitenkant uitzag als een wrak, rook het er binnen eigenlijk best lekker: hout, verf, meubelwas en motorolie.

De inhoud was een allegaartje dat Luke deed denken aan de zolder van zijn tante Lacey, ook al waren de spullen die zij daar had opgeslagen oud en was dit allemaal nieuw. Aan de linkerkant stonden grasmaaiers, handmaaiers, bladblazers, kettingzagen en dozen met autoonderdelen en buitenboordmotoren. Rechts stonden meubels, deels in dozen, maar voor het overgrote deel gemummificeerd in meters beschermend plastic. Zo was er een piramide van staande lampen op hun kant, verpakt in bubbeltjesplastic en per drie stuks aan elkaar getapet. Er waren stoelen, tafels, tweezitters en zelfs hele banken. Luke ging naar een bank die vlak naast de gedeeltelijk openstaande deur stond en las de pakbon die op het bubbeltjesplastic was geplakt. De bank (en waarschijnlijk ook de rest van de meubels) moest worden afgeleverd bij Bender and Bowen Fine Furniture, in Sturbridge, Massachusetts.

Luke glimlachte. Misschien dat trein 97 wat wagons zou achterlaten op rangeerterreinen in Portland en Portsmouth, maar deze ging helemaal mee tot het eindpunt. Zijn geluk liet hem nog niet in de steek.

'Iemand daarboven vindt me een aardige gozer,' fluisterde hij. Toen herinnerde hij zich dat zijn vader en moeder dood waren en dacht: maar niet zó aardig.

Hij schoof een paar van de Bender and Bowen-dozen een eindje bij de zijwand vandaan en zag tot zijn blijdschap een hele stapel verhuisdekens liggen. Ze roken muf maar niet schimmelig. Hij kroop in de opening en trok de dozen zo goed mogelijk terug op hun plek.

Eindelijk zat hij op een betrekkelijk veilige plek, hij had een stapel zachte dekens om op te liggen en hij was doodmoe – niet alleen van zijn nachtelijke vlucht, maar ook van de onrustige dagen en de escalerende angst die aan zijn ontsnapping vooraf waren gegaan. Maar hij durfde nog niet te gaan slapen. Eén keer was hij toch ingedommeld, maar toen hoorde hij opeens het geluid van de naderende rangeerlocomotief en kwam de Southway Express-goederenwagon hortend en stotend in beweging. Luke stond op en gluurde uit de gedeeltelijk openstaande deur. Hij zag het rangeeremplacement aan zich voorbijtrekken. Toen kwam de wagon met een schok tot stilstand en verloor hij bijna zijn evenwicht. Hij hoorde het geknars van metaal en nam aan dat zijn wagon nu aan een andere werd gekoppeld.

In het volgende uur of zo hoorde hij meer gebonk en geknars toen er nog meer wagons werden vastgekoppeld aan de goederentrein die straks nummer 4297 zou zijn en op weg zou gaan naar New England, weg van het Instituut.

Weg, dacht Luke. Weg, weg, weg.

Een paar keer hoorde hij mannen praten, één keer best dichtbij, maar er was te veel herrie om te kunnen verstaan wat ze zeiden. Luke luisterde en beet op vingernagels die al tot op het leven waren afgeknaagd. Wat als ze het over hem hadden? Die machinist had zo-even lopen telefoneren. Wat als Maureen haar mond voorbij had gepraat? Wat als ze hadden ontdekt dat hij weg was? Wat als een van mevrouw Sigsby's handlangers – Stackhouse leek de meest waarschijnlijke – het rangeerstation had gebeld en de dienstleider had gevraagd alle vertrekkende wagons te doorzoeken? En als dat gebeurde, zou de man dan beginnen met alle wagons met deuren die een klein stukje openstonden? Ja, hallo, zeken vissen in het water?

Op een gegeven moment stierven de stemmen weg en verdwenen ze. Het geschuif en geduw bleef doorgaan terwijl de 4297 steeds meer gewicht en vracht kreeg. Voertuigen reden af en aan. Soms werd er getoeterd. Luke schrok er elke keer van. Hij wilde dat hij wist hoe laat het was, maar dat wist hij niet. Hij kon alleen maar wachten.

Na wat een eeuwigheid leek, kwam er een einde aan het gebonk en geknars. Er gebeurde niets. Luke begon al naar een volgend dommelmoment toe te werken en was er bijna toen de allergrootste klap kwam en hem liet omvallen. Het bleef even stil en toen kwam de trein weer in beweging.

Luke wurmde zich uit zijn schuilplaats en ging naar de deels openstaande deur. Hij was nog net op tijd om het groen geschilderde kantoorgebouw voorbij te zien glijden. De dienstleider en de ontkoppelrangeerder zaten weer in hun schommelstoelen, elk met een stuk van de krant. 4297 dreunde over een laatste koppelpunt en passeerde weer een groepje leegstaande gebouwen. Daarna volgde een armetierig honkbalveld, een vuilstort en een paar braakliggende stukken grond. De trein reed langs een caravanterrein waar kinderen speelden.

Enkele minuten later zag Luke het centrum van Dennison River Bend voorbijkomen. Hij zag winkels, straatverlichting, parkeervakken voor schuin parkeren, trottoirs, een Shell-benzinestation. Hij zag een vuile witte pick-up staan wachten tot de trein was gepasseerd. Al die dingen vond hij net zo geweldig om te zien als eerder de aanblik van de sterrenhemel boven de rivier. Hij was buiten. Hier waren geen laboranten, geen verzorgers, geen muntjesautomaten waar kinderen drank en sigaretten konden kopen. Toen de wagon een lichte bocht maakte zette Luke zijn handen schrap tegen de wand en schuifelde wat met zijn voeten. Hij was te moe om ze op te tillen, dus werd het een overwinningsdansje van niks, maar dat was toch mooi wel wat het was.

## 23

Toen ze het stadje achter zich hadden gelaten en door een uitgestrekt bosgebied reden sloeg de vermoeidheid bij Luke pas goed toe. Het voelde alsof hij begraven werd onder een lawine. Hij kroop weer achter de dozen, ging eerst op zijn rug liggen, wat zijn favoriete slaaphouding was, maar draaide op zijn buik toen de wonden op zijn schouderbladen en billen protesteerden. Hij viel als een blok in slaap. Hij sliep door de tussenstop in Portland en die in Portsmouth heen, ook al ging er telkens een schok door de trein wanneer er een paar wagons van 4297 werden afgekoppeld en er een paar andere werden toegevoegd. Hij sliep nog steeds toen de trein in Sturbridge stopte en kwam pas weer moeizaam bij zijn positieven toen de deur van de wagon ratelend openging en het warme licht van een late julimiddag binnenstroomde.

Twee mannen kwamen naar binnen en begonnen de meubels in een vrachtwagen te laden die met zijn achterkant tegen de open wagon aan stond – eerst de banken, toen de lampentrio's, daarna de stoelen. Nog even en ze zouden aan de dozen beginnen en Luke ontdekken. Achter al die apparaten en grasmaaiers die in de hoek stonden was voldoende ruimte om zich te verbergen, maar als hij zich bewoog zouden ze hem ook ontdekken.

Een van de mannen kwam zijn kant op. Hij was al zo dichtbij dat Luke zijn aftershave kon ruiken toen buiten iemand riep: 'Hé, mannen, er is vertraging met de locomotief. Het zal niet lang duren, maar als jullie zin hebben, kunnen jullie wel even een bak koffie halen.'

'Wat dacht je van een biertje?' vroeg de man die als dit nog drie seconden langer had geduurd Luke op zijn bed van verhuisdekens zou hebben zien liggen.

Zijn voorstel werd ontvangen met gelach en de mannen vertrokken. Luke schoof achterwaarts zijn schuilplaats uit en hobbelde op benen die stijf en pijnlijk waren naar de deur. Toen hij om een hoekje keek van de vrachtwagen die werd ingeladen zag hij drie mannen naar het stationsgebouw lopen. Dat was rood geschilderd in plaats van groen en was vier keer zo groot als dat in Dennison River Bend. Op het bord aan de voorkant van het gebouw stond: STURBRIDGE MASSACHUSETTS.

Luke overwoog weg te glippen door de opening tussen de goederenwagon en de vrachtwagen, maar dit rangeerterrein was in vol bedrijf, met veel werklui (voornamelijk mannen, maar ook een paar vrouwen) die overal rondliepen en rondreden. Ze zouden hem zien en vragen stellen en hij wist dat hij in zijn huidige toestand niet in staat was zijn verhaal een beetje samenhangend te vertellen. Hij was zich vaag bewust van een hongergevoel en iets meer van zijn kloppende oor, maar al die zaken verbleekten bij zijn behoefte aan meer slaap. Misschien werd deze wagon zodra de meubels waren uitgeladen wel op een zijspoor gezet, dan kon hij wanneer het donker was op zoek gaan naar het dichtstbijzijnde politiebureau. Tegen die tijd kon hij misschien weer praten zonder over te komen als volslagen gestoord. Hopelijk. Misschien zouden ze hem niet geloven, maar hij wist zeker dat ze hem iets te eten zouden geven, en misschien een pijnstiller voor zijn kloppende oor. Het verhaal over zijn ouders was zijn troef. Dat was iets wat ze konden verifiëren. Ze zouden hem terugbrengen naar Minneapolis. Dat was fijn, ook al betekende het misschien dat hij naar een of andere jeugdinrichting moest. Daar hadden ze ongetwijfeld sloten op de deuren, maar geen dompelbak.

Massachusetts was een uitstekend begin. Hij had geluk gehad dat hij zo ver had kunnen komen, maar het was nog steeds te dicht bij het Instituut. Minneapolis daarentegen was zijn thuis. Hij kende er mensen. Misschien zou meneer Destin hem geloven. Of meneer Greer, van de Broderick School. Of...

Maar meer mensen kon hij niet bedenken. Daar was hij te moe voor. Proberen na te denken voelde als proberen door een raam te kijken dat was volgesmeerd met vet. Hij ging op zijn knieën zitten, kroop naar de rechterhoek van de Southway Express-wagon en gluurde tussen twee grondfrezen door naar buiten, wachtend tot de mannen van de vrachtwagen terugkwamen om de rest van de lading meubels bestemd voor Bender and Bowen Fine Furniture in te laden. Hij wist dat ze hem nog steeds konden vinden. Het waren mannen en mannen vonden alles leuk waar een motor in zat. Misschien wilden ze de grasmaaiers bekijken, of de handmaaiers. Misschien wilden ze kijken hoeveel pk de nieuwe buitenboordmotoren van Evinrude hadden – die zaten in kratten, maar alle informatie stond op de pakbonnen. Hij zou wachten, hij zou zich zo klein mogelijk maken en hopen dat zijn geluk – waar al heel veel van was gevergd – nog even zou aanhouden. En als ze hem niet vonden, zou hij weer in slaap vallen.

Alleen lukte het Luke niet meer te kijken en te wachten. Hij lag op één arm en was binnen enkele minuten diep in slaap. Hij sliep toen de twee mannen terugkwamen en hun laadklus afmaakten. Hij sliep toen een van hen zich bukte om een John Deere-tuintractor te bekijken, op nog geen anderhalve meter van de plek waar Luke opgerold en volkomen uitgeteld als een blok lag te slapen. Hij sliep toen ze weggingen en een van de spoorwegmensen de deur van de wagon dichttrok, deze keer helemaal. Hij sliep door het gebonk en gehots heen van nieuwe wagons die werden aangekoppeld, en verroerde zich slechts heel even toen een nieuwe locomotief de plaats innam van de 4297. Hij sliep gewoon verder, een twaalfjarig jongetje dat was opgejaagd, dat pijn had en doodsbang was.

Trein 4297 kon maximaal veertig wagons trekken. Vic Destin zou de nieuwe loc hebben geïdentificeerd als een GE AC6000CW, waarbij de 6000 voor de paardenkracht stond die hij kon genereren. Het was een van de krachtigste diesellocomotieven die in Amerika rondreden en in staat een trein met een lengte van anderhalve kilometer te trekken. Na zijn vertrek uit Sturbridge, eerst in zuidoostelijke en vervolgens in pal zuidelijke richting, trok deze sneltrein, de 9956, zeventig wagons.

Lukes wagon was nu grotendeels leeg en zou dat blijven tot de 9956 een stop maakte in Richmond, Virginia, waar twee dozijn Norwall-Kohler-generatoren aan de lading zouden worden toegevoegd. De meeste hadden Wilmington als eindbestemming, maar twee ervan – plus het volledige assortiment kleine elektrische apparaten voor huishoudelijk gebruik en andere hebbedingen waarachter Luke nu lag te slapen – gingen naar Fromie's Small Engine Sales and Service, in het kleine plaatsje DuPray, in South Carolina. De 9956 stopte daar drie keer per week.

Kleine gebeurtenissen kunnen grote gevolgen hebben.

# DE HEL WACHT

# 1

Op het moment dat trein 4297 het rangeerterrein van Portsmouth, New Hampshire, verliet en op weg ging naar Sturbridge, zat mevrouw Sigsby de dossiers en BDNF-niveaus te bestuderen van twee kinderen die binnenkort in het Instituut kwamen wonen. Een jongen en een meisje. Team Robijnrood zou ze later die avond afleveren. De een, een tienjarige jongen uit Sault Ste. Marie, was net een 80 op de BDNF-schaal. Het veertienjarige meisje uit Chicago was een 86. Volgens het dossier was ze autistisch. Dat hield in dat ze een lastige was, zowel voor het personeel als voor de andere bewoners. Als ze onder de 80 had gezeten hadden ze misschien voor haar bedankt, maar 86 was een uitmuntende score.

BDNF stond voor *brain-derived neurotrophic factor*. Mevrouw Sigsby begreep heel weinig van de chemische onderbouwing, dat was dokter Hendricks' vakgebied, maar ze begreep het principe. Net als BMR, *basal metabolic rate*, oftewel basaal metabolisme, was BDNF een schaal. Wat het mat was de groei en overlevingskansen van neuronen in het lichaam, en met name in de hersenen.

De enkelingen met een hoog BDNF, minder dan een half procent van de bevolking, waren de grootste geluksvogels ter wereld; volgens Hendricks waren zij wat God voor ogen had gehad toen Hij de mensheid schiep. Ze kregen zelden last van geheugenverlies, depressies of neuropathische pijn. Ze leden zelden aan obesitas of extreme eetstoornissen als anorexia en boulimia. Ze waren sociaal (het nieuwe meisje was wat dit betrof een zeldzame uitzondering), maakten eerder een eind aan ruzies dan dat ze die begonnen (waarin Nick Wilholm een zeldzame uitzondering was), ze hadden een lage gevoeligheid voor neuroses als obsessief-compulsieve stoornis en hadden uitstekende verbale vaardigheden. Ze hadden weinig hoofdpijn en leden vrijwel nooit aan migraine. Hun cholesterol bleef altijd laag, wat ze ook aten. Ze hadden vaak wel een minder dan gemiddelde of slechte slaapcyclus, maar compenseerden dit eerder met dutjes dan met slaapmiddelen.

Hoewel niet fragiel, kon BDNF wel beschadigen, soms zelfs catastrofaal. De meest voorkomende oorzaak was wat Hendricks chronisch traumatische encefalopathie, of CTE, noemde. Voor zover mevrouw

Sigsby kon beoordelen kwam dat neer op een doodgewone knallende hersenschudding. Een gemiddeld BDNF was 60 eenheden per milliliter; voetballers die het spel al tien jaar of langer speelden zaten gewoonlijk ergens halverwege de 30, soms zelfs in de 20. BDNF nam gedurende een normaal verlopend ouderdomsproces langzaam af, maar veel sneller bij mensen met alzheimer. Dit alles was voor mevrouw Sigsby niet van belang. Haar enige taak was het behalen van resultaten en gedurende haar jaren in het Instituut waren de resultaten goed geweest.

Wat voor haar, voor het Instituut en voor diegenen die het Instituut financierden en het sinds 1955 strikt geheim hadden gehouden van belang was, was dat kinderen met hoge BDNF-spiegels automatisch ook bepaalde paranormale gaven meekregen: TK, TP, of (in zeldzame gevallen) een combinatie van die twee. De kinderen zelf wisten soms niet eens dat ze die gaven bezaten, omdat hun talenten meestal latent aanwezig waren. Degenen die het wel wisten – over het algemeen hoogfunctionerende TP's zoals Avery Dixon – waren soms in staat hun talenten te gebruiken wanneer hun dat uitkwam, maar deden er verder niets mee.

Bijna alle pasgeborenen werden getest op BDNF. Kinderen zoals de twee wier dossiers mevrouw Sigsby nu zat te lezen werden opgemerkt, gevolgd en uiteindelijk uit hun vertrouwde omgeving weggehaald. Hun paranormale vermogens werden verfijnd en verbeterd. Volgens dokter Hendricks was het ook mogelijk deze talenten uit te breiden, TK aan TP toe te voegen en vice versa, ook al was een dergelijke uitbreiding van geen enkel belang voor de missie – de raison d'être – van het Instituut. Over de succesjes die hij zo nu en dan boekte met de rozetten die hij kreeg om als proefkonijn te gebruiken zou nooit worden geschreven. Ze wist dat Donkey Kong dit betreurde, ook al besefte hij natuurlijk heel goed dat publicatie in een medisch tijdschrift hem een verblijf in een maximaal beveiligde gevangenis zou opleveren en geen Nobelprijs.

Er werd zachtjes op de deur geklopt en Rosalind stak, met een verontschuldigende blik, haar hoofd naar binnen. 'Neemt u mij niet kwalijk dat ik u stoor, mevrouw, maar Fred Clark is hier en wil u graag even spreken. Hij lijkt...'

'Help me even. Wie is Fred Clark?' Mevrouw Sigsby zette haar leesbril af en wreef over haar neusbrug.

'Een van de conciërges.'

'Vraag hem wat hij wil en laat me dat later vandaag even weten. Als er weer muizen aan de bedrading hebben zitten knabbelen, kan het wel even wachten. Ik ben nu bezig.'

'Hij zegt dat het belangrijk is en hij lijkt heel erg overstuur.'

Mevrouw Sigsby zuchtte, sloeg de dossiermap dicht en legde hem in een la. 'Goed dan, stuur hem maar naar binnen. Maar dan moet het wel een goed verhaal zijn.'

Dat was het niet. Het was een slecht verhaal. Heel slecht.

## 2

Mevrouw Sigsby herkende Clark, ze was hem vaak genoeg in de gangen tegengekomen, met een bezem of een zwabber, maar zo had ze hem nog nooit gezien. Hij zag lijkbleek, zijn grijzende haar zat helemaal in de war, alsof hij erdoorheen had gewoeld of eraan had getrokken, en zijn mond vertoonde zenuwtrekjes.

'Wat is er aan de hand, Clark? Je ziet eruit alsof je een geest hebt gezien.'

'U moet meekomen, mevrouw Sigsby. U moet het zelf zien.'

'Wat moet ik zien?'

Hij schudde zijn hoofd en herhaalde: 'U moet meekomen.'

Ze liep met hem mee over het voetpad tussen het administratiegebouw en de westvleugel van het woongebouw. Ze vroeg Clark nog twee keer wat nu precies het probleem was, maar het enige wat hij deed was zijn hoofd schudden en herhalen dat ze het zelf moest zien. Mevrouw Sigsby's ergernis over het feit dat ze was gestoord begon plaats te maken voor een onrustig gevoel. Een van de kinderen? Een test die niet goed was gegaan, zoals bij die jongen van Cross? Vast niet. Als er een probleem met een van de kinderen was, lag het meer voor de hand dat een verzorger, een laborant of een van de artsen dat zou ontdekken dan een conciërge.

Halverwege de grotendeels verlaten gang van de westvleugel, stond een jongen met een dikke buik die onder zijn slordig uit zijn broek hangende T-shirt vandaan kwam naar een velletje papier te kijken dat aan de knop van een gesloten deur hing. Hij zag mevrouw Sigsby aankomen en leek meteen te schrikken. Precies zoals mevrouw Sigsby het graag zag.

'Jij bent toch Whipple?'

'Ja.'

'Wat zei je?'

Stevie kauwde op zijn onderlip terwijl hij nadacht. 'Ja, mevrouw Sigsby.'

'Dat klinkt al beter. En nu wegwezen jij. Als je geen test hebt, zoek je maar iets anders om te doen.'

'Oké. Ik bedoel: ja, mevrouw Sigsby.'

Stevie haastte zich weg, maar keek nog wel een keer over zijn schouder. Mevrouw Sigsby zag het niet. Ze keek naar het velletje papier dat over de deurknop was gedrukt. NIET NAAR BINNEN GAAN, stond erop geschreven, waarschijnlijk met de pen die in een van Clarks borstzakjes zat.

'Als ik een sleutel had gehad, had ik hem wel op slot gedaan,' zei Fred.

De conciërges hadden sleutels van de verschillende voorraadkasten op niveau A en konden ook bij de snackautomaten komen zodat ze die konden bijvullen, maar ze hadden geen sleutels van de onderzoeks- of slaapkamers. Die laatste zaten trouwens zelden op slot, behalve wanneer de een of andere lastpost iets had uitgevreten en voor straf een dag moest worden opgesloten. Conciërges hadden ook geen liftpasjes. Als ze naar een van de lagere verdiepingen moesten, moesten ze een verzorger of laborant zoeken om mee naar beneden te gaan.

Clark zei: 'Als die bolle hier naar binnen was gegaan, had hij de schrik van zijn jonge leven gekregen.'

Zonder iets terug te zeggen opende mevrouw Sigsby de deur en zag een lege kamer voor zich – geen posters of schilderijen aan de muur en een bed met niets anders dan een kaal matras erop. Niet anders dan een heleboel andere kamers in de woonvleugel de afgelopen tien, twaalf jaar, waarin de vroegere stroom van hoog-BDNF-kinderen was afgenomen tot een dun straaltje. Dokter Hendricks had een theorie dat hoog-BDNF langzaam uit het menselijk genoom begon te verdwijnen, net als bepaalde andere menselijke kenmerken, zoals scherp zicht en gehoor. Of, volgens hem dan, het vermogen om met je oren te wiebelen. Hoewel dat ook een grapje kon zijn geweest. Met Donkey Kong wist je dat nooit helemaal zeker.

Ze draaide zich om naar Fred.

'Het is in de badkamer. Ik heb de deur voor alle zekerheid maar dichtgedaan.'

Mevrouw Sigsby deed de badkamerdeur open en bleef een paar tellen als verstijfd staan. Ze had gedurende haar dienstverband als hoofd van het Instituut het nodige gezien, onder andere de zelfmoord van een bewoner en pogingen daartoe van twee andere, maar nog nooit de zelfmoord van een werknemer.

De huishoudster (dat zag je meteen aan het bruine uniform) had zich verhangen aan de douchekop, die onder het gewicht van een zwaarder persoon – de jonge Whipple die ze zojuist had weggestuurd bijvoorbeeld – zeker zou zijn afgebroken. Het dode gezicht dat mevrouw Sigsby aanstaarde was zwart en gezwollen. De tong stak tussen de lippen uit, als een laatste uiting van minachting. Op de tegelwand stond in onregelmatige letters nog een boodschap.

'Het is Maureen,' zei Fred zacht. Hij haalde een verfrommelde zakdoek uit de achterzak van zijn werkbroek en veegde zijn lippen ermee af. 'Maureen Alvorson. Ze...'

Mevrouw Sigsby brak door het ijs van de schok en keek over haar schouder. De deur naar de gang stond half open. 'Doe die deur dicht.'

'Ze...'

'Doe die deur dicht!'

De conciërge deed wat hem werd opgedragen. Mevrouw Sigsby voelde in de rechterzak van haar jasje, maar die was leeg. Shit, dacht ze. Shit, shit, shit. Slordig om te vergeten haar walkietalkie mee te nemen, maar hoe had ze kunnen weten dat ze dit te zien zou krijgen?

'Ga naar mijn kantoor. Zeg tegen Rosalind dat ze je mijn walkietalkie geeft. Breng die naar me toe.'

'U...'

'Hou je mond.' Ze draaide zich naar hem om. Haar mond was nu een dunne streep en de manier waarop haar ogen uit haar smalle gezicht puilden waren voor Fred reden om achteruit te deinzen. Ze leek wel krankzinnig. 'Doe het, en snel een beetje, en geen woord tegen wie dan ook over wat je hier hebt gezien.'

'Oké, ga ik doen.'

Hij liep naar buiten en trok de deur achter zich dicht. Mevrouw Sigsby ging op het kale matras zitten en keek naar de vrouw die aan de douchekop hing. En naar de boodschap die ze op de muur had geschreven met de lippenstift die mevrouw Sigsby nu op de grond voor het toilet zag liggen.

DE HEL WACHT. IK ZIE JULLIE DAAR.

## 3

Stackhouse was in het dorp van het Instituut en toen hij de telefoon opnam, klonk hij traag en suf. Ze nam aan dat hij het er de vorige avond in de Outlaw Country goed van had genomen, maar vroeg er niet naar en zei alleen dat hij onmiddellijk naar de westvleugel moest komen. Hij zou vanzelf zien in welke kamer hij moest zijn, want daar stond een conciërge voor de deur.

Hendricks en Evans waren op niveau c bezig met het uitvoeren van tests. Mevrouw Sigsby vertelde hun dat ze alles uit hun handen moesten laten vallen en hun proefpersonen naar hun kamers moesten sturen. Beide artsen waren nodig in de westvleugel. Hendricks, die onder de gunstigste omstandigheden al uitermate irritant kon zijn, wilde weten waarom. Mevrouw Sigsby zei dat hij zijn mond moest houden en meteen moest komen.

Stackhouse was de eerste die arriveerde, voor de verandering in een spijkerbroek in plaats van zijn gebruikelijke bruine kostuum. De artsen kwamen meteen daarna.

'Jim,' zei Stackhouse tegen Evans nadat hij de situatie in ogenschouw had genomen. 'Til haar op en haal de spanning van dat touw.'

Evans sloeg zijn armen om het middel van de dode vrouw – even leek het net alsof ze dansten – en tilde haar op. Stackhouse begon aan de knoop onder haar kaak te peuteren.

'Schiet eens op,' zei Evans. 'Ze heeft een broek vol.'

'Je hebt vast wel eens erger geroken,' zei Stackhouse. 'Ik heb 'm bijna... wacht even... oké... daar gaan we.'

Hij schoof de strop over het hoofd van de dode vrouw (binnensmonds vloekend toen haar ene arm kameraadschappelijk in zijn nek plofte) en droeg haar naar het matras. De strop had een zwart-paarse striem in haar hals achtergelaten. Met z'n vieren stonden ze zonder iets te zeggen op haar neer te kijken. Stackhouse was met zijn één meter negentig een lange man, maar Hendricks torende nog eens minimaal tien centimeter boven hem uit. Tussen hen in leek mevrouw Sigsby wel heel klein en tenger.

Stackhouse keek mevrouw Sigsby met opgetrokken wenkbrauwen aan. Zij keek zwijgend terug.

Op het tafeltje naast het bed stond een bruin medicijnflesje. Dokter

Hendricks pakte het op en rammelde ermee. 'Oxycodon. Veertig milligram. Niet de zwaarste dosering, maar toch behoorlijk hoog. Het recept is voor negentig tabletten en er zitten er nog maar drie in. Ik denk niet dat we een autopsie gaan uitvoeren...'

Dat heb je goed gedacht, dacht Stackhouse.

'... maar stel dat we dat zouden doen, dan denk ik dat we zouden zien dat ze het grootste deel van die pillen heeft ingenomen voordat ze het touw om haar nek deed.'

'En dat was sowieso genoeg geweest om er een eind aan te maken,' zei Evans. 'Deze vrouw kan niet meer hebben gewogen dan vijftig kilo. Het lijkt me duidelijk dat ischias niet haar grootste probleem was, wat ze zelf ook mag hebben beweerd. Ze had haar werk in geen geval veel langer kunnen volhouden, dus is ze er...'

'Maar tussenuit geknepen,' maakte Hendricks zijn zin af.

Stackhouse keek naar de boodschap op de muur. 'De hel wacht,' zei hij peinzend. 'Gezien wat wij hier doen, zouden sommigen dat een redelijke veronderstelling vinden.'

Mevrouw Sigsby, die doorgaans niet geneigd was tot het gebruiken van grove taal, zei: 'Gelul.'

Stackhouse haalde zijn schouders op. In het schijnsel van de lamp glansde zijn kale hoofd alsof het in de was was gezet. 'Ik heb het over buitenstaanders, mensen die niet weten waar het om gaat. Laat ook maar. Wat we hier zien is heel eenvoudig. Een ongeneeslijk zieke vrouw die heeft besloten de stekker eruit te trekken.' Hij wees naar de muur. 'Met achterlating van haar schuldverklaring. En de onze.'

Het klonk logisch, maar het beviel mevrouw Sigsby niet. Alvorsons laatste bericht aan de wereld drukte misschien uit dat ze zich schuldig voelde, maar had ook iets triomfantelijks.

'Ze had nog niet zo lang geleden een week vakantie,' zei Fred de conciërge zonder dat hem iets werd gevraagd. Mevrouw Sigsby had zich niet eens gerealiseerd dat hij nog in de kamer was. Iemand had hem weg moeten sturen. Zíj had hem weg moeten sturen. 'Toen is ze naar Vermont gegaan, waar ze woonde. Daar zal ze die pillen wel hebben gekregen.'

'Dank je,' zei Stackhouse. 'Jij bent een echte Sherlock Holmes. Moet je nu niet weer eens vloeren gaan dweilen?'

'En maak de behuizingen van die camera's schoon,' beet mevrouw Sigsby hem toe. 'Dat had ik je vorige week al gevraagd. Ik vraag het niet nog een keer.'

'Goed, mevrouw.'

'En geen woord over dit alles, meneer Clark.'

'Nee, mevrouw, dat spreekt vanzelf.'

'Cremeren?' vroeg Stackhouse toen de conciërge was verdwenen.

'Ja. We laten haar door een paar verzorgers naar de lift dragen terwijl de bewoners aan de lunch zitten. Dat is...' Mevrouw Sigsby keek op haar horloge. '... over minder dan een uur.'

'Is er een probleem?' vroeg Stackhouse. 'Behalve dan dat we dit voor de bewoners verborgen moeten houden, bedoel ik? Ik vraag dat omdat je kijkt alsof er een probleem is.'

Mevrouw Sigsby keek van de woorden die op de badkamertegels waren gekalkt naar het zwarte gezicht van de dode vrouw, met de uitstekende tong. Ze draaide zich van die laatste belediging om naar de twee artsen. 'Ik verzoek jullie om even de kamer uit te gaan. Ik wil meneer Stackhouse onder vier ogen spreken.'

Hendricks en Evans keken elkaar aan en verlieten de kamer.

## 4

'Ze was jouw informant. Dat is het probleem.'

'Ónze informant, Trevor, maar inderdaad, dat is het probleem. Of dat zou het kunnen zijn.'

Een jaar geleden – nee, eerder zestien maanden, want er had nog sneeuw gelegen – had Maureen Alvorson om een onderhoud met mevrouw Sigsby verzocht en haar gevraagd of ze een baantje voor haar had waarmee ze wat extra kon verdienen. Mevrouw Sigsby, die al een jaar met een idee rondliep, maar nog niet wist hoe ze het moest uitvoeren, vroeg of Alvorson het een probleem zou vinden om haar alle informatie door te geven die ze van de kinderen oppikte. Alvorson ging akkoord en had zelfs blijk gegeven van een zekere mate van sluwheid door het verhaal voor te stellen over de verschillende dode zones, waar de microfoons zogenaamd slecht of helemaal niet werkten.

Stackhouse haalde zijn schouders op. 'De informatie die we van haar kregen ontsteeg zelden het niveau van roddels en achterklap. Welke jongen de nacht doorbracht met welk meisje, wie TONY IS EEN LUL had geschreven op een tafeltje in de cafetaria, dat soort dingen.' Hij zweeg even. 'Hoewel het misschien wel heeft bijgedragen aan haar schuldgevoel.'

'Ze was getrouwd,' zei mevrouw Sigsby, 'maar zoals je ziet draagt ze geen trouwring meer. Hoeveel weten we van haar leven in Vermont?'

'Dat weet ik zo niet uit mijn hoofd, maar het staat allemaal in haar dossier en dat kan ik dus wel even opzoeken.'

Mevrouw Sigsby dacht even na en realiseerde zich hoe weinig ze eigenlijk over Maureen Alvorson wist. Ja, ze had geweten dat Alvorson getrouwd was, omdat ze de ring had gezien. Ja, ze had in het leger gezeten, zoals veel werknemers van het Instituut. Ja, ze wist dat Alvorson in Vermont woonde. Maar veel meer wist ze niet en hoe kon dat, terwijl ze de vrouw nota bene had betaald om de bewoners te bespioneren? Niet dat het er nu nog veel toe deed, nu Alvorson toch dood was, maar het deed mevrouw Sigsby wel denken aan het feit dat ze haar walkietalkie had laten liggen en ervan uit was gegaan dat de conciërge zich helemaal voor niets zo stond op te winden. Het deed haar ook denken aan de stoffige behuizingen van de camera's, de trage computers en de kleine, inefficiënte staf die daarover ging, de frequente voedselverspilling in de cafetaria, de door muizen aangevreten bedrading en de slordige bewakingsverslagen, vooral van de nachtdienst, die van elf uur 's avonds tot zeven uur 's ochtends liep, wanneer de bewoners lagen te slapen.

Het deed haar denken aan nonchalance.

'Julia? Ik zei dat ik...'

'Ik heb je wel gehoord. Ik ben niet doof. Wie doet op dit moment de bewaking?'

Stackhouse keek op zijn horloge. 'Ik denk niemand. Het is midden op de dag. De kinderen zitten of in hun kamers, of ze hebben het druk met hun normale kinderbezigheden.'

Dat veronderstel je, dacht ze, en waardoor wordt onzorgvuldigheid anders veroorzaakt dan door zaken te veronderstellen? Het Instituut draaide nu al bijna vijfenzestig jaar, en er was nog nooit een lek geweest. Nooit een reden (niet in de tijd dat zij hier werkte althans) om de speciale telefoon, die ze de Zero Phone noemden en die in een afgesloten lade onder haar bureau lag, voor iets anders te gebruiken dan voor regelmatige updates. Niets, kortom, wat ze niet ter plekke zelf konden oplossen.

Natuurlijk gingen er wel geruchten in de Bend. De meest voorkomende onder de burgers was dat het complex in de bossen een soort nucleaire raketbasis was. Of dat het iets te maken had met chemisch wapentuig of biologische oorlogsvoering. Een ander gerucht, eentje dat veel dichter bij de waarheid kwam, was dat het een proefstation van de overheid was. Geruchten waren prima. Geruchten waren zelfgegenereerde desinformatie.

Alles is prima, zei ze tegen zichzelf. Alles gaat zoals het hoort te gaan. De zelfmoord van een doodzieke huishoudster is hooguit een tegenslag, een kleine tegenslag. Aan de andere kant duidde het wel op het bestaan van grotere... nou ja, geen problemen, het zou overdreven zijn het zo te noemen, maar bedenkingen, ja, dat wel. En het was ten dele haar eigen schuld. In het begin van mevrouw Sigsby's dienstverband waren de behuizingen van de camera's niet stoffig geweest en zou het niet in haar hoofd zijn opgekomen om haar kantoor uit te lopen zonder haar walkietalkie. In die tijd zou ze veel meer hebben geweten over de vrouw die ze betaalde om de bewoners te bespioneren.

Ze dacht aan entropie. De neiging om de kantjes ervan af te lopen wanneer alles voorspoedig ging.

Dingen veronderstellen.

'Mevrouw Sigsby? Julia? Zijn er nog dingen die ik voor je moet doen?'

Ze was meteen weer terug in het heden. 'Ja. Ik wil alles over haar weten en als er niemand in de bewakingsruimte zit, wil ik daar zo snel mogelijk iemand hebben. Jerry, denk ik.' Jerry Symonds was een van hun twee computermensen en de beste die ze hadden wanneer het erop aankwam de oude apparatuur aan de praat te houden.

'Jerry is met verlof,' zei Stackhouse. 'Die is aan het vissen in Nassau.'

'Andy dan.'

Stackhouse schudde zijn hoofd. 'Fellowes is in het dorp. Ik zag hem uit de winkel komen.'

'Godverdomme, hij hoort hier te zijn. Zeke dan. Zeke de Griek. Die heeft toch al vaker bewaking gedaan?'

'Ik dacht 't wel,' zei Stackhouse en daar had je het weer. Vaagheid. Vermoeden. Veronderstelling.

Stoffige camerabehuizingen. Vuile plinten. Nonchalante praatjes op niveau B. De bewakingsruimte die leegstond.

Mevrouw Sigsby besloot in een opwelling dat er een paar grote veranderingen gingen plaatsvinden en wel voordat de bladeren gingen verkleuren en van de bomen begonnen te vallen. Dan was Alvorsons zelfmoord in elk geval nog ergens goed voor geweest, namelijk om iedereen eens goed wakker te schudden. Ze praatte niet graag met de man aan de andere kant van de Zero Phone en voelde altijd een koude rilling wanneer ze zijn enigszins lispelende begroeting hoorde (nooit *Sigsby*, altijd *Figby*), maar het moest gebeuren. Een schriftelijk verslag zou niet volstaan. Ze hadden vestigingen in het hele land. Ze hadden een privévliegtuig tot hun beschikking. De staf werd goed betaald en had in hun diverse functies recht op uitstekende secundaire arbeidsvoorwaarden. Toch begon deze vestiging steeds meer te lijken op zo'n zaak waar alles één dollar kostte, in een winkelcentrum waar het grootste deel van de winkels al leegstond. Het was te gek voor woorden. Hier moest verandering in komen. Hier zóú verandering in komen.

Ze zei: 'Zeg tegen Zeke dat hij de zendertjes controleert. Ik wil zeker weten dat al onze pupillen aanwezig en geteld zijn. En dan vooral Luke Ellis en Avery Dixon. Met die jongens praatte ze veel.'

'We weten waar ze het over hadden en dat was niet veel bijzonders.'

'Doe het nou maar gewoon.'

'Met alle liefde. Intussen moet jij een beetje ontspannen.' Hij wees naar het lijk met haar zwart geworden gezicht en onbeschaamd uitstekende tong. 'En probeer wat te relativeren. Dit was een heel erg zieke vrouw die het einde zag naderen en er zelf tussenuit is geknepen voordat de kanker echt zijn klauwen in haar kon zetten.'

'Controleer de bewoners, Trevor. Als ze allemaal zijn waar ze horen te zijn – met of zonder vrolijke gezichtjes – dán kan ik me ontspannen.'

Alleen was ze dat niet van plan. Er was al ontspanning genoeg geweest.

## 5

Weer terug in haar kantoor zei ze tegen Rosalind dat ze niet gestoord wilde worden tenzij het Stackhouse of Zeke Ionidis was, die op dit moment niveau D controleerde. Ze ging achter haar bureau zitten en keek naar de screensaver op haar computer. Het was een afbeelding van een wit zandstrand op Siesta Key. Tegen andere mensen vertelde ze altijd dat ze daar na haar pensionering ging wonen, maar ze had het al opgegeven daar zelf in te geloven. Mevrouw Sigsby verwachtte niet anders dan hier in de bossen te sterven, mogelijk in haar kleine huisje in het dorp, maar waarschijnlijk hier, achter dit bureau. Twee van haar lievelingsschrijvers, Thomas Hardy en Rudyard Kipling, waren achter hun bureau gestorven, dus waarom zij niet? Het Instituut was haar leven geworden en daar had ze vrede mee.

Voor de meeste stafleden gold hetzelfde. Ooit waren ze soldaten geweest, of beveiligingspersoneel bij keiharde bedrijven als Blackwater en Tomahawk Global, of ze hadden bij de politie gezeten. Denny Williams en Michelle Robertson van team Robijnrood hadden voor de FBI gewerkt. Ook al was het Instituut niet meteen hun leven toen ze werden gerekruteerd en er aan de slag gingen, daarna was het dat wel degelijk geworden. Niet vanwege het geld. Niet vanwege de gunstige arbeidsvoorwaarden of het pensioenplan. Het had ten dele te maken met een manier van leven die hun zo vertrouwd was dat het een soort slaap was. Het Instituut was net een kleine legerbasis; het aangrenzende dorp had zelfs een bevoorradingswinkel waar ze allerlei spullen goedkoop konden aanschaffen en een benzinepomp waar ze hun auto's en pick-ups konden volgooien: normaal voor negentig dollarcent per gallon en super voor één dollar vijf. Mevrouw Sigsby had een tijdje op vliegbasis Ramstein in Duitsland gezeten en het plaatsje Dennison River Bend deed haar – goed, op veel kleinere schaal – aan Kaiserslautern denken, waar zij en haar vrienden soms stoom gingen afblazen. In Ramstein had je alles, zelfs een bioscoop en een Johnny Rockets-restaurant, maar soms had je gewoon behoefte om er even helemaal uit te zijn. Hier was dat precies hetzelfde.

Maar ze komen altijd terug, dacht ze, terwijl ze naar het zandstrand keek waar ze wel eens naartoe ging, maar waar ze nooit zou wonen. Ze komen altijd terug en hoe verwaarloosd sommige dingen hier ook zijn, ze houden hun mond. Dat verwaarlozen ze nooit. Want als mensen erachter zouden komen wat wij doen, de honderden kinderen die we kapot hebben gemaakt, zouden we voor de rechter worden gesleept en met tientallen tegelijk de doodstraf krijgen. Een dodelijke injectie, net als Timothy McVeigh.

Dat was de keerzijde van de medaille. De andere kant was heel simpel: de gehele staf, van de vaak irritante maar zonder enige twijfel zeer bekwame dokter Dan 'Donkey Kong' Hendricks en de heren Heckle en Jeckle in Achterkant tot en met de eenvoudigste conciërge, begreep dat niets minder dan het lot van de wereld in hun handen lag, net zoals het in de handen had gelegen van allen die hun waren voorgegaan. Niet alleen het voortbestaan van het menselijk ras, maar het voortbestaan van de planeet. Ze begrepen dat er geen grenzen waren aan waartoe zij in staat en bereid waren om dat doel na te streven. Niemand die het werk van het Instituut ten volle begreep kon het als monsterachtig zien.

Het leven was hier goed – goed genoeg in elk geval, voor mannen en vrouwen die in het Midden-Oosten zand hadden gehapt en hadden gezien hoe kameraden met afgeschoten benen of een lijf waar de ingewanden half uitpuilden in kleine klotedorpjes lagen te creperen. Af en toe kon je met verlof; dan kon je naar huis en tijd doorbrengen met je gezin, als je dat tenminste had (veel werknemers van het Instituut hadden dat niet). Je kon dan natuurlijk niet praten over wat je deed en na een tijdje begonnen ze – de vrouwen, de mannen, de kinderen – te beseffen dat het werk belangrijker was dan zij. Want het slokte je op. Je leven werd, in aflopende volgorde, het Instituut, het dorp en het plaatsje Dennison River Bend, met zijn drie kroegen, waarvan één met live countrymuziek. En wanneer dat besef eenmaal indaalde, ging de trouwring vaker wel dan niet af, zoals die van Alvorson.

Mevrouw Sigsby opende de onderste lade van haar bureau en haalde er een telefoon uit die er net zo uitzag als de exemplaren waarmee de teams waren uitgerust: groot en log, als een overblijfsel uit een tijdperk waarin cassettebandjes plaatsmaakten voor cd's en draadloze telefoons net begonnen op te duiken in elektronicawinkels. Soms werd het, vanwege de kleur, de Groene Telefoon genoemd, maar meestal de Zero Phone, omdat er geen schermpje op zat en geen cijfertoetsen, alleen drie kleine witte cirkeltjes.

Ik ga bellen, dacht ze. Misschien krijg ik wel een schouderklopje omdat ik zo vooruitdenk en zijn ze blij met mijn initiatief. Misschien vinden ze mijn zorgen onterecht en besluiten ze dat het tijd wordt om uit te kijken naar een opvolger. Maar het moet nu eenmaal gebeuren. De plicht roept en had eigenlijk al veel eerder moeten roepen.

'Maar vandaag nog niet,' mompelde ze.

Nee, vandaag nog niet, niet nu ze zich om Alvorson moest bekommeren (en zich van haar moest ontdoen). Misschien zelfs morgen of deze week nog niet. Wat zij wilde gaan doen was geen kleinigheid. Ze moest dingen opschrijven, zodat ze, wanneer ze echt ging bellen, goed beslagen ten ijs kwam. Als ze de Zero echt wilde gebruiken was het absoluut noodzakelijk dat ze kort en bondig kon antwoorden wanneer ze de man aan de andere kant hoorde zeggen: *Hallo, mevrouw Figby, kan ik ief voor u doen?*

Dit is geen uitstelgedrag, hield ze zich voor. Absoluut niet. En ik wil echt niemand in de problemen brengen, maar…

Haar intercom liet een zachte toon horen. 'Zeke voor u aan de lijn, mevrouw Sigsby. Lijn drie.'

Mevrouw Sigsby nam op. 'Wat heb je voor me, Ionidis?'

'Iedereen is er,' zei hij. 'Achtentwintig trackerbliepjes in Achterkant. In Voorkant twee kinderen in de ontspanningsruimte, zes op de speelplaats en vijf in hun kamers.

'Waar zijn Dixon en Ellis?'

'Eh… ogenblikje…' Het bleef even stil. Toen was Ionidis terug. 'Dixon is in zijn kamer. Ellis is op de speelplaats.'

'Uitstekend. Dank je wel.'

'Graag gedaan, mevrouw.'

Toen mevrouw Sigsby opstond voelde ze zich wat beter, ook al had ze niet precies kunnen zeggen waarom. Natuurlijk waren alle bewoners waar ze hoorden te zijn. Wat had ze dan gedacht, dat er een paar in Disney World zaten?

Op naar het volgende karwei.

## 6

Toen alle bewoners eenmaal aan de lunch zaten, duwde Fred de conciërge de trolley die hij uit de cafetariakeuken had geleend naar de deur van de kamer waar Maureen Alvorson een eind aan haar leven had gemaakt. Fred en Stackhouse wikkelden haar in een lap groen zeildoek en reden haar zo snel ze konden de gang door. Van een eind verderop klonk het geluid van het voederen der dieren, maar hier was alles verlaten, hoewel iemand een teddybeer op de grond had laten liggen, vlak voor de lift. Hij lag met glazen kraaloogjes naar het plafond te staren en Fred gaf er een geërgerde trap tegen.

Stackhouse keek hem verwijtend aan. 'Dat brengt ongeluk, vriend. Dat is de troostknuffel van een van de kinderen.'

'Kan me niet schelen,' zei Fred. 'Ze laten hun rotzooi altijd slingeren en dan mogen wij het weer opruimen.'

Toen de liftdeuren opengingen wilde Fred de trolley al naar binnen trekken. Stackhouse duwde hem terug en niet zachtzinnig ook. 'Ik heb je verder niet meer nodig. Raap die beer op en zet hem in de ontspanningsruimte of in de kantine, waar zijn eigenaar hem kan vinden wanneer hij of zij naar buiten komt. En ga dan die fucking glazen bollen afstoffen.' Hij wees naar een van de camerabehuizingen aan het plafond, rolde de trolley de lift in en hield zijn pasje voor het paneel.

Fred Clark wachtte tot de deuren dicht waren alvorens zijn middelvinger naar hem op te steken. Maar wat moest dat moest en hij zou die behuizingen schoonmaken. Ooit.

## 7

Mevrouw Sigsby stond op niveau F op Stackhouse te wachten. Het was koud hierbeneden en ze droeg een trui over haar colbertje. Ze knikte naar hem. Stackhouse knikte terug en rolde de trolley de tunnel in tussen Voorkant en Achterkant. Het was een puur functionele tunnel, met een betonnen vloer, gewelfde tegelwanden en tl-buizen tegen het plafond. Een paar van die buizen flikkerden, zodat de tunnel op iets uit een griezelfilm leek, en een paar andere deden het helemaal niet. Iemand had een bumpersticker van de New England Patriots op een van de wanden geplakt.

Nog meer slordigheid, dacht ze. Nog meer verloedering.

Aan het eind van de gang hing op de deur naar Achterkant een bordje met UITSLUITEND TOEGANG VOOR BEVOEGDEN. Mevrouw Sigsby gebruikte haar pasje en duwde hem open. Erachter bevond zich opnieuw een gang met een lift. Een kort tochtje naar boven bracht hen in een ruimte die niet veel luxueuzer was ingericht dan de diensttunnel die ze hadden gebruikt om in Achterkant te komen. Heckle – echte naam dokter Everett Hallas – stond al op hen te wachten. Hij had een brede grijns op zijn gezicht en zat voortdurend aan zijn mondhoek. Het deed mevrouw Sigsby denken aan de dwangmatige manier waarop de jonge Dixon voortdurend aan zijn neus had staan trekken. Alleen was Dixon een kind en Hallas een man van in de vijftig. Werken in Achterkant eiste zijn tol, zoals ook het werken in een omgeving die was vervuild met een lage dosis straling zijn tol eiste.

'Hallo, mevrouw Sigsby! Hallo, hoofd Beveiliging Stackhouse! Wat geweldig om u beiden hier te zien! We zouden elkaar veel vaker moeten zien! Jammer van de omstandigheden die u vandaag hier brengen!' Hij bukte zich en klopte met zijn hand op de bundel zeildoek waar

Maureen Alvorson in zat. Daarna raakte hij zijn mondhoek weer aan, alsof daar een koortslip zat die alleen hij kon zien of voelen. 'In de bloei van haar leven, et cetera, et cetera.'

'We hebben niet veel tijd,' zei Stackhouse. Oftewel, dacht mevrouw Sigsby, we moeten hier weer snel weg. Daar was ze het helemaal mee eens. Dit was waar het echte werk gebeurde en ze vond de dokters Heckle en Jeckle (echte naam Joanne James) absolute helden, maar dat maakte het niet makkelijker om hier te zijn. Ze kon de atmosfeer die hier hing al voelen. Het was alsof ze zich in een elektrisch veld bevond.

'Ja, natuurlijk, het werk is nooit gedaan, raderen die moeten blijven draaien, grote vlooien die gebeten worden door kleine vlooien, vertel mij wat, volgt u mij maar.'

Vanuit de wachtruimte, met haar lelijke stoelen, net zo lelijke bank en aftandse flatscreen, kwamen ze in een hal terecht met hoogpolig blauw tapijt op de vloer – in Achterkant vielen de kinderen wel eens op de grond en bezeerden dan hun kostbare kleine hoofdjes. De wielen van de trolley trokken sporen in de vleug. Dit leek veel op een gang op niveau A in Voorkant, behalve dan de sloten op de deuren, die allemaal dicht waren. Achter een van die deuren hoorde mevrouw Sigsby gebonk en gedempte kreten: 'Laat me eruit!' en 'Geef me dan verdomme op z'n minst een aspirientje!'

'Iris Stanhope,' zei Heckle. 'Ze voelt zich vandaag niet zo lekker, ben ik bang. Het goede nieuws is dat het verscheidene van onze nieuwelingen opmerkelijk goed gaat. Vanavond wordt er een film vertoond, moet u weten. En morgen is er vuurwerk.' Hij giechelde en voelde weer aan zijn mondhoek, wat mevrouw Sigsby idioot genoeg aan Shirley Temple deed denken.

Ze voelde aan haar haar, om zich ervan te overtuigen dat het er nog zat. Natuurlijk zat het er nog. Wat ze voelde – dat zachte gonzen over haar onbedekte huid, het gevoel dat haar oogbollen vibreerden in hun kassen – was geen elektriciteit.

Ze kwamen langs de filmzaal, met zijn twaalftal pluchen stoelen. Op de voorste rij zaten Kalisha Benson, Nick Wilholm en George Iles. Ze droegen hun rode en blauwe mouwloze shirtjes. Het meisje Benson sabbelde op een snoepsigaret; Wilholm zat een echte te roken en er hing een wolk grijze rook om zijn hoofd. Iles wreef zachtjes over zijn slapen. Benson en Iles keken even om toen ze langsreden met hun in zeildoek gewikkelde vrachtje; Wilholm bleef naar het lege filmscherm zitten staren. Daar is al de nodige pit uit verdwenen, dacht mevrouw Sigsby tevreden.

De cafetaria bevond zich even voorbij de filmzaal, aan de andere kant van de gang. Hij was veel kleiner dan die in Voorkant. Er waren hier wel altijd meer kinderen, maar hoe langer ze in Achterkant bleven, hoe minder ze aten. Mevrouw Sigsby vond dat ergens wel ironisch. Op dit moment zaten er drie kinderen, van wie er twee iets zaten op te slurpen wat op havermoutpap leek en de derde – een meisje van een jaar of twaalf – voor zich uit zat te kijken met een volle kom voor zich. Maar toen ze hen langs zag komen met de trolley, fleurde ze een beetje op.

‘Hoi! Wat hebben jullie daar? Is het een dood iemand? Ja, hè, ik heb gelijk, hè? Heette ze Morris? Rare naam voor een meisje. Misschien heette ze wel Morin. Mag ik kijken? Heeft ze haar ogen open?’

‘Dat is Donna,’ zei Heckle. ‘Let maar niet op haar. Ze krijgt vanavond een film te zien, maar ik denk dat ze al heel snel gaat vertrekken. Misschien al later deze week. Graziger weiden, et cetera, et cetera. U weet wel wat ik bedoel.’

Dat wist mevrouw Sigsby inderdaad. Je had Voorkant, je had Achterkant… en je had de achterkant van Achterkant. Het eindpunt. Ze voelde weer aan haar haar. Het zat nog goed. Natuurlijk. Ze dacht aan een driewieler die ze als heel klein meisje had gehad, aan het warme straaltje urine in haar broekje toen ze er een keer op heen en weer reed over de oprit. Ze dacht aan gebroken veters. Ze dacht aan haar eerste auto, een…

‘Het was een valium!’ riep het meisje dat Donna heette opeens. Ze sprong overeind en haar stoel viel om. De twee andere kinderen keken met doffe ogen toe. Bij de een droop de havermout over zijn kin. ‘Een Plymouth Valium, ik weet het zeker! O god, ik wil naar huis! O god, laat het ophouden… Mijn hoofd!’

Twee verzorgers in rode pakken verschenen uit… Mevrouw Sigsby had geen idee waar ze vandaan kwamen. Het kon haar ook niet schelen. Ze grepen het meisje bij haar armen.

‘Heel goed, breng haar maar naar haar kamer,’ zei Heckle. ‘Maar geen pillen. We hebben haar vanavond nodig.’

Donna Gibson, die ooit meisjesgeheimpjes met Kalisha had gedeeld toen ze allebei nog in Voorkant zaten, begon te gillen en te worstelen. De verzorgers voerden haar af terwijl de tenen van haar sneakers over het tapijt gleden. De losse gedachten in mevrouw Sigsby's hoofd werden eerst vager en verdwenen toen. Maar het gonzen langs haar huid en zelfs in de vullingen in haar kiezen bleef. Het was hier constant, net als het zoemen van de tl-verlichting in de gang.

'Alles goed?' vroeg Stackhouse.

'Ja.' Zorg dat ik hier weg kan.

'Ik voel het ook. Als je daar iets aan hebt.'

Dat had ze niet. 'Trevor, kun je me uitleggen waarom lichamen die naar het crematorium worden gebracht dwars door de woonvertrekken van deze kinderen moeten?'

'Het stikt van de bossen in Boston,' antwoordde Stackhouse.

'Pardon?' vroeg mevrouw Sigsby. 'Wat zei je?'

Stackhouse schudde zijn hoofd alsof hij het helder wilde krijgen. 'Neem me niet kwalijk. Dat kwam opeens in me op...'

'Ja, ja,' zei Hallas. 'Er hangen vandaag veel... eh, laten we zeggen losse transmissies in de lucht.'

'Ik weet wat het was,' zei Stackhouse. 'Maar het moest er gewoon uit. Het voelde alsof...'

'Alsof er tijdens het eten iets in je keel blijft steken,' zei dokter Hallas alsof het de gewoonste zaak van de wereld was. 'Het antwoord op uw vraag, mevrouw Sigsby, is... dat weet niemand.' Hij grinnikte en raakte zijn mondhoek aan.

Zorg dat ik hier weg kan, dacht ze opnieuw. 'Waar is dokter James, dokter Hallas?'

'In haar kamer. Ze voelt zich niet zo lekker vandaag, ben ik bang. Maar ik moest u de groeten van haar doen. Ze hoopt dat het goed met u gaat, zo fit als een hoentje, zo gezond als een vis, et cetera et cetera.' Hij glimlachte en deed zijn Shirley Temple-imitatie weer – *Ben ik niet schattig?*

## 8

In de filmzaal plukte Kalisha de sigaret uit Nicky's vingers, nam een laatste trekje van de filterloze peuk, liet hem op de grond vallen en trapte hem uit. Toen sloeg ze een arm om zijn schouders. 'Is het zo erg?'

'Het is wel eens erger geweest.'

'De film zal wel helpen.'

'Ja. Maar hoe zal het morgen gaan? Ik weet nu waarom mijn pa altijd zo'n lelijke kop had wanneer hij een kater had. En jij, Sha?'

'Gaat wel.' En dat was ook zo. Alleen een licht gebonk boven haar linkeroog. Vanavond zou het over zijn. Morgen zou het weer terug zijn, en niet licht. Morgen zou het een pijn zijn waarbij vergeleken alle katers van Nicky's vader (en die van haar eigen ouders, zo nu en dan) kinderspel waren: een onafgebroken kloppend gebonk, alsof er een duivelse kobold in haar hoofd opgesloten zat en eruit probeerde te komen door op haar schedel in te beuken. En ze wist dat het nog erger kon. Nicky's hoofdpijnen waren erger, die van Iris nóg erger, en het duurde steeds langer voordat de pijn weer wegtrok.

George was een geluksvogel; ondanks zijn sterke TK had hij tot nu toe vrijwel geen pijn gevoeld. Een lichte pijn in zijn slapen, zei hij, en in zijn achterhoofd. Maar het zou erger worden. Dat werd het altijd, in elk geval tot het uiteindelijk voorbij was. En dan? Afdeling A. Het gonzen. Het zoemen. De achterkant van Achterkant. Kalisha keek er nog niet echt naar uit, ze vond het nog steeds een afschuwelijke gedachte om als persoon te worden uitgewist, maar dat zou nog wel veranderen. Voor Iris was dat al zo; die leek tegenwoordig wel zo'n zombie uit *The Walking Dead*. Helen Simms had vrij goed Kalisha's gevoel over Afdeling A verwoord toen ze zei dat alles beter was dan Stasi-lichten en een knallende koppijn die niet meer overging.

George leunde naar voren en keek haar voor Nick langs aan met heldere ogen die nog betrekkelijk pijnvrij waren. 'Hij is eruit,' fluisterde hij. 'Blijf daaraan denken. En hou vol.'

'Dat gaan we doen,' zei Kalisha. 'Ja toch, Nick?'

'We gaan het proberen,' zei Nick en hij slaagde erin een glimlach op zijn gezicht te brengen. 'Hoewel de gedachte dat iemand die zo slecht is in sport als Luke Ellis de eindstreep zal halen me nogal vergezocht lijkt.'

'Hij is misschien slecht in sport, maar hij kan heel goed schaken,' zei George. 'Vlak hem niet uit.'

Een van de verzorgers verscheen in de deuropening van de filmzaal. In Voorkant droegen de verzorgers naamplaatjes, maar hier niet. Hier leken alle verzorgers op elkaar. Er waren ook geen laboranten, alleen de twee artsen van Achterkant en soms dokter Hendricks: Heckle, Jeckle en Donkey Kong. De Verschrikkelijke Drie. 'De pauze is afgelopen. Als jullie niet gaan eten, moeten jullie terug naar je kamers.'

De oude Nicky had deze overdreven gespierde sukkel waarschijnlijk gezegd dat hij kon oprotten. De nieuwe versie stond alleen maar op, wankelde en moest zich aan een rugleuning vastgrijpen om zijn evenwicht niet te verliezen. Het brak Kalisha's hart om hem zo te zien. Wat Nicky was afgenomen was in sommige opzichten nog erger dan moord. In heel veel opzichten.

'Kom maar,' zei ze. 'Dan gaan we samen. Hè, George?'

'Nou,' zei George, 'ik was eigenlijk van plan straks een middagvoorstelling van *Jersey Boys* mee te pikken, maar als je zo aandringt...'

Kijk ons nou, dacht Kalisha, de drie gestoorde musketiers.

Buiten op de gang was het gonzen veel sterker. Ja, ze wist dat Luke was ontsnapt, dat had Avery haar verteld, en dat was goed nieuws. Die onnozele klootzakken hadden nog niet eens door dat hij weg was, wat nog beter nieuws was. Maar de hoofdpijnen zorgden ervoor dat hoop minder hoopvol leek. Zelfs wanneer ze even weg waren zat je te wachten tot ze weer terugkwamen, een heel speciaal soort hel. En het gonzen dat uit de richting van Afdeling A kwam leek alle hoop teniet te doen, wat verschrikkelijk was. Ze had zich nog nooit zo eenzaam gevoeld, zo in het nauw gedreven.

Maar ik moet zo lang mogelijk zien vol te houden, dacht ze. Ongeacht wat ze ons allemaal aandoen met die lichten en die verdomde films, ik moet volhouden. Ik moet mijn verstand zien vast te houden.

Ze liepen onder het toeziend oog van de verzorger langzaam de gang in, niet als kinderen, maar als een stel invaliden. Of bejaarden, die hun laatste weken doorbrachten in een onaangenaam hospice.

## 9

Voorgegaan door dokter Everett Hallas, liepen mevrouw Sigsby en Stackhouse langs de gesloten deuren met het opschrift AFDELING A. Van achter deze deuren klonk geen geschreeuw of gegil, maar het gevoel in een elektrisch veld te lopen was hier zo mogelijk nog sterker; het kriebelde over haar huid als onzichtbare muizenpootjes. Stackhouse voelde het ook. Met de hand die niet bezig was Maureen Alvorsons geïmproviseerde baar te duwen wreef hij over zijn gladde, kale schedel.

'Zelf vind ik het altijd aanvoelen als spinnenwebben,' zei hij. En tegen Heckle: 'Voel jij het niet?'

'Ik ben het gewend,' zei hij en hij voelde aan zijn mondhoek. 'Het is een kwestie van aanpassen.' Hij zweeg. 'Nee, dat is niet het goede woord. Acclimatie is beter, denk ik. Of is het acclimatisatie? Kan allebei.'

Opeens werd mevrouw Sigsby overvallen door een soort nieuwsgierigheid die bijna lachwekkend was. 'Dokter Hallas, wanneer bent u jarig? Weet u dat nog?'

'Op 9 september en ik weet wat u denkt.' Hij keek over zijn schouder naar de deuren waar in rode letters AFDELING A op stond en daarna weer naar mevrouw Sigsby. 'Maar met mij is alles in orde, hoor.'

'9 september,' zei ze. 'Dan bent u dus een... wat? Een Weegschaal?'

'Waterman,' zei Heckle, met een schalkse blik, alsof hij zeggen wilde: *Mij neem je niet in de maling, dame.* 'Wanneer de maan in het zevende huis staat en Mercurius op één lijn staat met Mars. Et cetera et cetera. Bukken, meneer Stackhouse. Laag plafond.'

Ze liepen door een korte, schemerige gang, gingen een trap af, met Stackhouse voorop om de trolley tegen te houden, die mevrouw Sigsby aan de achterkant in bedwang hield, en stonden even later voor een volgende gesloten deur. Heckle gebruikte zijn sleutelkaart en ze gingen een ronde ruimte binnen waar het onaangenaam warm was. Er stonden geen meubels, maar aan één wand hing een ingelijste tekst: ONTHOUD DAT DIT HELDEN WAREN. Er zat een vuile glasplaat voor, waar nodig een doekje overheen moest. Aan de andere kant van de kamer, halverwege een ruwe betonnen muur, zat een stalen deur, alsof er een industriële koelcel achter zat. Links ervan zat een klein schermpje, waar op dit moment niets op te zien was. Rechts daarvan zaten twee knoppen, een rode en een groene.

Hierbinnen verdwenen de losse gedachten en fragmenten van herinneringen die mevrouw Sigsby hadden geplaagd, en ook de beginnende hoofdpijn die ze in haar slapen had voelen opkomen werd minder. Daar was ze blij mee, maar ze kon niet wachten tot ze hier weg kon. Ze kwam zelden in Achterkant, omdat haar aanwezigheid niet nodig was; zolang de oorlog naar wens verliep, hoefde de commandant van een leger maar zelden een bezoek te brengen aan de frontlinies. En ook al voelde ze zich wat beter, toch was het ronduit afschuwelijk om in deze kale, ronde ruimte te zijn.

Hallas leek hier ook anders, niet langer Heckle, maar een man die vijfentwintig jaar als legerarts had gewerkt en een Bronze Star had gekregen. Zijn rug was rechter en hij zat niet meer telkens aan de zijkant van zijn mond. Hij keek helder uit zijn ogen en stelde korte, bondige vragen.

'Heeft ze sieraden om?'

'Nee,' zei mevrouw Sigsby, terwijl ze aan Alvorsons verdwenen trouwring dacht.

'Ik neem aan dat ze gekleed is?'

'Natuurlijk.' Mevrouw Sigsby voelde zich eigenaardig verongelijkt door deze vraag.

'Hebt u haar zakken nagekeken?'

Ze keek Stackhouse aan. Die schudde zijn hoofd.

'Wilt u dat nog doen? Dit is namelijk uw laatste kans om dat te doen.'

Mevrouw Sigsby dacht even na, maar besloot het niet te doen. De vrouw had haar afscheidsbriefje op de badkamermuur geschreven en als het goed was, stond haar tas in haar kastje. Die moest ze wel even bekijken, een kwestie van routine, maar ze voelde er niets voor het lichaam van de huishoudster uit het zeildoek te rollen en die akelige, uitstekende tong weer te moeten zien, alleen maar om een lippenbalsem, een rolletje pepermunt en een paar verfrommelde papieren zakdoekjes te vinden.

'Ik niet. Jij, Trevor?'

Stackhouse schudde nogmaals zijn hoofd. Hij was het hele jaar door gebruind, maar vandaag zag hij toch bleek. De wandeling door Achterkant was ook hem niet in de koude kleren gaan zitten. Misschien zouden we dit vaker moeten doen, dacht ze. Voeling houden met het proces. Toen dacht ze aan dokter Hallas, die zich een Waterman noemde, en Stackhouse die zei dat het in Boston stikte van de bossen, en besloot dat het toch niet zo'n goed idee was om voeling te houden met het proces. En trouwens, was Hallas eigenlijk wel een Weegschaal als hij 9 september jarig was? Daar klopte toch iets niet. Was hij dan geen Maagd?

'Laten we het maar doen.'

'Okidoki,' zei dokter Hallas en hij liet een grijns van oor tot oor zien die een en al Heckle was. Hij gaf een ruk aan de roestvrijstalen hendel van de deur en trok die open. Erachter was het donker, rook het naar gebraden vlees en liep een met roet besmeurde transportband schuin naar beneden, de duisternis in.

Die ingelijste tekst moet worden schoongemaakt, dacht mevrouw Sigsby. En die transportband moet flink worden schoongeboend voordat hij vastloopt en kapotgaat. Nog meer slordigheid.

'Ik hoop dat u geen hulp nodig hebt om haar op te tillen,' zei Heckle, nog steeds met zijn quizmastergrijns. 'Ik vrees dat ik me een beetje slapjes voel vandaag. Ik heb vanmorgen geen stevig ontbijt op.'

Stackhouse tilde het ingepakte lichaam op en legde het op de transportband. Aan de onderkant viel een punt van het zeildoek open en werd een schoen zichtbaar. Mevrouw Sigsby onderdrukte de neiging zich van de versleten zool af te wenden.

'Nog wat woorden ten afscheid?' vroeg Hallas. 'Tot ziens en het ga je goed? Het was fijn je te hebben gekend?'

'Doe niet zo achterlijk,' zei mevrouw Sigsby.

Dokter Hallas deed de deur dicht en drukte op de groene knop. Mevrouw Sigsby hoorde iets rollen en piepen toen de transportband in beweging kwam. Toen dat geluid ophield drukte Hallas op de rode knop. Het schermpje lichtte op en sprong van 200 naar 400 naar 800 naar 1600 en ten slotte naar 3200.

'Veel heter dan in een normaal crematorium,' zei Hallas. 'Veel sneller ook, maar toch duurt het wel even. U kunt gerust blijven wachten; dan kan ik intussen een grote rondleiding geven.' Nog steeds die brede grijns.

'Vandaag niet,' zei mevrouw Sigsby. 'Veel te druk.'

'Dat dacht ik al. Een andere keer misschien. We zien u hier zo zelden, maar wat ons betreft kan het altijd.'

## 10

Terwijl Maureen Alvorson aan haar laatste tochtje begon, zat Stevie Whipple in de cafetaria in Voorkant macaroni met kaas te eten. Avery Dixon greep hem bij zijn vlezige, met sproeten bedekte arm. 'Kom mee naar de speelplaats.'

'Ik ben nog niet klaar met eten, Avery.'

'Kan me niet schelen.' Hij ging zachter praten. 'Het is belangrijk.'

Stevie nam nog een laatste, reusachtige hap, veegde met de rug van zijn hand zijn mond af en liep achter Avery aan. De speelplaats was verlaten, op Frieda Brown na, die op het asfalt onder de basket zat en met krijt poppetjes zat te tekenen. Ze tekende best goed. Het waren allemaal lachende poppetjes. Ze keek niet op toen de jongens langsliepen.

Toen ze bij het gaashek kwamen, wees Avery naar een sleuf in de aarde en het grind. Stevie stond er met grote ogen naar te kijken. 'Hoe kan dat nou? Een bosmarmot of zo?' Hij keek om zich heen alsof hij verwachtte een bosmarmot – misschien wel een hondsdolle – onder de trampoline of achter de picknicktafel te zien zitten.

'Nee, het was geen bosmarmot,' zei Avery.

'Ik wil wedden dat jij je daaronderdoor zou kunnen wurmen, Avery. Om te ontstappen.'

Denk maar niet dat die gedachte niet bij me is opgekomen, dacht Avery, maar dan zou ik verdwalen in het bos. En ook al gebeurde dat niet, de boot is nu weg. 'Laat maar. Je moet me helpen die kuil weer op te vullen.'

'Waarom?'

'Daarom. En niet "ontstappen" zeggen, dat klinkt zo stom. Het is ontsnappen, Stevie.' En dat was wat zijn vriend had gedaan, moge God hem zegenen en behoeden. Waar was hij nu? Avery had geen idee. Het contact was verbroken.

'Ontsnappen,' zei Stevie. 'Begrepen.'

'Goed zo. En nu moet je me helpen.'

De jongens gingen op hun knieën zitten en begonnen de kuil onder het hek op te vullen. Ze schepten met hun handen en wierpen een flinke stofwolk op. Het was vermoeiend werk en al gauw zaten ze allebei te zweten. Stevies gezicht was knalrood.

'Wat doen jullie daar?'

Ze keken om. Het was Gladys en haar gebruikelijke glimlach was in geen velden of wegen te bekennen.

'Niks,' zei Avery.

'Niks,' zei ook Stevie. 'We zitten gewoon een beetje in het zand te spelen. Lekker vies worden, weet je wel.'

'Laat eens zien. Uit de weg jullie.' En toen ze geen van beiden aanstalten maakten, gaf ze Avery een schop in zijn zij.

'Au!' riep hij uit en hij maakte zich klein. 'Au, dat doet pijn!'

Stevie zei: 'Wat doe jij nou? Ben je ongesteld of z…' Toen kreeg hij ook een trap, hoog tegen zijn schouder.

Gladys keek naar de sleuf, die nog niet helemaal was dichtgegooid, en vervolgens naar Frieda, die nog helemaal opging in haar artistieke inspanningen. 'Heb jij dit gedaan?'

Frieda schudde zonder op te kijken haar hoofd.

Gladys trok haar walkietalkie uit de zak van haar witte broek en toetste iets in. 'Meneer Stackhouse? Dit is Gladys voor meneer Stackhouse.'

Het bleef even stil en toen: 'Hier Stackhouse, zeg het maar.'

'Ik denk dat u beter zo snel mogelijk even naar de speelplaats kunt komen. Er is hier iets wat u moet zien. Misschien is het niets, maar ik vertrouw het niet.'

## 11

Na het hoofd Beveiliging te hebben ingelicht, belde Gladys Winona om de twee jongens terug te brengen naar hun kamers. Daar moesten ze tot nader order blijven.

'Ik weet niks van die kuil,' zei Stevie mokkend. 'Ik dacht dat een bosmarmot het had gedaan.'

Winona zei dat hij zijn mond moest houden en dreef de kinderen terug naar binnen.

Stackhouse kwam samen met mevrouw Sigsby. Zij bukte en hij hurkte neer. Hij bekeek eerst de kuil onder het gaashek en vervolgens het hek zelf.

'Daar komt niemand onderdoor,' zei mevrouw Sigsby. 'Nou ja, Dixon misschien, die is niet veel groter dan die Wilcox-tweeling was, maar verder niemand.'

Stackhouse schepte wat van het losse mengsel van stenen en zand op dat de jongens erin terug hadden gegooid en diepte de kuil uit tot een sleuf. 'Weet je dat zeker?'

Mevrouw Sigsby realiseerde zich dat ze op haar lip stond te bijten en dwong zichzelf daarmee op te houden. Een belachelijk idee, dacht ze. We hebben camera's, we hebben microfoons, we hebben de verzorgers en de conciërges en de huishoudsters, we hebben beveiliging. En dat allemaal om een stel kinderen te bewaken die zo bang zijn dat ze al schrikken als er iemand *boe* tegen ze roept.

Natuurlijk had je Wilholm, die gewoon *boe* terug zou roepen, en in de loop der jaren waren er zo nog wel een paar geweest, maar toch…

'Julia.' Heel zacht.

'Wat?'

'Kijk hier eens.'

Ze wilde het doen, maar zag toen dat het meisje Brown naar hen zat te kijken. 'Naar binnen jij,' zei ze bits. 'Nu onmiddellijk.'

Frieda klopte het krijt van haar handen en rende snel weg, met achterlating van haar lachende getekende poppetjes. Toen het meisje de ontspanningszaal binnenging, zag mevrouw Sigsby dat een klein groepje kinderen met grote ogen naar buiten stond te kijken. Waar waren de verzorgers wanneer je ze nodig had? Zaten ze soms in de koffiekamer sterke verhalen uit te wisselen met een van de extractieteams? Of gore mopp...

'Julia!'

Ze liet zich op één knie zakken en vertrok haar gezicht toen een scherp steentje in haar vlees drong.

'Er zit bloed aan dit hek. Zie je het?'

Ze wilde het niet, maar ze zag het toch. Ja, dat was bloed. Opgedroogd tot roodbruin, maar beslist bloed.

'En kijk daar eens.'

Hij stak een vinger door een van de ruitvormige openingen in het gaashek en wees naar een deels ontwortelde struik. Daar zat ook bloed aan. Toen mevrouw Sigsby de plekjes zag – het waren er maar een paar, maar ze waren wel buiten – draaide haar maag om en was ze even bang dat ze in haar broek zou plassen, net als lang geleden op die driewieler. Ze dacht aan de Zero Phone en zag haar leven als hoofd van het Instituut – want dat was het, niet haar werk, maar haar leven – erin verdwijnen. Wat ging de slissende man aan de andere kant van de lijn zeggen als ze hem moest bellen met de mededeling dat er, in wat geacht werd de meest geheime en best beveiligde, allerbelangrijkste inrichting van het land te zijn, een kind was ontsnapt door onder een hek door te kruipen?

Hij zou natuurlijk zeggen dat het over was met haar. Over en uit.

'De bewoners zijn allemaal aanwezig,' zei ze met een hese fluisterstem. Ze greep Stackhouse bij zijn pols en zette haar nagels in zijn huid. Hij leek het niet te merken. Hij staarde nog steeds als gehypnotiseerd naar de deels ontwortelde struik. Voor hem was dit net zo erg als voor haar. Niet erger, erger bestónd niet, maar net zo erg. 'Trevor, ze zijn er allemaal. Ik heb het gecontroleerd.'

'Dan zou ik dat nog maar een keer doen. Denk je niet?'

Deze keer had ze haar walkietalkie bij zich (gedachten aan de put dempen als het kalf verdronken is schoten door haar hoofd) en toetste iets in. ‘Zeke. Mevrouw Sigsby voor Zeke.’ Je kunt er maar beter zijn, Ionidis. Je kunt er nu maar beter zijn.

Hij was er. ‘Met Zeke, mevrouw Sigsby. Ik ben informatie aan het verzamelen over Alvorson. In opdracht van meneer Stackhouse, aangezien Jerry vrij heeft en Andy er niet is. Ik heb net haar buurvrouw gespro…’

‘Laat dat verder maar zitten. Kijk nog eens voor me naar die zenderbliepjes.’

‘Oké.’ Hij klonk opeens heel voorzichtig. Waarschijnlijk hoort hij de spanning in mijn stem, dacht ze. ‘Een ogenblikje, alles gaat vanochtend een beetje traag… nog een paar tellen…’

Ze had het gevoel dat ze zou gaan gillen. Stackhouse zat nog steeds door het gaashek te staren, alsof hij zat te wachten tot er als bij toverslag een fucking hobbit zou opduiken en deze hele toestand zou verklaren.

‘Oké,’ zei Zeke. ‘Eenenveertig bewoners, nog steeds allemaal aanwezig.’

Een gevoel van opluchting verkoelde haar gezicht als een briesje. ‘Goed zo, dat is mooi. Dat is heel…’

Stackhouse pakte de walkietalkie uit haar hand. ‘Waar zijn ze op dit moment?’

‘Eh… nog steeds achtentwintig in Achterkant, inmiddels vier in de ontspanningsruimte van de oostvleugel… drie in de cafetaria… twee in hun kamer… drie op de gang…’

Dat moesten Dixon, Whipple en dat tekenmeisje zijn, dacht mevrouw Sigsby.

‘Plus één op de speelplaats,’ zei Zeke. ‘Eenenveertig. Precies zoals ik al zei.’

‘Wacht eens, Zeke.’ Stackhouse keek mevrouw Sigsby aan. ‘Zie jij een kind op de speelplaats?’

Ze gaf geen antwoord op zijn vraag. Dat was niet nodig.

Stackhouse bracht de walkietalkie weer naar zijn mond. ‘Zeke?’

‘Zegt u het maar, meneer Stackhouse. Ik luister.’

‘Kun je exact aangeven wáár op de speelplaats dat kind zich bevindt?’

‘Eh… dan moet ik even inzoomen… daar moet een knopje voor zijn…’

‘Laat maar,’ zei mevrouw Sigsby. Ze had een voorwerp gezien dat lag te glinsteren in de vroege middagzon. Ze liep het basketbalveld op, bukte zich bij de foutlijn en raapte het op. Ze liep terug naar haar hoofd Beveiliging en stak haar hand uit. In haar handpalm lag het grootste deel van een oorlel met het zendertje er nog in.

## 12

De bewoners van Voorkant kregen opdracht naar hun kamers te gaan en daar te blijven. Iedereen die toch op de gang werd aangetroffen zou zwaar worden gestraft. De beveiligingsdienst van het Instituut bestond, met Stackhouse meegerekend, uit precies vier personen. Twee van deze mannen waren in het dorp van het Instituut en zouden meteen komen, waarvoor ze gebruikmaakten van het golfkarpad, dat Luke op Maureens aanwijzingen eigenlijk had moeten vinden, maar dat hij op dertig meter na had gemist. Het derde lid van Stackhouse' team zat in Dennison River Bend. Stackhouse was niet van plan haar terugkeer af te wachten. Denny Williams en Robin Lecks van team Robijnrood waren echter ook aanwezig, in afwachting van hun volgende klus, en waren bereid om te helpen. Zij kregen gezelschap van twee kleerkasten – Joe Brinks en Chad Greenlee.

'Dat jochie uit Minnesota,' zei Denny, toen het in allerijl samengestelde opsporingsteam zich had verzameld en het verhaal te horen had gekregen. 'Dat we vorige maand hebben binnengebracht.'

'Inderdaad,' zei Stackhouse, 'het jochie uit Minnesota.'

'En jij zegt dat hij die chip gewoon uit zijn oor heeft getrokken?' vroeg Robin.

'Daarvoor ziet de rand er te glad uit. Ik denk dat hij een mes heeft gebruikt.'

'In elk geval wel iets waar je ballen voor moet hebben,' zei Denny.

'Wacht maar, hij mag wel uitkijken voor zijn ballen wanneer we hem te pakken krijgen,' zei Joe. 'Het is geen vechtertje zoals Wilholm was, maar hij heeft wel zo'n *fuck you*-blik in zijn ogen.'

'Hij zal wel door de bossen lopen dwalen, zo hopeloos verdwaald dat hij ons waarschijnlijk wel kan zoenen wanneer we hem vinden,' zei Chad. Hij zweeg even. 'Áls we hem vinden, want het zijn wel een hoop bomen.'

'Er liep bloed uit zijn oor en waarschijnlijk ook over zijn rug, van dat hek,' zei Stackhouse. 'Het zal ook wel aan zijn handen zitten. We zullen zo lang mogelijk de bloedsporen volgen.'

'Het zou fijn zijn als we een hond hadden,' zei Denny Williams. 'Een bloedhond of zo'n fijne ouderwetse *bluetick coonhound*.'

'Het zou nog fijner zijn als hij nooit was ontsnapt,' zei Robin. 'Onder het hek door, hè?' Ze schoot bijna in de lach, zag toen Stackhouse' vertrokken gezicht en woedende blik en bedacht zich.

Op dat moment arriveerden Rafe Pullman en John Walsh, de twee beveiligingsmensen die uit het dorp kwamen.

Stackhouse zei: 'We gaan hem niet vermoorden, begrijp me goed, maar wanneer we die kleine snotaap vinden geven we hem er wel stevig van langs met de stroomstokken.'

'Áls we hem vinden,' zei Chad de verzorger nogmaals.

'We vinden hem heus wel,' zei Stackhouse. Want als we dat niet doen, dacht hij, is het einde verhaal voor mij. En misschien wel einde verhaal voor dit hele complex.

'Ik ga naar mijn kantoor,' zei mevrouw Sigsby.

Stackhouse pakte haar bij haar elleboog. 'Wat ga je daar doen?'

'Nadenken.'

'Dat is prima. Denk zo veel je wilt, maar er wordt niet gebeld. Afgesproken?'

Mevrouw Sigsby keek hem vol minachting aan, maar de manier waarop ze op haar lip stond te bijten deed vermoeden dat ze misschien ook wel bang was. Als dat zo was, konden ze elkaar een handje geven. 'Natuurlijk.'

Maar toen ze in haar kantoor was – in de zalige koele stilte van haar kantoor – merkte ze dat het moeilijk was om na te denken. Haar ogen bleven naar de afgesloten lade van haar bureau dwalen. Alsof daar geen telefoon in zat, maar een handgranaat.

## 13

Drie uur 's middags.

Geen nieuws van de mannen die in het bos op jacht waren naar Luke Ellis. Berichtjes genoeg. Maar geen nieuws. Al het personeel van het Instituut was op de hoogte gebracht van de ontsnapping; het was nu alle hens aan dek. Sommigen hadden zich aangesloten bij het zoekteam. Anderen kamden het hele Instituutsdorp uit en doorzochten alle lege huisjes, op zoek naar de jongen of op z'n minst een teken dat hij er was geweest. Er waren geen auto's verdwenen. De golfkarretjes die de werknemers soms gebruikten om zich te verplaatsen stonden allemaal waar ze hoorden te staan. Hun medewerkers in Dennison River Bend – onder wie twee leden van het kleine plaatselijke politiekorps – waren ingelicht en hadden Ellis' signalement doorgekregen, maar niemand had hem gezien.

Over Alvorson was er wél nieuws.

Ionidis had initiatief getoond en een sluwheid waartoe Jerry Symonds en Andy Fellowes, hun IT-specialisten, niet in staat zouden zijn geweest. Eerst met behulp van Google Earth en daarna met een zoek-app voor mobiele telefoons, had Zeke contact weten te leggen met Alvorsons buurvrouw in het kleine plaatsje in Vermont waar Alvorson nog altijd een woning had. Hij deed zich bij deze buurvrouw voor als een belastinginspecteur en zij geloofde hem zonder ook maar één enkele vraag te stellen. Zonder een spoor van de terughoudendheid waar yankees zo om bekendstonden, vertelde ze hem dat Mo haar de laatste keer dat ze thuis was geweest had gevraagd als getuige aanwezig te zijn bij het tekenen van enkele documenten. Er was een vrouwelijke advocaat bij geweest. De documenten waren geadresseerd aan verschillende incassobureaus. De advocate had het over een bevel tot stopzetting gehad.

'De brieven gingen allemaal over de creditcards van haar man,' zei de buurvrouw tegen Zeke. 'Mo legde het verder niet uit, maar dat was ook niet nodig. Ik ben niet van gisteren. Ze was gewoon de rekeningen van die nietsnut aan het afbetalen. Als de belastingdienst haar daarvoor kan vervolgen moeten ze opschieten, want ze zag er doodziek uit.'

Mevrouw Sigsby vermoedde dat de buurvrouw het bij het rechte eind had. De vraag was waarom Alvorson het zo zou aanpakken; het was water naar de zee dragen. Alle werknemers van het Instituut wisten dat ze als ze in financiële problemen kwamen (gokschulden kwamen het vaakst voor), konden rekenen op leningen die praktisch rentevrij waren. Dat deel van de arbeidsvoorwaarden werd elke nieuwe werknemer uitgelegd bij zijn of haar intakegesprek. In feite was het geen voordeel voor de werknemer, maar bescherming voor de werkgever. Mensen met schulden konden in de verleiding komen geheimen te verkopen.

De meest voor de hand liggende verklaring voor dit gedrag was trots, misschien in combinatie met schaamte om het feit dat ze zich zo had laten uitbuiten door haar man, die haar vervolgens had verlaten, maar het zat mevrouw Sigsby toch niet lekker. De vrouw moest al enige tijd hebben geweten dat ze niet lang meer te leven had. Ze had besloten haar handen in onschuld te wassen en geld aannemen van de organisatie die ze vuil had gemaakt was daar niet de manier voor. Dat voelde goed – of in elk geval bijna. Het paste wel bij Alvorsons verwijzing naar de hel.

Dat rotwijf heeft hem helpen ontsnappen, dacht mevrouw Sigsby. Natuurlijk, dat was haar idee van boetedoening. Maar ik kan haar er niet meer over ondervragen, daar heeft ze wel voor gezorgd. Nogal logisch – ze kent onze methodes. Dus wat moet ik nu doen? Wat gá ik doen als die snotaap, veel te slim voor zijn eigen bestwil, niet terug is voordat het donker wordt?

Ze wist het antwoord en was er zeker van dat Trevor het ook wist. Ze zou de Zero Phone uit de afgesloten lade halen en alle drie de witte knoppen indrukken. De slissende man zou opnemen. Wanneer ze hem vertelde dat voor het allereerst in de hele geschiedenis van het Instituut een bewoner had weten te ontsnappen – door zich midden in de nacht onder het hek door te graven – wat zou die man dan zeggen? *Jeetje, wat fpijt me dat nu? Dat if heel jammer? Zit er maar niet over in?*

Vergeet het maar!

Denk na, zei ze tegen zichzelf. Denk, denk, denk na. Tegen wie kon die hinderlijke huishoudster iets hebben verteld? En trouwens, tegen wie kon Ellis iets hebb…

'Fuck. Fuck!'

Het antwoord bevond zich hier vlak voor haar neus, al vanaf het moment dat ze het gat onder het hek hadden ontdekt. Ze schoot rechtop in haar stoel, met grote ogen en voor het eerst sinds Stackhouse haar had gemeld dat het bloedspoor na een meter of vijftig in het bos verdwenen was, dacht ze even niet aan de Zero Phone. Ze startte haar computer en vond het bestand dat ze zocht. Met een klikje startte ze een video. Alvorson, Ellis en Dixon bij de snackautomaten.

*Hier kunnen we praten. Er is wel een microfoon, maar die werkt al jaren niet meer.*

Luke Ellis was het meest aan het woord. Hij uitte zijn bezorgdheid over die tweeling en Harry Cross. Alvorson stelde hem gerust. Dixon stond erbij, krabde aan zijn armen en trok aan zijn neus.

*Jezus christus, jongen,* had Stackhouse gezegd. *Als je in je neus wilt pulken, doe dat dan gewoon.* Maar nu ze deze video met andere ogen bekeek, zag mevrouw Sigsby wat er werkelijk gaande was.

Ze klapte haar laptop dicht en drukte op de intercom. 'Rosalind, ik wil de jonge Dixon spreken. Laat Tony en Winona hem hier brengen. Nu meteen.'

## 14

Avery Dixon, gekleed in een Batman-shirt en een vuile korte broek waaronder zijn korstige knieën goed zichtbaar waren, stond voor mevrouw Sigsby's bureau en keek haar met angstige ogen aan. Hij was van zichzelf al klein en nu hij tussen Tony en Winona stond, leek hij niet eens tien jaar; hij leek amper oud genoeg om in de eerste klas te zitten.

Mevrouw Sigsby bekeek hem met een flauw glimlachje. 'Ik had veel eerder bij jou moeten zijn, meneer Dixon. Het lijkt wel of ik een beetje begin af te glijden.'

'Ja, mevrouw,' fluisterde Avery.

'Dus daar ben je het mee eens? Jij vindt ook dat ik begin af te glijden?'

'Nee, mevrouw!' Avery's tong kwam naar buiten en bevochtigde zijn lippen. Maar hij trok vandaag niet aan zijn neus.

Mevrouw Sigsby vouwde haar handen en leunde naar voren. 'Als dat al het geval was, is het nu afgelopen. Er gaan hier dingen veranderen. Maar eerst is het belangrijk... absoluut noodzakelijk... dat we Luke terugbrengen.'

'Ja, mevrouw.'

Ze knikte. 'We zijn het dus eens, dat is mooi. Een goed begin. Dus waar is hij naartoe gegaan?'

'Dat weet ik niet, mevrouw.'

'Ik denk dat je dat wel weet. Jij en Steven Whipple waren bezig het gat dicht te gooien waardoor hij is ontsnapt. Wat heel dom was. Jullie hadden eraf moeten blijven.'

'We dachten dat een bosmarmot het had gegraven, mevrouw.'

'Onzin. Jij weet heel goed wie dat gat heeft gemaakt. Je vriend Luke. Dus.' Ze legde haar handen plat op haar bureau en keek hem glimlachend aan. 'Luke is een slimme jongen en slimme jongens rennen niet zomaar een bos in. Onder het hek door kruipen was misschien zijn eigen idee, maar hij had Alvorson nodig om hem te vertellen hoe de situatie aan de andere kant van het hek eruitzag. Zij heeft jou dat stukje bij beetje uitgelegd, elke keer wanneer je aan je neus zat. Ze zond het rechtstreeks dat getalenteerde koppie van jou in, of niet soms? En daarna heb jij het weer aan Ellis doorgegeven. Ontkennen heeft geen zin, meneer Dixon, ik heb de video van jullie gesprek gezien. Het is – als deze malle oude vrouw even een klein grapje mag maken – niet verstandig om een lange neus naar ons te maken. Ik had het veel eerder moeten zien.'

En Trevor ook, dacht ze. Hij heeft het ook gezien en had ook door moeten hebben wat er gebeurde. Wat gaan wij een stomme indruk maken als we deze hele toestand na afloop nog eens gaan doorspreken.

'En nu ga je me vertellen waar hij naartoe is gegaan.'

'Dat weet ik echt niet.'

'Je ogen schieten alle kanten op, meneer Dixon. Dat doen alle leugenaars. Kijk me aan. Anders laat ik Tony je arm omdraaien en dat doet pijn.'

Ze knikte naar Tony. Hij greep een van Avery's dunne polsjes.

Avery keek haar recht in de ogen. Dat was moeilijk, want haar gezicht was mager en eng, een gemeen juffengezicht dat zei: *Vertel me alles*, maar hij deed het toch. De tranen sprongen in zijn ogen en rolden over zijn wangen. Hij had altijd snel gehuild; zijn twee oudere zusjes hadden hem Huilebalkje genoemd en tijdens de pauzes op het schoolplein had hij als een soort boksbal gefungeerd. De speelplaats hier was beter. Hij miste zijn vader en moeder, miste ze heel erg, maar hier had hij in elk geval vriendjes. Harry had hem op de grond gegooid, maar was daarna zijn vriend geworden. Of in elk geval tot hij doodging. Tot ze hem hadden vermoord met een van hun stomme tests. Sha en Helen waren weg, maar het nieuwe meisje, Frieda, was aardig tegen hem en had hem laten winnen met basketballen. Eén keertje maar, maar toch. En Luke. Hij was de beste. De allerbeste vriend die Avery ooit had gehad.

'Waar heeft Alvorson gezegd dat hij naartoe moest gaan, meneer Dixon? Wat was het plan?'

'Dat weet ik niet.'

Mevrouw Sigsby knikte naar Tony, die Avery's arm op zijn rug draaide en zijn pols bijna tot aan zijn schouderblad trok. De pijn was verschrikkelijk. Avery gilde het uit.

'Waar ging hij naartoe? Wat was het plan?'

'Dat weet ik niet!'

'Laat hem los, Tony.'

Tony deed het en Avery viel snikkend op zijn knieën. 'Dat deed echt pijn, doe me alstublieft geen pijn meer!' Hij wilde er nog aan toevoegen: *Het is niet eerlijk*, maar wat kon het deze mensen schelen of iets eerlijk was of niet? Helemaal niks dus.

'Dat wil ik ook liever niet,' zei mevrouw Sigsby. Dit was op z'n minst een beetje waar. Maar wat ook waar was, was dat de jaren die ze hier had doorgebracht haar ongevoelig hadden gemaakt voor de pijn van kinderen. En hoewel die tekst in het crematorium helemaal klopte – het waren helden, hoe onvrijwillig dat heldendom ook was – vergden sommigen wel heel veel van haar geduld. Soms zelfs tot haar geduld helemaal op was.

'Ik weet niet waar hij naartoe is gegaan, eerlijk waar niet.'

'Wanneer mensen zeggen dat ze eerlijk zijn, betekent dat dat ze het juist niet zijn. Ik loop al heel wat jaren mee en dat weet ik. Dus zeg op: waar ging hij naartoe en wat was het plan?'

'Ik weet het niet!'

'Tony, til zijn shirt op. Winona, je taser. Medium vermogen.'

'Nee!' gilde Avery en hij probeerde zich los te rukken. 'Niet de stroomstok! Alstublieft, niet de stroomstok!'

Tony greep hem om zijn middel en trok zijn shirtje omhoog. Winona drukte haar stroomstok vlak boven Avery's navel en activeerde hem. Avery gilde. Zijn benen schokten en er stroomde pis over het tapijt.

'Waar is hij naartoe gegaan, meneer Dixon?' Het gezicht van het jongetje was vlekkerig en zat vol snot, er zaten donkere kringen onder zijn ogen, hij had in zijn broek geplast, en nog steeds zei het kleine etterbakje niks. Mevrouw Sigsby kon het amper geloven. 'Waar ging hij naartoe en wat was het plan?'

'Ik weet het niet!'

'Winona? Nog een keer. Medium vermogen.'

'Mevrouw, weet u zek...'

'Graag iets hoger deze keer. Vlak onder de *plexus solaris*.'

Avery's armen waren glibberig van het zweet en hij wist zich los te wurmen uit Tony's greep, zodat de hele ellendige situatie bijna nog veel ellendiger werd – hij zou als een wildeman door haar kantoor hebben gestuiterd, als een vogel die opgesloten zit in een garage, dingen hebben omgegooid en tegen de muren op zijn gevlogen – maar Winona liet hem struikelen en trok hem aan zijn armen overeind. Het was dus Tony die de taser gebruikte. Avery schreeuwde het uit en werd slap.

'Is hij bewusteloos?' vroeg mevrouw Sigsby. 'In dat geval moet dokter Evans komen om hem een injectie te geven. We hebben zo snel mogelijk antwoorden nodig.'

Tony pakte een van Avery's wangen (die bol waren geweest toen hij hier kwam, maar nu veel dunner waren) en kneep er hard in. Avery's ogen schoten open. 'Nee, hij is bij kennis.'

Mevrouw Sigsby zei: 'Meneer Dixon, deze pijn is nergens voor nodig. Vertel me wat ik wil weten en het houdt op. Waar is hij naartoe gegaan? Wat was het plan?'

'Dat weet ik niet,' fluisterde Avery. 'Dat weet ik echt echt echt n...'

'Winona? Trek meneer Dixons broek uit en zet je taser op zijn testikels. Vol vermogen.'

Hoewel Winona er geen probleem mee had een brutale bewoner een mep te verkopen, had ze duidelijk moeite met dit bevel. Toch stak ze haar hand uit naar zijn broekband. Dat was het moment waarop Avery doorsloeg.

'Oké! Oké! Ik zal het vertellen! Maar doe me alstublieft geen pijn meer!'

'Dat is voor ons allebei een opluchting.'

'Maureen heeft hem verteld hoe hij door het bos moest lopen. Ze zei dat hij misschien een pad voor golfkarretjes zou vinden, maar dat hij ook als hij het niet zou vinden rechtdoor moest lopen. Ze zei dat hij lichten zou zien, vooral één felgele. Wanneer hij bij de huizen kwam, moest hij het hek volgen tot hij een sjaal zag die aan een struik of een boom, ik weet niet meer welke van die twee, gebonden was. Ze zei dat daar een pad achter was... of een weg... dat weet ik ook niet meer. Maar zo zou hij bij de rivier komen. Ze zei dat daar een boot lag.'

Hij zweeg. Mevrouw Sigsby knikte en schonk hem een minzaam glimlachje, maar inwendig ging haar hart als een razende tekeer. Dit was zowel goed als slecht nieuws. Stackhouse' team hoefde niet langer het hele bos af te speuren, maar een boot? Had Ellis de rivier weten te bereiken? En hij had al een urenlange voorsprong.

'En daarna, meneer Dixon? Waar heeft ze gezegd dat hij daarna naartoe moest gaan? Naar de Bend zeker? Naar Dennison River Bend?'

Avery schudde zijn hoofd en dwong zichzelf haar recht aan te kijken, een en al grote ogen en doodsbange oprechtheid. 'Nee, ze zei dat dat te dichtbij was, ze zei dat hij zeker tot aan Presque Isle op het water moest blijven.'

'Heel goed, meneer Dixon, je mag weer naar je kamer. Maar als ik erachter kom dat je hebt gelogen...'

'Dan heb ik een probleem,' zei Avery, terwijl hij met trillende handen de tranen van zijn wangen veegde.

Hier moest mevrouw Sigsby echt om lachen. 'Jij kunt kennelijk gedachten lezen.'

## 15

Vijf uur 's middags.

Ellis was nu minimaal achttien uur weg, misschien langer. De camera's op de speelplaats namen niets op, dus dat was niet met zekerheid te zeggen. Mevrouw Sigsby en Stackhouse zaten in mevrouw Sigsby's kantoor, waar ze de ontwikkelingen volgden en berichten afluisterden van medewerkers buiten het Instituut, de zogenaamde extra's. Die hadden ze door het hele land. Deze mensen hielden zich voornamelijk bezig met voorbereidende werkzaamheden: zo hielden ze kinderen met hoge BDNF-scores in de gaten en verzamelden ze informatie over hun vrienden, familie, de buurt waar ze woonden en hun schoolsituatie. En de huizen waar ze woonden, natuurlijk. Alles over hun huizen, vooral over alarminstallaties. Al die achtergrondinformatie was nuttig voor de extractieteams wanneer het zover was. Ook keken ze uit naar bijzondere kinderen die het Instituut nog niet in het vizier had. Die doken zo nu en dan op. In Amerikaanse ziekenhuizen kregen alle pasgeborenen standaard niet alleen de PKU-hielprik en werd hun apgarscore bepaald, maar werd ook hun BDNF gemeten. Maar natuurlijk werden niet alle baby's in ziekenhuizen geboren en besloten veel ouders, bijvoorbeeld de antivaxers, die steeds meer van zich lieten horen, van deze tests af te zien.

Deze extra's hadden geen idee aan wie ze verslag uitbrachten, of met welk doel; velen veronderstelden (ten onrechte) dat het om een soort Big Brother-toestand van de Amerikaanse overheid ging. De meesten inden gewoon de extra inkomsten van vijfhonderd dollar per maand, dienden op tijd hun verslagen in en stelden verder geen vragen. Natuurlijk was er zo nu en dan iemand die dat wel deed, maar die kwam er dan al snel achter dat nieuwsgierigheid fatale gevolgen kon hebben voor hun maandelijkse inkomen.

De grootste concentratie extra's, bijna vijftig, bevond zich in het gebied rondom het Instituut en het opsporen van getalenteerde kinderen was niet hun belangrijkste zorg. Hun voornaamste taak was goed opletten of mensen geen verkeerde vragen stelden. Zij fungeerden als een soort struikeldraad, een vroegtijdig waarschuwingssysteem.

Stackhouse bracht zes van deze mensen in Dennison River Bend op de hoogte van wat er was gebeurd, voor het geval de kleine Dixon zich vergiste of loog ('Hij loog niet, want dat zou ik hebben gemerkt,' hield mevrouw Sigsby vol), maar stuurde de meesten naar Presque Isle. Een van hen moest daar naar de politie gaan en vertellen bijna zeker te weten dat hij een jongen had gezien die hij uit een nieuwsverslag op CNN herkende. Deze jongen werd, volgens het nieuws, gezocht in verband met de moord op zijn ouders. Hij heette Luke Ellis. De man vertelde de politie dat hij er niet helemaal zeker van was dat het dezelfde jongen was, maar dat hij er wel heel erg op leek en dat hij hem op een bedreigende, verwarde manier om geld had gevraagd. Mevrouw Sigsby en Stackhouse beseften dat het geen ideale oplossing was om hun vermiste pupil door de politie te laten oppakken, maar daar wisten ze wel raad mee. Bovendien zou alles wat Ellis hun vertelde worden afgedaan als het geraaskal van een onevenwichtig kind.

Mobiele telefoons werkten niet in het Instituut en in het dorp – of in elk geval niet binnen een straal van drie kilometer – dus maakten de speurders gebruik van walkietalkies. En er waren ook vaste lijnen. Op dit moment ging het toestel op mevrouw Sigsby's bureau over. Stackhouse nam op. 'Wat? Met wie spreek ik?'

Het was dokter Felicia Richardson, die Zekes plek in de radiokamer had overgenomen. Ze had het graag gedaan. Haar carrière hing ook aan een zijden draadje, iets wat ze maar al te goed begreep. 'Ik heb een van onze mensen in de buitendienst aan de lijn. Ene Jean Levesque. Hij zegt dat hij de boot heeft gevonden die Ellis heeft gebruikt. Zal ik hem doorverbinden?'

'Ogenblikkelijk!'

Mevrouw Sigsby was voor Stackhouse komen staan. Ze hief vragend haar handen in de lucht en vormde met haar lippen het woordje *Wat?*

Stackhouse negeerde haar. Hij hoorde een klik en daar kwam Levesque aan de lijn. Stackhouse had hem nog nooit gezien, maar stelde zich een gebruinde oude man voor met op zijn hoofd een hoed met een brede rand waarin allemaal vishaakjes gestoken waren.

'Ik heb die boot gevonden.'

'Dat hoorde ik net, ja. Waar?'

'Ze is een kleine acht kilometer stroomopwaarts van Presque Isle op een zandbank blijven steken. Er staat een flinke plas water in, maar de roeispaan – eentje maar – lag nog op het bankje. Ik heb 'r daar maar gewoon gelaten. Heb er niemand bij gehaald. D'r zit bloed aan de roeispaan. Weet je wat ik denk? Een eindje verderop heb je een kleine stroomversnelling. Als die knul die jullie zoeken niet gewend was aan boten, vooral aan zo'n kleintje als deze...'

'Dan is hij er misschien uit gevallen,' maakte Stackhouse de zin voor hem af. 'Blijf waar je bent, ik stuur een paar mensen. En bedankt.'

'Ik word ervoor betaald,' zei Levesque. 'Je kunt me zeker niet vertellen wat hij heeft gedaan?'

Stackhouse verbrak de verbinding, wat meteen een goed antwoord was op die laatste stomme vraag, en bracht mevrouw Sigsby op de hoogte. 'Met een beetje geluk is die kleine rotzak verzopen en zal iemand vandaag of morgen zijn lichaam vinden, maar daar kunnen we natuurlijk niet op rekenen. Ik wil Rafe en John – de enige mensen die ik heb voor de beveiliging en reken maar dat daar verandering in gaat komen wanneer dit achter de rug is – zo snel mogelijk naar het centrum van Presque Isle sturen. Als Ellis te voet is, zal hij daar het eerst naartoe gaan. Als hij gaat liften, pikt de staatspolitie of een stadsagent hem wel op en wordt hij daar vastgehouden. Hij is tenslotte dat gestoorde ventje dat zijn ouders heeft vermoord en vervolgens helemaal naar Maine is gevlucht.'

'Ben je echt zo optimistisch als je klinkt?' Ze was er oprecht benieuwd naar.

'Nee.'

## 16

De bewoners mochten hun kamer verlaten voor het avondeten. Het was over het geheel genomen een zwijgzame bedoening. Er waren verschillende verzorgers en laboranten aanwezig, die rondliepen als gekooide leeuwen. Ze waren duidelijk gespannen, meer dan bereid om iedereen die een brutale mond had een klap of een stroomstoot te geven. Maar in diezelfde stilte, stiekem en op de achtergrond, heerste een nerveuze euforie die zo sterk was dat Frieda Brown zich er een beetje dronken door voelde. Er was iemand ontsnapt. Alle kinderen waren blij en niemand wilde het laten merken. Was zíj blij? Frieda wist het niet zeker. Ergens wel, maar…

Avery zat naast haar. Hij begroef zijn twee hotdogs onder de witte bonen in tomatensaus en diepte ze vervolgens weer op. Begroef ze en groef ze weer op. Frieda was niet zo slim als Luke Ellis, maar ze was slim genoeg en zag echt wel waar hij mee bezig was. Wat ze niet wist was wat er zou gebeuren als Luke iemand die hem geloofde ging vertellen over wat hier allemaal gebeurde. En dan met name wat er met hén zou gebeuren. Zouden ze worden vrijgelaten? Worden teruggestuurd naar hun ouders? Ze wist zeker dat al deze kinderen dat het liefst willen geloven – vandaar die geheime onderstroom – maar Frieda had haar twijfels. Ze was nog maar veertien, maar ze was al een geharde cynicus. Haar getekende poppetjes lachten; zelf deed ze dat zelden. Bovendien wist zij iets wat de rest niet wist. Avery was naar mevrouw Sigsby's kantoor gebracht en daar had hij ongetwijfeld alles verteld wat hij wist.

Hetgeen betekende dat Luke niet zou ontkomen.

'Ga je die zooi nog opeten of ga je er alleen mee spelen?'

Avery schoof zijn bord weg en stond op. Sinds hij terug was van mevrouw Sigsby's kantoor zag hij eruit als een jongetje dat zojuist een spook had gezien.

'Er staat appeltaart met ijs en chocoladepudding op het menu,' zei Frieda. 'En het is hier niet zoals thuis – mijn thuis, althans – waar je eerst je bord leeg moet eten om een toetje te krijgen.'

'Geen honger,' zei Avery en hij liep de cafetaria uit.

Maar twee uur later, nadat de kinderen terug waren gestuurd naar hun kamers (de ontspanningsruimte en de kantine waren voor vanavond tot verboden terrein verklaard en de deur naar de speelplaats zat op slot), drentelde hij in zijn pyjamaatje naar Frieda's kamer, zei dat hij honger had en vroeg of zij nog muntjes had.

'Hoe kom je erbij?' zei Frieda. 'Ik ben hier nog maar net.' In werkelijkheid had ze er drie, maar die ging ze niet zomaar aan Avery weggeven. Ze vond hem aardig, maar ook weer niet zó aardig.

'O. Oké.'

'Ga naar bed. Wanneer je slaapt heb je geen honger en wanneer je wakker wordt kun je gaan ontbijten.'

'Mag ik niet bij jou slapen, Frieda? Nu Luke weg is?'

'Je hoort in je eigen kamer. Straks krijgen we er problemen mee.'

'Ik wil niet alleen slapen. Ze hebben me pijn gedaan. Ze hebben me elektrische schokken gegeven. Wat als ze terugkomen en me nog meer pijn doen? Misschien doen ze dat wel, als ze erachter komen dat...'

'Wat?'

'Niks.'

Ze dacht even na. Ze dacht zelfs over heel veel dingen na. Een echte nadenker, die Frieda Brown uit Springfield, Missouri. 'Nou... goed dan. Ga maar liggen. Ik blijf nog even op. Er is een televisieprogramma over wilde dieren dat ik graag wil zien. Wist je dat sommige wilde dieren hun eigen jongen opeten?'

'Echt waar?' Avery leek geschokt. 'Wat ontzettend zielig.'

Ze gaf hem een klopje op zijn schouder. 'Ze doen het bijna nooit, hoor.'

'O. Gelukkig maar.'

'Ja. En nu naar bed en niet praten. Ik haat het wanneer mensen praten terwijl ik naar een programma probeer te kijken.'

Avery kroop in bed. Frieda keek naar het programma over wilde dieren. Een alligator vocht met een leeuw. Of misschien was het een krokodil. Het was in elk geval heel interessant. En Avery was ook interessant. Want Avery had een geheim. Als ze net zo'n sterke TP was geweest als hij zou ze het al hebben geweten. Nu wist ze alleen dat hij het had.

Toen ze zeker wist dat hij sliep (hij snurkte – lieve kleinejongenssnurkjes), deed ze het licht uit, ging bij hem in bed liggen en schudde hem door elkaar. 'Avery.'

Hij bromde iets en probeerde zich van haar weg te draaien, maar dat liet ze niet toe.

'Avery, waar is Luke naartoe gegaan?'

'Preskail,' mompelde hij.

Ze had geen idee wat Preskail was, en het kon haar ook niet schelen, want het was niet waar.

'Toe nou, waar ging hij naartoe? Ik vertel het heus niet verder.'

'De rode treden op,' zei Avery. Hij sliep nog half en dacht waarschijnlijk dat hij dit droomde.

'Welke rode treden?' Ze fluisterde het in zijn oor.

Hij gaf geen antwoord en toen hij weer probeerde zich om te draaien, liet Frieda hem zijn gang gaan. Ze had wat ze nodig had. In tegenstelling tot Avery (en Kalisha, als ze een goede dag had) kon ze niet echt gedachten lezen. Wat zij had waren intuïtieve indrukken die waarschijnlijk op gedachten gebaseerd waren en soms, als iemand buitengewoon open was (zoals een klein jongetje dat nog half sliep), kreeg ze korte, heldere beelden door.

Ze ging op haar rug liggen, keek omhoog naar het plafond van haar kamer en dacht na.

## 17

Tien uur. Het was stil in het Instituut.

Sophie Turner, een van de verzorgers met nachtdienst, zat aan de picknicktafel op de speelplaats een illegale sigaret te roken en tikte haar as af in de dop van een flesje vitaminewater. Naast haar zat dokter Evans, met een hand op haar dij. Hij leunde naar voren en kuste haar nek.

'Niet doen, Jimmy,' zei ze. 'Niet vanavond, nu in het hele Instituut de hoogste alarmfase geldt. Je weet nooit wie er meekijkt.'

'Je bent zelf een werknemer van het Instituut, die hier tijdens die hoogste alarmfase een sigaretje zit te roken,' zei hij. 'Als je dan toch een stoute meid bent, kun je net zo goed nog een beetje stouter zijn.'

Hij schoof zijn hand wat hoger en zij zat net te verzinnen of ze hem daar zou laten liggen toen ze omkeek en een meisje – een van de nieuwelingen – bij de deuren van de ontspanningsruimte zag staan. Haar handpalmen lagen tegen het glas en ze stond naar hen te kijken.

'Godverdomme!' zei Sophie. Ze duwde Evens hand weg en drukte haar sigaret uit. Ze liep naar de deur, haalde hem van het slot, trok hem open en greep het kleine gluurstertje in haar nekvel. 'Wat doe jij uit bed? Er wordt vanavond niet rondgelopen, had je dat niet begrepen? Je mag niet in de ontspanningsruimte en de kantine komen! Dus als je geen flink pak slaag wilt hebben, zou ik maar gauw...'

'Ik wil mevrouw Sigsby spreken,' zei Frieda. 'Nu meteen.'

'Ben je helemaal gek geworden? Ik zeg het nog één keer, ga naar...'

Dokter Evans schoof Sophie uit de weg, en nog zonder zich te verontschuldigen ook. Hij bleef de rest van de avond mooi met zijn handen van haar af, besloot Sophie.

'Frieda? Jij bent toch Frieda?'

'Ja.'

'Waarom vertel je mij niet gewoon wat je kwijt wilt?'

'Ik kan het alleen tegen haar zeggen, want zij is de baas.'

'Dat klopt en de baas heeft een heel drukke dag gehad. Vertel het mij en dan kan ik beslissen of het belangrijk genoeg is om het haar te gaan vertellen.'

'O, doe me een lol,' zei Sophie. 'Zie je dan niet wanneer zo'n rotkind je in de maling neemt?'

'Ik weet waar Luke naartoe is gegaan,' zei Frieda. 'Ik vertel het niet tegen jou, maar wel tegen haar.'

'Ze liegt,' zei Sophie.

Frieda keek haar niet eens aan. Ze hield haar blik op dokter Evans gevestigd. 'Nietes.'

Evans hoefde niet lang te denken. Nog even en Luke Ellis zou een volle vierentwintig uur weg zijn, hij kon overal zijn en van alles lopen vertellen, aan iedereen – een politieagent of, God verhoede, een journalist. Het was niet Evans' taak om te oordelen of het meisje de waarheid sprak. Dat was de taak van mevrouw Sigsby. Zijn taak was het om geen grove fout te maken die hem in de stront zou doen belanden.

'Als het niet waar is wat je zegt, Frieda, zou dat heel vervelende consequenties kunnen hebben. Dat besef je toch hopelijk wel?'

Ze keek hem alleen maar aan.

## 18

Tien voor half elf.

De Southway Express-wagon waarin Luke lag te slapen achter de grondfrezen, de grasmaaiers en de dozen met buitenboordmotoren verliet de staat New York en reed Pennsylvania binnen over een hogesnelheidstraject dat hij de eerstkomende drie uur zou blijven volgen. De snelheid werd opgevoerd tot honderdzevenentwintig kilometer per uur en wee degene wiens auto vast kwam te staan op een spoorwegovergang of die op de rails lag te slapen.

In mevrouw Sigsby's kantoor stond Frieda Brown voor het bureau. Ze droeg een roze hansop die veel mooier was dan wat ze thuis aan pyjama's bezat. Haar haar zat nog in dezelfde twee vlechtjes als overdag en ze hield haar handen ineengeslagen op haar rug.

Stackhouse lag in het kleine privévertrek dat aan het kantoor grensde een dutje te doen op de bank. Mevrouw Sigsby vond het niet nodig hem wakker te maken. Nog niet althans. Ze nam het meisje van top tot teen op en zag niets bijzonders aan haar. Ze was net zo bruin als haar achternaam: bruine ogen, bruinachtig haar, een zomers kleurtje op haar huid. Volgens haar dossier was haar BDNF al net zo nietszeggend, naar Instituutsbegrippen althans; nuttig, maar geenszins opmerkelijk. Toch zag ze iets in die bruine ogen, iets. Het kon de blik zijn van een bridgespeler die een hand vol hoge troefkaarten had.

'Volgens dokter Evans denk jij te weten waar ons vermiste kind is,' zei mevrouw Sigsby. 'Zou je mij misschien willen vertellen waar die gedachte vandaan komt?'

'Avery,' zei Frieda. 'Hij kwam naar mijn kamer. Hij ligt daar nu te slapen.'

Mevrouw Sigsby glimlachte. 'Ik vrees dat je een beetje te laat bent, liefje. Meneer Dixon heeft ons al alles verteld wat hij weet.'

'Hij heeft tegen u gelogen.' Ze had nog steeds haar handen op haar rug en was ogenschijnlijk kalm, maar mevrouw Sigsby had met heel veel kinderen te maken gehad en wist dat dit meisje het heel eng vond om hier te zijn. Ze begreep het risico. En toch hield ze die zelfverzekerde blik in haar bruine ogen. Het was fascinerend om te zien.

Stackhouse kwam het kantoor binnen en stopte zijn hemd in zijn broek. 'Wie hebben we hier?'

'Een klein meisje dat graag fabuleert,' zei mevrouw Sigsby. 'Ik wil wedden dat jij niet weet wat dat betekent, lieve.'

'Jawel,' zei Frieda. 'Het betekent liegen en dat doe ik niet.'

'Avery Dixon loog ook niet. Ik heb dit al tegen meneer Stackhouse gezegd en nu zeg ik het tegen jou: ik weet het wanneer een kind liegt.'

'O, de meeste dingen die hij u heeft verteld waren waarschijnlijk wel waar. Daarom geloofde u hem. Maar hij heeft niet de waarheid verteld over Preskail.'

Er verscheen een frons in haar voorhoofd. 'Wat is...'

'Presque Isle?' Stackhouse liep naar Frieda toe en pakte haar bij haar arm. 'Bedoel je dat?'

'Dat is wat Avery zei. Maar dat was gelogen.'

'Hoe wist jij...' begon mevrouw Sigsby, maar Stackhouse stak een hand op om haar de mond te snoeren.

'Als hij loog over Presque Isle, wat is dan de waarheid?'

Ze keek hem aan met een sluw glimlachje. 'Wat krijg ik als ik dat vertel?'

'Wat je níét krijgt, zijn elektrische schokken,' zei mevrouw Sigsby. 'Tot je er halfdood bij neervalt.'

'Als jullie me schokken gaan toedienen, vertel ik misschien wel iets, maar misschien niet de waarheid. Net zoals Avery jullie niet de waarheid vertelde toen jullie hem schokken toedienden.'

Mevrouw Sigsby gaf met haar vlakke hand een klap op haar bureau. 'Als je het maar uit je hoofd laat, juffie! Als je iets te vertellen hebt...'

Stackhouse stak opnieuw zijn hand op. Hij hurkte voor Frieda neer. Hij was zo lang dat ze elkaar nog steeds niet recht in de ogen keken, maar het scheelde niet veel. 'Wat wil je, Frieda? Naar huis? Dan vertel ik je nu maar meteen dat dat niet gaat gebeuren.'

Frieda schoot bijna in de lach. Of ze naar huis wilde? Naar haar junkiemoeder, met haar opeenvolging van junkievriendjes? De laatste had gewild dat ze hem haar borsten liet zien, zodat hij kon zien 'of je je al een beetje begint te ontwikkelen'.

'Dat wil ik niet.'

'Goed, wat wil je dan?'

'Ik wil hier blijven.'

'Dat is een vrij ongebruikelijk verzoek.'

'Maar dan wil ik geen prikken en ook geen tests meer doen en ik wil niet naar Achterkant. Helemaal nooit. Ik wil hier blijven en als ik groot ben verzorger worden, net als Winona en Gladys. Of laborant, net als Tony en Evans. Of misschien kan ik leren koken en chef-kok worden, net als Kok Doug.'

Stackhouse keek over de schouder van het meisje om te zien of mevrouw Sigsby net zo stomverbaasd was als hij.

'Laten we zeggen dat we... eh... een permanent verblijf voor je kunnen regelen,' zei hij. 'Laten we zeggen dat we dat gewoon gaan dóén, als je goede informatie voor ons hebt die ertoe leidt dat we hem te pakken krijgen.'

'Of jullie hem te pakken krijgen maakt geen deel uit van de afspraak. Dat zou niet eerlijk zijn, want dat is jullie taak. Het gaat er dus alleen om of mijn informatie goed is. En dat weet ik zeker.'

Hij keek opnieuw over Frieda's schouder naar mevrouw Sigsby, die nauwelijks merkbaar knikte.

'Oké,' zei hij. 'Afgesproken. Vertel op.'

Daar was weer dat sluwe lachje en even overwoog hij het van haar gezicht te slaan. Héél even maar, maar toch een serieuze gedachte. 'En ik wil vijftig muntjes.'

'Nee.'

'Veertig dan.'

'Twintig,' zei mevrouw Sigsby achter haar. 'En alleen als het nuttige informatie is.'

Frieda dacht na. 'Goed. Maar hoe weet ik dat jullie je aan je beloften houden?'

'Daar zul je op moeten vertrouwen,' antwoordde mevrouw Sigsby.

Frieda zuchtte. 'Er zit niks anders op.'

Stackhouse zei: 'En nu wordt er verder niet meer onderhandeld. Als je iets te vertellen hebt, doe dat dan.'

'Hij is vóór Preskail van het water af gegaan. Bij rode treden of zo.' Even aarzelde ze, toen gaf ze ook de rest prijs. Het belangrijkste. 'Boven aan die treden was een treinstation. Daar is hij naartoe gegaan. Naar dat treinstation.'

## 19

Nadat Frieda was teruggestuurd naar haar kamer, met haar muntjes (en de waarschuwing dat alle toezeggingen kwamen te vervallen als ze ook maar één woord tegen iemand zou loslaten over wat er in mevrouw Sigsby's kantoor was gebeurd), belde Stackhouse naar de computerkamer. Andy Fellowes was uit het dorp gekomen om Felicia Richardson af te lossen. Stackhouse vertelde Fellowes wat hij wilde en vroeg of hij daar zonder de aandacht te trekken aan kon komen. Fellowes zei dat dat wel ging lukken, maar dat hij er een paar minuten voor nodig had.

'Als het er maar niet meer worden,' zei Stackhouse. Hij hing op en gebruikte zijn draadloze telefoon om Rafe Pullman en John Walsh te bellen, zijn twee beveiligingsmensen die stand-by waren.

'Zou je niet liever een van onze tamme agenten inschakelen om naar dat treinstation te gaan?' vroeg mevrouw Sigsby toen hij klaar was met het gesprek. Twee leden van het politiekorps van Dennison River Bend werkten als extra's voor het Instituut, wat neerkwam op twintig procent van het totale korps. 'Zou dat niet sneller zijn?'

'Sneller, maar niet veiliger. Ik wil niet dat er meer over deze shitzooi naar buiten komt dan nu al het geval is tenzij en totdat dat absoluut onvermijdelijk wordt.'

'Maar als hij op een trein is gestapt kan hij overal zijn!'

'We weten niet eens of hij er wel geweest is. Dat meisje kan wel uit haar nek hebben staan lullen.'

'Dat denk ik niet.'

'Dat dacht je van Dixon ook niet.'

Hij had gelijk – gênant genoeg – maar ze liet zich niet afleiden. Daar was de situatie veel te ernstig voor. 'Dat klopt, Trevor, maar als hij in zo'n klein plaatsje was gebleven, zou iemand hem uren geleden al hebben gezien!'

'Hoeft niet. Het is een slim jochie. Misschien heeft hij zich wel ergens verstopt.'

'Maar een trein ligt toch het meest voor de hand. Dat weet je best.'

De telefoon ging weer. Ze wilden allebei opnemen. Stackhouse won.

'Ja, Andy. O ja? Mooi, vertel, dan noteer ik het meteen.' Hij pakte een blocnote en begon snel te schrijven. Ze las over zijn schouder mee.

*4297 om 10.00 uur.*

*16 om 14.30 uur.*

*77 om 17.00 uur.*

Hij omcirkelde *4297 om 10.00 uur,* informeerde naar de bestemming en schreef: *Port, Ports, Stur*. 'Hoe laat zou die trein in Sturbridge aankomen?'

Hij schreef *16.00-17.00 uur* op zijn blocnote. Mevrouw Sigsby las vol ontzetting mee. Ze wist wat Trevor dacht: de jongen had natuurlijk zo ver mogelijk willen komen met die trein – áls hij erin had gezeten. Dat zou betekenen dat hij was meegereden tot Sturbridge en zelfs als de trein aan de late kant was geweest, was hij daar toch al minstens vijf uur geleden aangekomen.

'Bedankt, Andy,' zei Stackhouse. 'Sturbridge ligt toch in West-Massachusetts?'

Hij luisterde en knikte.

'Oké, dus het ligt wel aan de snelweg, maar het lijkt me toch dat er niet veel mensen zullen uitstappen. Misschien is het een overstappunt. Kun je voor me uitzoeken of die trein, of een deel ervan, daarvandaan nog verder gaat? Misschien met een andere locomotief of zo?'

Hij luisterde.

'Nee, het is maar een soort voorgevoel. Als hij als verstekeling meereist met die trein, is Sturbridge misschien niet ver genoeg voor hem om zich veilig te voelen. Het is best mogelijk dat hij verder wil. Dat zou ik zelf ook doen als ik hem was. Dus zoek het uit en laat het me zo snel mogelijk weten.'

Hij hing op. 'Andy heeft de informatie gewoon van de website van het station gehaald,' zei hij. 'Geen probleem. Bizar, hè? Tegenwoordig is alles gewoon op internet te vinden.'

'Wij niet,' zei ze.

'Nog niet,' wierp hij tegen.

'En wat nu?'

'Nu wachten we op Rafe en John.'

Dat deden ze. Het werd middernacht. Om even over half één ging de telefoon op haar bureau over. Deze keer was mevrouw Sigsby er eerder bij dan hij, blafte haar naam, luisterde en knikte.

'Goed. Duidelijk. Ga nu dan maar naar dat rangeerstation... terrein... werf... of hoe zoiets ook mag heten... en kijk of er nog iemand... O. Goed. Bedankt.'

Ze hing op en wendde zich tot Stackhouse. 'Dat was je beveiligingsteam.' Ze zei het met enig sarcasme, aangezien Stackhouse' beveiligingsteam vanavond uit slechts twee mannen bestond, die beiden al in de vijftig waren en geen van beiden een geweldige lichamelijke conditie hadden. 'Dat meisje Brown had gelijk. Ze hebben die traptreden gevonden, ze hebben afdrukken van schoenen gevonden en zelfs een paar bloedige vingerafdrukken, ongeveer halverwege de trap. Rafe vermoedt dat Ellis daar even is blijven staan om uit te rusten, of misschien om zijn schoenveters vast te maken. Ze gebruiken zaklampen, maar John zegt dat ze waarschijnlijk meer sporen zullen vinden zodra het licht is.' Ze zweeg even. 'En ze hebben het station afgezocht. Daar is niemand te bekennen, zelfs geen nachtwaker.'

Hoewel de temperatuur in de kamer dankzij de airco een aangename tweeëntwintig graden was, wreef Stackhouse met zijn mouw het zweet van zijn voorhoofd. 'Dit is niet best, Julia, maar we hebben nog een kans de schade te beperken zonder dát daar te hoeven gebruiken.' Hij wees naar de onderste la van haar bureau, waar de Zero Phone lag te wachten. 'Maar als hij in Sturbridge naar de politie gaat, zou onze situatie natuurlijk wel eens een stuk hachelijker kunnen worden. En daar heeft hij vijf uur de tijd voor gehad.'

'Zelfs als hij daar is uitgestapt, hoeft dat nog niet te betekenen dat hij naar de politie is gegaan,' zei zij.

'Waarom zou hij het niet doen? Hij weet niet dat hij verdacht wordt van de moord op zijn ouders. Hij weet immers niet eens dat ze dood zijn?'

'Ook al weet hij dat niet, hij vermoedt het wel. Hij is heel erg intelligent, Trevor, dat moet je niet vergeten. Als ik hem was, weet je wat ik dan als eerste zou doen zodra ik uit een trein stapte in Sturbridge, Massachusetts, om...' Ze keek op de blocnote. '... om vier of vijf uur 's middags? Dan ging ik als de wiedeweerga naar de bibliotheek en het internet op. Kijken hoe de zaken er thuis voor stonden.'

Deze keer keken ze allebei naar de afgesloten lade.

Stackhouse zei: 'Oké, we moeten dit dus groter gaan aanpakken. Ik zou het liever niet doen, maar we hebben geen keus. Laten we uitzoeken wie we in de omgeving van Sturbridge hebben zitten. Kijken of hij daar is gesignaleerd.'

Mevrouw Sigsby ging aan haar bureau zitten om dit in gang te zetten, maar voordat ze de telefoon pakte ging hij al over. Ze luisterde even en gaf hem toen aan Stackhouse.

Het was Andy Fellowes. Hij was druk bezig geweest. Er werkte kennelijk toch een nachtploeg in Sturbridge en toen Fellowes zich had uitgegeven als iemand van de afdeling Voorraadbeheer van Downeast Freight die navraag kwam doen naar een lading levende kreeften die mogelijk zoek was geraakt, was de dienstdoende stationschef meteen bereid hem te helpen. Nee, in Sturbridge waren geen levende kreeften uitgeladen. En ja, het grootste deel van de 4297 ging hiervandaan verder, maar dan met een veel krachtiger locomotief. Hij werd dan trein 9956, die in zuidelijke richting verder reed naar Richmond, Wilmington, DuPray, Brunswick, Tampa en ten slotte Miami.

Stackhouse noteerde alles en informeerde vervolgens naar de twee plaatsen die hij niet kende.

'DuPray ligt in South Carolina,' zei Fellowes tegen hem. 'De trein stopt er alleen op verzoek – je kent dat wel, zo'n gehucht van anderhalve man en een paardenkop – maar het is een verbindingspunt voor treinen die uit het westen komen. Er staan daar allemaal pakhuizen, waarschijnlijk de reden waarom het stadje nog bestaat. Brunswick ligt in Georgia. Dat is een stuk groter. Ik stel me zo voor dat ze daar behoorlijk wat verse producten en vis- en schaaldieren inladen.'

Stackhouse hing op en keek mevrouw Sigsby aan. 'Laten we nu eens veronderstellen...'

'Veronderstellen? Laten we nu eens helemaal niks veronderstellen. Daar kopen we niks...'

'Hou je mond.'

Niemand anders had zo kortaf (en zo onbehouwen) tegen mevrouw Sigsby kunnen praten, maar er was ook niemand anders die haar bij haar voornaam mocht noemen. Stackhouse begon door de kamer te ijsberen en zijn kale hoofd glom in het licht van de lampen. Soms vroeg ze zich af of hij het misschien écht in de was zette.

'Wat hebben we in dit complex?' vroeg hij. 'Dat zal ik je vertellen. Pakweg veertig werknemers in Voorkant en nog eens twee dozijn in Achterkant en dan reken ik Heckle en Jeckle niet eens mee. We houden onze rangen strikt gesloten. Dat moet wel, alleen hebben we daar vannacht niet veel aan. In die la daar ligt een telefoon waarmee we allerlei doeltreffende hulp zouden kunnen krijgen, maar als we hem gebruiken, zullen onze levens heel erg veranderen, en niet in positieve zin.'

'Als we die telefoon moeten gebruiken, hébben we misschien niet eens een leven meer,' zei mevrouw Sigsby.

Hij negeerde haar woorden. 'We hebben verspreid over het hele land overal extra's zitten, een prima inlichtingennetwerk dat onder anderen bestaat uit politieagenten en mensen uit de medische wereld, hotelmedewerkers, journalisten van kleine lokale weekbladen en gepensioneerden die tijd in overvloed hebben om internetsites af te struinen. Verder hebben we twee extractieteams tot onze beschikking en een Challenger-vliegtuig waarmee ze overal snel kunnen komen. En we hebben onze hersens, Julia, onze hersens. Hij is een schaker, de verzorgers zagen hem vaak buiten een partijtje zitten spelen tegen Wilholm, maar dit is schaken voor grote mensen en dat is een spel dat hij nog nooit heeft gespeeld. Dus laten we toch maar gewoon veronderstellen.'

'Goed dan.'

'We laten een extra navraag doen bij de politie van Sturbridge. Hetzelfde verhaal dat we in Presque Isle hebben opgehangen – onze man zegt een kind te hebben gezien dat Ellis zou kunnen zijn. Misschien kunnen we maar beter hetzelfde doen in Portland en Portsmouth, ook al geloof ik geen moment dat hij al zo vroeg is uitgestapt. Sturbridge is veel waarschijnlijker, maar ik vermoed dat onze man ook daar bot zal vangen.'

'Weet je zeker dat de wens wat dat betreft niet de vader van de gedachte is?'

'O, ik wens me een ongeluk. Maar als hij tijdens het vluchten goed nadenkt, ligt het wel voor de hand.'

'Toen trein 4297 trein 9956 werd, is hij blijven zitten. Dat is jouw veronderstelling.'

'Ja. De 9956 arriveert rond twee uur vannacht in Richmond. Dan moet er iemand, bij voorkeur meerdere personen, die trein in de gaten houden. Hetzelfde in Wilmington, waar hij tussen vijf en zes uur vanochtend aankomt. Maar zal ik je eens wat vertellen? Ik denk dat hij op geen van beide bestemmingen uitstapt.'

'Jij denkt dat hij helemaal meerijdt tot het eindpunt.' Trevor, dacht ze, je klimt hoger en hoger in de veronderstellingenboom en elke volgende tak is dunner dan de vorige.

Maar wat konden ze anders, nu de vogel gevlogen was? Als ze de Zero Phone moest gebruiken, zou ze te horen krijgen dat ze voorbereid hadden moeten zijn op zoiets als dit. Dat was makkelijk praten, want hoe had iemand kunnen voorzien dat een kind van twaalf wanhopig genoeg zou worden om zijn eigen oorlel af te snijden om van het volgzendertje af te komen? Of dat hij een huishoudster bereid zou vinden hem te helpen? Vervolgens zou ze te horen krijgen dat het personeel van het Instituut lui en makkelijk was geworden... en wat zou zij daarop zeggen?

'... het eindpunt.'

Ze keerde weer terug in het hier en nu en vroeg hem te herhalen wat hij had gezegd.

'Ik zei dat hij niet noodzakelijkerwijs helemaal is meegereden tot het eindpunt. Een slim ventje als hij weet natuurlijk dat we, als we erachter zijn gekomen dat hij de trein heeft gepakt, daar mensen zullen neerzetten. Ik denk niet dat hij in een stedelijk gebied zal uitstappen. Zeker niet in Richmond, een onbekende stad en midden in de nacht. Misschien in Wilmington – dat is kleiner en bovendien is het al licht wanneer de 9956 daar aankomt – maar ik neig toch meer naar een van die kleine gehuchten. Ik denk dus eerder aan DuPray, South Carolina, of Brunswick, Georgia. Ervan uitgaande dat hij in die trein zit.'

'Misschien weet hij niet eens waar de trein na Sturbridge naartoe zou gaan. En in dat geval rijdt hij waarschijnlijk wel mee tot het eindpunt.'

'Als hij in een goederenwagon zit, met goederen die gelabeld zijn met hun plaats van bestemming, weet hij dat wel degelijk.'

Mevrouw Sigsby realiseerde zich dat het jaren geleden was sinds ze zo bang was geweest. Misschien was ze nog wel nooit zo bang geweest. Veronderstelden ze dit nu of gokten ze maar wat? En was het in dat laatste geval waarschijnlijk dat ze vaak achter elkaar goed zouden gokken? 'Als hij bij een kleiner station uitstapt, zouden we er een extractieteam op af kunnen sturen om hem terug te halen. God, Trevor, dat zou ideaal zijn.'

'Twee teams. Opaal en Robijnrood. Robijn is hetzelfde team dat hem heeft binnengebracht. Dat zou de cirkel mooi rondmaken, vind je ook niet?'

Mevrouw Sigsby zuchtte. 'Wisten we maar zeker dat hij in die trein zit.'

'Zeker weten doe ik het niet, maar ik ben er vrij zeker van en daar zullen we het mee moeten doen.' Stackhouse glimlachte. 'Ga jij nu maar wat mensen wakker bellen. En begin in Richmond. Landelijk gezien betalen we al die dames en heren, wat, een miljoen per jaar? Dan mogen er nu wel eens een paar gaan werken voor hun geld.'

Een half uur later legde mevrouw Sigsby de telefoon weer neer. 'Als hij in Sturbridge is, dan moet hij zich verborgen houden in een duiker of een leegstaand huis of zoiets – de politie heeft hem niet, want als dat zo was zou er wel iets over op hun scanners staan. Zowel in Richmond als in Wilmington hebben we mensen die straks die trein in de gaten houden wanneer hij aankomt, en ze hebben een goed verhaal.'

'Ik heb het gehoord. Goed werk, Julia.'

Ze stak met een vermoeide blik een hand op ten teken dat ze zijn compliment had gehoord. 'Waarnemingen leveren een leuke bonus op en er is een nog leukere bonus – echt een forse beloning – als onze mensen kans zien de jongen in de kraag te vatten en hem naar een veilige plek te brengen waar hij kan worden opgehaald. Dat zal in Richmond niet snel gebeuren, allebei onze mensen die daar zitten zijn doorsneeburgers, maar een van de mannen in Wilmington is een politieman. Laten we hopen dat het daar gebeurt.'

'En hoe zit het met DuPray en Brunswick?'

'In Brunswick kijken er twee mensen mee, de dominee van een methodistenkerk in de buurt en zijn vrouw. In DuPray hebben we er maar één, maar dat is wel een man die daar echt woont. Hij is de eigenaar van het enige motel dat ze er hebben.'

# 20

Luke zat weer in de dompelbak. Zeke hield hem onder water en de Stasi-lichten draaiden en tolden voor zijn ogen. Ze zaten ook in zijn hoofd, wat nog tien keer erger was. Hij ging verdrinken terwijl hij naar die lichten keek.

Eerst dacht hij dat het gillen dat hij hoorde toen hij zich terugvocht naar een staat van bewustzijn van hem afkomstig was en vroeg hij zich af hoe hij het voor elkaar kreeg om onder water zo'n godsgruwelijke herrie te maken. Toen herinnerde hij zich dat hij in een goederenwagon zat en dat de goederenwagon deel uitmaakte van een rijdende trein, die op dit moment snel vaart minderde. Het gekrijs waren stalen wielen op stalen rails.

De gekleurde stippen bleven nog even en verdwenen toen. Het was pikkedonker in de wagon. Hij probeerde zijn verkrampte spieren te rekken en kwam tot de ontdekking dat hij helemaal ingebouwd was. Drie of vier van de dozen met buitenboordmotoren waren omgevallen. Hij wilde het liefst geloven dat hij dat had gedaan door er in zijn nachtmerrie tegenaan te schoppen, maar het leek hem waarschijnlijker dat hij het met zijn geest had gedaan, toen hij in de greep was van die verdomde lichten. Vroeger had hij hooguit pizzaschalen van restauranttafels kunnen duwen of de pagina's van een boek laten bewegen, maar alles was veranderd. Híj was veranderd. Hoeveel precies wist hij niet en wilde hij ook niet weten.

De trein minderde nog wat meer vaart en denderde over wisselpunten. Luke merkte dat hij zich behoorlijk gestrest voelde. Het was nog niet zo dat zijn lichaam in alarmfase rood stond, maar code geel was inmiddels toch wel bereikt. Hij had honger, en dat was vervelend, maar vergeleken bij de dorst leek zijn lege buik van ondergeschikt belang. Hij dacht eraan hoe hij langs de oever van de rivier het water in was gegleden, waar de ss Pokey lag aangemeerd, en hoe hij het koude water over zijn gezicht had geplensd en met zijn handen in zijn mond had geschept. Hij zou op dit moment alles overhebben voor een slok van dat water. Hij liet zijn tong over zijn lippen glijden, maar dat hielp niet erg; zijn tong was ook droog.

De trein kwam tot stilstand en Luke stapelde de dozen puur op gevoel weer op. Ze waren zwaar, maar hij kreeg het voor elkaar. Hij had geen idee waar hij was, want in Sturbridge hadden ze de deur van de Southway Express-wagon helemaal gesloten. Hij kroop terug in zijn schuilplaats achter de dozen en de kleine apparaten en wachtte. Hij voelde zich ellendig.

Hij was ondanks zijn honger, dorst, volle blaas en kloppende oor een beetje ingedommeld toen de deur van de wagon ratelend openging en het maanlicht volop naar binnen stroomde. Zo leek het althans na de inktzwarte duisternis waarin Luke wakker was geworden. Een vrachtwagen reed langzaam achteruit naar de wagon en een man stond te roepen. 'Kom maar... nog een klein stukje... rustig... ietsje verder... Stop!'

De motor werd afgezet. Even later klonk het geluid van de laaddeur die ratelend omhoogging. En vervolgens sprong er een man in de wagon. Luke rook koffie en zijn maag knorde, vast en zeker zo hard dat de man het kon horen. Maar nee – toen hij tussen een gewone grasmaaier en een zitmaaier door gluurde, zag hij dat de man, gekleed in werkkleding, oordopjes in had.

Er voegde zich nog een andere man bij hem, die een vierkante werklamp neerzette die gelukkig op de deur gericht werd en niet in Lukes richting. Ze plaatsten een metalen laadklep en begonnen met behulp van een steekwagen kratten uit de vrachtwagen naar de wagon te rijden. Op elke krat stond in grote letters: KOHLER, DEZE KANT BOVEN en VOORZICHTIG. Dus waar hij ook was, dit was nog niet het eindpunt.

Nadat ze een stuk of twaalf kratten hadden overgeladen namen de mannen even pauze om donuts te eten uit een papieren zak. Luke deed zijn best om aan andere dingen te denken – aan Zeke die hem onder water hield in de dompelbak, aan de Wilcox-tweeling, aan Kalisha en Nicky en God mocht weten hoeveel anderen die nu ook van hem afhankelijk waren – en had al zijn zelfbeheersing nodig om niet uit zijn schuilplaats tevoorschijn te komen en de mannen om een hapje te smeken, één hapje maar. Misschien zou hij het toch hebben gedaan, als een van hen niet iets had gezegd wat hem deed verstijven.

'Hé, jij hebt zeker ook niet toevallig een jongetje zien lopen?'

'Wat?' vroeg de ander, met een mond vol donut.

'Een jongetje. Toen je die thermoskan naar de machinist ging brengen.'

'Wat zou een jongetje hier nou moeten? Het is half drie in de ochtend.'

'Weet ik veel, een of andere vent vroeg het me toen ik de donuts ging halen. Hij zei dat zijn zwager uit Massachusetts hem wakker had gebeld om te vragen of hij bij het station wilde gaan kijken. Het zoontje van die vent uit Massachusetts was weggelopen en volgens zijn vader had hij het er altijd over dat hij nog eens mee wilde liften op een goederentrein naar Californië.'

'Dat is aan de andere kant van het land.'

'Dat weet ik. Dat weet jij. Maar weet zo'n knulletje dat ook?'

'Als hij een beetje heeft opgelet op school, zou hij moeten weten dat Richmond een teringeind bij Los Angeles uit de buurt ligt.'

'Ja, maar het is ook een spoorwegknooppunt. Die man zei dat hij misschien wel in deze trein zat en hier zou proberen over te stappen op een trein naar het westen.'

'Nou, ik heb geen jongetje gezien.'

'Die man zei dat zijn zwager een beloning uitloofde.'

'Al loofde hij een miljoen uit, Billy, dan zou ik nog steeds geen jongetje hebben gezien, omdat er geen jongetje was.'

Als mijn maag nu weer begint te knorren, dan kan ik het wel schudden, dacht Luke. Dan hang ik. Dan ben ik de lul.

Van buiten riep iemand: 'Billy! Duane! Twintig minuten, jongens, zorg dat jullie klaar zijn.'

Billy en Duane laadden nog een paar Kohler-kratten in de wagon, rolden hun laadklep weer in de vrachtwagen en reden weg. Luke had nog net tijd om een glimp op te vangen van een stedelijke skyline – van welke stad wist hij niet – voordat er een man in een overall en een spoorwegpetje langskwam om de deur van de Southway te sluiten... maar deze keer niet helemaal. Luke vermoedde dat hij ergens op bleef hangen. Er gingen weer vijf minuten voorbij voordat de trein zich met een schok in beweging zette. Eerst langzaam, over wissels en kruisingen, en toen steeds sneller.

Een man die zich uitgaf voor de zwager van een andere man.

*Volgens zijn vader had hij het er altijd over dat hij nog eens mee wilde liften op een goederentrein.*

Ze wisten dat hij weg was en ook al hadden ze de Pokey stroomafwaarts van Dennison River Bend gevonden, ze waren er niet in getrapt. Waarschijnlijk hadden ze Maureen aan de praat gekregen. Of Avery. Het idee dat ze de informatie misschien op hardhandige wijze uit Avery hadden losgekregen was te verschrikkelijk om over na te denken en Luke verdrong de gedachte. Als ze hier mensen hadden staan om hem te zoeken, zouden die bij de volgende halte ook staan en dan was het misschien al licht. Het kon zijn dat ze geen problemen wilden veroorzaken en dus alleen maar zouden observeren en rapporteren, maar het was ook mogelijk dat ze zouden proberen hem gevangen te nemen. Het hing er waarschijnlijk van af hoeveel mensen er in de buurt waren. En hoe wanhopig ze waren. Ook dat.

Misschien heb ik mezelf in de vingers gesneden door met de trein te gaan, dacht Luke, maar wat had ik anders kunnen doen? Het was niet de bedoeling dat ze er zo snel achter zouden komen.

Intussen was er één ongemak waarvan hij zichzelf kon verlossen. Terwijl hij zich aan de zitting van een zitmaaier vasthield om zijn evenwicht niet te verliezen, schroefde hij de tankdop van een John Deere-grondfrees, trok zijn gulp open en piste voor zijn gevoel acht liter in de lege benzinetank. Het was niet erg netjes en een buitengewone rotstreek tegenover degene die de grondfrees uiteindelijk in zijn bezit kreeg, maar dit waren bijzondere omstandigheden. Hij deed de tankdop er weer op en draaide hem stevig dicht. Toen ging hij op het zitje van de zitmaaier zitten, legde zijn handen op zijn lege buik en deed zijn ogen dicht.

Denk aan je oor, zei hij tegen zichzelf. En denk aan de striemen op je rug. Denk eraan hoeveel pijn dat allemaal doet, dan vergeet je de honger en dorst.

Het werkte, maar niet heel lang. Op een gegeven moment begon hij beelden te zien van de kinderen op niveau A die over een paar uur hun kamers zouden verlaten en naar de cafetaria zouden gaan om te ontbijten. Luke kon de beelden van kannen vol sinaasappelsap en de limonadefontein niet van zich afzetten. Hij wenste dat hij daar nu kon zijn. Dan zou hij een glas sap en een glas limonade drinken en zijn bord volladen met roereieren en spek van de warmhoudtafel.

Hoe kun je dat nou wensen? Het was krankzinnig om dat te wensen.

En toch was er een deel van hem dat het zou willen.

Hij deed zijn ogen open om de beelden kwijt te raken. Dat van de kannen sinaasappelsap was heel koppig en wilde niet weggaan... en toen zag hij opeens iets op de lege plek tussen de nieuwe kratten en de kleinere elektrische apparaten. Eerst dacht hij dat het optisch bedrog was, door het maanlicht dat door de gedeeltelijk openstaande deur naar binnen viel, of een regelrechte hallucinatie, maar toen hij twee keer met zijn ogen knipperde en het er nog steeds lag, stond hij op van de zitmaaier en kroop ernaartoe. Rechts van hem schoten maanovergoten landerijen voorbij. Bij zijn vertrek uit Dennison River Bend had

Luke alles wat hij zag geboeid en vol verwondering in zich opgezogen, maar inmiddels had hij geen belangstelling meer voor de buitenwereld. Hij had alleen nog maar oog voor wat er op de vloer van de wagon lag: donutkruimels.

En een stukje dat groter was dan een kruimel.

Dat raapte hij als eerste op. Voor de kleinere kruimels moest hij aan zijn duim likken om ze te kunnen oppakken. Hij was zo bang dat de allerkleinste tussen de naden van de vloer zouden verdwijnen, dat hij zich eroverheen boog, zijn tong uitstak en ze oplikte.

## 21

Het was mevrouw Sigsby's beurt om een dutje te doen op de bank in de zijkamer, en Stackhouse had de deur dichtgedaan zodat geen enkele telefoon – de vaste telefoon of zijn draadloze – haar zou storen. Om tien voor drie belde Fellowes vanuit de computerruimte.

'De 9956 is uit Richmond vertrokken,' zei hij. 'Geen spoor van de jongen.'

Stackhouse zuchtte en wreef over zijn kin, waarop hij de stoppels voelde raspen. 'Oké.'

'Jammer dat we die trein niet gewoon op een zijspoor kunnen laten zetten en doorzoeken. Dan zouden we tenminste zeker weten of hij er wel of niet in zit.'

'Het is jammer dat niet de hele wereldbevolking in een grote kring "Give Peace a Chance" zit te zingen. Hoe laat is hij in Wilmington?'

'Om zes uur zou hij er wel moeten zijn. Of iets eerder, als ze wat tijd kunnen goedmaken.'

'Hoeveel mensen hebben we daar?'

'Op dit moment twee, maar er is er nog een onderweg vanuit Goldsboro.'

'Ze weten dat ze niet te veel druk moeten uitoefenen, hè? Dat wekt alleen maar argwaan.'

'Ik denk dat ze het goed zullen doen. Het is een goed verhaal. Weggelopen jochie, ongeruste ouders.'

'Laten we het hopen. Hou me op de hoogte.'

Dokter Hendricks kwam zonder aan te kloppen het kantoor binnen. Hij had donkere kringen onder zijn ogen, zijn kleren waren gekreukt en zijn haar stond in een staalgrijze kuif rechtovereind. 'Al iets gehoord?'

'Nog niet.'

'Waar is mevrouw Sigsby?'

'Die ligt wat broodnodige slaap in te halen.' Stackhouse leunde naar achteren in haar stoel en rekte zich uit. 'Dat Dixon-ventje heeft de dompelbak nog niet gehad, hè?'

'Natuurlijk niet.' Donkey Kong keek hem aan alsof hij zich beledigd voelde. 'Hij is geen rozet. Verre van dat zelfs. Het zou ongelooflijk stom zijn het risico te nemen zo'n hoog BDNF als het zijne te beschadigen, of de mogelijkheid te verliezen zijn vermogens te kunnen uitbreiden. Wat onwaarschijnlijk is, maar niet onmogelijk. Sigsby zou me vierendelen.'

'Dat doet ze niet en hij gaat er vandaag in,' zei Stackhouse. 'Hou die kleine etterbak maar onder water tot hij denkt dat hij doodgaat en daarna nog een keer.'

'Dat meen je toch niet? Daar is hij veel te waardevol voor! Een van de hoogste TP-positieven die we in jaren hebben gehad!'

'Interesseert me niet. Al kon hij over water lopen en al kwam er elektriciteit uit zijn reet wanneer hij scheten laat. Hij heeft Ellis helpen vluchten. Laat de Griek het maar doen zodra zijn dienst begint. Hij stopt ze graag in de bak. Zeg tegen Zeke dat hij hem niet mag vermoorden, ik begrijp zijn waarde heus wel, maar ik wil hem een ervaring bezorgen die hij zich zal kunnen herinneren zolang hij zich nog iets kán herinneren. En breng hem dan naar Achterkant.'

'Maar mevrouw Sigsby...'

'Mevrouw Sigsby is het hier helemaal mee eens.'

Beide mannen keken om. Ze stond in de deuropening tussen het kantoor en haar privévertrek. Het eerste wat Stackhouse dacht was dat ze eruitzag alsof ze een spook had gezien, maar dat klopte niet helemaal. Ze zag eruit alsof ze een spook wás.

'Doe het precies zoals hij zei, Dan. Als het zijn BDNF beschadigt, dan is dat maar zo. Hij moet boeten.'

## 22

De trein kwam opnieuw in beweging en Luke dacht aan een liedje dat zijn oma altijd zong. Ging dat niet over een nachttrein? Hij wist het niet meer. De donutkruimels hadden zijn honger en dorst alleen maar erger gemaakt. Zijn mond was een woestijn en zijn tong een zandduin. Hij dommelde wat, maar kon niet slapen. Hij had geen idee hoeveel tijd er verstreek, maar op een gegeven moment begon het eerste ochtendlicht de wagon binnen te sijpelen.

Luke kroop over de deinende vloer naar de gedeeltelijk openstaande deur van de goederenwagon en gluurde naar buiten. Hij zag voornamelijk uit naaldbomen bestaande secundaire bossen, kleine dorpjes, velden, nog meer bomen. Toen de trein over een pijlerbrug reed, keek hij verlangend naar de rivier in de diepte. Deze keer dacht hij niet aan een liedje, maar aan Coleridge: *Water, water, overal en toch geen druppel te drinken.*

Waarschijnlijk vervuild water, zei hij tegen zichzelf, hoewel hij wist dat hij er desondanks toch van zou drinken. Tot zijn buik helemaal bol stond. Het zou heerlijk zijn het weer uit te kotsen en dan nog meer te kunnen drinken.

Net voordat de zon bloedrood aan de hemel verscheen, begon hij zout in de lucht te ruiken. In plaats van boerderijen waren de gebouwen die voorbijkwamen nu vooral pakhuizen en oude bakstenen fabrieken met dichtgetimmerde ramen. Hijskranen staken af tegen de lichter wordende hemel. Niet ver hiervandaan stegen vliegtuigen op. De trein reed een poosje naast een vierbaansweg. Luke zag auto's met mensen die niets anders aan hun hoofd hadden dan een dagje werken. Nu rook hij ook moerasgebied, dode vissen, of allebei.

Ik zou een dode vis zó opeten als hij niet vol zat met maden, dacht hij. En misschien zelfs dan. Volgens *National Geographic* waren maden een uitstekende bron van organische proteïne.

De trein begon vaart te minderen en Luke trok zich terug in zijn schuilplaats. Zijn wagon hobbelde weer luidruchtig over wissels en kruisingen. Ten slotte kwam alles tot stilstand.

Het was nog heel vroeg, maar toch was het hier al heel druk. Luke hoorde vrachtwagens. Hij hoorde mannen lachen en praten. Uit een gettoblaster of een autoradio klonk Kanye, met een bas als een hartslag, eerst aanzwellend en dan weer wegstervend. Op een ander spoor reed een locomotief voorbij en liet een dieselstank achter. Luke voelde een paar enorme schokken toen wagons van zijn trein werden aan- of afgekoppeld. Mannen schreeuwden iets in het Spaans en Luke ving een aantal scheldwoorden op: *puta mierda, hijo de puta, chupapollas.*

Er ging nog meer tijd voorbij. Het voelde als een uur, maar misschien was het maar een kwartier. Uiteindelijk werd er weer een vrachtwagen achteruit tegen de Southern Express-wagon gezet. Een man in een overall schoof de deur helemaal open. Luke gluurde tussen een grondfrees en een grasmaaier door. De man sprong in de wagon en er werd weer een metalen laadplatform tussen de vrachtwagen en de wagon gelegd. Deze keer bestond de ploeg uit vier mannen, twee zwarte en twee witte, allemaal heel groot en onder de tattoos. Ze lachten en spraken met een zwaar zuidelijk accent, wat Luke aan de muziek op de countryzender deed denken waar hij thuis in Minneapolis naar luisterde.

Een van de witte mannen zei dat hij de vorige avond was gaan dansen met de vrouw van een van de zwarte mannen. De zwarte man deed net alsof hij hem sloeg en de witte man deed net alsof hij achteruit wankelde en plofte neer op de opgestapelde dozen met buitenboordmotoren die Luke pas nog opnieuw had gestapeld.

'Kom op nou,' zei de andere witte man. 'Ik heb zin in mijn ontbijt.'

Ik ook, dacht Luke. O, man, ik ook.

Toen ze de Kohler-kratten in de vrachtwagen begonnen te laden, vond Luke dat het wel een film leek van de vorige stopplaats, maar dan achterstevoren afgespeeld. Dat deed hem denken aan de films die de kinderen volgens Avery in Achterkant moesten bekijken en daardoor kwamen opeens de stippen weer opzetten – grote, vette stippen. De wagon begon heen en weer te schudden alsof hij zichzelf wilde sluiten.

'Wat krijgen we nou?' zei de tweede zwarte man. 'Wie staat er buiten?' Hij keek. 'Huh. Niemand.'

'Een monster,' zei de zwarte man die net had gedaan alsof hij de witte man sloeg. 'Kom op nou, laten we dit even afmaken. De stationschef zegt dat deze trein al achterloopt op schema.'

Dus dit is nog steeds niet het eindpunt, dacht Luke. Ik zal hier niet in blijven zitten tot ik omkom van de honger, maar alleen omdat ik dan al ben omgekomen van de dorst. Hij had eens gelezen dat een mens minstens drie dagen zonder water kon voordat hij in een toestand van bewusteloosheid raakte die voorafging aan de dood, maar zo voelde het nog niet.

De vierkoppige ploeg laadde alle kratten, op twee na, in hun vrachtwagen. Luke verwachtte dat ze nu aan het kleine spul zouden beginnen en hem dus zouden vinden, maar in plaats daarvan haalden ze het laadplatform weer in de vrachtwagen en trokken de laadklep dicht.

'Gaan jullie maar vast,' zei een van de witte mannen. Het was degene die het grapje had gemaakt over het dansen met de vrouw van de zwarte man. 'Ik moet eerst even langs het schijthuis. Even een bruine beer kleien.'

'Kom op, Mattie, knijp 'm een beetje af.'

'Gaat niet lukken,' zei de man. 'Dit is zo'n grote dat ik eraf zal moeten klimmen.'

De vrachtwagen startte en reed weg. Even gebeurde er niets, maar toen klom de witte man, Mattie, weer in de wagon. Zijn biceps spanden zich tegen zijn mouwloze T-shirt. Lukes vroegere beste vriend Rolf Destin zou hebben gezegd: *De kanonnen zijn volledig geladen.*

'Oké, kleine boef. Ik zag je wel toen ik op die dozen zat. Kom nu maar tevoorschijn.'

## 23

Een ogenblik lang bleef Luke zitten waar hij zat. Als hij maar roerloos en doodstil bleef zitten, dacht de man misschien wel dat hij zich had vergist en zou hij weggaan. Maar dat was een kinderlijke gedachte en hij was geen kind meer. In de verste verte niet. Dus kroop hij naar buiten en probeerde op te staan, maar zijn benen waren stijf en hij was licht in het hoofd. Als de man hem niet had vastgegrepen, was hij zeker omgevallen.

'Godsamme, knul, wie heeft je oor van je kop getrokken?'

Luke probeerde iets te zeggen. Aanvankelijk kwam er niets anders uit zijn mond dan wat schor gekras. Hij schraapte zijn keel en probeerde het nog een keer. 'Ik heb wat problemen gehad, meneer. Hebt u misschien iets te eten? Of te drinken? Ik heb verschrikkelijke honger en dorst.'

Zonder zijn blik van Lukes verminkte oor af te wenden stak de witte man – Mattie – een hand in zijn zak en haalde er een half rolletje snoepjes uit. Luke griste het uit zijn hand, trok het papier eraf en stopte er vier in zijn mond. Hij had durven zweren dat al zijn speeksel was verdwenen, opgezogen door zijn dorstige lichaam, maar er kwam toch nog wat, alsof het werd uitgescheiden door onzichtbare sproeiers, en de suiker sloeg in als een bom. Heel even flakkerden de stippen weer op. Ze schoten heen en weer over het gezicht van de witte man.

Mattie keek om, alsof hij het gevoel had dat er iemand achter hem stond, en richtte zijn aandacht toen weer op Luke. 'Wanneer heb je voor het laatst iets gegeten?'

'Weet ik niet. Kan ik me niet herinneren.'

'Hoe lang zit je al in de trein?'

'Een dag ongeveer.' Dat moest kloppen, maar het voelde veel langer.

'En je komt helemaal uit het noorden, uit yankeeland?'

'Ja.' Maine was inderdaad echt yankeeland, dacht Luke.

Mattie wees naar Lukes oor. 'Wie heeft dat gedaan? Je vader? Stiefvader?'

Luke keek hem verschrikt aan. 'Wie... Hoe komt u daarbij?' Maar zelfs in zijn huidige toestand lag het antwoord voor de hand. 'Ik word gezocht. Bij het vorige station waar de trein stopte ook al. Met z'n hoevelen zijn ze? Wat zeiden ze? Dat ik van huis ben weggelopen?'

'Precies. Je oom. Hij had een paar vrienden bij zich en een daarvan is politieagent in Wrightsville Beach. Ze zeiden niet waarom, maar wel dat je in Massachusetts van huis bent weggelopen. En als iemand je dat heeft aangedaan, dan snap ik wel waarom je bent weggelopen.'

Luke schrok er heel erg van dat een van de wachtende mannen een politieagent was. 'Ik ben in Maine opgestapt, niet in Massachusetts, en mijn vader is dood. Mijn moeder ook. Alles wat ze zeggen is gelogen.'

De witte man dacht even na. 'Maar wie heeft je dan dat halve oor bezorgd, kleine boef? Een of andere klootzak uit zo'n pleeggezin?'

Dat was niet zo heel erg ver van de waarheid, dacht Luke. Ja, hij had in een soort pleeghuis gezeten, en ja, dat werd gerund door klootzakken. 'Dat is een beetje ingewikkeld. Maar... meneer... als die mannen me zien, nemen ze me mee. Dat zou ze misschien niet lukken als ze geen politieman bij zich hadden, maar dat hebben ze dus wel. En dan brengen ze me terug naar de plek waar dit is gebeurd.' Hij wees naar zijn oor. 'Vertel het ze alstublieft niet. Laat me alstublieft in deze trein zitten.'

Mattie krabde op zijn hoofd. 'Ik weet het niet, hoor. Je bent nog maar een kind en je bent er slecht aan toe.'

'Dat wordt nog veel erger als die mannen me meenemen.'

*Geloof het*, dacht hij met alle kracht die hij in zich had. *Geloof het, geloof het.*

'Toch weet ik het niet,' zei Mattie nogmaals. 'Ook al had ik, als ik heel eerlijk ben, nou niet direct een goed gevoel bij die drie. Ze keken een beetje schichtig uit hun ogen, ook die agent. Daar komt bij dat je naar een vent kijkt die drie keer van huis is weggelopen voordat het me eindelijk lukte. De eerste keer was ik ongeveer zo oud als jij.'

Luke zei niets. Het leek vooralsnog de goede kant op te gaan met Mattie.

'Waar ga je naartoe? Weet je dan eigenlijk wel?'

'Ergens waar ik iets kan eten en water kan drinken en waar ik kan nadenken,' zei Luke. 'Ik moet nadenken, want niemand zal het verhaal willen geloven dat ik te vertellen heb. Vooral niet uit de mond van een kind.'

'Mattie!' riep iemand. 'Schiet eens op, man! Tenzij je een gratis ritje naar South Carolina wilt!'

'Hé, knul, ben je gekidnapt?'

'Ja,' zei Luke en hij begon te huilen. 'En die mannen... die ene die zegt dat hij mijn oom is en die agent...'

'MATTIE! Veeg je reet af en schiet óp!'

'Echt waar,' zei Luke alleen maar. 'Als u me wilt helpen, laat me dan gaan.'

'O, shit.' Mattie spuwde naar buiten. 'Ik weet niet waar ik goed aan doe, maar aan dat oor van je te zien zou het wel eens kunnen kloppen. Die mannen... weet je zeker dat het slechteriken zijn?'

'Slechter kan niet,' zei Luke. In feite was hij ze nog steeds een stap voor, maar of dat zo kon blijven hing af van wat deze man ging besluiten.

'Heb je enig idee waar je nu bent?'

Luke schudde zijn hoofd.

'Je bent nu in Wilmington. Deze trein gaat eerst naar Georgia, daarna stopt hij in Tampa en het eindpunt is Miami. Als er mensen naar je uitkijken, zullen ze op elk station waar hij stopt naar je komen zoeken. Maar de eerstvolgende plek waar hij stopt is een muggenstrontje op de kaart. Misschien zou je...'

'Mattie, eikel, waar blijf je nou?' Het klonk nu veel dichterbij. 'Doe effe normaal. We moeten uitklokken.'

Mattie keek Luke nog een keer weifelend aan.

'Alstublieft,' zei Luke. 'Ze hebben me in een bak met water gestopt en bijna verdronken. Ik weet dat het moeilijk te geloven is, maar het is echt waar.'

Voetstappen knerpten over grind en kwamen dichterbij. Mattie sprong uit de wagon en schoof de deur voor driekwart dicht. Luke kroop terug in zijn nestje achter de kleine motorische gereedschappen.

'Je zei toch dat je moest schijten? Wat deed je dan in die wagon?'

Luke wachtte tot Mattie zou zeggen: *Er zit daar een kind verstopt. Hij kwam met een of ander idioot verhaal dat hij ergens in Maine is gekidnapt en dat ze hem in een bak met water hebben gestopt, maar hij wil gewoon niet met zijn oom mee naar huis.*

'Dat heb ik al gedaan, maar toen wilde ik nog even naar die Kubota-grasmaaiers kijken,' zei Mattie. 'De mijne staat op het punt de geest te geven.'

'Nou, kom op, de trein kan niet wachten. Hé, jij hebt zeker ook niet ergens dat jochie zien lopen? Want misschien is hij wel op een trein naar het noorden gesprongen en leek Wilmington hem een leuke plek om uit te stappen.'

Het bleef even stil. Toen zei Mattie: 'Nee.'

Luke had naar voren gebogen gezeten. Bij het horen van dat ene woord legde hij zijn hoofd tegen de wand van de wagon en sloot zijn ogen.

Een minuut of tien later ging er een harde schok door trein 9956, een schok die als een rilling door alle wagons – het waren er nu precies honderd – voelbaar was. Het rangeerterrein begon voorbij te rollen, eerst langzaam, maar daarna sneller. De schaduw van een seinpost gleed over de vloer van de wagon en opeens verscheen er nog een schaduw. De schaduw van een man. Een papieren zak vol vetvlekken vloog de wagon binnen en landde op de vloer.

Hij zag Mattie niet, maar hoorde hem wel: 'Succes, kleine boef.' Toen was de schaduw verdwenen.

Luke kroop zo snel uit zijn schuilplaats dat hij de kant van zijn hoofd met het goede oor keihard tegen de behuizing van een zitmaaier stootte. Hij had het amper in de gaten. In die zak zat de hemel. Hij rook het.

De hemel bleek een worstenbroodje, een stukje vruchtentaart en een flesje Carolina Sweetheart-bronwater. Luke moest zich heel erg inhouden om het hele kwartliterflesje niet in één keer naar binnen te klokken. Hij liet er nog wat in zitten, zette het neer, pakte het weer op en draaide de dop erop. Als de trein een onverhoedse beweging zou maken zodat er water uit zou lopen, zou hij helemaal gek worden. Hij schrokte het broodje in vijf happen naar binnen en nam er nog een grote slok water achteraan. Hij likte het vet van zijn hand, pakte het water en de taart en kroop weer in zijn schuilplaats. Voor het eerst sinds het moment waarop hij in de ss Pokey de rivier afzakte en omhoog had gekeken naar de sterren, had hij weer het gevoel dat het leven de moeite waard was. En ook al geloofde hij niet echt in God, omdat hij de bewijzen tégen net iets sterker vond dan de bewijzen vóór Zijn bestaan, begon hij toch te bidden, maar niet voor zichzelf. Hij bad dat de hoogst hypothetische hogere macht de man zou zegenen die hem 'kleine boef' had genoemd en de papieren zak in de wagon had gegooid.

## 24

Met zijn volle buik begon hij weer slaap te krijgen, maar hij dwong zichzelf om wakker te blijven.

*Deze trein gaat eerst naar Georgia, daarna stopt hij in Tampa en het eindpunt is Miami*, had Mattie gezegd. *Als er mensen naar je uitkijken, zullen ze op elk station waar hij stopt naar je komen zoeken. Maar de eerstvolgende plek waar hij stopt is een muggenstrontje op de kaart.*

Misschien stonden er zelfs in een klein plaatsje mensen op de uitkijk, maar Luke was niet van plan om naar Tampa en Miami te gaan. Opgaan in een grote mensenmassa leek wel aantrekkelijk, maar in grote steden had je te veel politiemensen, die inmiddels waarschijnlijk allemaal een foto hadden van de jongen die ervan werd verdacht zijn ouders te hebben vermoord. Daar kwam bij dat hij, als hij even logisch nadacht, niet op de vlucht kon blijven. Hij had ongelooflijk veel geluk gehad dat Mattie hem niet had verraden; het zou gekkenwerk zijn erop te rekenen dat dat nog een keer gebeurde.

Luke had het idee nog één troef in handen te hebben. Het schilmesje dat Maureen onder zijn matras had achtergelaten was hij ergens onderweg kwijtgeraakt, maar hij had de USB-stick nog. Hij had geen idee wat erop stond. Misschien stond er alleen een onsamenhangende, door schuldgevoel ingegeven bekentenis op, misschien iets over de baby die ze had weggegeven. Het konden daarentegen ook bewijsstukken zijn. Documenten.

Ten slotte begon de trein weer af te remmen. Luke liep naar de deur, hield zich goed vast om zijn evenwicht niet te verliezen en leunde naar buiten. Hij zag een heleboel bomen, een tweebaansweg en daarna de achterkant van huizen en gebouwen. De trein passeerde een seinpaal:

geel. Waarschijnlijk naderden ze het muggenstrontje waar Mattie het over had gehad; misschien gingen ze alleen wat langzamer rijden omdat ze moesten wachten tot een andere trein, een eind verderop, het spoor voor hen vrijmaakte. Dat kon gunstig voor hem uitpakken, want als er bij de volgende halte een bezorgde oom op hem stond te wachten, zou dat op het rangeerterrein zijn. In de verte zag hij pakhuizen met glinsterende metalen daken. Daarachter liep de tweebaansweg en aan de andere kant van de weg zag hij nog meer bomen.

Wat jij moet doen, zei hij tegen zichzelf, is uit deze trein springen en zo snel als je kunt het bos in rennen. En denk eraan om rennend neer te komen, zodat je niet plat op je gezicht tussen de sintels valt.

Terwijl hij de deur bleef vasthouden begon hij voor- en achteruit te zwaaien, zijn lippen stijf opeengeklemd in een blik van opperste concentratie. Het was inderdaad de halte waar Mattie het over had gehad, want hij zag nu het stationsgebouw aan komen. Op vaalgroene dakspanen stond in grote letters DUPRAY SOUTHERN & WESTERN geschilderd.

Nu moet ik springen, dacht Luke. Ik wil in geen geval mijn ooms leren kennen.

'Eén...'

Hij zwaaide naar voren.

'Twee...'

Hij zwaaide naar achteren.

'Drie!'

Luke sprong. Hij begon in de lucht al te rennen, maar raakte de sintels naast het spoor terwijl zijn lichaam nog de snelheid van de trein had, wat altijd nog sneller was dan zijn benen hem konden dragen. Zijn bovenlichaam schoot naar voren en met zijn armen achter zich in een poging zijn evenwicht te bewaren, leek hij net een wedstrijdschaatser die de eindstreep nadert.

Net toen hij begon te denken dat hij het ging redden om niet languit te vallen, riep iemand: 'Hé, kijk uit!'

Toen hij opkeek zag hij halverwege tussen de pakhuizen en het station een man op een vorkheftruck. Een andere man stond op uit een schommelstoel die in de schaduw van het stationsdak stond. Hij had het tijdschrift dat hij had zitten lezen nog in zijn hand. Deze man schreeuwde: 'Pas op voor die paal!'

Luke zag de tweede seinpaal, ditmaal met een rood licht, te laat om nog te kunnen afremmen. Hij draaide instinctief zijn hoofd om en probeerde een arm op te tillen, maar voordat hij die helemaal omhoog had, liep hij met volle snelheid tegen de stalen paal aan. De rechterkant van zijn gezicht knalde tegen de paal en zijn gewonde oor moest de klap opvangen. Hij stuiterde terug, viel op de sintels en rolde weg van het spoor. Hij bleef bij bewustzijn, maar verloor wel even de directheid van zijn bewustzijn toen de hemel van hem wegdraaide, weer terugkwam en opnieuw wegdraaide. Hij voelde iets warms langs zijn wang stromen en wist meteen dat de wond aan zijn oor – zijn arme, mishandelde oor – weer was opengegaan. Vanbinnen schreeuwde een stem tegen hem dat hij moest opstaan en zo snel hij kon het bos in moest rennen, maar horen en luisteren waren twee verschillende dingen. Toen hij probeerde op te krabbelen, lukte dat niet.

Mijn opkrabbelaar is kapot, dacht hij. Shit. Wat een klotezooi.

Opeens stond de man van de vorkheftruck boven hem. Vanaf waar Luke lag, leek hij wel vijf meter lang. De zon scheen in zijn brillenglazen, zodat hij zijn ogen niet kon zien. 'Jezus, knul, waar dacht jij in 's hemelsnaam mee bezig te zijn?'

'Met ontsnappen.' Luke wist niet zeker of hij echt hardop sprak, maar vermoedde van wel. 'Ze mogen me niet te pakken krijgen. Laat ze me alstublieft niet te pakken krijgen.'

De man bukte zich. 'Probeer maar niet te praten. Ik versta je trouwens toch niet. Je hebt een gigantische optater gekregen van die paal en je bloedt als een rund. Probeer je benen eens te bewegen.'

Luke deed het.

'En nu je armen.'

Luke stak ze omhoog.

Schommelstoelman kwam nu naast Vorkheftruckman staan. Luke probeerde zijn goednieuwe TP aan te wenden om hen te lezen, erachter te komen wat ze wisten. Hij kreeg niets door; voor gedachten lezen was dit kennelijk niet het juiste moment. Het was natuurlijk ook nog mogelijk dat de klap tegen zijn hoofd die hele TP er in één keer uit had geslagen.

'Is hij in orde, Tim?'

'Ik denk het wel. Ik hoop het. Volgens het eerstehulpprotocol mag je iemand met een verwonding aan het hoofd niet verplaatsen, maar ik ga het er toch maar op gokken.'

'Wie van jullie is mijn zogenaamde oom?' vroeg Luke. 'Of zijn jullie het allebei?'

Schommelstoelman fronste. 'Snap jij wat hij zegt?'

'Nee. Ik ga hem in meneer Jacksons achterkamer leggen.'

'Ik neem zijn benen wel.'

Luke begon weer bij zijn positieven te komen. Zijn oor hielp hem daar eigenlijk wel bij. Het voelde alsof het een gat in zijn hoofd probeerde te boren. Om zich daar te verstoppen of zoiets.

'Nee, dat hoeft niet,' zei Vorkheftruckman. 'Hij is niet zwaar. Ga jij Doc Roper maar bellen en vraag hem om langs te komen. Een huisbezoek zogezegd.'

'Meer een pakhuisbezoek,' zei Schommelstoelman en hij lachte zijn gele tanden bloot.

'Ook goed. Doe nou maar. En gebruik de stationstelefoon.'

'Ja, baas.' Schommelstoelman voerde een soort knullige militaire groet uit en liep weg. Vorkheftruckman tilde Luke op.

'Zet me neer,' zei Luke. 'Ik kan best lopen.'

'Denk je? Laat maar eens zien dan.'

Even stond Luke te zwaaien op zijn benen, maar toen stond hij recht.

'Hoe heet je, jongen?'

Luke dacht na. Hij wist niet of hij zijn naam wel wilde zeggen zolang hij nog niet zeker wist of deze man een oom was. Hij leek wel oké... maar aan de andere kant, dat gold ook voor Zeke, in het Instituut, wanneer hij een van zijn zeldzame goede buien had.

'Hoe heet u zelf?' kaatste hij terug.

'Tim Jamieson. Kom, laten we er in elk geval voor zorgen dat je uit de zon komt.'

## 25

Norbert Hollister, eigenaar van een bouwvallig motel dat hij alleen nog open kon houden dankzij de maandelijkse inkomsten die hij verdiende als medewerker in de buitendienst van het Instituut, gebruikte de stationstelefoon om Doc Roper te bellen, maar eerst gebruikte hij zijn mobieltje om een nummer te bellen dat hij die ochtend in alle vroegte had doorgekregen. Toen had hij er de pest in omdat hij wakker werd gebeld. Nu kon hij zijn geluk niet op.

'Die knul,' zei hij. 'Die is hier.'

'Ogenblikje,' zei Andy Fellowes. 'Ik verbind je door.'

Het bleef even stil en toen zei een andere stem: 'Ben jij Hollister? In DuPray, South Carolina?'

'Klopt. De knul die jullie zoeken is hier zojuist van een goederentrein gesprongen. Zijn oor ligt aan flarden. Staat er nog steeds een beloning op zijn hoofd?'

'Zeker. En die wordt alleen maar groter als je ervoor kunt zorgen dat hij daar blijft.'

Norbert lachte. 'O, die blijft wel. Hij is met zijn kop tegen een seinpaal geknald en daar is hij behoorlijk suf van.'

'Verlies hem niet uit het oog,' zei Stackhouse. 'Ik wil dat je me om het uur belt. Begrepen?'

'Als een soort update.'

'Precies. Dan regelen wij verder alles.'

# DIT IS DE HEL

# 1

Tim liep voor het bebloede ventje uit, dat duidelijk nog versuft was maar wel zelf kon lopen, door Craig Jacksons kantoortje. De eigenaar van DuPray Storage & Warehousing woonde in het nabijgelegen plaatsje Dunning. Maar hij was vijf jaar geleden gescheiden en sindsdien fungeerde de ruime, van airco voorziene ruimte achter het kantoor als zijn woonverblijf. Jackson was er momenteel niet, wat Tim niet verbaasde; op dagen waarop de 56 hier stopte in plaats van rechtstreeks door te denderen, had Craig de neiging niet in de buurt te zijn.

Voorbij het kleine keukentje met zijn magnetron, kookplaatje en piepkleine gootsteentje bevond zich een woongedeelte dat bestond uit een gemakkelijke stoel voor een HD-televisie. Daarachter keken oude centerfolds uit de *Playboy* en de *Penthouse* neer op een keurig opgemaakt veldbed. Tim wilde dat de jongen zou gaan liggen tot Doc Roper kwam, maar het knulletje schudde zijn hoofd.

'Stoel.'

'Zeker weten?'

'Ja.'

De jongen ging zitten. Het kussen maakte een vermoeid puffend geluid. Tim knielde voor hem neer. 'En als je me nu eens vertelde hoe je heet?'

De jongen keek hem weifelend aan. Hij bloedde niet meer, maar zijn wang zat onder de viezigheid en zijn rechteroor zag er verschrikkelijk uit. 'Wachtte u daar op mij?'

'Op de trein. Ik werk hier 's ochtends. En nog wat langer wanneer de 9956 hier stopt. Maar hoe heet je nou?'

'Wie was die andere gast?'

'Geen vragen meer voordat ik een naam van je krijg.'

De jongen dacht er even over na, liet zijn tong over zijn lippen glijden en zei: 'Ik ben Nick. Nick Wilholm.'

'Oké, Nick.' Tim maakte een V-teken. 'Hoeveel vingers steek ik op?'

'Twee.'

'En nu?'

'Drie. Die andere gast, beweerde hij nou dat hij mijn oom was?'

Tim fronste. 'Dat was Norbert Hollister. De eigenaar van het plaatselijke motel. Ik zou niet weten of hij iemands oom is.' Tim stak één vinger op. 'Volg mijn vinger. Laat me je ogen zien bewegen.'

Nicky's ogen volgden zijn vinger naar links en rechts en vervolgens omhoog en omlaag.

'Ik denk dat het wel meevalt met je hoofd,' zei Tim. 'Laten we het althans maar hopen. Voor wie ben je op de vlucht, Nick?'

De jongen leek te schrikken en probeerde op te staan uit de stoel. 'Wie heeft u dat verteld?'

Tim duwde hem zachtjes terug. 'Niemand. Maar altijd wanneer ik een kind in vieze, gescheurde kleren uit een trein zie springen, krijg ik het idiote idee dat hij is weggelopen. Dus voor wie...'

'Wat is dat allemaal voor geschreeuw? Ik hoorde... O, lieve god, wat is er met dat jochie gebeurd?'

Tim draaide zich om en zag Annie Ledoux staan. Die had waarschijnlijk in haar tentje achter het station liggen slapen. Ze ging er overdag vaak even een dutje doen. Hoewel de thermometer buiten het station die ochtend negenentwintig graden had aangewezen, was Annie gekleed in wat Tim in gedachten haar 'volledige Mexicaanse uitdossing' noemde: *serape*, sombrero, prullerige armbanden en een paar afgedragen cowboylaarzen waarvan het stiksel overal had losgelaten.

'Dit is Nick Wilholm,' zei Tim. 'Hij is van God mag weten waarvandaan op bezoek gekomen in ons prachtige dorp. Hij is van de 56 gesprongen en in volle vaart met zijn hoofd tegen een seinpaal geknald. Nick, dit is Annie Ledoux.'

'Aangenaam kennis met u te maken,' zei Luke.

'Dank je, knul, insgelijks. Komt het door die seinpaal dat de helft van zijn oor eraf is, Tim?'

'Dat denk ik niet,' zei Tim. 'Ik hoopte eigenlijk dat verhaal van hem te horen.'

'Stond u op de komst van de trein te wachten?' vroeg de jongen aan haar. Dat leek erg belangrijk voor hem. Misschien omdat hij behoorlijk hard zijn kop had gestoten, misschien om een andere reden.

'Het enige waar ik op wacht is de wederkomst van onze Heer Jezus Christus,' zei Annie. Ze keek om zich heen. 'Meneer Jackson heeft ondeugende plaatjes aan zijn muur. Ik moet zeggen dat me dat niet verbaast.'

Precies op dat moment kwam een man met een olijfkleurige huid, gekleed in een werkbroek met een wit overhemd en een donkere stropdas, de kamer binnen. Op zijn hoofd droeg hij een blauw-wit gestreept machinistenpetje. 'Hallo, Hector,' zei Tim.

'Ook hallo,' zei Hector. Hij keek naar het bebloede jongetje dat in Craig Jacksons leunstoel zat, leek niet veel belangstelling voor hem te hebben en richtte zich weer tot Tim. 'Volgens mijn stoker heb ik een paar generatoren voor je, een stel grasmaaiers en meer van dat spul, een lading ingeblikte etenswaren en een lading verse producten. Ik ben al laat, Timmy m'n jongen, en als je nu niet snel gaat uitladen, mag je het hele vrachtwagenpark dat dit stadje niet heeft naar Brunswick sturen om het spul op te halen.'

Tim stond op. 'Annie, wil jij deze jongeman gezelschap houden tot de dokter er is? Ik moet even wat ritjes met de vorkheftruck maken.'

'Dat moet wel lukken. Als hij een aanval van het een of ander krijgt stop ik wel wat in zijn mond.'

'Ik krijg geen aanval,' zei de jongen.

'Dat zeggen ze allemaal,' kaatste Annie nogal geheimzinnig terug.

'Jij daar,' zei Hector, 'ben jij stiekem meegereden op mijn trein?'

'Ja, meneer. Het spijt me.'

'Nou ja, je bent er nu uit, dus zal het me verder een zorg zijn. Ik neem aan dat de politie het verder wel afhandelt. Tim, ik zie dat je hier een probleem hebt, maar die lading wacht niet, dus kom me alsjeblieft helpen. Waar zit die verdomde werkploeg van je? Ik heb maar één man gezien en die zit in het kantoor te telefoneren.'

'Dat is Hollister van het plaatselijke motel en die zie ik echt geen lading lossen. Hooguit 's ochtends op de plee.'

'Vunzig,' zei Annie, hoewel ze het ook over de uitklapfoto's kon hebben, die ze nog steeds stond te bestuderen.

'De Beemans zouden er zijn, maar die twee niksnutten zijn kennelijk te laat. Net als jij.'

'Godsamme.' Hector zette zijn pet af en streek met een hand door zijn dikke zwarte haar. 'Ik heb zo de pest aan die vaste routes. In Wilmington ging alles ook al zo traag. Daar kwam zo'n verrekte Lexus vast te zitten op een van de autolaadwagens. Nou ja, laten we maar eens gaan kijken wat we kunnen doen.'

Tim volgde Hector naar de deur en draaide zich toen om. 'Je heet helemaal geen Nick, hè?'

De jongen dacht na en zei toen: 'Voorlopig doe ik het er even mee.'

'Laat hem niet weggaan,' zei Tim tegen Annie. 'Als hij het toch probeert, geef je maar een gil.' En tegen de bebloede jongen, die er heel klein en kwetsbaar uitzag: 'We hebben het er wel over wanneer ik terug ben. Vind je dat goed?'

Het kind dacht weer even na en knikte toen vermoeid. 'Het zal wel moeten.'

## 2

Toen de mannen weg waren vond Annie in een mandje onder de gootsteen een paar schone oude lappen. Na ze nat te hebben gemaakt met koud water, wrong ze de ene stevig uit en de andere een beetje. Ze reikte hem de eerste aan. 'Hou die maar tegen je oor.'

Luke deed het. Het prikte. De tweede gebruikte ze om het bloed van zijn gezicht te wassen. Dat deed ze met een tederheid die hem aan zijn moeder deed denken. Annie stopte en vroeg hem – met diezelfde tederheid – waarom hij huilde.

'Ik mis mijn moeder.'

'Ach, kindje toch, ik wed dat ze jou ook mist.'

'Alleen als het bewustzijn op de een of andere manier voortleeft na de dood. Ik zou dat graag geloven, maar empirische bewijzen doen vermoeden dat dit niet het geval is.'

'Voortleeft? Maar natúúrlijk doet het dat.' Annie liep weer naar de gootsteen en begon het bloed uit het doekje te spoelen dat ze had gebruikt. 'Er zijn mensen die zeggen dat zielen die zijn overgegaan geen belangstelling meer hebben voor wat zich hier op aarde afspeelt, of in elk geval niet meer dan de belangstelling die wij hebben voor de dagelijkse beslommeringen van mieren in een mierenhoop, maar ik behoor niet tot die mensen. Ik geloof dat ze alles in de gaten houden. Ik vind het heel erg voor je dat ze er niet meer is, jongen.'

'Denkt u dat hun liefde voortduurt?' Het was een idiote gedachte, dat wist hij best, maar op een goede manier.

'Absoluut. Liefde sterft niet samen met het aardse lichaam, jochie. Dat is echt een belachelijk idee. Hoe lang geleden is ze overgegaan?'

'Een maand misschien, of zes weken. Ik heb niet echt veel benul meer van de tijd. Ze zijn vermoord en ik ben ontvoerd. Ik begrijp dat het moeilijk te geloven is…'

Annie begon de rest van het bloed weg te wassen. 'Niet als je op de hoogte bent.' Ze gaf een tikje op haar slaap, onder de rand van haar sombrero. 'Reden ze in zwarte auto's?'

'Dat weet ik niet,' zei Luke, 'maar het zou me niet verbazen.'

'En hebben ze experimenten op je uitgevoerd?'

Lukes mond viel open. 'Hoe wist u dat?'

'George Allman,' zei ze. 'Hij is van middernacht tot vier uur 's ochtend op Radio WMDK. Zijn programma gaat over indringers en ufo's en paranormale krachten.'

'Paranormale krachten? Echt waar?'

'Ja, en over de samenzwering. Weet je van de samenzwering, jongen?'

'Ik denk het wel,' zei Luke.

'George Allmans programma heet *The Outsiders*. Soms bellen er luisteraars, maar meestal is hij zelf aan het woord. Hij zegt niet dat het aliens zijn, of de overheid, of de overheid in samenwerking met de aliens, hij is heel voorzichtig, want hij wil niet verdwijnen of worden neergeschoten, zoals met Jack en Bobby is gebeurd, maar hij heeft het steeds over zwarte auto's en de experimenten. Dingen waarvan de haren je te berge rijzen. Wist jij dat Son of Sam, die beruchte seriemoordenaar, een binnendringer was? Nee? Nou, dat was hij dus. Later kwam de duivel die in hem huisde er weer uit en liet een leeg omhulsel achter. Til je hoofd eens op, jongen, er zit allemaal bloed in je nek en als dat opdroogt voordat ik erbij kan moet ik gaan boenen.'

## 3

De Beemans, een paar kolossale tieners uit het woonwagenkamp ten zuiden van de stad, kwamen om kwart over twaalf aankakken, toen Tims lunchpauze eigenlijk allang had moeten beginnen. Inmiddels stond het grootste deel van de spullen voor Fromie's Small Engine Sales and Service al op het gebarsten asfalt. Als het aan Tim had gelegen, zou hij de Beemans op staande voet hebben ontslagen, maar ze waren op de een of andere ingewikkelde zuidelijke manier familie van meneer Jackson, dus dat was geen optie. Bovendien had hij ze nodig.

Om half één had Del Beeman de open vrachtauto met houten zijwanden achteruit tegen de deur van de Carolina Produce-goederenwagon gezet en begonnen ze de kratten sla, tomaten, komkommers en pompoenen in te laden. Hector en zijn stoker, die geen belangstelling hadden voor verse groenten, maar alleen zo snel mogelijk uit South Carolina weg wilden, hielpen een handje mee. Norbert Hollister stond in de schaduw van de stationsluifel en had het heel druk met toekijken, maar met niets anders. Tim vond de voortdurende aanwezigheid van de man ietwat eigenaardig – hij had nooit eerder enige belangstelling getoond voor het komen en gaan van de treinen – maar had het te druk om er verder bij stil te staan.

Om tien voor één kwam er een oude Ford-stationwagen het kleine parkeerterrein van het station op rijden, net toen Tim met zijn vorkheftruck de laatste kratten verse groenten achter in de vrachtauto zette die ze zou afleveren bij de supermarkt van DuPray… als het Phil Beeman tenminste zou lukken de wagen daarnaartoe te rijden. Het was nog geen anderhalve kilometer, maar Phils spraak was vanochtend heel traag en zijn ogen waren zo rood als die van een klein diertje dat een bosbrand probeert voor te blijven. Je hoefde geen Sherlock Holmes te zijn om hieruit op te maken dat hij zich tegoed had gedaan aan pretsigaretjes. Samen met zijn broer.

Doc Roper stapte uit zijn stationwagen. Tim stak een hand naar hem op en wees naar het pakhuis waar meneer Jackson kantoor hield en woonde. Roper wuifde terug en liep die kant op. Hij was een ouderwetse huisarts, bijna een karikatuur; het soort huisarts dat nog steeds voorkomt in honderden straatarme landelijke gebieden waar het dichtstbijzijnde ziekenhuis zestig of tachtig kilometer verderop is, Obamacare als liberale godslastering wordt beschouwd en een bezoekje aan de Walmart als een hele gebeurtenis wordt gezien. Hij was te dik, in de zestig, en een verstokte baptist die zowel een bijbel als een stethoscoop bij zich droeg in een zwarte dokterstas die al drie generaties lang van vader op zoon werd doorgegeven.

'Hoe zit het eigenlijk met dat knulletje?' vroeg de stoker van de trein, terwijl hij met een halsdoek zijn voorhoofd droogdepte.

'Geen idee,' zei Tim, 'maar daar kom ik nog wel achter. Schieten jullie nou maar op. Tenzij je zo'n Lexus voor me wilt achterlaten, Hector. Want dan rij ik hem er met alle plezier zelf af.'

'*Chúpame la polla*,' zei Hector. Toen gaf hij Tim een hand en liep terug naar zijn locomotief, in de hoop tussen DuPray en Brunswick wat verloren tijd te kunnen inhalen.

# 4

Stackhouse was van plan met de twee extractieteams mee te gaan aan boord van de Challenger, maar daar stak mevrouw Sigsby een stokje voor. Dat kon ze doen omdat zij de baas was. Niettemin was de blik waarmee Stackhouse op haar inmenging reageerde bijna beledigend te noemen.

'Kijk niet zo,' zei ze. 'Wiens kop denk je dat er gaat rollen als deze toestand verkeerd afloopt?'

'Allebei onze koppen en daar zal het niet bij blijven.'

'Ja, maar wiens kop rolt het eerst en het verst?'

'Julia, dit is een veldoperatie en jij hebt nog nooit veldwerk gedaan.'

'Ik heb de teams Robijnrood en Opaal bij me, vier prima mannen en drie taaie vrouwen. En verder nemen we Tony Fizzale mee, die marinier is geweest, dokter Evans en Winona Briggs. Zij is ex-militair en heeft ervaring met triage. Zodra de operatie begint heeft Denny Williams de leiding, maar ik ben van plan erbij te zijn en mijn rapport in het veld zelf te schrijven en niet achter mijn bureau.' Ze zweeg even. 'Als er een rapport geschreven moet worden, en ik begin intussen te geloven dat we daar niet onderuit zullen komen.' Ze keek op haar horloge. Half één. 'Genoeg gepraat. We moeten aan de gang. Jij hebt hier de leiding en als alles goed gaat, ben ik vannacht tegen tweeën weer terug.'

Hij liep met haar mee naar buiten, de afgesloten onverharde weg af die uiteindelijk naar de vijf kilometer noordelijker gelegen tweebaansweg leidde. Het was een snikhete dag. Krekels tjirpten in de dichte bossen waardoor dat rotjong uiteindelijk had weten weg te komen. Een Ford Windstar-bestelauto stond met draaiende motor voor het hek, met Robin Lecks achter het stuur. Naast haar zat Michelle Robertson. Beide vrouwen droegen jeans en zwarte T-shirts.

'Van hier naar Presque Isle,' zei mevrouw Sigsby. 'Anderhalf uur. Van Presque Isle naar Erie, Pennsylvania, nog eens zeventig minuten. Daar pikken we team Opaal op. Van Erie naar Alcolu, South Carolina, pakweg twee uur. Als alles goed gaat zijn we om zeven uur vanavond in DuPray.'

'Hou contact en denk eraan dat Williams de leiding heeft zodra het menens wordt. Niet jij,' zie Stackhouse.

'Is goed.'

'Julia, ik denk echt dat dit een vergissing is. Ik hoor dit te doen.'

Ze keek hem aan. 'Als je dat nog één keer zegt, ga ik slaan.' Ze liep naar de auto en Denny Williams schoof de zijdeur voor haar open. Mevrouw Sigsby wilde al instappen, maar draaide zich toch nog even om naar Stackhouse. 'En zorg ervoor dat Avery Dixon goed onder water wordt gehouden en dat hij wanneer ik terugkom in Achterkant zit.'

'Donkey Kong is het er niet mee eens.'

Ze schonk hem een nogal angstaanjagende glimlach. 'Zie ik eruit alsof ik me daar ook maar iets van aantrek?'

## 5

Tim keek de vertrekkende trein na en liep toen terug naar de schaduw van het stationsgebouw. Zijn shirt was kletsnat van het zweet. Tot zijn verbazing stond Norbert Hollister er nog steeds. Hij was zoals gewoonlijk gekleed in zijn vest met paisleymotief en vuile kaki broek, die hij vandaag vlak onder zijn borstbeen had dichtgesnoerd met een gevlochten riem. Tim vroeg zich (en niet voor het eerst) af hoe hij die broek zo hoog kon optrekken zonder zijn ballen af te knijpen.

'Wat doe jij hier nog, Norbert?'

Hollister haalde zijn schouders op en glimlachte tanden bloot die Tim zo vlak voor zijn lunch liever niet had gezien. 'Ik sta gewoon een beetje de tijd te doden. 's Middags is het nooit zo druk in die tent van me.'

Alsof het er 's ochtends of 's avonds wel druk is, dacht Tim. 'Wat dacht je ervan om er maar weer eens van tussen te gaan?'

Norbert haalde een pakje pruimtabak uit zijn achterzak en stopte er wat van in zijn mond. Dat verklaart de kleur van zijn tanden, dacht Tim. 'Sinds wanneer bepaal jij dat?'

'Misschien klonk het als een vriendelijk verzoek,' zei Tim. 'Dat was het niet. Wegwezen.'

'Goed, goed, ik snap de hint. Nog een prettige dag verder, meneer de nachtwaker.'

Norbert slenterde weg. Tim keek hem fronsend na. Hij zag Hollister wel eens in Bev's Eatery, of in Zoney's, waar hij soms gekookte pinda's haalde, of een hardgekookt ei uit de glazen pot op de toonbank, maar verder kwam hij maar zelden het kantoortje van zijn motel uit, waar hij sport en porno keek op zijn satelliet-tv. Die het, in tegenstelling tot de toestellen in de kamers die hij verhuurde, ook echt deed.

In meneer Jacksons kantoor zat Annie al op Tim te wachten. Ze zat achter het bureau en bladerde wat door de paperassen in Jacksons IN/UIT-bakjes.

'Steek je neus niet in andermans zaken, Annie,' zei Tim vriendelijk. 'En als je dingen door elkaar gooit, ben ik straks degene met een probleem.'

'Er zit toch niks interessants tussen. Alleen maar facturen en roosters en zo. Maar hij heeft dus wel een spaarkaart van dat toplesscafé in Hardeeville. Nog twee stempels en hij heeft een gratis buffetlunch bij elkaar gespaard. Ik snap alleen niet hoe je kunt eten terwijl je tegen een wildvreemde flamoes aan zit te kijken... *brrr.*'

Zo had Tim het nog nooit bekeken en nu hij dat wel had gedaan, wilde hij dat hij het niet had gedaan. 'Is de dokter binnen bij het kind?'

'Ja. Ik heb het bloeden kunnen stoppen, maar hij zal van nu af aan zijn haar lang moeten dragen, want dat oor komt nooit meer goed. Maar moet je nou eens luisteren. De ouders van dat jochie zijn vermoord en hij is gekidnapt.'

'Als onderdeel van de samenzwering?' Tijdens zijn rondes als nachtwaker had hij met Annie heel wat gesprekken gehad over de samenzwering.

'Precies. Ze zijn hem komen halen in zwarte auto's, geloof me maar, en als ze erachter komen dat hij hier is, zullen ze hem híér komen halen.'

'Ik snap het,' zei hij, 'en ik zal het er zeker met Sheriff John over hebben. Bedankt dat je hem hebt gewassen en op hem hebt gepast, maar nu kun je beter weggaan.'

Ze stond op en pakte haar serape. 'Goed zo, vertel het maar tegen Sheriff John. En wees allemaal op je hoede. Reken maar dat ze op alles voorbereid en gewapend zullen zijn. Er is een stadje in Maine, Jerusalem's Lot, waar je de bewoners eens zou kunnen vragen naar die mannen in zwarte auto's. Als je er tenminste nog bewoners zult vinden. Ze zijn een jaar of veertig geleden allemaal verdwenen. George Allman heeft het heel vaak over dat stadje.'

'Begrepen.'

Ze liep met zwaaiende serape naar de deur en draaide zich om. 'Je gelooft me niet en dat verbaast me helemaal niet. Waarom zou je me geloven? Ik was al jaren voordat jij hier kwam de dorpsgek en als de Here me niet komt halen, zal ik wanneer jij allang weer weg bent nog jaren de dorpsgek blijven.'

'Annie, ik heb nog nooit...'

'Ssst.' Ze keek hem van onder haar sombrero doordringend aan. 'Het geeft niet. Maar luister goed naar wat ik zeg. Ik vertel jou dit... maar híj heeft het mij verteld. Die jongen. Dus dat zijn er al twee, hè? En onthoud wat ik heb gezegd: ze komen in zwarte auto's.'

Toen liep ze weg.

## 6

Doc Roper deed de paar instrumenten die hij bij zijn onderzoek had gebruikt terug in zijn dokterstas. De jongen zat nog steeds in meneer Jacksons leunstoel. Het bloed was van zijn gezicht gewassen en zijn oor was verbonden. Er begon aan de rechterkant van zijn gezicht een flinke bloeduitstorting op te komen van zijn aanvaring met de seinpaal, maar zijn oogopslag was helder en alert. De dokter had in de kleine koelkast een flesje gingerale gevonden en daar maakte de jongen nu korte metten mee.

'Blijf maar rustig zitten, jongeman,' zei Roper. Hij knipte zijn tas dicht en liep naar Tim, die vlak voor de tussendeur was blijven staan.

'Is alles in orde met hem?' vroeg Tim met zachte stem.

'Hij is uitgedroogd en hij heeft honger, want hij heeft al een hele tijd niks gegeten, maar verder lijkt er niets met hem aan de hand. Kinderen van zijn leeftijd zijn nog flexibel en veren wel terug van ergere dingen. Hij zegt dat hij twaalf is en Nick Wilholm heet en hij zegt dat hij op het beginpunt op die trein is gestapt, helemaal in het hoge noorden van Maine. Toen ik hem vroeg wat hij daar deed, zei hij dat hij me dat niet kon vertellen. Toen ik hem naar zijn adres vroeg, kon hij zich dat niet herinneren. Dat zou kunnen, een harde klap tegen het hoofd kan tijdelijke desoriëntatie en problemen met het geheugen veroorzaken, maar ik loop al heel wat jaartjes mee en ik ken het verschil tussen geheugenverlies en terughoudendheid, vooral bij een kind. Hij verzwijgt iets. Misschien wel heel veel.'

'Oké.'

'Ik raad je aan hem een uitgebreide maaltijd in het café in het vooruitzicht te stellen. Dan krijg je vast het hele verhaal te horen.'

'Bedankt, Doc. Stuur de rekening maar naar mij.'

Roper wuifde zijn aanbod weg. 'Trakteer mij maar een keer op een uitgebreide maaltijd in een wat betere tent dan Bev's, dan staan we quitte. En wanneer hij je zijn verhaal heeft verteld, wil ik het graag horen.'

Toen hij weg was deed Tim de deur dicht zodat hij alleen was met de jongen en haalde zijn mobieltje uit zijn zak. Hij belde Bill Wicklow, de hulpsheriff die na kerstmis zijn baantje als nachtwaker van hem zou overnemen. De jongen hield hem nauwlettend in de gaten en dronk zijn flesje koude frisdrank leeg.

'Bill? Je spreekt met Tim. Ja, prima, hoor. Ik vroeg me alleen af of je vanavond misschien alvast een voorproefje wilt nemen op je baan als nachtwaker. Meestal slaap ik rond dit tijdstip, maar er heeft zich iets voorgedaan op het rangeerterrein.' Hij luisterde. 'Hartstikke goed. Ik sta bij je in het krijt. Ik zal de tijdklok voor je achterlaten op het politiebureau. Vergeet niet dat je hem moet opwinden. En bedankt.'

Hij beëindigde het gesprek en keek naar de jongen. De blauwe plekken op zijn gezicht zouden nog veel erger worden, maar over een week of twee wegtrekken. De blik in zijn ogen had meer tijd nodig. 'Voel je je al wat beter? Trekt de hoofdpijn al weg?'

'Ja, meneer.'

'Laat dat meneer maar zitten. Je mag me wel Tim noemen. Hoe noem ik jou? Wat is je echte naam?'

En na een korte aarzeling vertelde Luke hem die.

## 7

Het was koud in de slecht verlichte tunnel tussen Voorkant en Achterkant en Avery begon meteen te bibberen. Hij had nog steeds de kleren aan die hij had gedragen toen Zeke en Carlos zijn kleine, bewusteloze lijfje uit de dompelbak hadden getild en hij was drijfnat. Hij klappertandde. Toch onthield hij wat hij te weten was gekomen. Het was belangrijk. Alles was nu belangrijk.

'Hou eens op met die tanden,' zei Gladys. 'Dat is een afgrijselijk geluid.' Ze duwde hem vooruit in een rolstoel en haar gebruikelijke glimlach was in geen velden of wegen te bekennen. Iedereen wist inmiddels wat dit kleine rotjong had gedaan en net als alle andere medewerkers van het Instituut was ze doodsbang en zou dat blijven tot Luke Ellis was teruggehaald en ze allemaal weer opgelucht konden ademhalen.

'Ik k-k-k-kan er n-n-n-niks aan doe-hoen,' zei Avery. 'Ik heb 't zo k-k-k-koud.'

'Dacht je dat mij dat ook maar ene moer kan schelen?' Gladys' harde stem weerkaatste tegen de betegelde wanden. 'Heb je enig idee wat je hebt gedaan? Heb je daar enig idee van?'

Dat had Avery wel. Sterker nog, hij had heel veel ideeën, sommige van Gladys zelf (haar angst leek op een rat die midden in haar hoofd rondrende in een molentje) en andere helemaal van zichzelf.

Toen ze eenmaal door de deur met UITSLUITEND TOEGANG VOOR BEVOEGD PERSONEEL waren, werd het iets warmer en in de slonzige ontvangstruimte waar dokter James hen al stond op te wachten (haar witte laboratoriumjas verkeerd dichtgeknoopt, haar haar in de war en een brede, wezenloze glimlach op haar gezicht), was het nog warmer.

Avery's rillingen namen af en hielden vervolgens op, maar toen kwamen de gekleurde Stasi-lichten terug. Dat was niet zo erg, want hij kon ze op elk gewenst moment laten verdwijnen. Zeke had hem bijna vermoord in die dompelbak en voordat Avery het bewustzijn had verloren had hij ook werkelijk gedacht dat hij dood wás, maar de bak had ook iets met hem gedaan. Hij begreep dat het bij sommige andere kinderen die erin gingen ook iets deed, maar dit was meer dan dat. Om behalve TK opeens ook TP te zijn, was wel het minste dat er kon gebeuren. Gladys was doodsbang voor de gevolgen van wat Luke had gedaan, maar Avery had het idee dat hij, Avery, haar als hij dat wilde ook doodsbang kon maken voor hém.

Maar dit was niet het juiste moment.

'Hallo, jongeman!' riep dokter James uit. Ze klonk als een politicus in een tv-spotje en haar gedachten vlogen in het rond als papiersnippers in een windvlaag.

Er is iets heel, heel erg mis met haar, dacht Avery. Het is net zoiets als stralingsziekte, maar dan in haar hersenen in plaats van in haar botten.

'Hallo,' zei Avery.

Dokter Jeckle wierp haar hoofd in haar nek en lachte alsof 'hallo' de clou was van de grappigste mop die ze ooit had gehoord. 'We hadden je nog niet zo snel verwacht, maar welkom, welkom! Een paar van je vrienden zijn hier ook!'

Dat weet ik, dacht Avery, en ik kan niet wachten om ze te zien. Ik denk dat ze ook wel blij zullen zijn om mij te zien.

'Maar eerst moeten we je die natte kleren uittrekken.' Ze wierp een verwijtende blik in Gladys' richting, maar Gladys had het veel te druk met aan haar armen krabben, in een poging van het gonzen af te komen dat ze op haar huid (of vlak eronder) voelde. Ik wens je veel succes, dacht Avery. 'Ik zal Henry je naar je kamer laten brengen. We hebben hier heel aardige rode verzorgers. Kun je zelf lopen?'

'Ja.'

Dokter Jeckle begon weer te lachen, met haar hoofd in haar nek en krampachtig bewegende keel. Avery stond op uit de rolstoel en wierp Gladys een lange, aandachtige blik toe. Ze hield op met krabben en nu was zíj degene die rilde. Niet omdat ze nat was en niet omdat ze het koud had. Het kwam door hem. Ze voelde hem en dat vond ze niet prettig.

Maar Avery wel. Die vond het wel mooi.

## 8

Omdat er geen andere stoel in meneer Jacksons woonkamer stond, haalde Tim er een uit het kantoortje. Even overwoog hij hem vlak voor de jongen neer te zetten, maar dat leek toch te veel op de situatie in een verhoorruimte op een politiebureau. In plaats daarvan schoof hij hem dus naast de La-Z-Boy-leunstoel, zodat hij naast de jongen kon zitten zoals je naast een vriend kon zitten, om een favoriete tv-serie te kijken of zo, alleen was er op meneer Jacksons flatscreen niets te zien.

'Zo, Luke. Volgens Annie ben jij ontvoerd, maar Annie is niet altijd… helemaal bij de tijd, laten we maar zeggen.'

'Wat dat betreft wel, hoor,' zei Luke.

'Goed dan. Waar ben je ontvoerd?'

'Minneapolis. Ze hebben me gedrogeerd. En mijn ouders vermoord.' Hij veegde met een hand over zijn ogen.

'Dus die kidnappers hebben je van Minneapolis naar Maine gebracht. Hoe hebben ze dat gedaan?'

'Dat weet ik niet. Ik was bewusteloos. Waarschijnlijk in een vliegtuig. Ik kom echt uit Minneapolis. Dat kun je controleren. Je hoeft alleen maar mijn school te bellen, de Broderick School voor Bijzondere Kinderen.'

'Dat wil zeggen dat je heel slim bent, neem ik aan.'

'O ja,' zei Luke, zonder enige trots in zijn stem. 'Ik ben een slimme jongen. En op dit moment ben ik een hongerige jongen. Ik heb de afgelopen paar dagen niets anders op dan een worstenbroodje en een stuk vruchtentaart. Ik denk dat het een paar dagen waren, maar eigenlijk weet ik het niet precies meer. Ik heb het gekregen van een man die Mattie heette.'

'Verder niets?'

'Een stukje donut,' zei Luke. 'Maar dat stelde niet veel voor.'

'Jezus, dan moeten we iets te eten voor je regelen.'

'Ja,' zei Luke en hij voegde eraan toe: 'Alsjeblieft.'

Tim haalde zijn mobieltje uit zijn zak. 'Wendy? Met Tim. Ik vroeg me af of je iets voor me zou willen doen.'

## 9

Avery's kamer in Achterkant was spartaans ingericht. Het bed was in feite een brits. Er hingen geen Nickelodeon-posters aan de muren en op het bureau stonden geen G.I. Joe-poppetjes om mee te spelen. Avery zat er niet mee. Hij was nog maar tien, maar hij moest nu volwassen zijn en volwassenen speelden niet met speelgoedsoldaatjes.

Maar ik kan het niet alleen, dacht hij.

Hij herinnerde zich vorig jaar kerst. Het deed pijn om daaraan te denken, maar hij deed het toch. Hij had het legokasteel gekregen waar hij om had gevraagd, maar toen alle stukjes voor hem lagen, had hij geen idee gehad hoe hij van die verzameling losse stukjes het prachtige kasteel op de doos moest maken, met zijn torens en poorten en de ophaalbrug die echt op en neer kon. Hij was in huilen uitgebarsten. Toen was zijn vader (die nu dood was, dat wist hij zeker) op zijn knieën naast hem komen zitten en zei: *We volgen de instructies en we doen het samen. Stap voor stap.* En dat hadden ze gedaan. Het kasteel was op zijn bureautje blijven staan, met zijn G.I. Joe's als schildwachten eromheen, en toen hij wakker werd in Voorkant bleek dat kasteel het enige te zijn wat ze niet hadden kunnen namaken.

Nu lag hij op een brits in deze kale kamer, met droge kleren aan, en dacht eraan hoe fantastisch het kasteel eruit had gezien toen het af was. En hij voelde het gonzen. Het geluid was hier in Achterkant constant aanwezig. Hard in de kamers, harder op de gangen en het allerhardst voorbij de cafetaria, waar een paar dubbel afgesloten deuren naast de koffiekamer van de verzorgers naar de achterkant van Achterkant voerde. De verzorgers noemden dat gedeelte vaak Gorky Park, omdat kinderen die er leefden (als je het leven kon noemen) *gorks* waren, kasplantjes. Neuriërs. Maar ze waren nuttig, veronderstelde Avery. Zoals de wikkel van je chocoladereep nuttig was, tot je hem had schoongelikt. Dan kon je hem weggooien.

Op alle deuren hier zaten sloten. Avery concentreerde zich en probeerde zijn deur te openen. Niet dat hij ergens naartoe kon, behalve de gang met het blauwe tapijt, maar het was een interessant experiment. Hij voelde dat het slot probéérde te draaien, maar het lukte nét niet helemaal. Hij vroeg zich af of George Iles het zou kunnen, want George was een sterke TK-pos geweest. Avery kon wel wat hulp gebruiken. Hij dacht weer aan wat zijn vader had gezegd: *We doen het samen. Stap voor stap.*

Om vijf uur ging de deur open en keek er een in het rood geklede verzorger naar binnen. Er kon geen lachje af. Ze droegen hier geen naamplaatjes, maar Avery had geen naamplaatje nodig. Dit was Jacob, bij zijn collega's ook wel bekend als Jake de Slang. Hij was een ex-marineman. Je probeerde bij de SEALS te komen, dacht Avery, maar dat lukte je niet. Ze gooiden je eruit. Volgens mij genoot je er te veel van om mensen pijn te doen.

'Avondeten,' zei Jake de Slang. 'Als je wilt eten, moet je meekomen. Zo niet, dan sluit ik je op tot het tijd is voor de film.'

'Ik wil wel eten.'

'Goed. Hou je van films, jochie?'

'Ja.' Hij dacht: maar niet van deze. Deze films vermoordden mensen.

'Je vindt dit vast leuke films,' zei Jake. 'Eerst is er altijd een tekenfilm. De cafetaria is die kant op en dan links. En sta niet zo te treuzelen.' Jake gaf hem een flinke tik tegen zijn achterste om hem op weg te helpen.

In de cafetaria – een troosteloze ruimte die in dezelfde kleur groen was geschilderd als de gang in het woongedeelte in Voorkant – zaten een stuk of zes kinderen iets te eten wat naar Dinty Moore *beef stew* rook, een soort stoofpot met rundvlees die zijn moeder thuis minstens twee keer per week op tafel zette, omdat zijn kleine zusje het zo lekker vond. Zij zou nu ook wel dood zijn. De meeste kinderen zagen eruit als zombies en er werd heel wat afgeknoeid. Hij zag één kind, een meisje, dat tijdens het eten een sigaret zat te roken. Terwijl Avery toekeek tikte zij as in haar kom, keek afwezig om zich heen en at vervolgens gewoon verder.

Hij had Kalisha in de tunnel al gevoeld en nu zag hij haar. Ze zat ergens achteraan aan een tafel. Hij moest zich inhouden om niet naar haar toe te rennen en zijn armen om haar nek te slaan. Dat zou de aandacht trekken en dat wilde Avery niet. Integendeel zelfs. Naast Sha zat Helen Simms, met haar handen slap aan weerszijden van haar kom. Ze hield haar blik strak op het plafond gericht. Haar haar, met al die vrolijke kleuren toen ze in Voorkant verscheen, was nu dof en hing slap en piekerig langs haar gezicht – haar veel smallere gezicht. Kalisha zat haar te voeren, of probeerde dat althans.

'Kom op, Hel, kom op, mond open.' Het lukte Sha een lepel van de stoofpot in Helens mond te krijgen. Toen een bruinige klomp onduidelijk vlees via Helens onderlip weer naar buiten probeerde te komen, gebruikte Sha de lepel om alles weer terug te duwen. Deze keer slikte Helen en Sha glimlachte. 'Goed zo, heel goed.'

*Sha*, dacht Avery. *Hé, Kalisha.*

Ze keek verschrikt om, zag hem, en meteen verscheen er een brede lach om haar mond. *Avery!*

Een straal slijmerige bruine jus droop langs Helens kin. Nicky, die aan haar andere kant zat, gebruikte een papieren servetje om het weg te vegen. Toen kreeg ook hij Avery in het oog, grijnsde en stak zijn duim naar hem op. George, die tegenover Nicky zat, keek om.

'Hé, kijk nou, daar heb je Avery,' zei George. 'Sha dacht al dat je zou komen. Welkom in ons gezellige huis, kleine held.'

'Als je wilt eten, moet je een kom pakken,' zei een in het rood geklede vrouw met een somber gezicht. Zij heette Corinne, wist Avery, en ze sloeg graag. Dat gaf haar een fijn gevoel. 'We moeten vroeg ophouden, want het is filmavond.'

Avery pakte een kom en schepte er wat van de stoofpot in. Ja hoor, het was Dinty Moore. Hij legde er een homp sponzig wit brood bovenop, nam zijn maaltje mee naar zijn vrienden en ging zitten. Sha lachte hem toe. Haar hoofdpijn was vandaag heel erg, maar ze lachte toch en dat maakte dat hij tegelijkertijd wilde lachen en huilen.

'Eten, maatje,' zei Nicky, maar hij volgde zijn eigen advies niet op; zijn kom was nog bijna helemaal vol. Zijn ogen waren bloeddoorlopen en hij wreef over zijn linkerslaap. 'Ik weet dat het eruitziet als diarree, maar je wilt echt niet met een lege maag naar de film.'

*Hebben ze Luke opgepakt?* zond Sha.

*Nee. Ze schijten zeven kleuren stront.*

*Mooi. Heel mooi!*

*Krijgen we pijnlijke prikken voor de film?*

*Vanavond niet, denk ik. Dit is een vrij nieuwe film, die we pas één keer hebben gezien.*

George zat met begrijpende ogen naar hen te kijken. Hij had het gehoord. Ooit was er, in Voorkant, een tijd geweest dat George Iles alleen TK was geweest, maar inmiddels was hij meer dan dat. Dat waren ze allemaal. Achterkant versterkte wat je al had, maar dankzij de dompelbak waren ze geen van allen als Avery. Hij wist dingen. De tests in Voorkant bijvoorbeeld. Veel van die testjes waren privéprojecten van dokter Hendricks, maar de injecties waren puur praktisch van aard. Sommige ervan waren onderdrukkers en die had Avery nooit gehad. Hij was meteen doorgestuurd naar de dompelbak, waar hij tot aan de poort van de dood was gebracht en misschien wel erdoorheen, en het gevolg was dat hij de Stasi-lichten nu naar eigen believen kon oproepen. Daar had hij geen film voor nodig en hij hoefde ook geen deel uit te maken van het groepsdenken. Het creëren van dat groepsdenken was de belangrijkste taak van Achterkant.

Maar hij was nog maar tien. En dat was een probleem.

Terwijl hij begon te eten zocht hij naar Helen en ontdekte tot zijn blijdschap dat ze er nog was. Hij mocht Helen graag. Ze was heel anders dan dat kreng Frieda. Hij wist dat ze hem erin had geluisd en hem informatie had ontfutseld, waarna ze hem had verraden.

*Helen?*

*Nee, niet tegen me praten, Avery. Ik moet...*

De rest ging verloren, maar Avery dacht het te begrijpen. Ze moest zich verbergen. Er zat een spons vol pijn in haar hoofd en daar probeerde ze zich zo goed en zo kwaad als het ging voor te verbergen. Je verbergen voor de pijn was op zich wel een logische reactie. Het probleem was dat de spons bleef opzwellen en dat zou blijven doen tot ze zich nergens meer kon verbergen en dan zou hij haar tegen de achterkant van haar schedel verpletteren als een vlieg tegen de muur. Dan zou het met haar gebeurd zijn. Als Helen tenminste.

Avery reikte in haar geest. Het was makkelijker dan proberen het slot op zijn kamerdeur open te draaien, omdat hij in aanvang al een sterke TP was geweest en TK helemaal nieuw voor hem was. Hij was onhandig en moest voorzichtig zijn. Hij kon haar niet beter maken, maar hij dacht het haar wel wat makkelijker te kunnen maken. Haar een beetje afschermen. Dat zou haar goeddoen en het zou de anderen ook goeddoen… want ze hadden alle hulp nodig die ze konden krijgen.

Hij vond de hoofdpijnspons diep in Helens hoofd. Hij zei dat het ding moest ophouden met groeien. Hij zei dat het weg moest gaan. Dat wilde het niet. Hij begon te duwen. De gekleurde lichten begonnen te verschijnen, ze tolden langzaam rond, als room in koffie. Hij duwde harder. De spons was flexibel, maar hield toch stand.

*Kalisha. Help me eens.*

*Waarmee? Wat doe je?*

Hij vertelde het haar. Ze kwam naar binnen, aanvankelijk heel voorzichtig. Ze duwden samen. De hoofdpijnspons gaf een klein beetje mee.

*George*, zond Avery. *Nicky. Help ons.*

Nicky lukte het wel, een beetje. George leek het eerst niet te begrijpen, voegde zich toen bij hen, maar trok zich een ogenblik later weer terug. 'Ik kan het niet,' fluisterde hij. 'Het is donker.'

*Daar moet je niet op letten!* Dat was Sha. *Ik denk dat we kunnen helpen!*

George kwam terug. Hij deed het met tegenzin en kon niet veel uitrichten, maar hij was er in elk geval bij.

*Het is maar een spons*, zei Avery tegen hen. Hij kon zijn kom stoofvlees niet meer zien. Die had plaatsgemaakt voor de kloppende maalstroom van Stasi-lichten. *Hij kan je geen pijn doen. Duwen! Allemaal tegelijk!*

Ze probeerden het en er gebeurde iets. Helen wendde haar blik van het plafond af en keek in plaats daarvan Avery aan.

'Kijk eens wie we daar hebben,' zei ze met schorre stem. 'Mijn hoofdpijn is godzijdank een beetje gezakt.' Ze begon zelf te eten.

'Krijg nou wat,' zei George. 'Dat hebben wij gedaan.'

Nick grijnsde en stak een hand op. 'Geef me de vijf, Avery.'

Avery gaf hem een high five, maar samen met de stippen was ook het goede gevoel verdwenen. Helens hoofdpijn zou terugkomen en elke keer wanneer ze een film zag erger worden. Dat gold voor Helens hoofdpijn, maar ook voor die van Sha en Nicky. En voor die van hem. Uiteindelijk zouden ze allemaal deelnemen aan het gonzen in Gorky Park.

Maar misschien… als ze allemaal samenkwamen, in hun eigen groepsdenken… en als er een manier bestond om een schild te vormen…

*Sha.*

Ze keek hem aan. Ze luisterde. Nicky en George luisterden ook, voor zover ze dat konden. Het leek wel of ze gedeeltelijk doof waren. Maar Sha verstond hem. Ze nam een paar happen, legde toen haar lepel neer en schudde haar hoofd. *We kunnen niet ontsnappen, Avery. Als je daaraan zit te denken, vergeet het dan maar.*

*Dat weet ik wel. Maar we moeten* iets *doen. We moeten Luke helpen en we moeten onszelf helpen. Ik zie de stukjes, maar ik weet niet hoe ik ze in elkaar moet passen. Ik weet niet...*

'Je weet niet hoe je het kasteel moet bouwen,' zei Nicky met een zachte, peinzende stem. Helen was weer gestopt met eten en had haar inspectie van het plafond hervat. De hoofdpijnspons groeide al weer en zwol verder op naarmate hij zich tegoed deed aan haar geest. Nicky voerde haar nog een hapje.

'Sigaretten!' riep een van de rode verzorgers. Hij hield een doos omhoog. Roken leek hier gratis te zijn. Het leek zelfs te worden aangemoedigd. 'Wie wil er een sigaret voor de voorstelling?'

*We kunnen niet ontsnappen*, zond Avery, *dus help me een kasteel te bouwen. Een muur. Een schild. Óns kasteel. Ónze muur. Óns schild.*

Hij keek van Sha naar Nicky naar George en weer naar Sha en smeekte haar het te begrijpen. Haar ogen lichtten op.

Ze snapt het, dacht Avery. Godzijdank, ze snapt het.

Ze wilde iets zeggen, maar deed haar mond weer dicht toen de verzorger – Clint heette hij – langsliep. 'Sigaretten! Wie wil er eentje voor de voorstelling?'

Toen hij weg was, zei ze: 'Als we niet kunnen ontsnappen, moeten we de hele tent overnemen.'

## 10

Hulpsheriff Wendy Gullicksons aanvankelijk ijzige houding tegenover Tim was aanzienlijk warmer geworden sinds hun eerste afspraakje in het Mexicaanse restaurant in Hardeeville. Ze waren nu een erkend stelletje en toen ze met een grote papieren zak meneer Jacksons achterkamer binnenkwam, kuste ze hem eerst op zijn wang en toen nog even snel op zijn mond.

'Dit is deputy Gullickson,' zei Tim, 'maar je mag haar wel Wendy noemen, als zij dat ook goedvindt.'

'Natuurlijk,' zei Wendy. 'En hoe heet jij?'
Luke keek Tim aan, die bijna onmerkbaar knikte.
'Luke Ellis.'
'Leuk om kennis met je te maken, Luke. Dat is een flinke bloeduitstorting die je daar hebt.'
'Ja, mevrouw. Ik ben ergens tegenaan gelopen.'
'Ja, Wendy. En dat verband over je oor? Heb je jezelf soms ook nog eens gesneden?'
Daar moest hij een beetje om lachen, want het was nog waar ook. 'Zoiets, ja.'
'Tim zei dat je honger had, dus ik heb wat meegenomen van het restaurant in Main Street. Ik heb Coca-Cola, kip, hamburgers en friet. Wat wil je hebben?'
'Alles,' zei Luke, waarop Tim en Wendy allebei in de lach schoten.
Ze zagen hem twee kippenpoten, een hamburger en het grootste deel van de frietjes opeten en ten slotte een flinke schaal rijstpudding. Tim, die zijn lunch had overgeslagen, at de rest van de kip op en dronk een cola.
'Voel je je nu wat beter?' vroeg Tim toen alles op was.
In plaats van te antwoorden, barstte Luke in tranen uit.
Wendy sloeg haar armen om hem heen en streelde zijn haar, terwijl ze er met haar vingers wat klitten uit ontwarde. Toen Luke eindelijk een beetje tot bedaren kwam, hurkte Tim bij hem neer.
'Sorry,' zei Luke. 'Sorry, sorry, sorry.'
'Geeft niks. Je mag gerust huilen, hoor.'
'Het komt omdat ik weer het gevoel heb dat ik leef. Ik weet niet waarom ik daarom zou moeten huilen, maar het gebeurde gewoon.'
'Het zal wel opluchting zijn,' zei Wendy.
'Luke beweert dat zijn ouders vermoord zijn en dat hij zelf is ontvoerd,' zei Tim. Wendy's ogen werden groot.
'Dat is geen bewering!' zei Luke, terwijl hij op het puntje van meneer Jacksons stoel ging zitten. 'Dat is de waarheid!'
'Misschien verwoord ik het wat onhandig. Vertel ons je verhaal, Luke.'
Luke dacht even na en zei toen: 'Wil je eerst iets voor me doen?'
'Als ik dat kan,' zei Tim.
'Kijk eens naar buiten, om te zien of die andere man er nog steeds is.'
'Norbert Hollister?' Tim glimlachte. 'Ik heb gezegd dat hij moest op-

hoepelen. Die staat nu waarschijnlijk in de Go Mart loten te kopen. Hij is ervan overtuigd dat hij South Carolina's volgende miljonair wordt.'

'Kijk voor alle zekerheid even.'

Tim keek Wendy aan, die haar schouders ophaalde en zei: 'Ik doe het wel.'

Een ogenblik later kwam ze met gefronste wenkbrauwen terug. 'Hij zit in een schommelstoel voor het stationsgebouw een tijdschrift te lezen.'

'Ik denk dat hij een oom is,' zei Luke zacht. 'Ik had ook ooms in Richmond en Wilmington en misschien ook wel in Sturbridge. Ik heb nooit geweten dat ik zo veel ooms had.' Hij lachte. Het was een kil geluid.

Tim stond op en liep naar de deur. Hij was net op tijd om Norbert Hollister te zien opstaan en in de richting van zijn bijna vervallen motel te zien lopen. Hij keek niet achterom. Tim liep terug naar Luke en Wendy.

'Hij is weg, jochie.'

'Misschien om ze te bellen,' zei Luke. Hij prikte met zijn vinger in zijn lege colablikje. 'Ik laat me echt niet terugbrengen. Ik dacht dat ik het daar niet zou overleven.'

'Waar?' vroeg Tim.

'In het Instituut.'

'Begin bij het begin en vertel ons alles,' zei Wendy.

Dat deed Luke.

## 11

Toen hij klaar was – hij deed er bijna een half uur over en dronk tijdens het vertellen nog een blikje cola – bleef het even stil. Toen zei Tim, heel zacht: 'Dat is onmogelijk. Om te beginnen zouden zo veel ontvoeringen toch opvallen?'

Wendy schudde haar hoofd. 'Je bent zelf politieman geweest, dus zou je beter moeten weten. Een paar jaar terug is er een onderzoek geweest waaruit bleek dat er in de Verenigde Staten elk jaar bijna een half miljoen kinderen vermist raken. Dat is een onthutsend cijfer, vind je ook niet?'

'Ik weet dat het er veel zijn. Het laatste jaar dat ik bij de politie van

Sarasota County werkte waren er bijna vijfhonderd meldingen van vermiste kinderen, maar in de meeste gevallen – de overgrote meerderheid van de gevallen – gaat het dan om kinderen die uit zichzelf weer terugkomen.' Tim dacht aan Robert en Roland Bilson, de tweeling die hij een keer in de vroege ochtenduren had betrapt toen ze op weg waren naar de kermis in Dunning.

'Dan blijven er nog duizenden over,' zei ze. 'Tienduizenden zelfs.'

'Goed, maar hoeveel daarvan verdwijnen er met achterlating van vermoorde ouders?'

'Geen idee. Ik betwijfel of daar ooit onderzoek naar is gedaan.' Ze richtte haar aandacht weer op Luke, die hun gesprek met zijn ogen had gevolgd alsof hij naar een tenniswedstrijd zat te kijken.

Hij had zijn hand in zijn zak en voelde aan de USB-stick alsof het een konijnenpootje was dat hem geluk zou brengen. 'Soms,' zei hij, 'laten ze het er waarschijnlijk uitzien als een ongeluk.'

Opeens zag Tim voor zich hoe deze jongen bij Annie in haar tent woonde en hoe ze samen naar dat nachtelijke radioprogramma van haar, met die achterlijke presentator, zaten te luisteren. En hoe ze het hadden over de samenzwering, en over hen.

'Je zei dat je je oorlel hebt afgesneden omdat er een zendertje in zat,' zei Wendy. 'Is dat echt waar, Luke?'

'Ja.'

Wendy leek even niet te weten hoe ze nu verder moest. De blik waarmee ze Tim aankeek zei: *Nu jij weer.*

Tim pakte Lukes lege colablikje en gooide het in de papieren zak, waar inmiddels alleen nog maar verpakkingen en kippenbotjes in zaten. 'Je hebt het over een geheime installatie op ons eigen grondgebied waar een geheim programma wordt uitgevoerd dat al God mag weten hoeveel jaar gaande is. Vroeger was zoiets misschien mogelijk, veronderstel ik – in theorie – maar niet in het computertijdperk. De grootste overheidsgeheimen worden op het internet gegooid door een groep klokkenluiders die…'

'Wikileaks, ik weet wat Wikileaks is.' Luke klonk ongeduldig. 'Ik weet hoe moeilijk het is om dingen geheim te houden en ik weet hoe krankzinnig dit allemaal klinkt. Aan de andere kant hadden de Duitsers tijdens de Tweede Wereldoorlog concentratiekampen waar ze zes miljoen Joden wisten te vermoorden. En zigeuners en homoseksuelen.'

'Maar de mensen in de omgeving van die kampen wisten wat er gaande was,' zei Wendy. Ze probeerde zijn hand te pakken.

Luke trok hem weg. 'En ik durf er een miljoen om te verwedden dat de mensen in Dennison River Bend, dat is het dichtstbijzijnde stadje, echt wel weten dat er íéts gaande is. Iets ergs. Ze weten niet wát, want dat wíllen ze niet weten. Waarom zouden ze ook? Het houdt ze in bedrijf en bovendien, wie zou het geloven? Je hebt vandaag de dag nog steeds mensen die niet geloven dat de Duitsers al die Joden hebben vermoord. Dat heet ontkenning.'

Ja, dacht Tim, de jongen is inderdaad slim. Hij heeft een idioot verhaal bedacht om te verhullen wat er werkelijk is gebeurd, maar hij heeft wel een ongelooflijk goed stel hersens.

'Ik wil zeker weten dat ik het goed heb begrepen,' zei Wendy. Ze sprak heel rustig. Dat deden ze allebei. Luke begreep het. Je hoefde geen fucking wonderkind te zijn om te snappen dat mensen op die manier spraken tegen iemand die geestelijk in de war was. Hij was teleurgesteld, maar niet verbaasd. Wat had hij anders kunnen verwachten? 'Ze vinden op de een of andere manier kinderen die aanleg hebben voor telepathie en, hoe noemde je dat, teleki-nog iets...'

'Telekinese. TK. Meestal is de aanleg maar klein – zelfs TK-pos-kinderen hebben niet veel. Maar de artsen van het Instituut maken ze sterker. Prikken voor stippen, zeggen ze dan, zeggen we allemaal, alleen zijn die stippen in werkelijkheid de Stasi-lichten waarover ik jullie heb verteld. De prikken die de lichten opwekken worden geacht de gave die we hebben te stimuleren. Ik denk dat sommige andere prikken zijn bedoeld om ervoor te zorgen dat we het langer volhouden. Of...' Dit was iets wat hij zojuist had bedacht. 'Of om te voorkomen dat we te veel krijgen. Omdat we dan gevaarlijk voor hen zouden kunnen worden.'

'Een soort vaccinaties?' vroeg Tim.

'Ik denk dat je het zo wel zou kunnen noemen, ja.'

'Voordat je werd ontvoerd kon je al voorwerpen verplaatsen met je gedachten,' zei Tim met zijn kalme ik-zit-tegen-een-gestoorde-gek-te-praten-stem.

'Kleine voorwerpen.'

'En sinds die bijna-doodervaring in de dompelbak kun je ook gedachten lezen.'

'Daarvoor ook al. De dompelbak... heeft het alleen versterkt. Maar ik ben nog steeds niet...' Hij masseerde de achterkant van zijn nek. Dit was moeilijk uit te leggen en hun stemmen, zo zacht en zo kalm, begonnen op zijn zenuwen te werken, die toch al tot het uiterste gespannen waren. Nog even en hij was net zo stapelgek als ze dachten dat hij was. Toch moest hij het proberen. 'Maar ik ben nog steeds niet heel sterk. Dat zijn we geen van allen, behalve Avery misschien. Hij is echt heel goed.'

Tim zei: 'Dus als ik het goed heb begrepen ontvoeren ze kinderen die licht paranormaal begaafd zijn, voeden ze met mentale steroïden en laten ze vervolgens mensen vermoorden. Zoals die politicus die zich kandidaat wilde stellen voor het presidentschap. Mark Berkowitz.'

'Ja.'

'Waarom niet Bin Laden?' vroeg Wendy. 'Dat lijkt me nou een logisch doelwit voor zo'n... zo'n mentale moord.'

'Dat weet ik niet,' zei Luke. Hij klonk uitgeput. De bloeduitstorting op zijn wang leek met de minuut kleurrijker te worden. 'Ik heb geen flauw idee hoe ze hun doelwit uitkiezen. Ik heb het er een keer over gehad met mijn vriendin Kalisha. Zij wist het ook niet.'

'Waarom gebruikt die geheimzinnige organisatie niet gewoon huurmoordenaars? Zou dat niet veel eenvoudiger zijn?'

'In films lijkt dat eenvoudig,' zei Luke. 'In werkelijkheid denk ik dat het ze meestal niet lukt, of dat ze worden opgepakt. Net zoals die lui die Bin Laden hebben vermoord bijna zijn gepakt.'

'Geef eens een demonstratie,' zei Tim. 'Ik neem een getal in gedachten. Vertel jij maar welk getal het is.'

Luke probeerde het. Hij concentreerde zich en wachtte tot de gekleurde stippen zouden verschijnen, maar ze kwamen niet. 'Het lukt niet.'

'Laat dan iets bewegen. Dat is toch je grootste talent, waarvoor ze je hebben ontvoerd?'

Wendy schudde haar hoofd. Tim was geen telepaat, maar hij wist wel wat ze dacht: pest dat kind toch niet zo, hij is overstuur en in de war en op de vlucht. Maar Tim hoopte juist dat hij, door Lukes idiote verhaal te ontzenuwen, dichter bij de waarheid zou komen, zodat ze konden bedenken hoe het nu verder moest.

'Die papieren zak waar het eten in heeft gezeten dan? Hij is leeg en licht, dus misschien kun je die laten bewegen.'

Luke keek ernaar en de frons in zijn voorhoofd werd dieper. Even meende Tim iets te voelen – een fluistering over zijn huid, een soort flauwe tochtvlaag – maar toen was het weer verdwenen en de zak bewoog niet. Natuurlijk niet.

'Oké,' zei Wendy. 'Dat lijkt me voorlopig wel even gen...'

'Ik weet dat jullie een setje zijn,' zei Luke. 'Dat weet ik wel.'

Tim glimlachte. 'Ik ben niet onder de indruk, knul. Je hebt gezien dat ze me kuste toen ze binnenkwam.'

Luke richtte zijn aandacht op Wendy. 'Jij gaat binnenkort op reis. Om je zus op te zoeken, ja toch?'

Haar ogen werden groot. 'Hoe...'

'Trap er niet in,' zei Tim... maar niet onvriendelijk. 'Dat is een oud paragnostentrucje – de beredeneerde gok. Ook al moet ik toegeven dat hij het heel goed doet.'

'Hoe kan ik nu iets weten over Wendy's zus?' vroeg Luke, hoewel hij weinig hoop meer koesterde. Hij had zijn kaarten een voor een op tafel gelegd en nu had hij er nog maar eentje over. En hij was zo moe. In de trein had hij maar heel licht geslapen en was hij steeds achtervolgd door nare dromen. Voornamelijk over de dompelbak.

'Wil je ons even excuseren?' vroeg Tim. Zonder een antwoord af te wachten nam hij Wendy mee naar de deur die toegang gaf tot het kantoortje. Daar praatte hij even met haar. Zij knikte en liep de kamer uit, terwijl ze intussen haar mobieltje uit haar zak haalde. Tim kwam terug. 'Ik denk dat we je beter naar het bureau kunnen brengen.'

Eerst dacht Luke nog dat hij het over het bureau in het kantoortje had en dat hij hem op een andere goederentrein wilde zetten, zodat hij en zijn vriendin van het probleem van het weggelopen jongetje en zijn krankzinnige verhaal verlost waren. Toen realiseerde hij zich dat Tim het over een heel ander soort bureau had.

Ach, wat maakt het ook uit? dacht Luke. Ik wist natuurlijk allang dat ik uiteindelijk ergens op een politiebureau terecht zou komen. En misschien is een klein bureau wel beter dan een groot, waar ze misschien nog wel honderd andere zaken moeten behandelen.

Alleen dachten ze nog steeds dat hij paranoïde was over die Hollister, en dat was niet best. Voorlopig kon hij alleen maar hopen dat ze gelijk hadden en dat Hollister ongevaarlijk was. Waarschijnlijk hádden ze gelijk. Het Instituut kon immers niet overál mensen hebben?

'Oké, maar eerst moet ik je nog iets vertellen en iets laten zien.'

'Ga je gang,' zei Tim. Hij leunde naar voren en keek Luke recht in de ogen. Misschien deed hij het alleen om het gekke jongetje een plezier te doen, maar hij luisterde in elk geval en meer kon Luke op dit moment niet van hem verwachten.

'Als ze weten dat ik hier ben, zullen ze me komen halen. Waarschijnlijk gewapend. Want ze zijn als de dood dat iemand me zal geloven.'

'Waarvan akte,' zei Tim, 'maar we beschikken hier over een prima kleine politie-eenheid, Luke. Ik denk wel dat je hier veilig bent.'

Je hebt geen idee waartegen je het misschien moet opnemen, dacht Luke, maar hij kon het niet meer opbrengen om nog een poging te doen om deze man te overtuigen. Hij was de uitputting nabij. Wendy kwam terug en gaf Tim een knikje. Luke was te moe om zich er druk over te maken.

'De vrouw die me heeft geholpen om uit het Instituut weg te komen heeft me twee dingen gegeven. Het ene was het mes dat ik heb gebruikt om het stukje van mijn oor af te snijden waar het zendertje in zat. Het andere was dit.' Hij haalde de USB-stick uit zijn zak. 'Ik weet niet wat erop staat, maar ik denk dat je ernaar moet kijken voordat je iets anders doet.'

Hij gaf het aan Tim.

## 12

De bewoners van Achterkant – de voorkant van Achterkant om precies te zijn; de achttien die momenteel in Gorky Park zaten bleven achter hun gesloten deur zitten gonzen – kregen voordat de film begon twintig minuten vrij. Jimmy Cullum liep als een zombie met zijn pijnlijk bonkende hoofd naar zijn kamer; Hal, Donna en Len zaten in de cafetaria. De twee jongens staarden naar hun half opgegeten toetje (vanavond was dat chocoladepudding), terwijl Donna naar een smeulende sigaret zat te kijken waarvan ze kennelijk niet meer wist hoe ze hem moest roken.

Kalisha, Nick, George, Avery en Helen gingen naar de ontspanningsruimte met haar spuuglelijke meubilair uit de kringloopwinkel en de oude flatscreen, waarop uitsluitend prehistorische sitcoms te zien waren, zoals *Bewitched* en *Happy Days*. Katie Givens zat daar al. Ze keek niet om, maar staarde naar het op dit moment lege televisiescherm. Tot Kalisha's verrassing kregen ze gezelschap van Iris, die er beter uitzag dan ze er in dagen had uitgezien. Helderder.

Kalisha dacht hard na en dat ze kon denken kwam doordat ze zich beter voelde dan ze zich in dagen had gevoeld. Wat ze met Helens hoofdpijn hadden gedaan – vooral Avery, maar ze hadden allemaal hun steentje bijgedragen – had geholpen voor haar eigen hoofdpijn. Hetzelfde gold voor Nicky en George. Ze zag het aan hen.

*We nemen de hele tent over.*

Een stoutmoedig en verrukkelijk idee, dat echter wel meteen vragen opwierp. De meest voor de hand liggende was natuurlijk hoe ze dat moesten aanpakken, terwijl er minstens twaalf rode verzorgers dienst hadden – en op filmdagen waren het er altijd nog meer. De tweede vraag was waarom ze hier nooit eerder aan hadden gedacht.

*Ik wel*, zei Nicky tegen haar... en klonk zijn mentale stem opeens niet sterker? Ze dacht van wel en ze dacht dat Avery daar waarschijnlijk ook iets mee te maken had. Misschien omdat hij nu ook sterker was. *Ik heb het overwogen toen ik hier net was.*

Meer kon Nicky niet in haar gedachten overbrengen, dus bracht hij zijn mond naar haar oor en fluisterde de rest: 'Ik was degene die altijd vocht, weet je nog?'

Dat was waar. Nicky met zijn blauwe ogen. Nicky met zijn gekneusde mond.

'We zijn niet sterk genoeg,' mompelde hij. 'Zelfs hier, zelfs na de lichten, hebben we nog maar weinig kracht.'

Intussen zat Avery met een blik vol hoopvolle vertwijfeling naar Kalisha te kijken. Hij dacht in haar hoofd, maar dat was eigenlijk niet eens nodig. Zijn ogen spraken boekdelen. *Dit zijn alle stukjes, Sha. Ik weet bijna zeker dat ze compleet zijn. Help me ze in elkaar te zetten. Help me een kasteel te bouwen waar we veilig zijn, al is het maar voor een poosje.*

Sha dacht aan de oude, verbleekte Hillary Clinton-sticker op de achterbumper van haar moeders Subaru. STRONGER TOGETHER, stond erop, en zo werkte het hier in Achterkant natuurlijk ook. Daarom keken ze samen naar die films. Daarom waren ze in staat afstanden van duizenden kilometers, soms tot de andere kant van de wereld, te overbruggen, naar de mensen die in die films voorkwamen. Als ze met z'n vijven (of zessen, als het ze lukte om Iris' hoofdpijn net zo aan te pakken als die van Helen) in staat waren die gebundelde mentale kracht te creëren, een soort Vulcaanse gedachteversmelting, zou dat dan niet genoeg moeten zijn om in opstand te komen en Achterkant over te nemen?

'Het is een geweldig idee, maar ik denk toch van niet,' zei George. Hij pakte haar hand en gaf er even een kneepje in. 'Misschien dat het ons zou lukken ze een beetje in de war te brengen of ze de stuipen op het lijf te jagen, maar zij hebben die stroomstokken, en zodra ze een of twee van ons daarmee hebben bewerkt, is het einde verhaal.'

Kalisha wilde het liever niet toegeven, maar antwoordde dat hij waarschijnlijk gelijk had.

Avery: *Stap voor stap.*

Iris zei: 'Ik kan niet horen wat jullie denken. Ik weet dat jullie iets denken, maar mijn hoofd doet nog zo'n pijn.'

Avery: *Laten we eens kijken wat we voor haar kunnen doen. Met vereende krachten.* Kalisha keek Nick aan, die knikte. En George, die zijn schouders ophaalde en ook knikte.

Avery leidde hen binnen in Iris Stanhopes hoofd als een ontdekkingsreiziger die zijn expeditieleden een grot binnenleidt. De spons in haar hoofd was heel groot. Avery zag dat hij de kleur had van bloed, dus zagen de anderen dat ook. Ze gingen eromheen staan en begonnen te duwen. Hij gaf een beetje mee… en nog een beetje… maar toen hield het opeens op en verzette hij zich tegen hun inspanningen. George was de eerste die zich terugtrok, gevolgd door Helen (die sowieso niet veel bij te dragen had) en daarna Nick en Kalisha. Avery ging als laatste, maar niet voordat hij de hoofdpijnspons nog een nijdige mentale trap na had gegeven.

'Gaat het wat beter, Iris?' vroeg Kalisha, zonder al te veel hoop.

'Wat gaat beter?' Het was Katie Givens. Zij was naar hen toe gekomen.

'Mijn hoofdpijn,' zei Iris. 'En het gaat inderdaad wat beter. Een heel klein beetje.' Ze glimlachte naar Katie en heel even was het meisje dat de spellingwedstrijd van Abilene had gewonnen in de kamer.

Katie richtte haar aandacht weer op de tv. 'Waar zijn Richie Cunningham en The Fonz nou?' Ze begon over haar slapen te wrijven. 'Ik wou dat mijn hoofdpijn zakte, want ik verga van de pijn.'

*Jullie zien wat het probleem is*, zond George naar de anderen.

Kalisha zag het inderdaad. Samen waren ze wel sterker, ja, maar nog steeds niet sterk genoeg. Niet sterker dan Hillary Clinton was geweest toen ze een paar jaar eerder een gooi naar het presidentschap had gedaan. Omdat de vent tegen wie ze het opnam en zijn aanhangers in het bezit waren geweest van het politieke equivalent van stroomstokken.

'Mij heeft het wel geholpen,' zei Helen. 'Mijn eigen hoofdpijn is bijna weg. Het is gewoon een wonder.'

'Maak je geen zorgen,' zei Nick. De verslagenheid in zijn stem maakte Kalisha bang. 'Die komt wel weer terug.'

Corinne, de verzorger die zo graag sloeg, kwam de kamer binnen. Ze hield één hand op de holster met haar stroomstok, alsof ze iets had gevoeld. En dat was waarschijnlijk ook zo, dacht Kalisha, alleen weet ze niet wat het was. 'De film gaat beginnen,' zei ze. 'Schiet op kinderen, en kom van je luie gat.'

## 13

Twee rode verzorgers, Jake en Phil (die respectievelijk bekendstonden als de Slang en de Pil) stonden voor de openstaande deuren van de filmzaal, elk met een mandje in hun handen. Terwijl de kinderen een voor een naar binnen liepen, deponeerden degenen met sigaretten en lucifers (aanstekers waren verboden in Achterkant) deze in de mandjes. Na de voorstelling konden ze ze terugkrijgen… als ze er tenminste aan dachten erom te vragen. Hal, Donna en Len zaten al op de achterste rij en staarden wezenloos naar het lege scherm. Katie Givens ging op de middelste rij zitten, naast Jimmy Cullum, die lusteloos in zijn neus zat te peuteren.

Kalisha, Nick, George, Helen, Iris en Avery gingen vooraan zitten.

'Welkom op weer zo'n gezellige filmavond,' zei Nicky met een harde omroepersstem. 'De film van het jaar, Oscarwinnaar in de categorie Grootste Klotedocumentaire…'

Phil de Pil gaf hem een klap tegen zijn achterhoofd. 'Kop dicht, rotjong, en geniet van de voorstelling.'

Hij verdween weer. De lichten gingen uit en dokter Hendricks verscheen op het scherm. Bij de aanblik van het nog niet brandende sterretje in zijn hand kreeg Kalisha een droge mond.

Er was iets wat ze miste. Een belangrijk onderdeel van Avery's kasteel. Het was niet weg; ze zag het alleen niet.

*Samen sterker, maar niet sterk genoeg. Zelfs als die arme bijna-comateuzen zoals Jimmy en Hal en Donna met ons mee zouden doen, zouden we nog niet sterk genoeg zijn. Maar het* kan wel. *Op avonden waarop het sterretje brandt, zijn we sterk genoeg. Wanneer het sterretje brandt, zijn we verwoesters, dus wat mis ik?*

‘Welkom, jongens en meisjes,’ zei dokter Hendricks, ‘en wat fijn dat jullie ons helpen! Zullen we maar beginnen met iets leuks? Dan zie ik jullie straks weer.’ Hij zwaaide met het sterretje en gaf zelfs een knipoog. Kalisha had het gevoel dat ze moest kotsen.

*Als we helemaal tot aan de andere kant van de wereld kunnen komen, waarom kunnen we dan niet…*

Een ogenblik lang had ze het bijna, maar toen slaakte Katie een harde kreet, niet van pijn of van verdriet, maar van blijdschap. ‘Road Runner! Die vind ik het allerleukst!’ Ze begon te zingen met een half-krijsende kopstem die als een drilboor in Kalisha’s hersenen drong. ‘Road Runner, Road Runner, de coyote zit achter je aan! Road Runner, Road Runner, straks is het met je GEDAAN!’

‘Kop dicht, Kate,’ zei George, niet onvriendelijk, en terwijl Road Runner over een verlaten snelweg door de woestijn liep te *miep-miepen*, en terwijl Wile E. Coyote alleen maar een Thanksgiving-maal in hem zag, voelde Kalisha datgene wat bijna binnen handbereik had gelegen haar ontglippen.

Toen de tekenfilm was afgelopen en Wile E. Coyote weer eens was verslagen, verscheen er een man in pak op het scherm. Hij had een microfoon in zijn hand. Kalisha dacht dat het een zakenman was en misschien was hij dat ook wel, maar dat was niet de voornaamste reden voor zijn bekendheid. Eigenlijk was hij een predikant, want toen de camera wat naar achteren ging zag je achter hem een heel groot kruis, omlijst door rood neonlicht, en toen de camera weg zwenkte zag je een stadion gevuld met duizenden mensen. Ze stonden allemaal op. Sommigen zwaaiden met hun handen heen en weer door de lucht en sommigen zwaaiden met bijbels.

Eerst hield hij een gewone preek, waarin hij teksten en verzen uit de Bijbel aanhaalde, maar daarna begon hij een tirade over hoe het land ten onder ging aan verdovende middelen en ontucht. Vervolgens ging het over politiek en rechters en dat Amerika een schitterende stad op een heuvel was die de goddelozen wilden besmeuren met modder. Hij ging tekeer over dat tovenarij de inwoners van Samaria had behekst (wat dat met Amerika te maken had was Kalisha niet helemaal duidelijk), maar toen kwamen de gekleurde stippen weer. Ze flitsten aan en uit. Het gonzen zwol aan en stierf weg. Kalisha voelde het zelfs in haar neus, waar de kleine haartjes trilden.

Toen de stippen wegtrokken, zag ze de predikant in een vliegtuig stappen, samen met een vrouw die waarschijnlijk zijn vrouw was. De stippen kwamen terug. Het gonzen zwol aan en stierf weg. Kalisha hoorde Avery in haar hoofd. Hij zei iets wat klonk als: *Ze zien het.*

*Wie ziet het?*

Avery gaf geen antwoord, vermoedelijk omdat hij helemaal opging in de film. Dat was wat de Stasi-lichten met je deden; ze zorgden ervoor dat je nergens anders meer oog voor had. Predikant trok al weer van leer, en stevig ook, ditmaal vanaf de open laadbak van een vrachtauto en met behulp van een megafoon. Op borden stonden teksten als HOUSTON HOUDT VAN U en GOD SCHONK NOACH HET TEKEN VAN DE REGENBOOG en JOHANNES 3:16. Daarna kwamen de stippen. En het gonzen. Een paar van de lege stoelen in de filmzaal begonnen uit zichzelf op en neer te klapperen, als loshangende luiken in een storm. De deuren van de filmzaal vlogen open. Jake de Slang en Phil de Pil zetten hun schouders ertegen en duwden ze weer dicht.

Nu bevond de predikant zich in een soort opvangcentrum voor daklozen. Hij droeg een koksschort en roerde in een enorme pan spaghettisaus. Zijn vrouw stond naast hem en ze stonden allebei te lachen. Deze keer was het Nick die in haar hoofd zei: *Lachen naar de camera!* Kalisha was zich er vaag van bewust dat haar haar rechtovereind stond, alsof ze meedeed aan een experiment met elektriciteit.

Stippen. Gonzen.

Vervolgens zagen ze de predikant samen met een paar andere mensen in een actualiteitenrubriek op tv. Een van de andere mensen beschuldigde de predikant van… iets… dure woorden, moeilijke woorden die Lukey vast zou hebben begrepen… en de predikant lachte erom alsof het een geweldige grap was. Hij had een goede lach. Je kreeg meteen zin om mee te lachen. Als je tenminste niet druk bezig was met gek worden.

Stippen. Gonzen.

Elke keer wanneer de Stasi-lichten terugkwamen leken ze feller en leken ze dieper door te dringen in Kalisha's hoofd. In haar huidige toestand vond ze alle fragmenten waaruit de film bestond fascinerend. Er zaten hefbomen aan. Wanneer het zover was – waarschijnlijk morgenavond, of overmorgen – zouden de kinderen in Achterkant daar een ruk aan geven.

'Ik heb hier zo'n hekel aan,' zei Helen met een zacht, angstig stemmetje. 'Wanneer is het afgelopen?'

Predikant stond voor een deftig herenhuis waar een feest aan de gang leek te zijn. Predikant zat in een auto die deel uitmaakte van een hele colonne auto's. Predikant was bij een barbecue en achter hem waren de gebouwen versierd met rood-wit-blauwe vlaggen. Mensen aten worstenbroodjes en grote pizzapunten. Hij predikte over de aantasting van de natuurlijke orde der dingen zoals God die had bevolen, maar toen verdween zijn stem, om plaats te maken voor die van dokter Hendricks.

'Dit is Paul Westin, kinderen. Hij woont in Deerfield, Indiana. Paul Westin. Deerfield, Indiana. Paul Westin, Deerfield, Indiana. Zeg het maar met me mee, jongens en meisjes.'

Deels omdat ze geen keus hadden, deels omdat het eindelijk een eind zou maken aan de gekleurde stippen en het aanzwellen en wegsterven van het gonzen, maar vooral omdat ze er nu echt helemaal in zaten, begonnen de tien kinderen in de filmzaal de woorden mee te zingen. Kalisha deed ook mee. Van de anderen wist ze het niet, maar voor haar was dit absoluut het ergste deel van de filmavonden. Ze haatte het dat het haar een goed gevoel gaf. Ze haatte het gevoel van hefbomen die wachtten tot iemand er een ruk aan zou geven. Die erom smeekten! Ze voelde zich net een buikspreekpop op de knie van die ellendige klotedokter.

'Paul Westin, Deerfield, Indiana! Paul Westin, Deerfield, Indiana! PAUL WESTIN, DEERFIELD, INDIANA!'

Toen verscheen dokter Hendricks weer op het scherm, lachend en met het nog niet aangestoken sterretje in zijn handen. 'Inderdaad. Paul Westin, Deerfield, Indiana. Dank jullie wel, kinderen, en nog een fijne avond. Tot morgen!'

De Stasi-lichten kwamen nog één keer terug, knipperend en draaiend en tollend. Kalisha beet op haar tanden en wachtte tot ze zouden verdwijnen. Ze voelde zich als een piepkleine ruimtecapsule die werd rondgeslingerd in een storm van reusachtige asteroïden. Het gonzen was luider dan ooit, maar toen de stippen verdwenen hield het gonzen ook onmiddellijk op, alsof er een stekker uit een versterker was getrokken.

*Ze zien het*, had Avery gezegd. Was dat het ontbrekende stukje? En zo ja, wie waren 'ze'?

Het licht in de filmzaal ging aan. De deuren gingen open, met Jake de Slang bij de ene, Phil de Pil bij de andere deur. De meeste kinderen liepen naar buiten, maar Donna, Len, Hal en Jimmy bleven zitten. Misschien bleven ze wel in die gemakkelijke stoelen hangen tot de verzorgers ze kwamen halen om ze terug te sturen naar hun kamers en misschien gingen een of twee van hen, of alle vier, morgen na de voorstelling wel naar Gorky Park. Voor de grote voorstelling. Waar ze datgene gingen doen wat er kennelijk met de predikant moest gebeuren.

Ze mochten nog een half uur in de ontspanningsruimte zitten voordat ze in hun kamers werden opgesloten. Kalisha ging ernaartoe. George, Nicky en Avery volgden haar voorbeeld. Na een paar minuten kwam ook Helen binnengeschuifeld en ging op de grond zitten, met een niet aangestoken sigaret in haar hand en haar eens zo kleurrijke haar voor haar gezicht. Iris en Katie kwamen als laatsten.

'Hoofdpijn is gezakt,' kondigde Katie aan.

Ja, dacht Kalisha, na de film gaat het altijd beter met de hoofdpijn… maar dat duurt maar heel even. En elke keer iets korter.

'Dat was weer een gezellig avondje naar de film,' mompelde George.

'Goed, kinderen, wat hebben we geleerd?' vroeg Nicky. 'Dat er ergens iemand is die het niet zo heeft op dominee Paul Westin, uit Deerfield, Indiana.'

Kalisha maakte een gebaar alsof ze haar mond dichtritste en keek naar het plafond. *Afluisterapparatuur*, zond ze naar Nicky. *Pas op.*

Nicky maakte een gebaar alsof hij een pistool tegen zijn hoofd zette en zichzelf neerschoot. De anderen moesten lachen. Morgen zou het anders zijn, dacht Kalisha. Dan werd er niet meer gelachen. Na de voorstelling van morgen zou dokter Hendricks verschijnen met een brandend sterretje en zou het gonzen aanzwellen tot een oorverdovend geruis. Er zou aan hefbomen worden getrokken. Er zou een periode van onbekende duur volgen, verrukkelijk en gruwelijk tegelijk, waarin hun hoofdpijn volledig uitgebannen zou zijn. In plaats van een hoofdpijnvrije vijftien of twintig minuten, genoten ze soms wel zes of acht uur lang van een gelukzalig gevoel van opluchting. En ergens op de wereld zou Paul Westin uit Deerfield, Indiana, iets doen wat zijn leven zou veranderen of beëindigen. Voor de kinderen in Achterkant zou het leven gewoon doorgaan… als je het nog leven kon noemen. De hoofdpijnen zouden terugkeren, en erger. Elke keer erger. Net zo lang tot ze, in plaats van het gonzen te voelen, er deel van gingen uitmaken. Net als de andere…

*De kasplantjes!*

Dat was Avery. Niemand anders kon zo duidelijk en krachtig zenden. Het voelde alsof hij in haar hoofd zat. *Dat is hoe het werkt, Sha! Want ze...*

'Ze zien het,' fluisterde Kalisha en daar was het dan, bingo, het ontbrekende stukje. Ze drukte de muizen van haar handen tegen haar voorhoofd, niet omdat de hoofdpijn terug was, maar omdat het zo heerlijk duidelijk was. Ze greep Avery's kleine, knokige schouder.

*De kasplantjes zien wat wij zien. Waarom zouden ze ze anders houden?*

Nicky sloeg zijn arm om Kalisha heen en fluisterde in haar oor. De aanraking van zijn lippen bezorgde haar een huivering. 'Waar heb je het over? Hun bewustzijn is verdwenen. Zoals ook het onze binnenkort zal verdwijnen.'

Avery: *Dat maakt ze sterker. Voor de rest is alles weg. Alles is ze stukje bij beetje afgenomen. Zij zijn de accu. Wij zijn alleen maar...*

'De schakelaar,' fluisterde Kalisha. 'De contactschakelaar.'

Avery knikte. 'We moeten ze gebruiken.'

*Wanneer?* Helen Simms' mentale stem was die van een klein, angstig kind. *Het moet wel snel gebeuren, want ik houd dit niet veel langer vol.*

'Dat geldt voor ons allemaal,' zei George. 'Bovendien, op dit moment houdt dat kutwijf...'

Kalisha schudde waarschuwend haar hoofd en George ging in gedachten verder. Hij was er niet zo goed in, nog niet tenminste, maar Kalisha begreep wat hij bedoelde. Ze begrepen het allemaal. Op dit moment hield dat kutwijf mevrouw Sigsby zich alleen maar bezig met Luke. Net als Stackhouse en iedereen in het Instituut, want ze wisten allemaal dat hij was ontsnapt. Dit was hun kans, nu iedereen bang en afgeleid was. Zo'n kans zouden ze nooit meer krijgen.

Nicky begon te glimlachen. *Nu meteen dan maar?*

'Hoe?' vroeg Iris. 'Hoe moeten we het doen?'

Avery: *Ik denk dat ik dat wel weet, maar dan hebben we wel Hal en Donna en Len nodig.*

'Weet je het zeker?' vroeg Kalisha en ze voegde eraan toe: *Ze zijn bijna weg.*

'Ik haal ze wel even,' zei Nicky. Hij stond op. Nog steeds lachend. *Avery heeft gelijk. Alle kleine beetjes helpen.*

Zijn mentale stem klonk krachtiger, besefte Kalisha. Was dat aan de kant van de zender of aan die van de ontvanger?

*Allebei*, zei Avery. Hij lachte ook. *Omdat we het nu voor onszelf doen.*

Ja, dacht Kalisha. Omdat ze het nu voor zichzelf deden. Ze hoefden geen stel domme ledenpoppen te zijn die op de knie van de buikspreker zaten. Het was zo simpel, maar het was een openbaring: wat je voor jezelf deed was wat je de kracht gaf.

## 14

Ongeveer op het moment dat Avery – drijfnat en bibberend van de kou – door de verbindingstunnel tussen Voorkant en Achterkant werd geduwd, steeg de Challenger (met 940NF op de staart en MAINE PAPER INDUSTRIES op de romp) van het Instituut op van Erie, Pennsylvania, nu met het volledige arrestatieteam aan boord. Terwijl het toestel kruishoogte bereikte en koers zette naar het kleine plaatsje Alcolu, brachten Tim Jamieson en Wendy Gullickson Luke Ellis naar het politiebureau van Fairlee County.

Vele radertjes in dezelfde machine.

'Dit is Luke Ellis,' zei Tim. 'Luke, dit zijn hulpsheriffs Faraday en Wicklow.'

'Aangenaam kennis met u te maken,' zei Luke, zonder veel enthousiasme.

Bill Wicklow bekeek Lukes bont en blauwe gezicht en zijn verbonden oor. 'Ziet je tegenstander er ook zo uit?'

'Lang verhaal,' zei Wendy voordat Luke iets terug kon zeggen. 'Waar is Sheriff John?'

'In Dunning,' zei Bill. 'Zijn moeder zit daar in een verzorgingstehuis. Ze is... je weet wel.' Hij tikte tegen zijn slaap. 'Hij zei dat hij tegen vijven terug zou zijn, tenzij ze een goede dag had. Dan zou hij misschien blijven om samen met haar te eten.' Hij keek naar Luke, een in elkaar geslagen jongetje in vuile kleren, dat net zo goed een stempel met WEGGELOPEN op zijn voorhoofd zou kunnen hebben. 'Is dit dringend?'

'Goeie vraag,' zei Tim. 'Tag, heb jij die informatie waar Wendy je om heeft gevraagd?'

'Jazeker,' zei de deputy die Faraday heette. 'Als je even meeloopt naar Sheriff Johns kantoor, zal ik je alles vertellen.'

'Dat is niet nodig,' zei Tim. 'Ik denk niet dat je me iets gaat vertellen wat Luke nog niet weet.'

'Weet je het zeker?'

Tim keek naar Wendy, die knikte, en toen naar Luke, die zijn schouders ophaalde. 'Ja.'

'Goed dan. De ouders van deze jongen, Herbert en Eileen Ellis, zijn ongeveer zeven weken geleden in hun eigen huis vermoord. Doodgeschoten in hun slaapkamer.'

Luke had het gevoel dat hij uit zijn lichaam trad. De stippen kwamen niet terug, maar zo voelde hij zich altijd wanneer ze dat wel deden. Hij zette twee stappen naar de draaistoel voor het bureau van de telefoniste en plofte erop neer. De stoel rolde naar achteren en zou zijn omgevallen als hij niet eerst de muur had geraakt.

'Gaat het, Luke?' vroeg Wendy.

'Nee. Ja. Min of meer. Die klootzakken in het Instituut – dokter Hendricks en mevrouw Sigsby en de verzorgers – vertelden me dat alles goed met ze was, niks aan de hand, maar ik wist eigenlijk al dat ze dood waren voordat ik het op mijn computer zag. Ik wist het, maar het is nog steeds... verschrikkelijk.'

'Had je daar dan een computer?' vroeg Wendy.

'Ja. Vooral om spelletjes op te spelen, of YouTube-filmpjes te bekijken, of meer van die onbenullige dingen. Nieuwssites werden in principe geblokkeerd, maar ik kende een manier om dat te omzeilen. Eigenlijk hadden ze toezicht moeten houden op mijn zoekgeschiedenis en me moeten betrappen, maar ze waren gewoon... gewoon laks. Ze hadden te veel vertrouwen in zichzelf. Anders was ik er nooit weggekomen.'

'Waar heeft hij het in vredesnaam over?' vroeg hulpsheriff Wicklow.

Tim schudde zijn hoofd. Hij keek nog steeds naar Tag. 'Maar dit heb je dus niet van de politie in Minneapolis?'

'Nee, maar niet omdat ik van jou geen contact met ze mocht opnemen. Dat soort dingen beslist Sheriff John. Zo doen we dat hier. Maar intussen was er op Google genoeg te vinden.' Hij keek met een argwanende blik naar Luke. 'Hij staat vermeld in de databank van vermiste en misbruikte kinderen, en er staan genoeg verhalen over hem in de *Star Tribune* van Minneapolis en de *Pioneer Press* van St. Paul. Volgens die kranten moet hij geniaal zijn. Een wonderkind.'

'Dat idee kreeg ik al een beetje,' zei Bill. 'Gebruikt een hoop dure woorden.'

Ik zit erbij, hoor, dacht Luke. Praat gewoon over me alsof ik erbij ben.

'De politie noemt hem geen verdachte,' zei Tag, 'niet in de verhalen in die kranten tenminste, maar ze willen hem wel heel graag spreken.'

Luke stond op en zei: 'Reken maar dat ze dat willen. En de eerste vraag die ze me waarschijnlijk zullen stellen is: "Hoe ben je aan dat pistool gekomen, knul?"'

'Heb je ze vermoord?' Bill stelde de vraag op een terloopse manier, alsof hij het alleen vroeg om maar iets te zeggen te hebben. 'Je kunt maar beter de waarheid vertellen, m'n jongen. Dan voel je je meteen een stuk beter.'

'Nee. Ik hou van mijn ouders. De mensen die ze hebben vermoord waren dieven, en ik was wat ze kwamen stelen. Ze wilden me niet omdat ik vijftien-tachtig heb gescoord met de SAT-toets, of omdat ik uit mijn hoofd ingewikkelde berekeningen kan maken, of omdat ik weet dat Hart Crane zelfmoord heeft gepleegd door in de Golf van Mexico van een boot te springen. Ze hebben mijn vader en moeder vermoord en mij ontvoerd omdat ik soms een kaars kon uitblazen door er alleen maar naar te kijken, of bij de Rocket Pizza een pizzaschaal van tafel kon schuiven. Een lege schaal. Een volle zou gewoon zijn blijven staan.' Hij keek naar Tim en Wendy en begon te lachen. 'Ik zou er niet eens een baantje mee kunnen krijgen op een of andere boerenkermis.'

'Ik zie niet in wat hier zo grappig aan is,' zei Tag, fronsend.

'Ik ook niet,' zei Luke, 'maar toch moet ik soms lachen. Met mijn vrienden Kalisha en Nick heb ik heel veel gelachen, ondanks alles wat we moesten doorstaan. Bovendien is het een lange zomer geweest.' Deze keer glimlachte hij alleen maar. 'Jullie hebben geen idee.'

'Volgens mij kun je wel wat rust gebruiken,' zei Tim. 'Tag, heb je op dit moment iemand in de cellen?'

'Nee.'

'Mooi, dan kunnen we…'

Luke deinsde verschrikt een stap naar achteren. 'O nee! Echt niet!'

Tim stak afwerend zijn handen op. 'Niemand gaat je opsluiten. We laten de deur wijd openstaan.'

'Nee, alsjeblieft, doe dat niet. Stop me alsjeblieft niet in een cel.' Schrik had plaatsgemaakt voor doodsangst en voor het eerst begon Tim in elk geval een deel van het verhaal van de jongen te geloven. Die paranormale toestanden sloegen natuurlijk nergens op, maar wat hij nu zag had hij eerder gezien, toen hij nog bij de politie zat – de blik en het gedrag van een misbruikt kind.

'Oké, wat dacht je dan van de bank in de wachtruimte?' Wendy wees. 'Er zitten wat bulten in, maar hij ligt niet slecht. Ik heb er zelf ook wel eens op gelegen.'

Als dat zo was, had Tim haar het nooit zien doen, maar de jongen was in elk geval opgelucht. 'Goed, dat wil ik wel. Meneer Jamieson – Tim – je hebt die USB-stick toch nog wel?'

Tim haalde hem uit zijn borstzakje en hield hem omhoog. 'Hier heb ik 'm.'

'Mooi.' Hij slofte naar de bank. 'Toch wou ik dat jullie keken hoe het met die meneer Hollister zit. Ik denk echt dat hij misschien een oom is.'

Tag en Bill keken Tim allebei vragend aan. Tim schudde zijn hoofd.

'Kerels die naar mij op zoek zijn,' zei Luke. 'Ze beweren dat ze een oom van me zijn. Of misschien een neef of een vriend van de familie.' Hij zag dat Tag en Bill elkaar aankeken en met hun ogen rolden en er verscheen weer een – zowel vermoeid als vriendelijk – glimlachje op zijn gezicht. 'Ja, ik begrijp hoe dat klinkt.'

'Wendy, als jij deze agenten nou eens meeneemt naar Sheriff Johns kantoortje en ze bijpraat over alles wat Luke ons heeft verteld? Dan blijf ik wel hier.'

'Jij blijft zeker hier,' zei Tag. 'Want totdat Sheriff John je een penning geeft, ben jij hier nog niks anders dan de nachtwaker.'

'Begrepen,' zei Tim.

'Wat staat er op die USB-stick?' vroeg Bill.

'Dat weet ik niet. Wanneer de sheriff er is, kunnen we er samen naar kijken.'

Wendy ging met de twee hulpsheriffs het kantoortje binnen en deed de deur dicht. Tim hoorde het geroezemoes van stemmen. Dit was de tijd waarop hij altijd sliep, maar hij voelde zich wakkerder dan hij zich in lange tijd had gevoeld. Misschien wel sinds hij was weggegaan bij de politie van Sarasota. Hij wilde weten wie de jongen achter het idiote verhaal werkelijk was, waar hij was geweest en wat er met hem was gebeurd.

Hij pakte een kop koffie uit de kan van het koffiezetapparaat in de hoek. Het was sterke koffie, maar niet ondrinkbaar, wat het wel zou zijn om tien uur, wanneer hij meestal even langskwam op zijn ronde. Hij nam de koffie mee naar het bureau van de telefoniste. De jongen lag inmiddels te slapen en anders deed hij heel goed alsof. In een opwelling pakte hij de losbladige map waarin alle bedrijven van DuPray stonden vermeld en belde het DuPray Motel. Er werd niet opgenomen. Hollister was blijkbaar toch niet teruggegaan naar dat bouwval van een motel van hem. Wat natuurlijk nog niets betekende.

Tim hing op, haalde de USB-stick uit zijn zak en keek ernaar. Dit betekende hoogstwaarschijnlijk ook niets, maar zoals Tag Faraday al zo overduidelijk had gemaakt, was het aan Sheriff Ashworth om daarover te oordelen. Ze konden wel wachten.

Intussen moest hij de jongen maar laten slapen. Als hij werkelijk helemaal uit Maine was gekomen in een goederenwagon, kon hij dat nu wel gebruiken.

## 15

De Challenger met zijn elf passagiers – mevrouw Sigsby, Tony Fizzale, Winona Briggs, dokter Evans en de complete teams Robijnrood en Opaal – landde om kwart over vijf in Alcolu. Om het rapporteren aan Stackhouse in het Instituut wat te vergemakkelijken, werd dit netgeen-dozijn nu team Goud genoemd. Mevrouw Sigsby was de eerste die uitstapte. Denny Williams van Robijnrood en Louis Grant van Opaal bleven aan boord, waar ze zich over de nogal specialistische bagage van team Goud ontfermden. Mevrouw Sigsby bleef, ondanks de overweldigende hitte, even op het asfalt staan en gebruikte haar draadloze telefoon om de vaste lijn van haar kantoor te bellen. Rosalind nam op en gaf de telefoon door aan Stackhouse.

'Heb je...' begon ze maar ze zweeg even om de piloot en de copiloot te laten passeren, die dat deden zonder een woord te zeggen. De een was ex-luchtmacht, de ander ex-Air National Guard en beiden deden denken aan die oude sitcom, *Hogan's Heroes*: ze zagen niets en ze hoorden niets. Hun werk bestond uitsluitend uit het ophalen en afleveren van passagiers.

Toen zij weg waren vroeg ze Stackhouse of hij al iets had gehoord van hun medewerker in DuPray.

'Jazeker. Ellis heeft zich nogal bezeerd toen hij van de trein sprong. Hij is met zijn kop tegen een seinpaal gelopen. Als hij nou ter plekke was overleden aan een subduraal hematoom zou dat onze problemen grotendeels hebben opgelost, maar deze Hollister zegt dat hij niet eens buiten westen raakte. Een vent op een vorkheftruck zag het gebeuren, nam Ellis mee naar een pakhuis bij het station en waarschuwde de plaatselijke arts. Die kwam. Niet veel later kwam er ook nog een vrouwelijke hulpsheriff. De hulpsheriff en die knakker van de vorkheftruck brachten onze knaap naar het politiebureau. Het oor waar het zendertje in zat, zat in het verband.'

Denny en Louis Grant kwamen het vliegtuig uit, elk aan één kant van een langwerpige stalen koffer. Ze sjouwden hem de vliegtuigtrap af en droegen hem naar binnen.

Mevrouw Sigsby zuchtte. 'Nou ja, dat hadden we kunnen verwachten. En dat hebben we ook gedaan. We hebben het toch over een klein plaatsje? Met een klein politiekorps?'

'Het is echt een uithoek,' beaamde Stackhouse. 'Wat natuurlijk goed nieuws is. En misschien is er nog meer goed nieuws. Volgens onze man daar rijdt de sheriff in zo'n grote zilveren Titan-pick-up en die stond niet voor het bureau of op het parkeerterrein erachter. Toen is Hollister naar de plaatselijke supermarkt gewandeld. Hij zegt dat de geitenneukers – zo noemde hij ze, ik niet – die daar werken alles over iedereen weten. Degene die achter de kassa zat vertelde hem dat de sheriff langs was geweest voor een doosje Swisher Sweets-sigaartjes en had gezegd dat hij op bezoek ging bij zijn moeder, die in een naburig plaatsje in een of ander verzorgingstehuis of hospice of zoiets zit. Maar het eerstvolgende gehucht ligt zo'n vijftig kilometer verderop.'

'En waarom is dat goed nieuws voor ons?' Mevrouw Sigsby plukte aan de bovenkant van haar blouse om haar hals af te koelen.

'Ik weet natuurlijk niet helemaal zeker of agenten in zo'n gehucht als DuPray zich aan het protocol zullen houden, maar als ze dat doen, zullen ze dat jong vasthouden tot de grote baas terug is. Zodat die kan beslissen wat er met hem moet gebeuren. Hoe lang denk je erover te doen om daar te komen?'

'Twee uur. Het zou sneller kunnen, maar we hebben nogal wat babysitters bij ons en het lijkt me niet verstandig de maximumsnelheid te overtreden.'

'Inderdaad,' zei Stackhouse. 'Luister, Julia. Die boerenkinkels in DuPray kunnen elk ogenblik contact opnemen met de politie in Minneapolis. Misschien hebben ze dat zelfs al gedaan. Maar dat verandert verder niets aan de zaak. Dat begrijp je toch wel?'

'Natuurlijk.'

'Over hoe we die eventuele problemen gaan oplossen maken we ons later wel druk. Eerst moet het probleem van ons zwervertje uit de wereld worden geholpen.'

Vermoorden was wat Stackhouse bedoelde en waarschijnlijk zou het daar uiteindelijk wel op neerkomen. Ellis en iedereen die zou proberen hun voor de voeten te lopen. Dergelijke problemen betekenden wel dat ze de Zero Phone zou moeten gebruiken, maar als ze de zachte, lispelende stem aan de andere kant ervan kon overtuigen dat het grootste probleem uit de wereld was, bestond er een kans dat ze dit zou overleven. Misschien zou ze zelfs haar baan kunnen behouden, maar ze was al blij met haar leven.

'Ik weet wat er moet gebeuren, Trevor. Maar dan moet ik nu wel aan de slag.'

Ze beëindigde het gesprek en ging naar binnen. De airco in de kleine wachtruimte trof haar bezwete huid als een klap. Denny Williams stond al klaar.

'Zijn we er klaar voor?' vroeg ze.

'Ja, mevrouw. Klaar voor de start. Ik neem het over zodra u groen licht geeft.'

Op de vlucht vanuit Erie was mevrouw Sigsby druk in de weer geweest op haar iPad. 'Bij afrit 181 houden we een korte tussenstop. Daar draag ik het bevel van deze operatie aan jou over. Kun je je daarin vinden?'

'Uitstekend.'

De anderen stonden al buiten te wachten. Er waren geen zwarte SUV's met getinte ramen, alleen drie personenbusjes in onopvallende kleuren: blauw, groen en grijs. Voor Annie zou dit zeker een teleurstelling zijn.

## 16

Afrit 181 was het punt waarop de karavaan van team Goud de autosnelweg verliet en terechtkwam in een gehucht. Er was een benzinestation en een Waffle House en dat was het dan. Het dichtstbijzijnde stadje, Latta, lag twintig kilometer verderop. Vijf minuten voorbij de Waffle House gaf mevrouw Sigsby, die in de voorste wagen zat, Denny opdracht achter een restaurant te parkeren dat eruitzag alsof het failliet was gegaan rond de tijd dat Obama president werd. Zelfs het bord met WORDT VERBOUWD zag er troosteloos uit.

De stalen koffer die Denny en Louis uit de Challenger hadden gedragen werd geopend en team Goud nam zijn wapens in ontvangst. De zeven leden van Robijnrood en Opaal namen Glock 37's, de wapens die ze ook altijd bij zich hadden op hun extractiemissies. Tony Fizzale kreeg er ook zo een en het deed Denny goed te zien dat hij meteen de slede naar achteren trok om zeker te weten dat de kamer leeg was.

'Een holster zou wel fijn zijn,' zei Tony. 'Ik voel er weinig voor hem als het eerste het beste bendelid op mijn rug onder mijn riem te steken.'

'Leg hem voorlopig maar onder je stoel,' zei Denny.

Mevrouw Sigsby en Winona Briggs kregen allebei een SIG Sauer P238, klein genoeg om in hun handtas te passen. Toen Denny er een aan dokter Evans wilde geven, hief deze zijn handen en deed een stap naar achteren. Tom Jones van Opaal boog zich over het draagbare wapenarsenaal en haalde er een van de twee HK37-aanvalsgeweren uit. 'En deze, Doc? Magazijn met dertig patronen. Hiermee schiet je een koe dwars door de zijkant van een schuur heen. Ik heb hier ook nog wat flitsgranaten.'

Evans schudde zijn hoofd. 'Ik ben hier onder protest. Als jullie van plan zijn die jongen te vermoorden, weet ik eigenlijk niet wat ik hier doe.'

'Krijg de pest met je protest,' zei Alice Green, eveneens van Opaal. Deze opmerking werd ontvangen met het soort gelach – nerveus, gretig, een beetje door het dolle heen – dat je alleen hoorde vlak voor een operatie waarbij je kon verwachten dat er zou worden geschoten.

'Zo kan-ie wel weer,' zei mevrouw Sigsby. 'Dokter Evans, het is ook mogelijk dat we de jongen levend te pakken krijgen. Denny, heb jij een plattegrond van DuPray op de iPad?'

'Jazeker, mevrouw.'

'Dan draag ik deze operatie nu aan jou over.'

'Prima. Kom even hier om me heen staan allemaal. Jij ook, Doc, niet zo verlegen.'

Ze gingen in de zinderende namiddaghitte om Denny Williams heen staan. Mevrouw Sigsby keek op haar horloge. Kwart over zes. Nog een uur tot ze op hun bestemming waren, misschien iets langer. Ze liepen een klein beetje achter op schema, maar acceptabel, gezien de haast waarmee dit allemaal was georganiseerd.

'Hier zien jullie het centrum van DuPray, voor zover je dat zo kunt noemen,' zei Denny Williams. 'Eén hoofdstraat, meer is het niet. Halverwege staat het politiebureau, pal tussen het stadskantoor en de DuPray Mercantile Store.'

'Wat is een *mercantile store*?' vroeg Josh Gottfried, van Opaal.

'Net zoiets als een warenhuis,' zei Robin Lecks.

'Meer zoiets als een ouderwetse buurtsuper.' Dat was Tony Fizzale. 'Ik heb ongeveer tien jaar in Alabama gewoond, waar ik bij de militaire politie werkte, en ik kan je wel vertellen dat je in die kleine zuidelijke stadjes het gevoel hebt dat je vijftig jaar teruggaat in de tijd. Behalve als je in de Walmart loopt. Die hebben ze bijna allemaal.'

'Genoeg gekletst,' zei mevrouw Sigsby en ze gaf Denny een knikje ten teken dat hij verder kon gaan.

'Het stelt allemaal niet veel voor,' zei Denny. 'We parkeren hier, achter de bioscoop, die gesloten is. We krijgen de bevestiging van mevrouw Sigsby's informant dat het doelwit nog in het politiebureau is. Michelle en ik spelen een echtpaar dat op vakantie is en allerlei onbekende stadjes in het Amerikaanse zuiden bezoekt...'

'Stapelgek dus,' zei Tony, wat nog meer nerveus gelach opleverde.

'We slenteren een beetje door de straat, kijken goed om ons heen...'

'Hand in hand, als echte tortelduifjes,' zei Michelle Robertson, terwijl ze Denny's hand pakte en hem een bedeesd maar liefhebbend glimlachje toewierp.

'Je mannetje ter plaatse kan de boel toch ook verkennen?' vroeg Louis Grant. 'Zou dat niet veiliger zijn?'

'Ik ken hem niet en daarom vertrouw ik ook niet op zijn info,' zei Denny. 'Bovendien is hij een burger.'

Hij keek mevrouw Sigsby aan, die knikte dat hij verder moest gaan.

'Misschien gaan we naar het politiebureau om de weg te vragen. Misschien ook niet. We kijken wel hoe het loopt. We willen een idee krijgen hoeveel agenten er zijn, en wáár ze zijn. En dan...' Hij haalde zijn schouders op. 'Dan slaan we toe. Als het tot een vuurgevecht komt, wat ik niet verwacht, elimineren we de jongen ter plekke. Zo niet, dan nemen we hem mee. Minder rotzooi om op te ruimen als het op een ontvoering lijkt.'

Mevrouw Sigsby liet het aan Denny over om hun te vertellen waar de Challenger zou staan wachten en belde Stackhouse voor het laatste nieuws.

'Ik had net onze man Hollister aan de lijn,' zei hij. 'De sheriff is een minuut of vijf geleden bij het politiebureau aangekomen. Hij zal op dit moment wel kennismaken met onze kleine rebel. Tijd om in actie te komen.'

'Ja.' Ze voelde een niet onaangename spanning in haar buik en haar maag. 'Ik bel je zodra het achter de rug is.'

'Doe het, Julia. Red ons uit deze godvergeten puinhoop.'

Ze beëindigde het gesprek.

## 17

Sheriff John Ashworth was om tien voor half zeven terug in DuPray. Tweeëntwintighonderd kilometer noordelijker gooiden versufte kinderen sigaretten en lucifers in mandjes en liepen een filmzaaltje binnen waar de hoofdrolspeler in de film van die avond een predikant uit Indiana was met veel invloedrijke politieke vrienden.

Toen de sheriff binnenkwam bleef hij met zijn handen op zijn brede heupen staan en zag dat zijn complete staf aanwezig was, met uitzondering van Ronnie Gibson, die op vakantie was in haar moeders timesharevakantieverblijf in St. Petersburg, Florida. Tim Jamieson was er ook. 'Kijk eens aan, sodeju,' zei hij. 'Dit kan geen verrassingsfeestje zijn, want ik ben niet jarig. En wie mag dat zijn?' Hij wees naar het jongetje op de kleine bank. Luke had zich zo klein mogelijk gemaakt om erop te passen. Ashworth richtte zich tot Tag Faraday, de dienstdoende hulpsheriff. 'En trouwens, wie heeft hem zo toegetakeld?'

In plaats van te antwoorden, wendde Tag zich tot Tim en maakte een handgebaar alsof hij wilde zeggen: *Na jou.*

'Dat is Luke Ellis en niemand hier heeft hem toegetakeld,' zei Tim. 'Hij is van een goederentrein gesprongen en tegen een paal aan gelopen. Daar komen de blauwe plekken vandaan. Wat het verband betreft: hij zegt dat hij ontvoerd is en dat de ontvoerders een chip in zijn oor hebben geplaatst. Hij beweert zelf zijn oorlel te hebben afgesneden om ervan af te komen.'

'Met een schilmesje,' voegde Wendy eraan toe.

'Zijn ouders zijn dood,' zei Tag. 'Vermoord. Dat deel van het verhaal klopt. Ik heb het gecheckt. Ergens helemaal in Minnesota.'

'Maar de plek waar hij is ontsnapt was in Maine,' zei Bill Wicklow.

Ashworth zei nog niets. Hij stond nog steeds met zijn handen op zijn heupen en keek van zijn hulpsheriffs en zijn nachtwaker naar het jongetje dat op de bank lag te slapen. Het gesprek leek Luke niet te hebben gestoord; hij was in een diepe slaap verzonken. Ten slotte keek Sheriff John weer naar zijn team politiemensen. 'Ik begin er spijt van te krijgen dat ik niet bij mijn moeder ben gebleven om een hapje met haar te eten.'

'Ach, ging het niet goed met haar?' vroeg Bill.

Sheriff John negeerde zijn woorden. 'Ik neem aan dat jullie hier niet met z'n allen aan de hasj hebben gezeten, dus zou ik misschien ook een samenhangend verhaal kunnen krijgen?'

'Ga zitten,' zei Tim. 'Ik zal u het hele verhaal uit de doeken doen en daarna denk ik dat we dit eens moeten bekijken.' Hij legde de USB-stick op het bureau. 'Daarna moet u maar beslissen wat ons te doen staat.'

'En misschien de politie in Minneapolis bellen, of de staatspolitie in Charleston,' zei Burkett. 'Of allebei.' Hij gaf een knikje in de richting van Luke. 'Dan kunnen die uitzoeken wat er met hem moet gebeuren.'

Ashworth ging zitten. 'Bij nader inzien ben ik toch wel blij dat ik eerder terug ben gekomen. Dit is best interessant, of niet soms?'

'Absoluut,' zei Wendy.

'Mooi. Zo veel interessants gebeurt hier doorgaans niet. We kunnen de afwisseling wel gebruiken. Denkt de politie in Minneapolis dat hij zijn ouders heeft vermoord?'

'Uit de verhalen in de kranten af te leiden wel,' zei Tag. 'Hoewel ze heel voorzichtig zijn, omdat hij minderjarig is en zo.'

'Hij is bizar slim,' zei Wendy, 'maar verder lijkt het best een aardig ventje.'

'Uh-huh, uh-huh, hoe aardig of onaardig hij is moet iemand anders maar uitzoeken, maar mijn nieuwsgierigheid is nu wel gewekt. Bill, zit niet zo met die tijdklok te spelen, anders is hij straks stuk, en haal een colaatje voor me uit mijn kantoor.'

## 18

Terwijl Tim Sheriff Ashworth het verhaal vertelde dat Luke hem en Wendy had verteld, en terwijl team Goud op de I-95 de afrit bij Hardeeville naderde, waar ze weer een eindje terug zouden rijden naar het plaatsje DuPray, haalde Nick Wilholm de kinderen die in de filmzaal waren blijven zitten naar de kleine ontspanningsruimte van Achterkant.

Soms hielden kinderen het hier verrassend lang vol; George Iles was zo'n kind. En soms leken ze meteen in te storten. Dat leek het geval met Iris Stanhope. Wat kinderen in Achterkant de opleving noemden – een kortstondige onderbreking van de hoofdpijnen na een film – was voor haar deze keer uitgebleven. Ze keek wezenloos uit haar ogen en haar mond hing open. Ze stond met gebogen hoofd en haar haar voor haar ogen tegen de muur van de ontspanningsruimte geleund. Helen liep naar haar toe en sloeg een arm om haar heen, maar Iris leek het niet te merken.

'Wat doen we hier?' vroeg Donna. 'Ik wil naar mijn kamer. Ik wil slapen. Ik háát filmavonden.' Ze klonk klagerig en het huilen stond haar nader dan het lachen, maar ze wás er in elk geval. Hetzelfde leek op te gaan voor Jimmy en Hal. Ze leken versuft, maar niet volkomen van de wereld, zoals Iris.

*Er komen geen films meer*, zei Avery. *Nooit meer.*

In Kalisha's hoofd klonk zijn stem luider dan ooit en voor haar was dit een bewijs – samen waren ze werkelijk sterker.

'Een heldhaftige uitspraak,' zei Nicky. 'Vooral van zo'n klein opdondertje als jij, Ave.'

Hal en Jimmy glimlachten en Katie giechelde zelfs een beetje. Alleen tot Iris, die onbeschaamd aan haar kruis stond te krabben, leek niets door te dringen. Len werd afgeleid door de televisie, hoewel daar niets op te zien was. Kalisha dacht dat hij misschien zijn eigen spiegelbeeld zat te bestuderen.

*We hebben niet veel tijd*, zei Avery. *Straks komt er iemand om ons terug te brengen naar onze kamers.*

'Waarschijnlijk Corinne,' zei Kalisha.

'Ja,' zei Helen. 'De Boze Heks van het Oosten.'

'Wat gaan we doen?' vroeg George.

Even leek Avery het ook niet meer te weten en Kalisha schrok al. Toen stak het kleine ventje dat eerder die dag nog had gedacht dat zijn leven ging eindigen in de dompelbak zijn handen uit. 'Pak elkaars hand,' zei hij. *Vorm een kring.*

Iedereen behalve Iris slofte naar voren. Helen Simms pakte Iris' schouders en duwde haar in de kring die de anderen hadden gevormd. Len keek verlangend over zijn schouder naar de televisie, zuchtte toen en stak zijn handen uit. 'Krijg de pest. Vooruit dan maar.'

'Precies, krijg de pest,' zei Kalisha. 'We hebben niks te verliezen.' Ze nam Lens rechter- in haar linkerhand en Nicky's linkerhand in haar rechter.

Iris was de laatste die erbij kwam en op het moment dat ze hand in hand stond met Jimmy Cullum aan de ene en Helen aan de andere kant, kwam haar hoofd omhoog. 'Waar ben ik? Wat doen we? Is de film afgelopen?'

'Ssst,' zei Kalisha.

'Mijn hoofd voelt beter!'

'Goed zo. Maar nu stil zijn.'

De anderen deden ook mee: *Ssst… ssst…. ssst, Iris.*

Elke *ssst* klonk luider. Er was iets aan het veranderen. Er was iets aan het opladen.

*Hefbomen*, dacht Kalisha. *Er zijn hefbomen, Avery.*

Vanaf de andere kant van hun kring knikte hij haar toe.

Het was geen kracht, nog niet tenminste, en ze wist dat het een fatale vergissing zou zijn om te denken dat het dat wel was, maar de kracht was in potentie al aanwezig. Kalisha dacht: dit is als het inademen van de lucht vlak voordat de zwaarste onweersbui van de zomer losbarst.

'Mensen?' zei Len met zachte stem. 'Mijn hoofd is helder. Ik kan me de laatste keer niet herinneren dat het zo helder was.' Hij keek Kalisha aan met iets van paniek in zijn blik. 'Laat me niet los, Sha!'

*Niet bang zijn*, zond ze naar hem. *Je bent veilig.*

Maar dat was hij niet. Dat waren ze geen van allen.

Kalisha wist wat er nu ging komen, wat er nu moest komen, en ze zag er heel erg tegen op. Natuurlijk wilde ze het ook heel erg graag. Alleen was het meer dan willen. Het was smachten. Ze waren kinderen met gevaarlijke explosieven en dat was misschien verkeerd, maar het voelde zo goed.

Avery zei met zachte, heldere stem: 'Denk. Denk met me mee, jongens.'

Hij begon en de gedachte en het beeld dat erbij hoorde was krachtig en duidelijk. Nicky voegde zich bij hem. Katie, George en Helen vielen ook in. Net als Kalisha en vervolgens de rest. Na afloop van een film scandeerden ze altijd een tekst en dat deden ze nu ook.

*Denk aan het sterretje. Denk aan het sterretje. Denk aan het sterretje.*

De stippen verschenen, feller dan ooit tevoren. Het gonzen begon, luider dan ooit tevoren. Het sterretje verscheen in een uitbarsting van schitteringen.

En opeens waren ze niet slechts met z'n elven. Opeens waren ze met achtentwintig.

Daar gaan we, dacht Kalisha. Ze was doodsbang; ze was uitzinnig van vreugde; ze was vol eerbied.

*O MIJN GOD!*

## 19

Toen Tim Lukes hele verhaal had verteld bleef Sheriff Ashworth een paar tellen zwijgend zitten, met zijn handen gevouwen op zijn aanzienlijke buik. Toen pakte hij de USB-stick, bekeek het ding alsof hij er nog nooit eentje had gezien en legde het weer neer. 'En hij heeft je dus verteld dat hij geen idee heeft wat erop staat? Dat hij het gewoon van die huishoudster heeft gekregen, samen met een mes dat hij heeft gebruikt om een chirurgische ingreep uit te voeren op zijn eigen oorlel?'

'Ja, zo heeft hij het verteld,' zei Tim.

'En toen is hij onder een hek door gekropen, heeft hij een eind door het bos gelopen en is hij met een bootje stroomafwaarts gevaren, net als Huckleberry Finn, waarna hij bijna de hele oostkust langs is gereden in een goederenwagon.'

'Ja, dat zegt hij,' zei Wendy.

'Goed verhaal. Vooral dat gedeelte over telepathie en dat de geest sterker zou zijn dan materie. Net als de sterke verhalen die omaatjes vertellen terwijl ze samen zitten te quilten of jam inmaken, over bloedregen of de geneeskrachtige werking van water dat zich heeft verzameld in een holle boomstronk. Wendy, maak die jongen eens wakker. Heel voorzichtig, want wat zijn echte verhaal ook is, je kunt zien dat hij veel heeft meegemaakt, maar wanneer we dit gaan bekijken wil ik dat hij meekijkt.'

Wendy liep de kamer door en schudde aan Lukes schouder. Eerst zachtjes, toen iets harder. Hij mompelde, kreunde en probeerde zich los te trekken. Ze pakte zijn arm. 'Kom op, Luke, doe je ogen eens open en...'

Hij schoot zo plotseling overeind dat Wendy wankelde. Hij had zijn ogen open, maar zag niets en zijn haar piekte als de stekels van een stekelvarken alle kanten op. 'Ze zijn ergens mee bezig! Ik zag het sterretje!'

'Waar heeft hij het over?' vroeg George Burkett.

'Luke!' zei Tim. 'Rustig maar, het was maar een dro...'

'Maak ze dood!' gilde Luke en in het kleine cellenblok van het politiebureau sloegen de deuren van alle vier de cellen met een klap dicht. 'Vermoord ze, die klootzakken!'

Vellen papier vlogen van het bureau op als een vlucht opgeschrikte vogels. Tim voelde een windvlaag door zijn haar strijken. Wendy maakte een geluid dat op een gilletje leek. Sheriff John was opgesprongen.

Tim schudde de jongen een keer stevig door elkaar. 'Wakker worden, Luke, word wakker!'

De papieren die door de kamer dwarrelden vielen op de grond. De politiemensen, ook Sheriff John, stonden Luke met open mond aan te kijken.

Luke sloeg in de lucht. 'Ga weg,' mompelde hij. 'Ga weg.'

'Oké,' zei Tim en hij liet Lukes schouder los.

'Jij niet, de stippen. De Stasi-lich...' Hij ademde uit en streek met een hand door zijn vieze haar. 'Oké. Ze zijn weg.'

'Deed jij dat?' vroeg Wendy. Ze gebaarde naar de papieren op de grond. 'Deed jij dat nou echt?'

'Iets moet het hebben gedaan,' zei Bill Wicklow. Hij stond naar de nachtwakerstijdklok te kijken. 'De wijzers op dit ding draaiden als een idioot in het rond... maar nu staan ze stil.'

'Ze zijn iets aan het doen,' zei Luke. Mijn vrienden zijn ergens mee bezig. Ik kon het hier helemaal voelen. Hoe kan dat? Jezus, mijn hoofd.'

Ashworth liep naar Luke toe en stak zijn hand uit. Tim zag dat hij zijn andere hand op de kolf van zijn pistool hield. 'Ik ben Sheriff Ashworth, jongen. Krijg ik een hand van je?'

Luke schudde hem de hand.

'Goed zo. Dat is een goed begin. En nu wil ik de waarheid horen. Wat er net is gebeurd, deed jij dat?'

'Ik weet niet of ik het deed of zij,' zei Luke. 'Ik heb geen idee hoe dat zou kunnen, want ze zijn zo ver weg, maar ik zou ook niet weten hoe ik het kan hebben gedaan. Ik heb zoiets nog nooit van m'n leven gedaan.'

'Jij bent gespecialiseerd in pizzaschalen,' zei Wendy. 'Lege.'

Luke glimlachte flauwtjes. 'Klopt. Hebben jullie de lichten niet gezien? Al die gekleurde stippen?'

'Het enige wat ik zag was rondvliegend papier,' zei Sheriff John. 'En ik hoorde die celdeuren dichtvallen. Frank, George, rapen jullie die papieren even op. Wendy, geef die jongen een aspirientje. En dan gaan we eens kijken wat er op dat kleine computergevalletje staat.'

Luke zei: 'Het enige waarover uw moeder vanmiddag kon praten waren haar haarspelden. Ze zei dat iemand haar haarspelden had gestolen.'

Sheriff Johns mond viel open. 'Hoe weet je dat?'

Luke schudde zijn hoofd. 'Ik weet het niet. Ik doe er niet eens mijn best voor. Jezus, ik wou dat ik wist waar ze mee bezig zijn. En ik wou dat ik bij ze was.'

Tag zei: 'Ik heb zo'n vermoeden dat er misschien toch wel iets waar is van het verhaal van deze jongeman.'

'Ik wil zien wat er op die USB-stick staat, en wel nu onmiddellijk,' zei Sheriff Ashworth.

## 20

Het eerste wat ze zagen was een lege stoel, zo'n ouderwetse oorfauteuil, vlak voor een muur met een ingelijste Currier & Ives-afbeelding van een zeilschip. Toen verscheen het gezicht van een vrouw in beeld. Ze keek in de lens.

'Dat is ze,' zei Luke. 'Dat is Maureen, de vrouw die me heeft helpen ontsnappen.'

'Staat hij nu aan?' zei Maureen. 'Het lichtje brandt, dus ik neem aan van wel. Ik hoop het maar, want ik denk niet dat ik de kracht heb om dit twee keer te doen.' Haar gezicht verdween van het scherm van de laptop waar de politiemensen naar keken. Tim vond dat wel even prettig. De extreme close-up gaf het gevoel dat je naar een vrouw zat te kijken die gevangenzat in een vissenkom.

Het geluid van haar stem zakte iets weg, maar was nog steeds verstaanbaar. 'Maar als het moet, dan doe ik het wel.' Ze ging in de stoel zitten en trok de zoom van haar gebloemde rok over haar knieën. Ze droeg er een rode blouse op. Luke, die haar nog nooit zonder haar uniform had gezien, vond het een mooie combinatie, maar de vrolijke kleuren konden niet verhullen hoe smal en afgetobd haar gezicht was.

'Zet het geluid eens harder,' zei Frank Potter. 'Ze had een draadloos microfoontje moeten dragen.'

Intussen begon ze te praten. Tag spoelde het filmpje terug, zette het geluid harder en drukte weer op PLAY. Maureen ging weer in de oorfauteuil zitten en trok de zoom van haar rok recht. Vervolgens keek ze recht in de cameralens.

'Luke?'

Hij schrok er zo van zijn naam uit haar mond te horen dat hij bijna antwoord gaf, maar voordat hij dat kon doen ging ze al verder en het volgende dat ze zei trof hem als een ijskoude dolk in zijn hart. Ook al had hij het eigenlijk al geweten. Net zoals hij eigenlijk de *Star Tribune* niet nodig had gehad om hem het nieuws over zijn ouders te vertellen.

'Als jij dit ziet ben jij ontsnapt en ben ik dood.'

De hulpsheriff die Potter heette zei iets tegen Faraday, maar Luke lette er niet op. Hij had alleen aandacht voor de vrouw die zijn enige volwassen vriendin was geweest in het Instituut.

'Ik ga je niet mijn hele levensverhaal vertellen,' zei de dode vrouw in de oorfauteuil. 'Daar hebben we geen tijd voor en daar ben ik blij om, want ik heb heel veel om me voor te schamen. Niet voor mijn zoon natuurlijk. Op hem ben ik trots. Hij gaat studeren. Hij zal nooit weten dat ik degene ben die hem het geld heeft gegeven, maar dat is niet erg. Zo is het goed, want ik heb hem afgestaan. En Luke, zonder jouw hulp was ik dat geld waarschijnlijk kwijt geweest en dus ook de kans om iets voor hem te kunnen doen. Ik hoop alleen dat ik jou goed heb kunnen helpen.'

Ze zweeg even, blijkbaar om nieuwe moed te verzamelen.

'Ik zal een deel van mijn verhaal vertellen, omdat het belangrijk is. Tijdens de Tweede Golfoorlog was ik in Irak en later in Afghanistan en was ik betrokken bij wat "verbeterde ondervragingstechnieken" werden genoemd.'

Voor Luke was haar kalme, vloeiende manier van praten – zonder eh's, uh's of dussen – een openbaring. Het stemde hem niet alleen verdrietig, maar ook ietwat gegeneerd. Ze klonk zo veel intelligenter dan tijdens hun gefluisterde gesprekken bij de ijsmachine. Omdat ze zich dommer had voorgedaan dan ze was? Misschien, maar misschien – waarschijnlijk – had hij gewoon een vrouw in het bruine uniform van de huishoudelijke dienst gezien en was hij er zonder meer van uitgegaan dat er niet bijster veel omging in die hersenpan van haar.

Met andere woorden, niet zoals bij mij, dacht Luke, en hij besefte dat 'gegeneerd' niet het juiste woord was voor hoe hij zich voelde. Het juiste woord was 'beschaamd'.

'Ik ben getuige geweest van waterboarding en ik heb mannen – en ook een paar vrouwen – in bakken water zien staan met elektroden aan hun vingers of in hun rectum. Ik heb gezien hoe met behulp van tangen teennagels werden uitgetrokken. Ik heb gezien hoe een man in zijn knie werd geschoten toen hij een ondervrager in het gezicht spuwde. Aanvankelijk was ik geschokt door wat ik zag, maar na een tijdje niet meer. Soms, wanneer het om mannen ging die bommen hadden gelegd voor onze jongens of die mensen met bomvesten drukbezochte markten op hadden gestuurd, was ik blij. Maar over het algemeen raakte ik op een gegeven moment... hoe zal ik het noemen...'

'Ongevoelig,' zei Tim.

'Ongevoelig,' zei Maureen.

'Jezus, alsof ze je hoorde,' zei Burkett.

'Ssst,' zei Wendy en iets aan dat woord bezorgde Luke een rilling. Het was net alsof iemand anders het vlak voor haar had gezegd. Hij keek weer naar de video.

'... na de eerste twee, drie keer nooit meer aan meegewerkt, omdat ze me een ander baantje gaven. Wanneer ze weigerden om te praten, was ik de vriendelijke onderofficier die binnenkwam en ze iets te drinken gaf of ze uit mijn zak iets toestopte om te eten, een proteïnereep of een paar Oreo-koekjes. Ik zei dan dat de ondervragers allemaal pauze hadden of waren gaan eten en dat de microfoons waren uitgezet. Ik zei dat ik medelijden met ze had en ze wilde helpen. Ik zei dat ze als ze niet zouden praten, zouden worden vermoord, ook al was dat tegen alle regels. Ik begon nooit over het Verdrag van Genève, omdat de meesten toch niet wisten wat dat was. Ik zei dat als ze niet gingen praten, hun families zouden worden vermoord en dat ik dat écht niet wilde. Meestal werkte het niet – ze vermoedden vaak hoe het zat – maar wanneer de ondervragers terugkwamen gebeurde het ook wel eens dat de gevangenen hun vertelden wat ze wilden weten, hetzij omdat ze mij geloofden, of omdat ze het zelf wilden. Soms vertelden ze mij dingen, omdat ze in de war waren... gedesoriënteerd... en omdat ze me vertrouwden. God sta me bij, ik had nu eenmaal een heel betrouwbaar gezicht.'

Ik weet waarom ze mij dit vertelt, dacht Luke.

'Hoe ik in het Instituut terecht ben gekomen... dat is een te lang verhaal voor een zieke vrouw. Ik werd door iemand benaderd, laten we het daarop houden. Niet door mevrouw Sigsby, Luke, en niet door meneer Stackhouse. En ook niet door een vertegenwoordiger van de autoriteiten. Hij was oud. Hij zei dat het zijn werk was om mensen te werven. Hij vroeg me of ik een baan wilde wanneer mijn diensttijd erop zat. Makkelijk werk, zei hij, maar alleen voor iemand die haar mond kon houden. Ik had er al over nagedacht om bij te tekenen, maar dit klonk beter. Omdat de man zei dat ik mijn land er veel beter mee zou dienen dan ik in die zandbak daar ooit zou kunnen. Dus nam ik de baan en toen ze me indeelden bij de huishoudelijke dienst, vond ik dat best. Ik wist wat ze deden, maar aanvankelijk vond ik dat ook wel best, omdat ik wist waar het voor was. Gelukkig maar, want het Instituut lijkt wat dat betreft op de maffia – wanneer je er eenmaal in zit, kom je er nooit meer uit. Toen ik in geldnood kwam omdat ik de rekeningen van mijn man moest betalen en toen ik bang begon te worden dat die aasgieren het geld zouden afpakken dat ik voor mijn zoon had gespaard, vroeg ik om het baantje dat ik in oorlogsgebied ook al had gehad en van mevrouw Sigsby en meneer Stackhouse mocht ik het proberen.'

'Klikken,' fluisterde Luke.

'Het was makkelijk, alsof ik nooit anders had gedaan. Ik heb er twaalf jaar gewerkt, maar dat verklikken heb ik alleen de laatste zestien maanden of zo gedaan. Op het laatst begon ik me heel rot te voelen over wat ik deed en dan heb ik het niet alleen over het klikken. In het leger ben ik ongevoelig gemaakt en in het Instituut bleef ik ongevoelig, maar uiteindelijk begon dat te slijten, net zoals de waslaag van een auto zal slijten als je er niet af en toe een nieuwe laag op smeert. Het zijn nog maar kinderen, snap je, en kinderen willen een volwassene die vriendelijk en begripvol is graag vertrouwen. Ze hadden per slot van rekening nooit iemand opgeblazen. Zij waren zelf degenen die werden opgeblazen, zij en hun families. Maar misschien was ik er toch wel gewoon mee doorgegaan. Als ik heel eerlijk ben – en het is nu te laat om dat niet te zijn – denk ik eigenlijk dat ik dat wel zou hebben gedaan. Maar toen werd ik ziek en leerde ik jou kennen, Luke. Jij hielp mij, maar dat is niet de reden waarom ik jou heb geholpen. Niet de enige reden in elk geval, en niet de voornaamste reden. Ik zag hoe slim jij was, veel slimmer dan de andere kinderen, veel slimmer dan de mensen die je ontvoerden. Ik wist dat ze niks gaven om je geweldige verstand, of je gevoel voor humor, of hoe graag je bereid was een oud, ziek mens als ik te helpen, ook al wist je dat je erdoor in de problemen kon raken. Voor hen was je gewoon het zoveelste radertje in de machine, dat ze zouden gebruiken tot het versleten was. Uiteindelijk zou met jou hetzelfde zijn gebeurd als met alle anderen. Honderden anderen. Misschien wel duizenden, als je helemaal terug zou gaan tot het begin.'

'Is dat mens gek?' vroeg George Burkett.

'Kop dicht!' zei Ashworth. Hij leunde over zijn buik heen naar voren en keek geconcentreerd naar het scherm.

Maureen zweeg even om een slokje water te nemen en in haar ogen te wrijven, die diep weggezonken waren in hun kassen. Zieke ogen. Stervende ogen, dacht Luke, die de eeuwigheid al in het gezicht keken.

'Het was niettemin een moeilijke beslissing en niet alleen om wat ze met mij of met jou kunnen doen, Luke. Het was moeilijk omdat áls je erin slaagt te ontkomen, áls ze je in het bos of in Dennison River Bend al niet te pakken krijgen, en áls je iemand kunt vinden die je gelooft... als dat allemaal lukt, de mogelijkheid bestaat dat je erin zult slagen wat daar al vijftig, zestig jaar gebeurt in de openbaarheid te brengen. En alles boven hun hoofden te laten instorten.'

Net als Simson in de tempel, dacht Luke.

Ze leunde naar voren en keek recht in de lens. Recht in zijn ogen.

'En dat zou wel eens het einde van de wereld kunnen betekenen.'

## 21

De ondergaande zon veranderde de spoorrails die parallel liepen aan State Road 92 in vurige, rozerode strepen en leek speciaal op het bord te schijnen dat even verderop stond:

WELKOM IN DUPRAY, SC
PROVINCIEHOOFDSTAD VAN FAIRLEE COUNTY
INWONERTAL 1369
*LEUK OM TE BEZOEKEN, NOG LEUKER OM TE WONEN!*

Denny Williams parkeerde het voorste busje in de zachte berm. De andere volgden. Hij sprak eerst de passagiers in zijn eigen wagen – mevrouw Sigsby, dokter Evans en Michelle Robertson – toe en ging toen naar de twee andere. 'Radio's uit, oortjes uit. We weten niet naar welke frequenties de plaatselijke of de staatspolitie misschien luistert. Mobiele telefoons uit. Vanaf dit moment is dit een geheime operatie en dat blijft zo tot we terug zijn op het vliegveld.'

Hij liep terug naar de voorste wagen, ging weer achter het stuur zitten en draaide zich om naar mevrouw Sigsby. 'Alles in orde, mevrouw?'

'Alles in orde.'

'Ik ben hier onder protest,' zei dokter Evans nogmaals.

'Hou je mond,' zei mevrouw Sigsby. 'Denny? We gaan.'

Ze reden Fairlee County binnen. Ze reden langs schuren en velden en naaldbossen aan één kant van de weg; spoorrails en nog meer bomen aan de andere. Het plaatsje zelf lag nog geen drie kilometer verder.

## 22

Corinne Rawson stond voor het filmzaaltje een beetje dom te ouwehoeren met Jake 'de Slang' Howland en Phil 'de Pil' Chaffitz. Corinne, als kind zelf misbruikt door zowel haar vader als twee van haar vier oudere broers, had nooit moeite gehad met haar werk in Achterkant. Ze wist dat de kinderen haar Corinne de Mepper noemden, en dat vond ze best. Ze had zelf genoeg meppen gehad in het trailerpark in Reno waar ze was opgegroeid en wat haar betrof was het allemaal een kwestie van oorzaak en gevolg. Daar kwam bij dat het voor een goed doel was. Twee vliegen in één klap dus eigenlijk.

Natuurlijk had het ook nadelen om in Achterkant te werken. Zo werd je hoofd bijvoorbeeld overspoeld door te veel informatie. Ze wist dat Phil haar wilde neuken en Jake niet, omdat Jake alleen van vrouwen hield met een enorme bos hout voor de deur en een reet als een Sherman-tank. En ze wist ook dat zij op hun beurt wisten dat zij wat dat betrof niks van hen moest hebben, aangezien ze al vanaf haar zeventiende wist dat ze uitsluitend op vrouwen viel.

Telepathie leek altijd heel leuk in verhalen en films, maar in het echte leven was het fucking irritant. Het was een nadeel dat je het gonzen erbij kreeg, maar een nog groter nadeel was dat het cumulatief was. De huishoudsters en de conciërges wisselden regelmatig tussen Voorkant en Achterkant, dat hielp, maar de rode verzorgers werkten hier en nergens anders. Je had twee ploegen, Alfa en Beta, die telkens vier maanden werkten en dan weer vier maanden niet. Corinne was bijna aan het eind van haar huidige periode van vier maanden. Ze zou daarna eerst een week of twee bijkomen in het aangrenzende personeelsdorp, om weer helemaal zichzelf te worden, en dan doorreizen naar haar huis in New Jersey, waar ze woonde met Andrea, die dacht dat haar partner aan een uiterst geheim militair project werkte. Uiterst geheim was het wel; maar militair niet.

De zwakke telepathie zou gedurende haar tijd in het dorp al verflauwen en tegen de tijd dat ze terug was bij Andrea helemaal verdwenen zijn. Wanneer ze echter aan haar volgende periode begon, sloop het er na een paar dagen langzaam weer in. Als ze in staat was geweest sympathie voor iemand te voelen (een vermogen dat er bij haar grotendeels voor haar dertiende al uit was geslagen), zou ze dat hebben gevoeld voor dokter Hallas en dokter James. Die waren hier bijna altijd, wat betekende dat ze vrijwel onophoudelijk werden blootgesteld aan het gonzen, en je kon zien wat het met ze deed. Ze wist dat dokter Hendricks, de hoofdarts van het Instituut, de dokters in Achterkant injecties gaf die werden geacht de constante erosie te beperken, maar er was een groot verschil tussen iets beperken en het tot stilstand brengen.

Horace Keller, een rode verzorger met wie ze goed omging, noemde Heckle en Jeckle hoogfunctionerende gekkies. Hij zei dat een van de twee, of misschien wel allebei, uiteindelijk finaal zou doordraaien en dan zouden de bovenbazen op zoek moeten naar nieuw medisch talent. Daar kon Corinne zich niet druk over maken. Het was haar taak erop toe te zien dat de kinderen aten wanneer ze moesten eten, naar hun kamers gingen wanneer ze geacht werden naar hun kamers te gaan (wat ze daar deden zou haar een zorg zijn), op filmavonden de films bijwoonden en zich aan de regels hielden. Deden ze dat niet, dan konden ze een mep krijgen.

'De kasplantjes zijn onrustig vanavond,' zei Jake de Slang. 'Je kunt ze hier horen. Tasers bij de hand houden wanneer ze om acht uur te eten krijgen, oké?'

''s Avonds zijn ze altijd onrustiger,' zei Phil. 'Ik geloof niet... Hé, wat gaan we nou krijgen?'

Corinne voelde het ook. Aan het gonzen waren ze gewend, zoals je gewend raakt aan het geluid van een lawaaiige koelkast of een rammelende airco. Nu liep het opeens op naar het niveau dat ze moesten verdragen op filmavonden die tevens sterretjesavonden waren. Alleen kwam het geluid op filmavonden grotendeels van achter de gesloten deuren van Afdeling A, ook wel Gorky Park genoemd. Op dit moment voelde ze het daar ook vandaan komen, maar kwam het ook nog eens uit een andere richting opzetten, als een krachtige windvlaag. Vanuit de ontspanningsruimte, waar die kinderen na de voorstelling hun vrije tijd hadden zitten doorbrengen. Eerst ging het ene groepje ernaartoe, dat waren degenen die nog goed functioneerden, en daarna een paar die je volgens Corinne al bijna zombies kon noemen.

'Wat doen ze verdomme?' riep Phil. Hij drukte zijn handen tegen de zijkanten van zijn hoofd.

Corinne rende naar de ontspanningsruimte en trok intussen haar stroomstok. Jake liep vlak achter haar. Phil – misschien wat gevoeliger voor het gonzen, misschien gewoon bang – bleef waar hij was, met zijn handen tegen zijn slapen alsof hij probeerde te voorkomen dat zijn hersenen zouden ontploffen.

Eenmaal bij de deur zag Corinne bijna twaalf kinderen. Zelfs Iris Stanhope, van wie al vaststond dat ze na de film van morgen naar Gorky Park zou gaan, was erbij. Ze stonden in een kring, hand in hand, en nu was het gonzen zo krachtig dat Corinnes ogen begonnen te tranen. Ze dacht dat ze haar vullingen voelde trillen.

Pak de nieuwe, dacht ze. Dat kleintje. Volgens mij zit hij hierachter. Als ik hem taser onderbreek ik misschien het circuit.

Maar terwijl ze dit dacht ging haar hand open en viel haar stroomstok op het tapijt. Achter haar, bijna overstemd door het gonzen, hoorde ze Jake tegen de kinderen roepen dat ze moesten ophouden met waar ze mee bezig waren en naar hun kamers moesten gaan. Het zwarte meisje keek Corinne aan en er lag een onbeschaamd glimlachje op haar lippen.

Die blik zal ik eens van je gezicht meppen, jongedame, dacht Corinne. Toen ze haar hand ophief, knikte het meisje haar toe.

*Toe maar, sla dan.*

Een andere stem voegde zich bij die van Kalisha: *Sla!*

Vervolgens kwam ook de rest erbij: *Sla! Sla! Sla!*

Corinne Rawson begon zichzelf te slaan, eerst met haar rechterhand, toen met de linker, links en rechts, harder en harder, zich ervan bewust dat haar wangen eerst warm werden en daarna begonnen te branden, maar dat bewustzijn was vaag en heel ver weg, omdat het gonzen nu geen gonzen meer was, maar bij haar binnenkwam als een oorverdovend *BWAAAAAA*.

Ze viel op haar knieën en intussen stormde Jake langs haar heen. 'Hou daarmee op, stelletje kleine etterb…'

Zijn hand schoot omhoog en er klonk een geknetter van elektriciteit toen hij zichzelf tussen zijn ogen taserde. Hij wankelde schokkend achteruit, zijn benen spreidden zich en kwamen toen weer bij elkaar, alsof hij coole danspasjes uitvoerde, en zijn ogen puilden uit hun kassen. Toen zijn mond openviel stak hij de loop van zijn stroomstok erin. Het geknetter van elektriciteit klonk gesmoord, maar de resultaten waren goed zichtbaar. Zijn keel zwol op als een blaas. Een ogenblik lang scheen er blauw licht uit zijn neusgaten. Toen viel hij voorover op zijn gezicht, waardoor de slanke stroomstok helemaal tot aan de achterkant in zijn mond verdween, terwijl zijn vinger nog steeds krampachtig het knopje bleef indrukken.

Kalisha leidde hen de gang van het woongedeelte binnen, nog steeds hand in hand, als eersteklassers op een schoolreisje. Phil de Pil zag hen en deinsde terug, met zijn stroomstok in de ene hand, terwijl hij zich met zijn andere hand vasthield aan een van de deuren van het filmzaaltje. Verder de gang in, tussen de cafetaria aan de ene kant en Afdeling A aan de andere, stond dokter Everett Hallas met open mond toe te kijken.

Nu begonnen er vuisten te bonken op de gesloten dubbele deuren van Gorky Park. Phil liet zijn stroomstok vallen en stak de hand op waarmee hij die had vastgehouden, zodat de naderende kinderen konden zien dat hij leeg was.

'Ik ga niet moeilijk doen,' zei hij. 'Wat jullie ook van plan zijn, ik ga niet...'

De deuren van het filmzaaltje knalden dicht en sneden niet alleen zijn stemgeluid af, maar ook drie van zijn vingers.

Dokter Hallas draaide zich om en begon te rennen.

Op dat moment kwamen er twee andere rode verzorgers tevoorschijn uit de personeelsruimte voorbij de trap naar het crematorium. Met getrokken tasers renden ze op Kalisha en haar geïmproviseerde legertje af. Voor de gesloten deuren van Afdeling A bleven ze staan, taserden elkaar en zakten op hun knieën, waarna ze elkaar net zo lang elektrische schokken bleven toedienen tot ze allebei bewusteloos omvielen. Er verschenen nog meer verzorgers, omdat ze zagen of voelden wat er gebeurde, en ze maakten allemaal dat ze wegkwamen. Sommigen renden de trap naar het crematorium af (in meer dan een opzicht een doodlopende route), anderen keerden terug naar de koffiekamer of de artsenkamer ernaast.

*Kom op, Sha.* Avery keek de gang in, langs Phil – die brullend van pijn naar de stompjes van zijn vingers stond te kijken, waar het bloed uit spoot – en de twee bewusteloze verzorgers.

*Gaan we niet naar buiten?*

*Ja, maar eerst laten we hen naar buiten.*

De rij kinderen begon de gang in te lopen, in de richting van Afdeling A, regelrecht het hart van het gonzen binnen.

## 23

'Ik weet niet hoe ze hun doelwit kiezen,' zei Maureen. 'Ik heb me dat vaak afgevraagd, maar kennelijk werkt het, want er is al meer dan vijfenzeventig jaar niemand meer geweest die een atoombom heeft gegooid of een wereldoorlog is begonnen. Denk je eens in wat een geweldige prestatie dat is. Ik weet dat er mensen zijn die zeggen dat God over ons waakt, sommigen noemen het een kwestie van diplomatie, of een gevolg van het afschrikkende effect van wat ze de MAD-strategie, de gegarandeerde wederzijdse vernietiging, noemen, maar daar geloof ik allemaal niet in. Het komt door het Instituut.'

Ze nam weer een slokje water en ging toen verder.

'Ze weten welke kinderen ze moeten hebben door een test die de meeste kinderen bij hun geboorte wordt afgenomen. Ik word niet geacht te weten waar ze op worden getest, ik ben maar een domme huishoudster, maar ik klik niet alleen, ik luister ook. En ik snuffel overal rond. Het heet BDNF, wat staat voor *brain-derived neurotrophic factor.* Kinderen met een hoog BDNF worden in de gaten gehouden, gevolgd en uiteindelijk ontvoerd en naar het Instituut gebracht. Soms zijn ze al zestien, maar de meesten zijn jonger. Degenen met héél hoge BDNF-scores halen ze zo jong mogelijk binnen. We hebben hier zelfs wel eens kinderen gehad van acht jaar.'

Dat verklaart Avery, dacht Luke. En de Wilcox-tweeling.

'In Voorkant worden ze voorbereid. Een deel van die voorbereiding gebeurt met injecties en een deel met blootstelling aan iets wat dokter Hendricks de Stasi-lichten noemt. Sommige van de kinderen die hier komen hebben een telepathisch vermogen – ze kunnen gedachten lezen. Anderen hebben aanleg voor telekinese, het beïnvloeden van materie door geestkracht. Na de injecties en de blootstelling aan de Stasi-lichten verandert er voor sommige kinderen niets, maar wordt bij de meeste de gave waarop ze zijn geselecteerd op z'n minst iets sterker. En een paar van de kinderen, die Hendricks de rozetten noemt, krijgen extra tests en prikken en ontwikkelen dan soms beide talenten. Ik heb dokter Hendricks eens horen zeggen dat er misschien zelfs nog meer talenten bestaan en dat alles ten goede zou veranderen als hij die zou ontdekken.'

'TP én TK,' mompelde Luke. 'Dat is bij mij gebeurd, maar daar heb ik niets van laten merken. Dat heb ik althans geprobeerd.'

'Wanneer ze klaar zijn... om aan het werk te worden gezet, verhuizen ze van Voorkant naar Achterkant. Ze kijken daar naar films waarin eenzelfde persoon steeds opnieuw te zien is. Thuis, op zijn of haar werk, in zijn of haar vrije tijd, bij familiebijeenkomsten. Vervolgens krijgen ze een zogenaamde trigger te zien, een beeld dat de Stasi-lichten weer oproept en dat hen met elkaar verbindt. Want het werkt namelijk zo... wanneer ze alleen zijn, zijn hun gaven zelfs na de behandelingen gering, maar wanneer ze samen zijn, groeit hun kracht... daar is een woord voor...'

'Exponentieel,' zei Luke.

'Ik kan er niet op komen. Ik ben moe. Het belangrijkste is dat deze kinderen worden gebruikt om bepaalde mensen te elimineren. Soms lijkt het een ongeluk. Soms lijkt het zelfmoord. Soms lijkt het moord. Maar het komt altijd door de kinderen. Die politicus, Mark Berkowitz? Dat hebben de kinderen gedaan. Jangi Gafoor, de man van wie twee jaar terug werd gezegd dat hij zich per ongeluk heeft opgeblazen in zijn explosievenfabriek in de provincie Kunduz? Dat waren de kinderen. En zo zijn er alleen al gedurende mijn tijd in het Instituut nog honderden anderen geweest. Je zou denken dat er geen enkele lijn of logica in zit – zes jaar geleden was het een Argentijnse dichter die loog dronk – en ik zie het zelf ook niet, maar toch moet die er zijn, aangezien de wereld er nog steeds is. Mevrouw Sigsby, dat is de grote baas, heb ik eens horen zeggen dat je ons kon vergelijken met mensen die voortdurend bezig waren een boot leeg te hozen omdat hij anders zou zinken, en ik geloof haar.'

Maureen wreef nogmaals in haar ogen, boog zich toen naar voren en keek strak in de camera.

'Ze hebben een constante aanvoer nodig van kinderen met hoge BDNF-scores, want Achterkant gebruikt ze tot ze helemaal op zijn. Ze krijgen hoofdpijnen die steeds erger worden en elke keer dat ze de Stasi-lichten ervaren, of dokter Hendricks met het brandende sterretje zien, raken ze meer kwijt van hun wezenlijke zelf. Wanneer ze uiteindelijk naar Gorky Park – zo noemt het personeel Afdeling A – worden gestuurd, lijken ze op kinderen die aan dementie lijden, of aan vergevorderde alzheimer. Het wordt erger en erger, tot ze doodgaan. Meestal sterven ze aan longontsteking, want Gorky Park wordt met opzet koud gehouden. Soms is het net alsof...' Ze haalde haar schouders op. 'O god, alsof ze gewoon vergeten hoe ze moeten ademen. Voor het laten verdwijnen van de lichamen beschikt het Instituut over een uiterst modern crematorium.'

'Nee,' zei Sheriff Ashworth zacht. 'Ah, nee.'

'De staf in Achterkant werkt lange periodes achter elkaar. Telkens een paar maanden op en een paar maanden af. Dat kan niet anders, want de atmosfeer is giftig. Maar omdat niemand van de staf een hoge BDNF-score heeft, werkt het proces bij hen veel trager. Op sommigen lijkt het zelfs nauwelijks effect te hebben.'

Ze nam weer een slokje water.

'Er zijn twee artsen die er eigenlijk vrijwel altijd zijn en die beginnen langzaam hun verstand te verliezen. Ik weet dat omdat ik er geweest ben. Huishoudelijk personeel en conciërges draaien kortere diensten en wisselen tussen Voorkant en Achterkant. Hetzelfde geldt voor het keukenpersoneel. Ik weet dat dit nogal wat informatie is om te verwerken, en er is nog veel meer, maar meer kan ik nu even niet opbrengen. Ik moet nu stoppen, maar eerst wil ik je nog iets laten zien, Luke. Jou en degene die op dit moment eventueel met je meekijkt. Het valt niet mee om ernaar te kijken, maar ik hoop dat het je lukt, want ik heb mijn leven gewaagd om het te pakken te krijgen.'

Ze haalde bevend adem en probeerde te glimlachen. Luke begon, aanvankelijk geluidloos, te huilen.

'Luke, jou helpen ontsnappen was de moeilijkste beslissing van mijn leven, zelfs nu ik de dood al in de ogen kijk en aan de andere zijde, daar twijfel ik niet aan, de hel op mij wacht. Het was moeilijk omdat de boot nu wellicht gaat zinken en dat zal dan mijn schuld zijn. Ik moest kiezen tussen jouw leven en misschien wel de levens van al die miljarden mensen op aarde die zonder het te weten afhankelijk zijn van het werk van het Instituut. Ik heb voor jou gekozen en moge God het me vergeven.'

Het scherm werd blauw. Tag stak zijn hand uit naar het toetsenbord van de laptop, maar Tim greep hem vast. 'Wacht.'

Even was er een streepje ruis te zien en wat haperende geluidjes en toen begon er een nieuw filmpje. De camera bewoog door een gang met dik blauw tapijt op de vloer. Af en toe klonk er een schurend geluid en nu en dan werd het beeld onderbroken door duisternis die kwam en ging alsof er een luik open- en dichtging.

Ze filmt het zelf, dacht Luke. Ze filmt het door een gat of een scheur in de zak van haar uniform. Dat schurende geluid is de stof die over de microfoon schuurt.

Hij betwijfelde of je met mobiele telefoons wel kon telefoneren in de diepe wouden van noordelijk Maine, maar hij nam aan dat ze in het Instituut niettemin ten strengste verboden waren, omdat de camera's op de mobieltjes wel gewoon werkten. Als Maureen was betrapt zouden ze niet alleen haar salaris hebben ingehouden of haar hebben ontslagen. Ze had werkelijk haar leven op het spel gezet. Nu begonnen de tranen nog sneller te stromen. Hij voelde dat agent Gullickson – Wendy – een arm om hem heen sloeg. Hij leunde dankbaar tegen haar aan, maar bleef intussen naar het scherm van de laptop kijken. Dit was dus Achterkant. Dit was waaraan hij was ontsnapt. Dit was waar Avery nu ongetwijfeld was, als hij tenminste nog leefde.

De camera passeerde een paar open deuren aan de rechterkant van de gang. Maureen draaide heel even haar lichaam, om de toeschouwers een blik te gunnen op een filmzaaltje met misschien twee dozijn pluchen stoelen. Er zaten een paar kinderen.

'Zit dat meisje nou te roken?' vroeg Wendy.

'Ja,' zei Luke. 'Ik denk dat ze in Achterkant ook sigaretten krijgen. Dat meisje is een van mijn vriendinnen. Ze heet Iris Stanhope. Zij was al weggehaald voordat ik ontsnapte. Ik vraag me af of ze nog leeft. En als dat zo is, of ze nog kan denken.'

De camera draaide terug naar de gang. Er liepen een paar kinderen langs. Ze keken zonder noemenswaardige belangstelling naar Maureen op en verdwenen weer uit beeld. Toen verscheen er een verzorger in een rood uniform. Zijn stem werd gedempt door de zak waarin Maureen haar telefoon had verstopt, maar de woorden waren toch verstaanbaar: hij vroeg Maureen of ze blij was om terug te zijn. Maureen vroeg of hij vond dat ze er zo dom uitzag en hij begon te lachen. Hij zei iets over koffie, maar de stof van de zak ritselde heel hard en Luke kon het niet goed verstaan.

'Zie ik het goed dat hij een pistool heeft?' vroeg Sheriff John.

'Dat is een stroomstok,' zei Luke. 'U weet wel, een taser. Er zit een draaischijf op waarmee je het voltage kunt opvoeren.'

Frank Potter zei: 'Dat meen je niet!'

De camera passeerde nog een paar dubbele deuren, ditmaal aan de linkerkant van de gang, liep nog vijfentwintig of vijfendertig stappen verder en stopte toen voor een gesloten deur. In rode verf stond erop geschilderd: AFDELING A. Maureen zei met zachte stem: 'Dit is Gorky Park.'

Haar hand, in een blauwe latex handschoen, verscheen in beeld. Ze hield een sleutelkaart vast. Behalve de kleur, feloranje, zag hij er hetzelfde uit als de kaart die Luke had gestolen, maar hij vermoedde dat mensen die in Achterkant werkten er niet zo slordig mee omgingen. Maureen drukte de kaart op het elektronische vierkantje boven de deurknop, er klonk een zoemer en toen deed ze de deur open.

Daarachter begon de hel.

## 24

Annie was een honkbalfan en bracht warme zomeravonden meestal door in haar tent, luisterend naar de Fireflies, een tweededivisieteam uit Columbia. Ze was blij wanneer een van hun spelers een klasse hoger mocht gaan spelen bij de Rumble Ponies, in Binghamton, maar ze vond het altijd jammer ze te moeten missen. Na de wedstrijd ging ze vaak even slapen, waarna ze weer wakker werd om af te stemmen op het programma van George Allman en van hem te horen wat er gaande was in wat George de 'wondere wereld van het bovennatuurlijke' noemde.

Vanavond echter was ze nieuwsgierig naar het jongetje dat van de trein was gesprongen. Ze besloot naar het politiebureau te gaan en te kijken of ze iets te weten kon komen. Ze zouden haar waarschijnlijk niet door de hoofdingang binnen laten komen, maar soms kwam Frankie Potter of Billy Wicklow naar buiten om in het steegje waar zij haar luchtbed en extra spulletjes had liggen een sigaretje te roken. Als ze het lief vroeg wilden ze haar misschien het verhaal van dat jochie wel vertellen. Zij had hem per slot van rekening opgelapt en een beetje getroost en daardoor had ze wel recht op wat informatie.

Vanaf haar tent bij de pakhuizen liep een paadje door het bos aan de westkant van het stadje. Wanneer ze naar het steegje ging om op haar luchtbed te slapen (of binnen, als het koud was – dat mocht tegenwoordig wel, omdat ze Tim had geholpen met zijn VAART MINDEREN-spandoek), volgde ze het pad tot aan de achterkant van de Gem, de oude bioscoop, waar ze als jongere (en geestelijk ietwat gezondere) vrouw heel wat interessante films had gezien. De oude bios was al vijftien jaar gesloten en het parkeerterrein aan de achterkant was een wildernis van onkruid en guldenroede. Meestal struinde ze hier dwars doorheen en liep ze langs de afbrokkelende bakstenen muur van het theater omhoog naar het trottoir. Het politiebureau en de DuPray Mercantile Store bevonden zich aan de overkant van Main Street, met haar steegje (zo noemde ze het in gedachten) er precies tussenin.

Vanmiddag, net toen ze het pad wilde verlaten om het parkeerterrein op te lopen, zag ze een auto Pine Street in rijden. Er vlak achter reed nog een auto… en nog een. Drie personenbusjes, pal achter elkaar. En hoewel het al behoorlijk schemerde, hadden ze niet eens hun parkeerlichten aan. Annie stond tussen de bomen te kijken toen ze het terrein op reden dat zij net had willen oversteken. Ze keerden alsof ze in formatie reden en kwamen naast elkaar tot stilstand, met de neuzen weer in de richting van Pine Street. Bijna alsof ze straks snel moesten wegkomen, dacht ze.

De deuren gingen open. Een aantal mannen en vrouwen stapte uit. Een van de mannen droeg een colbertje en een nette pantalon met een vouw erin. Een van de vrouwen, ouder dan de rest, droeg een donkerrood broekpak. Een andere vrouw droeg een gebloemde jurk. Zij had ook een handtas bij zich. De vier andere vrouwen niet. De meesten droegen spijkerbroeken en donkere shirts.

Met uitzondering van de man met het colbertje, die op de achtergrond bleef en toekeek, bewogen ze zich snel en doelbewust, als mensen met een plan. In Annies ogen zagen ze er een beetje uit als militairen en die indruk werd al snel bevestigd. Twee van de mannen en een van de jongere vrouwen openden de achterdeuren van de busjes. Uit één ervan haalden de mannen een langwerpige, stalen koffer. Uit een andere kwamen holsterriemen, die de vrouw aan iedereen uitdeelde, behalve aan de man met het colbertje, een andere man met kort blond haar en de vrouw in de bloemetjesjurk. De stalen koffer werd geopend en hieruit kamen een paar lange geweren die niet op jachtgeweren leken tevoorschijn. Dit waren wat Annie Ledoux in gedachten schoolschuttergeweren noemde.

De vrouw in de bloemetjesjurk stopte een klein handwapen in haar tasje. De man naast haar stak een groter exemplaar achter zijn rug tussen zijn riem en liet vervolgens de onderkant van zijn overhemd eroverheen vallen. De anderen deden hun riemen met holsters om. Ze leken wel een bende overvallers. Verdomme, ze wáren een bende overvallers. Annie zou niet weten wat ze anders konden zijn.

Iemand die normaal in elkaar zat – en die bijvoorbeeld niet elke nacht het laatste nieuws hoorde uit de mond van George Allman – had zich misschien in verschrikte verwarring staan afvragen wat al die gewapende mannen en vrouwen in vredesnaam te zoeken hadden in een slaperig stadje in South Carolina met niet meer dan één enkele bank, die bovendien al gesloten was. Iemand die normaal in elkaar zat had waarschijnlijk haar mobieltje gepakt en 911 gebeld. Annie daarentegen zat niet normaal in elkaar en wist precies wat deze gewapende mannen en vrouwen, minstens tien en misschien nog wel meer, in de zin hadden. Ze waren niet in zwarte SUV's gekomen, zoals ze eigenlijk had verwacht, maar ze waren hier voor de jongen. Natuurlijk waren ze hier voor hem.

911 bellen om de mensen in het politiebureau te alarmeren was sowieso geen optie, want al had ze er een kunnen betalen, dan nog had ze geen mobieltje gehad. Mobiele telefoons schoten straling in je hoofd, dat wist elke idioot, en bovendien konden ze je op die manier opsporen. Dus liep Annie verder over het pad, ze rende inmiddels, tot ze bij de achterkant van de kapper was, twee gebouwen verder. Een krakkemikkige trap voerde naar het appartement boven de zaak. Annie rende zo snel ze kon naar boven, terwijl ze haar serape en lange rok optilde om te voorkomen dat ze erover zou struikelen en van de trap zou vallen. Eenmaal boven bonkte ze net zo lang op de deur tot ze door het rafelige gordijn Corbett Denton met zijn dikke pens aan zag komen sloffen. Hij schoof het gordijn opzij en keek naar buiten. Zijn kale hoofd glom in het licht van de met vliegen bespikkelde plafonnière in de keuken.

'Annie! Wat kom jij nou doen? Ik geef je niks te eten, als je dat soms...'

'Er zijn daar mannen,' zei ze hijgend. Ze had eraan toe kunnen voegen dat er ook vrouwen bij waren, maar ze vond het angstaanjagender klinken om alleen ‘mannen’ te zeggen. ‘Ze hebben hun auto’s achter de Gem gezet!’

‘Ga weg, Annie. Ik heb geen tijd voor je stomme...’

‘En er is een jochie! Ik denk dat die mannen naar het politiebureau gaan om hem mee te nemen! Ik denk dat er geschoten gaat worden!’

‘Waar heb je het in vredesnaa...’

‘Alsjeblieft, Drummer, alsjeblieft! Volgens mij hadden ze machinegeweren en die jongen, dat is zo’n aardig joch!’

Hij deed de deur open. ‘Laat me je adem eens ruiken.’

Ze greep hem bij de voorkant van zijn mouwloze onderhemd. ‘Ik drink al tien jaar geen druppel meer! Alsjeblieft, Drummer, ze komen dat jochie halen!’

Hij snoof en keek haar fronsend aan. ‘Geen alcohol. Ben je aan het hallucineren?’

‘Nee!’

‘Je had het over machinegeweren. Bedoel je automatische geweren, zoals AR-15’s?’ Drummer Denton begon wat interesse te tonen.

‘Ja! Nee! Geen idee! Maar jij hebt geweren, ik weet dat je die hebt! Die moet je meenemen!’

‘Je bent niet goed wijs,’ zei hij en dat was het moment waarop Annie begon te huilen. Drummer kende haar al bijna zijn hele leven, was toen ze allebei nog veel jonger waren zelfs een paar keer met haar wezen stappen, en hij had haar nog nooit zien huilen. Ze geloofde werkelijk dat er iets aan de hand was en Drummer dacht: nou, vooruit dan maar. Hij had toch alleen maar zitten doen wat hij elke avond deed, namelijk nadenken over de wezenlijke stupiditeit van het leven. ‘Goed. Laten we dan maar eens gaan kijken.’

‘En je geweren? Die neem je toch wel mee?’

‘Ben je gek? Ik zei dat we zouden gaan kijken.’

‘Toe nou, Drummer!’

‘Kijken,’ zei hij. ‘Meer doe ik niet. Dus zeg het maar: ja of nee?’

Hij liet Annie geen keus, dus werd het ja.

## 25

‘O lieve god, waar zit ik in vredesnaam naar te kijken?’

Wendy’s woorden klonken gesmoord, omdat ze een hand voor haar mond had geslagen. Niemand gaf antwoord. Ze staarden naar het scherm, Luke net zo verstijfd van verbijstering en afschuw als de rest.

De achterkant van Achterkant – Afdeling A, Gorky Park – was een langwerpige, hoge ruimte die er in Lukes ogen uitzag als zo'n verlaten fabrieksgebouw waar altijd vuurgevechten plaatsvonden aan het eind van de actiefilms waar hij en Rolf duizend jaar geleden, toen hij nog een echt kind was, zo graag naar hadden gekeken. De ruimte werd verlicht door tl-buizen achter draadgaas, die schaduwen wierpen en de afdeling een griezelige onderzeese aanblik gaven. Er waren hoge, smalle ramen, met dikker gaas ervoor. Er stonden geen bedden, er lagen alleen kale matrassen op de grond. Sommige daarvan lagen in de gangpaden, een paar waren omgedraaid en eentje hing slap tegen een betonnen muur. Het zat vol met de een of andere gelige smurrie, die heel goed braaksel kon zijn.

Langs een van de betonnen muren, waarop met sjabloonletters de tekst JULLIE ZIJN REDDERS! was aangebracht, liep een lange goot met stromend water. Een meisje, op een paar vuile sokken na helemaal naakt, zat gehurkt boven de goot, met haar rug tegen de muur en haar handen op haar knieën. Ze zat te poepen. Er klonk een schurend geluid toen de stof van Maureens zak langs de microfoon gleed, die misschien wel met plakband voor het gat was bevestigd, en het beeld verdween even toen de opening waar de camera doorheen gluurde werd gesloten. Toen deze weer openging, slenterde het meisje weg alsof ze dronken was en werd haar poep meegevoerd door het water in de goot.

Een vrouw in het bruine uniform van de huishoudelijke dienst gebruikte een soort stofzuiger om iets schoon te maken wat eruitzag als nog meer braaksel, of stront, of etensresten, God mocht weten wat. Ze zag Maureen, zwaaide naar haar en zei iets wat ze geen van allen verstonden, niet alleen vanwege het apparaat, maar ook omdat Gorky Park een gekkenhuis was van allerlei stemmen en kreten. Een meisje maakte radslagen door een van de vieze gangpaden. Een jongen in een vuile onderbroek, met puisten op zijn gezicht en een vette bril die steeds van zijn neus gleed kwam langslopen. Hij gilde 'Ja-*ja*-ja-*ja*-ja-*ja*' en sloeg zich bij elke beklemtoonde lettergreep boven op zijn hoofd. Luke herinnerde zich dat Kalisha het eens over een jongen met puistjes en een bril had gehad. Dat was op zijn eerste dag in het Instituut geweest. *Het lijkt wel of Petey al eeuwen weg is, maar het is pas sinds vorige week*, had ze gezegd en dit was die jongen. Of wat er van hem over was.

'Littlejohn,' mompelde Luke. 'Ik geloof dat hij zo heette. Pete Littlejohn.'

Niemand hoorde hem. Iedereen staarde als gehypnotiseerd naar het scherm.

Tegenover de goot die bestemd was voor uitscheidingsdoeleinden stond een lange trog op stalen poten. Er stonden twee meisjes en een jongen bij. De meisjes gebruikten hun handen om een of andere bruine smurrie in hun mond te scheppen. Tim, die er vol ongeloof en walgende verbijstering naar zat te kijken, vond dat het op Maypo leek, de havermoutpap uit zijn kinderjaren. De jongen stond over het spul heen gebogen, met zijn gezicht er middenin, terwijl hij zijn handen langs zijn zijden hield en met zijn vingers knipte. Een paar andere kinderen lagen op hun matrassen naar het plafond te staren, hun gezichten getatoeëerd door de schaduwen van het draadgaas.

Toen Maureen naar de vrouw met het schoonmaakapparaat liep, vermoedelijk om haar werk over te nemen, verdween het beeld en werd het scherm weer blauw. Ze wachtten nog even om te zien of Maureen weer zou verschijnen, in haar oorfauteuil, misschien om nog wat nadere uitleg te geven, maar dit was het.

'Goeie god, wat wás dat?' vroeg Frank Potter.

'De achterkant van Achterkant,' zei Luke. Hij zag bleker dan ooit tevoren.

'Wat zijn dat voor mensen die kinderen in zo'n...'

'Monsters,' zei Luke. Hij stond op, bracht een hand naar zijn hoofd en wankelde.

Tim greep hem vast. 'Ga je flauwvallen?'

'Nee. Ik weet het niet. Ik moet naar buiten. Ik heb frisse lucht nodig. Het voelt alsof de muren op me afkomen.'

Tim keek Sheriff John aan, die knikte. 'Neem hem even mee naar het steegje. Kijk of hij dan een beetje opknapt.'

'Ik loop even mee,' zei Wendy. 'Je hebt mij trouwens toch nodig om de deur voor je open te doen.'

Op de deur aan het eind van het cellenblok stond in grote witte hoofdletters: NOODUITGANG ALARM GAAT AF. Wendy gebruikte een sleutel aan haar sleutelbos om het alarm uit te schakelen. Tim zette zijn ene hand tegen de duwstang en gebruikte de andere om Luke, die niet meer wankelde, maar nog wel lijkbleek zag, het steegje in te leiden. Tim wist wat PTSS was, maar had het tot nu toe alleen op tv gezien. Nu zag hij het voor zich, bij dit jongetje dat pas over een jaar of drie oud genoeg zou zijn om zich te scheren.

‘Kijk uit dat je niet op Annies spullen gaat staan,’ zei Wendy. ‘Vooral niet op haar luchtbed. Dat zou ze je niet in dank afnemen.’

Luke vroeg niet wat een luchtbed, twee rugzakken, een winkelwagentje met drie wieltjes en een opgerolde slaapzak in het steegje deden. Hij liep langzaam in de richting van Main Street, haalde diep adem en bleef een keer staan om voorover te buigen en even zijn handen op zijn knieën te zetten.

‘Beter?’ vroeg Tim.

‘Mijn vrienden gaan ze vrijlaten,’ zei Luke, nog steeds voorovergebogen.

‘Wie gaan ze vrijlaten?’ vroeg Wendy. ‘Die…’ Ze wist niet hoe ze haar vraag moest afmaken. Dat hinderde niet, want Luke leek haar toch niet te horen.

‘Ik kan ze niet zien, maar ik weet het zeker. Ik snap niet hoe ik het weet, maar het is zo. Ik denk dat het door Avery komt. Kalisha is bij hem. En Nicky. En George. God, wat zijn ze sterk! Samen zijn ze zó sterk!’

Luke richtte zich op en liep verder. Toen hij aan het begin van het steegje bleef staan, gingen de zes straatlantaarns van Main Street aan. Hij keek Tim en Wendy stomverbaasd aan. ‘Deed ik dat?’

‘Nee, lieverd,’ zei Wendy met een lachje. ‘Dit is het tijdstip waarop ze altijd aangaan. Laten we maar weer naar binnen gaan. Jij bent wel aan een van Sheriff Johns colaatjes toe.’

Ze legde een hand op zijn schouder. Luke schudde hem af. ‘Wacht even.’

Een man en een vrouw staken hand in hand de verlaten straat over. De man had kort blond haar. De vrouw droeg een bloemetjesjurk.

## 26

De kracht die de kinderen genereerden zwakte af toen Nicky de handen van Kalisha en George losliet, maar niet zo heel erg. Dat kwam doordat de anderen zich nu achter de deur van Afdeling A hadden verzameld en zij zorgden voor de meeste energie.

Het is net een wipwap, dacht Nicky. Naarmate het denkvermogen omlaaggaat, gaan TK en TP omhoog. En degenen aan de andere kant van die deur hebben bijna geen denkvermogen meer over.

*Precies*, zei Avery. *Zo werkt het. Zij zijn de accu.*

Nicky's hoofd was helder – hij had geen pijn. Zo te zien gold voor de anderen hetzelfde. Of de hoofdpijnen terug zouden komen – of wanneer – was niet te voorspellen. Vooralsnog was hij hier alleen maar blij mee.

Ze hadden het sterretje niet meer nodig; dat stadium waren ze voorbij. Ze werden nu gedragen door het gonzen.

Nicky boog zich over de rode verzorgers die zichzelf bewusteloos hadden getaserd en begon hun zakken te doorzoeken. Hij vond wat hij zocht en gaf het aan Kalisha, die het doorgaf aan Avery. 'Doe jij het maar,' zei ze.

Avery Dixon – die op dit moment eigenlijk thuis met zijn ouders aan tafel had moeten zitten na alweer een zware dag als kleinste jongetje in de vijfde klas – pakte de oranje sleutelkaart aan en hield hem tegen het sensorpaneeltje. Het slot maakte een tikkend geluid en de deur ging open. Aan de andere kant stonden de bewoners van Gorky Park dicht tegen elkaar aan, als schapen in een storm. Ze waren vies, grotendeels naakt, en keken verdwaasd uit hun ogen. Sommigen kwijlden. Petey Littlejohn sloeg op zijn hoofd en riep aan één stuk door: 'Ja-*ja*-ja-*ja*-ja-*ja*.'

Dat komt nooit meer goed, dacht Avery. Die zijn te ver heen om nog te kunnen herstellen. Misschien geldt dat ook wel voor Iris.

George: *Maar de rest van ons heeft misschien nog een kans.*

*Ja.*

Kalisha, die wist dat het gevoelloos was, maar ook dat het nodig was: *Intussen kunnen we ze wel gebruiken.*

'Wat nu?' vroeg Katie. 'Wat nu wat nu?'

Een ogenblik lang bleef het stil, omdat niemand van hen het wist. Toen zei Avery: *Voorkant. Laten we de rest van de kinderen halen en maken dat we hier wegkomen.*

Helen: *Waarnaartoe?*

Er ging een alarm af – het loeide aan één stuk door in stijgende en dalende cycli. Niemand besteedde er aandacht aan.

'Waar we naartoe gaan zien we later wel,' zei Nicky. Hij gaf Kalisha en George weer een hand. 'Laten we eerst maar eens wat wraak nemen. Hier en daar wat schade aanrichten. Heeft iemand daar een probleem mee?'

Niemand. Wederom hand in hand liepen de elf aanstichters van de opstand de gang weer in, in de richting van de ontspanningsruimte van Achterkant en de hal met de liften daarachter. De bewoners van Afdeling A liepen met een zombieachtige schuifelpas achter hen aan, misschien aangetrokken door het magnetisme van kinderen die nog konden denken. Het gonzen was afgezwakt tot een zacht gezoem, maar het was er nog steeds.

Avery Dixon probeerde Luke te vinden, hopelijk op een plek die te ver weg was om hen te kunnen helpen. Want dat zou betekenen dat tenminste één van de kindslaven van het Instituut in veiligheid was. De kans was groot dat de rest hier zou sterven, want de staf van dit hellegat zou er alles aan doen om te voorkomen dat ze zouden ontsnappen.

Alles.

## 27

Trevor Stackhouse liep in zijn kantoor, even voorbij dat van mevrouw Sigsby, te ijsberen omdat hij te ongedurig was om te zitten en dat zou zo blijven tot hij iets van Julia hoorde. Of het nu goed nieuws zou zijn of slecht, elk nieuws was beter dan dit wachten.

Er ging een telefoon over, maar het was noch het traditionele gerinkel van de vaste lijn, noch het *brrt-brrt* van zijn eigen draadloze telefoon. Het was het gebiedende *toet-toet* van de rode alarmtelefoon. De laatste keer dat hij dit had gehoord was toen die ellendige toestand met de tweeling en Harry Cross aan de gang was in de cafetaria. Stackhouse nam op en voordat hij iets kon zeggen, tetterde dokter Hallas al in zijn oor.

'Ze zijn ontsnapt, in elk geval degenen die naar de films kijken, en volgens mij de zombies ook, ze hebben minstens drie van de verzorgers verwond, nee, vier, Corinne zegt dat ze denkt dat Phil Chaffitz dood is, geëlektrocu...'

'KOP DICHT!' schreeuwde Stackhouse in de telefoon. En toen hij zeker wist dat hij Heckles aandacht had (nou ja, hij wist het niet zeker, maar hoopte het), zei hij: 'Denk even rustig na en vertel me wat er is gebeurd.'

Hallas, zo geschrokken dat hij iets terugvond van zijn eens zo rationele geest, vertelde Stackhouse wat hij had gezien. Toen hij bijna aan het eind van zijn verhaal was, ging het algemene alarm van het Instituut af.

'Christus, heb jij dat aangezet, Everett?'

'Nee, nee, ik niet, dat zal Joanne wel hebben gedaan. Dokter James. Zij was in het crematorium. Daar gaat ze vaak mediteren.'

Stackhouse liet zich bijna afleiden door het bizarre beeld dat hij nu opeens voor zich zag: dokter Jeckle die in kleermakerszit voor de ovendeur zat, misschien wel biddend voor innerlijke rust, maar dwong zijn gedachten terug naar de situatie van dit moment: de Achterkantkinderen hadden een soort halfbakken muiterij op touw weten te zetten. Hoe had dit kunnen gebeuren? Het was nooit eerder gebeurd. En waarom nú?

Heckle praatte nog steeds, maar Stackhouse had genoeg gehoord. 'Luister, Everett. Verzamel alle oranje kaarten die je kunt vinden en verbrand ze, oké? Verbrand ze.'

'Hoe... Hoe moet ik dat...'

'Je hebt op niveau E verdomme een complete verbrandingsoven!' bulderde Stackhouse. 'Gebruik dat klereding voor iets anders dan kinderen!'

Hij hing op en gebruikte de vaste telefoon om Fellowes in de computerruimte te bellen. Andy wilde weten waarom het alarm afging. Hij klonk angstig.

'We hebben een probleem in Achterkant, maar ik ben er al mee bezig. Stuur de beelden van de camera's daar naar mijn computer. Laat ze draaien. Geen vragen stellen, gewoon doen wat ik zeg.'

Hij zette zijn pc aan – had dat ouwe ding er ooit zo lang over gedaan? – en klikte op BEVEILIGINGSCAMERA'S. Hij zag de cafetaria van Voorkant, zo goed als verlaten... een paar kinderen op de speelplaats...

'Andy!' riep hij. 'Niet Voorkant, Áchterkant! Zit niet zo te klo...'

Het beeld draaide en hij zag, door een stoflaagje op de lens, Heckle angstig in zijn kantoor zitten. Net op dat moment kwam Jeckle binnen, waarschijnlijk van haar onderbroken meditatiesessie. Ze keek achterom.

'Oké, zo is het beter. Ik neem het nu van je over.'

Hij draaide het beeld en zag de koffiekamer van de verzorgers. Een heel stel had zich daar verschanst, met de deur naar de gang dicht, en waarschijnlijk op slot. Van die kant was geen hulp te verwachten.

*Draai*, en daar was de grote gang met de blauwe vloerbedekking. Er lagen minstens drie verzorgers. Nee, vier. Jake Howland zat voor de filmzaal op de grond, en hield zijn hand tegen zijn jasje, dat doordrenkt was met bloed.

*Draai*, en daar was de cafetaria, verlaten.

*Draai*, en daar was de ontspanningsruimte. Corinne Rawson zat op haar knieën bij Phil Chaffitz en praatte in haar walkietalkie. Zo te zien was Phil inderdaad dood.

*Draai*, en daar was de hal met de lift, waarvan de deur juist dicht begon te glijden. Het was een grote lift, zo een als in ziekenhuizen werd gebruikt om patiënten in te vervoeren, en hij was volgestouwd met bewoners. De meesten hadden geen kleren aan. Dat moesten de zombies van Afdeling A zijn. Als hij ze daar kon tegenhouden... opsluiten...

*Draai*, en door dat irritante laagje stof en viezigheid zag Stackhouse op niveau E nog meer kinderen, wel een stuk of twaalf, voor de liftdeuren staan wachten tot ze opengingen en de rest van de kleine opstandelingen eruit kwamen. Ze stonden te wachten voor de toegangstunnel die naar Voorkant voerde. Dat was niet best.

Toen Stackhouse de vaste telefoon pakte hoorde hij niets meer. Fellowes had opgehangen. Luid vloekend om de verspilde tijd belde Stackhouse hem terug. 'Kun je de stroom van de lift in Achterkant uitzetten? Zodat hij in de liftschacht blijft hangen?'

'Ik weet het niet,' zei Fellowes. 'Zou kunnen. Misschien staat het in het boekje Wat te doen bij Noodgevallen. Ik zal eens even kij...'

Maar het was al te laat. De liftdeuren gleden open op niveau E en de kinderen die uit Gorky Park waren ontsnapt stapten uit en keken om zich heen naar de betegelde muren alsof daar iets te zien was. Dat was op zich al niet best, maar Stackhouse zag iets nog ergers. Heckle en Jeckle konden tientallen sleutelkaarten van Achterkant verzamelen en verbranden, maar dat zou niets uitmaken. Een van de kinderen – nota bene die kleine praatjesmaker die met de huishoudster had samengespannen om Ellis te laten ontsnappen – had een oranje sleutelkaart in zijn hand. Daarmee kon hij de deur naar de tunnel openen en ook de deur die toegang gaf tot niveau E in Voorkant. Als ze Voorkant wisten te bereiken was het eind zoek.

Eén eindeloos durend ogenblik lang zat Stackhouse als verstijfd te kijken. Fellowes gilde in zijn oor, maar het geluid kwam van ver weg. Want ja, het kleine ettertje gebruikte de oranje kaart inderdaad om zijn gezellige gezelschapje de tunnel in te leiden. Een wandeling van tweehonderd meter zou hen in Voorkant brengen. Hij zag de deur achter de laatste dichtvallen. Nu was de hal leeg. Stackhouse keek op zijn computer en zag ze door de betegelde tunnel lopen.

Op dat moment kwam dokter Hendricks binnenstormen, die goeie ouwe Donkey Kong, met zijn overhemd half uit zijn broek, zijn gulp halfopen en zijn ogen roodomrand en uitpuilend als van een insect. 'Wat gebeurt er? Wat is er...'

Om de chaos nog wat groter te maken begon ook nog zijn draadloze telefoon zijn *brrt-brrt-brrt*-geluid te maken. Stackhouse stak een hand op om Hendricks de mond te snoeren. De telefoon bleef overgaan.

'Andy. Ze zijn in de tunnel. Ze komen eraan en ze hebben een sleutelkaart. We moeten ze tegenhouden. Heb jij ideeën?'

Hij verwachtte alleen nog maar meer paniek, maar Fellowes verraste hem. 'Ik zou de sloten kunnen uitschakelen.'

'Wat?'

'De kaarten kan ik niet deactiveren, maar ik kan wel de sloten uitschakelen. De toegangscodes zijn computergestuurd, dus...'

'Wil je zeggen dat je ze kunt blokkeren?'

'Eh, ja.'

'Doe het! Nu onmiddellijk!'

'Wat is er?' vroeg Hendricks. 'Jezus, ik wilde net weggaan toen het alarm...'

'Kop dicht,' zei Stackhouse. 'Maar blijf hier. Misschien heb ik je nog nodig.'

De draadloze telefoon bleef hem roepen. Terwijl hij naar de tunnel en de marcherende imbecielen bleef kijken, nam hij op. Nu hield hij tegen beide oren een telefoon, als een personage in een oude slapstick. 'Wat? Wát?'

'Wij zijn hier en de jongen is hier ook,' zei mevrouw Sigsby. 'Ik verwacht hem zo meteen weer onder onze hoede te hebben.' Ze zweeg. 'Dood of levend.'

'Daar ben ik blij om, Julia, maar we hebben hier een probleem. Er is een...'

'Wat het ook is, los het op. Dit gebeurt nú. Ik bel je wanneer we weer in de auto zitten.'

Ze was alweer weg. Het maakte Stackhouse niet uit, want als Fellowes geen computerwondertje ging verrichten, had Julia misschien niets meer om naar terug te komen.

'Andy! Ben je daar nog?'

'Ik ben er nog.'

'Heb je het gedaan?'

Stackhouse wist opeens met afschuwelijke zekerheid dat Fellowes zou zeggen dat hun oude computersysteem juist dit kritieke moment had uitgekozen om de geest te geven.

'Volgens mij wel, ja. Ik heb nu een mededeling op mijn scherm met de tekst ORANJE SLEUTELKAARTEN ONGELDIG VOER NIEUWE AUTORISATIECODE IN.'

Een 'volgens mij wel' van Fellowes was niet voldoende om Stackhouse gerust te stellen. Hij schoof naar het puntje van zijn stoel en bleef met gevouwen handen naar het scherm van zijn computer zitten kijken. Hendricks keek over zijn schouder mee.

'Mijn god, wat doen ze nu?'

'Ik denk dat ze op weg zijn naar ons,' zei Stackhouse. 'We gaan er nu achter komen of ze dat gaat lukken.'

De stoet van potentiële vluchtelingen verdween op de ene camera uit beeld. Stackhouse drukte op de toets die de beelden wisselde, kreeg even Corinne Rawson in beeld die met Phils hoofd in haar schoot zat, en vond toen het beeld dat hij zocht. Dit toonde de deur naar niveau F aan de Voorkantzijde van de verbindingstunnel. De kinderen stonden ervoor.

'Het moment van de waarheid,' zei Stackhouse. Hij balde zijn vuisten zo hard dat zijn nagels in zijn handpalmen stonden.

Dixon legde het oranje pasje op de lezer. Hij probeerde de deurknop en toen er niets gebeurde, haalde Trevor Stackhouse eindelijk opgelucht adem. Naast hem blies Hendricks ingehouden adem uit die sterk naar whisky rook. Drinken tijdens het werk was net zo streng verboden als het bij zich dragen van een mobiele telefoon, maar daar ging Stackhouse zich nu niet druk over maken.

Ratjes, dacht hij. Jullie zitten als ratjes in de val, jongens en meisjes. En wat er nu verder met jullie gaat gebeuren…

Dat was godzijdank zijn probleem niet. Wat er met hen ging gebeuren nadat het losse eindje in South Carolina was weggewerkt moest mevrouw Sigsby beslissen.

'Daar word je voor betaald, Julia,' zei hij en hij ging lekker achteroverleunend in zijn stoel zitten kijken hoe een stel kinderen – nu onder aanvoering van Wilholm – terugliep naar de deur waardoor ze binnen waren gekomen en die probeerden te openen. Zonder succes. Het Wilholm-ventje gooide zijn hoofd in zijn nek. Zijn mond ging open. Stackhouse wilde dat hij geluid had, zodat hij de kreet van frustratie had kunnen horen.

'We hebben het probleem onder controle,' zei hij tegen Hendricks.

'Ehhh,' zei Hendricks.

Stackhouse draaide zich naar hem om. 'Wat bedoel je daarmee?'

'Misschien toch niet helemaal.'

## 28

Tim legde een hand op Lukes schouder. 'Als je denkt dat het weer gaat, moeten we nu echt weer naar binnen om dit uit te gaan zoeken. Dan pakken we voor jou een colaatje en...'

'Wacht.' Luke keek naar het stel dat hand in hand de straat overstak. Ze hadden nog geen erg in het drietal dat bij de ingang van Annies steegje stond; ze hadden alleen maar aandacht voor het politiebureau.

'Die hebben de snelweg verlaten en zijn nu verdwaald,' zei Wendy. 'Wedden? Dat gebeurt zeker tien keer per maand. Zullen we nu naar binnen gaan?'

Luke luisterde niet naar haar. Hij kon nog steeds de anderen, de kinderen, voelen en ze klonken nu boos, maar heel ver weg, als stemmen die je hoorde vanuit een andere kamer door het ventilatierooster. Die vrouw... in haar bloemetjesjurk...

Er valt iets om en daar word ik wakker van. Het moet de beker zijn die we hebben gewonnen bij de debatwedstrijd, want dat is de grootste en hij maakt een enorm lawaai. Iemand buigt zich over me heen. Ik zeg 'Mam', want ook al weet ik dat zij het niet is, het is een vrouw en 'Mam' is het eerste woord dat in mijn nog half slapende hoofd opkomt. En ze zegt...

'Ja hoor,' zei Luke. 'Ik vind alles best.'

'Mooi!' zei Wendy. 'Laten we dan...'

'Nee, dat is wat zíj zei.' Hij wees. Het stel had nu de stoep voor het politiebureau bereikt. Ze liepen niet langer hand in hand. Luke wendde zich met grote angstogen tot Tim. 'Zij is een van de mensen die me hebben ontvoerd! Ik heb haar daarna nog een keer gezien, in de koffiekamer in het Instituut! Ze zijn hier! Ik zei toch dat ze zouden komen en nu zijn ze er!'

Luke draaide zich bliksemsnel om en rende naar de deur, die aan deze kant niet op slot zat, zodat Annie 's avonds laat naar binnen kon als ze dat wilde.

'Wat...' begon Wendy, maar Tim liet haar niet uitspreken. Hij rende achter de jongen uit de trein aan en het eerste wat hij dacht was dat het joch dan misschien toch gelijk had gehad over Norbert Hollister.

## 29

'Nou?' Annies fluistering klonk zo hard dat je het bijna niet meer zo kon noemen. 'Geloof je me nou, Corbett Denton?'

Eerst gaf Drummer geen antwoord, omdat hij probeerde te begrijpen wat hij zag: drie naast elkaar geparkeerde personenbusjes en daarachter een groepje mannen en vrouwen. Zo te zien waren ze met z'n negenen, genoeg voor een heel honkbalteam. En Annie had gelijk, ze waren gewapend. Het was inmiddels bijna donker, maar zo laat in de zomer bleef het nog lang schemeren en bovendien brandde de straatverlichting. Drummer zag holsters met handwapens en twee lange geweren die eruitzagen als HK's. Moordmachines. Het honkbalteam stond voor de oude bioscoop, maar werd door de bakstenen zijmuur afgeschermd voor blikken vanaf het trottoir. Ze stonden duidelijk ergens op te wachten.

'Ze hebben verkenners!' siste Annie. 'Zag je ze de straat oversteken? Die gaan natuurlijk kijken hoeveel mensen er in het politiebureau aanwezig zijn! Ga je nu verdomme die geweren van je halen, of moet ik dat zelf doen?'

Drummer draaide zich om en begon, voor het eerst in twintig, misschien wel dertig jaar te rennen. Hij beklom de trap naar het appartement boven zijn kapperszaak en bleef eenmaal boven even staan om drie of vier keer diep in en uit te ademen. Lang genoeg om zich af te vragen of zijn hart tegen deze spanning opgewassen was of dat het gewoon zou barsten.

Zijn .30-06, waarmee hij van plan was zichzelf op een mooie avond in South Carolina van het leven te beroven (hij zou het allang hebben gedaan als hij niet af en toe een interessant gesprek zou hebben met de nieuwe nachtwaker) stond in de kast en was geladen. Net als het automatische .45 pistool en de .38 revolver op de hoogste plank. Hij pakte alle drie de wapens en rende de trap weer af. Hij hijgde en zweette en stonk waarschijnlijk als een varken in een stoombad, maar hij had voor het eerst in jaren weer het gevoel dat hij leefde. Hij luisterde of hij al schoten hoorde, maar tot dusverre was er niets te horen.

Misschien zijn het politieagenten, dacht hij, maar dat leek niet erg waarschijnlijk. Agenten zouden gewoon naar binnen zijn gelopen en zouden hun legitimatie hebben laten zien en hebben verteld waarvoor ze kwamen. Bovendien zouden ze in zwarte SUV's, Suburbans of Escalades hebben gereden.

Zo ging dat in elk geval altijd op tv.

## 30

Nick Wilholm leidde het onooglijke groepje jongens en meisjes terug naar de gesloten deur aan de kant van Voorkant. Sommige van de bewoners van Afdeling A liepen achter hem aan; andere bleven een beetje rondlopen. Pete Littlejohn begon weer op zijn hoofd te slaan en 'Ja-*ja*-ja-*ja*-ja-*ja*' te roepen. De tunnel zorgde voor een echo die zijn ritmische kreten niet alleen irritant maakten, maar echt om gek van te worden.

'Geef elkaar een hand,' zei Nicky. 'Allemaal.' Hij gebaarde met zijn kin in de richting van de rondlopende zombies en voegde eraan toe: *Ik denk dat ze daar wel op afkomen.*

*Als muggen op een kaarsvlammetje*, dacht Kalisha. Het was niet heel aardig, maar dat was de waarheid zelden.

Ze kwamen. Naarmate ze zich een voor een bij de kring voegden, werd het gonzen luider. De zijwanden van de tunnel dwongen hun kring in een wat langgerektere vorm, maar dat gaf niet. De kracht was er.

Kalisha begreep wat Nicky dacht, niet alleen omdat ze het van hem opving, maar ook omdat het 't enige was wat ze nog konden doen.

*Samen sterker*, dacht ze en vervolgens zei ze hardop tegen Avery: 'Breek dat slot open, Avery.'

Het gonzen zwol aan tot een ondersteunend gekrijs en als iemand van hen op dat moment nog hoofdpijn had gehad, was hij gillend op de vlucht geslagen. Kalisha werd weer overvallen door dat gevoel van ongelooflijke macht. Ze voelde het ook op avonden met sterretjes, maar dan was het bezoedeld. Deze keer was het schoon, omdat zij het waren. De kinderen van Afdeling A zeiden niets, maar glimlachten. Zij voelden het ook. En genoten ervan. Kalisha vermoedde dat ze nooit meer dichter bij denken zouden komen dan dit gevoel.

De deur maakte een vaag krakend geluid en ze zagen dat hij weer in zijn sponningen zakte, maar dat was alles. Avery had op zijn tenen gestaan, zijn gezichtje een en al concentratie. Nu ontspande hij en ademde uit.

George: *Nee?*

Avery: *Nee. Als hij gewoon op slot zat, zou het ons wel lukken, maar het lijkt wel of er niet eens een slot* is.

'Dood,' zei Iris. 'Dood, dood, ijzer en lood, totaal verkloot, dat slot is dood.'

'Ze zijn op de een of andere manier vastgezet,' zei Nicky. *En we kunnen ze zeker niet forceren?*

Avery: *Nee, massief staal.*

'Waar is Superman wanneer je hem nodig hebt?' zei George. Hij wreef met zijn handen over zijn wangen en lachte humorloos.

Helen ging zitten, sloeg haar handen voor haar gezicht en begon te huilen. 'Wat heb je nou aan ons?' Ze zei het nog een keer, ditmaal als een mentale echo: *Wat heb je nou aan ons?*

Nicky richtte zich tot Kalisha. *Jij nog ideeën?*

*Nee.*

Hij keek naar Avery. *En jij?*

Avery schudde zijn hoofd.

## 31

'Hoe bedoel je, niet helemaal?' vroeg Stackhouse.

In plaats van te antwoorden rende Donkey Kong de kamer door naar Stackhouse' intercom. Op de bovenkant van de behuizing lag een dikke laag stof. Stackhouse had het ding nog nooit gebruikt – hij was hier immers niet om dans- of spelletjesavonden aan te kondigen. Dokter Hendricks bekeek het rudimentaire bedieningspaneeltje en haalde een schakelaar over, waarna er een groen lampje ging branden.

'Wat ben je van plan…'

Nu was het Hendricks' beurt om 'Kop dicht' te zeggen en in plaats van boos te worden, voelde Stackhouse een zekere bewondering. Wat de dokter ook van plan was, hij dacht kennelijk dat het belangrijk was.

Hendricks pakte de microfoon en wachtte even. 'Is er een manier om zeker te weten dat die ontsnapte kinderen niet kunnen horen wat ik ga zeggen? We hoeven ze per slot van rekening niet op ideeën te brengen.'

'Er zijn geen speakers in de verbindingstunnel,' zei Stackhouse, hopend dat hij het bij het juiste eind had. 'En volgens mij hebben ze in Achterkant hun eigen afzonderlijke intercomsysteem. Wat ben je van plan?'

Hendricks keek hem aan alsof hij gek was geworden. 'Het feit dat ze nu fysiek opgesloten zitten wil nog niet zeggen dat ze dat mentaal ook zijn.'

O, shit, dacht Stackhouse. Ik was even vergeten waarom ze hier zitten.

'Vertel me nu maar eens hoe dit… Laat maar, ik zie het al.' Hendricks drukte het knopje aan de zijkant van de microfoon in, schraapte zijn keel en begon te praten. 'Attentie, alstublieft. Mag ik even de aandacht van het voltallige personeel! Hier spreekt dokter Hendricks.' Hij streek met een hand door zijn dunner wordende woeste kapsel en maakte het zo mogelijk nog woester. 'Er zijn kinderen ontsnapt uit Achterkant, maar er is geen reden voor paniek. Ik herhaal: geen reden voor paniek. Ze zijn opgesloten in de verbindingstunnel tussen Voorkant en Achterkant. De mogelijkheid bestaat echter dat ze zullen proberen jullie te beïnvloeden, op dezelfde manier waarop ze…' Hij zweeg even en ging met zijn tong over zijn lippen. 'Op dezelfde manier waarop ze bepaalde mensen proberen te beïnvloeden wanneer die hun werk doen. Ze zullen misschien proberen ervoor te zorgen dat jullie jezelf verwonden. Of… nou ja… of proberen jullie tegen elkaar op te zetten.'

O, jezus, dacht Stackhouse, dát is nog eens een opwekkende gedachte.

'Luister goed,' zei Hendricks. 'Ze zijn alleen tot een dergelijke mentale infiltratie in staat als degenen op wie ze het gemunt hebben niets vermoeden. Dus als je iets voelt… als je gedachten opmerkt die niet van jou zijn… blijf rustig en verzet je ertegen. Drijf ze uit. Je zult zien dat dat heel makkelijk gaat. Het kan helpen hardop te spreken. Om te zeggen: *Ik luister niet naar jullie.*'

Hij wilde de microfoon al neerleggen, maar Stackhouse pakte hem uit zijn hand. 'Hier spreekt Stackhouse. Personeel van Voorkant, alle kinderen moeten onmiddellijk terug naar hun kamers. Bij tegenwerking gebruik je je taser.'

Hij zette de intercom uit en wendde zich tot Hendricks. 'Misschien denken die kleine etters in de tunnel er niet aan. Het zijn per slot van rekening nog maar kinderen.'

'O, die denken er heus wel aan,' zei Hendricks. 'Ze hebben immers geoefend.'

## 32

Tim haalde Luke in toen de jongen de deur naar het cellenblok opende. 'Jij blijft hier, Luke. Wendy, jij komt met mij mee.'

'Je denkt toch niet echt...'

'Ik weet niet meer wat ik denk. Trek nog niet je wapen, maar maak wel het riempje van je holster los.'

Toen Tim en Wendy zich door het korte gangetje tussen de vier lege cellen haastten, hoorden ze een mannenstem. Hij klonk best aardig. Vriendelijk zelfs. 'Mijn vrouw en ik hebben ons laten vertellen dat er in Beaufort een paar interessante gebouwen te zien zijn en we dachten een kortere route te hebben gevonden, maar onze gps heeft ons een beetje in de steek gelaten.'

'Ik wilde per se dat hij zou stoppen om de weg te vragen,' zei de vrouw en toen Tim het kantoor binnenging zag hij haar met geamuseerde vertwijfeling opkijken naar haar man – als de blonde man dat werkelijk was. 'Dat wilde hij eigenlijk niet. Mannen denken altijd dat ze de weg weten, of niet soms?'

'We hebben het op dit moment een beetje druk,' zei Sheriff John, 'en ik heb geen tijd...'

'Zij is het!' riep Luke opeens van achter Tim en Wendy. Ze schrokken ervan. De andere agenten keken om. Luke duwde Wendy zo hard weg dat ze bijna tegen de muur viel. 'Zij is degene die iets in mijn gezicht spoot zodat ik buiten westen raakte! Dat rotwijf heeft mijn ouders vermoord!'

Hij probeerde op haar af te stormen. Tim greep hem in zijn kraag en sleurde hem terug. De blonde man en de vrouw in de bloemetjesjurk keken verbaasd. Met andere woorden, volstrekt normaal. Alleen meende Tim een ogenblik lang een andere uitdrukking op het gezicht van de vrouw te hebben gezien: een blik van herkenning.

'Ik denk dat hier sprake is van een misverstand,' zei ze. Er verscheen

een niet-begrijpende uitdrukking op haar gezicht. 'Wie is die jongen? Is hij gek?'

Ook al was hij hier maar de nachtwaker en zou hij dat de eerstkomende vijf maanden nog blijven, toch schoot Tim automatisch in de rol van politieman, net als die avond toen die jongelui Zoney's hadden overvallen en Absimil Dobira hadden neergeschoten. 'Ik zou graag uw legitimatie willen zien, mensen.'

'Dat is toch zeker helemaal niet nodig?' zei de vrouw. 'Ik weet niet voor wie die jongen ons aanziet, maar wij zijn verdwaald en toen ik een klein meisje was, zei mijn moeder altijd dat je dan de weg moest vragen aan een politieman.'

Sheriff John stond op. 'Uh-huh, uh-huh, maar als dat zo is, vindt u het vast niet erg ons uw rijbewijzen te laten zien.'

'Helemaal niet,' zei de man. 'Laat me even mijn portefeuille pakken.' De vrouw stak al met een geërgerde blik een hand in haar tasje.

'Pas op!' riep Luke. 'Ze zijn gewapend!'

Tag Faraday en George Burkett keken stomverbaasd. Frank Potter en Bill Wicklow verbijsterd.

'Ho ho ho, wacht eens even!' zei Sheriff John. 'Laat me die handen zien!'

Ze aarzelden geen van beiden. Michelle Robertsons hand haalde geen rijbewijs uit haar tas, maar de SIG Sauer Nightmare Micro die ze tot haar beschikking had gekregen. Denny Williams had niet zijn portefeuille uit zijn kontzak gehaald, maar de Glock uit zijn riem getrokken. De sheriff en deputy Faraday reikten allebei naar hun dienstwapen, maar ze waren traag, traag.

Tim niet. Hij trok Wendy's wapen uit haar holster en richtte het met beide handen. 'Laat die wapens vallen, laat vallen!'

Ze deden het niet. Robertson richtte op Luke en Tim loste één enkel schot, dat haar zo hard tegen de grote dubbele deuren van het politiebureau deed vallen dat het matglas barstte.

Williams liet zich op één knie vallen en mikte op Tim, die nog net tijd had om te denken: die vent is een prof en ik ben dood. Maar het wapen van de man ging met een ruk omhoog, alsof er met een onzichtbaar touw aan werd getrokken en de kogel die eigenlijk voor Tim was bedoeld drong in het plafond. Sheriff John Ashworth gaf de blonde man een schop tegen de zijkant van zijn hoofd, zodat hij languit op de grond viel en Billy Wicklow trapte keihard op zijn pols.

'Laat los, klootzak, laat dat ding...'

Dat was het moment waarop mevrouw Sigsby, die wel begreep dat het helemaal misging, Louis Grant en Tom Jones opdracht gaf het vuur te openen met het zwaardere geschut. Williams en Robertson waren niet belangrijk.

De jongen was dat wel.

## 33

De twee HK37's vulden DuPrays eerder zo vredige schemering met gedonder. Grant en Jones bestookten de bakstenen gevel van het politiebureau, wolken rozerood stof stoven op en ramen en glazen deurpanelen versplinterden naar binnen. Zij stonden op het trottoir; de rest van team Goud stond een beetje verspreid achter hen in de straat. De enige uitzondering was dokter Evans, die helemaal aan de kant stond, met zijn handen voor zijn oren.

'Jaaa!' riep Winona Briggs. Ze stond van de ene voet op de andere te springen, alsof ze nodig moest plassen. 'Schiet ze voor hun donder!'

'Eropaf!' riep mevrouw Sigsby. 'Allemaal, nu! Grijp de jongen of dood hem! Grijp hem of...'

Toen klonk achter hen opeens: 'Jullie gaan helemaal nergens naartoe, mevrouwtje. En als jullie het toch proberen, dan zweer ik bij OnzeLieve-Heer dat een heel stel van jullie dat niet gaat overleven. Jullie twee, daar vooraan, leg die schietijzers nu onmiddellijk neer.'

Louis Grant en Tom Jones draaiden zich om, maar legden de HK's niet neer.

'En gauw een beetje,' zei Annie, 'anders zijn jullie dood. Ik maak geen grapje, jongens. Jullie zijn hier in het zuiden.'

Ze keken elkaar aan en legden hun geweren toen voorzichtig op de straat.

Mevrouw Sigsby zag twee onwaarschijnlijke overvallers onder de doorgezakte luifel van de bioscoop staan: een dikke, kale man in een pyjamajasje en een vrouw met een woeste haardos, in wat eruitzag als een Mexicaanse serape. De man had een geweer. De vrouw in de serape had een automatisch pistool in haar ene hand en een revolver in de andere.

'En nu gaat de rest hetzelfde doen,' zei Drummer Denton. 'Jullie worden allemaal onder schot gehouden.'

Mevrouw Sigsby keek naar de twee boerenpummels die voor het leegstaande theater stonden en had maar één gedachte, eenvoudig en vermoeid: komt hier dan nooit een eind aan?

Vanuit het politiebureau klonk een schot, waarop een korte stilte volgde en toen nog een schot. Op het moment dat de boerenpummels die kant op keken, bukten Grant en Jones zich om hun wapens op te pakken.

'Waag het niet!' riep de vrouw in de serape.

Robin Lecks, die nog niet zo lang geleden dwars door een kussen Lukes vader had doodgeschoten, nam de kleine kans waar om haar SIG Micro te trekken. De andere leden van team Goud lieten zich op de grond vallen om Grant en Jones een vrij schootsveld te geven. Zo hadden ze dat geleerd. Mevrouw Sigsby bleef gewoon staan, alsof haar woede om dit onverwachte probleem haar zou beschermen.

## 34

Op het moment dat de confrontatie in South Carolina begon, zaten Kalisha en haar vrienden in elkaar gezakt en terneergeslagen bij de deur die toegang gaf tot Voorkant. De deur die ze niet open konden krijgen omdat Iris gelijk had: het slot was dood.

Nicky: *Misschien kunnen we nog steeds wel iets doen. We kunnen de staf in Voorkant op dezelfde manier bewerken als de rode verzorgers.*

Avery schudde zijn hoofd. Hij zag er eerder uit als een vermoeide oude man dan als een klein jongetje. *Dat heb ik al geprobeerd. Bij Gladys, omdat ik zo de pest aan haar heb. Met die neppe glimlach van haar. Ze zei dat ze niet naar me wilde luisteren en duwde me weg.*

Kalisha keek naar de kinderen van Afdeling A, die al weer afdwaalden, alsof ze nog ergens naartoe konden. Een meisje deed radslagen; een jongen in een vuile surfshort en een gescheurd T-shirt stond zachtjes met zijn hoofd tegen de muur te bonken; Pete Littlejohn was nog steeds bezig met zijn ja-*ja*'s. Maar als ze werden geroepen zouden ze komen en er was voldoende kracht uit te halen. Ze pakte Avery's hand. 'Als we met z'n allen...'

'Nee,' zei Avery. *We zouden hooguit voor elkaar krijgen dat ze zich een beetje raar, duizelig en misselijk zouden gaan voelen...* '... maar dat is alles.'

Kalisha: *Maar waarom? Waarom? Als we die vent konden vermoorden die in Afghanistan die bommen maakte...*

Avery: *Omdat die vent van die bommen het niet wist. De predikant, die Westin, die weet het ook niet. Zodra ze het weten...*

George: *Kunnen ze ons buitensluiten.*

Avery knikte.

'Wat kunnen we dán doen?' vroeg Helen. 'Is er nog iets wat we kunnen doen?'

Avery schudde zijn hoofd. *Ik weet het niet.*

'Ik weet nog één ding,' zei Kalisha. 'Wij zitten hier vast, maar we kennen iemand die niet vastzit. Maar dan hebben we wel iedereen nodig.' Ze maakte een hoofdbeweging naar de ronddwalende vluchtelingen van Afdeling A. 'Laten we ze bij elkaar roepen.'

'Ik weet het niet, Sha,' zei Avery. 'Ik ben behoorlijk moe.'

'Laten we alleen dit nog proberen,' probeerde ze hem over te halen.

Avery zuchtte en stak zijn handen uit. Kalisha, Nicky, George, Helen en Katie gaven elkaar een hand. Even later deed Iris hetzelfde. De anderen kwamen weer als vanzelf naar hen toe. Ze vormden weer een ovaal en het gonzen zwol aan. In Voorkant voelden en vreesden verzorgers en laboranten en conciërges het, maar het was niet tegen hen gericht. Ruim tweeëntwintighonderd kilometer bij hen vandaan had Tim zojuist een kogel tussen Michelle Robertsons borsten geschoten; richtten Grant en Jones net hun automatische geweren om de gevel van het politiebureau onder vuur te nemen en stond Billy Wicklow boven op Denny Williams' hand, met Sheriff John naast zich.

De kinderen van het Instituut riepen Luke.

## 35

Luke dacht er niet over na om zijn geest te gebruiken om het pistool van de blonde man omhoog te duwen; hij deed het gewoon. De Stasilichten keerden terug en onttrokken een ogenblik lang alles aan het zicht. Toen ze begonnen te vervagen zag hij een van de agenten op de pols van de blonde man staan, in een poging hem te dwingen zijn wapen los te laten. De lippen van de blonde man waren verwrongen van pijn en het bloed stroomde langs de zijkant van zijn gezicht, maar hij gaf zich niet gewonnen. De sheriff trok zijn been naar achteren, kennelijk met de bedoeling de blonde man nog een trap tegen zijn hoofd te geven.

Luke zag het allemaal, maar toen keerden de Stasi-lichten opnieuw terug, feller dan ooit tevoren, en troffen de stemmen van zijn vrienden hem als een mokerslag in het midden van zijn hoofd. Hij wankelde achterwaarts door de deuropening van het cellenblok, hield zijn handen voor zich uit alsof hij een klap wilde afweren en struikelde over zijn eigen voeten. Hij viel op zijn kont, precies op het moment dat Grant en Jones het vuur openden met hun automatische geweren.

Hij zag dat Tim Wendy vastgreep, haar meetrok op de grond en haar met zijn eigen lichaam beschermde. Hij zag hoe de sheriff en de agent die op de hand van de blonde man stond door kogels werden getroffen. Zij stortten allebei neer. Glas vloog in het rond. Iemand gilde. Luke dacht dat het Wendy was. Buiten hoorde Luke een vrouw die vreemd genoeg net als mevrouw Sigsby klonk iets schreeuwen dat klonk als: *Allemaal, nu.*

Voor Luke, verdoofd door een dubbele dosis Stasi-lichten en de gecombineerde stemmen van zijn vrienden, leek alles opeens heel langzaam te gaan. Hij zag een van de andere hulpsheriffs – gewond, want er stroomde bloed langs zijn arm – zich omdraaien naar een van de kapotgeschoten voordeuren, waarschijnlijk om te zien wie er had geschoten. Zijn bewegingen leken heel traag. De blonde man ging op zijn knieën zitten en leek zich ook heel langzaam te bewegen. Het was alsof hij naar een onderwaterballet zat te kijken. De blonde man schoot de hulpsheriff in zijn rug en begon zich toen om te draaien naar Luke. Sneller nu, de wereld begon weer vaart te krijgen. Voordat de blonde man kon schieten, bukte de agent met het rode haar zich, het leek wel of hij een buiging maakte, en schoot hem in de slaap. De blonde man vloog opzij en viel boven op de vrouw die had beweerd zijn echtgenote te zijn.

Een vrouw buiten – niet degene die net zo klonk als mevrouw Sigsby, maar een andere, met een zuidelijk accent – schreeuwde: 'Waag 't niet!'

Er werd opnieuw geschoten en toen riep de eerste vrouw: 'De jongen! We moeten de jongen hebben!'

Ze ís het, dacht Luke. Ik snap niet hoe dat kan, maar het is echt waar. Dat is mevrouw Sigsby.

# 36

Robin Lecks was een prima schutter, maar het werd steeds donkerder en de afstand was erg groot voor zo'n klein handwapen als de Micro. Haar kogel trof Drummer Denton hoog in de schouder, in plaats van in zijn hoofd. Hij viel achteruit tegen het dichtgespijkerde kaartjesloket en haar twee volgende schoten raakten helemaal niets. Annie bleef staan waar ze stond. Ze was grootgebracht in de rietlanden van Georgia door een vader die tegen haar zei: 'Geef nooit op, meisje, voor niemand niet.' Jean Ledoux was een zeer bedreven schutter geweest, of hij nu dronken was of nuchter, en hij had het haar ook geleerd. Ze opende het vuur met Drummers beide handwapens en compenseerde automatisch, zonder erbij na te denken, de zwaardere terugslag van de .45. Ze schakelde een van de schutters met de automatische geweren uit (het was Tony Fizzale, die nooit meer een stroomstok zou hanteren), zonder acht te slaan op de drie of vier kogels die haar om de oren floten en waarvan er eentje heel even ondeugend de zoom van haar serape aantikte.

Drummer kwam terug en mikte op de vrouw die op hem had geschoten. Robin zat op één knie, midden op straat, haar SIG, die blokkeerde, te vervloeken. Drummer zette de .30-06 in de holte van de schouder die niet bloedde en werkte haar helemaal tegen de grond.

'Niet meer schieten!' gilde mevrouw Sigsby. 'We moeten de jongen hebben! We moeten in ieder geval de jongen hebben! Tom Jones! Alice Green! Louis Grant! Wacht op mij! Josh Gottfried! Winona Briggs! Niet meer schieten!'

Drummer en Annie keken elkaar aan. 'Gaan *wij* wel gewoon door met schieten, of niet?' vroeg Annie.

'Al sla je me dood,' zei Drummer.

Tom Jones en Alice Green stonden elk aan een kant van de verwoeste deuren van het politiebureau. Josh Gottfried en Winona Briggs liepen achteruit, aan weerszijden van mevrouw Sigsby, en hielden hun wapens gericht op de onverwachte schutters die hen hadden overrompeld. Dokter James Evans, aan wie geen positie was toegewezen, wees zichzelf er een toe. Hij liep langs mevrouw Sigsby rechtstreeks op Drummer en Annie af, met zijn handen in de lucht en een kalmerende glimlach op zijn gezicht.

'Kom terug, stomme idioot!' beet mevrouw Sigsby hem toe.

Hij negeerde haar. 'Ik hoor hier niet bij,' zei hij tegen de dikke man in het pyjamajasje, die er het normaalst uitzag van de twee. 'Ik heb hier nooit aan mee willen doen, dus ik denk dat ik maar gewoon...'

'O, ga toch gewoon zitten,' zei Annie en ze schoot hem in zijn voet. Ze was zo attent het met de .38 te doen, die de minste schade zou veroorzaken. In theorie althans.

Nu de vrouw in het rode broekpak nog, de vrouw die de leiding had. Als er opnieuw werd geschoten zou ze waarschijnlijk overhoop worden geschoten in het kruisvuur, maar ze toonde geen angst, hooguit een soort nijdige concentratie.

'Ik ga nu naar binnen,' zei ze tegen Drummer en Annie. 'We kunnen gerust ophouden met deze onzin. Blijf daar staan en er gebeurt jullie niets. Als jullie weer gaan schieten, schakelen Josh en Winona jullie uit. Begrepen?'

Ze wachtte hun antwoord niet af, maar draaide zich gewoon om en liep naar wat er over was van haar legertje. Haar lage hakken klikten over het plaveisel.

'Drummer?' zei Annie. 'Wat doen we?'

'Misschien hoeven we niks te doen,' zei hij. 'Kijk eens naar links. Niet je hoofd bewegen, alleen je ogen.'

Ze deed wat hij zei en zag een van de gebroeders Dobira komen aansnellen over het trottoir. Hij had een pistool bij zich. Later zou hij tegen de staatspolitie zeggen dat hoewel hij en zijn broer vredelievende mannen waren, ze het sinds de overval toch verstandig hadden geacht een vuurwapen in de winkel te hebben.

'En nu naar rechts. Zonder je hoofd te bewegen.'

Ze bewoog haar ogen naar links en zag de weduwe Goolsby en meneer Bilson, de vader van de Bilson-tweeling. Addie Goolsby was in haar badjas en op pantoffels. Richard Bilson droeg een geruite korte broek en een rood T-shirt van Alabama Crimson Tide. Beiden droegen jachtgeweren. Het groepje voor het politiebureau zag hen niet aankomen: zij dachten alleen maar aan datgene waarvoor ze hier gekomen waren.

*Jullie zijn hier in het zuiden*, had Annie tegen deze zwaarbewapende indringers gezegd. Ze had zo'n idee dat ze op het punt stonden erachter te komen hoe waar dat was.

'Tom en Alice,' zei mevrouw Sigsby. 'Jullie gaan naar binnen. En zorg dat je de jongen te pakken krijgt.'

Ze gingen.

## 37

Tim trok Wendy overeind. Ze keek wat versuft, alsof ze niet precies wist waar ze was. Er zat een snippertje papier in haar haar. Buiten was het schieten vooralsnog opgehouden.

In plaats daarvan werd er gepraat, maar Tims oren tuitten en hij kon niet verstaan wat er werd gezegd. Maar dat gaf niet. Als ze daar vrede stonden te sluiten, prima. Het leek hem echter verstandiger om rekening te houden met nog meer oorlog.

'Wendy, gaat het?'

'Ze... Tim, ze hebben Sheriff John vermoord! Wie nog meer?'

Hij schudde haar door elkaar. 'Gaat het?'

Ze knikte. 'J-ja. Ik geloof 't...'

'Neem Luke via de achterdeur mee naar buiten.'

Ze wilde hem vastpakken, maar Luke ontweek haar en rende naar het bureau van de sheriff. Tag Faraday probeerde zijn arm te grijpen, maar Luke wist ook hem te ontwijken. Een kogel had de laptop geschampt, zodat hij nu scheef op het bureau stond, maar het scherm, zij het gebarsten, deed het nog en het kleine oranje lichtje van de USB-stick knipperde nog steeds. Zijn oren tuitten ook, maar hij was nu vlak bij de deur en hoorde mevrouw Sigsby zeggen: *En zorg dat je de jongen te pakken krijgt.*

O, rotwijf dat je bent, dacht hij. Meedogenloos rotwijf.

Op het moment dat Alice Green en Tom Jones door de verbrijzelde glazen deuren naar binnen kwamen, greep Luke de laptop, liet zich op zijn knieën vallen en drukte het ding tegen zijn borst. Tag hief zijn pistool, maar voordat hij kon schieten kreeg hij de volle laag van de HK. De achterkant van zijn uniformoverhemd was aan flarden. De Glock vloog uit zijn hand en schoof over de vloer. De enige andere agent die nog overeind stond, Frank Potter, deed niet eens een poging zich te verdedigen. Er verscheen een verbijsterde, ongelovige uitdrukking op zijn gezicht. Alice Green schoot hem één keer in het hoofd en dook onmiddellijk weg toen er achter hen in de straat opnieuw werd geschoten. Er klonk geschreeuw en een kreet van pijn.

De schoten en de kreet leidden Jones, de man met de HK, een ogenblik af. Hij draaide zich om naar het geluid en Tim schoot twee keer kort achter elkaar op hem, één keer in de nek en één keer in het hoofd. Alice Green richtte zich op en stapte met een vastberaden blik over Jones heen en nu zag Tim dat er achter haar een andere vrouw was binnengekomen. Een oudere vrouw in een rood broekpak, eveneens met een pistool in haar hand. Godallemachtig, dacht hij, met z'n hoevelen zijn ze? Hebben ze voor één klein jongetje een heel leger gestuurd?

'Hij zit achter het bureau, Alice,' zei de oudere vrouw. Gezien het bloedbad dat was aangericht, klonk ze griezelig kalm. 'Ik zie het verband op zijn oor erboven uitsteken. Trek hem erachter vandaan en schiet hem dood.'

De vrouw die Alice werd genoemd liep naar het bureau. Tim nam niet meer de moeite haar te waarschuwen dat ze moest blijven staan – dat stadium waren ze allang voorbij – maar haalde de trekker van Wendy's Glock over. Er klonk een klik, maar er gebeurde niets, terwijl er op z'n minst nog één patroon in het magazijn had moeten zitten, en waarschijnlijk zelfs twee. Zelfs op dit leven-of-dood-moment begreep hij hoe dat kwam: Wendy had het wapen de laatste keer dat ze ermee had geoefend op de schietbaan in Dunning niet helemaal herladen. Zulke dingen hadden wat haar betrof nooit veel prioriteit. Hij had zelfs nog tijd om te denken – zoals hij toen hij pas in DuPray was wel vaker had gedacht – dat Wendy niet echt in de wieg was gelegd voor politiewerk.

Ze had beter bureauwerk kunnen blijven doen, dacht hij, maar nu is het te laat. Ik denk dat we nu allemaal doodgaan.

Luke stond op van achter het bureau, met de laptop in zijn handen. Hij haalde ermee uit en raakte Alice er vol mee in het gezicht. Het gebarsten scherm verbrijzelde. Green wankelde met bloedende neus en mond achteruit, tegen de vrouw in het rode broekpak aan, en hief toen nogmaals haar wapen.

'Laat vallen, laat vallen, laat vallen!' gilde Wendy. Ze had Tag Faradays Glock van de grond geraapt. Green schonk geen aandacht aan haar. Zij richtte op Luke, die, in plaats van weg te duiken, Maureen Alvorsons USB-stick uit de toegangspoort van de laptop trok. Wendy vuurde, met haar ogen tot spleetjes geknepen, drie keer en slaakte elke keer als ze de trekker overhaalde een schrille kreet. De eerste kogel trof Alice Green vlak boven haar neusbrug. De tweede verdween door een van de gaten in de deur waarin nog geen honderdvijftig seconden eerder een matglazen ruit had gezeten.

De derde trof Julia Sigsby in haar been. Haar wapen vloog uit haar hand en ze zakte, met een blik vol ongeloof op haar gezicht, op de grond. 'Je hebt me neergeschoten. Waarom heb je dat gedaan?'

'Ben je gestoord of zo? Waarom denk je?' zei Wendy. Ze liep naar de vrouw, die met haar rug tegen de muur zat. De glassplinters onder haar schoenen knarsten en knerpten. De lucht stonk naar buskruit en er dreef blauwe rook door het kantoor, dat eens zo keurig was en nu een puinhoop. 'Je gaf ze opdracht het jongetje dood te schieten.'

Mevrouw Sigsby gaf haar het soort glimlachje dat voorbehouden leek aan mensen die dagelijks omgingen met dwazen en daar weinig geduld mee hadden. 'Je begrijpt het niet. Natuurlijk niet. Hij is van mij. Hij is mijn eigendom.'

'Nu niet meer,' zei Tim.

Luke knielde bij mevrouw Sigsby neer. Hij had bloedspetters op zijn wangen en er stak een glasscherf in zijn ene wenkbrauw. 'Wie heeft op dit moment de leiding in het Instituut? Stackhouse? Is hij het?'

Ze keek hem alleen maar aan.

'Is het Stackhouse?'

Niets.

Drummer Denton kwam binnen en keek om zich heen. Zijn pyjamajasje was aan één kant doordrenkt met bloed, maar hij oogde desondanks opmerkelijk fris. Gutaale Dobira stond met grote ogen over zijn schouder te kijken.

'Godsamme,' zei Drummer. 'Een slachtpartij.'

'Ik heb een man moeten neerschieten,' zei Gutaale. 'En mevrouw Goolsby heeft een vrouw neergeschoten die probeerde haar dood te schieten. Een duidelijk geval van zelfverdediging.'

'Hoeveel zijn er nog buiten?' vroeg Tim aan hen. 'Zijn ze allemaal uitgeschakeld, of zijn er nog een paar actief?'

Annie duwde Gutaale Dobira opzij en ging naast Drummer staan. In haar serape, met in elke hand een pistool waar de kruitdamp nog uit kwam, zag ze eruit als een personage in een spaghettiwestern. Tim was niet verbaasd. Hij was het stadium van verbazing gepasseerd. 'Ik heb gezien hoeveel mensen er uit die busjes kwamen en volgens mij ontbreekt er niemand,' zei ze. 'Er zijn een paar gewonden, eentje met een kogel in zijn voet en een zwaargewonde. Dat is degene die door Dobira is neergeschoten. Zo te zien ligt de rest van die klootzakken hier dood te wezen.' Ze overzag de kamer. 'En jezus, wie is er nog over van het politiekorps?'

Wendy, dacht Tim, maar hij zei het niet. Ik neem aan dat zij nu de plaatsvervangend sheriff is. Of misschien wordt Ronnie Gibson dat wanneer ze terugkomt van vakantie. Waarschijnlijk Ronnie. Wendy zal er niets voor voelen.

Addie Goolsby en Richard Bilson waren bij Gutaale komen staan, achter Annie en Drummer. Bilson keek met een blik vol ontsteltenis de kamer rond – muren vol kogelgaten, versplinterd glas, plassen bloed op de vloer, lichamen her en der – en sloeg een hand voor zijn mond.

Addie stond steviger in haar schoenen. 'Doc komt eraan. De halve stad staat buiten op straat, de meesten gewapend. De vrouw die ik heb neergeschoten is waarschijnlijk dood, maar het was zoals meneer Dobira al zei, zelfverdediging, niks meer of minder. Wat is hier gebeurd? En wie is dat?' Ze wees naar het magere jongetje met het verband om zijn oor.

Luke luisterde niet naar wat ze zei. Hij had alleen maar oog voor de vrouw in het broekpak. 'Stackhouse, natuurlijk. Kan niet anders. Ik moet hem spreken. Hoe kan ik hem bereiken?'

Mevrouw Sigsby keek hem alleen maar aan. Tim zat op zijn hurken naast Luke. Wat hij in de ogen zag van de vrouw in het broekpak was pijn, ongeloof en haat. Hij kon niet zeggen welke van die drie de overhand had, maar als hij had moeten raden, had hij gekozen voor haat. Dat was altijd de sterkste emotie, in elk geval voor de korte termijn.

'Luke...'

Luke negeerde hem. Al zijn aandacht was gericht op de gewonde vrouw. 'Ik moet hem spreken, mevrouw Sigsby. Hij houdt mijn vrienden gevangen.'

'Ze zijn geen gevangenen, ze zijn eigendom!'

Wendy kwam er ook bij staan. 'U was zeker afwezig op de dag dat de rest van de klas les kreeg over Lincoln die de slaven bevrijdde?'

'Dat komt zomaar ons stadje binnenvallen om de boel overhoop te schieten,' zei Annie. 'Ik neem aan dat jullie je lesje nu wel hebben geleerd, of niet soms?'

'Stil, Annie,' zei Wendy.

'Ik moet hem spreken, mevrouw Sigsby. Ik moet met hem onderhandelen. Vertel me hoe ik met hem in contact kan komen.'

Toen ze geen antwoord gaf, stak Luke zijn duim in het kogelgat in haar rode broek. Mevrouw Sigsby gilde het uit. 'Niet doen, o, niet doen, dat doet PIJN!'

'Stroomstokken doen pijn!' schreeuwde Luke haar toe. Glasscherven schoven rinkelend over de vloer en vormden kleine eilandjes. Annie keek gefascineerd toe. 'Injecties doen pijn! Half verzopen worden doet pijn! En wanneer ze je geest openscheuren?' Hij drukte zijn duim weer op de kogelwond. De deur van het cellenblok sloeg dicht en iedereen schrok. 'Wanneer ze je geest verwoesten? Dat doet het meeste pijn van alles!'

'Laat hem ophouden,' gilde mevrouw Sigsby. 'Laat hem ophouden me pijn te doen!'

Wendy bukte zich om Luke weg te trekken. Tim schudde zijn hoofd en pakte haar arm vast. 'Nee.'

'Het is de samenzwering,' fluisterde Annie tegen Drummer. Haar ogen puilden haast uit hun kassen. 'Die vrouw werkt voor de samenzwering. Dat doen ze allemaal! Ik heb het al die tijd geweten, ik heb het gezegd, en niemand wilde me geloven!'

Het tuiten van Tims oren begon een beetje weg te trekken. Hij hoorde geen sirenes, wat hem niet verbaasde. Waarschijnlijk was de staatspolitie er niet eens van op de hoogte dat er een schietpartij had plaatsgevonden in DuPray, nog niet althans. En iedereen die 911 had gebeld zou niet de South Carolina Highway Patrol hebben bereikt, maar het politiebureau van Fairlee County – met andere woorden: deze puinhoop. Hij keek op zijn horloge en zag tot zijn verbijstering dat de wereld nog maar vijf minuten geleden, hooguit zes, volkomen normaal was geweest.

'Ik begrijp dat u mevrouw Sigsby bent?' vroeg hij.

Ze zei niets.

'U zit goed in de problemen, mevrouw Sigsby. Ik raad u aan Luke te vertellen wat hij van u wil weten.'

'Ik heb medische verzorging nodig.'

Tim schudde zijn hoofd. 'Eerst maar eens gaan praten en dan zullen we eens zien wat we aan die verzorging kunnen doen.'

'Luke heeft ons de waarheid verteld,' zei Wendy tegen niemand in het bijzonder. 'Over alles.'

'Dat zei ik toch?' zei Annie, met een bijna zelfgenoegzame klank in haar stem.

Op dat moment kwam Doc Roper binnen. 'Jezus allemachtig,' zei hij. 'Leeft er nog iemand? Hoe ernstig zijn de verwondingen van die vrouw? Was het een terroristische aanslag of zo?'

'Ik word gemarteld,' zei mevrouw Sigsby. 'Als u een arts bent, en dat doet de zwarte tas die u bij zich hebt wel vermoeden, is het uw plicht daar een einde aan te maken.'

Tim zei: 'De jongen die u hebt behandeld was op de vlucht voor deze vrouw en het overvalsteam dat ze bij zich had, Doc. Ik weet niet hoeveel doden er buiten liggen, maar hier hebben we vijf man verloren, onder wie de sheriff, en dat is in opdracht van deze vrouw gebeurd.'

'Daar gaan we later wel mee aan de slag,' zei Roper. 'Nu moet ik haar eerst behandelen. Ze bloedt. En laat iemand verdomme een ambulance bellen.'

Mevrouw Sigsby keek Luke aan, ontblootte haar tanden in een grijns alsof ze zeggen wilde: *Ik heb gewonnen*, en keek toen weer naar Roper. 'Dank u, dokter, dank u wel.'

'Dat ouwe wijffie is een taaie,' zei Annie, niet zonder enige bewondering. 'Die vent die ik in z'n voet heb geschoten niet. Daar zou ik eerst maar eens naar gaan kijken, als ik u was. Ik denk dat hij zijn opoe als blanke slavin zou verkopen voor een spuit morfine.'

Mevrouw Sigsby's ogen werden groot van schrik. 'Laat hem met rust. Ik verbied jullie met hem te praten.'

Tim stond op. 'Verbieden, m'n reet. Ik weet niet voor wie je werkt, dame, maar de tijd dat je kindertjes kon ontvoeren is nu toch echt voorbij. Luke, Wendy, kom mee.'

## 38

Overal in het stadje waren in woningen de lichten aangegaan en in DuPrays hoofdstraat krioelde het van de mensen. De lichamen van de doden waren bedekt met wat er toevallig voorhanden was. Iemand had Annies slaapzak uit het steegje gehaald en over Robin Lecks heen gelegd.

Dokter Evans was helemaal vergeten. Hij had in principe naar een van de geparkeerde busjes kunnen hinken en kunnen vluchten, maar had daar geen enkele poging toe gedaan. Tim, Wendy en Luke vonden hem zittend op de stoep voor de bioscoop. Zijn wangen glinsterden van de tranen. Hij was erin geslaagd zijn schoen uit te trekken en zat nu naar een bebloede sok te kijken met daarin een naar het zich liet aanzien ernstig misvormde voet. In hoeverre dat een kwestie van botletsel was of zwelling die uiteindelijk vanzelf zou verdwijnen wist Tim niet en het interesseerde hem ook niet.

'Wat is uw naam, meneer?' vroeg Tim.

'Mijn naam doet er niet toe. Ik wil een advocaat. En een arts. Een of andere vrouw heeft me neergeschoten. Ik wil dat ze wordt gearresteerd.'

'Zijn naam is James Evans,' zei Luke. 'En hij is zelf arts. Net zo een als Josef Mengele was.'

Het leek alsof Evans Luke nu pas zag. Hij wees met een trillende vinger naar de jongen. 'Dit is allemaal jouw schuld.'

Luke wilde zich op Evans storten, maar deze keer hield Tim hem tegen en duwde hem met zachte doch vaste hand naar Wendy, die hem bij zijn schouders greep.

Tim ging op zijn hurken zitten zodat hij de lijkbleke, doodsbange man recht in de ogen kon kijken. 'Luister, dokter Evans. Luister heel goed. Jij en je vrienden kwamen zomaar onze stad binnenrijden om deze jongen mee te nemen en daarbij hebben jullie vijf mensen gedood. Allemaal politieagenten. Je weet dit misschien niet, maar in South Carolina hebben we de doodstraf en als je denkt dat ze die niet zullen toepassen, en gauw ook, voor het vermoorden van een county sheriff en vier van zijn deputies...'

'Ik heb er niets mee te maken!' piepte Evans. 'Ik was hier onder protest! Ik...'

'Kop dicht!' zei Wendy. Zij had nog steeds de Glock van wijlen Tag Faraday in haar hand en richtte die nu op de voet waaraan nog een schoen zat. 'Die politiemensen waren ook mijn vrienden. Als je denkt dat ik je nu op je rechten ga wijzen of zoiets, dan ben je verdomme echt niet goed bij je hoofd. Als je Luke nu niet meteen vertelt wat hij van je weten wil, ga ik een kogel in je andere voet...'

'Oké! Oké! Ja!' Evans legde snel een paar beschermende handen over zijn goede voet en Tim kreeg bijna medelijden met hem. Bijna. 'Wat? Wat wil je weten?'

'Ik moet Stackhouse spreken,' zei Luke. 'Hoe pak ik dat aan?'

'Haar telefoon,' zei Evans. 'Ze heeft een speciale telefoon. Ze heeft hem nog gebeld voordat ze begonnen met... je weet wel... de extractie. Ik zag dat ze hem in haar jaszak stopte.'

‘Ik haal hem wel,’ zei Wendy en ze draaide zich om naar het politiebureau.

‘Niet alleen de telefoon,’ zei Luke. ‘Haal haar ook maar.’

‘Luke… ze heeft een schotwond.’

‘Misschien hebben we haar nodig,’ zei Luke. Zijn blik was ijskoud.

‘Waarom?’

Omdat het nu een schaakspel was en bij schaken dacht je nooit alleen aan de zet die je ging maken, of zelfs aan de volgende. Drie zetten vooruitdenken, dat was de regel. En drie alternatieven voor elk van die zetten, afhankelijk van wat je tegenstander ging doen.

Ze keek naar Tim, die knikte. ‘Breng haar maar mee. Gebruik zo nodig handboeien. Jij bent per slot van rekening degene die hier de wet handhaaft.’

‘Jezus, het idee alleen al,’ zei ze en ze liep weg.

Nu hoorde Tim eindelijk een sirene. Misschien zelfs twee. Maar nog wel erg ver weg.

Luke greep zijn pols. Tim vond dat de jongen er heel gefocust uitzag, heel welbewust, maar ook doodmoe. ‘Ik kan niet blijven, want dan kom ik hier voorlopig niet meer weg. Ze hebben mijn vrienden. Ze zitten gevangen en ik ben de enige die ze kan helpen.’

‘Gevangen in dat Instituut.’

‘Ja. Nu geloof je me toch wel?’

‘Hoe kan het anders na wat ik op die USB-stick heb gezien en na dit allemaal. Hoe zit het met dat stickje? Heb je dat nog?’

Luke klopte op zijn zak.

‘Mevrouw Sigsby en haar medewerkers willen iets met die vrienden van je gaan doen waardoor ze uiteindelijk net zo worden als de kinderen op die afdeling?’

‘Daar waren ze al mee bezig, maar toen zijn ze ontsnapt. Vooral door Avery, en Avery zat op die afdeling omdat hij mij had helpen ontsnappen. Dat zou je ironisch kunnen noemen. Maar ik ben er bijna van overtuigd dat ze weer vastzitten. Ik ben bang dat Stackhouse ze zal vermoorden als ik geen deal met hem kan sluiten.’

Wendy kwam terug. Ze had een log, hoekig toestel bij zich waarvan Tim vermoedde dat het een telefoon was. Over de rug van de hand waarmee ze het vasthield liepen drie bloedende krassen.

‘Ze wilde hem niet afgeven. En ze is verrassend sterk, zelfs met een kogel in haar lijf.’ Ze gaf Tim het apparaatje en keek achterom. Annie en Drummer Denton ondersteunden mevrouw Sigsby bij het oversteken van de straat. Hoewel ze spierwit zag en pijn had, verzette ze zich uit alle macht. Minstens drie dozijn inwoners van DuPray liepen achter hen aan, met Doc Roper voorop.

'Hier is ze, Timmy,' zei Annie. Ze hijgde en er zaten rode plekken op haar wang en slaap waar mevrouw Sigsby haar had geslagen, maar Annie leek er totaal niet door uit het veld geslagen. 'Wat wil je dat we met haar doen? Ik neem aan dat opknopen niet aan de orde is, hoewel ik het wel een aantrekkelijke gedachte vind.'

Doc Roper zette zijn zwarte dokterstas neer, greep Annie bij haar serape en trok haar weg zodat hij Tim kon aankijken. 'Waar ben jij in vredesnaam mee bezig? Je kunt deze vrouw niet verplaatsen! Dat kan haar dood worden!'

'Volgens mij is ze nog niet echt op sterven na dood, Doc,' zei Drummer. 'Ik kreeg net nog een beuk van haar waar de honden geen brood van lusten.' Toen begon hij te lachen. Tim dacht niet dat hij de man ooit eerder had horen lachen.

Wendy negeerde zowel Drummer als de dokter. 'Als we ergens naartoe gaan, Tim, dan moeten we dat doen voordat de staatspolitie hier is.'

'Alsjeblieft.' Luke keek eerst Tim aan en toen Doc Roper. 'Als we niets doen zullen mijn vrienden sterven. Dat weet ik zeker. En er zijn nog meer kinderen bij hen, dat zijn degenen die ze de zombies noemen.'

'Ik wil naar het ziekenhuis,' zei mevrouw Sigsby. 'Ik heb veel bloed verloren. En ik wil een advocaat.'

'Hou je waffel of ik slá 'm dicht,' zei Annie. Ze keek naar Tim. 'Ze is lang niet zo ernstig gewond als ze wil doen voorkomen. Ze bloedt al niet meer.'

Tim antwoordde niet meteen. Hij dacht aan de dag, nog niet eens zo lang geleden, dat hij in Sarasota even naar de Westfield Mall was gegaan om een paar schoenen te kopen, verder niks, en er een vrouw naar hem toe was gekomen omdat hij in uniform was. Bij de bioscoop liep een jongen met een vuurwapen te zwaaien, zei ze, dus was Tim een kijkje gaan nemen en voor een beslissing komen te staan die zijn leven had veranderd. Een beslissing zelfs die hem hier had gebracht. Nu moest hij opnieuw een beslissing nemen.

'Verbind haar maar, Doc. Ik denk dat Wendy en Luke en ik een ritje gaan maken met deze twee, om te kijken of we het een en ander kunnen oplossen.'

'Geef haar ook maar iets voor de pijn,' zei Wendy.

Tim schudde zijn hoofd. 'Geef dat maar aan mij, dan beslis ik wel wanneer ze het krijgt.'

Doc Roper keek Tim en Wendy aan alsof hij ze voor het allereerst zag. 'Dit is verkeerd.'

'Nee, Doc.' Het was Annie die dit zei, met een opmerkelijk zachtmoedige klank in haar stem. Ze pakte Roper bij zijn schouder en draaide hem met zijn gezicht naar de bedekte lichamen op straat en naar het politiebureau met zijn kapotgeschoten ruiten en deuren. 'Dát is verkeerd.'

De dokter bleef een ogenblik naar de lichamen en het zwaar beschadigde politiebureau kijken. Toen nam hij een besluit. 'Laat me eerst de schade maar eens opnemen. Als ze nog steeds veel bloed verliest, of als haar dijbeen verbrijzeld is, krijgen jullie haar niet mee.'

Dat dacht je maar, dacht Tim. Want het gaat je echt niet lukken om ons tegen te houden.

Roper knielde, opende zijn tas en haalde er een chirurgische schaar uit.

'Nee,' zei mevrouw Sigsby, terwijl ze zich lostrok uit Drummers greep. Die greep haar meteen weer vast, maar voordat hij dat kon doen, zag Tim dat ze in staat was haar volle gewicht op haar gewonde been te zetten. Roper zag het ook. Hij was al op leeftijd, maar had nog steeds alles in de gaten. 'Ik laat me hier niet midden op straat opereren!'

'Het enige wat ik ga opereren is uw broekspijp,' zei Roper. 'Tenzij u zo blijft worstelen, want in dat geval kan ik niet garanderen wat er gaat gebeuren.'

'Nee! Ik verbied u om...'

Annie greep haar in haar nekvel. 'Mens, ik wil niks meer horen over wat jij allemaal verbiedt. En nu ga je je koest houden, anders is dat been straks nog je minste probleem.'

'Blijf met je handen van me af!'

'Alleen als je je rustig houdt. Anders heb je kans dat ik je kippennek omdraai.'

'Ik zou maar doen wat ze zegt,' raadde Addie Goolsby haar aan. 'Ze kan soms rare dingen doen als ze de kolder in haar kop krijgt.'

Mevrouw Sigsby staakte haar geworstel, misschien wel net zozeer door uitputting als door het feit dat Annie dreigde haar te wurgen. Roper knipte haar broekspijp keurig zo'n vijf centimeter boven de wond af. De losse pijp zakte om haar enkel, zodat haar witte huid zichtbaar werd, met een webachtig patroon van spataderen en iets wat er meer uitzag als een snijwond dan als een kogelgat.

'Nou, meid,' zei Roper, met opluchting in zijn stem. 'Dit valt reuze mee. Erger dan een schampschot, maar veel scheelt het niet. Je hebt geluk gehad. Het bloedt al niet meer.'

'Ik ben ernstig gewond!' riep mevrouw Sigsby.

'Nu nog niet, maar wel als je je mond niet houdt,' zei Drummer.

De dokter maakte de wond schoon met een desinfecterend middel, deed er een verbandje omheen en zette dat vast met verbandklemmetjes. Tegen de tijd dat hij klaar was leek het alsof heel DuPray stond toe te kijken. Intussen bekeek Tim de telefoon van de vrouw. Een knopje aan de zijkant liet het schermpje oplichten, met daarop de mededeling: 75%.

Hij zette het toestel weer uit en gaf het aan Luke. 'Hou jij hem voorlopig maar bij je.'

Toen Luke het toestel in de zak stopte waar ook de USB-stick in zat, voelde hij dat iemand een rukje aan zijn broekspijp gaf. Het was Evans. 'Wees heel voorzichtig, jonge Luke. Als je je tenminste niet verantwoordelijk wilt voelen.'

'Verantwoordelijk waarvoor?' vroeg Wendy.

'Voor het einde van de wereld. Jongedame. Voor het einde van de wereld.'

'Hou je mond, stommeling,' zei mevrouw Sigsby.

Tim dacht hier even over na. Toen richtte hij zich tot de dokter. 'Ik weet niet waarmee we hier precies te maken hebben, maar ik weet wel dat het iets ongekends is. We hebben wat tijd nodig met deze twee. Wanneer de staatspolitie hier arriveert, zeg ze dan maar dat we over een uurtje terug zijn. Hooguit twee. Dan gaan we daarna wel weer verder met iets wat op z'n minst een normale politiewerkwijze benadert.'

Hij betwijfelde of hij zich aan deze belofte zou kunnen houden. Hij vermoedde dat zijn tijd in DuPray, South Carolina, er vrijwel zeker bijna op zat en dat vond hij jammer.

Hij dacht dat hij hier wel had kunnen wonen. Misschien met Wendy.

# 39

Gladys Hickson stond voor Stackhouse in de houding, met haar voeten een eindje uit elkaar en haar handen op haar rug. Het neplachje dat elk kind in het Instituut had leren kennen (en haten) was nergens te bekennen.

'Je begrijpt de huidige situatie, Gladys?'

'Jazeker, meneer. De bewoners van Achterkant bevinden zich in de verbindingstunnel.'

'Juist. Ze kunnen er niet uit, alleen kunnen wij er nu ook niet meer in. Ik heb begrepen dat ze hebben geprobeerd om met behulp van hun paranormale gaven met een aantal stafleden te... laten we zeggen knoeien?'

'Ja, meneer. Het is ze niet gelukt.'

'Maar het is wel onaangenaam.'

'Ja, meneer, een beetje. Je hoort dan een soort... gonzen. Het leidt af. Hier in het administratiegebouw is het nog niet waargenomen, nog niet althans, maar iedereen in Voorkant voelt het.'

Hetgeen niet onlogisch was, dacht Stackhouse. Voorkant was dichter bij de tunnel. Erbovenop, zou je kunnen zeggen.

'Het lijkt sterker te worden, meneer.'

Misschien beeldde ze zich dat maar in. Stackhouse mocht het hopen, zoals hij ook mocht hopen dat Donkey Kong gelijk had wanneer hij volhield dat Dixon en zijn vriendjes geen gedachten konden beïnvloeden van mensen die zich daarop hadden voorbereid, zelfs niet als de zombies hun onmiskenbare krachten in de strijd gooiden, maar zoals zijn grootvader altijd zei: *Hoop wordt geboren uit vrees voor de toekomst.*

Misschien wat slecht op haar gemak door zijn stilzwijgen, ging ze verder: 'Maar we weten wat ze van plan zijn, meneer, en het is geen probleem. We hebben ze in de smiezen.'

'Mooi zo, Gladys. En nu even waarom ik je wilde spreken. Ik heb begrepen dat je in je jonge jaren aan de Universiteit van Massachusetts hebt gestudeerd.'

'Dat klopt, meneer, maar na drie semesters hield ik het voor gezien. Het was niets voor mij, dus toen ben ik bij de mariniers gegaan.'

Stackhouse knikte. Hij hoefde haar niet in verlegenheid te brengen door erop te wijzen wat er in haar dossier stond: na in haar eerste studiejaar goede resultaten te hebben behaald, was Gladys gedurende haar tweede jaar in grote problemen geraakt. In een studentenkroeg in de buurt van de campus had ze iemand die haar vriendje probeerde te versieren bewusteloos geslagen met een bierpul, waarna haar was verzocht niet alleen de kroeg, maar ook de universiteit te verlaten. Het incident was niet haar eerste woede-uitbarsting geweest. Geen wonder dat ze voor de mariniers had gekozen.

'Ik heb begrepen dat scheikunde je hoofdvak was.'

'Nee, meneer, dat klopt niet helemaal. Ik had nog geen hoofdvak gekozen toen ik... toen ik besloot te stoppen.'

'Maar dat was je wel van plan.'

'Eh, ja, meneer, dat was destijds inderdaad mijn bedoeling.'

'Gladys, stel nou dat we een – zeg maar – definitieve oplossing nodig zouden hebben voor de bewoners in de verbindingstunnel. Ik zeg niet dat het zal gebeuren, helemaal niet, maar stel dát.'

'Vraagt u me of we ze op de een of andere manier zouden kunnen vergiftigen, meneer?'

'Laten we zeggen dat dat inderdaad mijn vraag is.'

Gladys glimlachte en ditmaal was haar lach volkomen oprecht. Misschien zelfs opgelucht. Als de bewoners weg waren, zou dat irritante gonzen ophouden. 'Makkelijk zat, meneer, als de verbindingstunnel tenminste is aangesloten op het HVAC-systeem en ik weet zeker dat dat zo is.'

'HVAC?'

'Het systeem voor verwarming, ventilatie en koeling meneer. Het enige wat u nodig zou hebben zijn bleekwater en wc-reiniger. De huishoudelijke dienst heeft dat voldoende in voorraad. Als je die twee mengt krijg je chloorgas. Zet een paar emmers van het spul onder het inlaatkanaal voor de tunnel, bedek het met een dekzeil om een goede aanzuiging te creëren en klaar ben je.' Ze zweeg even en dacht na. 'U zou natuurlijk wel eerst het personeel uit Achterkant moeten evacueren. Het kan zijn dat er voor dat gedeelte van het complex maar één inlaatkanaal is. Dat weet ik niet zeker. Ik zou de verwarmingstekeningen voor u kunnen bekijken, als u...'

'Dat is niet nodig,' zei Stackhouse. 'Maar misschien zouden jij en Fred Clark van de huishoudelijke dienst de... eh... juiste ingrediënten alvast kunnen verzamelen. Voor het geval dat, begrijp je.'

'Ja, meneer, natuurlijk.' Gladys zag eruit alsof ze stond te popelen. 'Mag ik vragen waar mevrouw Sigsby is? Ze is niet in haar kantoor en Rosalind zei dat ik het u maar moest vragen als ik het wilde weten.'

'Mevrouw Sigsby's zaken gaan jou niet aan, Gladys. Je kunt wel gaan.'

Ze ging meteen Fred de conciërge zoeken om de bestanddelen te verzamelen die een eind zouden maken aan de kinderen en het gonzen dat zich over heel Voorkant had verspreid.

Stackhouse leunde naar achteren in zijn stoel en vroeg zich af of een dergelijke radicale actie inderdaad noodzakelijk zou worden. Hij vermoedde van wel. En was het wel zo radicaal, in vergelijking met wat hier de afgelopen decennia allemaal al was gebeurd? Bij het werk dat zij deden was de dood onvermijdelijk en soms was het na een vervelende situatie nodig een nieuwe start te maken.

Die nieuwe start was afhankelijk van mevrouw Sigsby. Haar expeditie naar South Carolina was nogal onbezonnen, maar dat waren over het algemeen de plannen die het best werkten. Hij herinnerde zich iets wat Mike Tyson ooit had gezegd: *Zodra het rammen begint, is het afgelopen met de strategie.* Zijn eigen exitstrategie lag in elk geval al helemaal klaar. Al jaren. Hij had geld opzijgelegd, er lagen valse paspoorten (drie stuks) klaar, er was een reisplan en er was een bestemming. Toch wilde hij hier zo lang mogelijk standhouden, deels uit loyaliteit jegens Julia, maar vooral omdat hij geloofde in het werk dat ze deden. De wereld veilig houden voor democratie was van ondergeschikt belang. De wereld veilig houden púnt kwam op de allereerste plaats.

Er is nog geen reden om te vertrekken, zei hij tegen zichzelf. Het kaartenhuis wankelt, maar is nog niet ingestort. Ik kan beter nog even blijven. Kijken wie er nog overeind staat wanneer het rammen achter de rug is.

Hij wachtte tot de telefoon zijn snerpende *brrt brrt* zou laten horen. Nadat Julia hem had verteld hoe het daarginds allemaal was afgelopen, zou hij beslissen wat hij ging doen. Als de telefoon helemaal niet overging, zou dat ook een antwoord zijn.

## 40

Op het kruispunt van de US-17 en de SR-92 stond een kleine, trieste, verlaten schoonheidssalon. Tim zette het personenbusje ervoor en liep om het busje heen naar de passagierskant, waar mevrouw Sigsby zat. Hij opende haar deur en trok vervolgens de schuifdeur open. Luke en Wendy zaten aan weerszijden van dokter Evans, die somber naar zijn misvormde voet zat te kijken. Wendy had Tag Faradays Glock in haar hand. Luke had mevrouw Sigsby's telefoon.

'Luke, jij gaat met mij mee. Wendy, jij blijft hier zitten.'

Luke stapte uit. Tim vroeg om de telefoon. Luke gaf hem het toestel. Tim zette het aan en boog zich aan de passagierskant van de wagen naar binnen. 'Hoe werkt dit ding?'

Ze zei niets, maar keek recht voor zich uit naar het dichtgespijkerde gebouwtje met het verbleekte uithangbord HAIRPORT 2000. Krekels tjirpten en uit de richting van DuPray klonken sirenes. Al iets dichterbij, maar nog steeds niet in de stad, schatte Tim. Maar dat zou niet lang meer duren.

Hij zuchtte. 'Maak dit niet moeilijker dan het is, mevrouw. Volgens Luke is er een kans dat we een deal kunnen sluiten en Luke is een slimme jongen.'

'Veel te slim voor zijn eigen bestwil,' zei ze en ze perste haar lippen weer stijf op elkaar. Ze bleef strak door de voorruit kijken, haar armen over elkaar geslagen voor haar schrale boezem.

'Gezien de positie waarin u nu verkeert, zou ik zeggen dat hij ook te slim is voor uw bestwil. Wanneer ik u vraag dit niet moeilijker te maken dan het al is, bedoel ik eigenlijk: dwing me niet u pijn te doen. Voor iemand die kinderen pijn heeft gedaan...'

'Pijn heeft gedaan en ze heeft vermoord,' vulde Luke aan. 'En niet alleen kinderen, maar ook andere mensen.'

'Voor iemand die dat allemaal heeft gedaan, lijkt u zelf een opmerkelijke hekel te hebben aan pijn. Dus hou op met stommetje spelen en vertel me hoe dit ding werkt.'

'Hij reageert op stemgeluid,' zei Luke. 'Ja toch?'

Ze keek hem verrast aan. 'Jij bent TK, niet TP. En je bent niet eens zo goed in TK.'

'Er zijn dingen veranderd,' zei Luke. 'Dankzij de Stasi-lichten. Activeer de telefoon, mevrouw Sigsby.'

'Een deal sluiten?' Ze lachte onaangenaam. 'Wat zou ik daar in vredesnaam aan hebben? Dood ga ik toch wel. Ik heb gefaald.'

Tim leunde naar binnen bij de schuifdeur. 'Wendy, geef me dat pistool eens aan.'

Ze deed het zonder protesteren.

Tim zette de loop van deputy Faradays dienstwapen op de broekspijp die nog intact was, vlak onder de knie. 'Dit is een Glock, mevrouw. Als ik deze trekker overhaal, kunt u nooit meer lopen.'

'Ze zou de shock en het bloedverlies niet overleven!' piepte dokter Evans.

'Vijf doden op het politiebureau en daar is zij verantwoordelijk voor!' zei Tim. 'Denk je nou werkelijk dat ik daarmee zou zitten? Ik heb het helemaal met u gehad, mevrouw Sigsby. Dit is uw laatste kans. Misschien verliest u onmiddellijk het bewustzijn, maar ik denk dat het licht nog wel even aanblijft. Voordat het uitgaat zult u merken dat vergeleken bij de pijn die u voelt dat schampschot in uw andere been een lachertje is.'

Ze zei niets.

Wendy zei: 'Doe het niet, Tim. Dat kun je toch niet maken, in koelen bloede.'

'Natuurlijk wel.' Tim wist niet zeker of dat wel waar was. Wat hij wel zeker wist was dat hij er niet achter wilde komen. 'Help me, mevrouw Sigsby. Help uzelf.'

Niets. En ze hadden niet veel tijd meer. Annie zou de staatspolitie niet vertellen welke richting ze op waren gegaan. Drummer en Addie Goolsby zouden dat ook niet doen. Doc Roper misschien wel. En Norbert Hollister, die zich tijdens het vuurgevecht in Main Street wijselijk niet had laten zien, was een nog waarschijnlijker kandidaat.

'Oké. Je bent een moordzuchtig kreng, maar het spijt me toch dat ik dit moet doen. Ik tel niet tot drie.'

Luke hield zijn handen voor zijn oren voor de knal en dat overtuigde haar uiteindelijk. 'Niet doen.' Ze stak haar hand uit. 'Geef me die telefoon.'

'Ik dacht 't niet.'

'Hou hem dan bij mijn mond.'

Tim deed het. Mevrouw Sigsby mompelde iets en de telefoon zei: 'Activering geweigerd. U hebt nog twee pogingen over.'

'Beter uw best doen,' zei Tim.

Mevrouw Sigsby schraapte haar keel en zei ditmaal op een toon die bijna normaal klonk: 'Sigsby Een. Kansas City Chiefs.'

Het scherm dat nu verscheen zag er precies hetzelfde uit als dat op Tims iPhone. Hij drukte op het telefoonicoontje en vervolgens op RECENT. En daar, boven aan het lijstje, stond: STACKHOUSE.

Hij gaf de telefoon aan Luke. 'Bel jij maar. Ik wil dat hij jouw stem hoort. En geef hem dan aan mij.'

'Omdat jij de volwassene bent en hij naar jou zal luisteren.'

'Laten we het hopen.'

# 41

Bijna een uur na Julia's laatste telefoontje – veel te lang – lichtte Stackhouse' telefoon opeens op en begon te zoemen. Hij pakte hem meteen op. 'Heb je hem, Julia?'

De stem die antwoord gaf was zo verbijsterend dat Stackhouse de telefoon bijna uit zijn hand liet vallen. 'Nee,' zei Luke Ellis, 'het is precies andersom.' Stackhouse hoorde een onmiskenbaar vergenoegde klank in de stem van het kleine onderkruipsel. 'Wij hebben háár.'

'Wat... Wat...' Hij wist even niet wat hij moest zeggen. Dat 'wij' beviel hem allerminst. Wat hem overeind hield was de gedachte aan de drie paspoorten die veilig opgeborgen lagen in zijn kantoorkluis en de zorgvuldig uitgedachte exitstrategie die erbij hoorde.

'Kun je het even niet volgen?' vroeg Luke. 'Misschien heb je een duik in de dompelbak nodig. Doet wonderen voor je geestelijke vermogens. Ik ben het levende bewijs. Avery ook, wil ik wedden.'

Stackhouse voelde een sterke drang om het gesprek nu meteen te beëindigen, gewoon zijn paspoorten te pakken en te maken dat hij hier wegkwam, snel en onopvallend. Wat hem tegenhield was het feit dat de jongen hem belde. Dat betekende dat hij iets te zeggen had. Misschien had hij iets te bieden.

'Luke, waar is mevrouw Sigsby?'

'Die is hier,' zei Luke. 'Ze heeft haar telefoon voor ons geactiveerd. Aardig van haar, hè?'

'Ons'. Alweer zo'n akelig voornaamwoord. Een gevaarlijk voornaamwoord.

'Er is sprake van een misverstand,' zei Stackhouse. 'Als er een kans is om dit recht te zetten, dan is het belangrijk dat we dat doen. Er staat veel meer op het spel dan je denkt.'

'Misschien kan dat wel,' zei Luke. 'Dat zou mooi zijn.'

'Fantastisch! Als je me dan nu mevrouw Sigsby even aan de lijn geeft, zodat ik weet dat alles goed is met haar...'

'Waarom praat je in plaats daarvan niet even met mijn vriend? Hij heet Tim.'

Stackhouse wachtte, terwijl het zweet in straaltjes over zijn wangen liep. Hij keek op zijn computermonitor. De kinderen in de tunnel die de opstand waren begonnen – Dixon en zijn vrienden – zagen eruit alsof ze sliepen. De zombies niet. Die liepen doelloos rond, brabbelden wat voor zich uit en liepen soms tegen elkaar aan als botsautootjes in een pretpark. Een van hen had een krijtje of zo en schreef iets op de muur. Dit verbaasde Stackhouse. Hij had niet verwacht dat sommigen van hen nog konden schrijven. Misschien was het alleen maar wat gekrabbel. Die verdomde camera was niet goed genoeg om het te kunnen zien. Fucking inferieure apparatuur.

'Meneer Stackhouse!'

'Ja. Met wie spreek ik?'

'Met Tim. Meer hoeft u niet te weten.'

'Ik wil mevrouw Sigsby spreken.'

'Zeg iets, maar doe het snel,' zei de man die zich Tim noemde.

'Hier ben ik, Trevor,' zei Julia. 'En het spijt me. Het is gewoon niet gelukt.'

'Hoe...'

'Hoe het is gebeurd doet er niet toe, meneer Stackhouse,' zei de man die zich Tim noemde, 'en die opperbitch hier doet er ook niet meer toe. Wij moeten afspraken maken en snel ook. Kun je nu even je mond houden en luisteren?'

'Ja.' Stackhouse trok een notitieblok naar zich toe. Er vielen zweetdruppels op. Hij veegde zijn voorhoofd af met zijn mouw, sloeg een nieuwe bladzijde op en pakte een pen. 'Ga je gang.'

'Luke heeft een USB-stick meegebracht uit dat Instituut waar jullie hem vasthielden. Die komt van ene Maureen Alvorson. Ze vertelt een bizar verhaal dat je bijna niet zou geloven, ware het niet dat ze ook een video heeft gemaakt van wat jullie Afdeling A of Gorky Park noemen. Kun je me nog volgen?'

'Ja.'

'Luke zegt dat jullie een aantal van zijn vrienden gegijzeld houden en ook een aantal kinderen van Afdeling A.'

Tot dit moment had Stackhouse ze nooit als gijzelaars gezien, maar vanuit Lukes standpunt kon hij zich er misschien wel iets bij voorstellen...

'Laten we zeggen dat dat inderdaad zo is, Tim.'

'Ja, laten we dat zeggen. Dan komt nu het belangrijke gedeelte. Op dit moment zijn nog maar twee mensen op de hoogte van Lukes verhaal en van wat er op die USB-stick staat. Ik ben er één van. Mijn vriendin Wendy is de andere en zij is hier samen met mij en Luke. Anderen, allemaal politiemensen, hebben de video ook gezien, maar dankzij de opperbitch hier en het legertje dat zij bij zich had zijn die allemaal dood. De meeste van haar mensen trouwens ook.'

'Dat is onmogelijk!' riep Stackhouse uit. De gedachte dat een stel politieagenten uit zo'n klein stadje Opaal en Robijnrood hadden uitgeschakeld was te belachelijk voor woorden.

'Je bazin was een beetje al te enthousiast, vriend, en dat hebben zij met de dood moeten bekopen. Maar laten we niet afdwalen, oké? Ik heb dus de USB-stick. Ik heb ook die mevrouw Sigsby van je en ene dokter James Evans. Ze zijn allebei gewond, maar als ze hier levend vandaan komen, komt het wel goed met ze. Jij hebt de kinderen. Kunnen we ruilen?'

Stackhouse wist niet wat hij hoorde.

'Stackhouse? Ik wacht op een antwoord.'

'Dat hangt ervan af of we deze voorziening al dan niet geheim kunnen houden,' zei Stackhouse. 'Zonder die zekerheid kan er geen sprake zijn van een deal.'

Het bleef even stil. Toen was Tim er weer. 'Luke zegt dat we daar misschien wel uit kunnen komen. Maar nu wil ik graag weten waar ik naartoe moet, Stackhouse. Hoe kon dat boevenspul van jou zo snel van Maine hiernaartoe komen?'

Stackhouse vertelde hem waar buiten Alcola de Challenger precies stond te wachten – hij had geen keus. 'Zodra jullie in Beaufort zijn kan mevrouw Sigsby jullie verder de weg wijzen. En nu wil ik meneer Ellis nog even spreken.'

'Is dat echt noodzakelijk?'

'Sterker nog, het is van vitaal belang.'

Er viel een korte stilte en toen kwam de jongen aan de beveiligde lijn. 'Wat is er?'

'Ik neem aan dat je contact hebt gehad met je vrienden,' zei Stackhouse. 'Misschien met één vriend in het bijzonder, de heer Dixon. Je hoeft geen ja of nee te zeggen, ik begrijp dat we niet veel tijd hebben. Voor het geval je niet precies weet waar ze op dit moment zijn...'

'Ze zitten in de tunnel tussen Achterkant en Voorkant.'

Dat was even schrikken. Toch ging Stackhouse verder.

'Dat klopt. Als we tot een overeenkomst kunnen komen, komen ze daar wellicht uit en zullen ze weer daglicht zien. Zo niet, dan vul ik die tunnel met chloorgas en zullen ze er langzaam en onaangenaam aan hun einde komen. Ik zal dat niet zien gebeuren, want ik ben twee minuten nadat ik de opdracht heb gegeven vertrokken. Ik vertel je dit omdat ik sterk het gevoel heb dat je nieuwe vriend Tim jou buiten de deal wil houden die we eventueel gaan sluiten. Dat is wat mij betreft uitgesloten. Heb je dat begrepen?'

Er viel een korte stilte, maar toen zei Luke: 'Ja, ik heb het begrepen. Ik kom met hem mee.'

'Mooi. Dan zijn we voorlopig even uitgepraat. Was er verder nog iets?'

'Ja, werkt mevrouw Sigsby's telefoon ook vanuit het vliegtuig?'

Op de achtergrond hoorde Stackhouse mevrouw Sigsby zeggen dat dat inderdaad het geval was.

'Blijf dicht bij de telefoon, meneer Stackhouse,' zei Luke. 'We gaan elkaar nog spreken. En denk maar niet meer aan vluchten, want als u dat doet, zal ik dat weten. Wij hebben een politievrouw bij ons en als ik haar vertel contact op te nemen met Homeland Security, dan doet ze dat. Uw foto zal op elke luchthaven in het hele land te zien zijn en alle valse legitimatiebewijzen ter wereld zullen u geen steek verder brengen. U zult als een konijn in het open veld zijn. Hebt u dat begrepen?'

Opnieuw was Stackhouse met stomheid geslagen.

'Nou?'

'Ja,' zei hij.

'Mooi. U hoort nog van ons om de details door te nemen.'

Met die woorden verbrak de jongen de verbinding. Stackhouse legde de telefoon voorzichtig op zijn bureau. Hij zag dat zijn hand lichtjes beefde. Dat was deels van angst, maar voornamelijk van woede. *U hoort nog van ons*, had de jongen gezegd, alsof hij de een of andere hotemetoot was, een directeur in Silicon Valley, en Stackhouse een of andere ondergeschikte administratieve kracht die alles moest doen wat hij zei.

Dat zullen we dan nog wel eens zien, dacht hij. Dat zullen we nog wel eens zien.

# 42

Luke gaf de telefoon aan Tim terug alsof hij blij was dat hij ervanaf was.

'Hoe weet je dat hij een vals legitimatiebewijs heeft?' vroeg Wendy. 'Heb je dat in zijn gedachten gelezen?'

'Nee,' zei Luke. 'Dat was bluf. Maar ik wil wedden dat hij genoeg heeft liggen – paspoorten, rijbewijzen, geboorteaktes. Ik denk dat heel veel van die lui dat hebben. Misschien niet de verzorgers en de laboranten en het keukenpersoneel, maar wel de hoge pieten. Net als Eichmann of Walter Rauff, de vent die het principe van de mobiele gaskamers heeft bedacht.' Luke keek mevrouw Sigsby aan. 'Die Rauff was wel een goeie geweest voor jullie, hè?'

'Trevor mag dan valse documenten hebben,' zei mevrouw Sigsby. 'Maar ik niet.'

En ook al kon Luke niet in haar gedachten kijken – die had ze voor hem afgesloten – hij dacht toch te weten dat ze de waarheid vertelde. Er bestond een woord voor mensen zoals zij en dat woord was 'fanaticus'. Eichmann, Mengele en Rauff waren gevlucht, als de opportunistische lafbekken die ze waren; hun fanaticus van een Führer was gebleven en had zelfmoord gepleegd. Luke had sterk het gevoel dat deze vrouw, als ze de kans zou krijgen, hetzelfde zou doen. Zolang het maar betrekkelijk pijnloos was.

Hij klom weer in het busje en keek goed uit dat hij niet tegen Evans' gewonde voet stootte. 'Meneer Stackhouse denkt dat ik naar hem toe kom omdat hij dat wil, maar dat is niet zo.'

'Nee?' vroeg Tim.

'Nee, ik kom omdat ik dat wil. Om hem te grijpen!'

De Stasi-lichten schitterden voor Lukes ogen en de schuifdeur van het busje gleed uit zichzelf dicht.

# DE GROTE TELEFOON

## 1

Tijdens de rit naar Beaufort bleef het grotendeels stil in het busje. Eén keer probeerde dokter Evans een gesprek te beginnen door hun opnieuw te laten weten dat hij toch echt geen schuld had aan dit alles. Tim zei tegen hem dat hij kon kiezen: zijn kop houden en een paar van de pijnstillers krijgen waar dokter Roper voor had gezorgd, of door blijven praten en de pijn in zijn gewonde voet verdragen. Evans koos voor zwijgen en de pillen. Er zaten er nog een paar in het kleine bruine flesje. Tim gaf er ook een aan mevrouw Sigsby, die de pil droog doorslikte en niet de moeite nam om dankjewel te zeggen.

Tim wilde rust voor Luke, die nu het brein van de operatie was. Hij wist dat de meeste mensen hem voor gek zouden verklaren dat hij het aan een twaalfjarige overliet een strategie te bedenken om de kinderen in die tunnel te redden zonder er zelf het leven bij te laten, maar het viel hem op dat Wendy ook stil was. Zij en Tim wisten wat Luke had gedaan om hier te komen, zij hadden hem daarna in actie gezien en zij begrepen het.

Wat begrepen ze dan precies? Nou, dat het jochie niet alleen een ongelooflijke hoeveelheid lef had, maar ook een authentiek genie was. Die gangsters van het Instituut hadden hem ontvoerd voor een talent dat (in elk geval voordat het was versterkt) niet veel meer was dan een aardig kunstje. Ze beschouwden zijn genialiteit als niet meer dan een bijkomstigheid bij waar ze werkelijk naar op zoek waren, wat hen in principe geen haar beter maakte dan stropers die bereid waren een olifant van vijfenhalfduizend kilo af te slachten voor veertig kilo ivoor.

Tim betwijfelde of Evans de ironie kon waarderen, maar hij vermoedde dat Sigsby dat wel zou kunnen – als ze tenminste ooit bereid zou zijn de gedachte in overweging te nemen: een clandestiene operatie die tientallen jaren had kunnen voortduren, te gronde gericht door juist datgene wat zij als nutteloos hadden beschouwd: het ontzagwekkende intellect van dit kind.

## 2

Om een uur of negen, net nadat ze de gemeentegrens van Beaufort waren gepasseerd, zei Luke tegen Tim dat hij een motel moest zoeken. 'Maar je moet niet voor de ingang stoppen. Ga maar achterom.'

Er was een Econo Lodge in Boundary Street, waarvan het parkeerterrein aan de achterkant werd overschaduwd door magnolia's. Tim parkeerde bij het hek en zette de motor af.

'Hier ga jij ons verlaten, agent Wendy,' zei Luke.

'Tim?' vroeg Wendy. 'Waar heeft hij het over?'

'Over het boeken van een kamer en hij heeft gelijk,' zei Tim. 'Jij blijft, wij gaan.'

'Kom nog even terug wanneer je de sleutel van je kamer hebt gekregen,' zei Luke. 'En neem wat papier mee. Heb je een pen?'

'Natuurlijk, en mijn notitieboekje.' Ze klopte op de zak aan de voorkant van haar uniformbroek. 'Maar...'

'Wanneer je terug bent zal ik proberen het zo goed mogelijk uit te leggen, maar waar het op neerkomt is dat je onze verzekering bent.'

Mevrouw Sigsby zei voor het eerst iets tegen Tim sinds de leegstaande schoonheidssalon. 'Wat deze jongen heeft meegemaakt heeft hem gek gemaakt en jullie zouden wel gek zijn om te luisteren naar wat hij zegt. Het beste wat jullie drieën zouden kunnen doen is dokter Evans en mij hier achterlaten en maken dat je wegkomt.'

'Dat zou betekenen dat ik mijn vrienden in de steek laat en ze laat sterven,' zei Luke.

Mevrouw Sigsby glimlachte. 'Denk nu toch eens na, Luke. Wat hebben zij ooit voor jou gedaan?'

'Dat zou u nooit begrijpen,' zei Luke. 'In geen honderdduizend jaar.'

'Ga maar, Wendy,' zei Tim. Hij pakte haar hand en gaf er een kneepje in. 'Boek een kamer en kom dan terug.'

Ze keek hem weifelend aan, maar gaf hem toen de Glock, stapte uit het busje en liep naar binnen.

Dokter Evans zei: 'Ik wil nogmaals benadrukken dat ik hier ben onder...'

'Protest, ja,' zei Tim. 'Dat weten we nou wel. Hou nu je mond maar.'

'Kunnen we even uitstappen?' vroeg Luke. 'Ik wil je spreken zonder...' Hij knikte naar mevrouw Sigsby.

'Natuurlijk kan dat.' Tim opende zowel de deur aan de passagierskant als de schuifdeur en ging toen bij het hek staan dat het motel scheidde van de autodealer die ernaast zat. Luke ging bij hem staan. Vanwaar Tim stond kon hij hun beide onvrijwillige passagiers zien en ingrijpen als een van de twee zou besluiten ervandoor te gaan. Het leek hem niet erg waarschijnlijk, aangezien de ene in haar been was geschoten en de andere in zijn voet.

'Wat wilde je zeggen?' vroeg Tim.

'Kun je schaken?'

'Ik kan het wel, maar ik ben er nooit erg goed in geweest.'

'Ik wel,' zei Luke. Hij sprak heel zachtjes. 'En nu speel ik met hem. Met Stackhouse. Snap je wat ik bedoel?'

'Ik geloof het wel.'

'Ik probeer drie zetten vooruit te denken, plus tegenzetten tegen zíjn toekomstige zetten.'

Tim knikte.

'In het schaakspel speelt tijd geen rol tenzij je een potje snelschaken doet, en dat is wat hier aan de hand is. We moeten van hier naar het vliegveld, waar het vliegtuig op ons wacht. Daarna naar een plek in de buurt van Presque Isle, waar het vliegtuig zijn thuisbasis heeft. Daarvandaan moeten we naar het Instituut. Ik zie ons daar nog niet eerder zijn dan op z'n vroegst om twee uur vannacht. Denk je dat dat ongeveer klopt?'

Tim maakte in gedachten het rekensommetje en knikte. 'Misschien iets later, maar laten we zeggen om twee uur.'

'Dat geeft mijn vrienden vijf uur om iets te ondernemen om zichzelf te redden, maar tegelijkertijd geeft het Stackhouse vijf uur om zijn positie te heroverwegen en van gedachten te veranderen. Om die kinderen te vergassen en er zelf vandoor te gaan. Ik heb hem verteld dat zijn foto op elk vliegveld zou liggen, en ik denk dat hij dat wel gelooft, want er moeten ergens foto's van hem online staan. Veel mensen van het Instituut zijn ex-militairen. Hij waarschijnlijk ook.'

'Misschien staat er zelfs wel een foto van hem op de telefoon van de opperbitch,' zei Tim.

Luke knikte, ook al betwijfelde hij of mevrouw Sigsby een type was dat voor haar plezier kiekjes maakte. Hij wilde verder. 'Maar hij zou kunnen beslissen om te voet de grens met Canada over te steken. Ik weet zeker dat hij minstens één alternatieve ontsnappingsroute klaar heeft liggen – een verlaten bospad of de oever van een rivier. Dat is een van die mogelijke toekomstige zetten die ik in gedachten moet houden. Alleen…'

'Alleen wat?'

Luke wreef met de muis van zijn hand over zijn wang, een eigenaardig volwassen gebaar van vermoeidheid en besluiteloosheid. 'Ik heb jouw mening nodig. Wat ik denk lijkt me logisch, maar ik ben nog maar een kind. Ik weet het niet zeker. Jij bent volwassen en jij bent een van de goeien.'

Wat hij zei raakte Tim. Hij keek naar de voorkant van het gebouw, maar Wendy kwam er nog niet aan. 'Vertel me wat je denkt.'

'Dat ik hem in verwarring heb gebracht. Dat ik zijn hele wereld overhoop heb gehaald. Ik denk dat hij misschien alleen al zal blijven om mij te vermoorden. En mijn beste vrienden als lokaas gebruikt om ervoor te zorgen dat ik echt zal komen. Klinkt dat je een beetje plausibel in de oren? Eerlijk zeggen.'

'Jawel,' zei Tim. 'Zeker weten doe je het natuurlijk nooit, maar wraak is een sterke drijfveer, en die Stackhouse zou niet de eerste zijn die zijn eigenbelang uit het oog verliest om wraak te kunnen nemen. En er is wellicht nog een andere reden waarom hij zou kunnen besluiten op ons te wachten.'

'Wat dan?' Luke keek hem verwachtingsvol aan. Op dat moment kwam Wendy Gullickson de hoek om met een sleutelkaart in haar hand.

Tim knikte in de richting van de open deur van de wagen en bracht zijn hoofd heel dicht bij dat van Luke. 'Sigsby is de baas. Ja toch? En Stackhouse is eigenlijk alleen maar haar sterke man?'

'Ja.'

'Nou,' zei Tim, met een glimlachje, 'wie is háár baas dan? Heb je je dat wel eens afgevraagd?'

Lukes ogen werden groot en zijn mond viel een beetje open. Hij snapte het. En glimlachte.

## 3

Kwart over negen.

Het was stil in het Instituut. De kinderen die op dit moment in Voorkant woonden lagen te slapen, geholpen door slaappillen die Joe en

Hadad hadden uitgedeeld. In de verbindingstunnel lagen de vijf die de opstand waren begonnen ook te slapen, maar waarschijnlijk niet erg diep; Stackhouse hoopte dat ze helemaal gek werden van hun hoofdpijn. De enige kinderen die nog wakker waren, waren de zombies, die nog steeds rondliepen alsof ze ergens naartoe moesten. Af en toe liepen ze in een kringetje rond, alsof ze een spelletje speelden.

Stackhouse was naar mevrouw Sigsby's kantoor gegaan en had met de reservesleutel die zij hem had gegeven de onderste la van haar bureau opengemaakt. Nu hield hij de speciale telefoon in zijn hand, die ze de Groene Telefoon, of soms de Zero Phone noemden. Hij dacht aan iets wat Julia eens had gezegd met betrekking tot die telefoon met zijn drie knoppen. Dat was in het dorp geweest, vorig jaar, toen Heckle en Jeckle het grootste deel van hun hersencellen nog hadden. De kinderen van Achterkant hadden zojuist een Saudische handelsreiziger vermoord die geld doorsluisde naar terroristische cellen in Europa en het had er helemaal uitgezien als een ongeluk. Het leven was goed. Julia had hem mee uit eten gevraagd om het te vieren. Voor het eten hadden ze al een fles wijn gedeeld en tijdens en na het eten een tweede. Dit had haar wat spraakzamer gemaakt.

'Ik heb zo'n hekel aan die updatetelefoontjes met de Zero Phone. Die man met de lispelende stem. Ik stel me hem altijd voor als een albino. Ik weet niet waarom. Misschien iets wat ik als klein meisje eens in een stripboek heb gezien. Een albinoschurk met röntgenogen.'

Stackhouse had begrijpend geknikt. 'Waar is hij? Wíé is hij?'

'Dat weet ik niet en dat wil ik ook niet weten. Ik bel hem. Ik breng verslag uit en dan ga ik douchen. Ik kan me maar één ding voorstellen dat erger zou zijn dan bellen met de Zero Phone en dat is dat hij míj zou bellen.'

Stackhouse zat nu met een soort bijgelovige angst naar de Zero Phone te kijken, alsof alleen al het denken aan dat gesprek ervoor kon zorgen dat hij opeens zou gaan rinkelen...

'Nee,' zei hij. Tegen de lege kamer. Tegen de zwijgende telefoon. Nu nog wel tenminste. 'Daar is niks bijgelovigs aan. Jij gáát rinkelen. Nogal logisch.'

Natuurlijk. Omdat de mensen aan de andere kant van de Zero Phone – de lispelende man en de grotere organisatie waarvan hij deel uitmaakte – erachter zouden komen wat een ongelooflijke puinhoop ze ervan hadden gemaakt in dat kleine stadje in South Carolina. Natuurlijk kwamen ze daarachter. Het zou in het hele land en misschien wel over de hele wereld voorpaginanieuws worden. Misschien wisten ze het zelfs al. Als ze wisten wie Hollister was, de extra die nota bene in DuPray woonde, hadden ze van hem misschien alle ranzige details al gehoord.

Toch was de Zero Phone nog niet overgegaan. Wilde dat zeggen dat ze het nog niet wisten, of dat ze hem tijd gaven om alles weer recht te zetten?

Stackhouse had de man die Tim heette verteld dat elke eventuele afspraak die ze maakten zou afhangen van de vraag of het bestaan van het Instituut geheim kon worden gehouden. Stackhouse was niet zo dom te geloven dat het werk kon worden voortgezet, in elk geval niet hier in de bossen van Maine, maar als hij de situatie op de een of andere manier onder controle kon krijgen zonder wereldwijde krantenkoppen over paranormaal begaafde kinderen die waren mishandeld en vermoord… of waarom al die dingen waren gebeurd… zou dat al heel wat zijn. Als hij een waterdichte doofpot kon organiseren kreeg hij misschien wel een beloning, hoewel hij in principe al blij zou zijn als hij het er levend van afbracht.

Volgens Tim waren er maar drie mensen van alles op de hoogte. De andere mensen die gezien hadden wat er op die USB-stick stond waren dood. Een deel van het ongelukkige team Goud was misschien nog in leven, maar zij hadden het niet gezien en zouden over de rest beslist hun mond houden.

Luke Ellis en zijn helpers hier krijgen, dacht hij. Dat is stap één. Met een beetje geluk zouden ze al om twee uur vannacht hier zijn. Zelfs half twee zou me nog genoeg tijd geven om een hinderlaag te organiseren. De enige mensen die ik tot mijn beschikking heb zijn laboranten en huishoudelijk personeel, maar sommigen van hen – Zeke de Griek om er maar eens een te noemen – zijn keiharde gasten. Zorg dat je de USB-stick te pakken krijgt en zorg dat je hen te pakken krijgt. En wanneer de lispelende man dan belt – en dat zal hij zeker doen – om te vragen of ik de situatie onder controle denk te kunnen krijgen, kan ik zeggen…

‘Kan ik zeggen dat ik hem al onder controle héb,’ zei Stackhouse.

Hij legde de Zero Phone op mevrouw Sigsby’s bureau en zond in gedachten een boodschap: *Niet rinkelen. Waag het niet om vóór drie uur vannacht te rinkelen. Wacht liever tot het vier of vijf uur is.*

‘Geef me genoeg tij…’

De telefoon ging over en Stackhouse slaakte een kreet van schrik. Toen begon hij te lachen, ook al bonkte zijn hart nog steeds veel te snel. Het was niet de Zero Phone, maar zijn eigen draadloze telefoon. Dat wilde zeggen dat de oproep uit South Carolina kwam.

'Hallo. Spreek ik met Tim of met Luke?'

'Met Luke. Luister goed, dan zal ik je vertellen hoe we het gaan aanpakken.'

## 4

Kalisha was verdwaald in een heel groot huis en ze had geen idee hoe ze eruit moest komen, omdat ze niet wist hoe ze binnen was gekomen. Ze stond in een gang die eruitzag als de gang met de slaapkamers in Voorkant, waar ze een poosje had gewoond voordat ze haar hadden meegenomen om haar hersenen te plunderen. Alleen was deze gang ingericht met bureaus en spiegels en kapstokken en iets wat eruitzag als een olifantspoot vol paraplu's. Er stond ook een bijzettafel met een telefoon erop, eentje die er net zo uitzag als de telefoon die ze thuis in de keuken hadden, en hij rinkelde. Ze nam op en aangezien ze niet kon zeggen wat haar al op haar vierde was geleerd ('Met het huis van de familie Benson'), zei ze alleen hallo.

'*¿Hola? ¿Me escuchas?*' Het was een meisjesstem, ver weg, met veel ruis, en maar net verstaanbaar.

Kalisha wist wat *hola* betekende omdat ze op school een jaar Spaans had gehad, maar *escuchas* maakte geen deel uit van haar beperkte woordenschat. Toch wist ze wat het meisje zei en daarom besefte ze dat dit een droom was.

'Ja, uh-huh, ik kan je horen. Waar ben je? Wíé ben je?'

Maar het meisje was weg.

Kalisha legde de telefoon neer en liep verder de gang in. Ze keek naar binnen in een ruimte die eruitzag als een salon in een oude film en daarna in een danszaal. Die had een vloer van witte en zwarte vierkanten, die haar deden denken aan Luke en Nick die buiten op de speelplaats zaten te schaken.

Er begon een andere telefoon te rinkelen. Ze liep snel door en kwam terecht in een mooie, moderne keuken. De koelkast hing vol met foto's en magneetjes en een bumpersticker met de tekst BERKOWITZ FOR PRE-

SIDENT! Ze had geen flauw idee wie die Berkowitz was, maar wist toch dat dit zijn keuken was. De telefoon hing aan de muur. Hij was groter dan die op de bijzettafel, en zelfs veel groter dan die in de keuken van de Bensons, het leek net een speelgoedtelefoon. Maar hij ging wel over, dus nam ze op.

'Hallo? *¿Hola?* Mijn naam is – *me llamo* – Kalisha.'

Maar het was niet het Spaanse meisje. Het was een jongen. '*Bonjour, vous m'entendez?*' Frans. *Bonjour* was Frans. Andere taal, zelfde vraag, en deze keer was de verbinding beter. Niet veel, maar een beetje.'

'Ja, wie-wie, ik hoor je! Waar ben...'

Maar de jongen was weg en er rinkelde een andere telefoon. Ze rende een bijkeuken door en een kamer binnen met muren van stro en een vloer van aangestampte aarde die grotendeels was bedekt met een kleurige geweven mat. Het was de laatste verblijfplaats geweest van een voortvluchtige Afrikaanse krijgsheer, Badu Bokassa genaamd, die door een van zijn maîtresses in de keel was gestoken. Alleen was hij in werkelijkheid vermoord door een stel kinderen die zich duizenden kilometers verderop bevonden. Dokter Hendricks had met zijn toverstokje gezwaaid – in dit geval een goedkoop sterretje – en hup, daar ging meneer Bokassa. De telefoon die op de mat lag was nóg groter dan de vorige en had bijna de afmetingen van een tafellamp. Toen ze de hoorn eraf pakte lag die zwaar in haar hand.

Weer een meisje, en deze keer glashelder. Naarmate de telefoons groter werden, leken de stemmen duidelijker te worden. '*Zdravo, cujes li me?*'

'Ja, ik versta je heel goed, waar ben ik?'

De stem verdween en er rinkelde een andere telefoon. Hij stond in een slaapkamer met een kroonluchter en deze telefoon was zo groot als een voetenbankje. Ze had twee handen nodig om de hoorn van de haak te tillen.

'*Hello, do you hear me?*'

'Ja! Zeker! Absoluut! Zeg iets!'

Dat deed hij niet. Geen kiestoon. Gewoon weg.

De volgende telefoon stond in een serre met een groot glazen dak en was even groot als de tafel waarop hij stond. Het gerinkel deed pijn aan haar oren. Het was alsof ze op een popconcert was en via de luidsprekers een telefoon hoorde rinkelen. Kalisha rende er met uitgestoken handen, de handpalmen naar voren, opaf en duwde de hoorn van het toestel, niet omdat ze opheldering verwachtte, maar om het ding het zwijgen op te leggen voordat haar trommelvliezen eraan gingen.

'*Ciao!*' bulderde een jongensstem. '*Mi senti? MI SENTI?*'

En dat maakte haar wakker.

## 5

Ze was samen met haar vrienden – Avery, Nicky, George en Helen. De anderen sliepen nog, maar niet rustig. George en Helen kreunden. Nicky mompelde iets en stak zijn handen uit, wat haar deed denken aan de manier waarop ze op de grote telefoon af was gerend om hem te laten ophouden. Avery lag te woelen en fluisterde iets wat ze al had gehoord: *Do you hear me? Do you hear me?*

Ze droomden hetzelfde wat zij had gedroomd en als je bedacht wat ze nu waren – wat het Instituut van hen had gemaakt – was dat volkomen logisch. Ze wekten samen een soort groepskracht op, zowel telepathie als telekinese, dus waarom zouden ze hun dromen niet met elkaar delen? De enige vraag was wie er met dromen was begonnen. Ze gokte op Avery, omdat hij de sterkste was.

Een bijenkorf, dacht ze. Zo zou je ons nu kunnen noemen. Een korf vol paranormaal begaafde bijen.

Kalisha stond op en keek om zich heen. Nog steeds opgesloten in de verbindingstunnel, dat was nog hetzelfde, maar ze had het gevoel dat het niveau van die groepskracht wel was veranderd. Misschien was dat de reden waarom de kinderen van Afdeling A niet waren gaan slapen, terwijl het al behoorlijk laat moest zijn; Kalisha had altijd een goed gevoel voor tijd gehad en zij had het idee dat het minstens half tien moest zijn, misschien iets later.

Het gonzen was luider dan ooit en had een soort terugkerend ritme gekregen: *mmm-MMM-mmm-MMM*. Ze stelde met belangstelling (maar niet echt met verbazing) vast dat de tl-buizen aan het plafond hetzelfde ritme volgden. Het licht werd fel, verflauwde een beetje en werd dan weer feller.

TK die je echt kunt zien, dacht ze. Jammer dat we er niks aan hebben.

Pete Littlejohn, de jongen die steeds op zijn eigen hoofd sloeg en 'Ja-*ja*-ja-*ja*' riep, kwam naar haar toe gelopen. In Voorkant was Pete wel schattig geweest en ook een beetje lastig, als een klein broertje dat overal achter je aan drentelt en probeert mee te luisteren wanneer jij en je vriendinnen elkaar geheimpjes vertellen. Nu vond ze het moeilijk om naar hem te kijken, met zijn kwijlende, openhangende mond en zijn lege ogen.

'*¿Me escuchas?*' zei hij. '*Hörst du mich?*'

'Jij hebt het dus ook gedroomd,' zei Kalisha.

Pete luisterde niet naar wat ze zei, maar draaide zich weer om naar zijn ronddwalende vrienden en zei nu iets wat leek op *Staaizez minnie*. God mocht weten welke taal dat was, maar Kalisha was ervan overtuigd dat het precies hetzelfde betekende als alle andere.

'Ik hoor je wel,' zei Kalisha tegen niemand, 'maar wat wil je?'

Ongeveer halverwege de tunnel, in de richting van de gesloten deur naar Achterkant, stond met krijt iets op de muur geschreven. Kalisha liep ernaartoe om het te bekijken en moest daarbij een paar ronddwalende kinderen van Afdeling A ontwijken. Op de muur stond in grote paarse letters: BEL DE GROOTE TELOFOON, NEEM GROOTE TELOFOON OP. Dus de zombies droomden het óók, alleen terwijl ze wakker waren. Nu hun brein vrijwel was gewist, deden ze misschien wel niets anders meer dan dromen. Wat een afschuwelijke gedachte, om aan één stuk door te dromen en te dromen en te dromen, zonder ooit de echte wereld terug te kunnen vinden.

'Jij ook al?'

Het was Nick, met dikke ogen van de slaap en haar dat alle kanten op piekte. Eigenlijk wel schattig. Ze trok haar wenkbrauwen op.

'De droom. Groot huis, steeds grotere telefoons? Een beetje net als in *The 500 Hats of Bartholomew Cubbins*?'

'Bartholomew wie?'

'Een boek van Dr. Seuss. Bartholomew bleef maar proberen zijn hoed af te zetten voor de koning en elke keer dat hij er eentje afzette, zat er een grotere en nog mooiere onder.'

'Nooit gelezen, maar die droom, ja. Ik denk dat hij van Avery komt.' Ze wees naar de jongen, die nog steeds de slaap der volkomen uitgeputten sliep. 'Of dat hij in elk geval bij hem is begonnen.'

'Geen idee of hij de droom is begonnen, of dat hij hem ontvangt en versterkt en doorstuurt. Ik weet ook eigenlijk niet of dat er iets toe doet.' Nick bestudeerde de boodschap op de muur en keek toen om zich heen. 'De zombies zijn onrustig vanavond.'

Kalisha keek hem fronsend aan. 'Zo moet je ze niet noemen. Dat is een slavenwoord. Het is net zoiets als dat je mij een nikker zou noemen.'

'Oké,' zei Nick. 'De verstandelijk gehandicapten zijn onrustig vanavond. Zo beter?'

'Ja.' Ze glimlachte.

'Hoe is het met je hoofd, Sha?'

'Beter. Wel goed eigenlijk? En het jouwe?'

'Zelfde.'

'Het mijne ook,' zei George, die er ook bij kwam staan. 'Aardig dat je ernaar vraagt. Hebben jullie ook die droom gehad? Steeds grotere telefoons en *Hallo, hoor je mij?*'

'Yep,' zei Nick.

'Die laatste telefoon, vlak voordat ik wakker werd, was groter dan ikzelf. En het gonzen is sterker geworden.' Toen, op dezelfde achteloze toon: 'Hoe lang denken jullie dat het nog duurt voordat ze besluiten ons te vergassen? Het verbaast me dat ze dat nog niet hebben gedaan.'

## 6

Kwart voor tien, op het parkeerterrein van de Econo Lodge in Beaufort, South Carolina.

'Ik luister,' zei Stackhouse. 'Als je je door mij laat helpen, kunnen we misschien samen tot een oplossing komen. Laten we het bespreken.'

'Laten we dat maar niet doen,' zei Luke. 'Het enige wat jij hoeft te doen is luisteren. En aantekeningen maken, want ik heb geen zin om alles twee keer te zeggen.'

'Is je vriend Tim nog steeds bij j…'

'Wil je die USB-stick of niet? Zo niet, blijf dan praten. Zo wel, hou dan verdomme je kop!'

Tim legde een hand op Lukes schouder. Voor in het busje zat mevrouw Sigsby somber haar hoofd te schudden. Luke hoefde haar gedachten niet te lezen om te weten wat ze dacht: een jongen die denkt dat hij al een man is.

Stackhouse zuchtte. 'Ga je gang. Ik heb hier pen en papier.'

'Ten eerste. Agent Wendy heeft de USB-stick niet, die hebben wij bij ons, maar ze kent wel de namen van mijn vrienden – Kalisha, Avery, Nicky, Helen en nog een paar – en waar ze vandaan komen. Als hun ouders dood zijn, net als de mijne, zal dat voldoende zijn om een onderzoek in te stellen, ook zonder die USB-stick. Dan hoeft ze met geen woord te reppen over paranormaal begaafde kinderen of de rest van dat moorddadige zooitje van jullie. Dan vinden ze het Instituut toch wel. Ook al zou je ontsnappen, Stackhouse, dan zouden je bazen je toch wel vinden. Wij zijn je beste kans om dit te overleven. Snap je?'

'Dat hoef je mij niet te vertellen. Wat is de achternaam van die Wendy?'

Tim, die zijn hoofd zo dichtbij hield dat hij beide kanten van het gesprek kon verstaan, schudde zijn hoofd, maar Luke had zijn goede raad niet nodig.

'Dat is niet belangrijk. Ten tweede. Bel het vliegtuig waarmee die hele bende van je hiernaartoe is gekomen. Zeg tegen de piloten dat ze zich in de cockpit opsluiten zodra ze ons zien aankomen.'

Tim fluisterde twee woorden. Luke knikte.

'Maar voordat ze dat doen, moeten ze wel eerst de vliegtuigtrap laten zakken.'

'Hoe weten ze dat jullie het zijn?'

'Omdat we in een van de busjes van jouw huurmoordenaars rijden.' Luke vond het wel fijn om dit tegen Stackhouse te zeggen en hoopte dat de boodschap goed tot hem doordrong: mevrouw Sigsby had een poging gedaan, maar die was mislukt.

'Wij krijgen de piloot en zijn copiloot niet te zien en zij ons ook niet. We landen waar het toestel is opgestegen en zij blijven in de cockpit. Kun je me nog steeds volgen?'

'Ja.'

'Ten derde. Ik wil dat er een negenpersoonswagen voor ons klaarstaat, net zo een als waarmee we uit DuPray zijn weggereden.'

'We hebben geen...'

'Lul niet, jullie hebben een heel autopark in dat kleine kazernedorp van jullie. Dat heb ik zelf gezien. Ben je nou nog van plan om mee te werken, of kan ik je beter meteen afschrijven?'

Luke transpireerde hevig en niet alleen omdat het een klamme avond was. Hij was heel blij met Tims hand op zijn schouder en met Wendy's bezorgde blik. Het was fijn om er niet meer helemaal alleen voor te staan. Hij besefte nu pas echt hoe zwaar dat was geweest.

Stackhouse slaakte de zucht van een man die onterecht een enorme last op zijn schouders krijgt. 'Ga verder.'

'Ten vierde. Je zorgt voor een bus.'

'Een bus? Meen je dat nou?'

Luke besloot niets van deze onderbreking te zeggen, omdat hij die eigenlijk wel terecht vond. Tim en Wendy zaten hem ook met stomme verbazing aan te kijken.

'Ik weet zeker dat je overal vrienden hebt zitten en vast ook wel een paar bij de politie in Dennison River Bend. Misschien wel allemaal. Het is zomer, dus de kinderen hebben grote vakantie en de schoolbussen staan op het gemeentelijke parkeerterrein, samen met de sneeuwploegen en de vuilniswagens en meer van die dingen. Laat een van je politievriendjes het gebouw binnengaan waar ze de sleutels bewaren. Laat hem de sleutel in het contactslot steken van een bus met zitplaatsen voor minimaal veertig personen. Een van je laboranten of verzorgers kan hem vervolgens naar het Instituut rijden. Zet hem daar met de sleutel in het contactslot bij de vlaggenmast voor het administratiegebouw. Heb je dat allemaal begrepen?'

'Ja.' Heel zakelijk. Geen tegenwerpingen of interrupties meer en Luke had Tims volwassen kijk op psychologie en motivering niet nodig om te begrijpen waarom. Dit, dacht Stackhouse ongetwijfeld, was het dwaze plan van een kind, hooguit een halve stap verwijderd van wishful thinking. Precies hetzelfde zag hij op het gezicht van Tim en dat van Wendy. Mevrouw Sigsby zat binnen gehoorsafstand en zag eruit alsof ze moeite had haar gezicht in de plooi te houden.

'Het is een simpele uitwisseling. Jij krijgt de USB-stick, ik krijg de kinderen. Die uit Achterkant en ook die uit Voorkant. Zorg ervoor dat ze vannacht om twee uur klaarstaan voor hun schoolreisje. Agent Wendy houdt haar mond. Dat is de deal. O, en je krijgt ook je klotebaas en je klotedokter terug.'

'Mag ik iets vragen, Luke? Vind je dat goed?'

'Ga je gang.' Luke dacht wel te weten welke vraag hij wilde stellen. Het was er een die hij best wilde beantwoorden.

'Wanneer je eenmaal ergens tussen de vijfendertig en de veertig kinderen in een grote gele schoolbus met DENNISON RIVER BEND op de zijkant hebt zitten, waar wil je er dan mee naartoe rijden? Met de wetenschap dat het merendeel van de kinderen geen hersencellen meer overheeft?'

'Disneyland,' zei Luke.

Tim bracht een hand naar zijn voorhoofd, alsof hij opeens hoofdpijn had gekregen.

'Wij houden contact met agent Wendy. Voordat we opstijgen. Wanneer we geland zijn. Wanneer we bij het Instituut zijn. Wanneer we het Instituut verlaten. Als ze geen belletje van ons krijgt, gaat ze zelf bellen, te beginnen bij de staatspolitie van Maine en vervolgens de FBI en Homeland Security. Begrepen?'

'Ja.'

'Mooi. Nog één ding. Wanneer we daar aankomen, wil ik jóú zien. Met wijd gestrekte armen. Eén hand op de motorkap van de bus, één hand op de vlaggenmast. Zodra de kinderen in de bus zitten en mijn vriend Tim achter het stuur zit, geef ik je Maureens USB-stick en stap ik zelf in. Is dat duidelijk?'

'Ja.'

Kort maar krachtig. In een poging niet te klinken als een man die zojuist de grote jackpot heeft gewonnen.

Hij begrijpt dat Wendy een probleem zou kunnen zijn, dacht Luke, omdat zij de namen kent van een aantal vermiste kinderen, maar dat is een probleem dat hij denkt te kunnen oplossen. De USB-stick is veel belangrijker, moeilijker te ontkennen dan nepnieuws. Ik bied hem dat ding zo ongeveer op een presenteerblaadje aan. Hoe kan hij het weigeren? Antwoord: dat kan hij niet.

'Luke...' begon Tim.

Luke schudde zijn hoofd: *Nu even niet, ik denk na.*

Hij weet dat hij er nog steeds slecht voor staat, maar hij heeft nu weer een sprankje hoop. Goddank dat Tim me herinnerde aan wat ik zelf had moeten bedenken: het houdt niet op met Sigsby en Stackhouse. Zij hebben ongetwijfeld hun eigen bazen, mensen aan wie zij verantwoording moeten afleggen. Wanneer de pleuris uitbreekt, kan Stackhouse tegen hen zeggen dat het nog veel erger had kunnen zijn; in feite zouden ze hem dankbaar moeten zijn dat hij hen voor erger heeft kunnen behoeden.

'Bel je me nog voordat jullie vertrekken?' vroeg Stackhouse.

'Nee. Ik vertrouw erop dat je alles gaat regelen.' Hoewel 'vertrouwen' niet bepaald het eerste woord was dat bij Luke opkwam wanneer hij aan Stackhouse dacht. 'De volgende keer spreken we elkaar in levenden lijve, bij het Instituut. Personenbusje bij het vliegveld. Schoolbus bij de vlaggenmast. Verkloot één onderdeel en Wendy gaat rondbellen en haar verhaal vertellen. Dag.'

Hij verbrak de verbinding en liet zijn schouders zakken.

# 7

Tim gaf Wendy de Glock en gebaarde naar hun twee gevangenen. Ze knikte. Terwijl zij hen in de gaten hield, nam Tim de jongen even apart. Ze gingen bij het hek staan, in de schaduw van een van de magnolia's.

'Luke, dit gaat nooit werken. Als we daarnaartoe gaan, staat er misschien wel een busje klaar op het vliegveld, maar als dat Instituut is wat jij zegt dat het is, dan zullen ze ons bij aankomst onmiddellijk in een hinderlaag lokken en vermoorden. Je vrienden en de andere kinderen ook. Dan blijft alleen Wendy nog over en zij zal zeker haar best doen, maar het zal dagen duren voordat er iemand komt opdagen – ik weet hoe het bij de politie werkt wanneer er iets gebeurt wat buiten het normale protocol valt. Wanneer ze de plek hebben gevonden zullen er alleen nog maar lijken te vinden zijn. En misschien zijn die ook al weggehaald. Je zegt dat ze een bepaald systeem hebben om zich te ontdoen van de...' Tim wist niet goed hoe hij het moest zeggen. 'Van de gebruikte kinderen.'

'Dat weet ik allemaal wel,' zei Luke. 'Maar het gaat niet om ons, het gaat om hen. De kinderen. Ik probeer alleen wat meer tijd te krijgen. Er is daar iets gaande. En niet alleen daar.'

'Ik begrijp het niet.'

'Ik ben nu sterker,' zei Luke, 'en we bevinden ons hier meer dan vijftienhonderd kilometer van het Instituut. Ik hoor ook bij die Instituutskinderen, maar het gaat niet meer alleen om hen. Als dat zo was, had ik nooit met mijn gedachten het pistool van die vent omhoog kunnen duwen. Ik was nooit verder gekomen dan lege pizzaschalen, weet je nog?'

'Luke, ik denk gewoon niet dat...'

Luke concentreerde zich. Even zag hij een beeld voor zich van de rinkelende telefoon in hun gang, thuis, en hij wist dat als er nu werd opgenomen, iemand zou vragen: 'Hoor je mij?' Toen maakte dit beeld plaats voor de gekleurde stippen en een vaag gonzend geluid. De stippen waren eerder donker dan helder en dat was een goed teken. Hij wilde het Tim laten zien, maar hij wilde hem geen pijn doen... en het zou zo makkelijk zijn om hem pijn te doen.

Tim viel, alsof onzichtbare handen hem duwden, struikelend naar voren tegen het gaashek en wist net op tijd zijn armen op te tillen om er niet met zijn gezicht tegen aan te knallen.

'Tim?' riep Wendy.

'Niks aan de hand,' riep Tim terug. 'Hou ze in de gaten, Wendy.' Hij keek naar Luke. 'Deed jij dat?'

'Het kwam niet *van* mij, maar *via* mij,' zei Luke. Omdat ze nu de tijd hadden (een beetje, tenminste) en omdat hij nieuwsgierig was, vroeg hij: 'Hoe voelde dat?'

'Als een sterke windvlaag.'

'Het was inderdaad sterk,' zei Luke. 'Omdat we nu samen veel sterker zijn. Dat zegt Avery.'

'Dat is dat kleine ventje.'

'Ja. Hij was de sterkste die ze in lange tijd, misschien wel jaren, hadden gehad. Ik weet niet exact wat er is gebeurd, maar ik vermoed dat ze hem in de dompelbak hebben gedaan – want die bijna-doodervaring versterkt de Stasi-lichten, alleen zonder de beperkende injecties.'

'Ik kan je even niet volgen.'

Luke leek hem niet te horen. 'Ik wil wedden dat het een straf was, omdat hij mij heeft helpen ontsnappen.' Hij maakte een hoofdbeweging in de richting van het busje. 'Misschien weet mevrouw Sigsby het. Mogelijk was het zelfs haar idee. Hoe dan ook, het heeft zich tegen hen gekeerd. Dat moet haast wel, want ze zijn gaan muiten. De kinderen van Afdeling A hebben de echte kracht. Avery heeft die ontsloten.'

'Maar niet genoeg om ze weg te krijgen uit de plek waar ze opgesloten zitten.'

'Nóg niet,' zei Luke. 'Maar ik denk dat dat nog wel gaat komen.'

'Waarom? Hoe dan?'

'Jij hebt me aan het denken gezet toen je zei dat mevrouw Sigsby en Stackhouse zelf ook bazen moeten hebben. Ik had dat zelf moeten bedenken, maar zo ver heb ik nooit gekeken. Waarschijnlijk omdat ouders en leraren de enige bazen zijn die kinderen hebben. Als er meer bazen zijn, waarom zouden er dan niet meer Instituten zijn?'

Er kwam een auto het parkeerterrein op rijden. Hij reed langs en verdween weer met een knipoog van rode achterlichten.

Toen hij weg was, ging Luke verder. 'Misschien is het Instituut in Maine wel het enige in Amerika, of misschien staat er ook nog een aan de westkust. Snap je, als boekensteunen. Maar voor hetzelfde geld staat er ook een in Engeland... en in Rusland... India... China... Duitsland... Korea. Eigenlijk ook wel logisch, als je erover nadenkt.'

'Een mentale wedloop in plaats van een wapenwedloop,' zei Tim. 'Is dat wat je bedoelt?'

‘Ik denk niet dat het een wedloop is. Ik denk dat al die Instituten samenwerken. Dat weet ik niet zeker, maar dat idee heb ik gewoon. Een gemeenschappelijk doel. En niet eens zo’n verkeerd doel – een paar kinderen om zeep helpen om te voorkomen dat het hele menselijk ras zichzelf om zeep helpt. Koehandel. God weet hoe lang het al aan de gang is, maar er is nog nooit een muiterij uitgebroken. Avery en mijn andere vrienden zijn met muiten begonnen, maar het kan zich natuurlijk verspreiden. Misschien gebeurt dat al.’

Tim Jamieson was geen historicus of sociaal wetenschapper maar hij hield de actualiteit goed bij en dacht dat Luke wel eens gelijk kon hebben. Muiterij – of revolutie, om een minder denigrerende term te gebruiken – was een soort virus, vooral in dit informatietijdperk. Het kon zich inderdaad verspreiden.

‘De kracht die wij allemaal hebben – de reden waarom ze ons hebben ontvoerd en in het Instituut hebben ondergebracht – stelt niet veel voor. De kracht die we allemaal bij elkaar hebben is veel sterker. Vooral de kinderen van Afdeling A. Nu hun geest is gewist, hebben ze alleen die kracht nog over. Maar als er meer Instituten zijn, als ze weten wat er in het onze gaande is en als ze allemaal hun krachten zouden bundelen…’

Luke schudde zijn hoofd. Hij dacht weer aan de telefoon in hun gang, maar dan vele malen groter.

‘Als dat zou gebeuren zou het iets groots zijn en dan bedoel ik echt groot. Daarom moeten we tijd rekken. Als Stackhouse denkt dat ik een stommeling ben die zo graag zijn vrienden wil redden dat ik bereid ben een stomme deal met hem te sluiten, dan is dat prima.’

Tim voelde nog steeds die niet-bestaande windvlaag die hem tegen het hek had geduwd. ‘Als ik het goed begrijp gaan we daar dus niet naartoe om hen te redden?’

Luke keek hem nuchter aan. Met zijn vuile gezicht, onder de blauwe plekken, en zijn verbonden oor zag hij eruit als een totaal onschuldig kind. Toen glimlachte hij en heel even leek hij helemaal niet meer zo onschuldig. ‘Nee. Wij gaan de boel weer rechtzetten.’

## 8

Kalisha Benson, Avery Dixon, George Iles, Nicholas Wilholm, Helen Simms.

Vijf kinderen die aan het eind van de verbindingstunnel zaten, bij de afgesloten deur die toegang gaf (ook al deed hij dat nu dus niet) tot niveau F van Voorkant. Katie Givens en Hal Leonard hadden een tijdje bij hen gezeten, maar hadden zich nu weer bij de kinderen van Afdeling A gevoegd. Ze liepen mee wanneer zij liepen en gaven hun een hand wanneer ze opeens besloten een van die cirkels te maken. Len deed hetzelfde en Kalisha's goede hoop voor Iris begon ook te vervagen, ook al zat Iris tot nu toe alleen maar toe te kijken wanneer de kinderen van Afdeling A een kring vormden, elkaar weer loslieten en opnieuw een kring vormden. Helen was weer helemaal terug. Iris was misschien te ver heen. Hetzelfde gold voor Jimmy Cullum en Donna Gibson, die Kalisha in Voorkant had meegemaakt – dankzij haar waterpokken had zij daar veel langer gezeten dan andere bewoners. De kinderen van Afdeling A stemden haar verdrietig, maar Iris was erger. De mogelijkheid dat zij onherstelbaar naar de kloten was... die gedachte was...

'Gruwelijk,' zei Nicky.

Ze keek hem half verwijtend aan. 'Zit je in mijn hoofd?'

'Ja, maar ik zit heus niet in je mentale lingerielade te neuzen, hoor,' zei Nicky en Kalisha snoof verongelijkt.

'We zitten nu allemaal in elkaars hoofd,' zei George. Hij wees met een duim naar Helen. 'Denk je nou echt dat ik had willen weten dat zij op een slaapfeestje bij een vriendin een keer zo hard moest lachen dat ze in haar broek pieste? Een typisch geval van te veel informatie.'

'Maar altijd nog beter dan erachter komen dat jij bang bent dat je psoriasis hebt op je...' begon Helen, maar Kalisha maande haar tot stilte.

'Hoe laat denken jullie dat het is?' vroeg George.

Kalisha keek op haar blote pols. 'Zelfde tijd als gisteren, maar dan iets later.'

'Het voelt als een uur of elf,' zei Nicky.

'Zal ik eens wat grappigs vertellen?' zei Helen. 'Ik had altijd zo'n hekel aan het gonzen. Ik wist dat het mijn brein aantastte.'

'Dat wisten we allemaal,' zei George.

'Maar nu vind ik het eigenlijk wel prettig.'

'Omdat het macht is,' zei Nicky. 'Hún macht, tot wij het terugpakten.'

'Een radiogolf,' zei George. 'En nu is het constant. Wachtend op een uitzending.'

*Hallo, hoor je me?* dacht Kalisha en de huivering die ze voelde was niet geheel onaangenaam.

Een aantal kinderen van Afdeling A gaf elkaar een hand. Iris deed mee. Het gonzen zwol aan. Net als het ritme in de tl-lampen boven hun hoofd. Toen lieten ze weer los en zakte het gonzen terug naar het eerdere niveau.

'Hij zit in de lucht,' zei Kalisha. Niemand hoefde haar te vragen wie ze bedoelde.

'Ik zou ook wel weer eens willen vliegen,' zei Helen weemoedig. 'Dat zou ik heerlijk vinden.'

'Denk je dat ze op hem wachten, Sha?' vroeg Nicky. 'Of draaien ze straks gewoon de gaskraan open? Wat denk jij?'

'Sinds wanneer ben ik Professor X?' Ze porde een elleboog in Avery's zij... maar wel zachtjes. 'Wakker worden, Avery. Je hebt nu geen tijd om te slapen.'

'Ik ben wakker,' zei hij, niet geheel naar waarheid, want hij had nog wat liggen doezelen en van het gonzen liggen genieten. Aan telefoons liggen denken die steeds groter werden, net zoals de hoed van Bartholomeus Cubbins steeds groter en mooier was geworden. 'Ze wachten heus wel. Ze zullen wel moeten, want als er iets met ons gebeurt, weet Luke dat. En wíj wachten ook tot hij er is.'

'En dan?' vroeg Kalisha.

'Dan gebruiken we de telefoon,' zei Avery. 'De grote telefoon. Allemaal samen.'

'Hoe groot is hij?' George klonk ongerust. 'Want de laatste die ik heb gezien was wel echt een enorme joekel. Bijna zo groot als ikzelf.'

Avery schudde alleen maar zijn hoofd. Hij had zware oogleden. Eigenlijk was hij nog steeds een klein jochie, dat allang in bed had moeten liggen.

De kinderen van Afdeling A – het was lastig niet aan ze te denken als zombies, zelfs voor Kalisha – hielden nog steeds elkaars hand vast. De tl-verlichting werd feller – een van de buizen begaf het zelfs. Het gonzen werd dieper en krachtiger. Ze voelden het in Voorkant, dat wist Kalisha zeker – Joe en Hadad, Chad en Dave, Priscilla en die gemene rotzak, Zeke. En de anderen ook. Waren ze er bang voor? Misschien een beetje, maar...

*Maar zij denken dat wij vastzitten*, dacht ze. *Ze denken dat ze veilig zijn. Ze denken dat de opstand onder controle is. Laat ze dat maar lekker blijven denken.*

Ergens stond een grote telefoon – de allergrootste telefoon, eentje met aansluitingen in heel veel kamers. Als ze met die telefoon gingen bellen (wannéér ze ermee belden, want ze hadden geen keus), zouden de krachten in deze tunnel waarin ze zaten opgesloten die van elke bom overstijgen die ooit op deze aarde of daaronder tot ontploffing was gekomen. Het gonzen, nu slechts een radiogolf, zou toenemen tot een trilling die gebouwen kon laten instorten, misschien zelfs hele steden zou kunnen verwoesten. Ze wist dat niet zeker, maar het leek haar goed mogelijk. Hoeveel kinderen, wier geest nu leeg was, op de krachten na waarvoor ze waren ontvoerd, wachtten op dit moment op een belletje van de grote telefoon? Honderd? Vijfhonderd? Misschien wel meer, als er over de hele wereld Instituten bestonden.

'Nicky?'

'Wat?' Hij had ook zitten doezelen en klonk wat geïrriteerd.

'Misschien kunnen we het wel aanzetten,' zei ze en ze hoefde niet uit te leggen wat ze met 'het' bedoelde. 'Maar als we dat doen… kunnen we het dan ook weer uitzetten?'

Hij dacht even na en glimlachte toen. 'Geen idee. Maar na wat ze ons hebben aangedaan… zal me dat eerlijk gezegd een rotzorg zijn.'

## 9

Kwart over elf.

Stackhouse was weer in mevrouw Sigsby's kantoor, met de Zero Phone – nog steeds zwijgend – op het bureau. Over precies drie kwartier zou de laatste normale dag van het Instituut voorbij zijn. Morgen zou deze plek verlaten zijn, ongeacht hoe de kwestie met Luke Ellis afliep. Voortzetting van het programma als geheel was nog mogelijk, ondanks die Wendy die Luke en zijn vriend Tim daar in het zuiden achterlieten, maar deze vestiging was verleden tijd. Wat vanavond het belangrijkste was, was de USB-stick te pakken te krijgen en ervoor zorgen dat Luke Ellis dit niet overleefde. Mevrouw Sigsby redden zou leuk zijn, maar niet absoluut noodzakelijk.

In feite werd het Instituut op dit moment al verlaten. Vanwaar hij zat keek hij uit op de weg die van het Instituut wegvoerde, eerst naar Dennison River Bend en vervolgens naar een van de zuidelijker gelegen staten… om nog maar te zwijgen van Canada en Mexico, voor degenen met paspoorten. Stackhouse had Zeke, Chad, Kok Doug (twintig jaar bij Halliburton gewerkt) en dokter Felicia Richardson, die hiervoor bij de Hawk Security Group, een beveiligingsdienst, had gewerkt, opgeroepen om naar het Instituut te komen. Het waren de mensen die hij vertrouwde.

Wat de anderen betrof... hij had de koplampen van hun wegrijdende auto's tussen de bomen door zien schitteren. Tot nu toe misschien nog maar een twaalftal, maar dat zouden er wel meer worden. Nog even en Voorkant zou, op de paar kinderen die er op dit moment nog zaten, helemaal verlaten zijn. Misschien was dat zelfs al het geval. Maar Zeke, Chad, Doug en dokter Richardson zouden blijven, dat waren de echte getrouwen. En Gladys Hickson. Die zou ook blijven, misschien wel nadat verder iedereen al weg was. Gladys was niet zomaar een volhouder; Stackhouse begon er meer en meer van overtuigd te raken dat zij een regelrechte psychopaat was.

Ik lijk zelf wel niet goed bij m'n hoofd dat ik blijf, dacht Stackhouse. Maar de jongen heeft gelijk – ze zouden net zo lang jacht op hem maken tot ze hem te pakken hadden. En hij loopt regelrecht in de val. Tenzij...

'Tenzij hij een spelletje met me speelt,' mompelde Stackhouse.

Rosalind, mevrouw Sigsby's assistente, stak haar hoofd om een hoekje. Haar altijd zo perfecte make-up was in de loop van de afgelopen zware twaalf uur doorgelopen en haar altijd zo perfect zittende grijze haar piekte alle kanten op.

'Meneer Stackhouse?'

'Ja, Rosalind.'

Rosalind keek bezorgd. 'Ik geloof dat dokter Hendricks is vertrokken. Volgens mij zag ik een minuut of tien geleden zijn auto.'

'Dat verbaast me niets. Je moet zelf ook maar gaan, Rosalind. Naar huis.' Hij glimlachte. Het voelde vreemd om op een avond als deze te glimlachen, maar vreemd op een goede manier. 'Ik realiseer me opeens dat ik je al ken sinds de allereerste dag dat ik hier kwam werken – heel lang dus – en niet eens weet wat jouw thuis is.'

'Missoula,' zei Rosalind. Ze leek zelf ook verrast. 'Dat ligt in Montana. Ik neem tenminste aan dat dat nog steeds mijn thuis is. Ik heb daar een eigen huis, maar daar ben ik volgens mij al vijf jaar niet geweest. Ik betaal alleen keurig op tijd de onroerendgoedbelasting. Wanneer ik vrij heb, woon ik hier in het dorp. In mijn vakanties ga ik naar Boston. Ik ben fan van de Red Sox en de Bruins en ik kom graag in een klein bioscoopje in Cambridge. Maar ik ga altijd weer graag aan de slag.'

Stackhouse realiseerde zich dat Rosalind in al die tijd dat hij haar nu kende, al meer dan vijftien jaar, nog nooit zo veel tegen hem had gezegd. Zij was hier, als mevrouw Sigsby's trouwe factotum, al geweest toen Stackhouse hier was komen werken na zijn jaren als detective voor het Amerikaanse leger, en ze was er nog steeds, amper een steek veranderd. Misschien was ze vijfenzestig, maar ze kon net zo goed een goed geconserveerde zeventiger zijn.

'Meneer, hoort u ook dat gonzende geluid?'

'Jazeker.'

'Is dat een transformator of zo? Ik heb het nooit eerder gehoord.'

'Een transformator? Ja, zo zou je het eigenlijk wel kunnen noemen.'

'Het is heel irritant.' Ze wreef over haar oren, waardoor ze haar haar nog erger in de war bracht. 'Ik neem aan dat de kinderen het doen. Komt Julia – mevrouw Sigsby – nog terug? Ja toch zeker?'

Stackhouse begreep (eerder geamuseerd dan geërgerd) dat de altijd zo keurige en onopvallende Rosalind ondanks het gonzen haar oren gespitst hield.

'Dat verwacht ik wel, ja.'

'Dan blijf ik liever. Ik kan schieten, weet u. Ik ga één keer per maand, soms twee keer, naar de schietbaan in de Bend. Ik heb een medaille van de schietbaan die het equivalent is van het insigne van militaire scherpschutter en vorig jaar ben ik eerste geworden in de schietcompetitie in de categorie kleine handwapens.'

Julia's stille assistente was niet alleen een uitstekend stenotypiste, ze had ook een insigne als militaire scherpschutter... of, zoals ze zelf zei, het equivalent daarvan. De wonderen waren de wereld nog niet uit.

'Waar schiet je mee, Rosalind?'

'Smith & Wesson M&P .45.'

'Geen last van de terugslag?'

'Met behulp van een polsbeschermer kan ik daar heel goed mee omgaan. Meneer, als u van plan bent mevrouw Sigsby te bevrijden uit handen van de mensen die haar vasthouden, zou ik graag deel uitmaken van die operatie.'

'Heel goed,' zei Stackhouse, 'dat kan. Ik kan alle hulp gebruiken.' Maar hij zou moeten oppassen hoe hij haar inzette, want Julia redden behoorde misschien niet tot de mogelijkheden. Ze was overbodig geworden. Het allerbelangrijkste was nu de USB-stick. En die verrekte kleine wijsneus.

'Dank u, meneer. Ik zal u niet teleurstellen.'

'Daar ben ik van overtuigd, Rosalind. Ik zal je vertellen wat ik verwacht dat er gaat gebeuren, maar eerst heb ik een vraag.'

'Ja?'

'Ik weet dat een heer zo'n vraag nooit behoort te stellen en dat een dame hem nooit hoeft te beantwoorden, maar hoe oud ben je eigenlijk?'

'Achtenzeventig, meneer.' Ze antwoordde zonder enige aarzeling en terwijl ze hem strak in de ogen bleef kijken, maar het was toch een leugen. In werkelijkheid was Rosalind Dawson eenentachtig.

## 10

Kwart voor twaalf.

Het Challenger-toestel met 940NF op de staart en MAINE PAPER INDUSTRIES op de zijkant vloog op een hoogte van 39.000 voet in noordelijke richting naar Maine. Met een beetje hulp van de jetstream fluctueerde de snelheid tussen de 835 en 885 kilometer per uur.

Hun aankomst op het vliegveld van Alcolu en het opstijgen was zonder problemen verlopen, voornamelijk omdat mevrouw Sigsby een vippasje had van het Regal Air-kantoortje en maar al te graag bereid was geweest dit te gebruiken. Ze rook een kans – een kleine, maar toch – om het er levend van af te brengen. De Challenger stond in al zijn eenzame pracht klaar met de vliegtuigtrap omlaag. Tim had de trap zelf naar binnen getrokken, de deur gesloten en met de kolf van de Glock van de dode hulpsheriff op de deur van de gesloten cockpit gebonkt.

'Ik denk dat we er helemaal klaar voor zijn hierbinnen. Als je toestemming krijgt, kunnen we gaan.'

Er kwam geen antwoord van de andere kant van de deur, maar de motoren begonnen te draaien. Twee minuten later waren ze in de lucht. Nu vlogen ze volgens de monitor op de tussenwand ergens boven West Virginia en lag DuPray ver achter hen. Tim had niet verwacht zo plotseling te vertrekken en al helemaal niet onder zulke tragische omstandigheden.

Evans lag een beetje te doezelen en Luke was helemaal van de wereld. Alleen mevrouw Sigsby was nog wakker. Ze zat rechtovereind en keek

Tim strak aan. Haar grote, uitdrukkingsloze ogen hadden iets reptielachtigs. De laatste van Doc Ropers pijnstillers had haar misschien in slaap kunnen helpen, maar ze had geweigerd de pil te slikken, terwijl ze aardig wat pijn moest hebben. Een ernstige schotwond was haar bespaard gebleven, maar ook een schampschot kon heel pijnlijk zijn.

'Jij hebt ervaring met politiewerk, denk ik,' zei ze. 'Ik zie het aan je houding, aan je manier van reageren – snel en efficiënt.'

Tim zei niets en keek haar alleen maar aan. Hij had de Glock naast zich op de stoel gelegd. Een schot lossen op 39.000 voet hoogte was een heel erg slecht idee en waarom zou hij dat doen, ook al hadden ze een heel stuk lager gevlogen? Hij bracht dit kreng precies waar ze heen wilde.

'Ik begrijp niet waarom je instemt met dit plan.' Ze knikte naar Luke, die er – met zijn vuile gezichtje en zijn oor in het verband – veel jonger uitzag dan twaalf. 'Wij weten allebei dat hij zijn vrienden wil redden en volgens mij weten we ook allebei dat het een dwaas plan is. Te idioot voor woorden. En toch ben je ermee akkoord gegaan. Waarom, Tim?'

Tim zei niets.

'Ik snap sowieso al niet waarom je hieraan wil meewerken. Help me eens het te begrijpen.'

Hij was absoluut niet van plan dat te doen. Een van de eerste dingen die zijn instructeur hem had geleerd tijdens de vier maanden van zijn proefperiode als aspirant-agent was dat jij verdachten ondervraagt. Je staat verdachten nooit toe jou te ondervragen.

Zelfs al was hij bereid geweest om met haar te praten, had hij niet geweten of hij een enigszins zinnig antwoord had kunnen geven op haar vraag. Kon hij haar vertellen dat zijn aanwezigheid in dit hypermoderne vliegtuig, het soort vliegtuig dat doorgaans alleen rijke mannen en vrouwen vanbinnen te zien kregen, een kwestie was van puur toeval? Dat een man die op weg was geweest naar New York op een dag plotseling was opgestaan in een veel gewoner soort vliegtuig en zich bereid had getoond zijn zitplaats op te geven voor een geldbedrag en een hotelvoucher? Dat alles – het liften naar het noorden, de opstopping op de I-95, de wandeling naar DuPray, het nachtwakersbaantje – was voortgekomen uit die ene impulsieve daad? Of kon hij zeggen dat het een kwestie was geweest van het lot? Dat hij naar DuPray was geschoven door de hand van een of andere kosmische schaker, om een slapend jongetje te redden van de mensen die hem hadden ontvoerd en zijn uitzonderlijke geest wilden gebruiken totdat hij was opgebruikt? En als dat zo was, wat maakte dat dan van Sheriff John, Tag Faraday, George Burkett, Frank Potter en Bill Wicklow? Pionnen die werden opgeofferd in het grote spel? En welk schaakstuk was hij dan? Hij zou zichzelf wel willen zien als het heldhaftige strijdros van een edele ridder, maar het leek hem waarschijnlijker dat hij ook een doodgewone pion was.

'Weet u zeker dat u die pil niet wilt?' vroeg hij.

'Dus je gaat mijn vraag niet beantwoorden?'

'Nee, mevrouw, dat ga ik niet doen.' Tim wendde zijn blik af en keek uit het raampje, naar de kilometers en kilometers diepe duisternis en de enkele lichtjes daarbeneden, als vuurvliegjes op de bodem van een put.

## 11

Middernacht.

De telefoon slaakte zijn schorre kreet. Stackhouse nam op. De stem aan de andere kant was van een van de verzorgers die geen dienst hadden, ene Ron Church. Het door hem bestelde personenbusje was neergezet op het vliegveld, zei Church. Denise Allgood, een laborant die op dit moment ook geen dienst had (hoewel ze eigenlijk allemaal waren opgeroepen) was in een wagen van het Instituut achter Church aan gereden. De bedoeling was geweest dat Ron, na het busje op het vliegveld te hebben achtergelaten, met Denise mee terug zou rijden. Maar die twee hadden iets met elkaar en dat wist Stackhouse. Het was per slot van rekening zijn werk om dingen te weten. Hij wist zeker dat Ron en Denise, na zich van hun taak te hebben gekweten, overal naartoe zouden rijden behalve hier. En dat was prima. Hoewel de vele deserteurs hem droevig stemden, was het misschien toch maar beter zo. Het was tijd om een streep te zetten onder deze operatie. Er bleven genoeg mensen over voor het laatste bedrijf en dat was het enige wat telde.

Luke en zijn vriend Tim gingen eraan, daar twijfelde hij geen moment aan. En daar zou de lispelende man aan de andere kant van de Zero Phone genoegen mee nemen, of niet. Daar had Stackhouse geen invloed meer op en ergens was dat een opluchting. Hij veronderstelde dat hij deze fatalistische inslag al sinds zijn tijd in Irak en Afghanistan als een sluimerend virus bij zich had gedragen en nu pas begreep wat het was. Hij zou doen wat hij kon en meer kon een mens gewoon niet doen. De honden blaften, maar de karavaan trok verder.

Er werd op de deur geklopt en Rosalind keek naar binnen. Ze had iets aan haar haar gedaan, een hele verbetering. Dat gold niet voor de schouderholster die ze nu droeg. Het zag er wat surrealistisch uit, als een hond met een feestmuts.

'Gladys is hier, meneer Stackhouse.'

'Stuur haar maar naar binnen.'

Gladys kwam binnen. Er bungelde een luchtmasker onder haar kin. Ze had rode ogen. Stackhouse kon zich niet voorstellen dat ze had gehuild, dus kwam de irritatie waarschijnlijk van akelige stofjes die ze had gemengd. 'Het is klaar. Ik hoef alleen de toiletreiniger er nog maar aan toe te voegen. U hoeft het maar te zeggen, meneer Stackhouse, en we geven ze de volle laag.' Ze schudde kort en fel haar hoofd. 'Ik kan niet wachten. Ik word stapelgek van dat gonzen.'

Als ik je zo zie, zit je daar niet ver meer vandaan, dacht Stackhouse, maar ze had wel gelijk over het gonzen. Het punt was dat je er niet aan kon wennen. Net wanneer je dacht dat dit ging lukken, nam het volume weer toe – niet echt in je oren, maar in je hoofd. En even later keerde het dan plotseling weer terug naar het vorige en ietwat draaglijker niveau.

'Ik sprak Felicia net,' zei Gladys. 'Dokter Richardson, bedoel ik. Zij houdt ze in de gaten op de monitor. Zij zegt dat het gonzen sterker wordt wanneer ze elkaar een hand geven en een kring vormen en weer afneemt zodra ze elkaar loslaten.'

Dat had Stackhouse inmiddels zelf ook al uitgedokterd. Daar hoefde je geen raketgeleerde voor te zijn, zoals het gezegde luidde.

'Gaat het al snel gebeuren, meneer?'

Hij keek op zijn horloge. 'Ik denk over een uurtje of drie, ongeveer. De HVAC-installaties staan op het dak, hè?'

'Ja.'

'Misschien lukt het me om je te bellen wanneer het zover is, Gladys, maar misschien ook niet. Het zal waarschijnlijk allemaal heel snel gaan. Als je hoort dat er voor het administratiegebouw geschoten wordt, begin je meteen met het chloorgas, of je nu wel of niet iets van mij hoort. Daarna kom je naar buiten. Ga niet meer naar binnen, maar ren over het dak naar de oostvleugel van Voorkant. Begrepen?'

‘Ja, meneer!’ Ze schonk hem een stralende glimlach. Het was de lach waaraan alle kinderen zo’n hekel hadden.

## 12

Half één.

Kalisha zat naar de kinderen van Afdeling A te kijken en dacht aan de Ohio State-drumband. Haar vader keek graag naar het footballteam van de Ohio State Buckeyes en zij keek altijd met hem mee – om dicht bij hem te zijn – maar het enige wat haar echt interesseerde was de show tijdens de rust, wanneer de drumband (*De trots van de Buckeyes!* riep de omroeper altijd) het veld op kwam terwijl ze op hun instrumenten speelden en tegelijkertijd figuren vormden die alleen van bovenaf zichtbaar waren – alles van de S op de borst van Superman tot een fantastische dinosaurus uit *Jurassic Park*, die rondliep en zijn hagedisachtige kop schudde.

De kinderen van Afdeling A hadden geen muziekinstrumenten en het enige wat zij vormden wanneer ze elkaar een hand gaven was steeds dezelfde kring – onregelmatig, omdat de verbindingstunnel zo smal was – maar ze hadden dezelfde… daar had je een woord voor…

‘Synchroniciteit,’ zei Nicky.

Ze keek verschrikt om zich heen. Hij keek haar glimlachend aan en streek zijn haar naar achteren om haar een beter uitzicht te bieden op ogen die, eerlijk is eerlijk, best fascinerend waren.

‘Dat is zelfs voor een wit jongetje een duur woord.’

‘Ik heb het van Luke.’

‘Hoor je hem? Heb je contact met hem?’

‘Min of meer. Af en toe. Ik vind het moeilijk om te weten welke gedachten van mij zijn en welke van hem. Het hielp dat ik sliep. Als ik wakker ben zitten mijn eigen gedachten in de weg.’

‘Een soort storing?’

Hij haalde zijn schouders op. ‘Zoiets, ja. Maar als je je ervoor openstelt, weet ik bijna zeker dat jij hem ook kunt horen. Hij komt nog duidelijker door wanneer zij een van die kringen maken.’ Hij knikte naar de kinderen van Afdeling A, die hun doelloze gedrentel weer hadden hervat. Jimmy en Donna liepen samen en zwaaiden met hun verstrengelde handen. ‘Wil je het proberen?’

Kalisha deed haar best om niet te denken. Aanvankelijk was dat verrassend moeilijk, maar toen ze naar het gonzen luisterde werd het makkelijker. Het gonzen werkte als een soort mondwater, maar dan voor de hersenen.

'Wat is er zo grappig, K?'

'Niks.'

'O, ik snap het al,' zei Nicky. 'Hersenspoeling in plaats van mondspoeling. Goeie.'

'Ik krijg wel iets, maar niet veel. Misschien slaapt hij.'

'Dat zal wel. Maar hij zal zo wel wakker worden. Omdat wij wakker zijn.'

'Synchroniciteit,' zei ze. 'Echt een gaaf woord. En het klinkt echt als iets voor hem. Herinner je je de muntjes die ze ons gaven voor de automaten? Luke noemde dat "emolumenten". Ook zo'n gaaf woord.'

'Luke is bijzonder omdat hij zo slim is.' Nicky keek naar Avery, die tegen Helen aan geleund zat. Ze waren allebei in diepe slaap verzonken. 'En Avery is bijzonder omdat... nou ja...'

'Gewoon, omdat hij Avery is.'

'Precies.' Nicky grinnikte. 'En die idioten hebben zijn motor gewoon opgevoerd zonder er een begrenzer op te zetten.' Zijn lach was, eerlijk is eerlijk, net zo fascinerend als zijn ogen. 'Die twee samen hebben ervoor gezorgd dat we nu hier zijn, weet je. Luke is de chocola en Avery de pinda's. Als ze alleen waren geweest, was er niks veranderd. Maar samen zijn ze de pinda-chocoladereep die deze tent ten val zal brengen.'

Ze begon te lachen. Het was een idiote vergelijking, maar ze klopte wel. Dat hoopte ze althans. 'Intussen zitten we hier alleen nog steeds vast. Als ratten in de val.'

Hij keek met zijn blauwe ogen in haar bruine. 'Maar niet lang meer, dat weet jij ook wel.'

Ze zei: 'We gaan dood, hè? Als ze ons niet vergassen, dan...' Ze keek met een schuine blik naar de kinderen van Afdeling A, die weer een kring vormden. Het gonzen zwol aan. De tl-verlichting werd feller. 'Het gebeurt wanneer zij losgaan. En de anderen, waar die ook zijn.'

*De telefoon*, zond ze naar hem. *De grote telefoon.*

'Waarschijnlijk,' zei Nicky. 'Luke zegt dat we de boel laten instorten zoals Simson de tempel liet instorten op de hoofden van de Filistijnen. Ik ken dat verhaal niet – in mijn familie werd niet in de Bijbel gelezen – maar ik snap wat hij bedoelt.'

Kalisha kende het verhaal wel en huiverde. Ze keek weer naar Avery en dacht aan iets anders uit de Bijbel: *een kleine jongen zal ze hoeden.*

'Mag ik iets van je vragen?' zei Kalisha. 'Je gaat vast lachen, maar dat kan me niet schelen.'

'Kom maar op.'

'Ik zou graag willen dat je me kust.'

'Dat is niet echt een vervelende opdracht,' zei Nicky. Hij glimlachte.

Zij boog zich naar hem toe en hij naar haar. Ze kusten in het gonzen.

Dit is fijn, dacht Kalisha. Ik vermoedde al zoiets en het is echt zo.

Nicky's gedachte volgde meteen, op de golven van het gonzen. *Laten we het nog een keer doen. Kijken of het dan twee keer zo fijn is.*

## 13

Tien voor één.

De Challenger landde op de landingsstrook van een privévliegveldje, eigendom van Maine Paper Industries, een lege vennootschap. Het toestel taxiede naar een klein, niet verlicht gebouw. Toen het dichterbij kwam gingen er drie door bewegingssensoren geactiveerde lichten op het dak aan, die een doosvormig dieselaggregaat en een hydraulische containerlader verlichtten. De auto die klaarstond was geen gewone gezinswagen, maar een negenpersoons Chevrolet Suburban. Hij was zwart, met getinte ruiten. Annie zou hem prachtig hebben gevonden.

De Challenger taxiede tot vlak bij de Suburban en de motoren gingen uit. Even wist Tim dat niet helemaal zeker, omdat hij nog steeds een flauw gezoem hoorde.

'Dat is het vliegtuig niet,' zei Luke. 'Dat zijn de kinderen. Naarmate we dichterbij komen wordt dat nog veel sterker.'

Tim liep naar de voorkant van de cabine, maakte met de grote rode hendel de deur open en klapte de vliegtuigtrap uit. Ze stonden nog geen anderhalve meter bij de bestuurderskant van de Suburban vandaan.

'Oké,' zei hij, terwijl hij terugliep naar de anderen. 'We zijn er. Maar voordat we gaan, mevrouw Sigsby, heb ik nog iets voor u.'

Op het tafeltje in het zitgedeelte van de Challenger had hij een flink voorraadje glanzende brochures gevonden waarin uitgebreid reclame werd gemaakt voor het totaal fictieve Maine Paper Industries, plus een stuk of zes Maine Paper Industries-reclamepetjes. Hij gaf er een aan haar en pakte er zelf ook een.

'Zet die op en trek hem goed over uw hoofd. U hebt kort haar, dus het moet geen probleem zijn om het er allemaal onder te krijgen.'

Mevrouw Sigsby keek met een vies gezicht naar het petje. 'Waarom?'

'Omdat u eerst gaat en als er mensen klaarstaan om ons te belagen, heb ik graag dat ze eerst op u schieten.'

'Waarom zouden ze hiér mensen neerzetten als wij dáárheen gaan?'

'Ik geef toe dat het niet erg waarschijnlijk is, dus vindt u het vast niet erg om als eerste te gaan.' Tim zette zijn eigen petje op, maar dan achterstevoren, met het verstelbare bandje op zijn voorhoofd. Luke vond hem eigenlijk te oud om het zo te dragen – dat was iets voor kinderen – maar zei er niets van. Misschien was het voor Tim een manier om zich wat zekerder te voelen. 'Evans, jij gaat als tweede.'

'Nee,' zei Evans. 'Ik verlaat dit vliegtuig niet. Ik weet niet eens of ik dat zou kunnen. Mijn voet is te pijnlijk. Ik kan er geen gewicht op zetten.'

Tim dacht even na en wendde zich toen tot Luke. 'Wat denk jij?'

'Wat hij zegt is waar,' zei Luke. 'Hij zou op één been van het trapje moeten hinken en dat is behoorlijk steil. Hij zou kunnen vallen.'

'Ik had hier helemaal niet moeten zijn,' zei dokter Evans. Er gleed een dikke traan uit een van zijn ogen. 'Ik ben een medicus!'

'Je bent een medisch monster,' zei Luke. 'Je hebt staan toekijken terwijl kinderen bijna verdronken – dachten dat ze verdronken – en je maakte gewoon aantekeningen. Er zijn kinderen gestorven omdat ze een dodelijke reactie kregen op de injecties die jij en Hendricks ze gaven. En degenen die het hebben overleefd, leven eigenlijk niet meer, hè? Zal ik je eens wat vertellen? Ik heb veel zin om boven op die voet te gaan staan. En er eens goed mijn hiel in te drukken.'

'Nee!' gilde Evans. Hij schoof achteruit in zijn stoel en sleepte zijn gezwollen voet achter de goede.

'Luke,' zei Tim.

'Wees maar niet bang. Ik heb er wel zin in, maar ik doe het niet. Dan zou ik net zo zijn als hij.' Hij keek naar mevrouw Sigsby. 'Jíj mag niet kiezen. Sta op en loop die trap af.'

Mevrouw Sigsby zette het Paper Industries-petje op en stond met zo veel waardigheid als ze kon opbrengen op van haar stoel. Luke wilde achter haar aan lopen, maar Tim hield hem tegen. 'Jij blijft achter mij, want jij bent de belangrijkste.'

Luke sputterde niet tegen.

Boven aan de vliegtuigtrap bleef mevrouw Sigsby even staan en stak haar handen in de lucht. 'Ik ben het, mevrouw Sigsby! Als daar iemand is, niet schieten!'

Luke kreeg duidelijk door wat Tim dacht. *Zo zeker was ze er dus niet van.*

Er kwam geen reactie; het enige geluid buiten was dat van de krekels, binnen alleen het flauwe gezoem. Langzaam liep mevrouw Sigsby het trapje af, waarbij ze zich stevig vasthield aan de leuning en haar gewonde been ontzag.

Tim bonkte met de kolf van de Glock op de cockpitdeur. 'Bedankt, heren. Dat was een prima vlucht. Jullie hebben nog één passagier aan boord. Neem hem maar mee; maakt me niet uit waarnaartoe.'

'Naar de hel graag,' zei Luke. 'Enkele reis.'

Tim liep het trapje af en zette zich schrap voor een eventueel schot – hij had niet voorzien dat zij zich bekend zou maken. Dat had hij natuurlijk wel moeten doen. Uiteindelijk werd er niet geschoten.

'Voorin,' zei Tim tegen mevrouw Sigsby. 'Luke, jij gaat achter haar zitten. Ik heb het pistool, maar jij bent mijn achtervang. Als ze iets probeert, gebruik je maar iets van je paranormale hocus pocus. Oké?'

'Yep,' zei Luke en hij stapte achterin.

Mevrouw Sigsby ging zitten en maakte haar gordel vast. Toen ze haar hand uitstak om het portier dicht te trekken, schudde Tim zijn hoofd. 'Nog niet.' Hij stond met één hand op het open portier en belde Wendy, die veilig in haar kamer in de Econo Lodge in Beaufort zat.

'De adelaar is geland.'

'Alles oké?' De verbinding was goed; het was alsof ze naast hem stond. Hij wenste dat dat zo was, maar herinnerde zich toen waar ze naartoe gingen.

'Tot nu toe gaat alles prima. Blijf waar je bent. Ik bel je wanneer het achter de rug is.'

Als ik daartoe in staat ben, dacht hij.

Tim liep om de wagen heen naar de bestuurderskant en stapte in. Het sleuteltje lag in de bekerhouder. Hij knikte naar mevrouw Sigsby. 'Nú mag u de deur dichtdoen.'

Ze deed het, schonk hem een minachtende blik en zei wat Luke had gedacht: 'Je ziet er opmerkelijk dom uit met dat petje zo achterstevoren op je hoofd, meneer Jamieson.'

'Ach, wat zal ik zeggen, ik ben fan van Eminem. En nu kop dicht.'

## 14

In het verduisterde aankomstgebouw van Maine Paper Industries zat een man op zijn knieën bij het raam. Hij zag de koplampen van de Suburban aangaan en de wagen in de richting van de poort rijden, die openstond. Irwin Mollison, een werkloze fabrieksarbeider, was een van de vele extra's van het Instituut in Dennison River Bend. Stackhouse had Ron Church wel opdracht kunnen geven om te blijven, maar wist uit ervaring dat het geen goed idee was een opdracht te geven aan een man van wie je niet zeker wist dat hij die zou uitvoeren. Dan kon je beter een of andere sukkel gebruiken die een paar dollar wilde verdienen.

Mollison belde een nummer dat al stond voorgeprogrammeerd in zijn mobiel. 'Ze zijn onderweg,' zei hij. 'Een man, een vrouw en een jongetje. De vrouw draagt een petje dus ik kon haar gezicht niet zien, maar toen ze in de deuropening van het vliegtuig stond riep ze haar naam. Mevrouw Sigsby. De man draagt ook een petje, maar dan achterstevoren. Het jongetje is degene die jullie zoeken. Zijn oor zit in het verband en hij heeft een joekel van een bloeduitstorting op de zijkant van zijn gezicht.'

'Mooi,' zei Stackhouse. Hij had al een telefoontje gekregen van de copiloot van de Challenger, die hem had verteld dat dokter Evans in het toestel was achtergebleven. Wat prima was.

Tot dusver ging alles prima... of zo prima als mogelijk, gezien de omstandigheden. De bus stond, zoals ze hadden verzocht, bij de vlaggenmast. Hij zou Doug de kok en Chad de verzorger tussen de bomen achter het administratiegebouw zetten, waar de weg naar het Instituut begon. Zeke Ionidis en Felicia Richardson zouden hun plek innemen op het dak van het administratiegebouw, waar ze zich achter een borstwering verborgen zouden houden tot het schieten begon. Gladys zou eerst het gif in het HVAC-systeem laten lopen en zich dan bij Zeke en Felicia voegen. Deze twee posities zouden bij aankomst van de Suburban een klassiek kruisvuur mogelijk maken – althans in theorie. Naast de vlaggenmast, met zijn hand op de motorkap van de bus, zou Stackhouse zich op minstens dertig meter afstand van de elkaar kruisende kogels bevinden. Er was een risico aan verbonden, daarvan was hij zich bewust, maar het was een risico dat hij bereid was te nemen.

Rosalind zette hij bij de deur van de verbindingstunnel op niveau F van Voorkant. Hij wilde haar niet de kans geven zich te realiseren dat haar geliefde bazin zich ook in het kruisvuur bevond, maar er zat meer achter. Hij begreep dat het onafgebroken gonzen kracht was. Misschien nog niet genoeg om de deur open te breken, maar misschien ook wel. Misschien wachtten ze alleen tot Ellis er was, zodat ze in de rug konden aanvallen en het soort chaos konden veroorzaken dat ze in Achterkant al teweeg hadden gebracht. De zombies hadden niet voldoende hersens meer om zoiets te bedenken, maar de anderen waren er ook nog. Als dat het geval was, zou Rosalind daar staan met haar S&W .45 en zouden de eersten die door die deur kwamen wensen dat ze het niet hadden gedaan. Stackhouse kon alleen maar hopen dat die vervloekte Wilholm de aanval zou leiden.

Ben ik hier klaar voor? vroeg hij zich af, en het antwoord leek ja te zijn. Meer kon hij niet doen. En er bestond nog een kans dat het goed zou komen. Daarbuiten hadden ze immers met Ellis te maken. Eén enkel kind en de een of andere misleide held die hij ergens onderweg had opgepikt. Over niet meer dan anderhalf uur zou deze krankzinnige situatie voorbij zijn.

## 15

Drie uur. Het gonzen klonk nu luider.

'Stop,' zei Luke. Hij wees op een onverhard pad dat aan het zicht werd onttrokken door enorme, oude dennen. Het begin van het pad was nauwelijks zichtbaar.

'Ben je over dat pad ontsnapt?' vroeg Tim.

'God, nee. Dan hadden ze me zeker te pakken gekregen.'

'Hoe weet je dan…'

'Zíj weet het,' zei Luke. 'En omdat zij het weet, weet ik het ook.'

Tim richtte zich tot mevrouw Sigsby. 'Is er een hek?'

'Vraag dat maar aan hem.' Ze spuwde hem de woorden bijna toe.

'Geen hek,' zei Luke. 'Alleen een groot bord met de tekst MAINE PAPER INDUSTRIES EXPERIMENTAL STATION en VERBODEN TOEGANG.'

Tim moest een beetje lachen om de uitdrukking van pure ergernis op het gezicht van mevrouw Sigsby. 'Die knul moet bij de politie, vindt u ook niet, mevrouw Sigsby? Die trapt in geen enkel alibi.'

'Doe dit niet,' zei ze. 'We gaan dit geen van drieën overleven. Stackhouse is tot alles in staat.' Ze keek over haar schouder naar Luke. 'Jij bent de gedachtelezer, dus jij weet dat het waar is wat ik zeg. Vertel jíj het hem dan.'

Luke zei niets.

'Hoe ver is het naar dat Instituut van u?' vroeg Tim.

'Vijftien kilometer,' zei mevrouw Sigsby. 'Misschien iets meer.' Ze had blijkbaar besloten dat stommetje spelen geen zin had.

Tim sloeg het pad in. Eenmaal voorbij de hoge bomen (waarvan de takken over en langs het dak en de zijkanten van de auto schuurden) bleek het vlak en goed onderhouden. Boven hun hoofden scheen een driekwart maan door de bomen en gaf de aarde de kleur van beenderen. Tim doofde de koplampen van de Suburban en reed verder.

## 16

Twintig over drie.

Avery Dixon greep met een koude hand Kalisha's pols. Ze had met haar hoofd op Nicky's schouder zitten dommelen. Nu tilde ze haar hoofd op. 'Avery?'

*Maak ze wakker, Helen en George en Nicky. Maak ze wakker.*

'Wat...'

*Als je niet dood wilt, maak ze dan wakker. Het gaat bijna gebeuren.*

Nick Wilholm was al wakker. 'Kunnen we dit overleven?' vroeg hij. 'Denk je dat dat mogelijk is?'

'Ik hoor jullie wel!' Rosalinds stem, van de andere kant van de deur, klonk nauwelijks gedempt. 'Waar hebben jullie het over? En waarom zitten jullie te neuriën?'

Kalisha schudde George en Helen wakker. Kalisha zag de gekleurde stippen weer. Ze waren vaag, maar ze waren er wel. Ze schoten heen en weer door de tunnel, als kinderen op een glijbaan, en dat klopte ergens wel, want in zekere zin wáren het kinderen. Of wat ervan over was. Het waren zichtbaar gemaakte gedachten, die tussen de kinderen van Afdeling A door dansten en huppelden en tolden. En leken die kinderen opeens iets levendiger? Een beetje meer aanwezig? Kalisha vond van wel, maar misschien beeldde ze zich dat maar in. Zo veel wishful thinking. In het Instituut raakte je gewend aan wishful thinking. Je leefde ervan.

'Ik heb een heel groot pistool hoor!'

'Ik ook, dame,' zei George. Hij greep naar zijn kruis en wendde zich toen tot Avery. *Wat jij, kleine baas?*

Avery keek hen een voor een aan en Kalisha zag dat hij huilde. Opeens leek er een steen op haar maag te liggen, alsof ze iets verkeerds had gegeten en misselijk werd.

*Wanneer het gebeurt, moeten jullie snel zijn.*

Helen: *Wanneer* wat *gebeurt, Avery?*

*Wanneer ik in de grote telefoon ga praten.*

Nicky: *Met wie?*

*Met de andere kinderen. De kinderen van heel ver weg.*

Kalisha knikte naar de deur. *Die vrouw heeft een pistool.*

Avery: *Dat is wel het laatste waar je je zorgen om moet maken. Ga gewoon. Jullie allemaal.*

'Wij,' zei Nicky. 'Wij, Avery. We gaan met z'n allen.'

Maar Avery schudde zijn hoofd. Kalisha probeerde in zijn hoofd te komen, probeerde erachter te komen wat daar gaande was, wat hij wist, maar het enige wat ze kreeg waren vier woorden, die steeds werden herhaald.

*Jullie zijn mijn vrienden. Jullie zijn mijn vrienden. Jullie zijn mijn vrienden.*

## 17

Luke zei: 'Het zijn zijn vrienden, maar hij kan niet met ze mee.'

'Wie kan niet met wie mee?' vroeg Tim. 'Waar heb je het over?'

'Over Avery. Hij moet blijven. Hij is degene die moet bellen met de grote telefoon.'

'Ik heb geen idee waar je het over hebt, Luke.'

'Ik wil ze terug, maar ik wil hem ook!' huilde Luke. 'Ik wil ze allemaal! Het is niet eerlijk!'

'Hij is niet goed bij zijn hoofd,' zei mevrouw Sigsby. 'Dat zie je nu zelf toch ook w…'

'Kop dicht,' zei Tim. 'Ik zeg het nu echt voor de laatste keer.'

Ze keek hem aan, zag zijn blik en deed wat hij zei.

Tim reed de Suburban langzaam over een heuveltje en liet hem toen tot stilstand komen. Voor hen werd de weg breder. Hij zag licht tussen de bomen en de donkere omtrekken van een gebouw.

'Volgens mij zijn we er,' zei hij. 'Luke, ik weet niet wat er met je vrienden aan de hand is, maar daar kunnen we nu niets aan veranderen. Je moet je nu echt even vermannen. Gaat dat lukken?'

'Ja.' Zijn stem klonk hees. Hij schraapte zijn keel en probeerde het nog een keer. 'Ja. Oké.'

Tim stapte uit, liep om de wagen heen naar de passagierskant en opende het portier.

'Wat nu weer?' vroeg mevrouw Sigsby. Ze klonk kribbig en ongeduldig, maar zelfs in het schaarse licht zag Tim dat ze bang was. En terecht.

'Uitstappen. U rijdt verder. Ik ga achterin zitten, bij Luke, en als u slim denkt te zijn, bijvoorbeeld door tegen een boom aan te rijden voordat we bij die lichten zijn, dan jaag ik een kogel door die rugleuning, regelrecht uw ruggengraat in.'

'Nee. Nee!'

'Jawel. Als Luke gelijk heeft over wat u die kinderen allemaal hebt aangedaan, dan is er een stevige rekening te vereffenen. En dat gaat u nu doen. Dus stap uit, ga achter het stuur zitten en rijden! Langzaam. Vijftien kilometer per uur.' Hij zweeg even. 'En draai die pet achterstevoren.'

## 18

Andy Fellowes belde vanuit het bewakingscentrum. Zijn stem klonk hoog en opgewonden. 'Ze zijn er, meneer Stackhouse! Ze staan zo'n honderd meter van de plek waar de weg overgaat in de oprit! Hun lichten zijn gedoofd, maar er is voldoende licht van de maan en de voorkant van het gebouw om goed te kunnen zien. Als u het op de monitor wilt zien, zodat u zelf...'

'Dat is niet nodig.' Stackhouse gooide zijn telefoon op het bureau, wierp een laatste blik op de Zero Phone – die was godzijdank niet overgegaan – en liep naar de deur. Zijn walkietalkie zat in zijn zak, op de hoogste stand en verbonden met het microfoontje in zijn oor. Al zijn mensen zaten op hetzelfde kanaal.

'Zeke?'

'Hier ben ik, baas. Met de dokteres.'

'Doug? Chad?'

'Ter plekke.' Dat was Doug, de kok. Die in betere tijden soms bij de kinderen aan tafel was gaan zitten en goocheltrucjes voor ze had gedaan om de kleinsten aan het lachen te maken. 'Wij zien het voertuig ook. Zwarte negenpersoonswagen. Een Suburban of een Tahoe, klopt dat?'

'Klopt. Gladys?'

'Op het dak, meneer Stackhouse. Het spul staat klaar. Ik hoef alleen nog maar de ingrediënten te mengen.'

'Begin daarmee als er geschoten wordt.' Maar het was geen kwestie meer van als, alleen nog van wanneer, en dat was over drie of vier minuten. Misschien nog eerder.

'Begrepen.'

'Rosalind?'

'In positie. Het gonzen klinkt hier nu erg hard. Volgens mij zijn ze aan het smoezen!'

Dat wist Stackhouse wel zeker, maar dat zou niet lang meer duren. Straks zouden ze het te druk hebben met stikken. 'Hou vol, Rosalind. Nog even en je zit weer in het Fenway-stadion naar een wedstrijd van de Sox te kijken.'

'Gaat u dan met me mee, meneer?'

'Alleen als ik voor de Yankees mag juichen.'

Hij ging naar buiten. De nachtlucht was aangenaam koel na de hitte van de dag. Hij voelde een golf van genegenheid voor zijn team. Degenen die hem trouw waren gebleven. Als hij het voor het zeggen had zouden zij daarvoor worden beloond, wat er ook gebeurde. Dit was geen makkelijke klus en zij waren gebleven om hem te klaren. De man achter het stuur van de Suburban had zich laten misleiden. Wat hij niet begreep, onmogelijk kón begrijpen, was dat de levens van iedereen die hij ooit had liefgehad afhankelijk waren van wat zij hier hadden gedaan, maar wat nu verleden tijd was. Het enige wat de misleide held nu nog kon doen was sterven.

Stackhouse liep naar de schoolbus die bij de vlaggenmast geparkeerd stond en sprak zijn mensen voor het laatst toe. 'Schutters, ik wil dat jullie je focussen op de chauffeur, oké? Degene die zijn petje achterstevoren draagt. En schiet vervolgens dat hele ding aan flarden, van voor naar achter. Richt hoog, op de ramen, schiet dat donkere glas eruit en mik op hoofden. Begrepen?'

Ze hadden het begrepen.

'Begin met schieten wanneer ik mijn hand opsteek. Ik herhaal, wanneer ik mijn hand opsteek.'

Stackhouse ging voor de bus staan. Hij legde zijn hand op de koude, bedauwde motorkap. Met zijn linkerhand pakte hij de vlaggenmast. Daarna wachtte hij af.

## 19

'Rijden,' zei Tim. Hij lag op de vloer achter de bestuurdersplaats. Luke lag onder hem.

'Dwing me alsjeblieft niet dit te doen,' zei mevrouw Sigsby. 'Als je me de kans gaf om uit te leggen waarom deze instelling zo belangrijk is...'

'Rijden.'

Ze begon te rijden. De lichten kwamen dichterbij. Ze kon de bus al zien. En de vlaggenmast, en Trevor die daartussen stond.

## 20

*Het is zover*, zei Avery.

Hij had verwacht dat hij bang zou zijn. Hij was bang geweest vanaf het moment dat hij wakker was geworden in een kamer die eruitzag als zijn kamer maar het niet was, en daarna had Harry Cross hem op de grond gegooid en was hij banger geweest dan ooit. Maar nu was hij niet bang. Hij was opgewonden. Er was een nummer dat zijn moeder altijd opzette tijdens het schoonmaken en daar schoot hem opeens een regel van te binnen: *I shall be released*, ik zal vrij zijn.

Hij liep naar de kinderen van Afdeling A, die al bezig waren een kring te vormen. Kalisha, Nicky, George en Helen liepen achter hem aan. Avery stak zijn handen uit. Kalisha pakte de ene en Iris – arme Iris, die misschien gered had kunnen worden als dit zelfs maar een dag eerder was gebeurd – pakte de andere.

De vrouw die buiten de deur de wacht hield riep iets, een vraag, maar haar stem ging verloren in het aanzwellende gonzen. De stippen kwamen, niet vaag deze keer, maar helder en steeds helderder. De Stasi-lichten vulden het midden van de kring, omhoog roterend als de strepen op een barbiersstok, vanuit een of andere diepe zetel van macht, waarnaar ze telkens weer afdaalden, alleen om weer terug te keren, hernieuwd en sterker dan ooit.

*DOE JE OGEN DICHT.*

Niet langer een gedachte, maar een GEDACHTE, op de golven van het gonzen.

Avery keek of ze het allemaal deden en deed toen ook zijn eigen ogen dicht. Hij verwachtte zijn eigen kamer thuis te zien, of misschien hun achtertuin met de schommel en het opblaasbare zwembad dat zijn vader elk jaar op Memorial Day oppompte, maar hij zag niets van dat alles. Wat hij achter zijn gesloten oogleden zag – wat ze allemaal zagen – was de speelplaats van het Instituut. En dat zou misschien geen verrassing moeten zijn. Het klopte dat hij daar omver was geduwd en had moeten huilen, wat een beroerde start was geweest van deze laatste weken van zijn leven, maar daarna had hij vrienden gemaakt, goede vrienden. Thuis had hij geen vrienden gehad. Op zijn school hadden ze hem een raar mannetje gevonden en hadden ze hem zelfs uitgelachen om zijn naam. Dan renden ze op hem af en riepen opeens heel hard: 'Eeeverie de kleeverie!' Hier was dat allemaal niet gebeurd, omdat ze hier allemaal in hetzelfde schuitje hadden gezeten. Hier hadden zijn vrienden voor hem gezorgd en hem als een normaal iemand behandeld en nu zou hij voor hen zorgen. Kalisha, Nicky, George en Helen: hij zou voor hen zorgen.

En vooral voor Luke. Als het kon.

Met zijn ogen dicht zag hij de grote telefoon.

Hij stond naast de trampoline, voor de ondiepe geul waar Luke zich doorheen had gewurmd om onder de afrastering door te komen, een ouderwetse telefoon van minstens vierenhalve meter hoog en zo zwart als de dood. Avery en zijn vrienden en de kinderen van Afdeling A stonden er met hun kring omheen. De Stasi-lichten kolkten, feller dan ooit, nu eens over de kiesschijf van de telefoon, dan weer in een duizelingwekkende glijvlucht over de reusachtige bakelieten hoorn.

*Kalisha, NU. Speelplaats!*

Er kwam geen protest. Haar hand liet die van Avery los, maar voordat de onderbreking in de kring de kracht en het visioen kon verstoren, greep George Avery's hand. Het gonzen was nu overal en het kon bijna niet anders dan dat het ook te horen was op al die plekken hier ver vandaan waar andere kinderen op dit moment in net zulke kringen stonden als zij. Die kinderen hoorden het, net zoals de verschillende doelwitten die zij van hun verschillende Instituten hadden moeten vermoorden het hadden gehoord. En net als die doelwitten, zouden de kinderen gehoorzamen. Het verschil was dat zij bewust gehoorzaamden, en graag. De opstand gebeurde niet alleen hier; de opstand gebeurde over de hele wereld.

*George, NU. Speelplaats!*

Hij was al weg. Nu was het Helen die zijn hand pakte, Helen met haar verbleekte punkhaar, Helen die hem voorwaartse koprollen op de trampoline had geleerd en hem in de gaten had gehouden *zodat je er niet af lazert en een gat in je stomme kop valt.*

*Helen, NU. Speelplaats!*

Ze ging, de laatste van zijn vrienden hier, maar Katie pakte de hand die Helen had vastgehouden en het was zover.

Buiten, heel vaag, schoten.

*Laat het alsjeblieft niet te laat zijn!*

Na deze gedachte voegde hij zich bij het gonzen en de lichten.

Het was tijd voor een interlokaal gesprek.

## 21

Tussen de laatste bomen door zag Stackhouse de Suburban langzaam aan komen rijden. Het licht dat uit het administratiegebouw scheen viel op het chroom. De wagen kwam langzaam maar zeker dichterbij. Opeens kwam de gedachte bij hem op (een beetje laat om er nog iets aan te doen, maar zo ging het immers altijd) dat de jongen de USB-stick misschien niet bij zich had en hem misschien toch bij die Wendy had achtergelaten. Of dat hij hem had verstopt, ergens tussen het vliegveld en hier, met een laatste wanhoopstelefoontje van de misleide held om haar te vertellen waar ze, mocht alles in het honderd lopen, het ding kon vinden.

Maar wat had ik eraan kunnen doen? dacht hij. Niets. Dit is wat het is.

De Suburban verscheen aan het begin van de oprit. Stackhouse bleef tussen de bus en de vlaggenmast staan, de armen wijd gestrekt, als Christus aan het kruis. Het gonzen was inmiddels aangezwollen tot een bijna oorverdovend niveau en hij vroeg zich af of Rosalind nog steeds op haar plaats stond of al had moeten vluchten. Hij dacht aan Gladys en hoopte dat zij klaarstond om het mengsel te maken.

Hij tuurde met half dichtgeknepen ogen naar de gestalte achter het stuur. Veel kon hij niet onderscheiden en hij wist dat Doug en Chad vanwege de getinte achterruiten helemaal niets zouden zien tot ze die eruit hadden geschoten, maar de voorruit was van normaal glas en toen de Suburban ongeveer twintig meter bij hem vandaan was – iets dichterbij dan hij had gehoopt – zag hij het verstelbare bandje van de omgekeerde pet op het voorhoofd van de chauffeur en liet de vlaggenmast los. Opeens begon het hoofd van de chauffeur heel hard heen en weer te schudden. Eén hand liet het stuur los en drukte als een zeester tegen de voorruit, in een soort stopgebaar. Op dat moment drong tot hem door dat hij erin was geluisd. Het trucje was zo simpel als een kind dat ontsnapte door onder een afrastering door te kruipen en net zo effectief.

Het was niet de misleide held die achter het stuur zat. Het was mevrouw Sigsby.

De Suburban stond weer stil en begon toen achteruit te rijden. 'Sorry, Julia, niks aan te doen,' zei hij en hij stak zijn hand op.

Het schieten vanuit het administratiegebouw en vanuit het bos begon. Aan de achterkant van Voorkant haalde Gladys Hickson de deksels van twee grote emmers bleekwater die precies onder de HVAC-kanalen waren gezet die voor de warmte en koelte in Achterkant en de verbindingstunnel zorgden. Ze hield haar adem in, goot de flessen toiletreiniger in de emmers leeg, roerde met een bezemsteel alles even snel door elkaar, bedekte de emmers en de kanalen met een dekzeil en rende toen met brandende ogen naar de oostvleugel van Voorkant. Terwijl ze over het dak rende, realiseerde ze zich dat het onder haar voeten bewoog.

## 22

'Nee, Trevor, nee!' gilde mevrouw Sigsby. Ze schudde wild haar hoofd heen en weer. Vanaf zijn plek achter haar zag Tim haar een hand optillen en tegen de voorruit drukken. Haar andere hand gebruikte ze om de Suburban in z'n achteruit te zetten.

Hij kwam net in beweging toen het schieten begon. De schoten kwamen gedeeltelijk van rechts, vanuit het bos, deels van vlak vóór hen en – Tim wist het bijna zeker – van boven hen. Er verschenen gaten in de voorruit van de Suburban. Het glas werd ondoorzichtig en zakte naar binnen. Mevrouw Sigsby veranderde in een soort marionet die stuiptrekkende, schokkende bewegingen maakte en waar gesmoorde geluidjes uit kwamen terwijl de kogels haar troffen.

'Blijf liggen, Luke!' riep Tim toen de jongen zich onder hem vandaan probeerde te wurmen. 'Blijf liggen!'

Kogels doorboorden de achterruiten van de Suburban. Tim voelde glasscherven op zijn rug vallen. Er stroomde bloed over de achterkant van de bestuurdersstoel. Ondanks het gestage gonzen dat overal vandaan leek te komen hoorde Tim de kogels pal boven zijn hoofd met een laag *zzzzz*-geluid oversuizen.

Hij hoorde het *ping-pang* van kogels die door metaal schoten. De motorkap van de Suburban vloog omhoog. Tim moest onwillekeurig aan zo'n oude gangsterfilm denken, Bonnie Parker en Clyde Barrow die een dodendans uitvoerden terwijl de kogels hun auto en henzelf doorboorden. Wat Lukes plan ook was geweest, het was op een verschrikkelijke manier mislukt. Mevrouw Sigsby was dood; hij zag haar bloedspetters op de restanten van de voorruit. Zij zouden de volgende zijn.

Toen klonken er opeens kreten van rechts en gegil van een eind vóór hen. Er kwamen nog twee kogels door de rechterzijkant van de Suburban, waarvan er eentje het boordje van Tims shirt schampte. Het waren de laatste twee. Wat hij nu hoorde was een enorm, smartelijk gebrul.

'Laat me opstaan!' hijgde Luke. 'Ik krijg geen lucht!'

Tim ging van de jongen af en gluurde tussen de voorste stoelen door. Hij was zich ervan bewust dat zijn kop er elk moment af kon worden geschoten, maar hij moest het zien. Naast hem krabbelde Luke overeind. Tim wilde tegen de jongen zeggen dat hij weer moest gaan zitten, maar de woorden bleven steken in zijn keel.

Dit kan niet waar zijn, dacht hij. Dat kan gewoon niet.

Maar dat was het wel.

## 23

Avery en de anderen stonden in een kring om de grote telefoon heen. Hij was moeilijk te zien, vanwege de felle, schitterende Stasi-lichten.

*Het sterretje*, dacht Avery. *Nu maken we het sterretje.*

De lichten versmolten met elkaar en spuwden, drie meter hoog, schitteringen in alle richtingen. Eerst zwaaide het sterretje heen en weer, maar toen kreeg de groep het beter onder controle. Het zwaaide tegen de gigantische hoorn van de telefoon en sloeg hem van het gigantische toestel. Het haltervormige gevaarte landde schuin tegen het klimrek. Uit het mondstuk klonken stemmen in verschillende talen, die allemaal dezelfde vragen stelden: *Hallo, hoor je mij? Hallo, ben je daar?*

*JA*, antwoordden de kinderen van het Instituut met één stem. *JA, WIJ HOREN JE! DOE HET NU!*

Een kring van kinderen in het Nationaal Park Sierra Nevada in Spanje hoorde het. Een kring van Bosnische kinderen die gevangenzaten in de Dinarische Alpen hoorde het. Op Pampus, een eilandje voor de ingang van de Amsterdamse haven, hoorde een kring van Nederlandse kinderen het. Een kring van Duitse kinderen hoorde het in de bossen in de Beierse bergen.

In Pietrapertosa, Italië.

In Namwon, Zuid-Korea.

Tien kilometer buiten het Siberische spookstadje Tsjerski.

Ze hoorden het, ze gaven antwoord, ze werden één.

## 24

Kalisha en de anderen stonden voor de gesloten deur tussen hen en Voorkant. Ze konden het schieten nu duidelijk horen, omdat het gonzen abrupt was gestopt, alsof ergens een stop uit was getrokken.

O, het is er nog wel, dacht Kalisha. Alleen is het niet meer voor ons.

De muren begonnen te kreunen, een bijna menselijk geluid, en toen vloog de stalen deur tussen de verbindingstunnel en niveau F van Voorkant naar buiten. Hij verpletterde Rosalind Dawson, die ervoor stond; ze was op slag dood. De deur kwam vlak voor de lift terecht, volkomen vervormd op de plekken waar de zware scharnieren hadden gezeten. Boven hun hoofden begon het ijzergaas voor de tl-buizen te bewegen, zodat er krankzinnige onderwaterschaduwen werden geworpen.

Het kreunen zwol aan en leek overal tegelijk vandaan te komen. Het leek alsof het gebouw zichzelf probeerde te verwoesten. In de Suburban had Tim aan Bonnie en Clyde moeten denken; hier dacht Kalisha aan het verhaal van Edgar Allen Poe over het huis Usher.

*Kom op*, zond ze naar de anderen. *Snel!*

Ze renden langs de opengereten deur met de opengereten vrouw die eronder lag, in een steeds groter wordende plas bloed.

George: *Wat denken jullie van de lift? Die is even verderop!*

Nicky: *Ben je gek geworden? Ik weet niet wat er allemaal gebeurt, maar ik stap echt niet in een fucking lift.*

Helen: *Is het een aardbeving?*

'Nee,' zei Kalisha.

*Breinbeving. Ik weet niet hoe...*

'... hoe ze het doen, maar dat is wat...' Ze haalde adem en proefde iets bijtends. Ze moest ervan hoesten. 'Dat is wat het is.'

Helen: *Er is iets mis met de lucht.*

Nicky zei: 'Ik denk dat het een soort vergif is.' *De klootzakken, ze weten niet van ophouden.*

Kalisha duwde de deur open waar TRAPPENHUIS op stond en ze begonnen te klimmen. Ze liepen nu allemaal te hoesten. Tussen de niveaus D en C begon de trap onder hen te schudden. Scheuren zigzagden over de muren. De tl-buizen floepten uit en de noodverlichting ging aan en wierp een gelige gloed. Kalisha bleef staan, boog voorover, kokhalsde en liep weer verder.

George: *Hoe moet het met Avery en de rest van de kinderen daarbeneden? Die zullen stikken!*

Nicky: *En Luke? Is hij hier? Leeft hij nog?*

Kalisha wist het niet. Ze wist alleen dat ze hier weg moesten voordat ze allemaal stikten. Of voordat ze werden verpletterd, als het Instituut bezig was in te storten.

Er trok een gigantische trilling door het gebouw en de hele trap kantelde naar rechts. Ze dacht aan wat er zou zijn gebeurd als ze de lift hadden genomen en verdrong de gedachte.

Niveau B. Kalisha hapte naar adem, maar de lucht was hier wel beter en ze kon nu wat harder rennen. Ze was blij dat ze niet verslaafd was geraakt aan de sigaretten uit de automaat, een geluk bij een ongeluk. Het kreunen in de muren was nu een lage kreet. Ze hoorde een soort holle, metalige, brokkelige geluiden en vermoedde dat het leidingen en elektriciteitskabels waren die uit elkaar vielen.

Alles viel uit elkaar. Ze dacht aan een YouTube-video die ze eens had gezien, een afschuwelijk filmpje waar ze haar ogen niet van af had kunnen houden: een tandarts die een tang gebruikte om iemands kies te trekken. De kies bewoog terwijl precies eromheen het bloed eruit sijpelde; hij probeerde in de kaak te blijven zitten, maar werd er ten slotte toch met wortels en al uit getrokken. Dit had daar wel iets van weg.

Ze bereikte de deur op de begane grond, maar die hing nu scheef in zijn sponningen, onwerkelijk, dronken. Toen ze ertegen duwde ging hij niet open. Nicky kwam haar te hulp en ze duwden samen. Geen beweging in te krijgen. Onder hen kwam de vloer omhoog en plofte vervolgens weer terug. Een stuk plafond kwam los, stortte op de trap en gleed afbrokkelend naar beneden.

'Als we er niet uit komen worden we verpletterd!' riep Kalisha.

Nicky: *George. Helen.*

Hij stak zijn handen uit. Het trappenhuis was smal, maar op de een of andere manier slaagden ze erin met z'n vieren voor de deur te gaan staan, heup tegen heup, en schouder tegen schouder. Georges haar kwam in Kalisha's ogen. Helens adem, stinkend van angst, in haar gezicht. Na wat onhandig gemodder lukte het elkaar een hand te geven. De stippen kwamen en de deur ging piepend open en nam meteen een deel van de deurstijl mee. Achter de deur bevond zich de gang van het woongedeelte, die nu een beetje dronken overhelde. Kalisha was de eerste die door de misvormde deuropening wist te piepen, ze sprong eruit als een kurk uit een champagnefles. Ze viel op haar knieën en haalde haar hand open aan een lamp die van het plafond was gevallen en de hele vloer met glas- en metaalsplinters had bezaaid. Aan een van de muren hing, scheef maar hij was er nog, de poster van de drie kinderen die door een weiland renden, met de tekst erbij dat het weer zo'n verrukkelijke dag was.

Kalisha krabbelde overeind, keek om zich heen en zag de drie anderen hetzelfde doen. Samen renden ze naar de ontspanningsruimte, langs kamers waar nooit meer ontvoerde kinderen zouden wonen. De deuren van die kamers klapten open en dicht, het geluid van een soort krankzinnig applaus. In de kantine was een aantal van de automaten omgevallen en de inhoud lag op de grond. Gebroken borrelflesjes verspreidden de scherpe lucht van alcohol. De deur naar de speelplaats was helemaal vervormd en zat muurvast, maar het glas was eruit en een zomers briesje blies heerlijke frisse lucht naar binnen. Kalisha stak een hand uit naar de deur en verstijfde. Even vergat ze het gebouw dat om hen heen bezig leek zichzelf te verwoesten.

Het eerste wat ze dacht was dat de anderen er blijkbaar toch in waren geslaagd te ontkomen, misschien wel door de andere deur van de tunnel, want daar waren ze allemaal: Avery, Iris, Hal, Len, Jimmy, Donna en de rest van de kinderen van Afdeling A. Toen realiseerde ze zich dat ze hen niet echt zag. Het waren projecties. Avatars. Net als de gigantische telefoon waar ze in een kring omheen stonden. Gezien zijn omvang zou hij de trampoline en het badmintonnet moeten pletten, maar die stonden er allebei nog en het gaashek zag ze niet alleen achter de grote telefoon, maar ook er dwars doorheen.

Opeens waren zowel de kinderen als de telefoon verdwenen. Ze voelde dat de vloer weer omhoogkwam en deze keer plofte hij niet meteen weer naar beneden. Ze zag een langzaam groter wordend hoogteverschil ontstaan tussen de ontspanningsruimte en de rand van de speelplaats. Op dit moment was het nog maar iets van twintig centimeter, maar het verschil werd steeds groter. Ze moest een sprongetje maken om buiten te komen, alsof ze van de op één na onderste tree van een trap sprong.

'Kom op!' riep ze naar de anderen. 'Vlug! Nu het nog kan!'

## 25

Stackhouse hoorde kreten van het dak van het administratiegebouw komen en het schieten daar hield op. Toen hij zich omdraaide zag hij iets wat aanvankelijk niet goed tot hem wilde doordringen. Voorkant kwam omhoog. Een wankelende gestalte op het dak stond scherp afgetekend tegen de maan, de armen wijd gestrekt in een poging het evenwicht te bewaren. Dat moest Gladys zijn.

Dit kan niet waar zijn, dacht hij.

Maar dat was het wel. Voorkant kwam hoger en hoger, en maakte zich krakend en knappend los van de aarde. Het gleed voor de maan en dook toen omlaag als de neus van een enorme, logge helikopter. Gladys vloog door de lucht. Stackhouse hoorde haar gillen toen ze in de schaduwen verdween. Op het administratiegebouw lieten Zeke en dokter Richardson hun wapens vallen en kropen weg achter de borstwering, omhoog starend naar iets uit een droom: een gebouw dat langzaam richting hemel klom en onderweg glas en brokken gasbeton afwierp. Het trok het grootste deel van de afrastering rond de speelplaats mee.

Water uit stukgetrokken leidingen stroomde uit de rommelige wirwar aan de onderkant van het gebouw.

De sigarettenautomaat viel uit de kapotte deur van de ontspanningsruimte in de westvleugel op de speelplaats. George Iles, die ademloos omhoog stond te kijken hoe de onderkant van Voorkant opsteeg, zou erdoor verpletterd zijn als Nicky hem niet had weggetrokken.

Doug de kok en Chad de verzorger kwamen tussen de bomen vandaan, met hun hoofd in hun nek, open mond en pistolen die werkeloos uit hun handen bungelden. Misschien dachten ze dat alle inzittenden van de met kogels doorzeefde Suburban dood waren, maar het leek waarschijnlijker dat ze in hun verbazing en ontzetting de hele Suburban vergeten waren.

Nu hing de onderkant van Voorkant boven het dak van het administratiegebouw. Het had de statige, logge gratie van een achttiende-eeuws oorlogsschip van de Royal Navy onder zeil in een lichte bries. Isolatiemateriaal en bedrading, deels nog vonkend, bungelden er als kapotte navelstrengen onder vandaan. Een uitstekende leiding trok een ventilatiebehuizing mee. Zeke de Griek en dokter Felicia Richardson zagen het aankomen en renden naar het luik waardoor ze op het dak waren gekomen. Zeke haalde het; dokter Richardson niet. Ze hield haar armen boven haar hoofd in een instinctief beschermend gebaar dat er meelijwekkend uitzag.

Dat was het moment waarop de verbindingstunnel – verzwakt door jarenlange verwaarlozing en het catastrofale opstijgen van Voorkant – instortte en de kinderen verpletterde die al stervende waren aan chloorvergiftiging en mentale overbelasting. Ze hielden hun kring tot het allerlaatste moment in stand en op het moment dat het dak instortte had Avery Dixon nog één laatste gedachte, heel helder en kalm: ik vond het heerlijk om vrienden te hebben.

## 26

Tim herinnerde zich niet hoe hij uit de Suburban was gekomen. Hij had het te druk met verwerken van wat hij allemaal zag: een reusachtig gebouw dat in de lucht zweefde, over een kleiner gebouw heen gleed en het overschaduwde. Op het dak van het kleinere gebouw zag hij een gestalte die de handen boven het hoofd hield. Vervolgens klonk er ergens achter deze ongelooflijke David Copperfield-illusie een gedempt, afbrokkelend geluid, steeg er een gigantische stofwolk op… en stortte het zwevende gebouw als een baksteen omlaag.

Een reusachtige dreun liet de grond trillen en Tim wankelen. Het bestond niet dat het kleinere gebouw – kantoren, veronderstelde hij – dat gewicht aankon. Het explodeerde in alle richtingen en hout, beton en glas vlogen in het rond. Er stegen nog meer stofwolken op, genoeg om de maan te verduisteren. Het alarm van de bus (Tim had nooit geweten dat bussen een alarm hadden) ging af en maakte een *WHOEP-WHOEP-WHOEP*-geluid. De gestalte die op het dak had gestaan was dood, dat kon niet anders, en iedereen die nog binnen was geweest was nu tot moes geplet.

'Tim!' Luke had zijn arm gegrepen. 'Tim!' Hij wees naar de twee mannen die tussen de bomen vandaan waren gekomen. Een van hen stond nog naar het gebouw te staren, maar de ander hief een groot pistool. Heel langzaam, als in een droom.

Tim hief zijn eigen pistool, maar wel veel sneller. 'Doe het niet. Laat zakken.'

Ze keken hem als verdoofd aan en deden toen wat hij zei.

'Loop nu naar de vlaggenmast.'

'Is het voorbij?' vroeg een van de mannen. 'Zeg alsjeblieft dat het voorbij is.'

'Ik denk het wel,' zei Luke. 'Doe wat mijn vriend zegt.'

Ze sjokten door de stofwolken naar de vlaggenmast en de bus. Luke raapte hun wapens op, overwoog nog even ze in de Suburban te gooien en realiseerde zich toen dat ze niet meer in die met kogels doorzeefde en met bloed besmeurde wagen zouden rijden. Hij hield een van de automatische pistolen bij zich en smeet het andere in het bos.

## 27

Stackhouse zag Chad en Doug naar hem toe komen lopen en draaide zich toen om om de puinhopen van zijn leven te overzien.

Maar wie had dit kunnen bevroeden? dacht hij. Wie had kunnen weten dat ze toegang hadden tot genoeg krachten om een heel gebouw de lucht in te krijgen? Mevrouw Sigsby niet, Evans niet, Heckle en Jeckle niet, Donkey Kong – waar die vanavond ook is – niet en ik al helemaal niet. We dachten dat we met een hoog voltage werkten, terwijl we in feite alleen wat lekstroom hebben aangeboord. Wat een grap.

Hij voelde een tikje op zijn schouder. Toen hij zich omdraaide zag hij de misleide held. Hij was breedgeschouderd (zoals het een authentieke held betaamde), maar hij droeg wel een bril en dat paste niet bij het stereotype.

Hoewel je natuurlijk altijd Clark Kent nog hebt, dacht Stackhouse.

'Ben je gewapend?' vroeg de man die Tim heette.

Stackhouse schudde zijn hoofd en gebaarde zwakjes met zijn hand. 'Dat zouden zij daar opknappen.'

'Zijn jullie drieën de laatsten?'

'Dat weet ik niet.' Stackhouse had zich nog nooit zo moe gevoeld. Het zou de shock wel zijn. Dat en de aanblik van een gebouw dat opsteeg in de nachtelijke hemel en de maan aan het zicht onttrok. 'Misschien is er in Achterkant nog personeel in leven. En de dokters daar, Hallas en James. Maar wat de kinderen in Voorkant betreft... ik kan me niet voorstellen dat iemand dát heeft overleefd.' Hij wees naar de ruïnes met een arm die voelde alsof hij van lood was.

'En de rest van de kinderen?' zei Tim. 'Hoe zit het daarmee? Waren die niet in het andere gebouw?'

'Die zaten in de tunnel,' zei Luke. 'Hij heeft geprobeerd ze te vergassen, maar voordat dat kon gebeuren stortte de tunnel in. Hij stortte in toen Voorkant opsteeg.'

Even overwoog Stackhouse nog dit te ontkennen, maar wat had hij daaraan, als die Ellis zijn gedachten kon lezen? Bovendien was hij zó moe. Hij was gewoon helemaal óp.

'Waren jouw vrienden daar ook bij?' vroeg Tim.

Luke deed zijn mond al open om te zeggen dat hij dat niet zeker wist, maar waarschijnlijk wel. Toen keek hij opeens om, alsof hij werd geroepen. Als dat zo was gebeurde dat in zijn hoofd, want Tim hoorde de stem pas een paar tellen later.

'Luke!'

Een meisje rende over het met puin bezaaide gazon, om de brokstukken heen die in een soort kransvorm naar buiten waren geëxplodeerd. Drie anderen renden achter haar aan, twee jongens en nog een meisje.

'Lukey!'

Luke rende het voorste meisje tegemoet en sloeg zijn armen om haar heen. De drie anderen voegden zich bij hen en toen ze elkaar als groep omhelsden, hoorde Tim opeens het gonzen weer, maar nu veel zachter. Een deel van het puin bewoog, stukken hout en steen zweefden omhoog en vielen toen weer neer. En hoorde hij daar de fluistering van hun gezamenlijke stemmen in zijn hoofd? Misschien beeldde hij het zich in, maar…

'Er komt nog steeds energie uit,' zei Stackhouse. Hij sprak ongeïnteresseerd, als een man die een beetje staat te lummelen. 'Ik hoor ze. Jij hoort ze ook. Pas op. Het effect is cumulatief. Het heeft Hallas en James in Heckle en Jeckle veranderd.' Hij liet een kort, humorloos lachje horen. 'Er is niets anders van overgebleven dan een paar stripfiguren met dure medische titels.'

Tim negeerde zijn opmerking en liet de kinderen hun dolgelukkige hereniging vieren – wie op Gods aarde had dit meer verdiend? Hij hield de drie overlevende werknemers van het Instituut scherp in de gaten. Ook al zagen ze er in feite niet uit alsof ze hem problemen gingen bezorgen.

'Wat ga ik met een stelletje klootzakken als jullie doen?' vroeg Tim. Hij had het niet echt tegen hen, maar dacht hardop na.

'Vermoord ons alsjeblieft niet,' zei Doug. Hij wees naar de groepsknuffel die nog steeds gaande was. 'Ik heb die jongelui te eten gegeven. Ik heb ze in leven gehouden.'

'Als jij in leven wilt blijven zou ik maar liever niet proberen wat je hier hebt gedaan goed te praten,' zei Tim. 'Het lijkt me verstandiger je kop te houden.' Hij richtte zich tot Stackhouse. 'Het lijkt erop dat we die bus toch niet nodig zullen hebben, aangezien jullie de meeste kinderen hebben vermoord.'

'Dat hebben *wij* niet…'

'Ben je doof of zo? Kop houden, zei ik.'

Stackhouse zag de blik op het gezicht van de ander. Wat hij zag was geen heldendom, misleiding of wat dan ook. Wat hij zag was moordlust. Hij hield zijn kop.

'We hebben iets nodig om hier weg te komen,' zei Tim, 'en ik voel er weinig voor met de dappere strijders die jullie zijn door het bos te gaan lopen banjeren naar het dorp dat jullie volgens Luke hebben. Het is een lange, vermoeiende dag geweest. Hebben jullie suggesties?'

Stackhouse leek hem niet te hebben gehoord. Hij stond naar de overblijfselen van Voorkant te kijken en naar die van het administratiegebouw dat eronder was verpletterd. 'Moet je nou zien,' prevelde hij verbijsterd. 'Moet je nou zien, allemaal vanwege één enkel weggelopen jochie.'

Tim gaf hem een schopje tegen zijn enkel. 'Blijf er eens even bij, eikel. Hoe krijg ik die kinderen hiervandaan?'

Stackhouse gaf geen antwoord, net zomin als de man die beweerde de kinderen te eten te hebben gegeven. Degene die antwoord gaf was de andere man, die er in zijn tuniekjasje uitzag als een ziekenbroeder. 'Als ik daar een idee voor had, zou je me dan laten gaan?'

'Hoe heet jij?'

'Chad. Chad Greenlee.'

'Nou, Chad, dat zou ervan afhangen hoe goed je idee was.'

## 28

De laatste overlevenden van het Instituut omhelsden elkaar alsof ze elkaar nooit meer wilden loslaten. Luke voelde dat hij hen eeuwig zou willen blijven omarmen en hun armen om zich heen wilde voelen. Hij had immers niet verwacht een van hen ooit nog terug te zien. Op dit moment hadden ze niets anders nodig dan wat zich in dit kleine kringetje bevond dat ze met elkaar vormden op dit met brokstukken bezaaide gazon. Het enige wat ze nodig hadden was elkaar. De wereld en al haar problemen konden doodvallen.

*Avery?*

Kalisha: *Dood. Hij en de rest. Toen de tunnel boven hun hoofden instortte.*

Nicky: *Het is beter zo, Luke. Hij zou nooit meer de oude zijn geworden. Niet meer zichzelf. Wat hij heeft gedaan, wat zij hebben gedaan… het zou hem van alles hebben beroofd, net zoals dat bij de anderen was gebeurd.*

*En de kinderen in Voorkant? Is daar nog iemand van in leven? Als dat zo is, moeten we…*

Het was Kalisha die antwoordde en haar hoofd schudde. Ze zond geen woorden, maar een beeld: wijlen Harry Cross, uit Selma, Alabama. De jongen die in de cafetaria was gestorven.

Luke greep Sha bij haar armen. *Allemaal? Wil je zeggen dat ze allemaal aan epileptische aanvallen zijn overleden voordat dat daar naar beneden kwam?* Hij wees naar de puinhopen van Voorkant.

'Ik denk toen het gebouw van de grond kwam,' zei Nicky. 'Toen Avery de grote telefoon opnam.' En toen hij zag dat Luke het niet helemaal begreep: *Toen de andere kinderen begonnen mee te doen.*

'De kinderen van ver weg,' voegde George eraan toe, 'in de andere Instituten. De kinderen van Voorkant waren gewoon te… Ik weet niet hoe ik dat moet noemen.'

'Te kwetsbaar,' zei Luke. 'Dat bedoel je. Ze waren kwetsbaar. Het was zeker net als bij die verdomde prikken, hè? Zo eentje die heel erg pijn deed.'

Ze lieten elkaar los. Luke keek hen een voor een aan in het vale maanlicht: Helen, George, Nicky… en Kalisha. Hij dacht aan de dag waarop hij haar voor het eerst had gezien. Hoe ze net had gedaan alsof ze een snoepsigaret zat te roken.

George: *Wat nu, Lukey?*

'Dat weet Tim wel,' zei Luke en hij kon alleen maar hopen dat dat zo was.

## 29

Chad leidde hen om de verwoeste gebouwen heen. Stackhouse en Doug sjokten met gebogen hoofden achter hem aan. Tim volgde, met zijn wapen in zijn hand. Luke en zijn vrienden liepen achter Tim. De krekels, tot zwijgen gebracht door de verwoesting, hadden hun getjirp hervat.

Chad bleef staan aan het begin van een geasfalteerde weg waarlangs een half dozijn auto's en drie of vier pick-uptrucks achter elkaar geparkeerd stonden. Een van de wagens was een middelgrote Toyota-bestelwagen met MAINE PAPER INDUSTRIES op de zijkant. Hij wees ernaar. 'Wat vind je daarvan? Lijkt die je wat?'

Het leek Tim een goed begin. 'Waar zijn de sleuteltjes?'

'Iedereen gebruikt die onderhoudswagens, dus de sleuteltjes zitten altijd onder de zonneklep.'

'Luke,' zei Tim, 'wil jij even kijken of dat zo is?'

Luke ging; de anderen gingen mee, want ze konden het niet verdragen ook maar een minuut van elkaar gescheiden te zijn. Luke opende de deur aan de bestuurderskant en trok de zonneklep omlaag. Er viel iets in zijn hand. Hij hield de sleuteltjes omhoog.

'Mooi zo,' zei Tim. 'Maak nu de achterkant open. Als er spullen in liggen, haal je die eruit.'

Dit klusje namen de grote jongen die Nick heette en de wat kleinere George voor hun rekening. Ze gooiden harken, schoffels, een gereedschapskist en meerdere zakken gazonmest naar buiten. Terwijl zij daarmee bezig waren, ging Stackhouse op het gras zitten en legde zijn hoofd op zijn knieën. Het was een houding die diepe verslagenheid uitdrukte, maar Tim had geen medelijden met hem.

Hij tikte Stackhouse op zijn schouder. 'Wij gaan.'

Stackhouse keek niet op. 'Waarnaartoe? Ik meen dat ik de jongen iets over Disneyland heb horen zeggen.' Hij liet een opmerkelijk humorloos, snuivend lachje horen.

'Dat gaat je niet aan. Maar ik ben nieuwsgierig. Waar ga jij naartoe?'

Stackhouse gaf geen antwoord.

## 30

Er zaten geen stoelen achter in het busje, dus gingen de kinderen om beurten voorin zitten, te beginnen met Kalisha. Luke ging op de metalen vloer zitten en wurmde zich tussen haar en Tim in. Nicky, George en Helen gingen dicht tegen elkaar aan bij de achterdeuren zitten en tuurden door de twee kleine, stoffige raampjes naar een wereld waarvan ze niet hadden verwacht haar ooit nog terug te zien.

Luke: *Waarom huil je, Kalisha?*

Ze vertelde het hem en zei het daarna ook nog een keer hardop, speciaal voor Tim. 'Omdat het allemaal zo mooi is. Zelfs in het donker is alles zo mooi. Ik wilde alleen dat Avery erbij was om het te zien.'

## 31

Het ochtendgloren was nog slechts een gerucht aan de oostelijke horizon toen Tim in zuidelijke richting Highway 77 op reed. De jongen die Nicky heette had Kalisha's plek voorin ingenomen. Luke was met haar achterin gaan zitten en nu lagen ze alle vier dicht tegen elkaar aan gekropen, als een nest jonge hondjes, in diepe slaap. Nicky leek ook te slapen. Elke keer wanneer de wagen over een hobbel reed – en er waren heel veel hobbels – bonkte zijn hoofd tegen het raampje.

Vlak nadat hij een bord zag staan met de mededeling dat het nog tachtig kilometer was naar Millinocket, keek Tim op zijn mobieltje en zag dat hij twee streepjes had en dat de batterij voor negen procent geladen was. Hij belde Wendy, die onmiddellijk opnam. Ze wilde weten of alles in orde was met hem. Hij zei dat dat zo was. Ze vroeg of dat ook voor Luke gold.

'Ja. Hij slaapt. Ik heb hier nog vier kinderen. Er waren er nog meer – ik weet niet hoeveel, maar heel wat – maar die zijn dood.'

'Dood? Jezus, Tim, wat is er gebeurd?'

'Dat kan ik je nu niet vertellen. Dat doe ik zodra het kan en misschien dat je het zelfs gelooft, maar op dit moment zit ik ergens midden in de wildernis, heb ik dertig dollar in mijn portefeuille en durf ik mijn creditcards niet te gebruiken. Het is daarginds een krankzinnige puinhoop en ik wil niet het risico nemen een papieren spoor achter te laten. Daar komt nog bij dat ik hondsmoe ben. De tank van deze wagen zit nog halfvol, dus dat is mooi, maar zelf loop ik op mijn tandvlees. Wat een klaagzang, hè?'

'Wat... je... heb nog...'

'Wendy, ik raak je kwijt. Als je me nog hoort, ik bel je terug. Ik hou van je.'

Hij wist niet of ze dat laatste nog hoorde en als dat zo was, wat ze er dan van zou denken. Hij had het nog nooit tegen haar gezegd. Hij zette zijn telefoon uit en legde hem in het opbergvakje, bij Tag Faradays pistool. Alles wat in DuPray was gebeurd leek nu heel lang geleden, bijna als iets uit het leven van iemand anders. Het allerbelangrijkste waren nu deze kinderen en wat hij met ze moest doen.

En ook wie er misschien achter hen aan zouden komen.

'Hé, Tim.'

Hij keek opzij naar Nicky. 'Ik dacht dat je sliep.'

'Nee, ik zat te denken. Mag ik je iets vertellen?'

'Tuurlijk. Heel veel graag. Dat houdt me wakker.'

'Ik wilde je alleen bedanken. Ik zal niet zeggen dat je mijn vertrouwen in de mens hebt hersteld, maar dat je met Luke mee bent gekomen... daar heb je ballen voor nodig.'

'Luister eens, knul, kun jij mijn gedachten lezen?'

Nick schudde zijn hoofd. 'Nu even niet. Ik denk dat ik niet eens de snoeppapiertjes op de vloer van deze roestbak in beweging zou krijgen en dat was mijn specialiteit. Samen met hen...' Hij knikte in de richting van de slapende kinderen achter in de bestelwagen. 'Dan zou het iets anders zijn. In elk geval voor even.'

‘Denk je dat je gave weer terugkeert naar het niveau dat je eerst had?’

‘Kweenie. Ik geef er niet veel om. Nooit gedaan ook. Ik vond football en straathockey veel belangrijker.’ Hij keek Tim aan. ‘Man, jij hebt echt een paar enorme wallen onder je ogen.’

‘Ik zou wel wat slaap kunnen gebruiken,’ gaf Tim toe. Wat dacht je van een uurtje of twaalf? Hij moest opeens aan Norbert Hollisters armoedige motelletje denken, waar de tv het niet deed en de kakkerlakken vrij spel hadden. ‘Ik denk dat er wel onafhankelijke motels zijn die bij contante betaling geen vragen zouden stellen, maar ik vrees dat contanten nu juist het probleem zijn.’

Nicky glimlachte en Tim zag de knappe man die hij – als God hem goedgezind was – over een paar jaar zou zijn. ‘Ik denk dat mijn vrienden en ik je wat die contanten betreft wel kunnen helpen. Ik weet het niet helemaal zeker, maar ja, waarschijnlijk wel. Heb je genoeg benzine om het volgende stadje te halen?’

‘Ja.’

‘Stop daar dan maar,’ zei Nicky en hij legde zijn hoofd weer tegen het raampje.

## 32

Niet lang nadat de vestiging van de Seaman’s Trust Bank in Millinocket om negen uur die ochtend openging, riep Sandra Robichaux, een van de bankmedewerksters, de directeur uit zijn kantoor.

‘We hebben een probleem,’ zei ze. ‘Kijkt u hier eens naar.’

Ze ging voor de monitor zitten waarop de beelden te zien waren die de bewakingscamera had gemaakt van transacties bij de geldautomaat. Brian Stearns ging naast haar zitten. Tussen de transacties door schakelde de camera automatisch uit. In het kleine stadje Millinocket, in noordelijk Maine, wilde dat zeggen dat hij meestal de hele nacht niet actief was en pas tegen zes uur ’s ochtends ontwaakte voor de eerste klanten. De tijdsaanduiding op het scherm was 5:18. Stearns zag vijf mensen naar de geldautomaat toe lopen. Vier van hen hadden de voorkant van hun T-shirt over hun mond en neus getrokken. Ze leken op gemaskerde bandieten in een ouderwetse western. De vijfde had een reclamepetje diep over zijn ogen getrokken. Op de voorkant las Stearns: MAINE PAPER INDUSTRIES.

'Dat lijken wel kinderen!'

Sandra knikte. 'Tenzij het dwergen zijn, wat me niet erg waarschijnlijk lijkt. Kijk wat er nu gebeurt, meneer Stearns.'

De kinderen gaven elkaar een hand en vormden een kring. Opeens liepen er wat strepen door het beeld, alsof er een korte elektrische storing was. Vervolgens begon de geldautomaat geld uit te spuwen. Het leek wel of ze naar een gokautomaat zaten te kijken die opeens uitbetaalde.

'Wat gaan we nou krijgen?'

Sandra schudde haar hoofd. 'Ik weet niet wat daar gebeurt, maar ze hebben er bijna tweeduizend dollar uit gekregen, terwijl de geldautomaat nooit meer dan achthonderd dollar in één keer hoort uit te keren. Zo is hij geprogrammeerd. Ik neem aan dat we er iemand voor kunnen bellen; ik zou alleen niet weten wie.'

Stearns gaf geen antwoord. Hij keek gefascineerd toe hoe de kleine bandieten – ze zagen eruit alsof ze twaalf waren, of nog niet eens – het geld uit de automaat haalden.

Toen waren ze verdwenen.

# DE LISPELENDE MAN

# 1

Op een koele oktoberochtend, een maand of drie later, wandelde Tim Jamieson de oprijlaan af van wat bekendstond als de Catawba Hill Farm, naar South Carolina State Road 12-A. De wandeling nam enige tijd in beslag; de oprijlaan was bijna achthonderd meter lang. Als hij nog een beetje langer was geweest, grapte hij graag tegen Wendy, hadden ze hem South Carolina State Road 12-B kunnen noemen. Hij droeg een verbleekte jeans, vuile werkschoenen van Georgia Giant en een sweatshirt dat zo groot was dat het tot aan zijn bovenbenen kwam. Het was een cadeautje van Luke, die het op internet had besteld. Op de voorkant stond in gouden letters: AVERY. Tim had Avery Dixon nooit gekend, maar hij vond het fijn het shirt te dragen. Zijn gezicht was flink gebruind. Catawba was al tien jaar geen echte boerderij meer, maar achter de schuur lag nog een halve hectare tuin en het was oogsttijd.

Hij bereikte de brievenbus, maakte hem open, begon de gebruikelijke rotzooi eruit te halen (het leek wel of niemand tegenwoordig meer normale post kreeg) en verstijfde toen. Zijn maag, waarmee op de wandeling hiernaartoe nog niks aan de hand was geweest, leek samen te trekken. Er kwam een auto aan, die langzamer begon te rijden en uiteindelijk bleef staan. Er was niets bijzonders aan te zien. Het was gewoon een Chevrolet Malibu, onder het rode stof en met de gebruikelijke hoeveelheid geplette insecten in de grille. Het was geen buurman – hij kende al hun wagens – maar het had een vertegenwoordiger kunnen zijn, of iemand die verdwaald was en de weg wilde vragen. Alleen was het dat niet. Tim wist niet wie de man achter het stuur was, alleen dat hij, Tim, op hem had gewacht. En nu was hij er.

Tim sloot de brievenbus en bracht een hand achter zijn rug, alsof hij zijn riem wilde ophijsen. Zijn riem zat op z'n plek, net als het pistool, een Glock die ooit eigendom was geweest van een roodharige hulpsheriff, Taggart Faraday.

De man zette de motor af en stapte uit. Hij droeg een veel nieuwere spijkerbroek dan Tim – de vouwen van de winkel zaten er nog in – en een wit, tot bovenaan toe dichtgeknoopt overhemd. Zijn gezicht was tegelijkertijd knap en zielloos, een tegenstelling die onmogelijk leek totdat je een man zoals hij zag. Zijn ogen waren blauw, zijn haar die noordelijke kleur blond die bijna wit leek. Hij zag er in feite uit zoals wijlen Julia Sigsby zich hem had voorgesteld. Hij wenste Tim goedemorgen en Tim groette hem met zijn hand nog steeds op zijn rug terug.

'Jij bent Tim Jamieson.' De bezoeker stak zijn hand uit.

Tim keek ernaar, maar schudde hem niet. 'Inderdaad. En wie mag u zijn?'

De blonde man glimlachte. 'Laten we het erop houden dat ik William Smith ben. Dat is de naam die op mijn rijbewijs staat.' *Smith* ging nog wel, maar *rijbewijs* was *rijbewijf*. Hij sliste, een klein beetje. 'Noem me maar Bill.'

'Wat kan ik voor u doen, meneer Smith?'

De man die zich Bill Smith noemde – een naam die al net zo anoniem was als zijn auto – keek met half toegeknepen ogen tegen de vroege ochtendzon in, en glimlachte flauwtjes, alsof hij verschillende antwoorden op deze vraag overwoog, die allemaal vriendelijk waren. Toen keek hij Tim weer aan. De glimlach lag nog steeds om zijn mond, maar zijn ogen lachten niet.

'We kunnen er wel omheen draaien, maar ik neem aan dat je een drukke dag voor de boeg hebt, dus zal ik niet meer van je tijd in beslag nemen dan strikt noodzakelijk. Laat ik beginnen je gerust te stellen. Ik ben hier niet om problemen te veroorzaken, dus als je daar een pistool op je rug hebt in plaats van jeuk, kun je het daar gerust laten zitten. Volgens mij zijn we het er wel over eens dat er in dit deel van de wereld genoeg geschoten is voor een jaar.'

Tim dacht eraan meneer Smith te vragen hoe hij hem had gevonden, maar wat had het voor zin? Het kon nooit moeilijk zijn geweest. Catawba Farm was eigendom van Harry en Rita Gullickson, die tegenwoordig in Florida woonden. Hun dochter had het ouderlijk huis de afgelopen drie jaar een beetje voor hen in de gaten gehouden. Wie kon dat beter doen dan een hulpsheriff?

Nou ja, ze was hulpsheriff gewéést en ontving daar vooralsnog nog steeds een salaris voor, maar het was op dit moment niet helemaal duidelijk voor welk werk ze het kreeg. Ronnie Gibson, die afwezig was geweest op de avond van de aanval van mevrouw Sigsby en haar knokploeg, was nu de waarnemend sheriff van Fairlee County, maar niemand wist voor hoe lang; er was sprake van dat het politiebureau naar het nabijgelegen Dunning zou verhuizen. En Wendy was nooit in de wieg gelegd voor het echte politiewerk.

'Waar is agent Wendy?' vroeg Smith. 'In het woonhuis misschien?'

'Waar is Stackhouse?' pareerde Tim. 'Dat "agent Wendy" moet u van hem hebben, want dat mens van Sigsby is dood.'

Smith haalde zijn schouders op, stak zijn handen in de kontzakken van zijn nieuwe jeans, wiegde heen en weer op zijn hielen en keek om zich heen. 'Tjonge, het is wel mooi hier, hè?' *Is* kwam eruit als *if*, maar hij sliste echt maar een heel klein beetje. Het was bijna niet te horen.

Tim besloot niet door te vragen naar Stackhouse. Het was wel duidelijk dat hij toch geen antwoord zou krijgen en bovendien was Stackhouse oud nieuws. Misschien zat hij wel in Brazilië, misschien in Argentinië of Australië; misschien was hij dood. Het kon Tim niet schelen waar hij was. En de lispelende man had gelijk; het had geen zin om om de zaken heen te draaien.

'Agent Gullickson is in Columbia, bij een besloten hoorzitting over de schietpartij van afgelopen zomer.'

'Ik neem aan dat ze een verhaal heeft dat die lui van de commissie zullen geloven.'

Tim vond het niet nodig deze veronderstelling te bevestigen. 'Ze zal ook aanwezig zijn bij een paar bijeenkomsten waar de toekomst van het politiekorps hier in Fairlee County zal worden besproken, aangezien de idioten die u had gestuurd dat vrijwel helemaal hebben uitgemoord.'

Smith spreidde zijn handen. 'Daar hebben ik en de mensen met wie ik samenwerk niets mee te maken gehad. Mevrouw Sigsby heeft op eigen initiatief gehandeld.'

*Misschien, maar misschien ook niet*, had Tim kunnen zeggen. *Ze deed het in elk geval omdat ze bang was voor jou en de mensen met wie je samenwerkt.*

'Ik begrijp dat George Iles en Helen Simms zijn vertrokken,' zei meneer Smith. *Simms* klonk als *Simmf*. 'Jongeheer Iles naar een oom in Californië en juffrouw Simms naar haar grootouders in Delaware.'

Tim had geen idee hoe de lispelende man aan zijn informatie kwam – Norbert Hollister was allang weg en het DuPray Motel stond leeg, met een TE KOOP-bord ervoor dat daar waarschijnlijk heel lang zou blijven staan – maar zijn informatie klopte wel. Tim had nooit verwacht dat alles wat ze deden onopgemerkt zou blijven, dat zou naïef zijn geweest, maar hoeveel meneer Smith van de kinderen wist beviel hem allerminst.

'Dat betekent dat Nicholas Wilholm en Kalisha Benson hier nog wel zijn. En Luke Ellis, natuurlijk.' De glimlach kwam terug, iets flauwer nu. 'De oorzaak van al onze ellende.'

'Wat wilt u, meneer Smith?'

'Heel weinig, eerlijk gezegd. Ik kom daar zo nog op terug. Sta mij intussen toe je te complimenteren. Niet alleen met je getoonde moed, die wel duidelijk was op die avond toen je vrijwel in je eentje het Instituut bestormde, maar ook met de zorg die jij en agent Wendy na afloop aan de kinderen hebben besteed. Jullie laten ze een voor een gaan, hè? Eerst Iles, ongeveer een maand na jullie terugkeer in South Carolina. Het meisje Simms twee weken later. Allebei met verhalen over dat ze om onbekende redenen ontvoerd zouden zijn, waarna ze voor een onbekende periode op een onbekende locatie vastgehouden en vervolgens weer vrijgelaten zouden zijn... eveneens om onbekende redenen. Jij en agent Wendy zijn erin geslaagd dat allemaal te regelen, terwijl jullie zelf ook nauwlettend in de gaten moeten zijn gehouden.'

'Hoe weet u dit allemaal?'

Nu was het de beurt van de lispelende man om niet te antwoorden, maar dat gaf niet. Tim vermoedde dat in elk geval een deel van zijn informatie rechtstreeks afkomstig was uit kranten en van internet. De terugkeer van ontvoerde kinderen was altijd nieuws. 'Wanneer gaan Wilholm en Benson weg?'

Tim dacht even na en besloot de vraag te beantwoorden. 'Nicky vertrekt aanstaande vrijdag. Naar zijn oom en tante in Nevada. Zijn broertje is daar ook al. Nick staat niet te trappelen om weg te gaan, maar begrijpt dat hij hier niet kan blijven. Kalisha blijft nog een week of twee. Zij heeft een twaalf jaar oudere zus in Houston. Kalisha wil haar heel graag weer zien.' Dit was zowel waar en niet waar. Net als de anderen leed Kalisha aan PTSS.

'En hun verhalen storten niet als een kaartenhuis ineen als de politie een diepgaander onderzoek zou instellen?'

'Nee. Hun verhalen zijn heel simpel en natuurlijk zijn ze allemaal bang voor wat er met hen zou gebeuren als ze de waarheid zouden vertellen.' Tim zweeg even. 'Niet dat iemand ze zou geloven.'

'En de jonge meneer Ellis? Hoe zit het daarmee?'

'Luke blijft bij mij. Hij heeft geen naaste familie en kan nergens anders naartoe. Hij is alweer met school begonnen. Daar wordt hij rustig van. De jongen rouwt, meneer Smith. Hij rouwt om zijn ouders, rouwt om zijn vrienden.' Hij zweeg en keek de blonde man strak aan. 'Ik denk dat hij ook rouwt om de jeugd die jullie hem hebben afgenomen.'

Hij wachtte op een reactie van Smith. Smith zei niets, dus ging Tim verder.

'Als we voor hem uiteindelijk een redelijk waterdicht verhaal hebben bedacht, kan hij verdergaan waar hij was gebleven en zich inschrijven voor studies aan Emerson College en MIT. Hij is een heel intelligente jongen.' *Zoals jij heel goed weet*, hoefde hij er niet aan toe te voegen. 'Meneer Smith... kan dit alles u ook maar iets schelen?'

'Niet echt,' zei Smith. Hij haalde een pakje American Spirits uit zijn borstzakje. 'Rook je?'

Tim schudde zijn hoofd.

'Ik doe het zelf ook maar zelden,' zei meneer Smith, 'maar ik loop bij een logopedist voor het slissen en van mezelf mag ik er als beloning eentje roken wanneer het me lukt het in een gesprek onder controle te houden, vooral tijdens zo'n lang en nogal pittig gesprek als wij nu hebben. Was het je opgevallen dat ik slis?'

'Je merkt er bijna niets van.'

Meneer Smith knikte, ogenschijnlijk tevreden, en stak een sigaret op. De geur in de koele ochtendlucht was zoet en aromatisch. Een geur die gemaakt leek voor tabaksland, wat dit in feite nog steeds was... ook al werd het op Catawba Farm al sinds de jaren tachtig van de twintigste eeuw niet meer verbouwd.

'Hopelijk weet je zeker dat ze hun mond zullen houden. Als een van hen zijn of haar mond voorbijpraat, zouden ze daar alle vijf de consequenties van ondervinden. Ondanks de USB-stick die jullie nog beweren te hebben. Niet al mijn... mensen... geloven in het bestaan daarvan.'

Tim glimlachte zonder zijn tanden te laten zien. 'Het zou bijzonder onverstandig van uw... mensen... zijn om de proef op de som te nemen.'

'Laten we zeggen dat ik het daarmee eens ben, dan nog blijft het een slecht idee voor die kinderen om over hun avonturen in de bossen van Maine te praten. Mocht je nog contact hebben met meneer Iles en juffrouw Simms, dan zou ik die boodschap toch maar overbrengen. Of misschien kunnen Wilholm, Benson en Ellis wel op andere manieren met hen in contact komen.'

'Hebt u het nu over telepathie? Daar zou ik niet op rekenen. Dat keert weer helemaal terug naar het niveau dat het had voordat uw mensen ze ontvoerden. Hetzelfde geldt voor de telekinese.' Hij vertelde

Smith wat de kinderen hem hadden verteld, maar Tim wist niet zeker of hij het zelf wel geloofde. Het enige wat hij zeker wist was dat dat afschuwelijke gonzen nooit was teruggekomen. 'Hoe zijn jullie erin geslaagd het in de doofpot te stoppen, Smith? Daar ben ik wel nieuwsgierig naar.'

'En dat zul je blijven,' zei de blonde man. 'Maar ik zal je wel vertellen dat het niet alleen de voorziening in Maine was die onze aandacht vergde. In andere delen van de wereld stonden nog twintig andere Inthtituten, waarvan er niet één meer operationeel is. Twee ervan – in landen waar kinderen vrijwel vanaf hun geboorte gehoorzaamheid ingeprent krijgen – hebben het nog zo'n zes weken volgehouden, waarna er in beide accommodaties grote aantallen suïcides plaatsvonden.' Hij sprak het uit als *fuïfidef*.

Suïcides of moorden? vroeg Tim zich af, maar dat was iets waarover hij niet van plan was te beginnen. Hoe eerder hij van deze man verlost was, hoe beter.

'De jonge Ellis – met jouw hulp, heel erg met jouw hulp – heeft ons geruïneerd. Dat klinkt ongetwijfeld melodramatisch, maar het is wel zo.'

'Denkt u dat mij dat ook maar iets kan schelen?' vroeg Tim. 'Jullie hebben kinderen vermoord. Als er een hel bestaat, dan komen jullie daar zeker in terecht.'

'Terwijl jij, Tim Jamieson, ongetwijfeld gelooft dat je naar de hemel zult gaan, vooropgesteld dat er zoiets als een hemel bestaat. En wie weet heb je wel gelijk. Welke God zou een man de toegang weigeren die weerloze jongelui te hulp schiet? Als ik Jezus aan het kruis mag citeren, zul je vergeven worden omdat je niet wist wat je deed.' Hij gooide zijn sigaret weg. 'Maar ik ga je nu wel iets vertellen, want dat is, met toestemming van mijn collega's, waarvoor ik ben gekomen. Dankzij jou en Ellis staat de wereld nu op suïcidewacht.' Deze keer kwam het woord er keurig uit.

Tim zei niets en wachtte alleen maar af.

'Het eerste Instituut, hoewel het toen nog niet zo heette, stond in nazi-Duitsland.'

'Waarom verbaast me dat niet?' zei Tim.

'Waarom zo veroordelend? De nazi's waren al vóór Amerika bezig met kernsplijting. Ze creëerden antibiotica die vandaag de dag nog steeds worden gebruikt. Ze hebben de moderne ruimtevaart zo ongeveer uitgevonden. En bepaalde Duitse wetenschappers voerden, met enthousiaste instemming van Hitler, experimenten uit op het gebied van buitenzintuiglijke waarneming. Ze ontdekten, bijna bij toeval, dat groepen begaafde kinderen ervoor konden zorgen dat bepaalde lastige mensen – hindernissen voor de vooruitgang, zou je kunnen zeggen – ophielden met lastig zijn. Rond 1944 waren die kinderen opgebruikt, omdat er geen betrouwbare methode was, geen wetenschappelijke methode, om vervangers te vinden wanneer ze, om in Instituutsjargon te spreken, zombies werden. De meest bruikbare test voor latente paranormale vermogens kwam pas later. Weet je wat voor test dat was?'

'BDNF. *Brain-derived neurotrophic factor.* Luke zei dat dat de marker was.'

'Ja, hij is inderdaad een slimme knul. Heel erg slim. Alle betrokkenen betreuren het nu dat ze hem niet met rust hebben gelaten. Zijn BDNF was niet eens zo hoog.'

'Ik denk dat Luke dat ook betreurt. En zijn ouders. Waarom zegt u nu niet gewoon wat u te zeggen hebt?'

'Goed dan. Zowel voor als na de Tweede Wereldoorlog zijn er conferenties gehouden. Als je je iets van je lessen twintigste-eeuwse geschiedenis herinnert, ken je er misschien wel een paar.'

'Ik ken die van Jalta,' zei Tim. 'Roosevelt, Churchill en Stalin kwamen daar bij elkaar om de wereld zo'n beetje te verdelen.'

'Ja, dat is de bekendste, maar de allerbelangrijkste vond plaats in Rio de Janeiro en er was geen enkele regering bij betrokken... tenzij je het gezelschap dat er samenkwam – en hun opvolgers door de jaren heen – een soort schaduwregering wilt noemen. Zij – wij – wisten van het bestaan van die Duitse kinderen en stelden zich tot doel er meer te vinden. In 1950 zagen we het nut in van BDNF. Op geïsoleerde locaties werden Instituten opgezet. Technieken werden verfijnd. Ze zijn zo'n zeventig jaar in bedrijf geweest en voor zover wij weten hebben ze de wereld meer dan vijfhonderd keer weten te behoeden voor een nucleaire Holocaust.'

'Dat slaat nergens op,' zei Tim op scherpe toon. 'Belachelijk.'

'Dat is het niet. Laat me je een voorbeeld geven. Rond de tijd dat de kinderen in het Instituut in Maine in opstand kwamen – een opstand die zich als een virus naar alle andere Instituten verspreidde – waren ze net begonnen de zelfmoord in gang te zetten van een evangelist die Paul Westin heet. Dankzij Luke Ellis is die man nu nog in leven. Over tien jaar gaat hij nauw samenwerken met een christelijke man die de Amerikaanse minister van Defensie zal worden. Westin zal deze minister ervan overtuigen dat er oorlog dreigt, de minister zal de president ervan overtuigen en dat zal uiteindelijk resulteren in een preventieve nucleaire aanval. Slechts één enkele raket, maar het kan de eerste aanzet zijn om de dominostenen te laten vallen. Dat is het deel dat niet te voorspellen valt.'

'Zoiets kunnen jullie onmogelijk weten.'

'Hoe denk je dat we onze doelwitten kozen, meneer Jamieson? Denkt u dat ze uit een hoge hoed kwamen?'

Tim fronste. Daar had hij nooit bij stilgestaan.

'Telepathie, neem ik aan,' zei hij ten slotte.

Smith zag eruit als een geduldige leraar met een langzame leerling. 'TK's bewegen voorwerpen en TP's lezen gedachten, maar ze kunnen geen van beide de toekomst voorspellen.' Hij haalde zijn sigaretten weer tevoorschijn. 'Weet je zeker dat je er niet eentje wilt?'

Tim schudde zijn hoofd.

Smith stak er een op. 'Kinderen zoals Luke Ellis en Kalisha Benson zijn zeldzaam, maar er zijn andere mensen die nog zeldzamer zijn. Kostbaarder dan het kostbaarste metaal. En weet je wat het allermooiste is? Hun talenten nemen niet af naarmate ze ouder worden en vernietigen ook niet de geest van de gebruikers.'

Tim zag vanuit zijn ooghoek iets bewegen en keek om. Luke kwam de oprijlaan aflopen. Wat hoger op de heuvel stond Annie Ledoux met een opengeklapt jachtgeweer over haar arm. Ze werd geflankeerd door Kalisha en Nicky. Smith had hen nog niet in de gaten; hij keek in de heiige verte in de richting van het plaatsje DuPray en de glinsterende spoorrails die daardoorheen liepen.

Annie bracht veel tijd door op Catawba Hill. De kinderen fascineerden haar en zij leken van haar gezelschap te genieten. Tim wees naar haar en maakte toen een afwerende beweging met zijn hand: *Blijf waar je bent.* Ze knikte en bleef staan kijken. Smith stond nog steeds het uitzicht te bewonderen, dat werkelijk erg mooi was.

'Laten we zeggen dat er nog een ander Instituut is – een heel klein en een heel bijzonder Instituut, waar alles van eersteklas kwaliteit en hypermodern is. Geen verouderde computers of aftandse infrastructuur. Het bevindt zich op een volstrekt veilige plek. Andere Instituten stonden altijd op wat wij als vijandig terrein zagen, maar dit niet. Er zijn geen tasers, geen injecties, geen straffen. Het is niet nodig bewoners van dit speciale Instituut te onderwerpen aan bijna-doodervaringen zoals de dompelbak om ze te helpen zich open te stellen voor hun diepere vermogens.

'Laten we zeggen dat het in Zwitserland is. Ik zeg niet dat het zo is, maar het klinkt aannemelijk. Het is in elk geval wel op neutraal gebied, omdat veel landen er belang bij hebben dat alles goed wordt onderhouden en soepel verloopt. Heel veel landen. Er verblijven momenteel zes zeer bijzondere gasten op deze plek. Het zijn geen kinderen meer; in tegenstelling tot de TP's en TK's in de verschillende Instituten, nemen hun talenten niet af en verdwijnen ook niet in hun late tienerjaren en wanneer ze in de twintig zijn. Twee van deze mensen zijn zelfs al vrij oud. Hun BDNF-spiegels hangen niet samen met hun heel speciale talenten; wat dat betreft zijn ze uniek en daarom bijzonder moeilijk te vinden. Wij waren voortdurend op zoek naar vervangers, maar die zoektocht is nu gestaakt, omdat het nauwelijks meer zin lijkt te hebben.'

'Wat zijn dat voor mensen?'

'Zieners,' zei Luke.

Smith draaide zich verschrikt om. 'Hé, hallo, Luke.' Hij glimlachte, maar deinsde tegelijkertijd een stap achteruit. Was hij bang? Tim dacht van wel. 'Zieners, dat klopt.'

'Waar hebben jullie het in godsnaam over?' vroeg Tim.

'Helderzienden,' zei Luke. 'Mensen die in de toekomst kunnen kijken.'

'Je maakt toch zeker een grapje?'

'Ik niet en hij ook niet,' zei Smith. 'Je zou die zes onze DEW-lijn kunnen noemen – een in onbruik geraakt acroniem uit de tijd van de Koude Oorlog voor Distant Early Warning, een vroegtijdig waarschuwingssysteem. Je kunt het ook, als je het naar deze tijd wilt vertalen, onze drones noemen, die naar de toekomst vliegen en daar plekken aanwijzen waar grote brandhaarden zullen beginnen. Wij concentreren ons op het voorkomen van de grootste daarvan. De wereld heeft het tot nu toe overleefd omdat wij erin geslaagd zijn deze voorzorgsmaatregelen te nemen. Duizenden kinderen zijn bij het proces om het leven gekomen, maar er zijn miljoenen kinderen gered.' Hij wendde zich glimlachend tot Luke. 'Jij begreep dat natuurlijk – het is een eenvoudige rekensom. Ik begrijp dat je ook nogal een rekenwonder bent en ik weet zeker dat je de kosten-batenverhouding ziet. Je bent er misschien niet blij mee, maar je ziet het wel.'

Annie en haar twee jonge pupillen liepen nu verder de heuvel af, maar deze keer gebaarde Tim hen niet terug. Hij was te verbijsterd door wat hij hoorde.

'Telepathie, daar kan ik nog wel in komen, en telekinese ook, maar helderziendheid? Dat is geen wetenschap, dat zijn kermistrucjes.'

'Ik kan je verzekeren dat dat niet het geval is,' zei Smith. 'Onze zieners vonden de doelwitten. De TK's en TP's, die in groepjes samenwerkten om hun krachten te versterken, elimineerden ze.'

'Helderziendheid bestaat, Tim,' zei Luke zacht. 'Ik wist al voordat ik uit het Instituut ontsnapte dat het dat moest zijn. Ik weet vrijwel zeker dat Avery het ook wist. Het kon gewoon niet anders. Sinds we hier zijn heb ik er veel over gelezen, alles wat ik kon vinden. De statistieken zijn praktisch onweerlegbaar.'

Kalisha en Nicky kwamen bij Luke staan. Ze keken nieuwsgierig naar de blonde man die zich Bill Smith noemde, maar zeiden geen van beiden iets. Annie stond achter hen. Ze droeg haar serape, ook al was het een warme dag, en leek meer dan ooit op een Mexicaanse scherpschutter. Haar ogen waren helder en alert. De kinderen hadden haar veranderd. Tim dacht niet dat het door hun krachten kwam; op de lange termijn veroorzaakten die eerder het tegenovergestelde van verbetering. Hij dacht eerder dat het gewoon de associatie was, of misschien het feit dat de kinderen haar precies accepteerden zoals ze was. Wat de reden ook was, hij was blij voor haar.

'Zie je nou wel?' zei Smith. 'Het wordt bevestigd door je inwonende genie. Onze zes zieners – het zijn er een tijdje acht geweest en ooit, in de jaren zeventig, hadden we er nog maar vier, dat was een beangstigende tijd – zijn constant op zoek naar bepaalde individuen die wij "spillen" noemen. Het zijn de scharnierpunten waarop de deur van het uitsterven van de mens mogelijk zal draaien. Spillen vernietigen zelf niet, ze zijn overbrengers van vernietiging. Westin was zo'n spil. Zodra ze ontdekt zijn, stellen we een onderzoek in naar hun leven, hun achtergrond, houden ze in de gaten en filmen ze. Uiteindelijk worden ze overgedragen aan de kinderen van de verschillende Instituten, die ze elimineren, op welke manier dan ook.'

Tim schudde zijn hoofd. 'Ik geloof er niets van.'

'Zoals Luke al zei, de statistieken...'

'Met statistieken kun je van alles bewijzen. Niemand kan in de toekomst kijken. Als u en uw collega's dat werkelijk geloven, zijn jullie geen organisatie, maar een cultus.'

'Ik had een tante die in de toekomst kon kijken,' zei Annie opeens. 'Op een avond verbood ze haar zonen om weg te gaan toen ze naar een muziekcafé wilden en toen vond er een gasexplosie plaats. Twintig mensen verbrandden als muizen in een schoorsteen, maar haar jongens zaten veilig thuis.' Ze zweeg even en voegde er toen nog bijna achteloos aan toe: 'Ze wist ook dat Truman tot president zou worden gekozen en dat geloofde echt niemand.'

'Wist ze het ook van Trump?' vroeg Kalisha.

'O, ze was allang dood voordat die stadse flapdrol werd gekozen,' zei Annie en toen Kalisha haar open hand opstak, gaf Annie er een behendige high five tegen.

Smith sloeg geen acht op de onderbreking. 'De wereld is er nog, Tim. Dat is geen statistiek, dat is een feit. Zeventig jaar na de verwoesting van Hiroshima en Nagasaki door atoombommen bestaat de wereld nog steeds, ook al hebben heel veel landen atoomwapens, ook al voeren primitieve menselijke emoties nog steeds de boventoon boven rationele gedachten en bepaalt bijgeloof dat zich voordoet als religie nog steeds de koers van de menselijke politiek. Hoe komt dat? Omdat wij haar hebben beschermd en nu is die bescherming weggevallen. Dat is wat Luke Ellis heeft gedaan en waar jij aan hebt meegewerkt.'

Tim keek Luke aan. 'Geloof jij hierin?'

'Nee,' zei Luke. 'En hijzelf ook niet, of in elk geval niet voor de volle honderd procent.'

Hoewel Tim dit niet wist, dacht Luke aan het meisje dat hem tijdens de SAT-toets naar die wiskunde-opdracht had gevraagd, die ene die te maken had met de prijs van Aarons hotelkamer. Zij had die vraag fout en dit was net zoiets, maar dan in het groot; een fout antwoord dat voortkwam uit een verkeerde berekening.

'Ik begrijp dat je dat graag wilt geloven,' zei Smith.

'Annie heeft gelijk,' zei Luke. 'Er bestaan echt mensen die in een flits beelden in de toekomst kunnen zien en het kan heel goed dat haar tante zo iemand was. Ondanks wat deze kerel zegt en misschien zelfs gelooft, zijn ze niet eens zo zeldzaam. Misschien heb je er zelf ook wel een paar gehad, Tim, maar waarschijnlijk noem je ze dan anders. Intuïtie misschien.'

‘Of een voorgevoel,’ zei Nicky. ‘In tv-series hebben rechercheurs altijd een voorgevoel.’

‘Tv-series zijn iets anders dan het echte leven,’ zei Tim, maar hij dacht nu ook aan iets uit het verleden: zoals het feit dat hij zomaar, zonder echte reden, had besloten zijn plek in een vliegtuig af te staan en naar het noorden te gaan liften.

‘Wat overigens heel jammer is,’ zei Kalisha. ‘Ik ben dol op *Riverdale*.’

‘In verhalen over zulke dingen wordt heel vaak het woord “flits” gebruikt,’ zei Luke, ‘omdat het daarop lijkt, een soort bliksemflits. Ik geloof erin en ik geloof ook dat er mensen zijn die het kunnen beheersen en benutten.’

Smith liet zijn handen zien in een gebaar van *zie je nou wel?* ‘Dat is precies wat ik bedoel.’ Alleen kwam *precies* eruit als *prefief*. Het slissen stak de kop weer op. Tim vond dit interessant.

‘Maar er is iets wat hij jullie niet vertelt,’ zei Luke. ‘Waarschijnlijk omdat hij het niet tegenover zichzelf wil toegeven. Dat doen ze geen van allen. Zoals onze generaals, ook toen dat allang duidelijk was, niet tegenover zichzelf wilden toegeven dat de Vietnamoorlog niet te winnen was.’

‘Ik heb geen flauw idee waar je het over hebt,’ zei Smith.

‘Jawel,’ zei Kalisha.

‘Dat heeft hij wel,’ zei Nicky.

‘Ik zou er maar gewoon voor uitkomen, meneertje,’ zei Annie. ‘Deze kinderen lezen je gedachten. Raar gevoel, hè?’

Luke wendde zich tot Tim. ‘Op het moment dat ik zeker wist dat dit met helderziendheid te maken had en ik de beschikking kreeg over een echte computer...’

‘Een computer waarvoor je geen muntjes nodig had om hem te kunnen gebruiken,’ lichtte Kalisha toe.

Luke gaf haar een stomp. ‘Hou jij nou eens even je mond.’

Nicky grinnikte. ‘Pas maar op, Sha, Lukey wordt boos.’

Ze lachte. Smith niet. Met de komst van Luke en zijn vrienden was hij de controle over dit gesprek kwijtgeraakt en aan zijn uitdrukking – strakke mond, gefronste wenkbrauwen – te zien was hij dat niet gewend.

‘Toen ik eenmaal toegang had tot een echte computer,’ ging Luke verder, ‘heb ik een Bernoulli-verdeling gemaakt. Weet u wat dat is, meneer Smith?’

De blonde man schudde zijn hoofd.

'Dat weet hij best,' zei Kalisha. Ze had een vrolijke blik in haar ogen.

'Inderdaad,' zei Nicky. 'Het bevalt hem alleen niet. Die Weetikveel-verdeling is niet zijn vriend.'

'De Bernoulli-verdeling is een nauwkeurige manier om waarschijnlijkheid uit te drukken,' zei Luke. 'Het is gebaseerd op de gedachte dat er twee mogelijke uitkomsten zijn voor bepaalde empirische gebeurtenissen, zoals het opgooien van muntstukken, of voetbalwedstrijden. De uitkomsten kunnen worden uitgedrukt als *p* voor een positief resultaat en *n* voor een negatief resultaat. Ik zal jullie niet vervelen met de details, maar uiteindelijk komt er dan een boolean-waarde die het verschil uitdrukt tussen willekeurige en niet-willekeurige gebeurtenissen.'

'Nee zeg, verveel ons vooral niet met zulke simpele dingen,' zei Nicky, 'kom nu maar gewoon ter zake.'

'Het opgooien van muntstukken is willekeurig. Voetbaluitslagen lijken willekeurig als je een kleine steekproef neemt, maar zodra je een grotere neemt, wordt duidelijk dat ze dat helemaal niet zijn, omdat er andere factoren bij komen kijken. Dan wordt het een kansberekening en als de kans op A groter is dan de kans op B, dan zal in de meeste gevallen A gebeuren. Dat weet iedereen die wel eens een weddenschap heeft afgesloten op een sportwedstrijd.'

'Inderdaad,' zei Tim. 'De kansen en de waarschijnlijke puntenverdeling staan gewoon in de krant.'

Luke knikte. 'Het is eigenlijk heel eenvoudig en wanneer je Bernoulli toepast op statistieken met betrekking tot helderziendheid, komt daar een interessante tendens uit naar voren. Annie, hoe snel na dat voorgevoel van je tante dat ze haar zoons thuis moest houden brak die brand uit?'

'Diezelfde avond,' zei Annie.

Luke keek tevreden. 'Dat is dus een perfect voorbeeld. De Bernoulli-verdeling die ik uitvoerde toont aan dat flitsen van helderziendheid – of visioenen, als jullie dat een betere term vinden – het meest accuraat zijn wanneer de voorspelde gebeurtenis over enkele uren zal plaatsvinden. Wanneer de tijd tussen de voorspelling en de uiteindelijke gebeurtenis langer wordt, begint de kans dat de voorspelling werkelijkheid wordt af te nemen. Zodra we het over een kwestie van weken gaan hebben, houdt het wel zo'n beetje op en wordt de *p* een *n*.'

Hij richtte zich tot de blonde man. 'U weet dit en de mensen met wie u samenwerkt weten dit ook. Ze weten het al jaren. Tientallen jaren zelfs. Dat kan niet anders. Elke wiskundeknobbel met een computer kan een Bernoulli-verdeling maken. Misschien was het nog niet zo duidelijk toen jullie hier eind jaren veertig of begin jaren vijftig mee begonnen, maar in de jaren tachtig moeten jullie het hebben geweten. Waarschijnlijk zelfs al in de jaren zestig.'

Smith schudde zijn hoofd. 'Je bent heel intelligent, Luke, maar je bent toch nog maar een kind en kinderen doen nog aan magisch denken – ze buigen de waarheid om tot die zich aanpast aan hoe ze haar graag zouden zien. Denk je dat we geen tests hebben uitgevoerd om de helderziende vermogens van onze groep te bewijzen?'

Het slissen begon steeds erger te worden.

'Telkens als er een nieuwe helderziende bij komt, wordt die getest. Ze krijgen opdracht een reeks willekeurige gebeurtenissen te voorspellen, zoals vertragingen in de aankomsttijden van bepaalde vliegtuigen… zaken die in het nieuws komen, zoals het overlijden van Tom Petty… de stemming rond de brexit… zelfs voertuigen die bepaalde kruispunten passeren. Het gaat hier om een reeks van successen die de afgelopen vijfenzeventig jaar zijn opgetekend!

*Vijfenfeventig jaar.*

'Maar jullie tests concentreren zich altijd op dingen die op korte termijn zullen plaatsvinden,' zei Kalisha. 'Ontken het maar niet, het staat als een neonreclame in uw hoofd. Daar komt bij dat het logisch is. Wat heb je aan een test wanneer je de resultaten niet binnen vijf of tien jaar kunt beoordelen?' Ze pakte Nicky's hand. Luke zette een stap naar achteren en pakte die van Kalisha. Nu kon Tim het gonzen weer horen. Weliswaar zacht, maar het was er.

'Afgevaardigde Berkowitz was op de dag van zijn dood precies waar onze helderzienden zeiden dat hij zou zijn,' zei Smith, 'en die voorspelling was ruim een jaar eerder gedaan.'

'Oké,' zei Luke, 'maar jullie hebben mensen als doelwit gekozen – Paul Westin bijvoorbeeld – op basis van voorspellingen over wat er over tien, twintig, zelfs vijfentwintig jaar gaat gebeuren. U weet dat ze onbetrouwbaar zijn, u weet dat er nog van alles kan gebeuren om mensen en de gebeurtenissen waarvan ze deel uitmaken een andere richting op te sturen, iets heel onbenulligs zoals een gemist telefoongesprek kan al voldoende zijn, maar toch gaat u ermee door.'

'Laten we zeggen dat je daar een punt hebt,' zei Smith. 'Maar is het niet beter om het zekere voor het onzekere te nemen?'

*Fekere. Onfekere.*

'Denk eens aan de voorspellingen die zijn uitgekomen en denk dan eens aan de mogelijke gevolgen als we niets hadden gedaan!'

Annie deed ook een duit in het zakje. 'Hoe kun je er zeker van zijn dat die voorspellingen uitkomen als je de mensen waarover ze gaan vermoordt? Dat snap ik dus niet.'

'Hij ook niet,' zei Luke, 'maar hij kan de gedachte niet verdragen dat al het moorden dat ze hebben gedaan voor niets is geweest. Dat kunnen ze geen van allen.'

'We moesten het dorp verwoesten om het te redden,' zei Tim. 'Heeft iemand niet eens zoiets gezegd over Vietnam?'

'Als je wilt suggereren dat onze helderzienden ons een rad voor ogen hebben gedraaid door dingen te verzinnen...'

'Weet u zeker dat ze dat niet hebben gedaan?' wierp Luke tegen. 'Misschien niet eens bewust, maar... ze hebben daar een goed leventje, nietwaar? Lekker makkelijk. Heel anders dan wij het hadden in het Instituut. En misschien kloppen hun voorspellingen wel degelijk op het moment dat ze worden gedaan. Maar er wordt geen rekening gehouden met willekeurige factoren.'

'Of met God,' zei Kalisha opeens.

Smith – die al God mocht weten hoe lang voor God speelde – liet een sardonisch lachje zien.

Luke zei: 'U snapt heel goed wat ik zeg, dat weet ik zeker. *Er zijn te veel variabelen.*'

Smith zweeg even en keek naar het uitzicht. Toen zei hij: 'Ja, we hebben wiskunde-experts en ja, de Bernoulli-verdeling is wel degelijk ter sprake gekomen in rapporten en discussies. Al jaren zelfs. Dus laten we zeggen dat je gelijk hebt. Laten we zeggen dat ons netwerk van Instituten de wereld niet al vijfhonderd keer voor een nucleaire ondergang heeft behoed. Stel dat het maar vijftig keer was. Of vijf. Is het dan toch niet de moeite waard geweest?'

Tim zei, heel zacht: 'Nee.'

Smith keek hem aan alsof hij gek was geworden. 'Nee? Zeg je nou nee?'

'Normale mensen offeren geen kinderen op het altaar van de kansberekening. Dat is geen wetenschap, dat is bijgeloof. En nu wordt het tijd dat u vertrekt.'

'We zullen alles herbouwen,' zei Smith. 'Als daar tenminste nog tijd voor is, nu de wereld bergafwaarts racet als een kind in een zeepkist zonder iemand om hem tegen te houden. Dat kwam ik jullie ook vertellen. En ik kwam jullie waarschuwen. Geen interviews. Geen artikelen in de krant. Geen verhalen op Facebook of Twitter. De meeste mensen zouden er trouwens toch alleen maar om lachen, maar wij zouden ze wel degelijk heel erg serieus nemen. Als jullie leven je lief is, hou dan je mond!'

Het gonzen zwol aan en toen Smith zijn sigaretten uit zijn borstzakje pakte, beefde zijn hand. De man die uit de onopvallende Chevrolet was gestapt was een en al zelfvertrouwen geweest. Gewend om bevelen uit te delen en op zijn wenken te worden bediend. De man die hier nu voor hem stond, de man die heel erg sliste en bij wie de zweetplekken zich steeds verder verspreidden onder de oksels van zijn overhemd, was niet diezelfde man.

'Ik zou maar gaan, jongen,' raadde Annie hem, niet eens onvriendelijk, aan.

Het pakje sigaretten viel uit Smiths hand. Toen hij bukte om het op te rapen waaide het weg, terwijl er geen wind stond.

'Roken is slecht voor je,' zei Luke. 'Je hebt geen helderziende nodig om je te vertellen wat er gaat gebeuren als je niet stopt.'

De ruitenwissers van de Malibu begonnen te bewegen. De koplampen gingen aan.

'Ik zou maar gaan,' zei Tim. 'Nu het nog kan. U bent kwaad om de manier waarop alles is gelopen, dat snap ik, maar u hebt geen idee hoe kwaad deze kinderen zijn. Zij hebben verschrikkelijke dingen meegemaakt.'

Smith liep naar zijn auto en opende het portier. Toen wees hij met een vinger naar Luke. 'Geloof jij maar wat je wilt geloven,' zei hij. 'Dat doen we allemaal, jongeheer Ellis. Daar kom je op den duur zelf ook wel achter. Tot je verdriet.'

Hij reed weg en de achterbanden van zijn auto wierpen een stofwolk op die op Tim en de anderen afkwam… en toen plotseling werd weggeblazen door een windvlaag die ze geen van allen voelden.

Luke glimlachte en vond dat George het hem niet had kunnen verbeteren.

'We hadden hem misschien beter een kogel door z'n kop kunnen jagen,' zei Annie nuchter. 'Achter in de tuin is ruimte zat voor een lijk.'

Luke zuchtte en schudde zijn hoofd. 'Er zijn er nog meer. Hij is maar een tussenpersoon.'

'Bovendien,' zei Kalisha, 'zouden we dan hetzelfde doen als zij.'

'Maar toch...' zei Nicky dromerig. Meer zei hij niet, maar Tim hoefde geen gedachten te kunnen lezen om de rest erbij te denken: ... *zou het wel leuk zijn geweest.*

## 2

Tim verwachtte Wendy voor het avondeten terug uit Columbia, maar ze belde om te zeggen dat ze een nachtje zou blijven. Voor de volgende ochtend was er nog een extra bijeenkomst gepland over de toekomst van het politiekorps van Fairlee County.

'Jezus, komt hier dan nooit een eind aan?' vroeg Tim.

'Ik denk wel dat het de laatste bijeenkomst zal zijn. Het is een gecompliceerde situatie en de bureaucratie maakt alles nog erger. Alles in orde daar?'

'Prima,' zei Tim en hij hoopte dat het waar was.

Voor het avondeten kookte hij een grote pan spaghetti. Luke flanste een bolognesesausje in elkaar en Kalisha en Nicky maakten samen een salade. Annie was verdwenen, zoals wel vaker gebeurde.

Ze aten goed. Er werden goede gesprekken gevoerd en er werd veel gelachen. Maar toen Tim een Pepperidge Farm-taart uit de vriezer haalde en er als een komische ober mee terugliep naar de tafel, zag hij dat Kalisha huilde. Nick en Luke hadden allebei een arm om haar heen geslagen, maar spraken haar niet troostend toe (althans niet voor zover Tim dat kon horen). Ze keken peinzend en in zichzelf gekeerd. Ze waren bij haar, maar misschien niet helemaal; misschien waren ze in hun eigen gedachten verzonken.

Tim zette de taart neer. 'Wat is er, K? Zij weten het vast wel, maar ik niet. Dus help me eens.'

'Wat als hij gelijk heeft? Wat als die man gelijk heeft en Luke niet? Wat als de wereld over drie jaar ophoudt te bestaan... of over drie maanden... omdat wij er niet zijn om haar te beschermen?'

'Ik heb wel gelijk,' zei Luke. 'Zij hebben wiskundigen, maar ik ben beter. Het is geen opschepperij als het de waarheid is. En wat hij over mij zei? Over dat magisch denken? Dat doen ze zelf ook. Ze kunnen de gedachte niet verdragen dat ze het bij het verkeerde eind zouden hebben.'

'Dat weet je niet zeker!' huilde ze. 'Ik hoor het in je hoofd, Lukey, je weet het nog steeds niet zeker!'

Luke ontkende het niet en staarde naar zijn bord.

Kalisha keek op naar Tim. 'Wat als ze maar één keer gelijk hebben? Dan is het onze schuld!'

Tim aarzelde. Hij wilde niet dat wat hij nu ging zeggen grote invloed zou hebben op hoe dit meisje de rest van haar leven ging leven, die verantwoordelijkheid wilde hij absoluut niet, maar hij vreesde dat hij die toch had. De jongens luisterden ook. Ze luisterden en wachtten. Hij bezat geen paranormale krachten, maar er was één kracht die hij wel had: hij was de volwassene. Ze wilden dat hij hun zou vertellen dat er geen monster onder het bed lag.

'Het is níét jullie schuld. Niemand van jullie heeft schuld. Die man kwam jullie niet waarschuwen om je mond te houden, hij kwam jullie leven vergiftigen. Laat hem dat niet doen, Kalisha. En jullie ook niet. Als menselijke soort zijn we er met name op gebouwd om één ding te doen en jullie hebben dat gedaan.'

Hij stak zijn beide handen uit en veegde de tranen van Kalisha's wangen.

'Jullie hebben overleefd. Jullie hebben gebruikgemaakt van jullie liefde en jullie verstand en jullie hebben het overleefd. En nu gaan we taart eten.'

## 3

Het werd vrijdag en het was Nicks beurt om te vertrekken.

Tim en Wendy bleven bij Luke staan kijken hoe Nicky en Kalisha met hun armen om elkaar heen de oprijlaan afliepen. Wendy zou hem naar het busstation in Brunswick rijden, maar de drie hier begrepen dat die twee eerst nog even samen wilden en verdienden te zijn. Om afscheid te nemen.

'Laten we het allemaal nog een keer doornemen,' had Tim een uur eerder gezegd, na een lunch waarvan Nicky noch Kalisha veel had gegeten. Tim was met Nicky buiten op de veranda gaan zitten, terwijl Luke en Kalisha de paar bordjes afwasten.

'Hoeft niet,' zei Nicky. 'Ik weet alles. Echt waar.'

'Maar toch,' zei Tim. 'Het is belangrijk. Van Brunswick naar Chicago, oké?'

'Oké. De bus vertrekt vanavond om kwart over zeven.'

'Met wie praat je in de bus?'

'Met niemand. Geen aandacht trekken.'

'En wanneer je daar bent?'

'Dan bel ik mijn oom Fred. Vanaf de Navy Pier. Want daar hebben de kidnappers me afgezet. Dezelfde plek waar ze George en Helen hebben afgezet.'

'Maar dat weet jij niet.'

'Nee, dat weet ik niet.'

'Ken je George en Helen?'

'Nooit van gehoord.'

'En wie zijn de mensen die je hebben ontvoerd?'

'Geen idee.'

'Wat wilden ze van je?'

'Geen idee. Dat is een raadsel. Ze hebben me niet mishandeld, ze hebben me geen vragen gesteld, ik heb geen andere kinderen gehoord. Ik weet helemaal niks. Wanneer de politie me ondervraagt, heb ik niets toe te voegen.'

'Precies.'

'Uiteindelijk geeft de politie het op en reis ik door naar Nevada en leef ik nog lang en gelukkig met mijn oom en tante en Bobby.' Bobby was Nicks broertje, dat in de nacht van Nicks ontvoering bij een vriendje had gelogeerd.

'En wanneer je erachter komt dat je ouders dood zijn?'

'Dan hoor ik dat voor het eerst. En maak je geen zorgen, ik zal huilen. Niet heel hard, en niet net alsof. Daar kun je op vertrouwen. Zijn we nu klaar?'

'Bijna. Ontspan eerst die gebalde vuisten een beetje. Die aan het eind van je armen en die in je hoofd. Geef lang en gelukkig een kans.'

'Valt niet mee, man.' Er glinsterden tranen in Nicky's ogen. 'Dat valt verdomme niet mee.'

'Ik weet het,' zei Tim en hij waagde een knuffel.

Nick liet het aanvankelijk over zich heen komen, maar gaf toen een knuffel terug. Heel hard. Het leek Tim een goed begin en hij dacht dat het wel goed zou komen met de jongen, hoeveel vragen de politie ook op hem afvuurde en hoe vaak ze hem ook vertelden dat zijn verhaal nergens op sloeg.

George Iles was degene over wie Tim zich wat dat betrof de meeste zorgen maakte; die jongen was een geboren flapuit en maakte alles graag mooier en groter dan het was. Maar Tim dacht – hoopte – dat hij George duidelijk had kunnen maken hoe belangrijk het in dit geval was om dat niet te doen: wat je niet wist kon je ook niet schaden. Alles wat je toevoegde vergrootte de kans dat je je zou verspreken.

Nu stonden Nick en Kalisha in een innige omhelzing bij de brievenbus aan het begin van de oprijlaan, waar meneer Smith met zijn lispelende stem zijn best had gedaan kinderen die alleen maar hadden willen overleven een schuldgevoel aan te praten.

'Hij houdt echt van haar,' zei Luke.

Ja, dacht Tim, en jij ook.

Maar Luke was niet de eerste jongen die zich het vijfde wiel aan de wagen had gevoeld in een driehoeksverhouding tussen geliefden en hij zou ook niet de laatste zijn. En was 'geliefden' wel het juiste woord? Luke was briljant, maar hij was ook twaalf. Zijn gevoelens voor Kalisha zouden overgaan als een griepje, ook al had het weinig zin hem dat nu te vertellen. Maar hij zou het zich wel herinneren, zoals Tim zich ook het meisje herinnerde op wie hij zo gek op was geweest toen hij twaalf was (zij was toen zestien en lag lichtjaren op hem voor). Net zoals Kalisha zich Nicky zou herinneren, de knappe jongen die had gevochten.

'Zij houdt ook van jou,' zei Wendy zacht en ze gaf een zacht kneepje in Lukes zonverbrande nek.

'Niet op dezelfde manier,' zei Luke somber, maar toen lachte hij. 'Wat dondert het ook, het leven gaat verder.'

'Ik zou de wagen maar gaan halen,' zei Tim tegen Wendy. 'Die bus wacht niet.'

Ze haalde de wagen. Luke reed met haar mee tot de brievenbus, en ging daar bij Kalisha staan. Samen zwaaiden ze de auto na. Nicky's hand kwam uit het raampje en zwaaide terug. Toen waren ze verdwenen. In Nicks rechtervoorzak – de lastigste plek voor de een of andere zakkenroller op het busstation – zat zeventig dollar in contanten en een telefoonkaart. In zijn schoen zat een sleutel.

Luke en Kalisha liepen samen terug naar het huis. Halverwege sloeg Kalisha haar handen voor haar gezicht en begon te huilen. Tim wilde al bukken, maar bedacht zich. Dit was Lukes taak. Luke sloeg zijn armen om haar heen. Omdat zij langer was, legde ze haar hoofd op zijn hoofd, in plaats van op zijn schouder.

Tim hoorde het gonzen, dat nu slechts een zachte fluistering was. Ze praatten met elkaar, maar hij kon niet verstaan wat ze zeiden en dat was prima. Het was niet voor zijn oren bestemd.

## 4

Twee weken later was Kalisha aan de beurt om te vertrekken, niet naar het busstation in Brunswick, maar naar dat in Greenville. Ze zou aan het eind van de volgende dag in Chicago aankomen en vanaf de Navy Pier haar zus in Houston bellen. Wendy had haar een klein geborduurd tasje cadeau gedaan. Er zat zeventig dollar in en een telefoonkaart. In een van haar sneakers zat net zo'n sleutel als die van Nicky. Het geld en de telefoonkaart konden worden gestolen; de sleutel nooit.

Ze omhelsde Tim stevig. 'Hiermee kan ik je niet bedanken voor alles wat je hebt gedaan, maar ik heb niets anders.'

'Het is genoeg,' zei Tim.

'Ik hoop niet dat de wereld door ons toedoen ophoudt te bestaan.'

'Ik ga het je nog één keer zeggen, Sha – als er iemand op die grote, rode knop gaat drukken, komt dat niet door jou.'

Ze glimlachte flauwtjes. 'Toen we op het laatst allemaal bij elkaar waren, hadden we een grote rode knop om een einde te maken aan alle grote rode knoppen. En het voelde zo fijn om erop te drukken. Dat blijft maar in mijn hoofd zitten. Hoe fijn het voelde.'

'Maar dat is voorbij.'

'Ja. Alles gaat voorbij en daar ben ik blij om. Niemand hoort zo veel macht te hebben, en kinderen al helemaal niet.'

Tim dacht dat sommige mensen die de macht hadden om op de grote rode knop te drukken kinderen wáren, misschien niet lichamelijk, maar geestelijk, maar hij zei het niet. Zij stond aan het begin van een onbekende en onzekere toekomst en dat was al angstaanjagend genoeg.

Kalisha wendde zich tot Luke en stak haar hand in haar nieuwe tasje. 'Ik heb iets voor jou. Ik had het zonder het in de gaten te hebben in mijn zak toen we het Instituut verlieten. Ik wil het aan jou geven.'

Wat ze hem gaf was een verfrommeld sigarettenpakje. Op de voorkant stond een cowboy die met een lasso zwaaide. Boven hem stond het merk: ROUND-UP SNOEPSIGARETTEN. Onder de afbeelding stond: LEKKER ROKEN, NET ALS PAPA!

‘Er zitten nog wat stukjes in,’ zei ze. ‘Gebroken en waarschijnlijk een beetje muf, maar…’

Luke begon te huilen. Deze keer was het Kalisha die haar armen om hem heen sloeg.

‘Niet huilen, schatje,’ zei ze. ‘Niet doen. Alsjeblieft. Wil je me soms een gebroken hart bezorgen?’

## 5

Toen Kalisha en Wendy weg waren, vroeg Tim aan Luke of hij een potje wilde schaken. De jongen schudde zijn hoofd. ‘Ik denk dat ik even naar buiten ga om onder die grote boom daar te zitten. Ik voel me zo leeg vanbinnen. Ik heb me nog nooit zo leeg gevoeld.’

Tim knikte. ‘Je loopt wel weer vol. Geloof me.’

‘Dat zal wel moeten. Tim, denk je dat een van hen die sleutel zal moeten gebruiken?’

‘Nee.’

De sleutels pasten op een kluisje in een bank in Charleston. Wat erin zat was wat Maureen Alvorson aan Luke had gegeven. Als een van de kinderen die Catawba Farm nu hadden verlaten – of Luke, Wendy of Tim – iets zou overkomen, zou een van hen naar Charleston gaan en het kluisje openmaken. Als er tegen die tijd nog iets over was van de band die in het Instituut was gesmeed, kwamen ze misschien wel allemaal.

‘Denk je dat iemand zou geloven wat er op die USB-stick staat?’

‘Annie in elk geval,’ zei Tim glimlachend. ‘Zij gelooft in geesten, ufo’s, indringers, noem maar op.’

Luke glimlachte niet terug. ‘Ja, maar zij is een beetje… je weet wel, kierewiet. Hoewel het wel veel beter met haar gaat nu ze meneer Denton zo vaak ziet.’

Tims wenkbrauwen gingen omhoog. ‘Drummer? Ga je me nou vertellen dat die twee verkering hebben?’

‘Ik denk het wel, als je dat nog steeds zo noemt wanneer het om mensen gaat die al oud zijn.’

‘Heb je dat in haar gedachten gelezen?’

Luke lachte een beetje. ‘Nee. Ik ben weer helemaal terug bij de pizzaschalen en opwapperende bladzijden. Ze heeft het me verteld.’ Luke dacht even na. 'En ik denk dat ik het ook wel tegen jou mocht vertellen. Ze heeft me geen geheimhouding laten zweren of zo.'

'Krijg nou wat. Maar wat die USB-stick betreft... weet je hoe je aan een los draadje kan zitten peuteren en daarmee meteen een hele trui uit elkaar kan trekken? Ik denk dat het met de USB-stick ook zo werkt. Er staan kinderen op die herkend kunnen worden. Een heleboel zelfs. Er zou een onderzoek komen en dan zouden die slissende vent en zijn organisatie het verder wel kunnen vergeten om ooit weer opnieuw te kunnen beginnen met hun programma.'

'Ik denk trouwens toch niet dat ze dat zal lukken. Dat denkt hij misschien, maar dat is gewoon magisch denken. De wereld is veranderd sinds de jaren vijftig van de vorige eeuw. Hoor eens, ik ga...' Hij wees vaag in de richting van het huis en de tuin.

'Natuurlijk, ga maar.'

Luke liep niet echt, maar sjokte een beetje, met gebogen hoofd.

Tim liet hem bijna gaan, maar veranderde toen van gedachten. Hij haalde Luke in en pakte hem bij zijn schouder. Toen de jongen zich omdraaide sloeg Tim zijn armen om hem heen. Dat had hij bij Nicky gedaan, dat had hij bij allemaal gedaan, soms wanneer ze wakker waren geschrokken uit een nachtmerrie – maar deze betekende meer voor hem. Deze betekende voor Tim de wereld. Hij wilde tegen Luke zeggen dat hij dapper was, misschien wel de dapperste jongen ooit, als je de jongens uit avonturenboeken niet meerekende. Hij wilde Luke vertellen dat hij sterk was en fatsoenlijk en dat zijn ouders trots op hem zouden zijn geweest. Hij wilde Luke vertellen dat hij van hem hield. Maar er kwamen geen woorden en misschien waren die ook niet nodig. Net zomin als telepathie.

Soms was een knuffel telepathie.

## 6

Achter het huis, tussen de veranda en de tuin, stond een mooie, oude eik. Luke Ellis – uit Minneapolis, Minnesota, geliefde zoon van wijlen Herb en Eileen Ellis, vriend van wijlen Maureen Alvorson en van Kalisha Benson en Nick Wilholm en George Iles – ging eronder zitten. Hij legde zijn onderarmen op zijn opgetrokken knieën en keek uit over wat agent Wendy de 'Achtbaanheuvels' noemde.

En een vriend van Avery, dacht hij. Avery was degene die ons eruit had gekregen. Als er ooit sprake was van een held, dan was ik dat niet. Dan was dat Avery.

Luke haalde het verfrommelde pakje sigaretten uit zijn zak en viste er een van de stukjes uit. Hij dacht aan het moment waarop hij Kalisha voor het eerst had gezien en hoe ze daar op de grond had gezeten, met zo'n sigaretje in haar mond. *Wil je er eentje?* had ze gevraagd. *Van een beetje suiker knap je misschien wel op. Mij helpt het altijd.*

'Wat denk jij, Avery? Zal het me helpen?'

Luke kauwde het stukje snoep op. Het hielp wel, al had hij geen idee waarom; het had in elk geval niks wetenschappelijks. Hij keek in het pakje en zag dat er nog twee, drie stukjes in zaten. Die kon hij nu opeten, maar misschien kon hij er beter mee wachten.

Hij kon ze beter bewaren voor later.

# DANKWOORD

Enkele woorden, als u het niet erg vindt, Trouwe Lezer, over Russ Dorr.

Ik leerde hem meer dan veertig jaar geleden kennen in het stadje Bridgton, in Maine, waar hij de enige arts-assistent was in een praktijk met drie artsen. Hij behandelde de meeste kleine medische probleempjes van mijn gezin, alles van een buikgriepje tot de oorontstekingen van de kinderen. Zijn standaardgrapje in geval van koorts was dat we veel moesten drinken – 'Doe maar gin en wodka.' Hij vroeg me wat ik voor de kost deed en ik vertelde hem dat ik romans en korte verhalen schreef, vooral griezelige, over paranormale verschijnselen, vampiers en andere monsters.

'Sorry, zulke dingen lees ik niet,' zei hij, niet wetende dat hij uiteindelijk alles zou lezen wat ik schreef, meestal in manuscriptvorm en vaak terwijl er verschillende werkjes tegelijk in de maak waren. Behalve mijn vrouw was hij de enige die mijn fictie al te zien kreeg voordat die volledig was aangekleed en klaar voor een close-up.

Ik begon hem vragen te stellen, aanvankelijk over medische zaken. Russ was degene die me vertelde hoe de griep van jaar tot jaar verandert, waarmee elk nieuw vaccin meteen weer achterhaald is (dat was voor *De Beproeving*). Hij gaf me een lijst met oefeningen die ervoor moeten zorgen dat de spieren van comateuze patiënten niet verschrompelen (dat was voor *Dodelijk dilemma*). Hij legde me geduldig uit hoe dieren rabiës oplopen en wat het verloop van de ziekte is (voor *Cujo*).

Zijn inbreng werd steeds groter en toen hij stopte met zijn werk als arts, kwam hij fulltime voor mij werken als researchassistent. We bezochten samen de Texas School Book Repository voor *22-11-1963* – een boek dat ik letterlijk niet zonder hem had kunnen schrijven – en terwijl ik de sfeer van die plek in me opnam (op zoek ging naar geesten... en die ook vond), maakte Russ foto's en nam maten op. Toen we naar het Texas Theatre gingen, waar Lee Harvey Oswald werd opgepakt, was het Russ die informeerde welke film er die avond had gedraaid (een dubbele voorstelling, bestaande uit *Cry of Battle* en *War Is Hell*).

Voor *Gevangen* (*Under the Dome*) verzamelde hij bergen informatie over het micro-ecosysteem dat ik probeerde te creëren, van het vermogen van elektrische generatoren tot de houdbaarheid van etenswaren, maar het moment waarop hij het meest trots was kwam toen ik hem vroeg of hij een manier kon bedenken om mijn personages ongeveer vijf minuten van zuurstof te voorzien – zoiets als duikflessen. Het was voor de climax van het boek en ik had geen idee. Net zomin als Russ, tot hij op een dag in de file stond en eens goed naar de auto's om zich heen keek.

'Autobanden,' zei hij. 'Daar zit lucht in. Die zal wel muf zijn en smerig smaken, maar wel te doen.' En dus, beste lezers, werden het autobanden.

Het boek dat u net hebt gelezen is helemaal bezaaid met Russ' vingerafdrukken, van de BDNF-test voor pasgeborenen (ja, die bestaat echt, alleen heb ik het een beetje gefictionaliseerd) tot hoe je gifgas kunt maken van doodgewone schoonmaakmiddelen (probeer dit niet thuis, kinderen). Hij controleerde elke regel en elk feitje en hielp me op die manier datgene te bereiken wat steeds mijn doel was geweest: het onmogelijke plausibel maken. Hij was een grote, blonde, breedgeschouderde man die van een grapje hield en van bier en op 4 juli graag vuurpijlen afstak. Hij voedde twee geweldige dochters op en verzorgde zijn vrouw tijdens haar slopende ziekte. Wij werkten samen, maar hij was ook mijn vriend. Wij waren verwante zielen. Nooit één enkele ruzie gehad.

In het najaar van 2018 overleed Russ aan nierfalen en ik mis hem verschrikkelijk. Natuurlijk wanneer ik informatie nodig heb (onlangs nog over liften en eerstegeneratie-iPhones), maar nog veel erger wanneer ik even vergeet dat hij er niet meer is en denk: hé, ik moet Russ even bellen of mailen, vragen hoe het met hem is. Ik heb dit boek opgedragen aan mijn kleinzoons, omdat het grotendeels over kinderen gaat, maar nu het af is denk ik toch vooral aan Russ. Het is heel moeilijk om oude vrienden los te laten.

Ik mis je, maatje.

Voordat ik stop, Trouwe Lezer, wil ik de gebruikelijke verdachten nog bedanken: Chuck Verrill, mijn agent; Chris Lotts, die over de buitenlandse rechten gaat en twaalf verschillende manieren heeft gevonden om *Hoor je mij?* te zeggen; Rand Holsten, die de filmcontracten verzorgt (daar zijn er de laatste tijd nogal veel van); en Katie Monaghan, die de publiciteit voor Scribner voor haar rekening neemt. En een enorm dankjewel voor Nan Graham, die een boek heeft geredigeerd dat vol zit met bewegende onderdelen, parallelle tijdlijnen en tientallen personages. Zij heeft er een beter boek van gemaakt. Ook moet ik Marsha DeFilippo, Julie Eugley en Barbara MacIntyre bedanken, die de telefoon aannemen, de afspraken maken en me elke dag die belangrijke uurtjes geven die ik nodig heb om te schrijven.

In de laatste, maar zeker niet de minste plaats bedank ik mijn kinderen – Naomi, Joe en Owen – en mijn vrouw. Als ik George R.R. Martin mag citeren, zij is mijn zon en mijn sterren.

17 februari 2019